KB117341

장미의 이름

장미의 이름 <small>하</small>

Il nome della rosa

움베르토 에코 장편소설 이윤기 옮김

IL NOME DELLA ROSA
by UMBERTO ECO (1980)

Copyright (C) 1980-2010 RCS Libri S.p.A./Bompiani, Milano
Korean Translation Copyright (C) 1993 The Open Books Co.

수도원 평면도

A 본관   B 교회
D 회랑   F 숙사
H 집회소   J 욕장
K 시약소   M 돼지우리
N 외양간   R 대장간

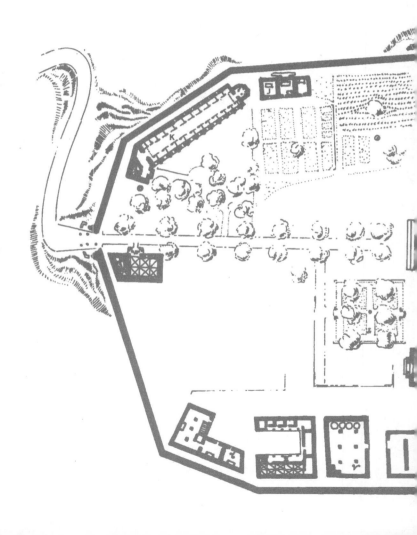

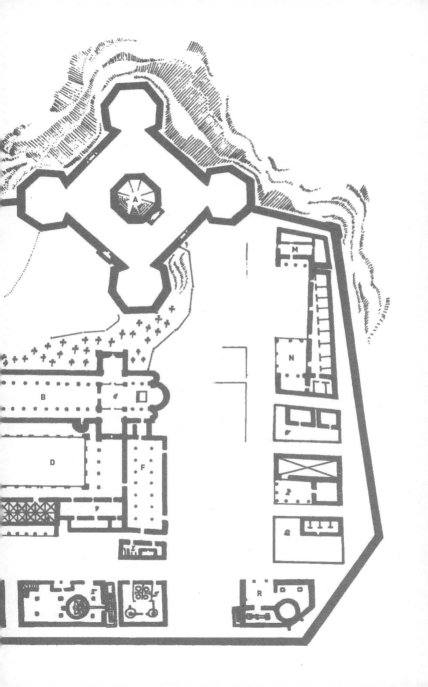

제4일

찬과

월리엄 수도사와 세베리노는 베렝가리오의 시신을
검사하다가, 익사체에게서는 보기 드물게 혀가 까맣게 변색되어
있는 것을 발견한다. 두 사람은 독극물 및 과거에 있었던
독극물 도난 사건에 관한 이야기를 나눈다.

우리가 수도원장에게 베렝가리오의 시신을 발견했다고 보
고한 이야기, 성무 공과가 시작되기 전에 이미 이 이야기가
퍼져 수도원 전체가 벌집 쑤신 듯했다는 이야기, 수도사들의
면면에서는 공포와 슬픔과 당혹의 그림자가 엿보였고, 불목
하니들은 성호를 그으면서 축귀(逐鬼)하느라고 주문을 외고
다니더라는 이야기까지 조목조목 하지는 않겠다. 나는 그날
의 조과 성무가 정례에 따라 제대로 진행되었는지 어쨌는지,
또 제대로 진행되었다면 누구누구가 거기에 참석했는지 알
지 못한다. 나는 윌리엄 수도사와 세베리노의 뒤만 따라다녔
다. 세베리노는 베렝가리오의 시신을 수습하여 시약소 탁자
에다 눕혀 둔 참이었다.

수도원장과 수도사들의 문상이 끝나면서 시약소가 조용
해지자 본초학자 세베리노와 사부님은 그 방면의 전문가들
답게 시신을 꼼꼼하게 살폈다.

세베리노가 먼저 입을 열었다. 「익삽니다. 이건 의심할 여
지가 없습니다. 부어오른 얼굴, 빵빵한 배를 보십시오.」

그러나 사부님은 고개를 가로저었다. 「그러나 타의에 의한
익사 같지는 않소그려. 타의에 의해 물속으로 이끌려 들어갔

439

거나, 밀려 들어갔다면 저항한 흔적이 있을 터인데, 그렇게 보기에는 시신이 너무 깔끔하거든. 베렝가리오가 제 손으로 물을 데워 욕조에다 채우고 제 발로 걸어 들어간 것 같다는 말이오?」

「저에게 짚이는 게 하나 있기는 합니다. 베렝가리오에게는 발작적으로 경련하는 증세가 있었습니다. 그래서 제가 언제, 온수 목욕은 육체와 정신의 흥분을 가라앉히는 데 도움이 된다면서 권한 적이 있습니다. 몇 번 저에게 물을 데우게 해달라고 부탁한 적도 있습니다. 어젯밤에도 그렇게 물을 데워 욕조에 채우고는 온수욕을 한 것 같습니다만…….」

「어젯밤이 아니오, 그 전이지…… 잘 봐요. 시신은 적어도 하루 이상 물속에 있었어요.」

사부님은 세베리노에게, 전날 밤에 있었던 일을 대충 이야기했다. 물론 우리가 문서 사자실로 숨어 들어갔다는 이야기는 하지 않았다. 그러니까 사부님은, 자세한 것은 생략하고, 하여튼 누군가가 우리 뒤를 밟아 서책을 한 권 가져갔다는 이야기만 한 것이었다. 세베리노도, 사부님이 뭔가를 감추고 있다는 낌새는 눈치채는 듯했지만 더 이상 캐묻지는 않았다. 세베리노는, 우리 뒤를 밟아 서책을 가지고 간 사람이 만약에 베렝가리오라면 그 흥분과 긴장을 이기기 위해서라도 욕장을 찾았을 거라고 말했다. 이어서 그는, 베렝가리오는 몹시 신경이 예민한 사람이라서 짜증스러운 일을 당하거나 감정이 격앙되면 곧잘 경련을 일으킨다는 말을 덧붙였다. 말하자면 눈이 벌겋게 충혈된 채로 바닥에 쓰러져, 허연 거품을 뿜으면서 식은땀을 줄줄 흘린다는 것이었다.

세베리노의 이야기가 끝나자 사부님이 중얼거렸다. 「어쨌든, 서책 훔쳐 간 자가 베렝가리오라면, 베렝가리오는 이 욕

장으로 오기 전에 어딘가를 들르기는 들렀을 것이오. 욕장
에, 베렝가리오가 훔쳐 간 서책이 보이지 않으니까 말이오.
하기는 그래요. 어딘가를 들른 뒤에 흥분을 가라앉히기 위
해, 혹은 우리의 추적을 따돌리기 위해 욕장으로 숨어들어
물에다 몸을 담갔을 것이오. 세베리노, 어떻소? 이 사람의 증
세가, 의식을 잃고 물에 빠져 죽을 만큼 중증이던가요?」

「그럴 가능성도 있기는 합니다만.」 세베리노는 별 자신이
없는 듯한 어조로 대답하고는, 한동안 시신을 꼼꼼하게 살피
고 있다가 말을 이었다. 「……그런데 좀 묘한 데가 있습니다
만…….」

「무엇이 묘하오?」

「지난번 저는 베난티오의 손을 눈여겨보았습니다. 물론 돼
지 피를 씻어 낸 다음이었지요. 대수롭지 않은 것인지도 모
르겠습니다만, 이상하게도 베난티오의 오른쪽 손가락 두 개
의 끝이 까맣더군요. 무슨 물감을 만진 것 같았습니다. 베렝
가리오의 손가락을 좀 보십시오. 오른손 가운뎃손가락에도
그런 흔적이 있지 않습니까? 베난티오의 손가락을 볼 때는,
혹시 문서 사자실에서 잉크를 만진 것은 아닐까, 이런 생각을
하고 그냥 지나쳤습니다만…….」

베렝가리오의 손가락을 내려다보면서 사부님이 고개를 끄
덕였다. 날이 새고 있었지만 실내는 여전히 어두컴컴했다. 안
경을 잃어버린 사부님에게 그 이상의 자세한 관찰은 무리였
다. 「아닌 게 아니라 그렇군……. 그런데, 왼손에도 희미한 물
감 자국이 있군그래. 왼손 엄지손가락과 집게손가락을 봐요.」

「검은 자국이 오른손에만 있다면, 작은 물건이거나, 길고
가느다란 물건을 잡았던 흔적일 수 있을 텐데요.」

「우필(羽筆) 같은 것 말이오? 아니면 무슨 음식이나 벌레?

441

아니면 성체 안치기? 지팡이? 예를 다 들자면 한이 없겠군. 하나 흔적이 양손 손가락에 다 있는 것으로 보아 술잔일 수도 있겠군요. 오른손을 잡고 왼손으로 밑을 받쳤다면 말이오.」

세베리노는 자기 손가락으로 시신의 손가락 끝을 문지르기 시작했다. 그러나 베렝가리오의 손가락 끝에 난 얼룩은 지워지지 않았다. 세베리노는 장갑을 끼고 있었다. 독극물을 다룰 때 끼는 장갑인 모양이었다. 세베리노는 시신의 손가락 끝에 코를 대고 킁킁거리면서 무슨 냄새를 맡는 것 같았지만 코에 익은 냄새를 맡아 낸 것 같지는 않았다. 그가 우리를 돌아다보면서 말했다. 「이런 흔적을 남기는 약초, 혹은 광물의 이름을 늘어놓자면 끝이 없겠습니다. 이런 흔적을 남기는 게 반드시 독극물인 것만은 아닙니다. 채식사들은 종종 손가락 끝에 채식에 쓰이는 금분(金粉)을 묻히고 다니는 수도 왕왕 있습니다.」

「아델모는 채식사였소. 그 시신의 몰골이 워낙 흉측해서 그랬을 테지만 그 손가락을 눈여겨볼 생각은 못 해보았지요? 하지만 나머지 희생자들 역시 아델모가 만지던 것에 손을 대었을 가능성이 있소.」

「아델모의 경우는 잘 모르겠습니다만, 나머지 두 희생자의 손가락 끝이 모두 까맣게 변색해 있다는 것은 분명합니다. 그것으로부터 무엇을 연역하시는지요?」

「글쎄, 아직은 잘 모르겠소. Nihil sequitur geminis ex parti-cularibus unquam(두 가지 사례에서는 어떤 규칙도 이끌어 낼 수 없다)이라는 말이 있기는 하나, 이 두 가지 사례에서 우리는 하나의 규칙을 도출해야 할 형편이오. 예컨대 사람들의 손을 검정색으로 물들이는 물질이 있는데⋯⋯.」

내가 끼어들어 사부님의 삼단 논법을 거들었다. 「⋯⋯베난

442

티오 수도사님과 베렝가리오 수도사님의 손가락 끝에는, 까맣게 물들어 있다는 공통점이 있습니다. 따라서 두 분은 같은 물질에 손을 댄 것이라는 말씀이죠.」

사부님이 나를 나무랐다. 「녀석! 네 삼단 논법은 타당하지가 못해. Aut semel aut iterum medium generaliter esto[매개념(媒概念)도 한두 번쯤은 보편타당할 수 있는 법]라는 말도 못 들어 보았느냐? 이 삼단 논법에서는 매개념이 보편적인 것으로 나타나지 않는단 말이다. 따라서 너의 삼단 논법에는 일반성이 없어. 네가 대전제를 제대로 짚어 내지 못했다는 증거 아니겠느냐? 특정 물질을 만지면 모두 손가락 끝이 검어진다고 말하지 말 걸 그랬구나. 그 물질을 만지지 않았는데도 손가락 끝이 검어진 사람이 있을 수 있기 때문이야. 내 말은, 손가락이 검어진 사람은 모두, 그리고 검어진 사람만이 특정 물질에 손가락을 댔을 것이다, 이것이야. 말하자면 베난티오와 베렝가리오 등등이 이런 범주에 드는 것이지. 이게 바로 제1격에 의한 제3번 삼단 논법, 즉 Darii의 예이다.」

「그렇다면 답은 이미 나온 것이 아닙니까?」

「어허, 너는 삼단 논법이라는 걸 너무 믿는구나. 내 다시 너에게 이른다만, 우리가 얻은 것은 문제이지, 답이 아니야. 무슨 문제냐? 우리는, 베난티오와 베렝가리오가 같은 물질을 만졌을 것이라는 가설을 세웠다. 이것이 합리적인 가설임은 의심할 여지가 없다. 그러나 우리는, 죽은 자의 손가락 끝에 이런 흔적을 남게 할 만한 여러 물질 중에 특정 물질이 있을 것이라고 상상하면서도 그게 무엇인지, 어디에 있는지, 죽은 자들이 왜 여기에 손을 대었는지를 알지 못한다. 그뿐이냐, 우리는 그들이 만진 물질과 그들의 죽음 사이에 직접적인 관련이 있는지 여부도 아직 확인하지 못하고 있다. 대전제를 오해하면 얼마나 엉뚱한 결과가 나오는지 아느냐? 금분에 손을 대게 함으로써 손을 댄 사람을 모두 죽이려는 미친 사람이 있다고 가정해 보자. 너는 죽은 사람 중에 손가락 끝에 금분이 묻은 사람이 있으면 금분 때문에 죽었다고 하겠구나. 그래, 사람을 죽이는 금분도 있다더냐?」

나는 기가 죽고 말았다. 그때까지만 해도 논리야말로 만능의 무기라고 믿던 나는 그제야, 그 적용의 근거가 확실할 때만 무기가 될 수 있다는 것을 알았다. 그뿐만 아니었다. 나는 사부님을 시봉하면서, 논리라고 하는 것은 그것이 적용되어야 할 사상(事象) 안에 있을 때보다는 거기에서 떠나왔을 때 더욱 유용한 문제 해결의 열쇠가 되어 준다는 것도 깨닫게 되었다. 나의 이러한 깨달음은 사부님과 함께하는 기간이 길어지면 길어질수록 더욱 확실하게 내 것이 되어 갔다.

논리학과는 다소 거리가 있는 세베리노는 우리가 이런 이야기를 나누고 있을 동안 자기 경험을 토대로 헤아리고 있었던 모양이었다. 세베리노는, 우리가 이미 일별한 바 있는, 수많은 서책과 함께 선반에 가지런히 놓인 여러 개의 단지와 항아리를 가리키면서 말했다. 「독극물의 세계란, 자연의 신비가 그렇듯이 참으로 다양하고 복잡합니다. 전날 말씀드렸다시피, 여기에 있는 대부분의 독초는, 찧어서 적당량을 복용케 하면 이독치독(以毒治毒)의 명약이 될 수도 있습니다. 때로는 이게 환약이나 고약으로 만들어지기도 합니다. 그리고 저기 저 독말풀이나 벨라도나나 독미나리는 수면제 효과를 내기도 하고, 사람의 신경을 자극할 수도 있습니다. 그러니까 적량이면 특효약이 될 수 있으나 과하면 치명적일 수도 있는 것이지요.」

「하지만 이런 약초를 만졌다고 해서 손가락 끝이 검게 되는 것은 아닐 텐데요?」

「제가 아는 한 그렇습니다. 하지만 복용하면 안 되는 약초가 있는가 하면, 피부에 닿게 해도 안 되는 독초도 있습니다. 가령 헬레보레는, 뽑으려고 대궁이를 잡기만 해도 구토를 일으킵니다. 박하와 백선은 개화기에 특히 위험합니다. 만지기만 해도, 만진 사람의 얼굴은 술 취한 사람의 얼굴처럼 벌겋게 달아오르니까요. 검은 헬레보레는, 만지기만 해도 설사를 일으킵니다. 이 밖에도 가슴을 두근거리게 하는 약초, 두통을 일으키는 약초, 목을 쉬게 하는 약초 등, 참으로 다양하기 그지없는 것이 약초의 세계입니다. 하지만 뱀의 독은, 혈관에 스며들지 않고 피부에만 조금 묻힐 경우에는 약간의 가려움증만 유발할 뿐입니다…… 개의 허벅지 안쪽, 그러니까 생식기 근처에다 주입하는 걸 본 적이 있는데, 이 부분이 엄청나게 부어오르고 사지가 뻣뻣해지면서 개는 곧 죽고 말더군요.」

「독극물에 참으로 박식한 분이시오.」 사부님은 진심으로 이런 말을 한 것 같았다.

세베리노는 잠깐 사부님의 안색을 살피고는 중얼거리듯이 말했다. 「대수롭지 않습니다. 의사, 본초학자, 인체 과학도라면 마땅히 알아야 할 것을 머리에 담고 있는 데 지나지 못합니다.」

사부님은 한동안 무엇인가를 골똘히 생각하다가 세베리노에게, 시신의 입을 열고 혀를 들여다보라고 말했다. 세베리노는 호기심이 동한 듯한 표정을 하고는, 압설자(壓舌子)로 시신의 혀를 누르고는 안을 들여다보다가 흠칫했다. 「과연…… 혀도 검습니다.」

「하면…… 이 사람은 뭔가를 손가락으로 집어 입에다 넣었어요…… 당신이 조금 전에 말한, 피부를 투과하는 독극물을 제외해도 되겠군요. 하지만 아직은 어설프게 결론을 내릴 단계는 아니에요. 왜냐……. 베난티오와 베렝가리오는, 자진해서 이런 짓을 했을 것이므로……. 자진해서 집어서 삼켰다는 것은, 그게 무엇인지 몰랐기 때문일 거요.」

「먹는 것이었을까요, 마시는 것이었을까요?」

「글쎄, 잘은 모르겠지만, 악기…… 피리 같은 것을 분 것은 아닐까?」

「당치않습니다.」 세베리노의 두 눈이 휘둥그레졌다.

「당치않을는지도 모르지. 그러나 우리는 당치않아 보이는 가정이라도 해보아야 하오. 만일에 당신만큼 약초에 박식한 자가 이곳으로 숨어들어 여기에 있는 당신의 약초를 훔쳤다면…… 손가락과 혀에 검은 자국을 남기는 독극물을 조제하기는 여반장일 것 아니오? 그걸 먹을 것이나 마실 것에다 넣거나, 숟가락처럼 입에 넣는 물건에다 발라 놓았을 수도 있을 것이 아니겠느냐, 그 말이오.」

「그럴 수도 있기는 하겠습니다. 하지만 누가요? 누가 감히 그런 짓을 할 수 있겠습니까? 우리가 이 가정을 받아들인다고 해도, 누가 감히 이 가련한 두 형제를 독살할 수 있겠습니까?」

솔직하게 말해서 나 역시 수수께끼의 독극물을 조제한 사람이 베난티오나 베렝가리오에게 접근해 정체 모를 무엇인가를 건네며 먹거나 마시도록 설득하는 상황을 상상할 수 없었다. 그러나 사부님은 가능성이 희박하다고 해서 물러설 분이 아닌 것 같았다. 한동안 생각에 잠겨 있던 그가 입을 열었다. 「이 문제는 나중에 생각하기로 합시다. 지금 내 마음에 짚이는 게 있으니까. 당신은 펄쩍 뛸지도 모르겠소만, 혹시 당신에게 약초에 관해 이것저것 시시콜콜하게 묻는 사람은 없었소? 당신 말고 이 시약소에 쉽게 드나들 수 있었던 사람이라든지…….」

세베리노는 미간에 손가락을 대고 기억을 더듬다가 대답했다. 「잠깐, 잠깐…… 아주 오래전에 있었습니다……. 몇 년 좋이 된 일입니다. 저는 저 선반에다, 이곳에서 먼 곳을 여행한 적이 있는 수도사가 저에게 준 극약 단지를 얹어 둔 적이 있습니다. 그 수도사는 그 극약이 어떻게 만들어진 것인지는 저에게 일러 주지 않았습니다. 약초인 것은 분명하지만, 그 수도사에게는 이름이 생소해서 기억할 수 없었는지도 모르지요. 하여튼 제가 뚜껑을 열고 보았더니 색깔이 노르스름하더군요. 그 수도사는 저에게, 절대로 손을 대지 말라고 했습니다. 혀끝에 닿기만 해도 즉사한다고요. 그 수도사 말에 따르면 극소량이라도 혀끝에 묻을 경우, 그 사람은 반 시간 안에 인사불성이 되는 동시에 사지가 마비되면서 목숨을 잃는다는 것이었습니다. 그 수도사는 그 독극물을 지니고 다니고 싶지 않아서 저에게 맡겼던 것입니다. 저는, 언젠가 때가 오면 한번 연구해 봐야지…… 하면서 선반에 얹어 두었습니다. 그런데 어느 날 이 시약소로 폭풍이 밀어닥친 적이 있습니다. 제 조수 노릇하던 수련사 녀석이 시약소 문 잠그는 걸 잊는 바람에 태풍이 이 안으로 몰아쳐 이 방을 아주 엉망진창으로 만들어 놓고 말았습니다. 제가 들어와서 보았더니 병이라는 병, 항아리라는 항아리는 모조리 깨져 있고 그 안에 들어 있던 약물은 삼지 사방으로 흩어져 있더군요. 저는 그날 하루 종일 이 시약소를 치웠습니다만, 겨우 깨어진 유리 조각이나 항아리 조각을 쓸어 내었을 뿐 그 안에 들어 있던 약물은 어떻게 끌어 담을 수가 없었지요. 그런데 그렇게 하루 종일 일을 하고 나서야 저는, 조금 전에 말씀드린 그 극약 단지가 없어졌다는 걸 알았습니다. 처음에는 몹시 걱정이 되더군요. 하지만 그 단지 역시 떨어져 깨어진 채 있다가 제가 치운 유리 조각과 항아리 조각에 쓸려 나갔을 것이거니 여겼습니다. 그 날 저는 시약소 마룻바닥과 선반을 깨끗이 닦아 냈습니다.」

「폭풍이 밀어닥치기 직전에 그 단지를 보았나요?」

「어디 좀…… 이제 생각해 보니, 그렇군요……. 저는 그 단 지를 다른 항아리 뒤에다 숨겨 놓고 있었습니다. 따라서 날 마다 그 단지가 제대로 잘 있는지 확인할 수 있었던 것 같지 는 않습니다.」

「그렇다면 폭풍 직전에 그 단지가 도난당했을 가능성도 있 는 것이군요?」

「글쎄올습니다…… 그렇습니다. 틀림없이 그랬을 겁니다.」

「하면, 당신의 조수 노릇하던 그 수련사가 단지를 훔치고 나서 일부러 문을 열어 두었을 수도 있겠군요. 폭풍이 밀어 닥칠 것임을 미리 알고, 그 단지를 훔친 뒤에 시약소 문을 열 어 둠으로써 이 시약소 안을 엉망으로 만들었을 가능성을 한 번 생각해 봅시다. 이 시약소가 엉망이 되어야 당신이 단지 없어진 데 신경을 쓰지 못할 것 아니겠어요?」

「바로…… 그겁니다. 지금 생각하니…… 그렇군요. 당시 저 는, 폭풍이 사나웠다고는 하나 시약소를 이 지경으로 만들 정도는 아니었는데…… 이런 생각을 했던 기억이 납니다. 어 르신 말씀이 옳습니다. 누군가가 폭풍을 이용해서, 제 시약소 에서 극약 단지를 훔치고, 폭풍을 빌미 삼아 제 시약소를 그 렇게 만들어 놓았을 가능성이 있습니다. 아니, 가능성이 있는 정도가 아닙니다.」

「그 수련사가 대체 누구였나요?」

「아우구스티노라는 녀석이었는데, 작년에 수도사들, 불목 하니들과 어울려 교회 앞의 조상(彫像)을 청소하다가 발판에서 떨어져 죽었습니다. 아닌 게 아니라 지금 생각해 보니, 그 녀석이, 폭풍이 들이닥치기 전에 문을 잘 잠갔다고 극구 변명하던 기억이 납니다. 당시 저는 몹시 화를 내면서 시약소가 그 지경이 된 책임을 그 수련사에게 물었지요. 하지만…… 그 녀석의 말이 옳았는지도 모르겠습니다. 어쩌면 그 녀석은 아무 죄도 없이 욕만 먹었는지도 모릅니다.」

「우리의 조사 대상에 제3의 인물이 등장한 셈이군요. 어쩌면, 당신이 가지고 있던 그 희귀한 극약의 정체를 그 수련사보다 더 잘 아는, 전문적인 용의자가 있을지도 모른다는 말이오. 극약에 대한 얘기를 들은 사람이 또 있소?」

「그건 정말이지 기억이 안 납니다. 원장에게는 물론 이야기를 했겠지요. 극약을 이 시약소에다 보관하자면 원장의 허락을 받아야 하니까요. 그리고 또 몇 명, 아마 장서관 사람에게도 얘기했을 겁니다. 혹 극약의 성분을 아는 데 필요한 자료가 없을까 해서 장서관 당무자의 협력을 구한 적이 있습니다.」

「하지만 당신은, 시약 업무에 필요한 서책은 모두 이 시약소에 있다고 하지 않았소?」

「있습니다, 많이 있습니다……」 세베리노는 서책이 꽂힌 서가와 서책이 쌓여 있는 선반을 가리키면서 말을 이었다. 「……그러나 당시 저는, 여기에 보관할 수 없는 서책, 말하자면 다소 희귀한 자료를 보고 싶어서 말라키아에게 부탁했습니다. 그러나 사서 말라키아는 대출을 꺼리더군요……. 그래서 저는 결국 원장의 허락을 받아야 했지요.」 세베리노는 이 대목에서 목소리를 뚝 떨어뜨렸다. 어린 수련사인 내 앞에서 하기에는 수도사답지 못하다고 생각했던 모양이었다. 「잘 아시겠지만 장서관 비밀 서고에는 요술, 마술에 관련된 서책은 물론, 심지어는 음약(淫藥)의 처방에 관한 서책도 있습니다. 필요에 따라 저는 이 책들을 볼 수 있다는 허락을 받았죠. 제가 바란 것은 그 극약의 성분과 용처(用處)를 알자는 것이었는데, 결국 아무것도 찾지 못했습니다.」

「그러니까 말라키아에게도 그 극약에 관한 이야기를 하신 거로군요?」

「물론입니다. 말라키아에게는 물론이고, 조수 노릇 하던 베렝가리오에게도 했을 것입니다. 그러나 달리 생각하시지는 말아 주십시오. 정확하게는 기억나지 않습니다만, 다른 수도사들 귀에도 들어갔을 것이기 때문입니다. 아시겠지만, 문서 사자실에 수도사들이 좀 많습니까?」

「나는 누구를 의심하자고 이러는 게 아니오. 오직 극약과 관련해서 빚어질 수 있는 사태의 성격을 이해하자는 것뿐이오. 당신은 몇 년 전에 이런 일이 있었다고 했소. 그렇다면 누군가가 그 극약을 보관하고 있다가 최근에 와서 일을 벌였다는 이야기가 되는데…… 이상하지 않소? 그렇다면 문제의 인물은 오랫동안 살인 계획을 세워 가면서 때를 기다렸다는 이야기가 되니까.」

세베리노는 잔뜩 겁을 먹은 얼굴을 하고는 가슴에 성호를 그으면서 중얼거렸다. 「오, 하느님, 용서하셔야 할 것들이 많습니다.」

더 오고 간 말은 없었다. 우리는, 영결식이 있기까지 시약소가 안치하고 있어야 하는 베렝가리오의 시신을 다시 덮고 일어났다.

1시과

윌리엄 수도사가 살바토레와 레미지오를 유도 신문, 그들의
과거를 실토하게 한다. 세베리노가, 도난당한
윌리엄 수도사의 안경을 갖고 온다. 그 직후에 니콜라가
새 안경 한 벌을 깎아 온다. 이로써 여섯 개의 눈을 갖게 된
윌리엄 수도사는 베난티오가 남긴 글을 해독하려 한다.

  사부님과 나는 세베리노의 시약소를 나서다 반대 방향에
서 시약소로 들어서는 말라키아를 만났다. 말라키아는 그런
곳에서 사부님을 만나게 된 게 당혹스러웠던지 오던 길을 되
짚어 나가려고 했다. 안에서 세베리노가 보고 있다가 말라키
아에게 툭 던지듯이 말했다. 「날 찾으시오? 그러니까 그 일
때문에?」 세베리노는 사부님과 나를 의식했던지 던지다 말
고 말허리를 잘랐다. 말라키아는 은밀하게 세베리노에게 눈
짓으로 〈그 이야기는 나중에 합시다〉, 이렇게 말한 것 같았
다. 들어오던 말라키아와 나가던 우리가 문턱에서 마주 섰
다. 말하자면 세 사람이 문턱에 오구구 모인 셈이었다.
  「본초학자 세베리노 형제를 찾아온 참입니다……. 두통이
성가셔서요.」 말라키아는 사부님에게, 시키지도 않는 말을
했다. 사부님은, 호기심을 누르고 혀를 찼다.
  「답답한 장서관에 너무 오래 계셨던 거로군……. 뭘 좀 드
시고 힘을 차리셔야지.」
  말라키아의 입술이, 무슨 말을 내뱉고 싶어 하는 것처럼
달싹거렸다. 그러나 굳이 할 필요가 없겠다고 판단했는지, 말
라키아는 사부님에게 목례를 보내고는, 밖으로 나서는 우리

앞을 지나 시약소 안으로 들어갔다.

「세베리노 수도사님은 왜 찾아온 것일까요?」

「아드소, 이제 너도 네 머리를 좀 써서 생각해야 하지 않겠느냐?」 사부님 말씀에는 짜증기가 묻어 있었다. 사부님은 곧, 발밑을 내려다보면서 말머리를 바꾸었다. 「사람들을 불러 말 좀 물어야겠다…… 그나저나…… 물어도 살아 있을 동안에 물어야지……. 픽픽 쓰러져들 나가니……. 이제부터는 먹고 마시는 데도 신경을 좀 써야겠다. 먹을 것은 꼭 남들이 쓰는 접시에다 덜어 먹도록 하고, 마실 것도 남들이 따르는 주전자에서 따라 마시도록 하자꾸나. 베렝가리오의 시신이 발견되고 보니, 우리가 너무 많은 것을 알고 있다는 생각이 드는구나. 물론 이 사건의 범인만큼이야 알겠느냐만…….」

「이제부터는 누구를 심문하실 의향이신지요?」

「너도 보아서 알 터이다만, 여기에서는 일이 터지되 꼭 밤에만 터지는구나. 밤에 수도사들이 죽어 나오고, 밤에 누군가가 문서 사자실을 배회하고, 밤에 여자가 수도원 경내로 들어온다……. 여기에는 밤의 수도원, 낮의 수도원이 따로 있는 것인가? 그런데 어쩔꼬, 밤의 수도원은 요사스럽기가 짝이 없구나. 우리의 관심을 끄는 사람들, 따라서 내가 불러 세우고 말을 묻고 싶은 상대는 야밤에 수도원 경내를 돌아다니는 자들이다. 가령 우리가 보았던, 그 여자와 함께 있던 괴한이 그러하다. 여자와 그 괴한의 관계와, 독살일 가능성이 큰 살인 사건 사이에는 관계가 있을 수도 있고 없을 수도 있다. 내가 괴한이라고 지칭하는 자는, 이 신성한 수도원 경내에서 일어나는 일을 우리 이상으로 소상하게 알고 있는 것이 분명할 터. 오, 호랑이도 제 말하면 온다더니, 저기 한 녀석이 오는구나.」

우리 앞으로 다가오고 있는 수도사는 살바토레였다. 살바토레도 오다가 사부님을 보았던 모양인지 오다 말고 우물쭈물 걸음을 멈추고는 사방을 두리번거렸다. 그렇게 두리번거리던 살바토레는 발걸음을 돌리려고 하다가, 피하기에는 너무 늦었다고 생각했던지 미적미적 사부님 앞으로 다가왔다. 여전히 그 푸짐한 미소와 끈적끈적한 축복을 인사로 삼았다. 사부님은 그의 인사가 채 끝나기도 전에 다짜고짜 이렇게 다그쳐 물었다.

「너, 내일 이단 심판의 조사관들이 이리로 온다는 걸 알고 있겠지?」

살바토레는 흠칫하다가 희미하게 웃으면서 반문했다. 「그것이 저와 무슨……?」

「너, 나에게 말하는 편이 현명할 것이다. 네 동아리들과 소형제파 수도사들 이야기 말이다. 어쩌겠느냐? 이단 심문관들에게 말하겠느냐? 이단 심문관들이 어떠하다는 것은 너도 알고 있을 테지?」

기습 공격이 급소를 쳤던 모양이었다. 살바토레는 저항을 포기하는 것 같았다. 그는, 아는 대로 대답하겠다는 듯이 힘없이 웃으면서 사부님을 바라보았다.

「어젯밤에 주방에 여자가 와 있었다. 그 여자와 함께 있던 자가 대체 누구냐?」

「mercandia(물건)처럼 제 몸을 파는 것이니 bona(요조숙녀)라고도 할 수 없고 cortesia(예의 범절)가 있다고도 할 수 없는 거 아닙니까요.」

「나는 그 여자가 요조숙녀인지 아닌지를 묻고 있는 게 아니다. 그 여자와 함께 있었던 자가 누구인지 알고 싶은 것이다.」

「Deu(젠장), 여자가 예사 요물입니까? dì e noche(밤낮)

453

사내 꼬드기는 연구만 하는 게 여자인데요?」

사부님은 살바토레 앞으로 다가서면서 멱살을 틀어쥐고
는 다그쳤다. 「그 여자와 함께 있었던 게 누구냐? 너냐? 아니
면 식료계 레미지오냐?」

살바토레는, 사부님이 농담을 하고 있는 것이 아니므로 얼
렁뚱땅 얼버무릴 계제도 아니고 임기응변으로 모면할 수 있
는 상황도 아니라는 걸 깨달은 모양이었다. 살바토레는 듣기
민망한, 참으로 괴이한 이야기를 시작했다. 살바토레는 식료
계 레미지오를 기쁘게 하기 위해 밤이면 마을에서 여자를 꾀
어 자기만 아는 통로를 통해 수도원 경내로 들여온다고 고백
했다. 그것뿐이었다. 그 통로에 대해서는 한사코 입을 다물
었다. 살바토레의 말에 따르면, 맹세코 자기는 좋아서 그런
짓을 한 것이 아니라 오로지 식료계 레미지오를 기쁘게 하기
위해서 그 짓을 해왔다, 레미지오를 만족시킨 여자가 자기에
게도 무엇인가를 베풀기를 바랐지만 아쉽게도 한 번도 그런
적이 없다고 했다. 살바토레는 시종 칙칙한 미소와 눈짓을
곁들여 가면서 이런 구역질 나는 이야기를 했다. 그는 사부님
과 나 역시, 그렇게 살덩어리만으로 이루어진 인간, 그런 파
계 행각의 고백 앞에서도 별로 놀라지 않을 인간으로 보고
있었던 모양이었다. 이따금씩 그는 나에게로도 시선을 던지
곤 했으나 나는 그 시선을 맞을 수가 없었다. 나 역시 같은
비밀, 같은 죄악에 물든 공범자라는 느낌 때문이었다.

살바토레가 중언부언하자 사부님은 결정타를 날렸다. 그
를 협박하기로 한 모양이었다. 「언제 레미지오를 만났느냐?
돌치노와 함께 있을 때 만났느냐? 아니면 그 뒤에 만났느냐?」

살바토레는 〈돌치노〉라는 이름이 나온 순간 무릎을 꿇고
눈물을 흘리면서, 이단 심문관들로부터 목숨만은 구해 달라

고 애원했다. 사부님은, 진실만 이야기하면 이단 심문관들로부터 지켜 주고, 들은 이야기도 혼자만 알고 있겠노라고 약속했다. 이 약속이 미더웠던지 살바토레는 레미지오를 사부님 손에 붙이는 것도 망설이지 않았다. 살바토레의 말에 따르면 두 사람이 서로 만난 곳은 〈대머리산〉이었다. 말하자면 돌치노의 무리 안에서 만난 것이었다. 살바토레와 레미지오는 함께 이 폭도의 무리에 속해 있다가 무리를 이탈, 카잘레 수도원으로 들어가 있다가 나중에 클뤼니 수도원, 즉 베네딕트회 수도원으로 합류한 것으로 되어 있었다. 여기까지 고백한 살바토레는 용서를 구하면서 사부님의 손을 잡고 울먹였다. 그에게서 더 알아낼 것이 없다고 판단했든지, 아니면 레미지오를 공격할 필요가 있다고 생각했든지 사부님은 살바토레를 놓아주었다. 살바토레는 도망치듯이 사부님 옆을 떠나 교회 안으로 사라졌다.

식료계 수도사 레미지오는 곡물 창고 앞에서 사하촌(寺下村) 농부들을 상대로 곡물을 흥정하고 있었다. 곁눈질로 사부님을 알아보고도 레미지오가 아는 체하는 대신 농부들을 잡고 너스레 떨기를 계속하자 사부님이 그를 한쪽으로 불러 쥐어박듯이 물었다.

「자네! 자네는 직책과 관련된 업무 때문에 밤에도 수도원 경내를 돌아다녀야 하는 것으로 아는데……?」

「경우에 따라서 다릅니다. 농민들과 농산물을 흥정할 일이 있으면 시생은 몇 시간의 잠을 희생시키는 것도 마다하지 않습니다.」

「이를 말이겠는가만, 자네의 관할 구역인 주방과, 장서관 사이에 누군가가 한밤중에 배회한다면, 그걸 자네와 상관없는 일이라고 할 수 있겠는가?」

「그런 자를 보았다면 원장께 보고드렸을 것입니다.」

「그럴 테지……」 사부님은 레미지오의 눙치는 수작이 예사가 아니라고 생각했던지 말머리를 돌렸다. 「저 계곡에 있는 사하촌이 부촌(富村)은 아닐 것이네만, 어떤가?」

「그렇다고 할 수도 있고 그렇지 않다고 할 수도 있습니다. 사하촌에는 수도원의 성당 참사 회원이라서 성직록(聖職祿)을 받는 분들도 있습니다. 그러니까 우리 수도원과 이런 분들은 재산을 공동 소유하고 있는 셈이지요. 가령 금년의 성 요한 절(節)의 경우 이 참사 회원들은 우리 수도원으로부터 엿기름 열두 말, 말 한 마리, 암소 일곱 마리에 황소 한 마리, 암송아지 네 마리, 수송아지 다섯 마리, 양 스무 마리, 돼지 열다섯 마리, 닭 쉰 마리, 벌집 열일곱 통을 받았습니다. 훈제 돼지 스무 마리, 굳기름 스물일곱 통, 꿀 반 말, 비누 서 말에다 고기잡이 그물도 마을로 내려갔지요……」

사부님은 밑도 끝도 없이 계속될 듯하던 그의 말 자락을 낚아챘다. 「알았네, 잘 알았네. 하지만 그거로는 마을의 경제를 훤히 들여다볼 수 없다는 것은 자네도 인정할 걸세. 내가 알고 싶은 것은 마을에는 성직록 먹는 사람이 몇이고 성직록을 아니 먹는 사람이 몇인데, 후자가 소유하고 있는 농토가 얼마나 되느냐…… 하는 것일세.」

「그거라면 말씀드립지요. 보통 가구당 50타볼라 정도의 땅을 소유하고 있습니다.」

「한 타볼라는 얼마나 되는가?」

「4평방 트라부코가 한 타볼라입니다.」

「평방 트라부코라……그건 또 얼마나 되는고?」

「한 트라부코는 36평방 피에데입니다. 길이로 셈하자면 8백 트라부코가 1피에몬테 마일입니다. 이 정도 농토를 가진 가구의 수확량을 말씀드리면, 수도원 북사면(北斜面)일 경우 반 부대 정도의 기름을 짤 만한 올리브나무를 가진 셈이지요.」

「반 부대라면?」

「네, 한 부대는 5에미나, 한 에미나는 여덟 잔에 해당합니다.」

대화가 이 지경에 이르자 사부님은 고개를 가로저었다. 「알겠네. 지방마다 도량형이 달라서 정신을 차릴 수가 없군. 그래, 여기에서는 포도주를 큰 잔으로 재는가?」

「잔으로 재기도 하고 루비오 단위로 재기도 합니다. 6루비 오는 한 브렌타, 8브렌타는 한 통입니다. 한 루비오는 6파인 트, 즉 2보칼레에 해당한다고 아시면 됩니다.」

「이제 뭔가 감이 좀 잡히는 것 같군.」

「더 아시고 싶은 게 있습니까?」 레미지오가 의기양양, 방 자하게 물었다.

「암, 있고말고……. 나는 자네에게, 저 아랫마을 사람들 사 는 형편을 물었네. 내 마침 문서 사자실에서 로망스 사람 움 베르토가 여자를 상대로 펴낸 설교집을 읽고 온 참이네. 이 설교집에 나오는 Ad mulieres pauperes in villulis[가난한 촌부(村婦)들을 위하여]라는 설교를 자네도 알고 있을 것이 야. 이 설교에서 움베르토는, 촌부들이 가난 때문에 사악한 육욕의 죄를 범하는 것을 엄하게 경고하고 있는데…… 이 사 통(私通)의 죄악 중에서 용서할 수 없는 죄악은 신자를 타락 시키는 것이요, 도저히 용서할 수 없는 것은 성직자를 타락시 키는 것이며, 절대로 용서할 수 없는 것은 세상을 등진 수도 사를 타락시키는 것이라네. 수도원같이 성스러운 곳에도, 벌 건 대낮에 사람을 유혹하는 악마가 없지 않음은 나보다 자네 가 더 잘 알 것이네. 나는 혹 자네가 마을 사람들을 접촉하면 서, 어떤 수도사가 여자를 경내로 끌어들인다는 해괴한 소문

같은 거라도 들은 적이 없는지 알고 싶어서 이렇게 자네를 찾아왔네.」

물론 사부님은 지나가는 말처럼 묻고 있었다. 그러나 저 가련한 레미지오의 귀에 사부님의 이런 질문이 어떻게 들렸을지는 독자들도 짐작할 수 있을 것이다. 레미지오의 얼굴이 창백해졌다고는 할 수 없으나, 나는 그가 당연히 창백해지리라 기대하고 있었으므로 내 눈에는 그의 얼굴이 약간은 하얗게 질린 듯했다.

레미지오는 낯빛이 바래 가는 얼굴을 하고는 딴에는 침착하게 응수했다. 「수도사님께서는, 시생이 알았다면 마땅히 원장님께 보고드렸을 법한 것만 묻고 계십니다. 하여튼 이런 종류의 정보가 수도사님의 조사에 도움이 된다면 입을 다물고 있지는 않겠습니다. 물론 아는 것이 있을 때 한합니다만…….
첫 번째 질문을 받잡고 보니 문득 머리에 떠오르는 것이 있기는 합니다. 저 가엾은 아델모 형제가 죽은 날 밤, 시생은 수도원 경내를 돌아다니고 있었습니다. 아실지 모르겠습니다만 닭 문제 때문이었습니다. 당시 경내 대장간의 대장장이들이 밤이면 닭장에서 닭 서리를 한다는 소문이 있었기 때문입니다. 네, 그날 밤 시생은 우연히…… 먼발치에서…… 꼭 베렝가리오라고 할 수는 없습니다만, 아니 베렝가리오가 아닐 리가 없습니다만. 어쨌든 한 수도사가 제 숙사로 돌아가려고 그러는지 교회 앞을 지나고 있는 것을 보았습니다……. 본관에서 나온 것 같았습니다만 저는 별로 놀라지 않았습니다. 한동안 베렝가리오에 대해, 수도사들 간에 나도는 소문을 들었기 때문입니다. 수도사님께서도 그 소문을…….」

「못 들었으니, 말하게.」

「글쎄요, 뭐라고 말씀드려야 좋을지……. 베렝가리오가……

정념에 사로잡혀 있다는…… 소문이 있었습니다. 수도사 신분에는 천부당만부당한 그런…….」

「그러니까 자네는, 베렝가리오가 마을의 여자와 연(緣)을 맺고 있었다, 이런 말인가? 그렇지 않아도 자네에게 물은 게 바로 이것이었네만…….」

레미지오는 당황했던지 연거푸 마른기침을 했다. 그러고는 교활하게 웃으며 대답했다.

「아닙니다, 그보다 망측한 정념입니다.」

「하면, 수도사가 마을의 여자와 육욕의 정을 나누는 것은 망측하지 않다, 그 말인가?」

「그렇다고는 하지 않았습니다. 하지만 미덕에도 등급이 있듯이 타락에도 등급이 있는 법이지요. 육욕도 자연의 순리를 따르는 육욕이 있고 자연의 순리를 역행하는 육욕도…….」

「그렇다면 베렝가리오가 동성(同性)과의 육욕에 쫓기고 있었다는 말이렷다?」

「어찌 큰 소리로 말씀 올릴 수 있으리까. 저는 다만 저의 진실과 선의를 증명하고자 이런 해괴한 말씀을 올리는 것뿐입니다.」

「고맙네. 동성에의 육욕에 쫓기는 것이 순리적인 육욕에 쫓기는 것보다 더 낯 뜨거운 것이라는 자네 말에는 일단 동의하네만…… 솔직하게 말해서 나에게는 이것을 조사할 의향이 없네.」

「그것이 사실이라면 이 아니 기가 막히게 사악한 변고이겠습니까?」

「알겠네, 레미지오. 우리 인간은 모두 그렇게 기가 막히게 사악한 죄인들일세. 하나, 내 눈에 들보가 박혀 있는 것을 모르고 형제의 눈에 든 티를 찾으려 하여서도 안 되는 일…….」

장차 자네가 나더러, 눈에 들보가 들었다고 한다면 내 고맙게 여기기는 할 걸세. 그러니 우리 나남 없이 눈에 든 들보는, 서로가 일러 주어서 바람에 날아가 버리게 할 일이네. 그건 그렇고…… 자네, 1평방 트라부코가 얼마나 된다고 했더라?」

「36평방 피에데입니다. 하지만 수도사님, 이런 이야기로 시간을 낭비하실 때가 아닙니다. 무슨 낌새를 잡으시면 저에게 오십시오. 저라면 수도사님께 드릴 정보가 좀 있습니다.」

「나도 자네를 그렇게 보네. 그런데 우베르티노 형제의 말에 따르면 자네는 한때 우리 문중[2]에도 몸 붙인 적이 있더군. 내 어찌 우리 문중의 도반을 배신하겠는가? 다른 때도 아니고, 저 돌치노파의 무리들을 수없이 화형대로 보낸 이단 심판 조사관들을 필두로 교황의 심복들이 줄줄이 들이닥치는 판국인데…… 그래, 1평방 트라부코가 36평방 피에데라고 했던가?」

레미지오도 바보는 아니었다. 그는 윌리엄 수도사를 상대로 고양이와 쥐 놀이를 하고 있을 계제가 아님을 깨달았던 모양이었다. 더구나 자신이 쥐 노릇을 하고 있는 터임에랴…….

「윌리엄 수도사님, 과연 수도사님께서는 시생이 생각했던 것보다 훨씬 많은 것을 알고 계십니다. 살려 주십시오, 저도 수도사님을 도와드리겠습니다. 그렇습니다, 사실입니다. 저는 육욕에서 헤어나지 못한 가련한 자, 정욕의 불꽃으로 육신을 사르고 있는 불쌍한 자입니다. 그렇지 않아도 살바토레가 저에게, 수도사님이나 수도사님의 시자(侍者)가 지난밤 주방에서 무슨 낌새를 잡았을 것이라고 한 마당에 무엇을 숨

---

1 「마태오의 복음서」 7:4. 〈제 눈 속에 있는 들보도 보지 못하면서 어떻게 형제에게 《네 눈의 티를 빼내어 주겠다》고 하겠느냐?〉

2 프란체스코 수도회, 즉 소형제회.

기겠습니까? 윌리엄 수도사님, 수도사님께서는 넓은 세상을 두루 다니신 분이십니다. 따라서 그 넓으신 견문으로 말하자면 저희 필부에 견줄 바가 아닐 것입니다. 그러나 저도, 수도사님께서 저를 이렇게 심문하시는 것이 저 사악한 육욕의 죄악 때문이 아니라는 것 정도는 압니다. 저는 수도사님께서 저희 과거지사를 조사하셨다는 것도 압니다. 저희 소형제파 무리들이 다 그렇듯이, 저 역시 참 기구한 인생을 살았습니다. 오래전에 저는 청빈의 이상에 깊이 감동한 바 있어 속세를 떠나 비승비속(非僧非俗)의 걸승으로 살아왔습니다. 저 같은 것들이 으레 그러하듯이 저도 돌치노의 설교를 믿었습니다. 수도사님, 저는 배우지 못한 놈입니다. 그래서 비록 서품은 받았을망정 성사 집전할 줄은 알지 못합니다. 그러니 신학에 대해서야 무엇을 알겠습니까. 저는 제 이상을 겨냥할 줄만 알았지 거기에 맞추어서는 살지 못한 놈입니다. 아시겠지만, 저는 한때 권력에 반역했습니다. 그러나 지금은 이렇듯이 권력을 시봉하고 있습니다. 이 땅의 군주를 위해, 저같이 못되어 먹은 것들에게 명령도 내립니다. 반역 아니면 충성……. 저 같은 범부에게는 선택의 여지가 별로 없었던 것을 알아주셨으면 합니다.」

「때로 오지랖 간수는 범부가 식자보다 더 잘할 수 있는 법이다.」

「그럴지도 모릅니다. 하지만 저는 지금도, 그때 제가 왜 그랬는지 알지 못합니다. 살바토레의 경우는 이해가 갑니다. 살바토레의 부모는 농노였습니다. 그는 어린 시절을 가난과 역경 속에서 보냈습니다. 수도사님께서 너무나 잘 아시다시피 돌치노는 지주들을 파멸시키자고 일어선 반역자들의 우두머리가 아니었습니까? 살바토레 같은 범부가 이런 무리에 가담한 것은 너무나 당연한 일입니다. 그러나 저의 경우는 사정이 달랐습니다. 저는 도시 공민의 아들입니다. 저는, 가난에 시달려 본 적이 없습니다. 어떻게 말씀드려야 좋을지 모르겠습니다만, 그때의 일은 바보들의 축제, 얼간이들을 위한 훌륭한 사육제 같은 것이었습니다. 수도사님께서는 너무나 잘 아시겠지만, 돌치노와 함께 산속에서 어렵게 생활하다가 결국에는 싸우다 죽은 우리 동료들의 시체를 먹어야 했고, 더 나중에는 너무 많은 이들이 굶어 죽어 그 시체들을 우리가 전부 다 소화할 수 없어 결국 〈반역의 산〉에 사는 금수에게 던져 주어야 하는 상황에 닥치기 이전까지는, 아니 어쩌면 그때마저도 우리는 그런 독특한 기분……을 느꼈습니다. 그것을 자유라고 해도 되는 것입니까? 저는 그때까지 자유라고 하는 것이 무엇인지 알지 못했습니다. 설교자들은, 진리가 저희들을 자유롭게 할 것[3]이라고 했습니다. 저희들은 그때 자유롭다고 느꼈고, 따라서 그것이 진리라고 생각했습니다. 저희들은, 저희들이 하는 행동이야말로 정당한 것이라고 믿었습니다.」

「그렇다면 여자들과도 자유롭게 접촉했겠군요?」 내가 물었다. 그렇게 물었던 이유는 나도 잘 모르겠다. 전날 우베르티노로부터 들은 말, 문서 사자실에서 읽은 글, 그리고 내가 지은 대죄를 번갈아 생각하는 중에 나도 모르는 사이에 튀어나온 질문이었던 것 같다. 사부님이, 〈어럽쇼?〉 하는 표정으로 나를 바라보았다. 사부님에게는 그처럼 당돌한 나의 질문이 의외였던 모양이었다. 레미지오는 잠깐 나에게 혐상궂은 눈길을 던지고는 말을 이었다.

---

3 「요한의 복음서」 8:22. 〈그러면 너희는 진리를 알게 될 것이며 진리가 너희를 자유롭게 할 것이다.〉

「〈반역의 산〉에 군거하던 사람들 대부분은 어린 시절부터 손바닥만 한 방에 아이, 어른, 모자, 부녀 가릴 것 없이 송곳 꽂을 틈도 없이 몸을 붙이고 살아온 사람들이었습니다. 이러니 어떻게 되었겠습니까? 밤이면, 적군의 공격이 이젤까, 저젤까, 가슴 조이면서 우리는 옆에 있는 사람의 몸을 찾지 않으면 안 되었습니다. 얼어 죽지 않으려면 그 방법밖에 없었기 때문입니다. 이단이라. 도련님으로 태어나 수도원에서 선종하시는 샌님 수도사들은 이단을 일러, 일종의 신앙이되 악마의 꾐에 빠진 거라고 하시더군요. 모르는 소립니다. 살아가는 한 방법인 것인데……. 네, 그런 희한한 경험을 했습니다. 그러면서도 저희들은 하느님이 저희 편에 선다는 말을 들었습니다. 수도사님, 아직도 그런 생각을 하고 있는 것은 물론 아닙니다. 어쨌든 그렇게 한철을 살다가 저는 그곳을 떠나 이리로 왔고, 그래서 이렇게 수도사님을 뵙고 있습니다. 하지만 저는 그리스도의 청빈이 무엇인지, 소유가 무엇인지, 권리가 무엇인지 몰랐고 지금도 모릅니다. 저는 유식한 입씨름과는 아무 인연도 없는 자입니다. 저는, 그렇습니다, 그걸 사육제라고 말씀드렸습니다. 사육제 기간에는 만사가 거꾸로 돌아가지 않습니까? 이만큼 살았으면 마음이 정해질 때도 되었건만, 수도사님, 사람은 나이를 먹을수록 현명해지는 것이 아니라 탐욕스러워지는 것입니까? 여기에 서 있는 저는 꿀돼지와 다를 바 없습니다. 이단자를 화형대로 보내시는 수도사님, 꿀돼지도 화형대로 보내시겠습니까?」

「그만해 두게, 레미지오. 나는 그때의 일을 묻는 것이 아니고 최근에 있었던 일을 묻는 것이다. 솔직히 말하라. 그러면 내 너를 화형주로 보내지 않겠다. 아니, 나는 이제 너를 심판할 수도 없고 하고 싶은 생각도 없다. 하나 이 수도원에서 있었던 일, 네가 아는 일은 숨김없이 고해야 한다. 너는 밤에 수도원 안을 자주 돌아다녔으니만치 아는 것이 많을 게다. 그러니 말하여라. 누가 베난티오를 죽였느냐?」

「맹세코, 그것은 모릅니다. 그러나 언제, 어디에서 죽었는지는 압니다.」

「그래, 그러면 네가 아는 것을 말해 보아라.」

「말씀드리겠습니다. 그날 종과 성무 끝나고 나서 한 시간쯤 되었을 때입니다. 저는 그 시각에 주방으로 들어갔는데……」

「어떻게? 무엇 때문에 그 시각에 주방에 들어갔더냐?」

「채마밭 쪽 문으로 들어갔습니다. 저에게는, 오래전에 대장장이에게 청을 넣어 만들게 한 열쇠가 있었습니다. 주방 문은, 안으로 잠그지 않는 유일한 문입니다. 들어간 이유는, 수도사님 말씀에 따르면, 그렇게 중요한 게 아닙니다. 수도사님께서는, 육욕 가지고는 저를 벌하지 않겠다고 하셨습니다……. 그렇다고 해서 제가 시도 때도 없이 사통을 일삼았던 것은 아닙니다. 그날 밤에 제가 주방으로 들어갔던 것은…… 살바토레가 데려올 여자에게…… 줄 만한 게 없을까 하고…… 먹을 것을 좀 찾으러 들어갔습니다.」

「살바토레는 여자를 어디로 데리고 들어오느냐?」

「성벽에는 정문 외에도 출입구가 몇 개 더 있습니다. 원장님께서도 아십니다, 저는 물론 알고요……. 하지만 그날 밤에는, 주방에서 있었던 일 때문에 여자를 그냥 돌려보냈습니다. 주방에서 있었던 일…… 지금부터 말씀드리겠습니다. 어젯밤에 수도사님께서 주방으로 들어오신 것으로 압니다만…… 어쨌든 조금만 늦게 들어오셨다면 거기 있었던 것은 제가 아니고 살바토레였을 것입니다. 살바토레는, 본관에 누군가가 잠입했다고 저에게 가르쳐 주더군요. 그래서 저는 제 방으로 돌아갔습니다.」

「어젯밤 일이 아니다. 주일 밤과 월요일 새벽에 있었던 일을 묻고 있지 않느냐?」

「네, 말씀드리겠습니다……. 주방으로 들어간 저는, 바닥에 쓰러진 베난티오를 발견했습니다. 제가 볼 당시에 이미 죽어 있었습니다.」

「주방 바닥에?」

「그렇습니다. 설거지대 바로 옆이었습니다. 문서 사자실에서 내려온 것 같았습니다.」

「저항한 흔적은 없었느냐?」

「없었습니다. 하지만 시체 옆에는 깨어진 유리잔이 있었고, 물이 엎질러진 흔적이 있었습니다.」

「그게 물이라는 것은 어떻게 알았느냐?」

「확실하지는 않습니다. 그저 물이라고 생각했던 것뿐입니다. 다른 것이었을 리가 없지 않습니까?」

뒤에 사부님이 지적하신 대로 이 깨어진 유리잔은 두 가지 의미로 해석될 수 있다. 즉 베난티오는 누군가의 계략에 걸려 바로 그 주방에서 유리잔에 든 독을 마셨을 수도 있고, 언제, 어디에서 마셨는지는 모르지만 어쨌든 다른 데서 독약을 마시고 위장이나 혀를 태우는 듯한 고통을 달래려고 주방으로 달려와 그 유리잔으로 물을 마셨을 수도 있는 것이었다(어쨌든 베렝가리오의 경우와 마찬가지로 베난티오의 혀에도 검은 얼룩이 있었을 터이니).

하지만 지금으로서는 그에 대해 레미지오로부터는 더 알아낼 것이 없었다. 레미지오의 말에 따르면, 시체를 보고 워낙 기겁을 한 터라 이미 정신이 반쯤 나가 있었다. 이윽고 제정신을 수습한 그는, 어떻게든 손을 쓰려다가 아무 짓도 하지 않기로 마음을 먹게 된다. 손을 쓰자면 누구의 도움을 받아야 할 터인데, 그렇게 하면 한밤중에 본관에 침입한 사실이 들통 날 터였기 때문이다. 그래서 그는 시신을 그대로 두고 아침에 누군가에 의해 발견되게 하기로 마음을 정하고는 살바토레가 주방으로 들어오기 전에 그를 막기 위해 서둘러 주방을 나선다. 살바토레는 이미 경내로 여자를 데리고 온 뒤이다. 레미지오와 살바토레는 서둘러 여자를 내보내고는 잠자리에 들어, 찰중(察衆) 수도사가 조과 성무 시간을 알릴 때까지 기다린다. 그런데 조과 성무 시간이 되고 시체가 발견되는 것은 좋은데, 레미지오는 시체가 주방에서 발견되지 않고 돼지 피 항아리에서 발견된 데 몹시 놀라게 된다. 누가 시신을 주방에서 끌어내어 돼지 피 항아리에 처넣었다는 것일까? 레미지오도 이것만은 설명하지 못했다.

「밤중에 본관을 마음대로 돌아다닐 수 있는 자는 말라키 아뿐일 테지?」

사부님의 질문에 레미지오가 뛸 듯이 놀라면서 항변했다. 「아닙니다, 말라키아가 아닙니다. 무슨 뜻이냐 하면, 말라키아가 그런 짓을 한 것으로는 믿어지지 않는다는 뜻입니다. 어쨌든 저는 말라키아에게 불리한 증언은 한마디도 하지 않았습니다.」

「네가 말라키아에게 무슨 빚을 지고 있는지는 모르겠지만, 너무 걱정할 것 없다. 말라키아도 너의 과거를 알고 있느냐?」

「그렇습니다. 그런데도 말라키아의 처신은 신중했습니다. 제가 수도사님 입장이라면 베노에게 눈을 대어 보겠습니다. 베노는, 베렝가리오와 베난티오와 기묘한 관련이 있었던 것으로 압니다. 그러나…… 맹세코 드리는 말씀입니다만, 이 이상으로 제가 아는 것은 없습니다. 알게 되면 꼭 말씀 올리겠습니다.」

「지금으로서는 이것으로 족하다. 필요하면 또 부르기로 하겠다.」 사부님이 시선을 거두자 레미지오는 적이 마음을 놓은 양 농부들에게로 돌아가 하던 흥정을 계속했다. 그사이 곡식 자루를 맘대로 옮겨 놓은 농부들에게 그는 따끔하게 한 마디 했다.

그때 세베리노가 달려왔다. 그는, 이틀 전에 도난당한 사부님의 안경을 들고 있었다. 「베렝가리오의 법의 속에 있었습니다. 수도사님의 것일 테지요. 전날 문서 사자실에서 수도사님께서 이걸 눈에 대고 계시는 걸 보았습니다, 맞지요?」

사부님이 몹시 반가워하면서 그 안경을 받아 들었다. 「이러니 역시 우리 하느님이시지! 이로써 우리는 두 가지 문제를 해결한 셈이다. 첫째는 안경을 찾았고, 둘째는, 전날 문서 사자실에서 내 안경을 훔쳐 간 장본인이 베렝가리오라는 걸 확인한 셈이 아니냐.」

그런데 사부님의 말이 채 끝나기도 전에 이번에는 모리몬도 사람 니콜라가, 사부님보다 더 밝은 얼굴을 하고 달려왔다. 그 역시 손에 안경 하나를 들고 있었다. 「윌리엄 수도사님! 드디어 제 손으로 만들고 말았습니다. 완성입니다. 아마 제대로 만들어졌을 것입니다.」 그는 이렇게 소리치다가, 이미 사부님 코 위에 자리를 잘 잡고 앉아 있는 안경을 보고는 당혹해하는 것 같았다. 사부님은, 그의 기분에 찬물을 끼얹기 싫었던지, 끼고 있던 안경을 벗고는 새 안경을 받아 쓰면서 이렇게 말했다. 「이게 훨씬 잘 보이는군그래. 걱정 마시오. 낡은 놈은 여벌로 갖고 다니되 내 당신이 만들어 준 놈만 쓰기로 하지……」 그러고는 나를 돌아다보면서 덧붙였다. 「……아드소, 내 방으로 가서 그걸 좀 읽어 보아야겠구나. 드디어 내 눈으로도 읽을 수 있게 되었으니 이 아니 다행한 일이냐? 나중에 너를 부를 터이니 하회를 기다려라. 세베리노 형제, 니콜라 형제, 두 분 다 고맙소이다.」

종소리가 제3과 성무 시각을 알려 왔다. 나는 교회로 들어가 남들처럼 찬미가를 부르고 「시편」과 성구를 봉독하고 연도(連禱)을 좋았다. 성무에 참례한 수도사들은 모두 죽은 베렝가리오의 영혼을 위해 기도했다. 나는 사부님에게 안경이 한 벌도 아니고 두 벌이나 생기게 하신 하느님께 감사 기도를 올렸다.

보고 들은 온갖 추한 것들을 생각의 뒤편으로 밀어내고 느긋하게 성무 공과 시간의 평화를 즐기던 나는 깜빡 졸다가 성무가 끝날 즈음에 깨어났다. 나는 그제야 밤잠 설쳤던 것을 생각해 내었다. 성무 공과 시간에 존 것도 무리는 아니었다. 밖으로 나와 맑은 공기를 쐬고 나니 여자 생각이 다시 내 머리를 어지럽히기 시작했다.

어지러운 몸과 마음을 가누면서 나는 잰걸음으로 묘지 옆을 걸었다. 현기증이 나는 듯했다. 나는 시린 손을 맞대어 손뼉을 치었다가 발로 땅바닥을 구르기도 했다. 여전히 졸음이 왔지만 그런 동시에 머리가 개운하고 활기에 가득 찬 느낌이었다. 나는 내게 무슨 일이 일어나고 있는지 도무지 가늠할 수 없었다.

3시과

아드소는 사랑의 고통으로 몸부림친다. 윌리엄 수도사는
베난티오의 암호문이 쓰인 양피지를 들고 돌아온다.
해독은 끝났지만 암호문 자체는 여전히 해독이 불가능하다.

솔직하게 말해서, 여자와의 죄 많은 만남은, 그 뒤에 있었
던 끔찍한 사건 때문에 한동안은 거의 잊고 있었던 셈이 된
다. 게다가 사부님 앞에서 내가 지은 죄를 고해한 다음이라
서 내 영혼은 타락의 회오와 불면의 피곤에서 거의 놓여난 기
분이었다. 말하자면 고해함으로써, 내 가슴을 맴돌던 수많은
말마디와, 그 말에 묻어 있던 느낌의 앙금을 깡그리 벗어 버
린 듯했다는 것이다. 하기야 죄지음과 그 죄지음으로 인한
회오를 우리 주님 품 안에다 내려놓음으로써 죄악을 후회하
던 육신과 영혼이 가벼워지지 않는다면 어찌 고해의 성사를
통하여 정죄함을 입는다고 할 것인가?

그러나 어쩌랴. 그렇다고 해서 내가 모든 일로부터 온전하
게 놓여난 것은 아니었다. 인간과 금수의 탐욕이 소음을 지
어내는 그날의 싸늘하고도 창백한 겨울 아침을 걸으면서 나
는 어느새 내 경험을 여러 각도에서 반추하고 있었다. 죄를
짓고 고해의 성사를 통하여 정죄함을 입었는데도 불구하고
그 고해의 말과 정죄의 은혜는 어디론가 사라져 버리고 오로
지 육체의 환상과 인간의 사지만 나에게 붙어 다니는 것 같
았다. 열병에 들뜬 듯한 내 마음속으로 문득문득 물에 퉁퉁

분 베렝가리오의 귀신이 나타났고 나는 혐오감과 동정심에 몸을 떨었다. 그러고는 그런 악령을 몰아내기라도 하려는 듯이 내 마음이 추억이라는 신선한 그릇에 든 저 여자의 형상을 좇았다는 점이다. 나는 내 눈에 보일 듯이 어른거리는 그 여자의 형상, 엄위하기가 기치를 드높인 군대 같은, 그 당당하던 여자의 모습에서 마음을 돌릴 수가 없었다.

나는 앞에서, 수십 년 동안을 내 마음속에서 맴돌던 그 사건의 충실한 연대기 기자 노릇을 하기로 서약한 바 있다. 내가 그렇게 서약한 까닭은 장차 올 독자들을 가르치겠다는 욕망과 진실에의 사랑 때문이기도 하고, 평생을 내 기억에 묻어 고형체로 남은 저 환상과 추억으로부터 나 자신을 해방시키고 싶기 때문이기도 하다. 따라서 나는 모든 이야기를 진술하게 하되 부끄럽게 여기지 말아야 한다. 이제 나는 그 겨울날 아침 수도원 안을 걸으면서 내가 했던 생각, 정말 감추고 싶었지만 내가 독자에게 세운 서약 때문에 그럴 수가 없는 당시의 내 심경을 고백하겠다. 당시에도 나는 내 감정을 감추기 위해 달음박질을 해가며 쿵쾅거리는 심장의 고동을 내 육신의 탓으로 돌리고자 했고, 문득 걸음을 멈추고 농노들이 일하는 모습을 바라보며 그 모습에 흥미를 느끼는 듯 나 자신을 속이려 하기도 했으며, 속인들이 공포와 슬픔을 잊으려고 술을 마시듯이 그렇게 정신없이 차가운 아침 공기를 가슴 안으로 빨아들이기도 했다.

하릴없는 일이었다. 그래, 나는 그 여자를 생각했다. 내 육신은 다행스럽게도, 여자와의 만남이 나에게 안겨 주던 그 죄 많고 덧없는 쾌락을 잊은 다음이었다. 그러나 내 영혼은 그 여자의 얼굴을 잊지 못했다. 아, 내 영혼은 그 추억을 더러운 것으로 승인하려 하지 않았다. 더러운 것으로 승인하기는

470

커녕 내 가슴은 창조의 광영을 입은 지복의 얼굴 앞에서 그렇듯이 쿵쾅거리기까지 했으니 이를 어쩔꼬.

이럴 수가 있는가! 저 자신의 육신을 죄인들에게 판, 저 가련하기도 하고 더럽기도 하고, 음탕하기도 한 여자, 제 육신을 내어 놓고 값을 쳐 받은, 제 자매들처럼 나약한 저 하와의 딸이 저주스러웠어야 마땅하지 않은가? 그런데 아니었다. 자꾸만 기이하고도 눈부신 존재로 느껴지는 것이었다. 물론 내 지성은, 그 여자가 죄악의 그릇이라는 것을 모르는 바 아니었다. 그러나 내 감성은 그 여자를 영광스러운 것의 그릇으로 느끼는 것을 어쩌랴! 그때의 내 느낌을 여기에 고스란히 전하기는 쉽지 않다. 여전히 죄악의 올가미에 걸린 채 문득 그 여자가 내 앞에 나타나 주기를 바라고 있었다고 쓸 수도 있을 것이다. 내 지성은 아니라고 하는데도 내 가슴은 그 여자가, 나를 유혹하던 그 형상이 불쑥 나타나 주기를 애타게 바라면서 눈을 부려 일하는 농노들 무리 사이, 오두막 모퉁이와 창고 그늘을 살피고 있었다고 할 수도 있다. 하지만 그런다면 나는 진실을 말하지 않는 셈이 될 것이다. 아니, 그보다는 진실의 강력함과 명료함을 가리기 위해 그 위에 너울을 씌우는 꼴이 될 것이다. 진실대로 말하자면, 나는 그 여자를 〈보았다〉. 이것이 진실이다. 그렇다. 나는, 추위에 몸이 곱아진 참새가 피난처를 찾아 자리를 뜨는 바람에 가엾게 떨리는 마른 가지에서도 그 여자를 보았고, 헛간에서 나오는 암소의 눈에서도 그 여자를 보았으며, 방황하는 내 앞을 지나면서 우는 어린양의 울음소리에서도 그 여자의 음성을 들었다. 만물이 내 귀에다 대고 그 여자 이야기를 하는 것 같았다. 그렇다. 나는 그 여자를 다시 보고 싶어 했다. 동시에 나는 다시 그 여자를 볼 수 없다는 것, 다시 그 여자 옆에 누울 수 없다는 것을 알았고 이것을 받아들이려 했다. 그런데도 나는 그날 아침, 내 가슴을 채우던 그 환희의 순간을 마음으로 누리고, 비록 영원히 나와는 아득한 존재라고 하더라도 그 여자를 내 마음으로 느끼리라고 마음먹었다.

이제 알 것도 같다. 우주라고 하는 것은 하느님이 손가락으로 쓰신 서책과 같은 것이다. 이 서책에서는 만물이 우리에게 창조자의 크신 은혜를 전한다. 바로 이 서책에서 만물은 삶과 죽음의 다른 얼굴이자 거울이 되며, 바로 이 서책에서 한 송이 초라한 장미는 온갖 지상적 순행(巡幸)의 표징이 된다. 그 서책에서 그렇듯이 그날 아침 내가 만난 만물은 나에게, 그날 주방의 어둠 속에서 제대로 볼 수 없었던 그 여자의 모습을 말하고 있었다. 나는 그 환상이 싫지 않았다. 무슨 까닭인가! 나는, 비록 하찮은 존재이기는 하나, 세상을 향하여 창조주의 권능과 자비와 지혜를 증거하게 마련된 것이 아니던가? 그런데 그날 아침 만물은 나에게 그 여자의 모습을 말하지 않았던가? 그렇다면 비록 죄인이기는 하나 그 여자 역시 위대한 창조의 이야기가 실린 서책의 한 장(章)이요, 우주가 음송하는 위대한 시편의 한 구절일 수 있는 것이 아닌가. 그렇다면, 그 여자 역시 한 자루 피리처럼 우주를 조화와 화음으로 채우는 하느님 뜻의 한 자락이 아니겠는가. 아무튼 나는 신들린 사람처럼 걸으면서, 내 눈앞에 보이는 만물의 형상을 즐거움으로 누리면서 원근의 풍경에서 그 여자의 모습을 보고 탐닉했다.

그런데 서글펐다. 수많은 사물을 통하여 보고 누렸다고는 하나 허상일 뿐, 역시 내 앞에는 아무것도 없었기 때문이다. 나로서는 그 모순을 풀어서 설명할 수 없었다. 인간의 정신이란 참으로 나약한 것이다. 세상은, 완벽한 삼단 논법의 세계를 세운 신성한 이성의 도정이지만 인간의 정신에는 그 삼단 논법을 따르는 대신 그 논법에서 이탈하여 저에게 유리한 명제 쪽으로 기우는 경향이 있다. 그래서 악마의 농간에 넘어가는 것일 터이다. 하면, 그날 아침 그토록 내 마음을 흔들어 놓던 그 여자에 대한 상념 역시 악마의 농간이었다는 말인가? 그럴 것이다. 그때 나는 수련사였으므로. 내가 수련사만 아니었다면, 인간의 마음에서 인 그런 격정 자체는 크게 허물될 바 아닐 것이다. 남자의 마음에 여자에 대한 그러한 격정이 있어야 마땅한 일이 아닌가. 그래야 이방의 사도들이 바라듯이 육(肉)과 육이 만나 새로운 인간이 지어지면서 선거(先去)하는 세대가 있고 후래(後來)하는 세대가 있을 것이기 때문이다. 하기야 이방의 사도들이 그렇듯이 자연스럽게 보아 준 것은 우리같이, 동정 지키기를 서원한 사람이 아닌 속인들에게 한하기는 한다. 나는 누구인가? 동정을 지키기로 서원한 사람이 아닌가? 그렇다면 그날 아침의 격정이 나에게는 사악한 것이나 속인들에게는 아름다운 것이어야 마땅하다. 따라서 내가 느낀 갈등은 그 자체에 문제가 있어서 그런 것이 아니고 내가 서원을 세운 사람이라는 데서 출발한다. 그러므로 나는 한편으로는 아름답고 한편으로는 사악한 것 사이에서 방황하고 있었던 셈이 된다. 나의 허물은 무엇이었던가? 그것은 여느 인간에게는 당연한 정욕이라고 해서 합리적이어야 할 내 영혼과 그 감정의 화해를 시도하고 있었던 것, 그것이 나의 허물이었다. 이제 나는, 의지의 작용이 끼어든 엄연한 지적 갈등과, 인간적인 정열에 종속되어 있는 감성적 갈망 사이에서 괴로워하고 있었다는 것을 안다. 일찍이 아퀴나스가 갈파했듯이, 감성적인 욕망으로 인한 행위가 정념이라는 부정적인 이름으로 불리는 것은 그러한 행위가 육

473

체적인 변화를 야기할 수 있기 때문이다. 내 욕망으로 인한 행위는 온몸을 흔드는 떨림과 소리치고 몸부림치고 싶은 육체적 충동을 동반하는 것이었다. 저 천사적인 박학 아퀴나스에 따르면, 정념 자체는 사악한 것이 아니나, 마땅히 이성이 주도하는 의지에 의해 다스려져야 한다.

그날 아침의 내 이성은 어떠했던가? 내 이성은 전날 밤의 불면과, 본질적인 선악의 갈등으로 인한 피로로부터 깨어 있지 못했다. 당시 내가 사로잡혀 있던 저항하기 어려운 갈등 상태를 제대로 설명하자면, 내가 사랑에 들려 있었다고 하는 수밖에 없겠다. 이것을 고백하지 않으면 갈등의 정체는 설명이 되지 않는다. 내가 알기로, 사랑은 우주적인 법칙이다. 무슨 까닭인가? 육체의 무게 자체가 사랑의 연(然)이기 때문이다. 이 정념에 나는 자연스레 유혹된 것이었는데, 이제야 나는 저 천사적인 박학 아퀴나스가, amor est magis cognitivus quam cognitio(사물을 꿰뚫어 아는 데는 지식이 사랑만 같지 못하다)라고 했던 이유를 이해한다. 그 까닭은, 느낌만인데도 전날 밤보다 그 여자를 훨씬 분명하게 볼 수 있었고 훨씬 선명하게 그 여자의 안팎을 이해할 수 있을 것 같았기 때문이다. 그렇다. 나는 그 여자 안의 나 자신과 내 안의 그 여자를 이해할 수 있을 것 같았다. 돌이켜 보아도, 그때 내가 지니고 있던 그 감정이, 유사한 사람들이 서로를 아끼고 서로가 잘되기만을 바라는 우정에서 기인한 사랑의 감정이었는지, 아니면 자신의 이득만을 바라고 모자란 부분을 완성시키고자 할 뿐인 욕정에 기인한 사랑의 감정이었는지 분명하게는 말하기 어렵다. 어쩌면, 그 여자로부터, 내가 갖지 못했던 것을 바랐던 것으로 보아 탐욕에서 기인한 정욕적인 사랑의 감정이었기가 쉬울 것이다. 그러나 그날 아침에는, 나는 그 여자로부터 아무것도 바라지 않았다. 아니, 바라지 않은 것이 아니라, 그 여자가 잘되기만을 바랐다는 편이 옳을 것이다. 나는 그 여자가, 얼마 안 되는 식량 때문에 몸을 팔아야 할 정도의 비참한 가난에서 구제되기를 바랐다. 나는 그 여자가 행복하게 되기를 바랐다. 나는 그 여자에게 아무것도 요구하지 않았다. 오로지 양 떼 속에서, 소 떼 속에서, 나무 속에서, 수도원 경내를 말끔히 씻는 차분한 빛줄기 안에서 그 여자를 생각하고 보았을 뿐이었다.

이제 나는, 선(善)이야말로, 미덕이야말로 사랑의 씨앗일 수 있다는 것을 알게 되었다. 그리고 미덕은 지성을 통해서만 규정될 수 있다는 것도 알게 되었다. 그뿐만 아니라 미덕을, 선을 발견한 연후에야 비로소 참사랑이 가능하다는 것도 알게 되었다. 하나 어쩌랴. 그 여자는 덧없는 갈망에 있어서는 선할지 몰라도 의지에 있어서는 사악하다는 것을 알게 되었는데. 내 감정은 더할 나위 없이 착잡했다. 당연했다. 그 여자와의 덧없는 사랑을, 박학한 신학자들의 이른바 더없이 거룩한 사랑처럼 느꼈던 것이다. 거룩한 사랑에 빠지면 사랑하는 자와 그 대상이 되는 자가 같은 것을 원하게 되는 상태에 빠지게 되는데, 신비하게도 나 역시 그 순간에 그 여자가 나와 같은 것을 바라고 있다고 확신할 수 있었다. 또한 나는 그 여자를 질투하기 시작했다. 그러나 그 질투는 바울로가 「고린토인들에게 보낸 첫째 편지」에서 단죄한 질투가 아니라 디오니시오스 아레오파기타가 『신명론(神名論)』에서 주장하고 있는 그런 질투였다. 말하자면 모든 피조물을 사랑하시기 때문에 하느님이 하시는 것과 비슷한, 〈사랑하는 것에 참가하는〉 그런 질투였다. 나는 그 여자가 존재하기 때문에 그 여자를 사랑했다(나는 그 여자가 존재한다는 것을 행복으로 여겼을망정 그 존재 자체를 질투한 것은 아니었다). 그 여자에 대한 나의 질투는 천사적인 박학 아퀴나스의 이른바 〈사랑의 씨앗인 질투〉, 사랑하는 자의 위험을 막고 나서는 우애의 질투였던 것이었다(당시 나는, 그 여자의 육체를 삼으로써 제 사악한 정념을 또 한 번 더럽히는 자의 손아귀로부터 그 여자를 구하는 생각에 사로잡혔다).

이제야 나도, 사랑이 지나치면 사랑하는 자를 다치게 할 수도 있다는 저 박학한 아퀴나스의 말귀를 알게 되었다. 내 사랑은 바로 그런 지나친 사랑이었다. 말이 길어졌지만 나는 당시의 내 느낌을 되도록 정확하게 설명하고자 한 것이지 그 때의 내 느낌을 정당화하려는 것이 아니다. 나는 지금 내 청춘의 그 죄 많던 열정의 정체를 독자에게 전하려 한다. 그 열정은 사악한 것이었다. 그러나 진실은 나에게, 그때의 내 느낌은 참으로 아름다운 것이었다고 고백할 것을 요구한다. 이 진실이, 나처럼 유혹의 덫에 걸릴지도 모르는 후학에게 가르침이 될 수 있다면 그런 다행이 없을 터이다. 이제 늙은이가 다 된 나는, 그러한 유혹을 피하는 방법을 두루 안다. 이제는 낮도깨비의 유혹에서 놓여났으니 내가 좀 자랑스럽게 여겨도 될 때가 되었다 싶다가도 문득문득 아직은 유혹에서 완전히 벗어난 것 같지 않아서 곤혹을 느끼고는 한다. 그래서 나는 지금도 나 자신에게, 지금 내가 무엇을 하고 있는 것인가, 이것은 추억에 잠기기 좋아하는 지상적 정열에 굴복하는 것은 아닌가, 시간의 흐름과 죽음에 저항해 보려고 이러는 것은 아닌가, 하고 물어보고 있다.

어쨌든 당시에 나를 구한 것은 기적적인 본능이었다. 여자는 돌연 여자 자체로서가 아니라 나를 둘러싸고 있는 모든 자연과 인공의 사상(事象)으로 내 앞에 나타났다. 나는 내 영혼의 직관이 지니는 힘을 빌려 이 모든 사상을 정관함으로써 여자로 인한 긴장과 갈등에서 놓여나려 했다. 나는 외양간에서 소 떼를 끌고 나오는 목동들, 돼지에게 먹이를 주는 돼지치기들, 양 떼를 모으라고 번견(番犬)에게 고함을 지르는 양치기, 자루를 메고 방앗간에서 나오는 농부들을 바라보았다. 나는 자연 현상에 관한 명상 안에다 나 자신을 풀어놓음으로써, 내 생각을 지우고, 있는 그대로 자연의 형상을 바라보고, 그 형상에 의지해서 나 자신을 잊으려 했다.

아름다워라! 사악한 인간의 지혜에 물들지 않은 자연의 모습이여.

나는 어린양들을 바라보았다. 어린양들은, 그 순수하고 착한 성품을 인정받아 〈어린양〉이라는 이름을 상으로 받으면서부터 그렇게 불리게 된 것일까? 실제로 어린양을 지칭하는 agnus라는 명사는 어린양이 agnoscit(안다), 즉 무리 속에 있는 제 어미를 알아보고, 그 목소리를 알아듣는다는 사실에서 유래한다. 어미 역시, 수많은 어린양 무리에 섞여 있어도 제 새끼의 울음소리를 알아듣고 제 새끼만 가려내어 젖을 먹인다. 나는 양을 바라보았다. 양은 ab oblatione(제물)라는 말에서 유래했다고 해서 ovis(양)라고 불린다. 아득한 옛날부터 이 짐승이 제물로 쓰였기 때문에 그러한 꼴바꿈을 한 것이다. 양에게는, 겨울이 다가올 때면 목초가 서리에 시들기 전에 탐욕스럽게 먹어 두는 버릇이 있다. 양 떼 사이에는 개가 있었다. 라틴어로 양 떼를 지키는 개들은 canes라고 하는데, 이것은 canor(짖는다)가 변한 말이다. 짐승 중에서는 가장 완벽한 짐승, 완벽의 극치라는 찬사가 아깝지 않은 짐승인 개는 주인을 알아볼 뿐만 아니라, 숲에서 야생 동물을 사냥하기도 하고 훈련을 받으면 이리 떼로부터 양 떼를 지키기

도 한다. 개가 주인의 집이나 주인의 아들을 지킨 이야기, 목
숨을 걸고 제 임무를 수행하다가 결국은 목숨을 버리는 이야
기는 허다하다. 적의 무리에 포로로 잡혀가던 가라만테스 왕
이, 2백 마리의 사냥개들이 적진을 뚫어 주는 데 힘입어 무사
히 고국으로 돌아왔다는 이야기도 있다. 그뿐이던가? 리키
우스의 이아손이 기르던 개는 주인이 세상을 떠나자 식음을
전폐함으로써 결국 자진(自盡)하고 말았다는 이야기가 있는
가 하면, 리시마코스왕의 개는 왕이 승하하자 주인의 관(棺)
에 뛰어들어 주인과 운명을 같이했다는 이야기도 있다. 개에
게는, 상처를 핥아서 치료하는 능력도 있다. 강아지의 혀는
위장병에 특효약이라던가? 개에게는, 토한 것을 다시 먹는
버릇이 있다. 개의 이러한 절제 행위는 정신의 완전성을 상징
한다. 개의 혀가 지니는 이러한 기적적인 능력은, 고해와 참
회를 통한 죄악의 정화를 상징한다. 그러나 개가 토한 것을
다시 먹는다는 것은, 고해한 뒤에도 다시 죄를 지을 수 있음
을 암시한다. 이 암시는, 자연의 경이를 바라보고 있던 그날
아침의 내 마음을 위로하는 데 크게 도움이 되었다.

　나의 발걸음은 우사(牛舍) 쪽을 향하고 있었다. 마침 소 떼
가 목동에 쫓겨 우르르 몰려나오고 있었다. 나는 그 순간 우
정과 미덕의 상징을 보았다. 소가 우정과 미덕의 상징이라는
사실은, 다른 일에 몰두하고 있더라도 쟁기 끄는 동아리 소
를 잊지 않는 것으로 확인할 수 있다. 소는 쟁기 끌던 동아리
가 보이지 않으면 다정한 울음으로 불러 보기도 한다. 소는,
혹 비라도 내릴 양이면 스스로 알아서 우사로 돌아온다. 비
를 피하면서도 늘 바깥을 바라보는 것은 밭일을 잊어버리지
않고 있다는 증거이다. 비가 그치면 다시 일을 계속하기 위해
밭일을 유념하고 있는 것이다. 우사에서는 송아지도 나왔다.

vituli(송아지)라는 말은 viridutas(앳된) 혹은 virgo(처녀)에서 유래한다. 송아지야말로 앳되고 순결한 짐승이기 때문이다. 송아지를 바라보면서, 송아지의 우아한 모습에서 기껏, 순결하지도 못한 여자를 생각한 나야말로 얼마나 한심한 인간이었던가? 나는 겨울 아침의 기분 좋은 소요를 보고 들으면서 세상과 나 자신을 화해시킨 위대한 평화를 생각했다. 여자 생각은 더 이상 하지 않았다. 아니, 하지 않았다기보다는, 여자에게 품었던 불같은 사랑을, 내 안의 고즈넉한 평화와 행복으로 변용시키고 말았다는 편이 옳겠다.

세상이란 얼마나 아름답고 기특한 것인가…… 이런 생각도 했다. 호노리우스 아우구스토두니엔시스의 말마따나 하느님의 선하심은 끔찍한 괴수를 통해서도 드러나니 세상은 얼마나 오묘한 것인가. 괴수 이야기가 나왔으니까 말이지만 뱀 중에는, 수사슴을 단숨에 삼키고, 넓디넓은 바다를 헤엄쳐 건널 만큼 큰 뱀도 있다. 나귀의 몸, 야생 염소의 뿔, 사자의 갈기와 가슴, 인간의 목소리, 소 발굽처럼 가운데가 갈라진 발굽, 귀까지 쭉 찢어진 악어의 입, 그리고 이빨 대신 통뼈를 가진 bestia cenocroca(식인 괴수)도 있다. 그런가 하면 인간의 얼굴, 세 줄로 난 이빨, 사자의 몸, 전갈의 꼬리, 핏빛 눈……을 하고는 뱀처럼 쉭쉭거리며 인육을 찾아 헤매는 괴수도 있다. 여덟 개의 발가락, 이리 주둥이, 구부러진 발가락, 양의 털, 개의 등…… 늙으면 털이 세기는커녕 세월이 흐를수록 더욱 까맣게 짙어져 가는, 그래서 인간보다 수명이 더 긴 괴수도 있다. 어찌 그뿐이더냐. 머리가 없기 때문에 양어깨에 눈이 하나씩, 가슴에 콧구멍이 한 쌍 뚫린 괴물이 있는가 하면, 갠지스강에서 사과 냄새만 맡고 사는 괴물로, 그 강을 떠나기만 하면 죽어 버린다는 것도 있다. 그러나 개가 그러하고, 소, 양, 살쾡이가 그러하듯이, 이렇게 생긴 괴수들도 나름의 목소리로 다 창조주와 그이의 지혜를 찬미한다. 뱅상 드 보베[4]의 말마따나 이 세상의 소박한 아름다움이 사실은 얼마나 고귀한 것이며, 우주에 어울리게 갖추어진 온갖 사물의 꼴과 수와 냄새, 태어난 것의 죽음으로 확인되는, 생성과 소멸을 통한 시간의 주기에 대한 통찰이 이성의 눈에 얼마나 아름답게 비치었던가. 내 비록 한때는 영혼을 육신의 노예로 전락시킨 죄인이었다. 그러나 고백건대 나는 곧 그 죄를 참회하고 내 영혼으로 하여금 창조주와 이 세상의 이치를 따르는 정신의 아름다움을 만나게 하고, 기꺼이 창조의 크심과 그 견인불발(堅忍不拔)에 고개를 숙이게 하였다.

그렇게 느긋하게 마음의 평화를 누리고 있는 참인데 사부님이 내 쪽으로 다가왔다. 나는 발길 닿는 대로, 전혀 의식도 하지 못한 채로 수도원 경내를 거의 한 바퀴 돌고 있었던 모양이다. 퍼뜩 정신을 차리고 보니 나는 어느새, 두 시간 전에 사부님과 헤어졌던 바로 그 자리에 와 있었다. 그 자리에서 만난 사부님의 말에 생각의 미로를 헤매던 나는 정신을 차리고 다시금 수도원의 어두운 수수께끼로 눈을 돌렸다.

사부님은 기분이 좋아 보였다. 그는 예의 그 베난티오의 양피지를 들고 있었다. 기어이 그 양피지의 암호문을 해독하고 말았던 것이었다. 사부님은 혹 우리 주위에 경솔한 귀가 있을

4 이탈리아어 이름은 빈첸초 벨로바첸제, 라틴어 이름은 빈첸티우스 벨로바첸시스. 프랑스의 도미니크회 수도사, 중세의 백과사전 편찬자. 〈큰 거울〉이라는 이름의 전 80권으로 된 방대한 백과사전을 편찬한 바 있다. 이 백과사전이 이 세상의 모든 지식을 반영한다는 뜻에서 제목을 〈큰 거울〉이라고 한 듯하다. 이 책에는 민간의 미신이나 근거 없는 속설도 많이 실려 있었다고 한다.

까 염려스러웠던지 나를 당신의 독거(獨居)로 데리고 가서는 당신 손으로 해독한 암호문을 번역해 주었다. 12궁도의 기호로 짜여진, Secretum finis Africae manus supra idolum primum et septimum de quatuor(아프리카의 끝의 비밀은 우상 위의 손길을 통해 넷의 첫째와 일곱 번째에 작용한다)라는 문장 다음에 이어지는 그리스어 암호문의 내용은 이러했다.

무서운 독이기는 하나 이 독에는 정화 작용의 효능이 있다……

원수를 궤멸시키는 데는 최상의 무기……

비천하고 가난한 천민을 쓰되 이들의 약점을 이용하여 남을 즐겁게 한다…… 약점을 이용하되 죽게 해서는 안 된다…… 귀족이나 권력자의 저택이 아닌, 농민들이 사는 마을에서…… 주지육림(酒池肉林)이 파한 자리에서…… 땅딸막한 광대, 일그러진 얼굴.

처녀를 능욕하고 창부와 잠자리에 들지만 악의가 없고 두려워할 줄도 모른다.

다른 진리, 혹은 진리의 다른 모습……

귀한 무화과.

부끄러움을 모르는 돌이 광야를 구른다…… 눈앞에서.

사기란 필요한 것이다. 짐짓 사람을 놀라게 하거나, 일반의 믿음과 정반대되는 말을 하거나, 저 뜻으로 이 말을 하는 것은.

땅에 묻힌 매미들이 그들에게 노래해 줄 것이다.

이것이 전문이었다. 그러나 전문이나마나 내가 보기에는 아무 의미도 없는 미친 사람의 헛소리에 다를 바 없었다. 사부님에게도 내 느낌을 고백했다. 사부님도 내 말을 그르다고 하지 않았다.

「딴은 그렇기도 하다. 번역해 놓고 보니 더하구나. 내 그리스어 실력이 그렇게 믿을 만한 것이 못 된다면 마음이 좀 놓이겠느냐? 하나 베난티오나 그 서책의 저자가 미친 사람이었다고 해도, 그 서책을 숨겼다가 다시 찾느라고 온갖 고생을 다한 사람들 모두가 미친 건 아닐 텐데 우린 아직도 사람들이 왜 이 서책을 그렇게 중요히 여기는지 까닭을 알 수가 없구나.」

「여기에 쓰인 글귀가, 그 수수께끼의 서책에서 나온 것은 분명한지요?」

「베난티오가 베껴 쓴 것임에 분명하다. 너도 보면 알 것이다. 이것은 옛날의 양피지가 아니라 요즘에 만들어진 양피지이다. 따라서 베난티오가 그 서책을 읽으면서 요약해 둔 것임에 분명하다. 그렇지 않다면 베난티오가 그리스어로 썼을 리가 없다. 틀림없이 finis Africae(아프리카의 끝)라는 이름의 서실(書室)에서 훔친 서책의 문장을 요약해서 옮겨 적은 것임에 분명해. 베난티오는 이 서책을 문서 사자실로 가지고 가 필요한 걸 요약하면서 읽기 시작했을 것이다. 그런데 무슨 일이 있어서…… 말하자면 골치가 아파졌다거나, 누군가가 다가오는 발자국 소리를 들었다거나 해서…… 다음 날 아침에 다시 읽어 볼 요량으로 서책과 양피지를 서안 밑에다 넣었을 것이다. 하여튼 문제의 서책이 지니는 성격을 재구성할 단서는 이 양피지의 암호문뿐이다. 그리고 서책의 성격을 알아야 살인자의 성격을 유추해 낼 수 있다. 어떤 물건을 손에 넣을 목적으로 저지른 범죄 사건의 경우, 그 물건의 성격이 범행의 성격, 범인의 성격을 알아내는 단서가 될 수 있는 법이다. 한 덩어리의 황금 때문에 저질러진 살인 사건이 있다면 그 범인은 탐욕스러운 자일 가능성이 크지 않겠느냐. 마찬가지로, 서책으로 인해 살인 사건이 생긴다면, 범인은 그 서책의 비밀을 지키고자 하는 자일 가능성이 크다. 따라서 우리가 해야 하는 일은 우선 우리 손에 없는 그 서책의 내용을 추정하는 것이야.」

「여기에 있는 몇 줄로 어떻게 그 서책의 내용을 추정하실 수 있겠습니까?」

「아드소, 잘 보아라, 무슨 경전(經典)의 글귀 같지 않으냐? 경전의 글귀는 자구(字句) 밖에 있는 법이어서 하는 소리야. 레미지오와 헤어진 다음 나는 이 글을 읽다 말고 크게 놀랐구나. 여기에도 천민, 즉 범인(凡人)과 농부에 관한 언급이 있지 않으냐? 범인과 농부도, 현자의 진리와는 다른 진리를 알고 있는 범인과 농부…… 레미지오는 말라키아와 자기 사이에 무슨 관계가 있는 듯이 말하더구나. 말라키아가, 레미지오의 손에서 넘어온 이단적인 불온 문서를 숨겼을까? 그렇다면 베난티오가 이것을 어떻게 해서든 손에 넣어서 읽어 보고, 세상만사와 세상 사람들 모두에게 반항하는 거칠고 비천한 무리에 관한 내용을 옮겨 적었을 가능성도 있다. 그러나……」

「그러나?」

「……그러나 내 가설에는 두 가지 약점이 있다. 말하자면 두 가지 사실을 설명하지 못하고 있다는 것이다. 첫째, 베난티오는 그런 문제에 별로 관심을 가진 사람이 아니었다는 것이다. 다시 말해서 베난티오는 그리스어 문서 번역자이지 이단적인 목회와는 별 인연이 없는 사람이었다는 것이다. 그리고 두 번째로, 나의 가설로는 글귀에 〈무화과〉, 〈돌〉, 〈매미〉 같은 낱말이 들어 있는 까닭을 설명해 낼 수 없다.」

「혹 다른 뜻이 있는 수수께끼가 아닐까 합니다만. 사부님께서는 다른 가설도 세우셨을 것이 아닙니까?」

「세우기는 했다만 그게 아직 선명하지가 못하다. 이 양피지를 읽고 보니, 이와 비슷한 글귀, 아니면 바로 이 글귀를 언제 어디에선가 읽은 것 같기도 하더라. 어쩐지 이 글귀가, 지난날에 있었던 일을 말하고 있는 것 같기도 하고⋯⋯. 하지만 그게 무엇인지는 도무지 생각나지 않아. 좀 더 생각해 보아야 할 것 같다. 다른 서책을 읽든지 하면서⋯⋯.」

「다른 서책을 읽으시다니요? 한 서책의 내용을 알기 위해 다른 서책까지 읽어야 하나요?」

「그래야 할 때가 있는 법이다. 책들은 종종 다른 책들에 대해 말하지. 간혹 무해한 책은 위험한 책에서 꽃을 피우는 씨앗과 같거나 그 반대라고. 독초 대궁이에 단 열매가 열리는 격이라고나 할까. 알베르투스 마그누스의 책을 읽어도 토마스 아퀴나스가 뭐라고 했는지 알 수 있지 않느냐? 토마스 아퀴나스를 읽으면 아베로에스가 뭐라고 했는지도 알 수 있고⋯⋯.」

「과연 그러하겠습니다.」 나는 속으로는 적지 않게 놀랐다. 그때까지 내가 안 바로, 서책이라고 하는 것은 인간이든 하느님이든, 책 바깥에 놓여 있는 것들만 다루는 물건이었다. 그러나 사부님 말씀에 따르면, 서책이라는 것은 서책 자체의 내용도 다루고 있는 것이었다. 말하자면 서책끼리 대화를 주고받는다는 것을 나는 사부님 말씀을 듣고 나서야 깨달은 것이었다. 생각이 여기에 이르고 보니 문득 장서관이 몹시 마음에 걸렸다. 그렇다면 장서관이란, 수 세기에 걸쳐 서책끼리의 음울한 속삭임이 계속되는 곳, 인간의 정신에 의해서는 정복되지 않는, 살아 있는 막강한 권력자, 만든 자, 옮겨 쓴 자가 죽어도 고스란히 살아남을 무한한 비밀의 보고인 셈이었다.

「사부님, 드러나 있는 서책을 통해 드러나지 않은 서책에 이를 수 있다면 어째서 굳이 서책을 숨기려 하는 것인지요?」

「몇 세기가 지나면 숨기는 것도 쓸모없는 짓이 돼버리지. 하나 몇 해 또는 며칠의 기간 동안에는 어느 정도 쓸모가 있다. 우리를 봐라. 이렇게 헤매고 있지 않느냐?」

「그렇다면 장서관이라고 하는 게, 진실을 퍼뜨리는 곳이 아니라 진실이 드러날 때를 늦추는 곳이라고 할 수도 있는 것입니까?」

「꼭 그런 것도 아니고 그럴 필요도 없다. 그러나 지금으로 서는…… 그렇다고밖에는 할 수 없구나…….」

6시과

아드소는 송로버섯을 따러 나갔다가 수도원으로 들어오는
황제 측 사절인 프란체스코회 대표들을 목격한다.
이들은 윌리엄 수도사와 우베르티노와 많은 이야기를 나누고,
그러던 중에 교황 요한 22세를 비난하는 이야기가 오고 간다.

　베난티오의 양피지 암호를 해독한 이후로 사부님은 활동
을 중단한 것처럼 보였다. 나는 앞에서 이미, 사부님에게 이
따금씩 완전한 무위(無爲)에 빠질 때가 있다는 이야기를 한
적이 있다. 사부님이 이렇게 무위에 빠질 때면 별들도 그 운
행을 멈추는 것 같았다. 정확하게 말하면, 사부님이 별들과
함께하고 별들이 사부님과 함께하는 것 같았다는 것이다. 그
날 아침의 사부님이 그러했다. 사부님은 짚자리 위에 반듯이
누운 채 가슴에다 두 손을 포개고 허공만 바라보고 있었다.
이따금씩 입술을 움직이기는 했다. 기도문이라도 음송하는
것 같았다. 그러나 기도문이라고 보기도 어려웠다. 마음 내
키는 대로 종착 없이 시작했다가는 마음 내키는 대로 끝내
버리는 것으로 보아 설사 기도문을 음송했더라도 도무지 신
심이라고는 깃들어 있지 않은 기도문 음송이었을 터였다.
　나는 일단 사부님이 명상에 잠긴 것으로 보고 그 명상의
시간을 방해하지 않기로 마음먹었다. 나는 뜰로 나왔다. 어
쩐지 햇빛에는 생기가 하나도 없었다. 그렇게 맑고 밝던 아침
이, 하루의 반을 채 넘기지 못하고 그만 풀이 푹 죽어 버린 형
국이었다. 짙은 구름이 북쪽에서 산꼭대기로 쳐들어와 정상

을 가볍게 가리기 시작하고 있었다. 산기슭에서는 안개가 오르고 있었는데, 발밑에서 안개가 솟아오르는 광경은 산문(山門) 경험이 적은 나에게는 생소해 보였다. 수도원이 위치한 지대의 고도가 높아서 그렇겠지만 나에게는, 위에서 내리는 구름과 아래에서 솟아오르는 안개를 분간하기가 쉽지 않았다. 먼 곳의 건물들은 그 안개 속으로 사라져 가고 있었다.

세베리노가 부산하게 돼지치기들을 지휘하면서 돼지 모으는 게 보였다. 세베리노는 신바람이 나 있는 것 같았다. 그는, 돼지 모으는 까닭을 묻는 나에게, 기슭의 골짜기로 내려가 송로(松露)버섯을 캘 작정이라고 대답했다. 나는 모르고 있었지만 세베리노는 송로버섯이 이탈리아 반도에서만 나는 귀물(貴物)이라고 말해 주었다. 그의 말에 따르면, 송로버섯은 베네딕트 수도회의 고위 수도자들이 특히 즐기는 고급 식품으로 노르치아 지방에서는 검은 송로버섯, 그리고 우리가 몸 붙이고 있던 그 수도원 인근 지역에서는 검은 것보다 더 향기로운 흰 송로버섯이 난다. 세베리노는 이어서, 송로버섯이 무엇인지, 어떻게 조리해야 귀한 요리가 되는지도 설명해 주었다. 그의 설명에 따르면, 송로버섯은 여느 버섯과는 달리 땅속에서 자라기 때문에 찾아내기가 몹시 어렵다. 재미있는 것은, 송로버섯의 냄새를 맡고, 흙을 파고 버섯을 캐낼 수 있는 동물은 돼지뿐이라는 것이다. 게다가 돼지는 송로버섯을 어찌나 좋아하는지 캐내는 즉시 그 자리에서 먹어 버리기 때문에, 돼지를 따라가다가 송로버섯 냄새를 맡은 기미가 있으면 서둘러 돼지를 쫓아 버리고 손수 캐지 않으면 안 된다는 것이다. 후일에 나는 많은 귀족들이 족보 있는 사냥개 대신 돼지를 앞세운 채 괭이 든 하인을 거느리고 다니는 것을 본 적이 있는데, 이때 세베리노로부터 송로버섯 이야기를 듣지 않았더라면 심히 괴이하게 생각했을 터이다. 한번은, 내가 이탈리아 반도를 여행하고 온 것을 안 조국의 어떤 귀족이, 이탈리아에서는 귀족들이 손수 돼지몰이를 한다는데 본 적이 있느냐고 물었다. 나는 그때, 아하, 송로버섯 캐러 다니는 걸 본 적이 있는 모양이로구나…… 이런 생각을 하면서 속으로 웃은 적도 있다. 나는 그 귀족들이 땅속에 있는 tartufo(송로버섯)를 캐 먹으러 다닌다고 설명하려다가 우리 게르만어로 der teufel(송로버섯, 악마)을 캐 먹으러 다닌다고 대답했다. 그러자 그 귀족은 정신이 반쯤 나가 버린 얼굴을 하고는 성호를 그었다. 그의 표정은, 〈맙소사, 악마를 캐 먹으러 다니다니……〉 이렇게 말하고 있었다. 물론 〈송로버섯〉과 〈악마〉 사이의 오해를 풀고 박장대소하기는 했지만 말이라고 하는 것은 참 묘한 것이다. 듣기에 따라 이 말이 저 말 되고 저 말이 이 말 될 수 있는 것이니까…….

세베리노의 설명이 나의 호기심을 자극했다. 나는 그를 따라 송로버섯을 캐러 가기로 마음먹었다. 내가 따라나서기로 작정한 데엔 까닭이 있다. 물론 송로버섯이라는 것을 한번 구경하고 싶다는 마음도 없지 않았지만 실은 세베리노가 버섯 캐기 놀음으로 수도원 전체의 분위기를 일전시키려고 그러는 것 같아서, 말하자면 세베리노를 도와 그의 마음의 짐도 덜어 주고 수도원 전체의 분위기도 좀 바꾸는 데 일조를 하고자 그를 따라나섰던 것이었다. 나는 세베리노의 의도대로 되지 않는다고 하더라도 적어도 내 기분만은 바꿀 수 있을 것 같았다.

아니다, 아니다……. 나는 이 글을 시작하면서 항상, 그리고 오로지 진실만을 쓰겠다고 맹세했다. 그래서 고백하거니와 내가 세베리노를 따라나서기로 작정한 까닭은 다른 데 있

었다. 골짜기로 내려가면 혹시 누군가를 만날 수 있을지도
모른다는 은밀한 희망이 그것이었다. 그러나 나는 나 자신에
게 그것보다는 다른 이유를 대었다. 그날은 마침 황제 측 사
절과 교황 측 사절이 수도원에 도착하기로 되어 있는 날이기
도 했기에, 나는 두 사절단 중 한 무리라도 도착하는 모습을
볼 수 있을까 싶어 내려가는 것이라고 생각했던 것이다.

산의 사면을 내려감에 따라 시계가 넓어져 갔다. 하늘에
구름이 덮여 있어서 해를 볼 수는 없었지만, 게다가 우리 머
리 위로는 안개가 끼어 있는데도 불구하고 사물은 산 위에서
보다 더욱 선명하게 보였다. 수도원에서 한동안 내려갔을 때
나는 눈을 들어 수도원 쪽을 올려다보았다. 아무것도 보이지
않았다. 보여야 할 산꼭대기와 수도원과 고원 언저리는 안개
일 수도 있고 구름일 수도 있는 것에 가려 시계에서 사라지
고 없었다.

수도원으로 올라오던 날에는 산을 꽤 올라왔는데도 십여
마일도 안 떨어진 바다를 문득 문득 내려다볼 수 있었다. 한
동안 산을 오르다 보면 아름다운 만(灣)으로 내리 깎인 까마
득한 노대 위로 올라서게 되는가 하면, 얼마 뒤에는 먼 해변
으로 펼쳐지면서 높이를 다투어 자랑하던 산들을 가리면서
산협이 문득 앞을 가로막기도 했다. 따라서 그날의 짧은 여
행은 놀라움의 연속이었다. 앞을 가로막는 산협은 어찌나 험
하고 가파른지 햇빛도 그 사이로는 비집고 들어오지 못할 것
같았다. 그 뒤로도 이탈리아 북부를 두루 돌아다녔지만, 그
렇게 비좁은 산협, 그렇게 갑작스럽게 상봉하는 바다와 산,
그렇게 고산 풍광의 꼬리처럼 펼쳐진 아름다운 해변은 본 적
이 없다. 협곡 사이로 휘파람 소리를 내며 불어오는 바람을
맞노라면, 바다 냄새와, 산봉우리를 휘돌아 내려온 돌풍의

냉기를 동시에 느낄 수 있을 정도였다.

그러나 버섯 캐러 간 날은 주위가 온통 잿빛, 아니 우윳빛이어서 산협이 해변으로 활짝 열렸는데도 불구하고 수평선을 볼 수 없었다. 하지만…… 독자들이여, 내 마음을 조급하게 하는 이야기가 있어서 버섯 이야기는 내 기억에나 묻어 두기로 하겠다. 따라서 〈악마〉를 찾아 산을 오르내리던 이야기 대신 프란체스코회 사절단 이야기를 하기로 한다. 나는 프란체스코회, 혹은 소형제회 사절단이 올라오는 걸 보고는 바로 수도원으로 되짚어 올라가 사부님에게 보고했다.

사부님은, 사절단에 속하는 수도사들이 수도원 경내로 들어와 의전 절차에 따라 수도원장의 영접을 받을 때까지 기다렸다. 영접 행사가 끝나자 사부님은 사절단원들에게 가까이 갔다. 인사와 포옹이 어지럽게 오갔다.

식사 시간은 지난 지 오래였으나 식당에는 빈객을 위한 음식이 준비되어 있었다. 때 아닌 식사를 금하는 우리 베네딕트회 회칙 때문에 혹 빈객들이 무안해할까 봐 그랬는지 원장은 식당 주위에 얼씬도 하지 않았다. 사절단 수도사들은 윌리엄 수도사를 둘러싸고 자유롭게 먹고 마시면서 그간의 이야기들을 나누었다. 이런 말이 어찌 하느님을 기쁘시게 할 수 있을까만, 내가 보기에는 정담을 나누는 것이 아니라 교황 측 사절단의 도착을 앞두고 장군들이 대책을 의논하는 무슨 작전 회의 분위기였다.

곧 우베르티노가 빈객들과 합류했다. 우베르티노에게 각별하게 안부를 묻는 빈객들은 하나같이 우베르티노를 존경했고 그래서 그와의 재회를 몹시 반가워하는 것 같았다. 우베르티노가 오랫동안 종적을 감추고 있었고, 그의 잠적을 둘러싸고 소문이 무성했기 때문이기도 하겠지만, 그보다도 수

십 년간이나 같은 전투를 치러 온 용감무쌍한 전우를 맞이하
는 분위기와 흡사했다.

사절단 구성원들의 면면은, 정식 회의가 열릴 때 자세하게
소개하기로 하고, 우선 그날 오후에 전격적으로 열린 사부님,
우베르티노, 그리고 사절단장이라고 할 수 있는 체세나 사람
미켈레의 3자 회담 이야기부터 하고자 한다. (실제로 나는 이
회담에 신경 쓰느라 다른 이들과 직접 대화할 겨를이 없기도
했다.)

체세나 사람 미켈레는 참으로 특이한 사람이었다. 그는 열
렬한 프란체스코 성인의 추종자인가 하면(우베르티노만 그
런 줄 알았는데 그의 말투나 태도에서도 일종의 신비스러운
격정 같은 것이 묻어났다), 극히 인간적인 로마냐 사람답게
호쾌한 데도 있었다. 말하자면, 열광적인 프란체스코주의자
인 반면에 잘 차려진 식탁을 즐길 줄도 알고, 친구들과 행복
을 나눌 줄도 아는 그런 사람이었다. 그러나 일단 권력 구조
내부의 인간관계에서는 치밀하고 교활해서 가히 영리하기가
여우 같고 음흉하기가 두더지 같다고 할 만한 사람이라는 평
판을 받고 있었다. 내가 본 그는 호탕하게 웃을 줄도 알았고,
팽팽한 긴장도 여상스럽게 견딜 줄도 알았으며, 침묵으로써
웅변 못지않게 사람을 설득할 줄도 아는 사람이었다. 그에게
는 상대의 질문이 마음에 들지 않을 경우 시선을 돌려 버림
으로써 그 질문 자체를 무시하면서도 질문자를 무안하지 않
게 하는 재주도 있었다.

앞에서도 체세나의 미켈레 이야기를 조금 한 바 있다. 물
론 남들에게서 전설처럼 들었던 이야기들이다. 나에게 미켈
레 이야기를 한 사람들 중에는, 실제로는 미켈레를 한 번도
본 적이 없으면서도 역시 들은 이야기를 나에게 전해 준 사

람도 적지 않을 것이다. 그러나 그때 나는 미켈레 수도사를 목전에서 친견하면서 수많은 동도(同道)의 도반들과 추종자들을 당혹케 했던, 그의 모순된 태도와 정략적인 변신의 과정과 까닭을 나름대로 이해할 수 있었다. 프란체스코 수도회 곧 소형제 수도회의 총회장인 그는 원칙적으로는 성 프란체스코의 적법한 후계자인 동시에 실제로 으뜸가는 성 프란체스코 해석자이기도 했다. 때문에 그는 바뇨레조 사람 보나벤투라 같은 전임자와도 성성(聖性)과 지혜를 겨루지 않으면 안 되었다. 그는 안으로는 회칙을 확립해야 했고, 밖으로는 교단의 재정을 반석 위에 올려놓지 않으면 안 되었다. 게다가 귀족들과 행정관들을 상대로 정치적 협상을 벌임으로써 교단이 찬밥 신세가 되지 않도록 하는 일도 그의 몫이었기 때문에, 비록 헌금이라는 명목이 붙기는 했어도 그들로부터 교단 발전의 재원이 될 희사금과 유산을 받아들이지 않으면 안 되었다. 소형제 수도회의 한 종파인, 열렬하고 따라서 과격한 엄격주의파 수도사들도 그 자신이 다독거려야 했다. 약간은 이단의 소지가 있는 당시의 엄격주의파 수도사들이 소형제회의 참회 강요에 못 이겨, 미켈레가 총회장으로 있는 정통파 교단을 떠나 이단자 무리에 가담하는 일 또한 비일비재했으니 총회장으로서는 검은 머리가 모시 바구니 될 지경이었을 터였다. 그는 또 황제의 미움을 살 처지도 아니었고, 교황의 심사를 건드릴 형편도 아니었으며, 날로 과격해지는 소형제파와 엄격주의파를 나 몰라라 할 계제도 아닌 판에 성 프란체스코까지 기쁘게 해야 했다. 성 프란체스코가 하늘에서 내려다보고, 프란체스코회 신도들이 땅에서 올려다보았을 터이니 그의 자리가 몹시 고단한 자리인 것도 무리는 아니었다. 이렇게 어려운 자리에서 모나지 않게 처신해야 했던 미켈레는, 교황 요한이 프란체스코회의 엄격주의파를 이단으로 몰았을 때, 회칙에 묶이지 않으려고 날뛰는 프로방스의 수도사 다섯을 교황의 손에 붙이는 것도 마다할 수 없었다. 교황은 이 다섯 수도사들을 화형주에 매달았다. 그러나 교단의 많은 성직자들이, 복음주의적 청빈 사상에 경도되어 있다는 사실을 깨달은(이렇게 만든 사람은 바로 우베르티노였다) 미켈레는 4년 뒤에 페루자에서 열린 총회에서는 화형을 당한 다섯 수도사를 복권시키는 한편, 이단으로 흐를 수 있는 교단의 내적 요구와 교단 자체의 회칙 및 원칙을 화해하게 하고 교단의 요구와 교황의 요구와도 조화시키지 않으면 안 되었다. 그러나 교황의 재가가 없는 경우 미켈레는 교단의 살림을 꾸릴 수 없는 입장이었다. 바로 이 때문에 미켈레는 교황의 미움을 살 수도 없는 형편이었고, 교황을 용인하지 않으려고 날뛰는 교단 내의 분위기 때문에 황제 및 황실 신학자의 미움을 살 수도 없는 형편이었다. 우리와 그 수도원에서 만나기 2년 전만 하더라도 리옹의 프란체스코회 총회장 자리에 앉아 교황에 대해서는 존경과 절제의 말만 입에 올릴 것을 가르치던 그가 아니던가? 그것도 교황이 프란체스코회를 두고 〈우는소리와 실책과 독신(瀆神)만 아는 무리〉라고 하고 나서 겨우 몇 달 뒤의 일이 아니던가? 그러던 그가 불과 2년 뒤에는 교황을 전혀 존경하지 않는 사람들, 말하자면 우베르티노 같은 투사, 사부님 같은 황제 측 총신과 정답게 마주앉아 이야기를 나누고 있는 것이었다.

교황 요한 22세가 미켈레를 아비뇽에 부르고 싶어 한다는 이야기는 앞에서도 한 바 있다. 미켈레 자신은 교황의 부름에 따르고 싶기도, 그렇지 않기도 했던 것 같다. 그다음 날에 열릴 회담의 목적은, 그러니까 미켈레가 아비뇽으로 가되 어떤 성격의 여행이 될 것이며 무엇이 보장될 것인지를 결정하는 데 있었다. 무엇보다도 미켈레의 아비뇽 방문을 복종으로 보여서도, 반역으로 보여서도 안 될 조심스러운 일이었다. 내가 알기로 미켈레는 요한을, 적어도 교황으로서의 요한을 친견한 적이 없는 사람이다. 어쨌거나 그가 한동안 요한을 만나 본 적이 없었다는 건 분명하다. 그래서인지 미켈레와 동석한 옛 전우들은 미켈레 앞에서 성직 매매자로서의 교황의 초상에 먹칠하기를 망설이지 않았다.

윌리엄 수도사가 먼저 미켈레에게 못을 박았다. 「총회장인 당신이 분명하게 알아야 할 것은, 교황의 서원은 절대 믿어서는 안 된다는 것이오. 그는 서원의 내용은 저버린 채 그 문자에만 매달리는 사람이니 말이오.」

우베르티노도 거들었다. 「그자가 교황 자리에 오를 때 일은 천하가 다 알지.」

「그게 어디 선거랍디까? 협잡이지…….」 식탁에 동석하고 있던 한 노수도사가 고함을 질렀다. 나중에 알았지만 고함을 지른 장본인은 뉴캐슬 사람 휴 수도사였다. 고향이 비슷해서 그랬는지 억양이 사부님 억양과 비슷했다. 그가 음식을 삼키고 나서 말을 이었다. 「……먼저 짚고 넘어가야 할 것은 클레멘스 5세의 죽음과 관련된 문제가 투명하지 못하다는 것입니다. 왕은 클레멘스 5세를 결코 용서하지 않았지요. 전임 교황 보니파키우스 8세의 사적을 탄핵하겠다고 약속하고서도, 실제로는 전임 교황을 부정하지 않으려고 무슨 일이건 다 했으니 말입니다. 이분이 카르팡트라에서 어떻게 돌아가셨는지 아는 분이 이 자리에 계십니까? 분명한 것은 교황을 선출하고자 추기경들이 카르팡트라에 모였을 때 교황은 선출되지도 않았다는 겁니다. 교황 선출보다는 교황청이 로마에 있어야 할지, 아비뇽으로 가야 할지, 이 문제를 놓고 토론하느라 바빴으니까요. 당연히 그래야 했고요. 저는 당시에 있었던 일을 잘 모릅니다만 귓구멍으로 듣기로는 대학살이 있었다더군요. 승하한 교황의 조카가 추기경들을 위협하고 추기경들이 데리고 온 종자(從者)를 죽이고 이들의 숙소에 불을 놓았더랍니다. 추기경들이 프랑스 왕에게 이를 탄원하자, 왕은 교황이 로마를 버리는 것을 바라지 않는다면서 추기경들의 인내와 현명한 선택이 있어야 한다고 했다지요……. 이어서 미남왕 필리프가 승하하셨지요. 그의 사인 역시 하느님이나 아십니다.」

「어쩌면 악마가 알지도 모르지.」 우베르티노가 성호를 그으며 중얼거리자 모두가 함께 성호를 그었다.

뉴캐슬 사람 휴 수도사가 코웃음을 치면서 고개를 끄덕거리다가 비아냥거리는 어조로 말했다. 「그래요, 악마라면 알겠군요……. 아무튼 다음 국왕이 대를 이으나 이 양반 역시 재임 열여덟 달 만에 또 세상을 뜹니다. 그다음 후계자가 탄생하나 또 며칠 만에 덜컥……. 급기야는 섭정하던 왕제(王弟)가 왕위를 찬탈, 대통을 잇습니다.」

미켈레가 덧붙였다. 「그 양반이 바로 필리프 5세 아닙니까? 백작 시절에 카르팡트라에서 허겁지겁 도망치던 추기경들의 앞을 막고 선 장본인이지요.」

뉴캐슬 사람이 미켈레의 말을 받았다. 「그렇습니다. 이 양반은 추기경들을 다시 리옹에 있던 도미니크회 수도원에다 몰아넣고 교황을 선출하라고 윽박지르되, 외부를 향해서는 자기는 추기경들을 보호하자는 것이지 볼모로 잡은 것은 아니라고 주장합니다. 하지만 어디 그랬던가요? 추기경들이 손아귀 안으로 들어오자 이 양반은, 나중에는 관례가 됩니다만, 추기경들을 〈감금〉하고 교황이 선출되기까지 매일 음식의 양을 줄입니다. 추기경들은 결단을 내리지 않을 수 없게 되지요. 백작은 추기경들을 한 사람씩 불러 자기가 왕위에 오를 때는 응분의 지원을 해주겠다고 약속합니다. 실제로 백작은 왕위에 오르지요. 일이 이렇게 되자 한 두어 해 동안 그곳에서 먹을 것 제대로 못 얻어먹으며 살아야 할까 봐 잔뜩 겁을 집어먹은 추기경들은 거기에서 필리프왕의 제안을 받아들입니다. 말하자면 칠십 객인 땅 귀신을 베드로의 자리에다 앉힌 겁니다.」

「땅 귀신이라는 말 잘하셨군. 꼴은 폐병 환자 같지만 힘쓰기 꾀쓰기는 상상을 앞지른대요.」 우베르티노가 웃으면서 응수했다.

「신기료장수 아들이었다면서요?」

좌중의 누군가가 이런 말을 하자 우베르티노가 그를 나무랐다. 「에끼, 그런 말 마오. 그리스도는 목수 아들이었소. 그건 중요한 게 아니에요. 공부는 많이 한 사람이랍니다. 몽펠리에에서는 법률을 공부했고 파리에서는 의학을 공부했다니까……. 이렇게 공부하다가 기회가 오는 듯싶자 주교 자리, 추기경 모자를 하루라도 먼저 얻으려고 사람도 골라서 사귀게 됩니다. 나폴리에서 현명왕(賢明王)을 자문할 때에는 그 특유의 혜안으로 사람들을 적잖게 놀라게 하기도 했던 모양이에요. 아비뇽 주교 시절에는 미남왕 필리프를 적절하게 자문하여 성당 기사단을 해산하게 하기도 합니다. 내가 굳이 〈적절하게〉 자문했다고 하는 것은, 당시 성당 기사단의 작폐가 적지 않았기에 하는 소리이지 다른 뜻이 있는 게 아닙니다. 이 양반은 교황에 선임된 직후에, 자기를 죽이려고 하는 추기경단의 음모를 분쇄하기도 하지요. 하지만 내가 정말 하려는 이야기는 이런 게 아니랍니다. 나는 이 양반에게만 있는 독특한 능력을 하나 소개하려는 참이에요. 이 양반에게는, 맹세를 깨뜨리고도 남들의 비난을 피하는 묘한 능력이 있어요. 교황에 피선되기 직전에 이 양반은 오르시니 추기경에게 교황청을 로마로 옮겨 가겠다고 약속합니다.[5] 그리고 피선된 뒤에는, 교황이라는 성별된 자리를 두고 맹세하거니와, 자기가 만일에 그 약속을 지키지 못하면 평생 말이나 노새는 타지 않겠다고 또 한 번 맹세합니다. 이 여우 같은 자가 그 뒤로 어떻게 했는지 아시오? 이자는 리옹에서 대관함으로써, 아비뇽에서 대관하기를 바라던 왕의 뜻은 이루어지지 않게 됩니다만, 이 리옹에서 아비뇽까지 어떻게 갔는지 아시오? 배를 타고 갔답니다.」

좌중의 노수도사들이 모두 웃었다. 교황이 비록 위서(僞誓)의 허물을 짓기는 해도 그에게 재치 있는 구석은 있었던 모양이라고 나는 생각했다.

윌리엄 수도사가 내뱉듯이 말했다. 「부끄러움을 모르는 사람이군. 휴가 그렇지 않습디까? 요한은 제 검은 뱃속을 구태여 감출 필요를 못 느끼는 사람이라고. 우베르티노, 당신이 한 말이지요? 요한이 아비뇽에 도착한 즉시 오르시니 추기경에게 뭐라고 했다지요?」

「암, 내가 했지.」 우베르티노가 좌중을 일별하고 나서 말을 이었다. 「……그때 교황 요한이 한 말이 걸작이야. 프랑스 하늘이 그렇듯 아름다운데 자기가 왜 꼭 프랑스를 떠나야 하느냐, 로마처럼 폐허가 널려 있는 곳에 자기가 갈 필요가 있겠느냐고 했더랬지요. 베드로에게 그랬듯이, 베드로의 후계자

---

5 교황청이 로마에서 아비뇽으로 옮겨 감으로써 아비뇽이 기독교의 중심이 된 것은 1309년의 일. 교황 요한 22세가 교황에 선임된 것은 1316년의 일.

인 교황에게는 문제를 결지해지(結之解之)하는 권한이 있는 것 아닙니까? 요한은 이 권한을 한번 써본 거지요. 결국 이 늙은이는 프랑스에 눌러앉기로 하지요. 무슨 이유가 있겠어요? 살기가 편해서 그랬던 거랍니다. 오르시니 추기경이, 교황은 마땅히 바티칸 언덕에 뿌리를 내리고 있어야 한다고 토를 달고 나서자 교황은 오르시니에게 교황에 대한 추기경의 복종의 의무 운운하면서 입을 막아 버리더랍니다. 그럼 그 늙은이가 했던 맹세는 어떻게 되었느냐고 하시겠지요. 아, 교황청을 바티칸으로 옮기지 않고 프랑스에 눌러살려면 평생 말이나 노새를 안 타면 그만 아니오? 리옹에서 배를 타고 아비뇽에 닿을 경우 내려서 교황은 백마를 타고 앞장서고, 추기경들은 흑마를 타고 뒤따르는 게 관례 아닙니까? 하지만 요한은 맹세를 지킨답시고 주교관까지 걸어갑니다. 애꿎은 추기경들만 발이 부르트게 걸은 것이지요. 그 뒤로도 교황이 말 탔다는 말은 들어 본 적이 없어요. 자, 미켈레, 그대가 상대해야 하는 위인이 바로 이런 위인이니 그의 말을 어찌 믿고 무사하길 바라겠소?」

미켈레는 한동안 침묵을 지키고 있다가 좌중의 관심이 자기에게 쏠려 있는 것을 의식했는지 천천히 대꾸했다. 「나는 교황이 아비뇽에 남아 있으려 하는 걸 이해합니다. 따라서 그것은 따지고 싶지 않아요. 하지만 교황도, 예수님도 청빈을 좇았고 청빈의 본을 보였다는 해석은 비난하지 못할 겁니다.」

가만히 듣고 있던 윌리엄 수도사가 일갈했다. 「미켈레, 순진한 소리 맙시다. 당신의 희망, 우리의 희망이 그를 악한 자로 보이게 하는 것이 문제 아니겠습니까? 눈을 크게 뜨세요. 고래(古來)로 교황의 위(位)에 오른 사람 중에 이만큼 탐욕스러운 사람은 없었어요. 우리 우베르티노의 입에 걸리면 단칼

에 난자당하는 바빌론의 창부들, 단테 알리기에리라고 하는
당신 나라 시인의 시에 오르내리는 끝없이 부패한 교황도 이
요한에 견주면 순한 양들입니다. 요한이야말로 도둑까치이
자 유대인 고리 대금업자예요. 부정 거래는 피렌체보다 아비
뇽에서 더 횡행하고 있습니다. 나는 우연한 기회에 이자와,
클레멘스 교황의 조카 되는 베르트랑 드 고트와의 관계를 알
게 되었어요. 베르트랑 드 고트가 누구던가요? 카르팡트라
사건의 피의자 아닙니까? 추기경들이 그 사건 임시에 수중의
보석을 몽땅 빼앗긴 일 알고들 있어요? 베르트랑 드 고트는
제 숙부의 재물에도 손을 대는데 요한은 이걸 수수방관하더
랍니다. 요한은, 클레멘스의 재물이라면 금은전, 금은기, 서
책, 융단, 귀금속, 장신구 등 하나도 빼지 않고 목록까지 작성
해 둔 참이어서 손금 보듯이 훤히 알고 있었는데도 불구하고
가만히 있었으니 무슨 꿍꿍이속이 있었을 테지요. 카르팡트
라 사건 당시 베르트랑은 자그마치 금화 15만 피오리노를 가
로채지만 요한은 이것을 모르는 척하고 대신 베르트랑이 그
숙부로부터 〈성무 자금(聖務資金)〉, 즉 십자군 자금으로 받은
3만 피오리노만 문제 삼았답니다. 베르트랑과 요한은 결국
이 자금을 반반씩 나누어 베르트랑은 십자군 원정을 나서고
나머지는 교황의 성좌에 기부하기로 했답니다. 하지만 베르
트랑은 원정을 가지 않았고(적어도 아직까지는) 교황 역시
땡전 한 푼 받지 못했어요.」

「그렇다면 요한도 그리 똑똑한 편은 못 되는군요?」 미켈레
가 지적했다.

우베르티노가 말했다. 「돈 문제에 있어 요한이 당한 적은
이게 처음이자 마지막일 테지. 여기에 있는 여러 도반들은,
당장 내일부터 우리가 대적하게 될 장사꾼들이 어떤 것들인

지 그 속성을 알고라도 있어야 합니다. 베르트랑에게 당했다고는 하나 요한은 이재(理財)에 도가 튼 사람이에요. 뭐든 이자가 손을 대면 금덩어리로 변해 아비뇽의 금고로 들어가니 미다스 왕이 따로 없지요. 내 언제 이자의 방에 가보았더니, 아니 글쎄, 고리 대금업자, 환전상이 들락거리고, 책상에는 금전이 수북이 쌓여 있습디다. 서기들은 이 금전을 세어 차곡차곡 쌓고 있었고요……. 곧 보게 될 테지만 이자가 지은 궁전은, 비잔티움 황궁이나 타타르의 한궁(汗宮)은 유가 못 됩니다. 이자가 청빈의 이상을 못마땅히 여기는 도미니크회를 꼬드겨 그리스도상 만들게 한 걸 아시오? 금빛 용포 차림에 호화로운 발에는 신발을 신고 머리에는 왕관을 쓰신 그리스도상을 말이오. 아비뇽에 가면, 한 손은 십자가에 못 박혀 있고, 한 손은 허리에 찬 지갑에 손을 대고 있는 그리스도상을 구경할 수 있을 겁니다. 돈이 좋은 목적에 쓰여야 하는 걸 상징한다나…… 기가 막혀서……」

「그거야말로 독신(瀆神) 아닙니까?」 미켈레가 한숨을 쉬면서 중얼거렸다.

「우베르티노, 이자가 교황을 3관왕으로 만든 것이 맞지요?」

윌리엄 수도사의 말에 우베르티노가 대답했다. 「암. 11세기 벽두에 교황 일데브란도가 Corona regni de manu Dei (하느님의 손이 내리신 왕관)를 하나 씌우더니, 파렴치한 보니파키우스가 근년에 관을 하나 더 만들고는 그 관을 Diadema imperii de manu Petri (베드로의 손이 내리신 지배의 왕관)라고 썼네. 그런데 드디어 요한이 나서서, 영적인 권능, 세속적 권능, 그리고 교회의 권능…… 이렇게 박자가 척척 맞는 관을 하나 더 만듦으로써 3관왕의 상징을 완성한 것이네. 페르시아 왕이나 지닐 법한 상징이 아니고 무엇인가? 우상 숭배가 따로 없지…….」

그때까지 한마디도 않고 침묵을 지키고 있던 노수도사가 한 분 있었다. 그는 수도원장이 마련해 준 기름진 음식을 욱여넣느라고 딴 정신이 없어 보였다. 멍한 눈으로, 어지럽게 오가는 가시 돋친 대화를 좇으며 교황에 대한 비난이 쏟아질 때마다 이따금씩 냉소하거나 고개를 끄덕거리면서 치근(齒根)이 시원찮은 입가로 흘러내리는 고깃국물이나 고기 조각을 닦아 내기에 바빴다. 딱 한 번 옆자리에 있던 수도사에게 말을 건 적이 있기는 했으나, 그건 음식 이야기였다. 나는 뒷날에 가서야 그 양반이 바로 카파의 주교 제롤라모임을 알게 되었다. 나는 이틀 전에 우베르티노로부터 그 양반이 죽었다는 말을 들은 적이 있었다(말이 나온 김에 덧붙여 두어야겠다. 카파의 제롤라모 주교가 2년 전에 죽었다는 소문은 그 이후로도 한동안 기독교국에 널리 퍼졌다. 나는 나중에도 그 소문을 자주 접하게 되었다. 사실 그는 그 수도원의 모임이 있고 나서 몇 달 뒤에 세상을 떠났는데, 나는 지금도 그의 사인은 그다음 날의 모임에서의 노여움이었다고 믿는다. 몸이 허약한 데다 성미는 더없이 까다로운 노인이어서, 그다음 날, 쌓이고 쌓였던 분노가 폭발하는 바람에 그런 변을 당하지 않았나 싶은 것이다).

바로 그 제롤라모 주교가 느닷없이 대화에 끼어들어, 음식을 한입 넣은 채로 목청을 높였다. 「그 망나니가 taxae sacrae poenitentiariae(정죄를 받기 위한 거룩한 세금)라는 걸 만들었는데 아시오? 이런 거라도 만들어야 돈을 짜낼 수 있을 것이 아니겠소? 성직자가 수녀나, 친척, 아니면 여염집 여자와 육욕의 죄를 범하면(그런 일도 일어나니까 말이오) 면죄세로 금화 67리라와 12솔도를 내면 정죄를 받아요. 성직자가 수

간(獸姦)의 죄를 범했을 경우에는 금화 2백 리라. 하나 상대
가 암컷 아닌 경우에는 1백 리라로 깎아 준다던가? 수녀가,
수녀원 안에서건 밖에서건, 한 번에 하나씩이든 한꺼번에 여
럿이든 사내에게 제 몸을 공여하고도 수녀원장이 되고 싶어
한다면 금화 131리라 15솔도를 치러야 하고……」

우베르티노가 나무랐다. 「대강해 둬요, 제롤라모 주교! 내
가 교황을 별로 안 좋아한다는 건 당신도 아실 거외다만, 말
이 그렇게 나오면 나 역시 교황을 변호하지 않을 수 없어요.
그건 아비뇽에서 떠도는 중상모략에서 더도 덜도 아니에요.
나는 그런 제도, 들어 본 적도 없어요.」

「있다니까요. 나도 본 적은 없지만 있기는 있어요.」 제롤라
모 주교가 단호하게 말했다.

우베르티노는 고개를 가로저었다. 다른 수도사들은 아무
말도 하지 않았다. 나는, 모두 제롤라모 주교의 말을 대수롭
지 않게 듣고 있다는 눈치를 챌 수 있었다. 사부님 역시 일전
에 그를 일러 〈멍청한 늙은이〉라고 한 적이 있었다. 사부님
이, 제롤라모 주교 때문에 중단된 대화를 잇기 위해 침묵을
깨뜨렸다. 「사실이건 아니건, 이런 소문이 아비뇽 교황청의
도덕적인 분위기를 말해 주고 있다는 건 분명합니다. 사실이
라면, 혹은 사실에 가깝다면, 빼앗는 자나 빼앗기는 자나, 저
희들 있는 곳이 그리스도 대리자가 있는 교황청 옆이 아니라
장돌뱅이들이 들락거리는 시장 바닥인 줄 알 테지요. 요한이
교황의 자리에 올랐을 때 7만 피오리노이던 교황청 재산이
지금은 1천만 피오리노가 넘는다는 소문도 나다니고 있는
판국입니다.」

「그건 사실이네……」 우베르티노는 고개를 끄덕이면서 이렇
게 대답하고는 느닷없이 미켈레를 향해 고함을 질렀다. 「……미

켈레, 여보게, 미켈레! 내 눈으로 아비뇽에서 본 이 남부끄러
운 일들을 그대는 어쩔 텐가!」

미켈레가 대답했다. 「이것들 보세요. 우리 좀 솔직해지려
고 애써 봅시다. 남의 말 할 때가 아닙니다. 다 아시지요? 우
리에게도 지나친 데가 있다는 것, 다 아시지요? 나는 프란체
스코 수도회 수도사들이 무장하고 도미니크회 수도원을 습
격하여 그곳 수도사들에게 청빈의 교리를 강요했다는 이야
기를 들은 적이 있어요. 프로방스 사건 때 내가 교황에게 대
들지 못한 것도 다 이 때문입니다. 나는 지금 그 양반과 담판
이라도 해야 할 형편이에요. 나는 그 양반의 자존심을 능멸
하지 않되, 우리 청빈을 능멸하지 말 것을 요구할 겁니다. 돈
이야기는 않습니다. 오로지 성서의 건강한 해석에 동의할 것
만 요구할 겁니다. 내일 교황청 사절단과 우리가 먼저 타협
해야 할 게 바로 이것이에요. 교황청 사절단의 대부분은 신
학자들입니다. 따라서 모두가 요한처럼 탐욕스러운 자들이
라고 생각하면 안 되지요. 그들 중 귀 밝은 자가 우리의 성서
해석을 지지한다면 교황도 더 이상은……。」

미켈레의 말이 끝나지 않았는데도 불구하고 우베르티노
가 대갈일성으로 치고 나왔다. 「교황이 어쩐다고? 이 사람,
교황이 신학에 얼마나 먹통인지 모르시는군. 이자는 하늘에
있는 것이든 땅에 있는 것이든 모조리 제 손아귀에 넣고 싶어
해. 이 땅에서 그자가 하는 짓을 보지 않았는가? 하늘에 관한
한…… 하기야 그자가 제 생각을 공개적으로 나타낸 바 없으
니 나도 자네에게 할 말은 없네만, 주위의 아첨배들 귀를 몹
쓸 소리로 꼬드겨 놓았다는 것만은 분명하네. 그자는 말도
안 되는 엉뚱한 계획을 세우고 있다네. 교리의 본질 자체를
바꾸고 우리의 강론권을 박탈할 계획을 말이야!」

「엉뚱한 계획이라니, 그게 대체 뭡니까?」 좌중이 이구동성으로 물었다.

「베렝가리오에게 물어봅시다. 이런 걸 나에게 가르쳐 준 사람이 베렝가리오니까 모른다고는 않을 것이오.」 우베르티노가 베렝가리오 탈로니 쪽으로 고개를 돌렸다. 베렝가리오 탈로니는 과거 수년 동안 교황청 안의 가장 강력한 반(反)교황 세력의 우두머리 노릇을 하던 사람이었다. 아비뇽에서 온 그는 이틀 전 프란체스코 수도회의 다른 수도사들과 합류, 그 수도원으로 왔던 것이었다.

베렝가리오 탈로니가 대답했다. 「말이 하도 말 같지 않아서 믿을 사람이 적을 것이오. 교황은 머지않아, 최후의 심판이 있기까지 지복 직관(至福直觀)[6]은 이루어질 수 없다는 새로운 교리를 선포할 듯합니다. 한동안 교황은 〈요한의 묵시록〉 6장 9절을 고구한 모양인데, 내용은 여러분도 잘 아실 겁니다. 다섯 번째 봉인이 열리고, 제단 아래로 하느님 말씀을 증거하다가 죽임을 당한 사람들이 나타나 하느님께, 얼마나 더 기다려야 땅 위에 있는 자들을 심판하고 자기네들이 흘린 핏값을 갚아 주시겠느냐고 묻습니다. 여기에서 하느님께서는 흰 두루마기를 한 벌씩 주시면서 조금 더 기다리라고 하십니다. 교황은 이 구절을, 최후의 심판이 있기까지 그들은 하느님을 친견할 수 없다는 대답으로 해석하고 있는 것입니다.」

「아니, 교황이 어떤 자들에게 그런 소리를 했습니까?」 미켈레가 숨이 넘어가는 듯한 표정을 하고 물었다.

「아직은 몇몇 측근들에게만 이야기한 듯하나 벌써 말이 돌

6 천사 및 성인과 하느님의 만남.

504

았습니다. 사람들은, 오늘내일은 아니라고 하더라도 몇 년 뒤에는 교황이 이를 공식적으로 선포할 거라고들 수군거립니다. 지금은 신학자들과 이 교리를 다듬고 있을 테지요.」

「어허!」 제롤라모 주교가 음식을 우물거리다 말고 탄식했다.

「그뿐만 아닙니다. 교황은 여기에서 한 걸음 더 나아가, 그날이 오기까지는 지옥문도 열리지 않는다고 선포할 모양입니다. 그때까지는 악마들조차 지옥에 들어갈 수 없다는 것이죠!」

「아이고 예수님, 저희를 도우소서! 악행을 일삼다가 죽으면 바로 지옥 간다는 위협도 못 하고서야 앞으로 죄인 대중을 무슨 수로 가르칠꼬!」 제롤라모 주교가 소리쳤다.

「이거야말로 미친놈 손에 멱살을 잡힌 형국이 아닌가……. 그러나저러나 나는, 이자가 왜 이런 생각을 하는지 도무지 이해할 수가 없어.」

우베르티노의 한숨 섞인 말에 제롤라모 주교가 투덜거렸다. 「속죄의 교리는 물거품이 된 겁니다. 이제는 그자 역시 면죄의 교리를 팔아먹을 수 없게 된 겁니다. 수간을 범한 성직자가 벌을 받아도 한참 있다가 받는다는데 뭐 하러 금화를 바치러 오겠습니까?」

「한참 있다가 받는 게 아니오. 때가 익었어요.」 우베르티노가 버럭 소리를 질렀다.

제롤라모 주교도 맞고함을 질렀다. 이제 음식 맛이 싹 달아났다는 것은 의심할 여지도 없었다. 「이것 보세요, 우베르티노 형제. 형제야 아시지만 대중이 그걸 모른다는 데 문제가 있는 것 아니오. 이거야말로 악마의 대가리에서 나온 생각이 아니고 뭡니까? 교황청 강사들이 그자의 머리에다 이걸 교리랍시고 집어넣은 것이 분명한데…… 이 일을 어쩔꼬.」

「강사들이 왜 그랬을까요?」 체세나 사람 미켈레가 그제야 정신이 번쩍 들었는지 좌중을 둘러보면서 물었다.

그의 질문에는 윌리엄 수도사가 대답했다. 「이유가 나변에 있겠어요? 자만심에서 생겨난 일종의 자기 시험의 방편일 테지요. 이자는 하늘과 땅을 두루 좌지우지하고 싶은 겁니다. 이런 소문에 대해서는 나도 들은 바가 있습니다. 오컴 사람 윌리엄에게 편지를 받았지요. 언젠가는 우리도 교황, 교황청 신학자들 그리고 교황의 소리, 하느님 백성의 소리, 주교단 소리의 정체를 알게 될 테지요.」

「교리에 관한 한, 교황은 신학자들을 자기 뜻 안으로 굽혀 넣을 수 있습니다.」 미켈레가 침울하게 말했다.

윌리엄 수도사가 말을 이었다. 「그렇지만은 않을 겁니다. 우리는 지금, 신학의 식자들이 겁 없이 교황을 이단으로 몰 수 있는 시대에 삽니다. 신학의 식자들이야말로 하느님 백성의 대변자들입니다. 이제는 교황이라도 이들과 맞설 수 없을 겁니다.」

「아니에요, 설상가상이랍니다. 이쪽에서는 교황이, 저쪽에서는 비록 신학자들의 입을 통해서 그러겠지만 하느님 백성이 멋대로 성서를 해석하는 일이 생길 텐데 이게 더 큰일 아닙니까?」 미켈레의 말이었다.

「왜요? 페루자에서 당신네들은 안 그랬던가요?」

「내가 교황을 만나고자 하는 것도 바로 이 때문입니다. 교황이 절충안을 받아들이지 않으면 우리는 아무 짓도 못 합니다.」 미켈레의 반응은 다소 신경질적이었다.

「두고 봅시다. 두고 보아요. 곧 알게 될 테니까.」 윌리엄 수도사가 수수께끼 같은 말을 했다.

역시 사부님은 선견지명이 있으신 분이었다. 대체 사부님은 어떤 근거에서, 뒷날 미켈레가 황실의 신학자 및 민중의 지지를 업고 교황을 단죄하게 될 것을 예견했던 것일까? 사부님은 대체 어떻게, 4년 뒤에 교황 요한이 얼토당토않은 교리를 선포했을 때, 기독교권 전체에 반항의 물결이 치리라는 것을 예상했던 걸까? 지복 직관이, 최후의 심판 때까지 연기된다면, 죽은 자가 어떻게 산 자를 위해 하느님께 탄원할 수 있는가? 그렇다면 성인을 섬길 필요는 없는 것이 아닌가! 기독교권으로서는 받아들이기 어려운 이 해괴한 교리 선포 직후 교황 탄핵의 선봉에 선 것은 역시 소형제회 쪽이었고, 그 선봉장은 확고부동한 이론으로 무장한 소형제회의, 오컴 사람 윌리엄이었다. 이러한 분쟁은, 죽음에 임박한 교황 요한이 교리 해석에 부분적인 수정을 가하기까지 3년 동안이나 계속되었다. 나는 그로부터 몇 년 뒤인 1334년 12월, 추기경 회의에 나타난 교황 요한의 모습을 본 이의 얘기를 들은 적이 있다. 여든다섯이라는 나이에 걸맞은 호호백발과 창백한 얼굴로 죽음을 기다리던 그는 이 회의에서 이렇게 말했다고 한다(역시 그 늙은 여우는 영리하게도 말장난으로 자기 서약을 깨뜨렸을 뿐 아니라 자신의 완고함도 부인했다). 「나는, 육체를 떠나, 정죄함을 입은 영혼이 천사들과 예수 그리스도와 함께 천상의 천국에 들어 하느님의 실재를 본다고 믿습니다.」 그러고는, 숨이 가빠서 그랬는지, 이 마지막 구절을 강조하고 싶어서 그랬는지는 모르겠지만 어쨌든 잠깐 뜸을 들이고 나서 이렇게 덧붙였다. 「……육체를 떠난 영혼의 상태 및 조건이 허락한다면 말입니다.」 그러고는 다음 날 아침, 장의자(長椅子)에 앉은 채 추기경들의 문안 인사를 받고는 세상을 떠났다.

이런 또 이야기가 옆길로 새고 말았구나. 그러나 사실 그날 식탁에서 오간 나머지 이야기는 내가 이곳에 기록하고 있는 사건을 이해하는 데에는 크게 도움이 되지 않는다. 프란체스코 수도회의 소형제 수도사들은 다음 날을 위해 입장을 분명히 조율한 뒤, 교황청 사절들의 면면을 한 사람씩 거론, 대책을 숙의했다. 윌리엄 수도사가, 교황청 사절단에 베르나르 기가 들어 있다고 했을 때 좌중이 잠깐 술렁거리는 것 같았다. 베르트란도 델 포제토 추기경이 아비뇽 교황청 사절단장이라는 윌리엄 수도사의 언명은 좌중에 파문을 일으켰다. 까닭은 분명했다. 베르나르 기와 베르트란도 델 포제토 추기경은 교황청 이단 심문관을 지낸 사람들이었다. 사절단에 이단 심문관이 둘씩이나 들어 있다는 것은, 아비뇽 교황청이 그 회의를 기화로 소형제회의 이단 여부를 내사하려는 저의로 해석될 수 있는 것이었다.

윌리엄 수도사가 혀를 차면서 말을 꺼냈다. 「점입가경이군요. 우리부터가 그들을 이단 취급하는 수밖에요.」

「아니지요, 아니에요. 신중하게, 도달 가능한 합의점을 찾아봅시다.」 체세나 사람 미켈레가 말했다.

윌리엄 수도사는 미켈레에게 타이르듯이 말했다. 「나도 이 만남의 성격을 여러모로 생각해 보았기에 하는 말입니다. 나 역시 이 만남을 준비해 온 사람이라는 것은 미켈레 당신도 잘 아실 테지만, 아무리 생각해도 아비뇽의 주구(走狗)들이 우리와 어떤 합의점에 도달하고자 이곳으로 오는 것 같아 보이지가 않아요. 미켈레, 당신을 아비뇽으로 불러올리고 싶어 하는 교황의 속은 당신도 헤아릴 테지요? 교황은, 당신 한 사람만을 부르고 있어요. 무엇을 어떻게 보장하겠다는 어떤 약속도 없이⋯⋯. 하나 이 모임이 그냥 무익하지는 않을 겁니다. 적어도, 아비뇽의 저의에 대한 당신의 이해가 지금보다는 훨씬 깊어질 테니까 말이지요. 이런 경험을 하기 전에 당신이 아비뇽으로 갔다면 더 좋지는 않았을 겁니다.」

「아니, 이 만남을 과소평가하고 싶은 모양인데, 그럼 윌리엄 형제 당신은 겨우 이 정도의 모임을 주선하느라고 몇 달 동안이나 이 고생을 한 것입니까?」 이맛살을 찌푸리고 미켈레가 말했다. 윌리엄 수도사가 태연하게 응수했다.

「황제 폐하와 당신이 부탁하지 않았어요? 그리고 우리가 이 만남을 통해서 아비뇽의 주구들의 정체를 조금이라도 더 가까운 곳에서 볼 수 있다면 이것만으로도 이 만남은 무익한 만남만은 아닐 겁니다.」

윌리엄 수도사의 말이 끝나자마자 아비뇽에서 교황청 사절단이 산문에 이르렀다는 전갈이 왔다. 소형제회 수도사들은 교황의 사절단을 맞으러 밖으로 나갔다.

9시과

베르트란도 델 포제토 추기경이, 베르나르 기를 필두로 한,
아비뇽 사절단을 이끌고 수도원에 도착한다.
그러나 도착 직후부터 이 두 거물이 꾸는 꿈은 각각이다.

한동안 서로서로 허교(許交)하던 사람들끼리, 혹은 비록
지인은 아니더라도 서로 소문을 통하여 이름을 익히고 있던
사람들이 수도원 안뜰에서, 겉으로는 다정해 보이는 인사를
어지러이 나누었다. 수도원장 옆에서 거들먹거리는 것으로
보아 베르트란도 델 포제토 추기경은 시건방이 들어도 많이
든 사람처럼 보였다. 거들먹거리는 그의 거동은 영락없는 제
2의 교황이었다. 이런 태도는, 소형제회 수도사들 대할 때 특
히 역연하게 드러났다. 그는 얼굴 가득히 웃음을 띤 채, 다음
날의 회담이 좋은 결론을 얻어 낼 수 있기를 바란다면서 교
황 요한 22세가 보내는 〈평화〉와 〈선의〉를 전한다고 말했다
(성 프란체스코를 의식했기 때문인지 소형제회 수도사들에
게는 특히 이 〈평화〉와 〈선의〉를 강조했다).

「총명하게 생겼구나.」 사부님이 친절하게도 나를 서기 겸
시자(侍者)라고 소개하자 추기경이 내게 한 말이었다. 그는
나에게, 볼로냐라는 도시를 아느냐고 물었다. 내가 안다고
하자, 그 도시의 아름다움과 풍요로움과 특히 그곳에 있는
대학 자랑을 늘어지게 한 다음, 교황의 속이나 썩히는 게르
만인들에게로 돌아갈 것이 아니라 아예 볼로냐에 눌러앉는

게 공부에 도움이 되지 않겠느냐는 말까지 했다. 그러다가는 반지 낀 손을 내 얼굴 앞으로 내밀어 손등에 접구(接口)를 허락하고는, 예의 그 미소가 인심 좋은 얼굴을 다른 수도사들에게로 돌렸다.

사실 나의 관심을 끈 사람은, 수다스러운 추기경이 아니라, 당시에 부쩍 자주 인구에 회자되던 베르나르 기…… 다른 나라에서는 〈베르나르도 귀도니〉, 혹은 〈베르나르도 귀도〉라고 불리던 프랑스 사람이었다.

베르나르 기는, 70대의 도미니크회 수도사로, 키가 크고 깡말랐으되 허리가 곧은 사람이었다. 나는, 무표정해 보이면서도 상대의 마음을 꿰뚫어 버리는 듯한 그의 잿빛 눈동자에 기가 꺾이고 말았다. 이따금씩 기이한 섬광을 내는 눈…… 자기의 생각과 격정을 투사하기도 하고, 때로는 가려 버리기도 하는 참으로 기이한 눈이었다.

서로 인사를 나누면서도 그는 다른 사람들과는 달라서 특정인에게 마음을 열어 보인다거나 다정하게 군다거나 하는 법이 없었다. 말하자면 꼭 필요한 만큼의 예의를 갖추되 반드시 일정한 거리를 두는 것이었다. 나는 그가, 오랜 지인 사이인 우베르티노 대하는 것을 유심히 보았다. 그는 우베르티노에게 관심이 가지 않는 척하면서도 이따금씩은 보는 내가 섬뜩할 정도로 차가운 눈길을 던지고는 했다. 체세나 사람 미켈레와 인사를 나눌 때는 묘하게 웃기까지 했지만 나는 그때 베르나르 기가 지은 미소를 여기에 묘사할 길이 없다. 인사를 건넨 그는 무덤덤한 말투로 이렇게 중얼거렸다. 「짧지 않은 세월, 거기에서 기다리셨군요…….」 반갑다는 뜻에서 하는 말인지, 비아냥거리는 말인지, 나무라는 말인지 나로서는 가늠할 수 없었다. 이윽고 윌리엄 사부님과 베르나르 기가 만났다. 사부님을 소개받은 그는, 정중하되, 분명히 적의가 실린 시선으로 사부님을 바라보았다. 적의가 실린 시선이라고 해서 베르나르 기가 자기 마음을 다스리지 못하는 바람에 내심의 적의가 겉으로 드러난 것은 분명 아니었다. 나는 베르나르 기가 사부님에게 고의적으로 자기의 적의를 전하려 한다고 확신했다. 사부님 역시 이와 유사한 적의를 굳이 감추지 않았다. 그러나 말투는 지나치게 겸손했다. 「시생에게는 오랫동안 뵙고 싶었던 분이 한 분 있었소이다. 시생은 늘 그분으로부터 가르침의 음덕(陰德)을 입고 있었지요. 중대 무비한 인생의 갈림길에서도 시생은 그분의 훈도를 받았답니다.」모르는 사람의 귀에는 찬사, 혹은 아첨으로까지 들렸을 것이다. 그러나 베르나르 기는 그 말을 새겨듣지 못할 사람이 아니었다. 사부님 인생의 중대 무비한 갈림길이 무엇이었던가? 바로 이단 심문관 노릇을 계속할 것이냐, 그만둘 것이냐 하는 문제가 아니었던가? 그러니까 사부님은, 〈너 같은 것과 같은 이단 심문관 노릇은 도저히 할 수가 없어서 이렇게 사직했다〉, 이렇게 말하고 있는 것이었다. 나는 두 사람이 인사를 주고받는 모습을 보면서, 사부님이 베르나르 기를 지하 감옥에 집어넣고 싶어 하는 만큼 베르나르 기 역시 사부님이 어떤 사고로 그 자리에서 즉사해도 좋겠다고 생각하고 있을 것이란 인상을 받았다. 그러나 당시에 베르나르 기에게는 무장한 군인들을 부릴 권한이 있었으므로 나는 그런 베르나르 기 앞에서 가시 돋친 말을 태연하게 내뱉는 사부님이 염려스러웠다.

　　베르나르 기는 이미 수도원장으로부터 수도원의 연쇄 살인 사건을 보고받았던 모양이었다. 베르나르 기는 사부님의 가시 돋친 비아냥거림을 귓전으로 흘리고 이렇게 말했다.

「원장의 요청도 있고, 우리를 여기에서 이렇게 만나게 하신 분이 나에게 맡기신 임무도 있어서 어차피 불가피한 일이니, 나 역시, 악마의 소행임에 분명한 이 수도원의 유감스러운 사건에 관심을 가져야 할까 보오. 내가 당신에게 이런 말을 하는 까닭은, 다 지나간 일이기는 하나 당신 역시 내 가까운 곳에 있어 본 적이 있었으니, 선의 권능과 악의 권능이 맞서는 이 황막한 벌판에서 싸워 본 적도 있을 것이기 때문이오.」

「그렇습니다만, 어르신과 시생은 편이 달랐지요.」 윌리엄 수도사가 조용하게 응수했다.

베르나르 기는, 사부님의 기습과 같은 말을 침착하게 받아들이고는 이렇게 물었다. 「어떻소? 혹 도움말이 될 만한 거라도 있소? 범죄 사건 해결에 단서가 될 만한 것 말이오.」

「안됐지만, 없습니다. 어르신과는 달리, 시생은 범죄 사건에 대한 경험이 적어서요.」 사부님이 정중하게 대답하고는 돌아섰다.

이때부터 한동안 나는, 양 진영 사절단원들의 행동 궤적을 놓치고 말았다. 사부님은 미켈레, 우베르티노 등과 한동안 이야기를 나누다가 문서 사자실로 갔다. 그는 말라키아에게 무슨 서책의 열람을 부탁하는 것 같았다. 그러나 무슨 책이었는지는 모르겠다. 말라키아는 이상하다는 표정으로 잠깐 사부님을 바라보았다. 말라키아로서는 거절할 수가 없었던 모양인지, 그 서책은 장서관에 있는 것이 아니라 베난티오의 서안에 있다고 대답하는 것 같았다. 사부님은 곧 베난티오의 서안 앞에 앉아 위에 있던 서책을 읽었다. 나는 사부님을 방해할 수 없어 곧 문서 사자실을 나왔다.

나는 주방으로 내려가 보았다. 주방에서 나는 베르나르 기를 보았다. 수도원의 길과 건물을 익히느라고 경내를 두루

다니다가 주방에 이르러 있었던 모양이었다. 그는 조리사와 불목하니들에게, 웬만큼 통할 만한 그 지방 사투리로(북부 이탈리아에서 이단 심문관을 지낸 장본인이었다) 여러 가지를 묻고 있었다. 수도원의 수확량, 업무 조직 등에 관한 정보를 모으고 있는 것 같았다. 그러나 그는 묻되, 그저 캐묻는 것이 아니었다. 대수롭지 않은 질문을 던지면서 이따금씩 예의 그 의중을 꿰뚫는 듯한 시선으로 상대를 응시하면서 전혀 엉뚱한 질문을 던지고는 했다. 그럴 때마다 순진한 불목하니들은 말을 더듬거리고는 했다. 말하자면 그는, 일단 진실에 접근하기 전에 상대에게 겁부터 주는, 이단 심문관들의 상투 수법을 쓰고 있는 것이었다. 이렇게 심문관에게 일단 겁을 먹고 주눅이 든 사람은, 자기가 의심받는 것이 두려운 나머지 다른 사람을 끌어들이는 법인데 그 역시 그 수법을 쓰고 있는 것이었다.

나는 그날 오후 내내 수도원 경내를 돌아다니면서 종종 베르나르 기를 맞닥뜨렸다. 베르나르 기는 이런 식으로, 방앗간이나 교회 회랑을 돌아다니며 만나는 사람들에게 이것저것 물었다. 그러나 수도사를 붙잡고 묻는 법은 없었다. 그의 심문 대상은 늘 불목하니 아니면 농부들이었다. 사부님의 조사 방법과는 달라도 많이 달랐다.

만과

알리나르도가 의미심장한 말을 한다.
윌리엄 수도사는 일련의 의심할 수 없는 오류를 통해
개연적 진리에 이르는 그의 방법을 밝힌다.

얼마 뒤 사부님이, 밝은 표정을 하고 문서 사자실에서 내려
왔다. 저녁 식사 시간을 기다리면서 회랑을 걷던 우리는 바로
그 회랑에서 알리나르도 노수도사를 만났다. 알리나르도 노
수도사를 만나고 보니 문득, 노인의 부탁을 받고 전날 주방
에서 집어 주머니에 넣어 둔 한 움큼의 병아리콩이 생각났다.
나는 그 콩을 노인에게 건네주었다. 그는 몹시 좋아하며, 이
빨이 하나도 남아 있지 않은 입 안에다 콩을 몇 알 넣고 오물
거리면서 중얼거렸다. 「고맙다, 고마워……. 그래, 콩은 콩이
고…… 봤지? 내가 뭐라고 했어? 또 한 구의 시체는 물속에 있
을 거라고 했지? 〈요한의 묵시록〉에 그렇게 쓰여 있는걸…….
오래지 않아 네 번째 나팔 소리가 들릴 게야.」

나는 그에게, 왜 일련의 범죄 사건을 「요한의 묵시록」과 관
련시켜 생각하고 있는지, 사건 해결의 열쇠가 거기에 있는 것
같으냐고 물어보았다. 그는 앉은 채로, 나를 올려다보면서 대
답했다. 「성 요한의 〈묵시록〉에 있는 열쇠면 안 열리는 문이
없어. 나는 알아. 그래서 나는 옛날부터 줄곧 그렇게 주장해
왔어……. 알아? 나는 예전의 수도원장에게…… 입이 닳도록
말했어. 〈요한의 묵시록〉에 관한 주석서라는 주석서는 모조

515

리 모아야 한다고……. 장서관 사서 노릇은 내가 했어야 하는 건데……. 하지만 빼앗겼어. 그 친구가 나를 앞질러 실로스로 가서는 굉장한 필사본을 무더기로 가져왔거든. 그 친구…… 똑똑했어. 이교도 말도 곧잘 할 줄 알았고……. 그래서 장서 관 사서 자리에는 나 대신 그 친구가 앉게 된 거라고……. 한 데 하느님께서 그 친구를 벌하셨어. 때가 이른 것도 아닌데 암흑의 세계로 보내셨거든…… 하하…….」 노수도사가 천진 난만하게 웃었다. 조금 전까지도 노인이던 그가 옛날이야기 를 하는 도중에 그만 나이를 잊고 순진무구한 어린아이가 되 어 버린 것 같았다.

「지금 말씀하시는 그 수도사가 대체 누굽니까?」 사부님이 물었다.

노수도사 알리나르도는 눈을 동그랗게 뜨고 우리를 올려 다보면서 대답했다. 「내가 시방 누구 이야기를 하고 있느냐 고? 모르겠어. 기억이 안 나. 하도 오래된 일이라서……. 하지 만 하느님께서는 벌주시고, 없애시고, 지우신다오. 기억까지 도……. 장서관에서, 제 잘난 맛에 못할 짓 많이들 했어. 외국 인들 손으로 넘어간 뒤로는 더했지. 그래서 하느님께서 지금 도 벌을 내리시는 게야.」

그러고는 입을 다물어 버렸다. 우리는 알리나르도 노수도 사로부터 더 이상은 아무것도 알아낼 수 없었다. 우리는 그 를 회랑에 남겨 둔 채 밖으로 나왔다. 사부님은 알리나르도 노수도사와 나눈 몇 마디 대화에서 무슨 낌새를 느꼈던지 이 렇게 말했다. 「알리나르도 노인에게 귀를 기울일 필요가 있 다. 입을 열 때마다 아주 흥미로운 말이 몇 마디씩 흘러나오 지 않더냐?」

「이번에는 어떤 암시를 받으셨습니까?」

「들어 보아라, 아드소. 수수께끼 풀이는, 만물의 근본이 되는 제1원인으로부터 추론해 낸다고 되는 일이 아니다. 그렇다고 해서 특수한 자료를 꾸역꾸역 모아들이고 여기에서 일반 법칙을 도출하면 저절로 풀리는 것도 아니다. 수수께끼를 풀자면, 아무 관련이 없는 듯한 두세 가지의 특정 자료를 서로 견주고, 여기에서 우리가 아직은 알지 못하는 것, 알려진 바가 없는 일반적인 이치가 드러날 수 있는 것인지를 따져 보아야 한다. 너도 잘 알 게다. 어떤 철학자는, 사람과 말과 나귀는 역정을 내지 않으면 오래 산다고 말한다. 이 말을 듣고 사람들은, 아, 역정을 내지 않으면 동물은 장수할 수 있는 것이구나, 이렇게 생각한다. 하지만 이 생각은 틀린 것이다. 사람과 말과 나귀가 장수한다고 했지 동물 모두가 그런 조건 아래에서 장수한다고는 하지 않았기 때문이다. 뿔이 있는 짐승의 예를 들어 보자. 왜 짐승에게 뿔이 있겠느냐? 뿔이 있는 짐승에게는 윗니가 없다. 아직 모르고 있었다면 유념해 두어라. 그런데 윗니도 없고 뿔도 없는 짐승도 있으니 낙타가 바로 이런 짐승이다. 윗니가 없는 짐승에게는 위가 네 개라는 것도 알아 둘 필요가 있다. 너는, 이빨이 없어서 제대로 씹을 수 없으니까 이런 짐승에게는 위가 네 개나 있어서 소화를 도모하는구나, 하고 생각할 것이다. 여기까지는 너도 상상할 수도 있고 추론할 수도 있을 것이다. 하지만 뿔은 어떨까? 너도, 짐승의 머리에 뿔이 자라는 이유, 말하자면 causa materiale[질료인(質料因)]를 상상할 수 있을 게다. 머리에 골질 조직(骨質組織)을 솟아나게 함으로써, 부족한 이빨의 수를 보충하는 모양이구나, 하고 말이다. 그러나 이것은 충분한 설명이 못된다. 낙타에게는 윗니가 없다. 윗니가 없으면 위가 네 개 있고, 뿔이 있어야 마땅한데, 위가 네 개인 것은 분명하지만 뿔은 없다. 따라서 이것은 다른 방법으로 설명해야 한다. 다른 방어 수단이 없는 짐승의 머리에만, 몸속의 골질이 뿔로 자라난다. 그러나 낙타의 가죽은 몹시 두껍다. 따라서 낙타에게는 뿔이라고 하는 방어 수단이 필요하지 않다. 그러면 여기에는 어떤 원칙이 있을 수 있다고 해야겠느냐.」

「짐승의 뿔과 이 문제의 해결책 사이에 어떤 관계가 있는지 저는 잘 모르겠습니다. 사부님께서 짐승의 뿔 이야기를 하신 까닭이 무엇인지요?」

「그저 해본 것이다. 링컨의 주교가 좋았던 아리스토텔레스의 이론을 나도 한번 좇아 본 데 지나지 않는다. 하지만 솔직하게 말해서 나는 링컨의 주교가 내린 결론이 옳은지 그른지도 모르고, 낙타의 입을 벌리고 윗니가 있는지 없는지 확인해 본 바도 없을뿐더러 낙타의 배 속에 위가 몇 개 들어앉아 있는지 조사해 본 바도 없다. 나는 단지 너에게, 자연 현상에서, 설명이 가능한 하나의 법칙을 추론해 내는 일이 얼마나 어려운 일인지 그걸 너에게 가르쳐 주고자 했을 뿐이다. 도무지 설명할 길이 없는 사실에 직면하면, 여러 일반적 법칙들을 떠올려 보아야 한다. 그 법칙들이 우리가 직면한 사실과 어떤 관련을 맺는지는 아직 알 수 없는 일이지. 그러다 갑자기, 특정한 결과, 특정한 상황이 어느 한 법칙과 예기치 못한 연결을 보이고, 그러면 다른 것보다 설득력 있는 일련의 추론이 가능해지는 것이다. 그 추론을 다른 비슷한 경우에 적용해 보고, 그것으로 결과도 예측해 보면 우리의 직관이 맞았는지 알 수 있게 된다. 그러나 결론에 이르기까지는, 어떤 실마리가 결론의 유도에 필요한 것인지, 어떤 실마리가 합리적 추론을 방해하는 것인지는 아무도 모른다. 따라서 섣불리 취하거나 버리는 일은 삼가야 한다. 나도 시방 이 방법을 따르고 있다. 나는 지금 서로 관련이 없을 듯한 여러 가지 요소를 한곳에 모으고, 이들 다양한 요소를 토대로 여러 가지 가설을 세워 보고 있는 중이다. 이 가설 중에는, 너에게 밝히기가 민망할 정도로 터무니없는 것도 있다. 수도원장의 애마 브루넬로의 경우를 생각해 보아라. 나는 여러 가지 실마리를 내 눈으로 찾아내고, 이 실마리와 실마리를 엮어 몇 가지 서로 모순되는 가설을 세워 보았다. 그러니까 그런 흔적을 남긴 것이 도망친 말일 수도 있고, 원장을 태우고 산기슭으로 내려간 말일 수도 있다. 눈에다 발자국을 남긴 말은 〈브루넬로〉였지만 나뭇가지에 붙은 털은 〈파벨로〉가 남긴 것일 수도 있다. 그뿐이냐? 길옆 나무의 잔가지를 부러뜨린 것은, 나는 말이라고 추론했지만 사실은 사람일 수도 있는 것이다. 식료계 수도사와 불목하니들이 혈안이 되어 찾고 있는 것을 보기 전까지는 나는 내가 세운 가설 중 어느 것이 맞고 어느 것이 틀리는지 알지 못했다. 수도사들을 보고서야 나는 비로소 브루넬로 쪽 가설이 옳았다는 것을 확인하고 가설이 옳다는 것을 확인하기 위해 수도사들에게 그리 말을 걸었던 것이다. 따라서, 비록 내가 성공을 거두기는 했다만, 실패할 수도 얼마든지 있었던 것이다. 내가 성공했기 때문에 수도사와 불목하니들은 나를 현자 보듯이 우러러보지 않더냐? 그러나 그들은 내가 엉터리 가설을 무수히 세웠다가 그중에서 하나를 건졌다는 사실은 알지 못한다. 성공하기 직전까지도 내게 실패하지 않을 자신이 없었다는 사실도 알지 못한다. 이 수도원 살인 사건도 마찬가지이다. 나는 여러 가지 가설을 세우고 있지만, 어느 것이 사실에 가까운 가설이고, 어느 것이 사실에서 먼 가설인지는 아직 모르고 있다. 사실에 가까운 가설도 있을 것이다만, 가깝다는 증거가 아직 드러나고 있지 않으니까……. 그러니 나중에 바보 같아 보이지 않기 위해서라도 지금은 똑똑한 척을 하지 말아야겠다. 당분간, 적어도 내일까지는, 아무 생각도 하지 말아야겠다.」

나는 그제야 사부님의 암중모색이 어떻게 진행되고 있는가를 이해했다. 그것은 제1원리에 의해 추론하여 그의 지성의 방식이 신의 지성의 방식과 거의 같을 것이라고 간주하는 철학자의 방법과는 매우 다르게 보였다. 사부님은, 해답이 얼른 자기 앞에 드러나지 않으니까 자기 자신에게 여러 가지 복잡한 질문을 제기하고 있는 것이었다. 어렴풋이나마 이해는 했는데도 내 머리는 조금도 맑아지지 않았다.

「그렇다면 결론에 이르기까지는 아직 시간이 필요하다는 말씀이신지요?」

「적어도 한 가지 결론에는 가까이 갔다. 그러나 그게 무슨 결론인지, 그걸 모르겠구나.」

「여러 가지 문제를 두루 꿰는 해답을 하나도 찾지 못하셨다는 것입니까?」

「그걸 찾았다면 파리로 가서 신학을 가르치지 이러고 있겠느냐?」

「파리의 신학 교수들은 해답을 찾는 데 능하신지요?」

「그렇지는 않다만 오류를 얼버무리지는 않는다.」

「사부님께서도 오류를 범하시는지요?」

「자주 범한다. 그러나 나는 내가 범하는 한 가지 오류보다는 우리가 범할 수 있는 여러 가지 오류를 생각하고 있다. 이것이 오류로부터 나를 구할 것이다.」

나는, 사부님이 만물과 지성의 다리 노릇을 하는 진리에는 통 관심을 두지 않는다는 인상을 받았다. 그는 오히려 얼마나 다양한 가능성을 생각해 낼 수 있는지를 상상하는 편을 더 즐기고 있는 것 같았다.

고백하거니와 나는 사부님에게 실망했던 나머지, 교황청의 이단 심문관들이 수도원에 와 있는 것을 다행으로 여겼던 것 같다. 말하자면 베르나르 기를 움직이게 만드는 추진력, 즉 진실에 대한 갈망이 내게는 사부님의 모호한 방법보다는 확고하고 옳아 보였던 것이다.

성 목요일의 유다보다 더 복잡한 심정으로, 나는 사부님과 함께 저녁을 먹으러 식당 쪽으로 걸었다.

종과

살바토레가 아드소에게 놀라운 주술을 가르쳐 준다.

사절단을 위한 만찬은 초호화판이었다. 만찬의 차림새는, 원장이 얼마나 인간의 약점과 교황청 관행을 두루 꿰고 있는, 천성적인 협상가인가를 알 수 있게 했다. 솔직하게 말해서 청빈을 으뜸가는 미덕으로 치는 소형제회 수도사들, 심지어는 소형제회의 우두머리인 체세나의 미켈레 수도사부터도 교황청식의 초호화판 만찬을 싫어하는 것 같지 않았다. 요리사는 만찬장에 임석한 사절단원들에게, 원래는 몬테카시노식 요리법에 따라 갓 잡은 돼지 피로 소시지를 만들기로 되어 있었으나, 수도원에 불상사가 생기는 바람에 취소되었다면서 양해를 구했다. 수도원 불상사는 물론 베난티오의 시체가 돼지 피 항아리에서 발견된 사건을 말하는 것이었다. 당시의 수도원 분위기는 요리감을 도살할 형편이 아니었다. 그러나, 그럼에도 불구하고 식탁은 엄청나게 풍성했다. 식탁에는 이탈리아산 포도주에 담갔다가 꺼내어서 만든 비둘기 스튜, 토끼 구이, 금식일에 먹는 음식인, 쌀가루와 편도로 만든 성 키아라 빵, 유리지치 파이, 절인 감람, 구운 건락, 고추 국물을 곁들인 양고기, 볶은 콩, 푸짐한 후식, 성 베르나르도 과자, 성 니콜로 파이, 성 루치아 경단, 포도주…… 모두를 기분 좋게 만들어 준 약술까지 올라왔다. 점잖은 베르나르 기 같은 사람도 약술 앞에서는 말수가 늘었을 정도였다. 레몬즙, 호도술, 용담술도 있었다. 한 모금 마시고 한 입을 먹을 때마다 들리는, 성서를 봉독하는 낭랑한 수도사의 목소리가 없었다면, 식도락가의 주지육림과 다를 바 없었을 터이다.

모두가 거나해진 얼굴로 일어섰다. 개중에는 종과 성무에 참례하지 않으려고 꾀병 부리기를 시작하는 사절도 있었다. 수도원장도 크게 불쾌해 보이지 않았다. 하기야 사절단원 모두에게 우리 베네딕트 교단의 성무에 참례할 특권과 의무가 있는 것도 아니었다.

사절단이 식당을 떠난 뒤에도 나는 주방 주위를 한동안 배회했다. 호기심 때문이었다. 주방을 치우는 요리사들을 바라보다가 나는 겨드랑이에 조그만 보따리를 끼고 안뜰 쪽으로 가는 살바토레를 발견했다. 호기심이 더욱 발동한 나는 그를 부르며 뒤쫓아 갔다. 나를 피하고 싶어 우물쭈물 몸을 사리는 그에게 나는 보따리에 무엇이 들어 있느냐고 물었다. 보따리 속에서 무엇인가가 꿈틀거리고 있었다.

「Cave basilischium(바실리스크를 보거든 조심해)! serpenti(뱀들)의 rex(왕)인데 독이 tant pleno(아주 많이) 마구 뿜어 나오지. Che dicam, il veleno(말했지, 독이라고). 냄새만 맡아도 죽어⋯⋯. 등에는 얼룩무늬가 있고 대가리는 꼭 수탉 대가리 같은데, 배암처럼 몸의 절반은 terra(땅)에 대고, 반은 꼿꼿이 세우고 다닌다고⋯⋯. bellula(족제비)를 물어 죽일 수도 있다.」

「bellula(족제비)라니요?」

「오크[7]야. parvissimum(아주 조그만) 것인데 몸길이는 쥐보다 조금 더 길어. 사향쥐라고 부르는 사람들도 있다. 이 〈바

523

실리스키움〉과 〈벨룰라〉의 관계는, serpe(뱀)와 botta(두꺼
비)의 관계와 같아. 바실리스키움에게 물릴 경우 벨룰라는 부
리나케 fenicula(대추나무)와 cicerbita(엉거시) 있는 곳으로
달려가 잎을 따서 씹어 해독(解毒)하고는 다시 battaglia(싸움
터)로 돌아온대. 벨룰라가 눈으로 새끼를 낳는다는 말이 있
기는 하지만, 거짓말일 거라고 생각하는 사람이 더 많다.」

　나는, 도마뱀을 어디에 쓰느냐고 물었지만 살바토레는 상
관할 일이 아니라면서 그냥 가려고 했다. 나는 호기심을 누
를 수 없어서, 살바토레를 위협했다. 수도원에서 수도사들이
자고 새면 죽어 가는 판인데 상관할 일, 못 할 일이 어디에 있
겠느냐면서, 가르쳐 주지 않으면 윌리엄 수도사에게 고변하
겠다고 엄포를 놓은 것이다. 기겁을 한 살바토레는, 윌리엄
수도사에게 고변하는 것만은 참아 달라면서 보따리를 풀었
다. 안에는 도마뱀 대신 까만 고양이가 한 마리 들어 있었다.
살바토레는 내 옆으로 바싹 다가와, 권력이 막강한 식료계
레미지오 수도사나, 〈젊고 잘생긴〉 나라면 마을 여자를 사귀
는 데 별 어려움이 없겠지만, 주머니에 든 것도 없고 잘생기
지도 못한 자기에게는 그것이 그렇게 쉽지 않다고 말했다. 이
어서 그는, 어떤 여자든 사랑에 빠지게 하는 주술을 알고 있
다면서 그것을 귀띔해 주었다. 살바토레가, 검은 닭이 낳은
것이라면서 달걀 두 개를 보여 주고 나서 나에게 말한 사랑
의 주술은 이렇다. 검은 고양이를 죽이고 그 눈알을 뽑은 다
음, 검은 닭이 낳은 계란 두 개에다 그 눈알을 각각 하나씩
넣는다. 다음에는 이 달걀을, 자기가 수도사들의 발걸음이
뜸한 채마밭 한 귀퉁이에 모아 둔 말똥에 묻어서 썩히면 이

---

　7 랑그도크, 즉 프로방스 말 Oc.

달걀에서 꼬마 악마들이 나와 이 주술을 준비한 자의 소원을 이루어 준다. 그러나 이 주술이 완성되려면 살바토레가 짝사랑하는 여자가, 달걀을 말똥에 묻기 전에 그 달걀에 침을 뱉어야 한다. 불쌍한 살바토레! 그러니까 이 주술을 영험하게 하려면 짝사랑하는 여자를 밤중에 채마밭까지 불러와 말똥에 침을 뱉게 하지 않으면 안 되는데, 바로 이 점이 살바토레를 괴롭히고 있었던 모양이었다. 더구나 침을 뱉는 상대가 그 주술의 내용이나 의미를 몰라야 마법의 의식(儀式)이 완성되고 주술이 주효할 터였다.

정체 모를 열기가 내 얼굴, 내 오장육부, 그리고 온몸의 살갗 위를 스멀거리고 지나가는 것 같았다. 나는 그에게, 그래서 여자를 수도원 경내로 데리고 들어올 생각이냐고 물어보았다. 그가 웃으면서 대답했다. 「어린 게 여자를 너무 밝히네. 마을에는 여자가 얼마든지 있다. 자네가 그리워하는 여자보다 훨씬 예쁜 여자를 데려오랴?」 살바토레는 나를 따돌리려고 짐짓 허튼수작을 부려 보았던 것 같다. 그러나 사부님이 긴요한 일을 앞두고 나를 기다리는데, 밤새도록 살바토레를 따라다닐 수도 없는 노릇이었다. 살바토레가 노리고 있는 여자가 바로 그 여자일까? 그렇다면 따라가서 여자를 한번 만나 보면……. 내 이성의 무장을 일거에 해제시키고 육욕의 불을 지펴 버린 그 여자, 더 이상은 만나려야 만날 수 없는 그 여자를 만나 보면……. 그럴 수는 없었다. 나는 여자에 관한 한, 살바토레의 말을 믿기로 했다. 살바토레는 거짓말을 하고 있는지도 모르고, 이른바 주술이라는 것도, 미신에 사로잡힌 순진한 사내의 환상일 뿐이라 결국 그는 아무것도 행동으로 옮기지 않을지도 모르는 일이었다.

이성을 되찾고 나니 살바토레라는 존재가 싫고 귀찮았다.

「교황청 사절단과 함께 온 궁병대가 경내를 순행하고 다닌다니까 일찍 잠자리에 드시지요.」 나는 아래위 모르는 척 심술을 부렸다.

「수도원 경내의 지리라면 경호대는 내 상대가 안 된다. 밤안개가 이렇게 짙은데 뭐⋯⋯. 어쨌든 나는 간다. 밤안개를 보아라. 나와 자네 여자가 바로 자네 옆에 있어도 자네 눈에는 안 보인다.」 그가 했던, 알아먹기가 간단하지 않았던 말을 해석하면 대충 위와 같다. 나는 그 자리를 떠났다. 수련사 신분인 내가 그런 야료배와 어울려 득 될 것이 없을 것으로 판단했기 때문이었다.

나는 다시 사부님을 만났다. 우리는 다음 단계 계획을 실행하기로 했다. 종과 성무 시간에 회중석 뒷자리에 있다가 성무 끝나는 대로 두 번째로(나의 경우는 세 번째로) 장서관 미궁을 탐험하기로 한 것이다.

종과 이후

윌리엄 수도사와 아드소는 다시 장서관 미궁으로 들어가
〈아프리카의 끝〉에 이른다. 그러나 그들은 〈4〉의 첫 번째와
일곱 번째가 무엇인지 알지 못해 방 안으로 들어가지 못한다.
이곳에서 아드소의 상사병이 재발한다. 그러나 아드소는
마음을 다스림으로써 이를 이겨 낸다.

장서관으로 올라가 방방을 두루 다니는 데 우리는 많은 시
간을 썼다. 장서관으로 올라가, 우리가 일찍이 세워 두었던
계획을 실행에 옮겼다고 해버리면 문제가 간단할 터이다. 그
러나 등잔을 들고 다니며 각 방의 명(銘)을 읽고, 미리 만들어
둔 도면에다 통로와 벽을 그려 넣고, 각 방의 상인방에 새겨
진 명(銘)의 두문자를 기록하고, 출입구가 복잡한 데다 장애
물까지 있는 장서관 미궁을 돌아다니는 일은 길고도 지루한
작업이었다.

날씨가 매우 찼다. 밤이 되면서 바람이 잠잠해진 나머지,
첫날 밤에 우리를 놀라게 했던 그 이상한 소리는 들려오지
않았다. 그러나 벽 틈으로 들어온 차갑고 축축한 공기가 우
리를 괴롭히기는 마찬가지였다. 서책을 만지다가 혹 손가락
끝이 얼까 봐 털장갑을 끼고 들어갔지만, 그 장갑은 필사생
들의 겨울 작업용 장갑이라서 손가락 부분이 없었다. 그래서
우리는 이따금씩 손을 등불에다 쬐거나, 가슴속으로 집어넣
거나, 수시로 손뼉을 쳐가며 이리저리 뛰어다녀야 했다.

따라서 우리의 작업은 일관 작업이 될 수가 없었다. 사부
님은 이따금씩 걸음을 멈추고는 궤짝의 서책을 꺼내어 읽고

는 했다. 사부님의 코 위에는 예의 그 유리알 안경이 맞춤하게 자리 잡고 있었다. 새로운 서책을 대할 때마다 그의 입에서는 탄성이 한숨에 묻어 나오고는 했다. 전부터 익히 알고 있던 서책이 되었든, 오래 찾아다니던 서책이 되었든, 듣도 보도 못한 서책이 되었든 그 제목이 안기는 반가움 때문일 터였다. 요컨대 사부님에게는, 그 방의 한 책 한 책이 이방의 땅에서 만나는 신기한 동물 노릇이라도 하는 것 같았다. 그는 한 서책을 읽으면서도 입으로는 나에게 다른 서책을 찾아보라고 했을 정도로 장서관 미궁의 가멸찬 서책의 보고를 걸터듬었다.

「저 궤짝 속에 무엇이 들어 있는지 살펴보아라.」

사부님 명에 따라 나는 그 궤짝의 서책을 한 책 한 책 꺼내면서 표지를 읽었다. 「베다가 쓴 『*Historia Anglorum*(앙글리아 역사)』입니다. 계속해서 베다의 책이 나오는군요, 사부님. 『*De aedificatione templi*(성전 건축에 관하여)』, 『*De tabernaculo*[성궤(聖櫃)에 대하여]』, 『*De temporibus et computo et chronica et circuli Dionysi*(디오니시오스의 시대와 계산과 기록과 범위에 대하여)』, 『*Orthographia*[정서법(正書法)]』, 『*De ratione metrorum*(운율의 이론에 대하여)』, 『*Vita Sancti Cuthberti*(성 쿠트베르투스의 생애)』, 『*Ars metrica*(운율학)』······.」

「그 어른의 전집이로구나. 이걸 좀 보아라. 『*De rhetorica cognatione*(수사학적 동질론)』, 『*Locorum rhetoricorum distinctio*(수사학적 표현의 분류)』····· 뿐이냐? 여기에는 다른 문법학자들의 책도 있구나. 프리스키아누스, 호노라투스, 도나투스, 막시무스, 빅토리누스, 에우티케스, 포카스, 아스페르······. 이상하구나. 처음에는 앙글리아 저자들의 서책만 있는 줄 알았는데······. 아래엔 무엇이 있는지 살펴보아라.」

「『Hisperica⋯⋯ famina(아일랜드의⋯⋯ 시편)』라고 쓰여 있는데 이게 대체 무엇인지요?」

「응, 히베르니아의 시편(詩編)이니라. 어디 들어 보아라.」

Hoc spumans mundanas obvallat Pelagus oras
terrestres amniosis fluctibus cudit margines.
Saxeas undosis molibus irruit avionias.
Infirma bomboso vertice miscet glareas
asprifero spergit spumas sulco,
sonoreis frequenter quantitur flabris⋯⋯.
(바다는 물거품으로 이 세상 바닷가를 둘러싸고
끓어오르는 파도로 국경을 두드린다.
바다는 수벽(水壁)으로 강어귀 바위를 두드리며
무서운 기세로 강바닥을 갈아엎는다.
강물은 돌멩이와 더불어 소용돌이치다가
이따금씩은 무서운 소리를 내며 끓어오른다⋯⋯.)

나는 무슨 뜻인지 하나도 알아들을 수 없었다. 사부님은 단어를 혀끝으로 굴리면서 읽었는데, 그 소리는 흡사 파도가 밀려왔다 밀려가면서 포말을 일으키는 소리 같았다.

「이건 또 무엇입니까? 맘스베리 사람 알드헬름이 쓴 것인데요? 그런데⋯⋯ 제가 한번 읽을 테니까 들어 보십시오. Primitus pantorum procerum poematorum pio potissimum paternoque presertim privilegio panegiricum poemataque passim prosatori sub polo promulgatas(우선 면면한 이 시 전편의, 우리 삶의 찬가와 같은 이 시편을 노래할 일이다. 아버지의 특권을 받은 자는 열심과 경건을 다하여 노래할 일이다.

모든 것은 창궁 아래에서 쓰인 것이고, 이 중에 산문 아닌 것이 없으므로)[8]……. 똑같이 P로 시작되는 단어로만 이루어져 있습니다.」

「우리 섬나라에는 약간 돌아 버린 사람이 많아.」 사부님은 자랑스레 얘기했다. 「어디 다른 걸 좀 보아라.」

「베르길리우스인데요?」

「베르길리우스가 여기에서 또 뭘 하고 있지? 어느 베르길리우스냐? 『Georgica[농경시(農耕詩)]』냐?」

「아닙니다. 『Epitomae[적요집(摘要集)]』. 들어 본 적이 없는 책인데요.」

「주후 6세기 적의 수사학자인 툴루즈 사람 베르길리우스[9]로구나.」

「poema[시(詩)], rhetoria(수사학), grama(문법), leporia(해학), dialecta(논리), geometria(기하)…… 이 모든 것을 예술이라고 부르고 있습니다. 그런데 이분이 지금 어느 나라 말을 쓰고 있는 것입니까?」

「라틴어를 쓰고 있는 것이다. 하지만 이건 네가 아는 라틴

---

8 알드헬름은, 에프리스라는 사람에게 아일랜드에서 썩기보다는 영국에서 공부하기를 권하면서, 캔터베리에서 교육을 받으면 이런 식의 글을 쓰는 것도 가능하다는 뜻에서 거의 말장난에 가까운, 이런 글을 썼다고 한다.

9 7세기의 문법가. 〈문법가 베르길리우스 마로〉로 알려져 있다. 수수께끼에 싸인, 중세 라틴 문학의 기인(奇人)으로 손꼽힌다. 자기는 정체를 숨기기 위해 로마 최대의 시인 베르길리우스의 이름을 쓰고 스승이나 친구들에게는 〈키케로〉, 〈아이네이아스〉 같은 이름을 붙이기도 했다. 현존하는 작품으로는 『적요집』과, 『서한집』이 있는데 이 두 저서 모두 비상식적인 문법 설명, 거의 농담에 가까운 부조리한 어원 설명, 장난스럽게 지어낸 신어(新語)로 이루어져 있다. 자기와 가까운 친구들만 이해할 수 있는 나름의 라틴어를 창제하기도 했는데 이러한 일련의 행태가 다른 나라에서와는 달리 아일랜드에서는 진지하게 받아들여졌다고 한다.

어가 아니고 그 사람이 만들어 낸 신식 라틴어야. 자기가 만들어 낸 신식 라틴어가 훨씬 아름답다고 믿던 사람이다. 이걸 읽어 보아라. 천문학이란, 황도(黃道) 12궁을 연구하는 학문이라고 주장하면서 황도 12궁을 각각 mon, man, tonte, piron, dameth, perfellea, belgalic, margaleth, lutamiron, taminon, raphaluth[10]라고 부르고 있구나.」

「미친 사람이 아닙니까?」

「글쎄다만, 내 고향 영국 사람이 아닌 것만은 확실하다. 이걸 좀 보아라. 불을 나타내는 말에도 열두 가지가 있구나. 그냥 불은 〈이그니스〉라고 하고, 살아 있는 것을 요리하는 불은 〈코키하빈〉, 열기만을 말할 때는 〈아르도〉, 열기가 느껴지는 불은 〈칼락스〉, 탁탁 소리를 내는 불은 〈프라곤〉, 빨간 불꽃은 〈루신〉, 연기가 나는 불은 〈푸마톤〉, 태우는 불은 〈우스트락스〉, 죽었다가 살아난 불은 〈비티우스〉, 부싯돌로 켜는 불은 〈실룰레우스〉, 그리고 아이네이아스를 부활하게 한 불은 그 이름을 따서 〈아이네온〉…… 이런 식이다.」

「하지만 그런 말을 쓰는 사람은 아무도 없잖습니까?」

「다행히도 없다. 하지만 이 양반이 이런 주장을 펼 당시는, 문법학자들이 세상 잡사를 잊으려고 공연히 난삽한 문제에 매달리는 걸 재미로 알던 시대다. 언제 나는, 이 시절의 수사학자 가분두스와 테렌티우스가 〈나〉라는 말의 호격(呼格) 문제로 15일 밤낮을 입씨름하다가 결국에는 무기를 들고 서로를 공격했다는 이야기를 들은 적이 있다.」

나는, 숲속의 원숭이와 뱀이 그려진 그림책을 사부님께 보

10 툴루즈의 베르길리우스의 『적요집』 중 〈운율에 대하여〉에서 인용한 것이나 번역은 사실상 불가능하다. 가까운 친구들 사이에서나 통용이 가능하던 일종의 은어였던 것으로 보인다.

이면서 여쭈었다. 「철자가 이상한 말이 나오기는 여기도 마찬가집니다. 어디 한번 들어 보십시오. cantamen(노래), collamen(수집), gongelamen(어중이떠중이), stemiamen[조성(組成)], plasmamen(창조), sonerus(반향), alboreus(백색), gaudifluus(건강), glaucicomus(센 머리카락)……. 」

사부님은 그리움에 젖은 듯한 눈을 하고는 중얼거리듯이 말했다.

「역시 우리 섬나라 이야기로구나. 머나먼 히베르니아 수도사들을 너무 나무라지는 마라. 여기에 수도원이 있고, 우리가 신성 로마 제국을 입에 올리는 것도 다 그분들 은덕을 입었음이다. 유럽이 폐허가 되어 있을 때의 이야기다. 그들은, in nomine patris et filiae[성부(聖父)와 그 딸의 이름으로][11] 세례를 베푼다고 해서 갈리아 지방 사제들의 세례는 모두 무효라고 한 적이 있다. 하나 이는 라틴어에 무식했기 때문이지 새로운 이단의 물이 들어 예수님을 여성이라고 생각했기 때문에 그랬던 것은 아니다.」

「살바토레처럼 말씀이시군요.」

「오십보백보다. 옛날 극북 지방의 바이킹족이 바다와 강을 따라와 로마를 약탈한 적이 있다. 이교 사원은 폐허가 되었지만, 기독교 교회는 세워지기도 전이었으니 부서지고 자시고 할 것도 없었지. 그 당시 읽고 쓰고, 성서를 채식할 줄 알던 사람들은 히베르니아에 있던 수도원 수도사들뿐이었다. 이 수도사들은 짐승 가죽으로 만든 배를 타고 너희 나라로 가서 복음을 전파했다. 너 보비오에 가본 적 있느냐? 보비오를 건설한 사람이 바로 그중의 한 분인 콜룸바누스 성인이시

11 남성 명사인 〈성자(聖子)〉가 되려면 *filiae*(딸의)가 *filii*(아들의)로 되어야 한다.

다. 네가 보고 있는 엉터리 라틴어는 그때 만들어진 것이다. 유럽에 고대 라틴어 아는 사람이 없는 것을 보고 그렇게라도 만들었던 것이니 너무 욕할 일이 아니다. 딴에는 모두 나름 대로 위대한 분들이다. 성 브렌당 같은 이는 지복(至福)의 제 도(諸島)를 지나 지옥의 해단을 따라 항해하다가, 사슬에 얽 인 채 바위에 묶여 있는 유다를 보았다는 말도 있다. 그리고 어느 날엔가는 섬을 지나다가 배를 상륙시키고 섬 위로 올라 가 바다 괴물을 발견하기도 했다고 한다. 물론 다들 미쳐서 허튼소리를 한 거지.」 사부님은 만족스럽다는 듯이 말했다.

「이게 바로 그때 그려졌다는 그림입니다. 보십시오. 이렇 게 다채로울 수가 없습니다.」

「색채와는 별 인연이 없는 땅 사람들치고는 푸른색도 녹색 도 많이 사용했구나. 그것은 그렇고 지금 히베르니아 수도사 이야기나 노닥거릴 때가 아니다. 내가 궁금한 것은 왜 이 책 들이 앙글리아 저자 및 다른 나라 저자의 문법책과 같은 곳 에 있느냐 하는 점이다. 도면을 보아라. 우리가 지금 어디쯤 있느냐?」

「서쪽 탑루에 있는 방입니다. 상인방 두루마리의 글귀도 적 어 두었습니다. 창이 없는 방을 나와 7면 벽실로 들어가면, 하 나밖에 없는 탑루의 방으로 가는 통로가 있습니다. 붉은 글씨 로 쓰인 글귀가 H로 시작되는 방입니다. 사부님과 제가 이 방 저 방을 다니며 탑루 안을 돌다가 막다른 방으로 돌아왔으니 까…… 맞습니다, 글자를 짜 맞추면 HIBERNI가 됩니다!」

「막다른 방에서 나가 7면 벽실로 들어가면, 이 방에는 다른 방과 마찬가지로 〈묵시록〉이라는 뜻을 지닌 〈아포칼립시스〉 의 두문자 A가 있으니까 HIBERNI가 아니고 HIBERNIA가 옳다. 그런데 여기에 Ultima Thule(극북 지방) 사람의 저서와, 문법학자, 수사학자들의 저서가 있다. 왜 그럴까? 장서관 서책을 정리한 사람은, 베르길리우스가 툴루즈 사람이기는 하나 문법학자니까 그 저서를 여기 히베르니아 문법학자들 저서와 함께 비치한 것이야. 이제 뭔가 실마리가 풀리는 것 같구나.」

「하지만 전에 들어갔던 동쪽 탑루의 방문 상인방 글귀의 두문자를 순서대로 쓰면 FONS가 됩니다. 이게 대체 무슨 뜻인지요?」

「도면을 잘 읽어 보아라. 그다음 방의 기호도…… 우리가 드나든 순서대로 읽어 보아라, 무엇이 되느냐?」

「FONS ADAEU……가 됩니다만…….」

「틀렸다. FONS ADAE(아담의 고향)가 옳을 것이다. 우리가 두 번째로 들어간, 동탑의 창이 없는 방이 바로 U에 해당하는 방 아니었느냐? 따라서 이 U는 이 글귀 배열이 아닌 다른 글귀의 배열에 쓰일 게야. 그래, 우리가 FONS ADAE를 지나면서 무엇을 보았더냐? 이 말의 뜻은 지상의 낙원 아니더냐? 솟는 태양에 면한 제단이 그 방에 있었던 것 같구나.」

「성서와, 성서의 주석서가 많았습니다. 그러니까 온통 성서와 관련된 서책밖에는 없었던 것 같습니다.」

「그렇다면 지상의 낙원과 일치하는 하느님의 말씀 아니겠느냐? 사람들은 지상의 낙원이 동방에 있다고들 말한다. 그 반대쪽에는 무엇이 있겠느냐? 바로 〈히베르니아〉가 있지 않겠느냐?」

「그렇다면 장서관 각실의 배치는 세계 지도 모양을 그리고 있다는 것입니까?」

「그럴 가능성이 크다. 그리고 서책은 서책의 국적, 혹은 저자의 고향, 아니면 이 책의 경우처럼 저자의 출생지였어야 했던 곳에 따라 비치되어 있을 것이다. 장서관 사서들은 문법학자 베르길리우스가 툴루즈에서 태어난 것을 실수로 생각했던 거야. 서쪽의 섬나라에서 태어나는 편이 옳았다고 생각한 거지. 그래서 책을 이곳에 비치함으로써 자연이 범한 실수를 수정했던 것이지.」

우리는 조사를 계속하면서 「요한의 묵시록」에 나오는 글귀가 새겨진 방을 무수히 지났다. 그중의 어느 한 방이, 바로 내가 환상을 보았던 그 문제의 방이었다. 실제로 우리는 먼발치에서 그 방의 불빛을 다시 볼 수 있었다. 사부님은 코를 싸쥐고 다가가 침을 뱉어 불을 꺼버렸다. 그러고는 나와 함께 서둘러 그 방을 나왔다. 나는, 그 방에서 mulier amicta sole (태양을 입은 여자)와, 용이 그려진 아름답고 다채로운 「요한의 묵시록」을 보았던 사실을 떠올렸다. 우리는, 맨 마지막으로 들어갔던 방 상인방 글귀의 두문자, 즉 붉은 글자 Y를 앞세워 글귀를 만들어 보았다. 역순으로 짠 결과 만들어진 단어는 YSPANIA였다. 마지막 글자인 A는 HIBERNIA의 마지막 글자 A와 겹쳐지고 있었다. 사부님은, 그것으로 미루어 볼 때, 복합적인 성격의 서책들이 보관된 방이 몇 개 있을 거라고 말했다.

YSPANIA에 해당되는 각 방에는 장정이 호화스러운 「요한의 묵시록」 필사본이 많았다. 사부님은 필사본을 살펴보고는 이스파니아에서 만들어진 것이라고 말했다. 수도원 장서관에는, 기독교 국가에 현존하는 사도들의 복음서 필사본과, 이 필사본에 대한 방대한 주석서가 가장 많이 소장되어 있는 것을 알 수 있었다. 상당수의 장서는 리에바나 사람 베아토에 의한 「요한의 묵시록」의 주석서였다. 본문은 대개 대동소이했으나, 채식은 서책마다 달랐다. 그 풍부하고 화려한 채식들은 서책마다 여러 가지 변화무쌍한 모습으로 표현되어 있었다. 사부님은 그 서책들이 아스투리아스 땅의 유명한 채식사들인, 마기우스, 파쿤두스 같은 사람들의 손을 거쳤을 것이라고 말했다.

좌충우돌 장서관 내부를 조사하다 보니 어느새 남쪽 탑루에 와 있었다. 전날 밤에 와본 곳이었다. 창문이 없는 YSPANIA의 S에 해당하는 방은, 상인방 글귀의 두 문자가 E인 방으로 통했다. 우리는 탑루에 있는 다섯 개의 방을 차례로 지나 막다른 곳에 있는 방으로 들어갔다. 붉은 글자로 된 상인방 글귀의 두문자가 L인 방이었다. 우리는 여섯 개의 방에 쓰인 글귀의 두문자를 역순을 짜보았다.

「LEONES(사자)가 되는구나. 남쪽 탑루가 〈사자〉라…… 지도상으로 우리는 지금 아프리카에 와 있다. hic sunt leones (여기에 사자가 있다), 이제 알겠지? 그래서 여기에 이교도 저자들의 서책이 많았던 게다.」

나는 궤짝을 뒤져 보고는 사부님 쪽으로 돌아섰다. 「얼마든지 더 있습니다. 아비케나의 『Canon(원리)』이 있고…… 아름다운 글자로 된 필사본이 있는데, 이게 어느 나라 말인지 도무지 읽을 수가 없습니다.」

「장식으로 보건대 『쿠란』일 것이다만 나는 불행히도 아랍어를 모른다.」

「『쿠란』이라면, 이교도의 경전인 사서(邪書)가 아닙니까?」

「사서라고 하지 말고, 우리 성서와는 유가 다른 지혜가 담긴 서책이라고 불러라. 장서관 사서들이 왜 이 서책을, 사자가 있고 괴물이 득실거리는 곳에 두었는지 알겠다. 우리가 괴물 그림이 그려진 서책을 본 곳도 바로 이 방이다. 너는 일각수(一角獸)를 보았지? 그렇다면 LEONES에 해당되는 이 방들은, 장서관 설계자가 허위의 책으로 여겨지는 서책을 두려고 만든 방임에 분명하다. 그런데 저건 또 무엇이냐?」

「라틴어로 된 서책이지만 저자는 아랍 사람입니다. 아유브 알루하위의, 개의 공수병에 관한 논문입니다. 그리고 이 책은 보물에 관한 책입니다. 또 이 책은 알하젠의 『De aspectibus[시각론(視覺論)]』라는 책이군요.」

「괴물과 허위만이 난무하는 것은 아니다. 여기에는, 우리 기독교인들이 마땅히 읽고 배워야 할 과학의 논문도 있다. 장서관이 세워질 당시 사람들이 과학에 대해 어떻게 생각했는지 알 수 있겠지?」

「허위의 책들 속에 왜 일각수가 그려진 서책이 들어 있습니까?」

「장서관 설계자 혹은 당시의 사서는, 일각수가 그려진 서책도 허위의 책이라고 생각했던 모양이다. 이방의 환상적인 동물이나 괴수가 그려진 서책은, 무조건 이교도들이나 읽는 불온한 서책의 범주에 넣었을 것이야.」

「그런데 왜 일각수가 그런 괴물의 범주에 들어야 하는 것입니까? 동물 가운데서도 가장 아름다운 동물, 고결한 덕목의 상징 같은 동물 아닙니까? 일각수는 그리스도와 순결을 상징하는 것으로 압니다. 제가 듣기로, 일각수를 생포하려면 숲속에 처녀를 홀로 둔다고 들었습니다. 그러면 일각수가 처녀의 순결을 냄새로 알고 다가와, 처녀의 무릎을 베고 누움으로써 저 자신을 바친다고 들었습니다.」

「그런 말이 있는 것도 사실이나, 많은 사람들이 일각수를, 이교도들 우화에나 나오는 동물로 알고 있는 것 또한 사실이다.」

「사부님, 정말 저로서는 맥 풀리는 일입니다. 저는 오랫동안, 숲을 지나다가 일각수를 보는 게 소원이었습니다. 그러지 못한다면 무슨 낙으로 숲을 지나가겠습니까?」

「이 동물이 존재하지 않는 가상의 동물이라는 주장, 그거 반드시 옳은 것은 아니다. 서책에 그려지는 것과는 모습이 좀 다를지도 모르지만, 베네치아의 어떤 여행자는 지도에 fons paradisi(낙원의 샘)라고 표시된 아주 먼 나라에까지 여행했는데, 이 여행자는 바로 그 땅에서 일각수를 보았다고 주장한다. 하나 그가 본 일각수는, 성질이 포악하기가 그지없고, 모습은 몹시 추한 데다 색깔도 검더라는구나.[12] 아마 미간에 뿔이 돋은, 진짜 짐승을 보았던 게지? 어쩌면 이 여행자가 보았다는 짐승은 고대의 전도자들이 실제로 보고 생생하게 그려 내었던 짐승과 같은 것일지도 모른다. 고대의 전도자들이, 안 본 것을 보았다고 할 리 없다. 우리가 못 본 것을 보는 기회도 하느님께서 주신 것이 아니겠느냐? 이 auctoritas(저자)에서 저 auctoritas(저자)로 옮겨지면서 이 동물의 묘사에 상상력의 살이 붙어 그만 순백의 아름다운 환상의 동물인 일각수로 변형되었을 가능성도 없지 않다. 따라서 숲에 일각수가 있다고 하더라도 너는 처녀를 미끼로 쓰지 마라. 아무래도 이 동물은, 이 서책에 묘사되어 있는 것보다는, 베네치아 나그네의 목격담에 가까울 것 같아서 하는 소리다.」

「고대의 전도자들은 하느님으로부터 일각수의 참모습을 계시받았던 것입니까?」

「계시라는 말보다는 경험이라는 말이 좋겠다. 어쩌다 보니 일각수가 사는 나라에서 태어났거나, 일각수가 그때에 맞추어 우리 땅에 살거나 했을 테지.」

「그럼 우리가 어떻게 고대의 지혜를 믿을 수 있습니까? 멋

12 아프리카의 코뿔소를 가리키고 있는 듯하다.

대로 해석된 엉터리 서책을 통해 전수되어 왔을 법한 것을 어떻게 지혜라고 믿을 수 있겠습니까?」

「서책이라고 하는 것은 믿음의 대상으로 삼기보다는 새로운 탐구의 실마리를 제공하는 것으로 삼는 것이 옳다. 서책을 대할 때는 서책이 하는 말을 받아들일 것이 아니라 그 뜻을 받아들여야 한다. 이는 성서의 주석서 저자들이 늘 우리들에게 가르치는 것이기도 하다. 서책의 뜻은 우리에게, 일각수는 도덕적 진실, 비유적 진실, 우화적 진실을 나타내고 있음을 가르친다. 그러나 순결이 고결한 미덕이듯이, 이 서책이 드러내는 의미 또한 진실이다. 그러나 나머지 세 가지 진실을 지지하는 언어적 진실을 확인하기 위해서는, 어떤 경험이 이러한 표현을 부여했는지를 한번 따져 보아야 한다. 아무리 그 뜻이 고상하다고 하더라도 언어적 관념이라는 것은 반드시 논의의 과정을 거쳐야 하는 법이다. 가령 서책에는, 금강석은 숫양의 피에만 녹는다고 쓰여 있다. 내 사부님이신 로저 베이컨께서는 벌써 이 진술이 틀린 진술이라고 하신 바 있다. 실제로 해보셨더니 안 되더라는 게다. 그러나 금강석과 숫양의 피 사이에 실증적인 의미 이상의 고상한 의미가 존재한다면, 금강석이 반드시 숫양의 피에 녹을 필요는 없다. 따라서 금강석은 숫양의 피에만 녹는다는 진술은 진실이라고 일러도 무방한 것이다.」

「그렇다면 언어의 거짓 희롱이 귀한 진실을 나타내는 데 장애가 되지 않을 수도 있다는 말씀이신지요? 아무튼 일각수가 이 땅에 존재하지 않고, 존재한 적도 없고, 앞으로도 존재할 수 없다는 것은 슬픈 일입니다.」

「하느님 섭리를 그렇게 말하는 것이 아니다. 하느님 뜻이라면 일각수는 얼마든지 존재할 수 있는 것이다. 그러니 너무 심려 마라. 일각수는 이 서책에 존재하고 있지 않느냐? 참실재는 아니라고 하더라도 가능한 실재로 존재하니 그것으로 만족하려무나.」

「그렇다면 서책을 읽을 때 우리는 신학적인 미덕인 믿음을 갖지 말아야 하는 것인지요?」

「신학적 미덕에는 믿음 말고도 두 가지가 더 있다. 하나는, 가능할 것이라는 희망이고 또 하나는 가능하다고 믿는 인간에 대한 자비이다.」

「사부님의 지성은 일각수의 존재를 믿지 않으시는데, 도대체 일각수라는 존재가 사부님께 무슨 소용이 있습니까?」

「베난티오의 시신은 돼지 피 항아리로 끌려 들어갔다. 그때 눈 위에 남았던, 베난티오가 끌려간 흔적이 그러하듯이, 비록 존재하지 않는다고 하더라도 이 일각수는 나에게 여전히 유용하다. 서책 속의 일각수는 그 흔적과 같다. 흔적이 있으면 흔적을 남긴 존재도 분명히 있을 수 있는 것이 아니겠느냐?」

「일각수와 그 흔적은 다른 것일 것 같습니다만.」

「다를 수도 있고 같을 수도 있다. 흔적의 모양이 그 흔적을 남긴 몸의 모양과 늘 같은 것은 아니고, 또 흔적이라는 것이 꼭 몸의 무게에 의해 생기는 것도 아니다. 때로 인간의 육체가 인간의 마음에다 흔적을 남기기도 한다. 이것이 바로 관념의 흔적이라고 하는 것이다. 관념은 만물의 기호요, 형상은 기호의 기호, 관념의 기호인 것이다. 그러나 나는, 이미지를 통해 육체를 재구성하지는 못할지언정 다른 이들의 그 이미지에 대한 관념은 재구성할 수 있다.」

「그것으로 충분하다고 생각하시나요?」

「아니다. 기호에 지나지 못하는 관념에 만족해서는 참배움이 이뤄지지 않는다. 나름의 진실 안에 도사리고 있는 것을 찾아내어야 한다. 그래서 나는, 이 흔적의 흔적에서, 사슬의 첫 번째 고리인 내 나름의 일각수에게로 돌아가고 싶은 것이다. 이제 베난티오의 살해자가 남긴 모호한 기호, 그러나 많은 것을 말해 주는 흔적에서 단 한 명의 살해자로 돌아가고자 하는 것이다. 그러나 이나마 단시간에는, 다른 흔적이 없이는 불가능하다.」

「그렇다면 제가 무엇인가에 대해 얘기할 때는 늘 그 무엇이 다른 무엇을 의미할 수밖에 없겠군요. 하지만 그 무엇의 최종적 의미, 또는 진실된 무엇이라는 것은 존재할 수 없는 건가요?」

「존재할는지도 모른다. 그것이 특정 일각수가 되겠지. 너무 심려 마라. 비록 추악하고 검은 것일지 모르나, 너도 곧 너의 일각수를 만날 수 있을 테니까.」

「일각수, 사자, 아랍인 저자, 그리고 무어인……. 이곳은 분명히 수도사님들이 입에 올리던 바로 그 finis Africae(아프리카의 끝)입니다.」

「그렇다마다. 티볼리 사람 파치피코가 말하던 그 아프리카 시집을 다시 찾아보아야겠구나.」

사부님과 나는 그 방을 나가 다시 L 방으로 되돌아갔다. 그 방의 서책 궤짝에는 플로루스, 프론토, 아풀레이우스, 마르티아누스 카펠라, 그리고 풀겐티우스의 저서가 있었다.

「베렝가리오가 말했다는 바로 그 방일 것입니다. 베렝가리오는, 엄청난 비밀을 밝히는 책이 이곳에 있다고 하지 않았습니까?」

「그럴 게다. 베렝가리오는 finis Africae라는 표현을 사용했고, 말라키아는 이 표현에 몹시 화를 내었다지? 〈아프리카의 끝〉은 마지막 방일 것이야……. 그런데…….」 사부님은 소스라치게 놀라면서 소리를 질렀다. 「클론맥노이스의 일곱 교회! 뭔가 짚이는 게 없느냐?」

「무슨 말씀이신지요?」

「되돌아가자. 우리의 출발점이었던 S 방으로 되돌아가자!」

우리는 출발점이었던, 창이 없는 방으로 되돌아갔다. 이 방의 두루마리 글귀는 Super thronos viginti quator (높은 좌석 스물네 개)였다. 문은 네 개였다. 그중 하나는 Y 방으로 통하는 문이었다. 이 방의 창 하나는 8각의 안뜰에 면해 있었다. 또 하나의 문은 P 방으로 통했다. P 방은 건물 정면을 따라 YSPANIA와 연결되고 있었다. 탑루 쪽으로 난 문은, 조금 전에 우리가 지나온 E 방으로 통했다. 그다음 벽에는 문이 없었고, 그 옆의 벽에 난 네 번째 문은 창이 없는 U 방으로 통했다. S 방은, 이상한 거울이 있던 바로 그 방이었다. 다행히도 거울은 내 오른쪽 벽에 붙어 있었다. 그렇지 않았더라면 나는 또 한 번 기겁을 하고 말았으리라.

나는 도면을 살펴보고서야 그 방이 여느 방과는 다르다는 사실을 알아내었다. 다른 세 탑루에 있던, 창이 없던 방처럼 그 방 역시 중앙의 7면 벽실로 이어져 있어야 했다. 그렇지 않다면 7면 벽실의 입구는, 창이 없는 방 U에 나 있어야 마땅했다. 그러나 U 방에는, 8면 안뜰과 면해 있는 창이 있는 T 방으로 이어지는 문 하나와 S 방으로 이어지는 문이 있을 뿐, 나머지 세 벽면에는 서책 궤짝이 쌓여 있었다. 우리는 주위를 점검하면서 다시 한번 도면을 살폈다. 건물의 균형으로 보나, 논리적으로 보나 이 탑루에도 7면 벽실이 하나 있어야 했다. 그러나 그게 없었다.

「없습니다, 그런 방은 없습니다.」

「아니야. 없는 것이 아니야. 만일에 7면 벽실이 없다면 다

른 방이 조금 더 커야 마땅하다. 하지만 방 크기가 다 고만고
만하지 않으냐? 따라서 7면 벽실은 있다. 어디엔가 있다. 단
지 우리가 들어가지 못하고 있을 뿐이다.」

「벽으로 가로막혀 있다는 말씀이신지요?」

「그럴 게다. finis Africae라고 불리던 방, 지금은 이 세상
사람이 아닌 수도사들이 호기심에 쫓겨 기웃거리던 방, 그
방은 분명히 어디엔가 있을 것이다. 단지 우리 앞에 벽으로
막혀 있는데 지나지 않을 것이야. 들어가지 못하는 방일까?
그렇지 않아. 들어가는 수가 틀림없이 있을 것이야. 베난티
오는 그 방을 찾았는지도 모른다. 분명히 아델모로부터 그
방 이야기를 들었을 것이다. 아델모는 또 베렝가리오로부터
들었을 것이고. 베난티오가 쓴 암호문 쪽지를 다시 한번 검
토해 보자.」

사부님은 법의 속에서 베난티오의 양피지 글귀를 번역한
쪽지를 꺼내어 다시 읽었다. 「Manus supra idolum age
primum et septimum de quatuor(우상 위의 손길이 넷의 첫
번째와 일곱 번째에 작용한다)? ……이것이 무엇이겠느냐?
그래, 그렇다! idolum(우상)은 거울에 비치는 형상일지도 모
르겠다. 어쩌면 베난티오는 그리스어식(式)으로 생각했는지
도 모른다. 라틴어 idolum과 같은 뜻을 지닌 그리스어
eidolon은 〈허상〉 혹은 〈유령〉이라는 뜻이다. 거울은 일그러
진 우리 허상을 반사하지 않더냐? 게다가 우리에게는, 그 전
날 그 허상을 유령으로 오인한 적도 있다. 하면…… 네 개의
supra idolum은 무슨 뜻일까? 거울 표면의 무엇을 말하는 것
일까? 거울 앞에, 각도를 바꾸어 가면서 서보자. 베난티오의
기록과 일치하는 무엇이 나타날지도 모르니까.」

우리는 각도를 바꾸어 가며 거울 앞에 서보았다. 그러나

아무것도 나타나지 않았다. 우리의 형상 옆으로, 거울은 등불에 비친 스산한 방안 풍경의 윤곽만 반사할 뿐이었다.

「어쩌면 supra idolum이라는 말은 〈거울 너머〉라는 뜻인지도 모르겠구나. 그렇다면 거울이 문 노릇을 할지도 모르고 ……. 이 문을 통하여 방으로 들어갈 수 있다는 뜻일까?」

여느 사람 키를 넘는 거울은 참나무 틀에 단단히 고정된 채 벽에 붙어 있었다. 우리는 거울의 아래 위, 양옆을 손으로 더듬어 보기도 하고, 유리와 틀 사이에다 손톱을 넣어 밀어도 보고 당겨도 보았다. 그러나 거울은 여전히 벽의 일부였다.

「〈거울 너머〉도 아니구나. 그렇다면 super idolum(우상 위)인 것일까?」

사부님은 까치발로 선 채 손을 내밀어 거울의 틀 위를 더듬어 보았다. 손에 먼지가 묻었을 뿐 역시 하릴없었다.

「설사 거울 뒤에 방이 있다손 치더라도, 우리가 찾는 서책이나 다른 수도사들이 찾던 서책이 반드시 그 방에 있으리라는 보장은 아무도 못 한다. 처음에는 베난티오가, 두 번째로는 베렝가리오가 가져갔을 테니까……. 어디로 가져갔는가는 하느님만 아실 테지…….」

「베렝가리오 수도사가 여기에 도로 갖다 놓았을 수도 있지 않겠습니까?」

「아니다. 적어도 우리가 장서관으로 들어왔던 날에는 그럴 경황이 없었다. 여러 가지 정황으로 미루어 보아, 베렝가리오는 같은 날 밤, 그러니까 서책을 훔치고 나서 오래지 않아 욕장에서 죽었다는 결론이 나온다. 그렇지 않았다면 우리는 그 다음 날 아침 베렝가리오를 봤을 테니까. 아무튼, 지금 이 상태에서도 우리에게는 얻은 것이 없지 않다. 〈아프리카의 끝〉에 해당하는 방이 어디에 있는지를 알아내었고, 장서관 도면을 완성하는 데 필요한 정보는 거의 얻은 셈이니까. 너도 동의하겠지만 내가 보기에 장서관 미궁의 수수께끼는 어느 정도 풀렸구나.」

우리는 다른 방을 차례로 돌면서, 새로 알게 된 사실을 모조리 도면의 해당 위치에다 기록했다. 장서관에는 수학이나 천문학 관련 서책 전용 소장실도 있었고, 아랍어 이상으로 요령부득인 문자로 기록된 필사본 소장실도 있었다. 사부님은, 아무래도 인도어인 것 같다고 말했다.

사부님과 나는 서로 맞닿아 있는 일련의 방들인, IUDAEA (유대)와 AEGYPTUS(이집트) 사이를 여러 차례 오고 갔다. 독자들을 괴롭히지 않기 위해서라도 우리가 미궁 속을 한참 돌며 발견한 사실을 정리해서 얘기해야겠다. 우리는 약도를 거의 완성하고 나서야 장서관이, 이 세계의 모습에 따라 배치되었음을 확신했다.[13] 말하자면, 본관의 북쪽에는 ANGLIA(잉글랜드)와 GERMANI(독일), 서쪽에는 GALLIA(프랑스)가 있으며 이 GALLIA의 극서쪽에는 HIBERNIA(아일랜드),

13 이 장서관의 각 소장실은, 당시 기독교 세계에 알려져 있던 이른바 TO 지도에 따라 배치되어 있다. TO 지도란 세계를, T와 O가 결합된 꼴로 그린 지도를 말한다(옆 그림). O는 세계를 둘러싸고 있는 오케아노스, 즉 대양(大洋)의 모습이고, T는 세계의 큰 강, 즉 돈 강, 나일 강 그리고 지중해이다. T 자의 윗부분은 낙원이 있는 동방의 아시아, 왼쪽은 유럽, 오른쪽은 아프리카이다. 원래 이 TO 지도에 나타난 방향으로는, 낙원과 동방이 있는 위쪽이 동쪽으로 되어 있다. 따라서 왼쪽이 북, 오른쪽이 남, 아래가 서쪽에 해당한다. 이 지도를 시계 방향으로 90도 정도 돌리면 오늘날의 지도와 방향이 어지간히 맞게 된다. 장서관 입구가 FONS ADAE(아담의 고향) 쪽에 나 있는 데 유의하기 바란다.

545

남쪽은 고대 라틴의 낙원인 ROMA(로마)와 YSPANIA(스페인)로 이어지는 셈이었다. 그리고 본관 남쪽에는 LEONES와 AEGYPTUS가 있고 그 동쪽으로는 IUDAEA와 FONS ADAE(아담의 고향)가 있었다. (8각형 안뜰의) 북쪽과 동쪽에 걸쳐 배치되어 있는 일련의 방은 ACAIA였다. 바로 이 ACAIA를 두고 사부님은, 그리스를 일컫는 제유적(提喩的)인 표현이라고 했다.[14] 이 일련의 방에는 고대 그리스의 이교도 시인 및 철학자 들의 저서가 무더기로 쌓여 있었다.

각 방을 나타내는 두문자로 낱말을 꾸미는 방법도 일정하지 않았다. 한 방향으로 잇기만 하면 낱말이 되는 경우가 있는가 하면 거꾸로 읽어야 할 때도 있었고, 때로는 활꼴로 읽어야 할 경우도 있었다. 앞에서도 말한 바 있지만, 같은 글자가 두 단어에 겹치는 경우도 있었다(이 경우에는 같은 방에 두 종류의 서책이 든 궤짝이 있었다). 그러나 이러한 배치의 황금률로 작용할 만한 어떤 기준이 있는 것도 아니었다. 그러니까 이러한 배치 상태는, 대출 요구에 따라 서책을 찾아내는 데 필요한, 장서관 사서의 기억 보조 장치에 지나지 못하는 것이었다. 가령 quarta Acaiae는 〈아카이아〉의 네 번째 방이니까 A에서 헤아려서 네 번째 방인 것이다. 그러니까 장서관 사서는 머릿속으로 기억해 둔 통로를 따라 사각형으로 배치된 네 개의 방 중 어느 한 방에서 바로 그 서책을 찾아내는 것이다.

우리는 막다른 벽의 비밀도 알아내었다. 그 방법은 다음과

14 〈아카이아인〉이라는 말은, 호메로스가 『일리아스』와 『오디세이아』에서 그리스인을 지칭하는 세 가지 명사 중 하나로 쓴 말이다. 원래 〈아카이아〉는 그리스의 특정 지역을 지칭하는 말이다. 따라서 〈아카이아〉는 〈그리스〉의 제유적 표현(부분을 통하여 전체를 나타내는 표현)인 것이다.

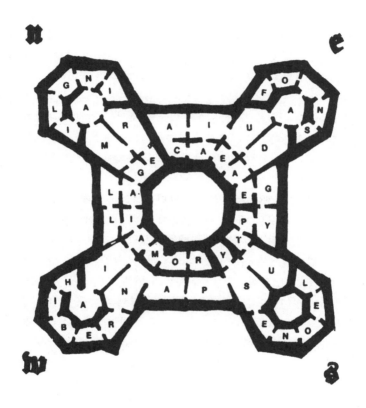

같다. 가령 동쪽 탑루에서 ACAIA로 들어왔다고 하자. 그러나 A 방과 C 방은 막다른 벽에 면해 있어서 여기에서는 다른 방으로 들어갈 수가 없다. 즉 미로는 바로 이 벽에서 끝나고 있는 것이다. 따라서 여기에서 북쪽 탑루로 가자면 되돌아서서 나머지 세 개의 탑루를 두루 거치지 않으면 안 된다. 입구는 FONS ADAE 쪽에 있으니까 길을 잘 아는 사서는 북쪽 탑루의 ANGLIA로 들어가기 위해서는 AEGYPTUS와 YSPANIA와 GALLIA와 GERMANI를 차례로 지나야 하는 것이다.

우리는 이렇게 해서 장서관 미궁의 조사를 거의 끝내었다. 수확은 적지 않았다. 그러나 만족스러운 마음으로 장서관을 떠날 준비를 했다는 말을 하기에 앞서 독자들에게 고백해 둘 것이 있다.

장서관에 잠입하여 미궁을 조사한 목적은 물론 그 금단의 지역을 이해하는 데 필요한 열쇠를 얻어 내는 데 있었다. 그러나 각 방의 배치 상황과 소장 도서를 점검하느라고 방방을 돌아다니면서 우리는 미지의 대륙이나 신비의 땅을 탐험하는 기분으로 일삼아 갖가지 종류의 서책을 읽은 꼴이 되고 말았다. 이 후자의 행동에 있어서는 사부님과 동행이었다. 결국 사부님과 나는 같은 서책을 읽은 셈이었다. 나는 흥미로운 서책을 만날 때마다 사부님께 보고하고 사부님은, 내가 이해하지 못하는 부분을 자세히 설명까지 해주시었다.

LEONES가 있는, 남쪽 탑루의 방들을 조사할 때의 일이다. 사부님은, 내 눈에는 생소한 광학 분야의 그림이 잔뜩 실린 아랍어 도서 소장실에 한동안 머물렀다. 그날 밤 장서관으로 가지고 들어간 등잔은 두 개였다. 그래서 나는 등잔 하나는 그 방에다 남겨 둔 채 나머지 하나를 들고 혼자서 다음

방으로 들어갔다. 그 방에 빼곡히 들어앉은 서책은 주로 인간의 정신적, 육체적 병폐를 다룬 이교도 학자들의 저서였다. 따라서 장서관 밖으로는 절대로 나올 수 없는 서책들이었다. 그래서 나는, 한 책이라도 더 보아 두어야겠다는 욕심에서 살며시 사부님을 떠나 그 방으로 갔던 것이었다. 그 방에서 나의 시선을 사로잡은 것은 (다행히도!) 내용과는 동떨어진 그림, 즉 꽃, 포도덩굴, 쌍쌍의 동물, 그리고 약초 같은 것들이 그려져 있는 그리 두껍지 않은 서책 한 권이었다. 볼로냐 사람 마시모가 썼다는 『*Speculum amoris*(사랑의 거울)』라는 서책이었다. 이 서책에는, 다른 서책에서 뽑아 실은 인용구가 대단히 많았는데, 내용은 거의가 상사병에 관한 것이었다. 독자들은 이해하실 테지만, 이 서책의 인용구들이, 그날 아침에 겨우 잠재운 내 마음에 다시 불을 지르고, 잊으려고 몸부림치던 그 여자의 모습을 다시 떠올리게 하는 데는 별로 오랜 시간이 걸리지 않았다.

그날 하루 내내 나는 아침에 하던 생각을 떨쳐 버리려고 하지 않았던가. 그렇다. 나는, 그 같은 생각이 온전한 정신으로 용맹 정진해야 하는 수련사 신분에 어울리지 않는다는 것을 알았기 때문에 몇 번이고 내 마음으로부터 다짐을 받아 내기도 했다. 다행히도 그날 낮에 있었던 일, 즉 황실 사절단과 교황청 사절단의 만남은 나의 관심을 그쪽으로 쏠게 하기에 충분했다. 덕분에 나는 마음의 평화를 되찾고, 필경은 일과성(一過性) 불장난에 불과할 터인, 그 일로 인한 망상에서 놓여났다고 생각하고 있던 차였다. 그러나 『사랑의 거울』을 보는 순간 나는 탄식하지 않을 수 없었다. 「De te fabula narratur(그것은 너를 두고 하는 말이다).」 그 책을 보는 순간 나는 나의 상사병이 생각했던 것 이상으로 중증이라는 것을 깨달았다. 뒷날 나는 의학에 관한 책을 읽고, 타인으로부터 특정한 병의 증세에 관한 이야기를 들으면 듣는 사람 역시 비슷한 증세를 느끼게 된다는 사실을 알았다. 혹 사부님이 들어와, 무슨 서책을 그렇게 열심히 읽고 있느냐고 나무랄까 봐 건성으로 읽어 내리긴 했지만, 그렇게 읽은 몇 쪽이 나의 내부에 이상한 파문을 일으켜 놓고 말았다. 말하자면 그 서책의 저자가 말하는 것과 똑같은 증세가 느껴지기 시작한 것이다. 그 서책에는 상사병의 증세가 자세하게 나와 있었다. 내용을 읽고 보니, 한편으로는 애가 타는데도 다른 한편으로는 은근히 기쁘기도 했다. 나 자신이 상사병에 걸려 있음을 확인하게 된 것은 애가 타는 노릇이었으나 나의 비극이 나만의 비극이 아니라는 것 또한 확인할 수 있었기 때문이었다. 나를 향하여 씌어 있는 듯하던 그 서책의 내용이 어떤 의미에서는 나를 위로하고 있었다고 보아도 좋다.

특히 사랑이라는 병은 괴질(怪疾)이기는 하되 사랑 자체가 곧 치료의 수단이 된다는 이븐하즘의 정의는 인상적이었다. 이븐하즘에 따르면, 사랑이 괴질인 까닭은, 이 병에 걸린 사람은 치료를 원하지 않기 때문이었다. 이 얼마나 놀라운 통찰인가! 나는 그제야, 그날 아침 내 눈에 보인 것들이 그렇게 감동적이고 인상적이었던 까닭을 이해했다. 안치라 사람 바실리오에 따르면 사랑은 눈을 통해 우리 몸속으로 들어오는 병이었다. 그에 따르면 이 병에 걸린 사람은 필요 이상으로 들뜨거나, 혼자 있거나, 혼자 있고 싶어 하거나(그날 아침, 나는 얼마나 혼자 있게 된 것을 다행으로 여겼던가) 공연한 심술을 부리거나 바로 이 심술 때문에 말수가 적어지거나 한다. 상대를 진정으로 사랑하는 사람이 그 대상을 만나지 못할 경우에는, 심한 자기 학대 증세를 보이면서 하루 종일 침상을 떠나지 않는데, 이 상사병 증세가 지나쳐 뇌가 영향을 받게 되면 정신을 잃거나 헛소리를 하게 된다는 대목에서는 겁이 덜컥 났다(그러나 내 경우는, 맑은 정신으로 장서관 미궁을 조사할 정도였으니 그런 중증은 아닐 터였다). 이 병이 악화되면 목숨을 앗을 수도 있다는 대목도 꺼림칙했다. 나는 나 자신에게, 여자를 생각하다가 영혼이 질병에 걸리는 것은 물론, 심지어 육체가 희생되어도 후회하지 않겠느냐고 물어보았다. 그럴 수는 없었다.

나는 성녀 힐데가르트의 글도 읽었다. 이 성녀의 주장에 따르면, 내가 그날 느꼈던 것과 같은, 여자에 대한 그리움 때문에 느끼게 되는 우울증이야말로 천국에서 경험하는 완벽한 평화의 상태와는 정반대되는 것으로, 중증에 속하는 melancholia nigra et amara(암담함과 비참함을 느끼는 우울증)는 뱀의 숨결을 맡거나 악마가 틈입하는 데서 생기는 병이었다. 다른 이교도 학자들의 주장도 이와 비슷했다. 아부바크르 무하마드 이븐자카리야 아르라지는 『Liber continens(의학 총서)』에서 상사병으로 인한 우울증을 낭광증(狼狂症)과 동일시하고 있었다. 상사병에 들려 끝없이 우울증을 느끼는 사람은, 하는 짓이 늑대와 비슷하다는, 그의 증세 묘사는 내 목을 조르는 것 같았다. 그에 따르면 상사병의 초기 증세로는 우선 외모에 변화가 오고, 이어서 시력이 약해지고, 눈이 들어가며, 여기에서 조금 더 발전하면 눈물이 마르고, 다음에는 혀가 마르면서 혓바닥에 농포(膿疱)가 생기고, 몸이 말라 가면서 시도 때도 없이 갈증을 느끼게 되는데, 이렇게 되면 병자는 대낮에도 침대에 엎드려 있기 마련이며, 얼굴과 목에 개의 이빨 자국이 나타나다가 결국은 늑대처럼 한밤중에 묘지를 어슬렁거리게 된다.

아비케나의 인용문은 나에게, 나 자신이 까발려진 듯한 느낌을 안겼다. 그의 정의에 따르면, 상사병은 이성인 상대의 얼굴, 태도, 행동에 대한 연속적인 상상에서 비롯된 편집증적(偏執症的) 우울증이다. 아비케나는 흡사 나를 관찰하고 상사병을 그렇게 정의한 것 같았다. 상사병은 처음에는 병이 아니나, 사랑의 갈증이 해소되지 못할 경우에는 강박적인 병으로 이행하여[나의 갈증은…… 하느님 용서하소서…… 채워졌는데도 나는 왜 그런 증세를 느꼈던 것일까? 전날 밤의 죄 많은 춘사(春事)는 그런대로 만족한 상태에서 끝나지 않았던가? 이것이 만족스러운 것이 아니라면 대체 만족스러운 것이란 어떤 것이란 말인가], 이윽고 눈꺼풀이 떨리고, 호흡이 불규칙해지고, 까닭 없이 울고 웃게 되고, 급기야는 심장의 박동이 걷잡을 수 없이 빨라진다(실제로 내 맥박도 빨라지고 있었다. 이 글을 읽을 동안 내 호흡은 거의 멎어 있었다고 해도 과언이 아니다). 아비케나는 또 갈레노스가 고안한 상사병 환자의 진단 방법을 소개하고 있었다. 즉, 우울증을 호소하는 사람의 손을 잡고 사랑의 대상이 될 만한 이성의 이름을 부르면 특정인의 이름에서 맥박이 빨라진다는 것이었다. 나는 그 글을 읽다 말고, 사부님이 불쑥 튀어 들어와 내 손목을 잡고 내 맥을 짚을까 봐 더럭 겁이 났다. 참으로 창피한 일이었다.

아비케나는, 상사병의 유일한 치료 수단은 상사병의 대상과의 결혼을 통한 결합이라고 했다. 아비케나는, 똑똑한 사람이기는 하나 역시 물정 모르는 이교도였다. 스스로의 선택에 의해서든, 주위의 사려 깊은 주선을 통해서든 하느님을 섬기는 사람으로 성별(聖別)되어 그런 병에는 걸릴 수도 없고 걸려서도 안 될 뿐만 아니라 설사 걸린다고 해도 대상과의 결합을 통하여 이 병을 치료할 수는 더욱 없는 가련한 베네딕트회 수련사의 팔자를 전혀 고려하고 있지 않기 때문이었다. 그러나 팔자가 나 같은 사람은 고려하지 않았지만 다행히도 그 사랑이 이루어질 수 없는 사랑일 경우에 대한 대비는 있었다. 즉 마지막 대증 요법으로 제시하고 있는 온탕욕(溫湯浴)이 그것이었다. [하면…… 베렝가리오는 죽은 아델모에 대한 상사병을 치료하러 욕장에 들어갔던 것일까? 인간은 동성(同性)에 대해서도 상사병에 걸리는 것일까? 아니면 동성에 대한 감정은 짐승의 음욕에 불과한 것일까? 내가 그 여자와 함께 밤을 보냈던 것도 짐승의 음욕에 견주어질 만한 탐욕 때문이었던가? 아니어야 한다……. 그렇게 달콤한 사랑이 짐승의 음욕일 리 없다……. 아니다, 아드소여, 네가 틀린 것이다. 그날 밤의 춘사는 악마가 보낸 환상이다. 따라서 짐승의 음욕과 다를 것이 하나도 없다. 죄를 짓고도 그것을 인정하지 않음으로써 더 큰 죄를 짓고 있는 너 아드소여…….] 아비케나의 치료법은 계속되고 있었다. 두 번째 방법은, 사랑하는 이를 비난해 줄, 나이가 들고 이 분야에 있어 전문가인 여자들의 도움을 받는 것이었다. 이 방법이 효율적이기 위해서는 남자보다는 늙은 여자의 도움을 받는 편이 낫다고 했다. 그러나 치료의 한 방법일 수는 있겠지만 나에게는 수도원에서 늙은 여자(젊은 여자는 물론이고)를 찾아낼 길 없었다. 그렇다면 수도사를 하나 붙들고 통사정하는 수밖에 없겠지만……. 대체 누구에게? 그리고 과연 수도사가 나이 든 수다쟁이보다 여자에 대해 잘 알 수 있을 것인가? 이 사라센인이 권하는 마지막 치료법, 즉 상사병에 걸린 사람에게 계집종 여럿을 붙여 난교(亂交)하게 한다는 치료법은 나 같은 수도자에게는 천부당만부당했다. 결국 수도자가 상사병에 걸릴 경우에는 마땅한 치료법이 없었다. 나는, 세베리노에게 약초를 부탁하면 어떨까, 이런 생각까지 해보았다. 그런데 빌라노바 사람 아르날도의 글에 한 가지 방법이 있었다. 아르날도라면, 사부님도 극찬하던 분이었다. 아르날도에 따르면, 상사병이란 습도와 온도가 높은 곳에 있다 보면 비롯되는 체액의 분비와 정신의 고양(高揚)이 지나친 데서 생기는 병이었다. 이로 인해 혈액(생식의 종자를 지어 내는)이 필요 이상으로 많은 종자, 즉 complexio venerea(성욕의 상황)를 조성하고, 결합의 욕망을 강화시킨다는 것이었다. 그런데 엔케팔루스(이게 무슨 뜻이지?)의 중앙 뇌실 등 부위는, 오감이 받아들인 무분별한 자극을 수용하고 그 자극을 평가하는 기능을 수행한다⋯⋯. 그래서 오감이 감지한, 대상에 대한 욕망이 지나치게 되는 경우, 이 평가 기준이 위축되면서 오로지 사랑하는 사람의 허상만 밝히게 된다⋯⋯. 이렇게 되면 슬픔과 기쁨을 수시로 번갈아 가며 느끼게 되면서 육체와 정신이 불길에 휩싸이게 된다. 육체와 정신이 불길에 휩싸이게 되는 까닭은, 기쁨을 느끼는 순간 온몸의 열기가 몸의 표면으로 치솟기 때문이다(절망하는 순간에는 이 열기가 몸 깊숙이 스며들기 때문에 한기를 느낀다). 그러니까 아르날도의 치료법에 따르면, 사랑하는 대상에게 접근할 수 있다는 확신과 희망의 싹을 잘라 버리면 생각 자체가 사라져 버린다.

바로 이것이다! 이것이면 나의 병은 치료된 것이나 다름없다⋯⋯. 내가 이렇게 생각한 것은, 대상을 다시 만날 가능성이, 혹은 희망이 나에게는 거의, 혹은 전혀 없다는 것을 잘 알았기 때문이었다. 만난다고 하더라도 다시 취할 수 없고, 취한다고 하더라도 수습할 수 없고, 수습한다고 하더라도 내 곁에 둘 수 없었으니, 이는 수도에 전념해야 하는 나의 수련사 처지와, 내 집안이 나에게 지운 의무의 굴레 때문이었다.
그렇다면 나는 구원을 받은 것이구나……. 나는 이렇게 생각
하면서 서책을 덮었다. 바로 그 순간에 사부님이 그 방으로
들어왔다.

한밤중

살바토레는 엉뚱한 짓을 하다가 발각되어 베르나르 기의
문초를 받는다. 아드소가 그리워하던 여자는 마녀로 체포된다.
모두들 뒤숭숭한 마음으로 잠자리에 들게 되는 밤이다.

식당 쪽으로 내려오던 우리는 어디선가 들려오는 왁자지
껄한 소리에 걸음을 멈추었다. 주방 쪽으로는 일렁거리는 횃
불도 보였다. 사부님은 재빨리 들고 있던 등잔을 불어 껐다.
우리는 벽에 바싹 달라붙은 채로 걸어 내려와 주방으로 통하
는 문에 접근했다. 소리는 주방이 아니라 건물 밖에서 나고
있었다. 하지만 문이 열려 있었다. 잠시 후, 소리와 불빛이 다
른 곳으로 이동하면서 주방 문이 닫히는 소리가 들려왔다.
여럿이 앞뒤 없이 떠들어 대는 소리로 보아 사태가 심상치 않
다는 것은 불을 보듯이 뻔했다. 우리는 재빨리 지하 납골당
을 통해 교회로 나왔다. 교회 안에는 아무도 없었다. 교회 남
문을 통해 밖으로 나왔을 때 회랑에는 여러 개의 횃불이 출
렁거리고 있었다.

우리는, 수도사들 무리에 묻어 그쪽으로 달려갔다. 횃불
아래 드러난 면면으로 보아, 수도사 숙사와 순례자 요사에서
수도사들이 거의 다 나온 것 같았다. 내 눈에, 경호병들에게
붙잡혀 있는, 얼굴이 눈의 흰자만큼이나 하얗게 질린 살바토
레와 울고 있는 여자의 모습이 보였다. 내 가슴은 걷잡을 수
없이 쿵쾅거리기 시작했다. 여자는, 내 생각 속에서 나를 괴

롭히던 바로 그 여자였다. 내 쪽으로 무심코 고개를 돌리다가 나를 알아본 듯한 그 여자는 필사적인 애원이 묻은 시선을 던지고 있었다. 생각 같아서는 달려 나가 여자를 구하고 싶었다. 그러나 사부님은 내 손목을 비틀어 잡으며 나지막한 소리로 매정하게 꾸짖었다. 「죽고 싶은 게냐?」 사방에서 수도사들과, 그날의 수도원 빈객들이 몰려들고 있었다.

곧 수도원장과 베르나르 기가 당도했다. 경호대장이 두 사람에게 보고한 사건의 경위는 대강 이러했다.

진상 조사에 눈을 댄 이단 심문관 베르나르 기의 명을 받고 경호병들은 야간에 경내 순찰을 강화했다. 이들은 정문에서 교회에 이르는 길, 뜰, 그리고 본관 앞을 순찰할 때 특히 주의를 기울였다. 왜? 나는 그 까닭을 생각해 보았다. 까닭을 납득하기까지는 별로 시간이 걸리지 않았다. 도착하자마자 주방과 식당을 쑤시고 다니던 베르나르 기가 불목하니나 요리사들로부터, 정체불명의 괴한이 야간에 수도원 성벽과 주방 사이를 숨어 다닌다는 이야기를 들었을 터이기 때문이었다. 나에게, 수도원 경내 지리라면 손바닥 보듯이 훤하다고 큰소리치던 살바토레는 주방과 곡물 창고에서 만난 사람들에게도 그런 이야기를 했기가 쉬웠다. 그렇다면 그날 오후에 베르나르 기로부터 불시 심문을 받았던 사람들은 겁이 났던 나머지 베르나르 기에게 정문에서 본관에 이르는 길목을 한번 잡고 기다릴 필요가 있다고 한 것이 분명했다. 사전에 정보를 입수하고, 어둠과 안개 속을 순찰하던 경호병 순라군들은 이렇게 해서 베르나르 기의 그물에 걸려든 살바토레와 여자를 붙잡았을 터였다.

「이런 성소(聖所)에 여자라니!」 베르나르 기가 하늘을 우러러 탄식하고 나서 수도원장 쪽으로 고개를 돌리고 말을 이었다.「……원장 어르신! 단순히 한 수도사의 파계(破戒)와 파행(跛行)이 지은 허물에 불과하다면 이자에 대한 문죄는 어르신의 재판권에 맡겨 두어야 옳은 일이라는 것을 잘 압니다. 하나 이 두 사악한 것들의 밀약이 빈객의 안전 문제와 관련이 없다는 결론이 내려질 때까지는 빈도 등이 우선 이를 따져 보는 것이 순서일 줄 압니다. 자, 너희 불한당들은 들어라!」베르나르 기는, 살바토레가 한사코 감추려고 하는 보퉁이를 빼앗으면서 호령했다.「이 속에 무엇이 들어 있느냐?」

나는 그 속에 무엇이 들어 있는지 알았다. 칼 한 자루, 검은 고양이 한 마리와 달걀 두 개가 들어 있을 터였다. 과연 그랬다. 보자기를 푸는 순간 고양이는 앙칼지게 가르랑거리며 도망쳐 버렸다. 두 개의 달걀은 보자기 안에서 깨어지고 짓이겨져, 모르는 사람의 눈에는 피, 혹은 담즙으로 보일 법했다. 그러니까 살바토레는 주방으로 들어가 고양이를 죽이고 눈알을 뽑아 낼 참이었던 모양이었다. 말뚝에 침 뱉을 여자를 꼬여 들이면서 그가 무엇을 사례로 약속했는지는 알 수 없었다. 그러나 나는 곧 살바토레가 여자에게 무엇을 주었는지 알 수 있었다.

여자의 몸을 뒤지라는 베르나르 기의 명이 떨어지자 경호병들은 입가에 음흉한 웃음을 개어 바르고는 여자의 몸을 뒤졌다. 여자의 품 안에서 갓 잡은 수탉 한 마리가 나왔다. 일이 잘못되려니까 그랬겠지만 밤이라서 수탉도 고양이처럼 검은 색으로 보였다. 나는 여자가 받은 수탉 때문에 가슴이 아팠다. 며칠 전날 밤에 황망 중에 그 귀한 황소 염통까지 버리고 달아났던 여자에게 닭 한 마리는 너무 초라한 사례로 여겨졌기 때문이었다.

「검은 고양이와 수탉이라……. 이런 것으로 부리는 잔재주를 내가 모를 줄 알았더냐……」 베르나르 기의 시선이 주위를 둘러보다가 윌리엄 수도사에게서 멎었다. 「윌리엄 형제, 형제도 3년 전에 킬케니에서 이단 심문관을 지냈으니 잘 아실 게요. 여자가, 검은 고양이로 둔갑한 악마와 교접한 사건을 말이외다.」

내 눈에는, 사부님이 겁이라도 먹어서 대답을 못 하는 것처럼 보였다. 나는 사부님의 소매를 당기며 속삭였다. 「사부님, 말씀하십시오. 여자에게 저 닭은 식구들에게 먹이는…….」

그러나 사부님은 조용히 그러나 매정하게 내 손을 뿌리치고는 베르나르 기에게 공손하게 대답했다. 「결론에 이르시는데 꼭 빈도의 과거 경험 같은 게 필요한 것은 아닐 것입니다만…….」

「그래요? 하기야 너무나 명백한 증거가 있는 터이니 그럴 필요가 없기는 합니다. 그렇다면 다른 분의 경험을 들어 보기로 할까요? 성령의 일곱 가지 선문에 관한 글에서 부르봉 사람 스테판은, 성 도미니크가 팡조에서 이교도들을 상대로 설교를 마친 뒤 여자들에게, 곧 그들이 섬기던 이교 신의 정체를 알아볼 것이라고 말했답니다. 그러자 난데없이 대중들 속에서 크기가 개만 한, 무시무시한 고양이 한 마리가 나타났는데, 왕방울같이 큰 눈으로는 불길을 뿜고, 시뻘건 혀는 배꼽까지 늘어져 있는 데다 짤막한 꼬리는 하늘로 치솟아 있더라지요. 꼬리가 치솟아 있었으니 냄새가 고약한 뒤가 보이는 것은 당연지사……. 이거야말로 성당 기사단 등 사탄의 추종자들이 회합 때 입을 맞춘다는 바로 그 항문인 것입니다. 이 요사스러운 고양이는 여자들 사이를 근 한 시간이나 돌아다니다가 종루의 줄을 타고 올라갔는데 좌중에는 악취가 진동하더랍니다. 카타리파 이단자들이 좋아하는 짐승도 고양이가 아니겠습니까? 루치페르의 육화(肉化)로 여긴 나머지 그 뒤에다 입을 맞출 정도로 좋아하는 것이지요. 알라누스 데 인술리스에 따르면 그 짐승의 이름 자체가 catus(교활하다)에서 유래한 것이라고 합니다. 드 베르뉘 사람 기욤이 『De legibus(규범에 대하여)』에서 확인한 구역질 나는 의식 아닙니까? 알베르투스 마그누스 역시 고양이를 악마의 화신이라고 했었지요. 나의 사형(師兄) 푸르니에는, 카르카손 사람 고드프루아 조사관을 종신(終身)하는 자리에, 악마의 화신인 검은 고양이 두 마리가 나타나 산 사람들에게 겁을 주더라고 회상한 적이 있습니다.」

수도사들이 웅성거리기 시작했다. 대부분의 수도사들은 공포에 질린 얼굴을 하고는 성호를 그었다.

베르나르 기는 위엄을 차리고 말을 이었다. 「원장 어른, 어른께서는, 죄인들이 익히 이런 소도구로 잔재주를 부린다는 걸 잘 모르실 겁니다. 하나 나는, 하느님의 도우심을 입어, 압니다. 나는, 형제들이 잠자리에 든 어두운 밤에 검은 고양이를 이용해서 악마의 잔재주를 피우는 사악한 무리를 무수히 보아 왔으니까요. 이들이 고양이로 무엇을 하는지 아십니까? 짐승들의 등에 올라타고 한밤중에 먼 길을 내달려 간답니다. 노예로 잡은 이들을 끌고, 이들을 음탕한 인쿠부스로 둔갑시키지요. 악마는 그들에게 수탉이나 검은 동물 형상으로 나타나 나란히 눕기도 한답니다. 나란히 누워서 무슨 짓을 하는지는, 바라건대 묻지 말아 주시기 바랍니다. 내가 알기로, 다른 곳도 아닌 성도(聖都) 아비뇽에서만 해도, 사악한 무리들이 마법으로 음약(淫藥)을 만들어 교황 성하의 수라에 섞은 적이 있습니다. 성하께서 다행히, 형상이 뱀의 혀 같은 보석에 에메랄드와 루비를 박은 귀물(貴物)을 가지고 계신 덕에 신명을 보전하실 수가 있었습니다. 바로 이 귀물에는, 독물과 닿으면 변색하는 성질이 있기 때문입니다. 말하자면 프랑스 국왕이 성하게 이런 귀물을 열한 개나 진상한 덕분에 성하께서 위난을 면하실 수 있었던 것입니다. 원장 어른께서는 십여 년 전에 체포된 이단자 베르나르 델리시외를 기억하실 것입니다. 바로 이자의 거처에서는 흉측한 마법의 서책이 발견되었는데 그중에서도 가장 위험하고 사악한 마법이 설명돼 있는 본문 옆에는 각주가 빼곡히 기록되어 있었답니다. 그 내용은 적을 해하기 위해 밀랍 인형을 제조하는 방법에 대한 것이었습니다. 믿지 않으시겠지만, 그 집에는, 급소에 빨간 원을 그린, 아주 정교하게 만들어진 교황 성하의 제웅도 있었습니다. 이 제웅을 줄에 매달아 거울 앞에 걸어 두고 바늘로 급소를 콕콕 찌르면 어떻게 되는지는 누구나 아는 일입니다······. 내가 왜 이렇게 끔찍한 이야기를 하고 있는 것이지요? 성하께서는 그래서 작년에 『*Super illius specula*(거울에 대하여)』[15]를 통하여 이를 단죄하시었습니다. 이곳 장서관에도 그 필사본이 있을 것인즉 원장께서 친히 읽으실 수도 있습니다.」

「있습니다, 있고말고요.」 원장이 기가 죽은 목소리로 대답했다.

「좋습니다. 이제 내 눈에 이 사건의 진상이 보이기 시작합니다. 이 마녀는 수도사를 꾀어 악마의 의식을 베풀고자 했

15 1326년 교황 요한 22세가 쓴 책. 요한에 따르면 〈거울〉이란, 하느님이 자신의 모습과 흡사하게 〈이 지상에서 하느님의 은혜를 찬양하도록〉 창조한 사람을 의미한다. 요한은, 〈불행히도 우리가 주지하듯이 이 세상에는 이름만 기독교인 사람이 있는가 하면 진리의 빛을 버리고 죽음의 길로 들어선 사람들이 얼마든지 있다. 이런 사람들은 악마에게 제물을 바치고, 악마를 섬기고, 악마의 형상을 빚는다······〉는 말로 악마 숭배를 탄핵한다.

습니다만 다행히도 우리가 이를 사전에 막을 수 있게 되었으니 다 하느님 은덕일 터입니다. 악마 의식의 목적이 무엇이었을까요? 이는 차차 밝혀질 것입니다만 이를 밝히는 데 빈도가 어찌 몇 시간 단잠의 희생을 마다하겠습니까? 원장 어른께서는 모쪼록 이것들을 감금할 자리를 마련해 주시기 바랍니다.」

「대장간 지하에 몇 개의 빈방이 있습니다. 다행히도 쓰일 데가 없어서 몇 년은 좋이 비어 있었습니다.」원장이 말했다.

「다행일 수도 있고 불행일 수도 있지요.」베르나르 기가 비아냥거렸다. 그가 경호병들에게 명령했다.

「이 수도원 수도사의 안내를 받아 이자와 마녀를 독방에다 분리 감금하라. 수도사는 벽의 고리에다 단단히 묶어 두어 심문이 시작되면 내가 그자의 얼굴을 마주볼 수 있도록 해라. 여자는, 정체가 분명해진 이상 화형대로 보내는 마녀 재판이 따로 열릴 터이다. 따라서 밤중에 끌어내어 심문할 일은 없을 것이다.」베르나르 기는 끌려가는 살바토레에게, 진실을 말하고 공범을 대면 죽음을 면하는 길도 있다는 말을 하는 것도 잊지 않았다.

두 사람은 대장간 지하로 끌려갔다. 살바토레는 정신이 반쯤 나가 버린 사람처럼 조용히 끌려 나갔고, 여자는 도살장으로 끌려 들어가는 짐승처럼 울부짖으며 발버둥 치며 끌려 나갔다. 그러나 여자가 외마디 소리로 뱉어 내는 사투리는 하나도 알아들을 수 없었다. 베르나르 기나 경호병들도 알아듣지 못하는 모양이었다. 말하자면 소리를 질러 대고 있는데도 아무 말도 하지 않고 있는 것이나 마찬가지였다. 말에는 권능을 베푸는 말이 있고, 무리를 비속의 수준으로 떨어뜨리는 말이 있다. 평범한 대중의 속된 언어가 바로 후자의 범주에 속하는데, 하느님께서는 마땅히 이들에게 지혜의 세계와 권능의 세계에서 두루 통용될 자기표현의 능력을 선물로 주셔야 했을 터인데 어째서 그 반대로 하셨는지 나는 모르겠다.

나는 여자를 따라가고 싶다는 충동을 느꼈다. 사부님도 그런 낌새를 느꼈던지 내 소매를 잡으면서 조용하게 꾸짖었다. 「잠자코 있어라, 돌대가리 같으니! 잊어버려라! 벌써 화형주의 노린내가 풍겨 나고 있는데도 모르느냐?」

착잡한 심정으로 여자의 뒷모습을 바라보고 있는데 누군가가 뒤에서 내 어깨에다 손을 올렸다. 이유는 아직도 모르겠지만, 나는 뒤를 돌아다보지 않고도 그 손의 임자가 우베르티노라는 걸 알 수 있었다.

뒤에서 우베르티노의 목소리가 들려왔다. 「너, 지금 저 마녀를 보고 있는 것이지?」 우베르티노가 나와 그 여자와 관계를 알 리 없었다. 따라서 그는 오로지 사람의 마음을 꿰뚫어 보는 그 무서운 형안으로 나를 뚫어 보고 묻는 것이었다.

나는 아니라고 했다. 「아닙니다. 여자를 보고 있는 것이 아닙니다……. 아니, 어쩌면 보고 있었는지도 모르겠습니다만, 저 여자는 마녀가 아닙니다……. 우리는 모릅니다. 저 여자에게는 죄가 없습니다…….」

「네가 저 여자를 그런 눈으로 보는 것은 저 여자의 아름다움 때문이렷다? 아름다운 여자라고 생각하지? 그러나…… 아름다움 때문에 네가 저 여자를 바라보고 있다면, 네가 저 여자의 아름다움으로 인해 번민하고 있다면, 네가 저 여자를 보고 욕망을 느낀다면 그것만으로도 저 여자는 마녀의 혐의를 벗지 못한다. 보아라, 너는 번민하고 있지 않으냐. 저 여자에게 걸린 마녀라는 혐의가 여자의 매력을 돋보이게 하지? 그 때문에 너는 번민하고 있는 것이지? 정신 차려라, 행자여.

육신의 아름다움은 가죽에서 머무는 법이다. 그 가죽을 뚫어
볼 수 있다면, 여자라는 것의 참모습을 볼 수 있다면 이성으
로 인한 번민은 사라진다. 저 아름답게 보이는 것은 점액과
피와 체액과 담즙이니라. 저 코, 저 목, 저 배 안에 무엇이 들
어 있는지 모르느냐? 알면 구역질이 날 게다. 손가락으로 똥
을 만지기는 싫어하면서 어째서 너는 똥자루는 안고 싶어 하
느냐?」

구역질이 날 것 같았다. 나는 더 듣고 싶지 않았다. 마침
사부님이 우베르티노의 어깨를 밀어 나를 풀어 주었다. 사부
님은 우베르티노에게 핀잔을 주었다.

「우베르티노, 웬만큼 해두지 그래요. 여자는 곧 고문을 당
하다가 화형주에 걸릴 겁니다. 그러고는 당신 소원대로 점액
과 피와 체액과 담즙으로 돌아갈 테지요. 하나 하느님이 만
드시고 꾸미신 가죽을 꿰뚫어 보는 것은 사문(寺門)살이를
웬만큼 한 사람이나 할 수 있는 겁니다. 때가 오면 당신 역시
저 여자와 다를 바가 없게 될 것인즉 그 아이에게 너무 겁을
주지 마시오.」

「나는 죄인이야, 죄인…… . 그래, 죄인이라고 하는 짓이 늘
이 모양이지…… .」 우베르티노가 잔뜩 기가 죽어 중얼거렸다.

모두가 제각기 한마디씩 하면서 각자의 방으로 돌아가고
있었다. 사부님은 미켈레 수도사를 비롯한 소형제회 수도사
들과 한동안 그 자리에 더 머물렀다. 그들이 의견을 물어 오
자 사부님이 대답했다.

「아직 무엇인지는 분명치 않으나 베르나르는 구실을 하나
잡아도 단단히 잡은 겁니다. 이 수도원에는, 아비뇽에서 교
황을 해치려고 하던 자의 수법과 똑같이 사악한 자가 있다는
것이지요. 그러나 아직은 증거가 없으니, 이 구실이 내일의

모임에 당장 악영향을 미치는 것은 아닐 겁니다. 오늘 밤에 베르나르는 저 가엾은 것들로부터 무슨 단서를 얻어 내려고 할 테지요. 그러나 이렇게 해서 무엇을 얻어 내었다고 해도 당장 내일 모임에서는 이게 무엇인지 공개하지 않을 겁니다. 왜? 베르나르는 능히 이런 걸 뱃속에 넣고 있다가 나중에, 자기네 입장이 불리한 결정적인 순간에 이용할 위인입니다. 말하자면 이런 것으로써 능히 회담의 향방을 뒤집어 버릴 수도 있는 위인이라는 것입니다.」

「베르나르가 저 수도사를 윽박질러 우리에게 불리한 증언을 하게 만들까요?」 미켈레가 물었다.

「그러지 않기를 바랄 일이지요.」 사부님이 대답했다. 나는 그의 말뜻을 이해했다. 살바토레와 레미지오는 저희 과거를 사부님에게 자백한 바 있다. 만일에 살바토레가 베르나르에게, 이 사실, 즉 자신의 과거에 대한 이야기나 우베르티노와의 관계에 대해서 자백할 경우, 이쪽의 입장은 매우 난처해진다는 뜻이었다. 잘못하면 한 동아리로 몰릴 가능성 또한 없지 않았다.

사부님이 미켈레를 돌아다보면서 힘없이 말했다. 「굿이나 보고 떡이나 먹는 수밖에는, 적어도 지금은 다른 도리가 없어요. 만사는 분기정(分己定)입니다. 따라서 속을 끓인다고 뒤집히는 게 아니잖겠어요?」

「하느님께서 저를 도우실 것입니다. 성 프란체스코도 우리를 도우실 것이고요.」

미켈레의 말에 모두가 성호를 그었다. 「아멘.」

듣고 있던 사부님이 비아냥거렸다. 「그분이 어떻게 우리를 중재합니까? 교황의 논리에 따르면 성 프란체스코는 하느님을 친견하지 못한 채 어디에선가 최후의 심판일을 기다리고 있을 텐데요?」

　각자의 방으로 돌아가는 소형제회 수도사들을 바라보면서 제롤라모 주교가 투덜거렸다. 「저 이단자의 우두머리인 교황 요한에게 저주 있으라! 그자가 되어먹지 않은 망발로, 우리와 성자 사이를 가로막으니 죄 많은 우리는 장차 이 일을 어찌할꼬…….」

제5일

1시과

그리스도의 청빈에 대해 양 진영의 사절이 갑론을박하다가
급기야는 이전투구를 벌이기에 이른다.

전날 밤에 있었던 일 때문에 꿈자리가 뒤숭숭했다. 사부님
이, 사절단 회의에 늦겠다면서 나를 두드려 깨웠을 때는 이미
1시과 성무를 알리는 종소리가 들려오고 있을 즈음이었다.
나는 이렇게 해서 그 수도원에서 닷새째 아침을 맞았다. 창가
로 다가가 밖을 내다보았다. 아무것도 보이지 않았다. 전날
밤의 안개가 부드러운 융단이 되어 고원 전체를 덮고 있었다.
　밖으로 나갔다. 수도원은 그전에 보았던 것과는 전혀 다른
모습을 하고 있었다. 교회, 본관, 집회소 같은 수도원의 주건
물은 희미한 윤곽이나마 멀리서도 보였지만, 작은 건물들은
안개에 묻혀 있어서 지근거리로 다가서기까지는 보이지 않
았다. 가축들이 무(無)의 심연에서 불쑥불쑥 솟아나는 것 같
았다. 사람들 역시 안개 속에서 처음에는 잿빛 유령처럼 형상
만 생겼다가 시간이 흐름에 따라 서서히 물화(物化)하는 것
같았다. 그러나 가축이다, 사람이다 하는 것만 분간할 수 있
었을 뿐, 조금만 떨어진 곳에서도 그 사람이 누군지는 도무
지 분간할 수 없었다.
　북부 기후대 출신인 나에게 그러한 광경이 생소한 것은 아
니었다. 다른 때 같았으면 내 고향의 평야와 성을 떠올리며

569

그 안개에 묻힌 아침 시간의 평화를 즐길 수 있었으리라. 그러나 나는 그럴 수 없었다. 그날 아침의 날씨는 나의 정신 상태와 놀라우리만치 비슷했다. 집회소 쪽으로 다가가는 나의 마음은, 뒤숭숭했던 꿈자리를 현실로 체험하고 있기라도 한 듯이 몹시 무겁고 침침했다.

집회소에서 얼마 안 떨어진 곳에 베르나르 기가 있었다. 그는 누군가와 마주 서서 이야기를 하고 있었다. 나는, 베르나르 기의 이야기 상대가 누구인지 알아볼 수 없었다. 정체불명의 이야기 상대는 베르나르 기에게 무엇인가를 건네주고는 내 앞으로 다가왔다. 그 역시 나를 알아보지 못하고, 내 앞으로 지나가려는 참인 모양이었다. 거리가 가까워지고 나서 가만히 보니 뜻밖에도 말라키아였다. 말라키아는 조심스럽게 주위를 두리번거리는 것으로 보아 다른 사람들 눈에 띄기가 싫었던 모양이었다.

말라키아는 거기에 있는 사람이 나인 줄 모르고 지나갔을 터였다. 나는 두 사람이 왜 만났는지 궁금했다. 베르나르 기는 말라키아로부터 받은 몇 장의 서류 같은 것을 훑어보고 있었다. 한동안 그렇게 서류를 읽던 베르나르 기가 집회소 앞에 선 채 손짓으로 경호대장을 불렀다. 대장이 다가오자 몇 마디 귓속말을 건넨 그는 곧장 집회소 안으로 들어갔다. 나도 그를 따라 집회소로 들어갔다.

집회소에 들어가 보기로는 그때가 처음이었다. 겉에서 보기에는 그저 크기가 고만고만한 건물인 집회소였는데 안으로 들어가 보니 그렇게 짜임새가 있을 수 없었다. 안으로 들어가 보고 나서야 안 사실이지만 집회소는, 화재에 일부가 소실된 예전의 수도원 교회 자리에 지어진 건물이었다.

밖에서 집회소로 들어가자면 먼저 새로운 양식으로 지어

진 정문을 지나게 되는데, 이 정문 옆으로는 뾰족하지만 장식이 없어 밋밋한 아치가 있고 위로는 원화창(圓花窓)이 솟아 있다. 일단 안으로 들어가면, 교회의 배랑(拜廊) 자리에 지어진 현관을 지나야 한다. 현관을 지나면, 구식 아치형 문이 나오는데, 이 문의 반달꼴 홍예문에는 갖가지 문양이 인각되어 있다. 홍예문 있는 자리는 옛날의 교회 정문 자리였다.

홍예문의 부조(浮彫)는, 수도원 교회 회랑의 조각 못지않게 아름다웠다. 그러나 보는 사람을 심란하게 하지 않는다는 점에서 비교적 최근에 지어진 회랑의 조각과는 근본적으로 달랐다. 홍예문 한가운데엔 보좌에 앉으신 그리스도가 있었다. 그 옆으로는, 세계의 만백성에게 복음을 전파할 사명을 받은 열두 제자들이 갖가지 자세로, 갖가지 물건을 손에 들고 임립(林立)해 있었다. 그리스도의 머리 위로는, 열두 개의 방이 있는 방주(方舟)가 있었고 그리스도의 발치에는 말씀을 받아들일 만방의 백성들이 줄을 짓고 서 있었다. 입은 옷으로 보아 히브리인도 있었고 갑바도기아인, 아랍인, 인도인, 프뤼기아인, 비잔티움인, 아르메니아인, 스키타이인, 로마인들도 있었다. 그러나 열두 개의 방으로 이루어진 방주 위로 서른 개의 둥근 뼈대를 구성하고 있는 그림 속에는 미지의 세계에서 온 사람들이 그려져 있었다. 거기에 그려진 것은 『*Physiologus*(박물지)』나 먼 나라 여행자들의 여행기 같은 데에서나 볼 수 있는 그림들이었다. 더러 짐작이 가는 나라 사람들도 없지는 않았지만 대부분은 나에게 생소했다. 가령 손가락이 여섯 개씩인 육지족(六指族)이 있는가 하면, 나무 벌레로부터 태어나는 목신족(牧神族), 비늘에 덮인 꼬리로 뱃사람들을 유혹하는 시레네스가 그랬다. 그뿐만 아니었다. 땅굴을 파고 들어감으로써 태양의 열기로부터 몸을 지킨다는 새까만 에티오피아인, 상체는 사람이지만 배꼽 아래부터는 당나귀인 당나귀 켄타우로스, 이마에 방패만 한 외눈이 달린 키클롭스족[단안 거인족(單眼巨人族)], 머리와 가슴은 여자의 머리와 가슴, 배는 암늑대의 배, 꼬리는 돌고래 꼬리인 스킬라,[1] 늪지와 에피그마리데스강 가에서 산다는 털북숭이 인도인, 말하는 소리가 개 짖는 소리와 똑같다는 키노케팔리[견두족(犬頭族)], 외발로도 재빨리 달릴 수 있으며 햇빛을 피하고 싶으면 그 큰 발을 일산(日傘)처럼 펴고 그 아래로 들어간다는 스키오포데스[외다리 영족(影族)], 입이 없어서 코로만 공기를 들이마시고 사는 그리스의 아스토마트[무구족(無口族)], 수염을 기른 아르메니아 여자들, 피그마이오이[피그미 왜족(倭族)], 머리가 없어서 입은 배에, 눈은 어깨에 달린 블렘마이스,[2] 12척 장신에, 머리는 발목까지 내려오고, 엉덩이에는 쇠꼬리가 달려 있으며, 발이 흡사 낙타 발굽과 같은 홍해의 괴녀들, 발이 거꾸로 달려 있어서 발자국만 쫓다가는 영원히 따라잡을 수가 없는 기괴 인간, 머리가 셋인 삼두족(三頭族), 눈이 화등잔만 한 인간, 육신은 인간의 육신이되 머리는 괴상한 동물의 머리인 키르케섬의 괴물들…….

홍예문 벽에는 이 밖에도 별별 기괴한 형상이 다 인각되어 있었다. 그러나, 이러한 형상들은 이 땅의 악마나 지옥의 고통을 상징하고 있는 것이 아니라, 말씀이 전파되되 이미 알려져 있는 세계뿐만 아니라 미지의 세계에까지 전파될 것임을 예언하고 있어서 보기에 하나도 역겹지 않았다. 따라서 이 홍예문 벽은 화합과, 그리스도의 말씀으로 이루어질 빛나는 그리스도 교회 통일의 유쾌한 약속을 그리고 있는 것이었다.

1 그리스 신화에 나오는 해신(海神) 글라우코스의 요정들.
2 고대 에티오피아에 살았다는 함인들.

나는, 복음서의 해석을 둘러싸고 오래 적대하던 사람들이 만나기에 이 집회소는 참으로 훌륭한 곳이라는 생각을 했다. 어쩌면 그 집회소 문턱 너머에서 해묵은 반목이 화합으로 끝나게 될지도 모를 일이었다. 생각이 여기에 미치면서 나는 나자신을 꾸짖었다. 기독교사상 그같이 중요한 만남이 이루어지는 시점에 고작 자신의 개인적인 문제에 붙잡혀 한숨이나 쉬고 있던 나야말로 용서하기 어려운 죄인일 것이기 때문이었다. 홍예문 벽에 새겨진 평화의 위대한 약속에 비겨 보면 내 고통이란 얼마나 하찮은 것이었던가. 나는 하느님께 내 허약한 영혼의 용서를 빌고는 새 마음으로 그 집회소 문턱을 넘었다.

집회소 안으로 들어서고 보니, 반원 꼴로 배치된 의자에는 이미 양 진영의 사절이 대좌하고 있었다. 양 진영의 사절단의 의자가 만나는 지점에는 수도원장과 베르트란도 델 포제토 추기경이 앉아 있었다.

그러니까 이 두 사람의 자리가 황실 사절단과 교황청 사절단을 나누고 있는 것이었다. 의사 발언을 기록하러 들어간 나에게 윌리엄 수도사는 황실 측, 그러니까 소형제회 자리에다 내 자리를 잡아 주었다. 내 옆에는 미켈레가 아비뇽에서 온 다른 프란체스코 수도사들과 함께 앉아 있었다. 자리가 이렇게 배치된 것은 이탈리아인 대 프랑스인의 격전장 같은 냄새를 풍기는 대신 프란체스코회 회칙 지지자들과 이 회칙의 비판자들이 교황청에 대한 신실한 충성으로 한자리에 모였음을 강조하기 위해서였다.

체세나 사람 미켈레를 중심으로 모인 프란체스코 수도회 소형제회 이론가로는 아키텐 사람 아르노 수도사, 뉴캐슬의 휴 수도사, 페루자 헌장의 기초에 동역(同役)했던 안위크 사람 굴리엘모, 카파의 대주교 제롤라모, 베렝가리오 탈로니, 베르가모 사람 보나그라치아, 그리고 적지라고 할 수 있는 아비뇽 교황청에서 온 소형제회 수도사들의 면면이 보였다. 반대쪽에는 아비뇽 교황청의 신학자들이 있었다. 아비뇽의 박학이자 파도바의 주교인 로렌초 데코아르콘, 파리의 신학자 장 다노 박사가 보였다. 입을 꾹 다문 채 무겁게 앉아 있는 베르나르 기 옆으로는, 이탈리아에서는 조반니 달베나라는 이름으로 불린 도미니크회 수도사 장 드 본이 보였다. 사부님은 나에게, 장 드 본은 나르본에서 이단 심문관을 지내면서 수많은 베기니파 수도사들과 프란체스코회의 제3회 수도사들을 재판에 회부한 장본인이자, 그리스도의 청빈에 관한 믿음을 이단으로 몬 장본인이라고 귀뜸해 주었다. 그러니까, 그리스도의 청빈과 관련된 교리 싸움은 장 드 본의 이러한 조처에 대해 베렝가리오 탈로니가 정면으로 교황에게 이 문제를 직소(直訴)하면서 불이 붙게 되었다는 것이었다. 사부님 말씀에 따르면, 당시 이 문제에 대한 뚜렷한 견해가 없었던 교황은 이 두 사람을 아비뇽으로 부르는데 이들은 아비뇽에서 수차례 격렬한 논쟁을 벌였을 뿐 결론에는 이르지 못한다. 그런데, 앞에서 쓴 바 있지만 프란체스코 수도회는 그로부터 오래지 않아 페루자에 모여 그리스도의 청빈을 지지하는 헌장을 채택함으로써 어정쩡한 교황청 태도에 크게 반발하게 된다. 아비뇽 교황청 사절로 장 드 본 옆으로는 알보레아의 대주교를 비롯한 아비뇽 신학자들이 자리하고 있었다.

　수도원장이 일어나, 그 만남이 저간에 있었던 일련의 사태를 요약해서 마무리하게 되는 자리가 되기를 바란다는 말로 개회 인사를 시작하고는, 체세나 사람 미켈레의 주도 아래 주후 1322년 페루자에서 열렸던 소형제회 총회가, 완전한 삶의 본(本)인 그리스도와 그분이 사신 삶의 길을 따르면서 사도들은 재산이나 봉물(封物)을 공동으로 소유하지 않았다는 신중하고도 현명한 주장을 했는데, 이는 성서의 여러 구절에서도 보이는바, 가톨릭의 신앙과 교리에서도 부인되지 않는 것이라고 말했다. 원장의 말은 이렇게 계속된다. 「……그런 뜻에서 소유의 거부는 참으로 갸륵하고 신성한 것인데 우리는 초대 교회의 교부들 역시 이를 신성한 교리로 따랐다는 사실을 확인했습니다. 1312년의 비엔 공의회도 이를 긍정적으로 언급한 바 있고, 1317년에는 교황께서도 친히, 소형제회의 적법 여부를 다룬 율령에서 비엔 공의회의 심의 결과를, 선명하고, 건전하고, 참으로 갸륵한 것이라고 평론하신 바 있습니다. 따라서, 교황청이 건전한 교리로 인준한 것은 반드시 받아들여지되, 표류(漂流)하게 해서는 안 될 것이라고 규정한 페루자 총회는 사실상 비엔 공의회의 승인을 받은 것이나 다름이 없는 듯합니다. 이 공의회의 결정에는 저명한 신학자이신 영국의 윌리엄 수도사, 게르만의 하인리히 수도사, 아키텐의 아르노 수도사, 프랑스의 관구장(管區長)인 니콜라 수도사, 박학한 신학자이신 기욤 블로크 수도사, 수도회 총회장 한 분과 네 분의 분회장, 볼로냐 관구의 토마스 수도사, 성 프란체스코 관구의 피에트로 수도사, 카스텔로 관구의 페르난도 수도사, 투렌 관구의 시모네 수도사가 서명했습니다. 다음해, 교황께서 사도 헌장(使徒憲章) 〈아드 콘디토렘 카노눔〉[3]

---

3 Ad conditorem canonum(교회법의 제정에 부쳐). 교황 요한 22세가 프란체스코회의 청빈을 논하면서 〈사용〉과 〈소유〉의 개념을 정리하기 위해 제정한 사도 헌장이다. 프란체스코회는 이에 앞서 페루자에 모여 프란체스코회의 청빈은 〈사실상의 사용권〉에서 시작된다고 선언했다. 즉 말이 풀을 소

을 제정, 반포하시자 베르가모의 보나그라치아 형제가 이 사
도 헌장이 이녁의 교리에 위배된다고 교황께 탄원했고, 교황
께서는 아비뇽 교황청 정문에다 내걸었던 이 사도 헌장을 거
두게 하신 뒤 몇 군데 수정을 가하게 하셨습니다. 그러나 말
이 수정이지, 그 직후 보나그라치아 형제가 1년 동안 투옥당
했던 것으로 보아 이것은 수정이라기보다는 강화(強化)의 성
격을 지닌 것이었습니다. 같은 해에 교황께서는 지금은 너무
나도 유명해진 저 〈쿰 인테르 논눌로스〉[4]를 제정, 페루자 총
회의 결정을 이단으로 규정하지 않았습니까.」

　　바로 이 대목에서 베르트란도 추기경이 수도원장의 말을
점잖게 가로막으면서 이렇게 주장했다. 「우리는, 1324년 저
바이에른의 루트비히가 작센하우젠 선언이라는 것을 들고
나와 공연한 문제를 일으킴으로써 교황 성하의 심기를 미편
하게 했던 일을 기억해야 합니다. 바로 이 작센하우젠 선언에
서 루트비히는 별 명백한 이유도 없이 페루자 총회의 결의를
지지하지 않았습니까……. 청빈과는 아무 인연이 없는 루트
비히 황제가 프란체스코회의 청빈을 죽어라고 비호하다니
아무래도 우습지 않습니까……. 바로 이 작센하우젠 선언에
서 루트비히는 교황 성하를 inimicus pacis(평화의 적)로 규

유하지 않고 단지 먹음으로써 〈이용〉하듯이, 프란체스코 수도회의 수도사들
도 먹고 입고 자되, 여기에 필요한 물건에 대해서는 〈사용권〉을 갖는 것이 아
니라 〈사실상 사용〉하는 것에 지나지 않는다고 선언한 것이다. 그러나 교황
은 이 사도 헌장을 통하여 프란체스코 수도사들은 〈사용〉한다고 하지만 사
실은 그것이 곧 〈소유〉라는 주장을 편다.

　　4 Cum inter nonnullos(일부 신학자들의 주장에 대하여). 페루자 총회에
서 결정된 프란체스코회의 회칙에 대한, 교황 요한 22세의 강렬하고 단정적
인 성명. 이 회칙에서 교황은, 그리스도와 그 사도들이 단지 사용만 했을 뿐
물건을 소유하지 않았다는 주장은 이단이라고 언명한다.

정하고, 불화와 분쟁을 야기하는 데 광분하고 있다면서 결국 성하를 이단자, 혹은 이단자의 괴수라는 망발까지 늘어놓고 있지 않았습니까?」

「꼭 그렇게 말씀하실 일은 아니지요.」 수도원장은 중재의 희망을 버리지 않았다.

그러나 베르트란도 추기경은 수도원장에게 말할 틈도 주지 않았다. 「사실이 그렇지 않았습니까? 교황 성하께서 〈퀴아 쿠오룬담〉[5]을 제정하지 않을 수 없었던 것이 바로 황제의 터무니없는 간섭 때문이 아니던가요? 미켈레 형제는 잘 아시겠지요? 교황께서는 결국 그대를 부르시지 않았습니까? 나는 미켈레 형제가 페루자에서 해명 서한을 기초하고도 병을 빙자하여 스스로 아비뇽으로 오는 대신 피단차 사람 조반니와 페루자 사람 우밀레 쿠스토디오를 보냈던 것으로 압니다. 물론 우리도 당시에야 미켈레 그대가 칭병(稱病)하는 줄을 몰랐지요. 페루자의 겔피(교황파 당원) 형제들이 교황께, 미켈레 그대가 아프다는 것은 빈말이고 사실은 바이에른의 루트비히와 은밀하게 접촉하고 있다고 고변하지 않았더라면 지금까지도 몰랐을 테지요. 하나 이것은 어디까지나 과거지사……. 내 지금 체세나의 미켈레 형제를 보니 아주 건강하신 것 같은데, 앞으로 아비뇽에 오시더라도 내내 그렇게 건강하기를 바랄 일입니다. 물론 기왕 이렇게 모였으니, 미켈레 형제가 아비뇽으로 가서 무슨 이야기를 할 것인지 미리 정하는 것도 나쁘지는 않겠지요. 그 때문에 양쪽의 사려 깊으신 분

5 Quia quorundam(그들의 마음이 이러한 고로). 교황 요한은 바로 이 포고를 통하여 자신의 주장이 선대 교황들의 주장과 모순되지 않는다고 주장하고, 반대파에게 교리의 문제를 결정하는 교황의 권리를 재확인시킨다. 교황은 이로써 그리스도의 청빈을 단정적으로 부인하기에 이른다.

들이 이렇게 애들 쓰고 계신 것이고요. 이유는 다른 데 있지 않습니다. 우리 모두의 소망은, 우애로운 토론을 통한 대동화합입니다. 자애로운 아버지이신 교황 성하와 효성스러운 아들들인 우리 수도자 사이에 이런 벽이 있어야 할 까닭이 없지를 않습니까? 우리 사이가 왜 이렇게 벌어져 있습니까? 우리 성모님 교회와는 아무 상관도 없는, 속인(俗人)의 훼방 때문이 아니던가요……」

이번에는 수도원장이 추기경의 말을 가로막았다. 「나는 교회의 사람이고, 교회가 큰 빚을 지고 있는 교단 수도원의 원장입니다.」 이 말이 떨어지자 좌중이 술렁거렸다. 모두가 존경과 경의를 표하고 있었던 것이다. 원장은 곧 말을 이었다. 「추기경께서는 황제를 성모님 교회와는 아무 인연도 없는 속인이라고 하셨지만, 요컨대 나는 루트비히 황제가 교회의 문제와 무관하다고는 생각하지 않는다는 것입니다. 그 까닭은 앞으로 배스커빌의 윌리엄 형제가 말씀드릴 것입니다. 그러나 먼저 교황청 사절단과 프란체스코 성인의 제자들 사이에 충분한 의견 교환이 가능한 모임이 있을 필요가 있다고 봅니다. 나는 성 프란체스코회 수도사들이 이 모임에 참석한 것만으로도, 스스로 교황 성하의 효성스러운 친자들임을 인정한 것이라고 보는 바입니다.」 이어서 원장은 미켈레 수도사 및 미켈레 수도사의 지명을 받아 발언할 사람은 아비뇽에서 미켈레 수도사가 취할 입장을 밝혀야 할 것이라고 말했다.

원장의 이 말에 체세나의 미켈레가 자리에서 일어나서 말했다. 「몹시 기쁘고 고맙게도, 1322년 교황 자신으로부터 청빈의 문제에 대한 진상 조사서의 제출을 요구받았던 카잘레 사람 우베르티노 형제가 마침 이 자리에 있습니다. 우베르티노 형제라면, 프란체스코회의 확고부동한 이념으로 자리 잡은 청빈 교리의 핵심을 박학답게, 명쾌하게, 그리고 굳은 믿음의 바탕 위에서 간추려 설명해 줄 것입니다.」

이윽고 우베르티노가 일어났다. 나는 그가 목회자로서, 교회 행정가로서 그토록 많은 추종자들을 거느렸던 이유를 이해했다. 그는 화려한 몸짓과 함께 연설의 포문을 열었는데, 그의 목소리에는 설득력이 있었고, 미소는 매혹적이었으며, 논리는 명쾌하고도 힘이 있었다. 그뿐만 아니라 그에게는 처음부터 끝까지 청중을 자기 논리의 맥락 안에 붙잡아 두는 힘이 있었다. 그는 일단 페루자 총회 헌장의 이론적인 근거에 대한 박식한 해설을 서론으로 삼았다. 「먼저, 그리스도와 그 사도들이 이중의 상황에 처해 있었다는 것을 인정하지 않으면 안 됩니다. 이것이 무슨 말인고 하니, 그분들이야말로 『신약 성서』가 이루어질 당시의 교회의 근간을 이루는 고위 성직자들이었을 터이고 따라서 교회 관리자나 가난한 자 들에게 베풀 수 있는 분배와 배분의 권한을 소유하고 있습니다. 〈사도행전〉 4장에 기록되어 있으니 이것은 아무도 부인하지 못할 것입니다. 그러나 한편으로는, 그리스도와 그 사도들을, 개인적인 인격체, 믿음을 완성시킬 교회의 머릿돌, 그리고 세상으로부터 철저하게 따돌림을 당하던 이들로 보아야 마땅합니다. 이들이 바로 이런 이중의 상황에 처해 있었기 때문에 이들에 관한 한 소유의 개념도 두 가지로 나누어서 검토해 보아야 하는 것입니다. 두 가지 소유 중 한 가지는 시민으로서 세속적인 재산을 소유하는 것인데, 이는 로마 제국의 법률도 in bonis nostris(사유 재산권)로서 이를 합법적으로 규정하고 있습니다. 개개인은 재산을 소유할 권리가 있고, 이를 지킬 권리가 있으며, 재산권이 침해당할 경우에는 국가를 상대로 중재를 요구할 권리가 있다는 뜻입니다. 로마 제국의 법에 따르면, 시민으로서, 세속적인 재산의 소유자로서, 소유의 주체는 이 재산권이 침해당할 경우 로마 제국의 법정에 이를 탄원할 권리를 지닙니다. 그런데, 그리스도와 사도들이 이런 의미에서의 재산을 소유하고 있었다는 주장은 이단입니다. 〈마태오의 복음서〉 5장에서 마태오는, 〈누가 너를 재판에 걸어 속옷을 가지려고 하거든 겉옷까지도 내어 주어라〉라고 하신 그리스도의 말씀을 전하고 있지 않던가요? 〈루가의 복음서〉 6장에는 조금 표현이 다르기는 합니다만, 그리스도께서 당신의 권능과 이적의 능력을 포기함은 물론, 사도들에게도 그렇게 하도록 가르치셨다는 대목이 나옵니다. 〈마태오의 복음서〉 19장에서 베드로가 주님께, 〈저희는 모든 것을 버리고 주님을 따랐습니다〉라고 한 것을 생각해 보시면 명백해집니다.

이야기가 잠시 빗나갔습니다만, 전자와 같은 시민으로서의 소유가 있는가 하면, 자비를 베풀기 위한 세속적인 물질의 소유도 있을 수 있습니다. 그리스도와 사도들은 혹 사람에 따라 ius poli(하늘의 법)라고 불리기도 하는, 천부의 권리에 따라 얼마간의 물질을 소유하고 있었습니다. 인간이 부여하는 권능인 ius fori(시장의 법)와는 달리 이 천부의 권리는 정당한 사유가 없는 한 인간으로부터 침해당하지 않습니다. 소유권에 관한 한, 모든 사상(事象)이 분화되기 전에는, 어떤 물건이 어떤 사람에 의해 소유되는 일이 없었던 것에 주목해야 합니다. 말하자면 그런 시대에는 물건이 가지려는 사람에게 그저 주어졌던 것입니다. 그러니까 모든 물질의 소유권은 모든 사람들에게 골고루 나뉘어 있었는데, 원죄(原罪) 이후로 우리 선조들이 비로소 물질의 소유권을 나누기 시작했고, 이로써 우리가 오늘날 알고 있는 것과 같은 절대 소유권이 생겨나게 된 것입니다. 그러나 그리스도와 사도들이 물질을 소유하고 있었다는 것은 원죄 이전의 소유 형태로 소유하고 있었다는 뜻입니다. 〈디모테오에게 보낸 첫째 편지〉에서 바울로가 〈먹을 것과 입을 것이 있으면 그것으로 만족하시오〉라고 말했듯이 그분들에게는 옷과 빵과 물고기밖에는 없었습니다. 그런데 그리스도와 사도들이 이런 것을 소유하고 있었던 것이 재산으로서의 소유가 아니라 일상의 소비재로서의 소유였다는 것을 유념해야 합니다. 이런 물질을 소유하고 있었다는 사실이, 절대적 청빈이 부정당하는 이유가 될 수 없는 것입니다. 이는 이미 교황 니콜라우스 2세가 대회칙 〈엑시이트 퀴 세미나트〉[6]를 통해 용인한 바와 같습니다……」

그러나 반대쪽에서 장 다노가 일어나, 우베르티노의 주장은 상식적인 도리와 성서의 상식적인 해석에서 공히 벗어나 있다고 주장했다. 그의 발언 요지는 다음과 같다. 「빵이나 음식물처럼, 사용권을 행사하면 없어지는 것들을 두고 소유의 권리라는 용어를 쓰는 것은 당치 않습니다. 이는 사실상의 사용권 행사가 아닌 소모 행위에 지나지 않기 때문입니다. 〈사도행전〉 2장과 3장에도 나와 있듯이, 초대 교회의 신도들에게도 공동의 재산이 있었습니다. 그들에게는 이런 공동생활에 필요한 재산에 대해, 기본적으로는 개종하기 전과 같은 유형의 소유권을 행사하고 있었던 것입니다. 성령이 강림한 뒤

6 Exiit qui seminat(그는 나가서 씨를 뿌렸다). 니콜라우스 3세에 의해 발표된 대회칙. 따라서 〈니콜라우스 2세〉는 작가 에코의 오류인 듯하다. 니콜라우스 교황은 프란체스코회를 칭송하여, 지극히 좋은 땅에 씨가 뿌려지는 만큼 좋은 열매를 거둘 수 있을 것이라는 뜻을 표명하고 있다. 니콜라우스는 마지막으로 이 칙서가 다루는 내용은 신성불가침이고 영원할 것이니만치 여기에 이의를 제기하면 파문을 각오해야 한다고 경고하고 있다. 그러니까 이 회칙을 상기시키는 우베르티노는 교황청 신학자들을 위협하고 있는 셈이다.

에도 사도들은 유다 땅에다 농장을 소유하고 있었습니다. 무소유(無所有)로 살겠다는 서원은, 꼭 필요한 물질의 소유까지 포기하겠다는 서원이 아닙니다. 베드로가, 모든 것을 다 버렸다고 한 것은 사실이나, 이는 재산을 두고 한 말이 아닙니다. 그뿐입니까? 아담에게도 소유권과 재산이 있었습니다. 주인의 돈을 보관하던 종이 돈을 활용하지도 낭비하지도 않은 것은 맞습니다. 소형제회에서 시도 때도 없이 휘둘러 대는 전가의 보도, 곧 프란체스코의 추종자들은 관리하지도 소유하지도 않고 다만 사용할 뿐이라고 주장할 때마다 둘러대는 이 〈엑시이트 퀴 세미나트〉의 내용은, 소모되는 물질까지 포함하고 있는 것이 아닙니다. 만일 〈엑시이트〉의 내용에 소모되는 물질이 포함되어 있다면 그것은 불가능한 내용이 될 것입니다. 사실상의 사용권은 법적인 관리권과 다를 것이 없습니다. 물질에 대한 소유권은 인간의 권리에 기반하고 있으며, 인간의 권리란 곧 제왕(諸王)이 주인 노릇 하는 법의 테두리 안에 있는 것입니다. 그리고 인간으로서의 그리스도는 수태된 그 순간부터 세상 만물의 소유자였으며, 신으로서의 그리스도는 아버지 하느님으로부터 만물을 관리하는 권능을 부여받으셨습니다. 그리스도는 옷과 음식과 십일조로 들어온 돈과 신자들 공물의 소유자이십니다. 그분이 가난하셨다면 이는 그분에게 재산이 없었기 때문이 아니고 소유의 대가를 받지 않았기 때문일 것입니다. 이익을 취하는 것과는 달리 단순한 법적 관리는 소유자의 재산을 늘려 주지 않으니까요. 결국 〈엑시이트 퀴 세미나트〉의 견해와는 다르다고 하더라도 신앙과 도덕에 관한 문제에 관여하는 로마 교황은 전임자의 결정을 해제하고 반대되는 것을 주장할 수 있는 것입니다.」

카파의 주교 제롤라모가 불쑥 솟기라도 하는 듯이 자리에서 일어선 것은 바로 이때였다. 말을 점잖게 하려고 무던히 애쓰는 것 같았지만 그게 잘 안 되는지 그의 수염은 부르르 떨리고 있었다. 그러나 그가 반론하는 요지는 요령부득이었다. 「교황 앞에서든 나 자신 앞에서든 나는 당당하게 말할 수 있습니다. 나에게는, 교황이 전임자의 결정을 해제하고 이와 반대되는 주장을 할 수 있다는 의견에는 이의가 없습니다. 이는 내가 교황 요한을 그리스도의 대리자라고 믿기 때문입니다. 나는 이러한 믿음 때문에 사라센인들에게 붙잡혀 곤욕을 치른 적도 있는 사람입니다. 어느 박학하신 분에게서 들은 이야기를 하나 하지요. 어느 날 수도사들 사이에 멜기세덱의 아비가 누구냐는 문제를 두고 입씨름이 벌어졌더랍니다. 코페즈 수도원장에게 누군가가 대체 어떻게 생각하느냐고 묻자 이 박학한 분은 고개를 가로저으며, 〈코페즈여, 그대에게 화 있을진저. 그대는 하느님께서 명하신 것은 모르는 척하면서 하느님께서 명하시지 않은 것을 기웃거리는구나〉 하고 소리를 질러 주었다고 합디다. 이 예를 통해 분명히 알 수 있듯이, 그리스도와 성모님과 사도들이 공적으로든 사적으로든 아무것도 소유하지 않았다는 사실은, 예수님이 신이자 동시에 인간이라는 사실보다 더욱 확연합니다. 문제는 전자를 부정하는 사람은 반드시 후자도 부정하게 된다는 것입니다.」

제롤라모 주교는 의기양양한 얼굴을 하고는 자리에 앉았다. 나는 윌리엄 수도사 쪽으로 시선을 던졌다. 사부님은 천장바라기만 하고 있었다. 사부님은, 제롤라모 주교의 삼단논법에 결함이 있다고 여기는 것 같았고, 나도 그 생각에는 동의를 했다. 하지만 나는 제롤라모 주교보다는 그다음에 입을 연 장 드 본의 격앙된 반론이 더욱 결함에 사로잡혀 있는 듯했다. 장 드 본은, 그리스도의 청빈을 믿는 자는 눈에 보이는, 어쩌면 보이지도 않는 것을 믿는 자들이라면서, 그리스도의 인성(人性)과 신성(神性)을 가리려면 신앙이 이를 중재해야 하므로 제롤라모가 말하는 전자와 후자는 서로 비교될 수 없는 것이라고 말했다.

장 드 본의 새로운 주장을 반박할 때의 제롤라모 주교는 상대방보다 더 날카로웠다. 「아닙니다. 그게 아니에요. 나는 오히려 그 반대라고 생각합니다. 모든 복음서는 그리스도가 인간이어서 먹고 마셨으되, 이적을 행하는 것으로 보면 여느 인간이 아닌 신이라고 기록하고 있습니다. 그렇게 어렵게 말할 일이 아닙니다.」

「마술사와 점쟁이도 이적을 행하기는 마찬가집니다.」 장 드 본이 응수했다.

「하면, 마술사와 점쟁이가 행하는 마술 따위를 그리스도께서 보이신 이적과 동등하게 보고 싶으신 것인가요……」 좌중이 술렁거리기 시작했다. 이미 논쟁은 초점을 이탈하고 있었다. 제롤라모는 의기양양 베르트란도 델 포제토 추기경까지 끌어들여 장 드 본의 목을 죄기 시작했다. 「……추기경께 한 말씀 여쭙겠습니다. 추기경께서는, 그리스도의 청빈을 믿음으로 지킨답시고 모로코에서 인도에 이르기까지 세계 각처에 파송되어 복음을 전하다가 피를 흘려 온, 프란체스코 수도회 같은 교단을 이단으로 몰고 싶으신지요?」

윌리엄 수도사가 중얼거렸다. 「오, 페트루스 히스파누스 성인의 혼령이시여, 저희를 좀 돌보아 주소서.」

장 드 본이 발끈하면서 일어나 앞으로 한 걸음 나서면서 소리쳤다. 「이것 보세요, 제롤라모 형제. 원하시면 귀 교단 수도사들이 흘린 피 이야기를 얼마든지 이 자리에서 거론하셔도 좋습니다만, 거론할 때마다 다른 교단 수도사들도 가만히 있지 않았다는 것만은 잊지 말아 주셨으면 합니다.」

제롤라모 역시 언성을 높였다. 그는 이번에도 가만히 있는 추기경을 들먹거렸다. 「추기경 앞에서 감히 한 말씀 올립니다. 우리 시대에 들어서만도 프란체스코 수도회에서는 아홉 명의 선교사가 순교했습니다. 그래 도미니크회에도 이교도들 손에 순교한 선교사가 있던가요?」

얼굴을 붉히면서 벌떡 일어난 것은 도미니크회의 알보레아 주교였다. 「프란체스코 수도회 선교사들이 타타르에 선교사를 파견하기 전에 이미 교황 인노켄티우스께서는 도미니크회 선교사 셋을 이 땅에 파송한 것도 모르고 하는 소리요?」

제롤라모 주교는 코웃음 치며 반격했다. 「호, 그랬던가요? 내가 알기로 프란체스코 수도회 선교사들은 타타르에 80년 동안이나 머물면서 마흔 개의 교회를 세웠답니다. 도미니크회에서는 모두 다섯 개의 교회를 세웠다지요? 그것도 여차하면 도망치기 위해 해변에다 세웠다지요? 선교사는 모두 열다섯 명이었고요. 이것으로 일단 이 문제는 매듭을 지읍시다.」

알보레아 주교의 말도 곱지 않게 나왔다. 「무슨 매듭을 지어요? 암캐가 강아지 낳듯이 줄줄이 이단자들이나 내지르는 주제에 프란체스코회는 만사를 자기네 공으로 돌리는 걸 좋아합디다. 프란체스코회는 청빈을 뽐내고 순교자 수를 뽐냅디다만, 글쎄, 으리으리한 교회 짓고, 호사스러운 옷차림으로 돌아다니며 저희 멋대로 사고팔고, 팔고 사고 하는 건 다른 수도사들 못지않던데요?」

「아니에요, 이러지 마세요, 주교님. 제멋대로 사고팔지는 않아요. 교황청 대리인인 서무계 수도사를 통해 수도원 서무계가 사고파는 일을 할 뿐, 소형제회 수도사들은 그저 편리만 누릴 뿐이랍니다.」

「그러면 서무계 수도사 몰래 사고판 일은 없다는 건가요? 나는 당신의 농장 이야기를 들은 적이 있는데…….」

「그건 내가 지은 허물이지요. 그걸 교단에 넘기지 않은 것은 제 개인적 허물입니다.」 제롤라모 주교가 화들짝 놀라면서 대답했다. 알보레아 주교의 반격이 주효했던 모양이었다.

수도원장이 나서서 두 사람을 말렸다. 「여러 어르신네께서는 빈도의 말을 좀 들어 주십시오. 오늘의 문제는 소형제회의 가난이 아니고 우리 주님의 청빈입니다.」

「그 문제라면, 나에게 일도양단(一刀兩斷)의 명안이 있소이다.」 역시 제롤라모 주교였다.

「오, 프란체스코 성인이시여, 어리석은 목자들을 보호하소서…….」 윌리엄 수도사가 얘기했으나, 이미 반은 포기한 목소리였다.

제롤라모 주교가 말을 이었다. 「……내가 하고 싶은 말은, 우리 소형제회보다는 교황청 교리에 훨씬 가까이 닿아 있는 동방 정교회 및 그리스 정교회 역시 그리스도의 청빈을 확신하고 있다는 것입니다. 이단을 밥 먹듯이 하는 이 교회 분리주의자들까지도 불 보듯이 빤한 이 진리를 용인하고 있는데, 우리가 왜 이러는 겁니까? 우리가 왜 이를 부정함으로써 그들 이상의 이단자, 그들 이상의 교회 분리주의자들이 되려고 하는 거지요? 이 동양인들은, 우리 기독교에 이 진리를 부정하는 자가 있다는 걸 알면 돌로 쳐 죽이려고 할 겁니다!」

제롤라모 주교의 말에 알보레아 주교가 또 버럭 소리를 지르며 나섰다. 「동방 정교회가 어쨌다고요? 그리스 정교회가 어쨌다고요? 그러면, 정확하게 그것과는 반대되는 것을 가르치는데 왜 우리 도미니크회 수도사에게는 돌팔매질을 않는답니까?」

「도미니크회 수도사? 거기선 그런 사람을 직접 본 적이 없으니까 그렇죠!」

「이것 보아요, 제롤라모 주교! 나는 소싯적부터 그리스에서 살아온 사람이오. 당신은 그리스에 살아도 15년밖에 못 산 사람이 어떻게 그런 소리를 할 수 있지요?」 알보레아 주교가 시뻘게진 얼굴로 반박했다.

「글쎄, 나도 도미니크회 알보레아 주교라는 사람이 그리스에 산다는 말은 들었어요. 하지만 그리스는 그리스이되 대부분의 시간은 주교관의 주지육림에서 보낸다더군요. 하지만 저는 콘스탄티노플에서 황제를 상대로 프란체스코회 교리를 강론한 적도 있답니다. 그리고 내가 그리스에 있었던 기간은 15년이 아니고 22년이니까, 그렇게 알아주면 좋겠어요.」

알보레아 주교는 교리 논쟁이 궁해지자 길길이 뛰면서, 차마 입에 담기는 민망한 말을 해가며, 카파 주교 제롤라모의 수염을 당겨 보아야 진짜 사내인지 계집인지 알 것 같다고 극언했고, 제롤라모 주교는, 자기가 당겨 보고 싶은 것은 알보레아 주교의 사타구니 수염이라고 응수했다.

두 주교가 양쪽 사절단 앞에서 육탄 공격을 벌일 지경에 이르자 소형제회 수도사들이 우르르 몰려나와 인의 장막으로 제롤라모 주교를 보호했다. 아비뇽 교황청 사절들은 도미니크회 편을 드는 게 유리하다고 판단되었던지 법의 소매를 걷어붙이고 알보레아 주교 앞을 막고 나섰다(주여, 당신의 어린 양들 가운데서 뽑혀 나온 이들에게 자비를 베푸소서……). 수도원장과 추기경이 이를 뜯어말리느라고 정신없이 뛰어다녔다. 소란의 와중에 프란체스코 수도회와 도미니크 수도회 수도사들은 서로 심한 욕지거리를 해댔는데, 마치 이교도 사라센인들과 기독교인들이 벌이는 싸움 같았다. 시종일관 자리에 남아 있던 사람은 이쪽의 윌리엄 수도사와 저쪽의 베르나르 기 이렇게 두 사람뿐이었다. 윌리엄 수도사의 표정은 침울했고 베르나르 기의 표정은 밝았다……. 글쎄, 이것을 밝았다고 할 수는 없겠다. 이단 심판의 고수 베르나르 기는 입술을 일그러뜨리고 희미하게 웃고 있었다.

험구가 오고 가다가 알보레아 주교가 실제로 카파 주교 제롤라모의 수염을 거머쥐는 것을 바라보면서 나는 사부님께 물었다. 「사부님, 그리스도의 청빈을 증명하고 논박하기 위해 내세울 수 있는 주장들이 이 정도밖에 안 되는 겁니까?」

「글쎄다. 두 입장이 다 맞는다고 할 수도 있겠지. 복음서로서는 어차피 증명도 논파도 안 된다. 그리스도께서는 재산을, 입고 계신 남루(襤褸)에 지나지 않는다고 여기셨을 게야. 걸레가 되면 버리셨을 테니까……. 청빈에 대한 토마스 아퀴나스의 이론은 우리 프란체스코회의 이론보다 훨씬 대담하다. 우리는, 〈우리는 아무것도 소유하지 않고 모든 것을 사용할 뿐이다〉고 말한다. 그러나 토마스께서는, 〈물질을 소유하고, 그대 자신을 그 물질의 소유자로 여기되, 필요로 하는 자가 있거든 쓰게 하라, 이는 자비가 아니라 의무이니라〉, 이렇게 말씀하셨다. 하나 문제는 그리스도께서 가난했느냐, 가난하지 않았느냐에 있는 것이 아니라, 교회가 청빈해야 하느냐, 그렇지 않아도 되느냐 하는 데 있다. 〈가난〉의 의미는 궁전을 가지고 있느냐, 가지고 있지 않으냐에 있는 것이 아니고, 이 땅의 일에 대해 다스릴 권리를 갖느냐 포기하느냐에 있는 것이다.」

「그래서 황제께서는, 교황이 그 권리를 포기하지 않기 때문에 프란체스코회가 말하는 청빈에 관심을 기울이는 것입니까?」

「그래. 그러니까 프란체스코 수도회는 황제 편을 들어 교황을 상대로 대리전쟁을 치르고 있는 것이야. 하나 마르실리오와 나는 이것을 양면전으로 보고 있다. 우리의 희망은, 황제가 우리의 믿음을 지지하되, 이것을 정치에 원용했으면 하는 것이다.」

「차례가 오면 그 말씀을 하시겠습니까?」

「이 말을 하면, 황제 측 신학자들의 견해를 설명하는 내 임무는 끝날 테지. 그러나 그 말을 함으로써 내 임무는 실패하는 셈이기도 하다. 나는 아비뇽에서 열리는 두 번째 회의에도 참석해야 하는데, 내가 이런 말 했다는 걸 알고도 교황이 나를 아비뇽으로 오게 하겠느냐.」

「그럼 가만히 계실 요량이신지요?」

「두 개의 건초 더미 사이에서, 어느 쪽을 먼저 먹을까 망설이다가 결국 굶어 죽고 말았다는 나귀 이야기를 알지? 내가 시방 그 꼴이다. 그러나 아직 때가 익지 않았다. 마르실리오는 루트비히 황제의 변신을 찬양하고 있다만, 지금으로서는 교황에 대항할 유일한 세력이기는 해도 황제가 그 전임자들보다 낫다고 하기는 어렵다. 저 사람들, 서로 물고 뜯다가 서로 죽이지만 않는다면 나도 한마디 해야 될 것 같긴 하다만……. 어쨌든 너는 본 대로 기록해 두어라. 적어도 후세 사람들에게, 오늘 이 자리에서 무슨 일이 있었던가는 알려야 할 터이니…….」

사부님과 내가 그 북새통에서 어떻게 이런 이야기를 나누었는지 알다가도 모를 일이다. 아무튼 이런 이야기를 나누고 있을 동안 입씨름은 절정에 이르러 있었다. 베르나르 기가 손짓하자 경호병들이 들어와 양쪽 수도사들을 갈라놓으려

했다. 그러나 수도사들은, 포위자와 포위당한 사람들이 요새 양쪽에서 공격을 가하듯이 차마 듣기에 민망한 욕지거리와 인신공격을 주고받았다. 누가 무슨 말을 했는지, 이 말은 누가 했고, 저 말은 누가 했는지 모르는 상태에서 일단 내 귀에 들어온 말만 대충 적어 보기로 한다. 발언 순서도 지켜져 있지 않다. 내 고국에서 벌어지는 논쟁과는 달라서, 지중해식 논쟁에서는 이쪽 발언과 저쪽 발언이, 성난 바다의 파도처럼 겹치는 경우가 많다.

「복음서는, 그리스도에게 지갑이 있었다고 했다.」

「닥쳐라, 이놈아! 네놈들은 십자가에도 그 지갑을 그려 넣지 않더냐? 그렇다면 주님이 예루살렘에 계시면서도 밤마다 베다니아로 가신 것을 어떻게 설명할 테냐?」

「베다니아에 가서 주무신 건 주님 사정인데, 그걸 우리가 어떻게 알며 왜 알아야 하느냐?」

「이런 등신아, 주님은, 예루살렘 여관의 숙박비가 없어서 베다니아로 가셨던 것이다.」

「보나그라치아, 너야말로 청맹과니로구나. 우리 주님이 예루살렘에서 뭘 드셨는지 알기나 하느냐?」

「그럼 너는, 목숨을 부지하려고 주인으로부터 귀리를 받아먹은 말을 그 귀리의 소유자라고 할 터이냐?」

「네 이놈, 감히 그리스도를 말에다 견주었지?」

「네놈이야말로 그리스도를, 성직이나 팔아먹는 똥통 같은 교황청 성직자에 비교하는구나.」

「오냐, 그러냐? 교황이 네놈의 재산을 지켜 준답시고 송사를 몇 번이나 하더냐?」

「교회의 재산이지 그게 어디 우리 재산이냐? 우리는 그저 쓸 뿐이다.」

「그래, 쓰려고 으리으리한 교회를 짓고 금상을 앉혔더냐? 이 위선자, 회칠한 무덤, 상습범들 같으니! 온전한 삶의 원리가 자비에 있음이지 가난에 있음이 아니라는 걸 네놈들도 알 텐데 그러는구나.」

「그건 네놈들의 괴수인 꿀돼지 토마스 아퀴나스의 말이렷다?」

「말조심 못 하겠느냐? 이 깡패 같은 늙은이 같으니라고. 네가 꿀돼지라고 부른 그분이 신성 로마 교회의 성인인 줄 왜 모르느냐?」

「성인이라고? 개가 웃겠다. 프란체스코 수도회를 괴롭히려고 교황이 억지로 시성(諡聖)한 것도 모르느냐? 그런데 교황에게 시성할 자격이 있기는 있느냐? 이단자의 괴수가 무슨 놈의 시성이야?」

「오냐, 이단자의 괴수라는 말 잘 했다. 작센하우젠에 있는 바이에른의 꼭두각시가 한 말일 테지? 네놈들이 신주 모시듯 이 모시는 우베르티노가 재탕해 먹었고…….」

「말조심 못 하겠느냐? 이 돼지, 바빌론의 갈보, 매춘부의 사생아 같으니! 우베르티노는 그해에 황제와 같이 있지도 않았다. 우베르티노는 아비뇽에서 오르시니 추기경과 함께 있었고, 교황이 우베르티노를 아라곤으로 보낸 게 바로 그때인 줄도 모르느냐?」

「알고말고……. 모를 턱이 있나? 추기경 밥상머리에서는 청빈을 서약하고, 야반도주해 가지고는 이탈리아에서 가장 기름진 이 수도원 식객이 되어 있다는 것도 안다. 여보, 우베르티노, 당신이 거기에 없었는데 누가 꼬드겼기에 황제가 당신 글을 써먹었다지?」

「네 이놈, 황제가 내 글을 읽은 게 내 잘못이더냐? 너 같은 돌대가리의 글은 아무리 똑똑한 황제라도 못 읽을 게다.」

「내가 돌대가리라고? 하면 거위 타고 논 네놈들의 프란체스코는 그럼 유식하더냐?」

「이놈이 신성을 모독하는구나!」

「신성 모독은 네놈들이 했지, 술통 의식(儀式)을 알고 있으렷다?」

「본 적도 없고 들은 적도 없다.」

「몬테팔코의 키아라 침대로 기어 들어가기 전에 너와 네 졸병들이 했다면서?」

「이런 놈에게 벼락 좀 안 떨어지나? 이놈아, 나는 그때 조사관이었고 키아라는 성인의 향내를 풍기며 이승을 떠난 다음이었다.」

「키아라가 성인의 향내를 풍겼다면, 네놈이 수녀들과 조과(朝課) 기도할 때는 다른 냄새를 맡았겠구나.」

「잘한다, 잘해. 하느님 진노가 네놈을 칠 게다. 그리고 동(東)고트의 에크하르트와 브라누체르톤인가 뭔가 하는 영국놈 요술쟁이 같은 두 이단자를 환대한 네놈들의 우두머리도 칠 게다.」

「왜들 이러십니까? 형제들, 왜들 이러세요? 고승 대덕(高僧大德)들이 왜들 이러세요?」 베르트란도 델 포제토 추기경과 수도원장이 가로로 뛰고 세로로 뛰면서 수도사들을 말렸다.

3시과

세베리노는 윌리엄 수도사에게 이상한 서책 이야기를 한다.
윌리엄 수도사는 양측 사절단 앞에서
세속의 권력에 관한 기묘한 논리를 편다.

드잡이와 삿대질이 여전한 가운데, 문 앞에서 안내를 맡고
있던 수련사 하나가, 우박이 쓸고 간 벌판을 방불케 하는 그
난장판을 비집고 들어왔다. 그는 윌리엄 수도사에게 다가와
귓속말로, 세베리노가 긴히 뵙고자 한다고 전했다. 사부님과
나는 곧장 배랑으로 나갔다. 배랑에는 수도사들이 잔뜩 모여
집회소 안에서 들려오는 소리에 귀를 기울이고 있었다. 맨 앞
줄에는 알레산드리아 사람 아이마로도 섞여 있었다. 아이마
로는 우주의 덧없음을 몹시 딱하게 여기는 딱한 사람이었다.
그는 우월감을 주체하지 못해 사람을 대할 때도 큰 은혜라도
베푸는 듯이 대하고는 했다. 그런 아이마로가 예의 그, 큰 은
혜라도 베푸는 듯한 미소를 머금고 사부님에게 다가오면서
말을 걸었다. 「탁발 수도회가 생겨난 덕에 기독교권의 미덕
이 실로 높아진 것만은 분명하네요.」
　사부님은 노골적으로 업신여기는 듯한 얼굴을 하고는 약
간 거친 손길로 그를 밀친 다음 똑바로 구석에서 기다리는
세베리노 쪽으로 다가갔다. 세베리노는 몹시 흥분해 있었다.
그는 우리 두 사람에게만 은밀하게 할 말이 있다고 했다. 그
러나 집회소가 난장판이 되면서 호기심 많은 수도사들까지

몰려드는 바람에 집회소 배랑에는 그럴 만한 곳이 얼른 눈에 띄지 않았다. 우리가 집회소 건물 밖으로 나가려는 찰나 체세나의 미켈레가 집회소 문밖으로 고개만 내밀고 사부님을 불렀다. 미켈레의 말은, 드잡이와 멱살잡이가 어느 정도 가라앉은 것 같으니 어서 들어와 할 말을 해야 하지 않느냐는 것이었다.

두 더미 건초 사이에서 이러지도 저러지도 못할 처지에 놓인 사부님은 세베리노를 다그쳤다. 본초학자 세베리노는 주위의 귀를 의식했던지 나지막한 목소리로 속삭였다.

「베렝가리오는, 욕장으로 가기 전에 저의 시약소를 들른 게 분명합니다.」

「그걸 어떻게 아시는가?」 사부님이 물었다. 사부님과 세베리노의 대화에 관심이 간 몇 명의 수도사들이 우리 쪽으로 접근했다. 세베리노는 그들을 바라보면서 목소리를 더 낮추었다.

「수도사님께서는, 그자가…… 뭔가를 가지고 있었을 것이라고 하셨지요? 그렇습니다…… 제 시약소에는 평소에 못 보던 서책이 한 권 있습니다. 물론 제 것이 아닌, 이상한 서책입니다.」

「그게 맞을 거요. 당장 이리로 가지고 오시오.」 이렇게 말하는 사부님 얼굴은, 사절단의 추태를 바라보고 있을 때와는 비교도 되지 않을 정도로 밝았다.

「그럴 수가 없습니다……. 뒤에 설명드리겠습니다……. 사실은…… 그 서책에서 이상한 걸 발견했습니다……. 수도사님께서도 흥미롭게 여기실 것입니다. 그러니까…… 수도사님께서 오시지요. 저는 그 서책을 꼭 수도사님께 보여 드리고 싶습니다. 그러나 주의하지 않으면…….」 세베리노의 말이

중간에서 토막 났다. 나는 세베리노의 표정이 조금 이상한 것 같아 주위를 둘러보고 나서야 장님 노인 호르헤가 그림자처럼 우리 곁에 붙어 있는 것을 알았다. 호르헤는 언제나처럼 마법이라도 쓴 듯 소리 나지 않게 우리에게 접근한 것이었다. 그는 두 팔을 앞으로 내밀고 있었다. 집회소에는 별로 출입한 적이 없어 길을 잘 모르는 탓에 손으로 방향을 감지하려는 듯한 모양이었다. 여느 사람의 귀에라면 세베리노의 말이 들렸을 리 만무했다. 그러나 호르헤는 장님이었고, 여느 장님들처럼 호르헤가 놀라운 청각의 소유자라는 것은 우리도 겪어 보아서 잘 알고 있었다.

그러나 호르헤 노인이 세베리노의 말을 들은 것 같지는 않았다. 그는 우리가 있는 곳을 지나 문 쪽으로 걸어가다가 수도사 하나를 더듬고는 무슨 말인가를 했다. 그러자 그 수도사가 호르헤를 부액(扶腋)하여 문간까지 데려다 주었다. 그때 미켈레 수도사가 또 사부님을 불렀다. 사부님은 서둘러 세베리노에게 일렀다. 「어서 시약소로 돌아가시오. 가서 문을 안으로 단단히 걸어 잠그고 나를 기다리시오. 그리고……」 사부님은 나에게 명했다. 「……너는, 호르헤의 뒤를 밟아 보아라. 세베리노 수도사의 말을 엿들었다 해도 시약소로는 가지 않을 것이다만 뒤를 밟아 본 연후에 어디로 갔는지 내게 와서 일러 다오.」

집회소로 들어가면서 사부님은 아이마로에게 시선을 던졌다. 나의 시선도 자연스럽게 아이마로 쪽으로 갔다. 아이마로는 밖으로 나간 호르헤 노인을 따라잡으려고 그러는지, 배랑에 빼곡히 들어차 있는 수도사들 사이를 헤집고 있었다. 바로 이 대목에서 사부님은 여느 때의 사부님답지 않은 실수를 저질렀다. 집회소 현관으로 들어서면서, 막 문을 나서는 세베리노에게, 〈잘 보관해야 하오. 그게 원래 있던 곳으로 돌아가게 해서는 안 되니까〉 하고 소리를 지른 것이었다. 호르헤 노인을 따라잡으려고 문을 나서는데, 식료계 수도사 레미지오가 바깥문에 기대서 있었다. 그는 사부님의 목소리를 들었는지, 잔뜩 굳은 얼굴을 하고 사부님과 본초학자 세베리노를 번갈아 바라보고 있다가 세베리노가 밖으로 나오는 걸 보고는 그 뒤를 따랐다. 나는 밖으로 나오고 나서야, 호르헤 노인의 뒤를 밟는 일이 얼마나 어려운 일인가를 알았다. 호르헤 노인의 모습은 이미 안개 속에서 어른거리고 있었다. 반대편으로 가던 세베리노와, 그 뒤를 따르는 레미지오 역시 안개 속으로 모습을 감추고 있었다. 나는 재빨리 계산을 놓아 보았다. 내가 사부님으로부터, 호르헤 노수도사의 뒤를 밟으라는 명을 받은 것은 분명했다. 그러나 사부님이 그렇게 명한 것은 호르헤가 혹 시약소 쪽으로 가지 않을까 저어했기 때문이었다. 그러나 호르헤 노수도사는 시약소와는 반대되는 방향으로 가고 있었다. 그가 가는 방향은 교회와 본관이 있는 쪽이었다. 문제는 레미지오 수도사였다. 바로 식료계 레미지오가 본초학자 세베리노의 뒤를 따르고 있었다. 사부님은, 시약소 실험실에서 혹 무슨 일이 생길까 해서 나에게, 시약소로 갈지 모르는 호르헤 노수도사의 뒤를 밟으라고 한 것이 아니던가? 따라서 중요한 것은 호르헤가 아니라 시약소였다. 그래서 나는 세베리노와 레미지오의 뒤를 밟기로 한 것이다. 아이마로의 행방이 궁금했다. 우리와 같은 이유에서 집회소 건물을 나왔다면 나는 당연히 아이마로의 행방도 알아 두어야 했다.

상당한 거리를 두고 뒤따르면서 나는 식료계 레미지오를 놓치지 않으려고 애썼다. 미행당하고 있다는 걸 눈치챘는지 그의 걸음걸이가 유난히 느려졌다. 미행자가 나라는 것은 알리 없을 터였다. 그러나 나 역시, 레미지오의 뒤에 따라붙어 걷고 있을 뿐, 안개 속에서 어른거리는 그림자가 분명히 레미지오라고는 장담할 수 없었다. 말하자면 우리의 입장은 피차 일반인 셈이었다.

나는 앞서가는 그림자를 상대로, 내가 미행한다는 낌새를 눈치채게 만들어, 세베리노에게 너무 가까이 접근하지 못하게 하고 싶었다. 문득 안개 속에서 그 모습을 드러낸 시약소의 문은 닫혀 있었다. 다행히도 세베리노가 벌써 시약소로 들어가 안으로 문을 잠갔던 모양이었다. 시약소 앞에 이른 레미지오가 내 쪽을 돌아다보았다. 나는 나무 옆에 붙어 서서 꼼짝도 하지 않았다. 레미지오는 생각을 바꾸었는지 주방 쪽으로 발길을 돌려 걷기 시작했다. 나는, 내 그만하면 내가 할 일은 다한 것이리라 여기고 집회소로 발길을 돌렸다. 그러나 어찌 알았으랴! 그 자리에서 시약소를 조금 더 감시하고 있었더라면 저 불행은 미연에 막을 수도 있었을 것을……그러나 나는 인간인지라 미구의 일을 모르는 것은 당연했다.

나는 집회소로 되돌아갔다. 아이마로는 크게 위험해 보이지 않는다고 생각했던 것이다. 집회소는 비 갠 뒤의 하늘 같았다. 나는 사부님에게 다가가 간단하게 보고했다. 사부님은 고개를 끄덕거리고는 이제 조용히 자리를 지키라고 했다. 집회소 분위기는 이제 다시금 차분해지고 있었다. 양쪽 사절단 사이에 평화의 입맞춤이 오고 갔다. 알보레아 주교는 소형제회의 믿음을 찬양했고, 카파의 주교 제롤라모는 도미니크회 설교자들의 선교 사업을 칭송했다. 모두가 하나같이, 내부 분열이 없는 교회의 미래를 나름대로 설계하고 축원했다. 이쪽에서 저쪽 교단의 교세를 찬양하면, 저쪽에서는 이쪽 교단의 절제와 청빈을 칭송했다. 그렇게 먹살잡이를 하던 수도자들이 졸지에 정의와 분별이라고 하는 미덕의 주인들이 된 것 같았다. 나는 그렇게 많은 수도자들이 그렇게 열심히 성직과 신학적 미덕의 승리에 마음을 쏟는 현장을 본 적이 없었다.

이윽고 베르트란도 델 포제토 추기경이 윌리엄 수도사에게, 황실 신학자들의 견해를 밝혀 줄 것을 요청했다. 사부님은, 별로 마음에 내키지 않는다는 몸짓과 표정을 보이면서 자리에서 일어났다. 그는, 이번 회담은 사실상 아무런 도움도 되지 않을 것이란 사실을 간파했던 것이다. 그리고 무엇보다도 그는 어서 집회소를 떠날 생각이 간절했을 것이다. 이제 사부님에게는, 사절단 회의보다는 세베리노의 시약소에 있다는 그 이상한 서책 쪽이 훨씬 절실한 문제가 되어 버린 것이었다. 그러나 사부님이 황실 측 사절로서의 의무를 저버리고 회의장을 빠져나갈 수 없다는 것 또한 분명했다.

사부님은 평소보다 유난히 더 말을 어렵게 이어 가며 〈저어……〉, 아니면 〈그러니까〉란 말을 자주 덧붙였다. 사부님은 일부러 그러고 있는 것이 분명했다. 말하자면 윌리엄 자신이 앞으로 할 얘기가 절대 확신에 찬 이야기가 아니라는 듯한 느낌을 주기 위해서임이 분명했다. 사부님은, 앞서 발언한 성직자들의 고견을 충분히 납득하였음을 전제하고, 그 문제에 있어서 다른 사람들이 황제 측 신학자들의 〈교리〉라 부르는 것은 확립된 믿음의 조항이라 할 수도 없는 단편적 의견일 뿐이라고 말했다. 그의 발언 요지는 대략 다음과 같다.

「……이 땅에다 백성을 창조하시되 더하고 덜함이 없이 그들을 사랑하신 하느님의 은혜를 생각하고, 사제와 왕에 대한 언급이 없는 〈창세기〉의 전반부를 통해 알 수 있듯이, 그리고 하느님께서 아담과 그 자손들이 하느님 율법을 섬기는 동안은 그들이 이 땅의 만물 위에 군림할 수 있도록 그들에게 권능을 베푸신 것을 통해서도 볼 수 있듯이, 하느님 역시 지상의 만물 안에서 하느님 백성이 지배자가 되고 율법의 제1원인으로 노릇 하는 것을 꺼리시지 않았다는 것을 알 수 있습니다. 빈도가 여기에서 쓰고 있는 〈백성〉이라는 말은 모든 시민을 두루 일컫는 데 쓰여야 마땅하나, 시민 가운데엔 아이도 있고, 바보도 있고, 악인도 있고, 여자도 있는 것인즉, 비록 빈도가 이 범주에 들 인간을 고르는 것을 좋아하지는 않으나 시민 중에서도 우월한 무리에 속하는 이들이 이 〈백성〉의 범주에 든다고 보아야 할 것입니다…….」

사부님은 마른기침으로 목청을 가다듬고는, 실내의 공기가 혼탁해서 마른기침이 나오는 모양이니 양해해 주기를 바란다면서 말을 이었다. 「……이러한 백성이 자기네 의사를 드러낼 수 있는 것은 선거를 통해 가려진 대표자들의 총회를 통해서일 것입니다. 빈도는 이 총회라는 것에다, 법을 해석하고, 바꾸고, 혹은 집행을 연기하는 권한을 부여하면 좋을 것이라고 생각하는 사람입니다. 저간에 있었던 일련의 특정한 사태를 굳이 거론할 필요는 없을 것이나, 법이 어느 한 개인에 의해 제정된다면, 이렇게 제정할 수 있는 개인은 무지의 소치가 되었든 악의의 소치가 되었든, 법으로 다스려지는 백성들을 해칠 수도 있는 것이기 때문입니다…….」 사부님이 앞서 한 말에 어리둥절해 있던 사람들이 이 대목에 이르자 고개를 끄덕였다. 내가 보기에 〈백성을 해칠 수 있는 개인〉으로 교황청 사람들은 황제를 지목하는 것 같았고, 황실 측 사람들은 교황을 지목하는 것 같았다. 사부님의 말은 계속되었다. 「……법은 어느 개인에 의해서도 제정될 수 있습니다. 그러나 개인에 의해 제정된 법은 악법이 될 가능성을 그 부담으로 안게 됩니다. 이 때문에 여러 사람이 이 제정에 동참함으로써 그 부담을 줄이는 것입니다. 빈도는 지금 세속의 법을 말하고 있습니다……. 하느님께서는 아담에게 선악의 나무에서 열리는 실과는 먹지 말라고 하셨습니다. 이것은 바로 하느님의 율법입니다. 그러나 하느님께서는 아담이 이 땅의 사물에 이름을 붙이는 것을 용인하시고 독려하심으로써 백성들 목에 걸린 고삐를 푸신 셈입니다. 우리 시대 사람들은 nomina sunt consequentia rerum(이름은 사물의 궁극)이라고 믿는 사람들이 많습니다만 〈창세기〉는 이 점을 더할 나위 없이 명쾌하게 설명하고 있습니다. 하느님께서는 동물이라는 동물은 다 아담 앞에 데려다 놓으시고는, 그가 어떤 이름을 붙이는가를 보고 계셨습니다. 그때 아담이 뭐라고 불렀든 그로부터는 그게 그 동물의 이름이 되었습니다. 최초의 인간인 아담에게 아담식(式) 언어로 그 성질에 제대로 맞게 이름을 붙이는 능력이 있었는지 없었는지는 모르겠습니다만 어쨌든 아담은 그 동물의 성질에 맞추어 이름을 상상함으로써 일종의 지상적(至上的) 권리를 행사하고 있었던 것입니다. 왜냐하면, 오늘날 우리가 잘 알듯이, 사람들은 개념을 지칭하기 위해 각기 다른 명칭을 붙이지만 사실상 모든 사람이 동일하게 이해하는 것은 그 개념뿐이지 이름은 다르게 인식되기 때문입니다. nomen(이름)이라는 말은 nomos(법)에서 유래한 말입니다. nomina(이름)는 많은 사람들의 placitum(약정)에 따라 부여된 것이니 말입니다…….」

좌중은 물을 끼얹은 듯했다. 사부님의 엄청난 박학의 시위에 모두가 넋을 잃은 것 같았다. 사부님은 결론으로 내달았다.
「……따라서, 이 땅의 사물에 대한, 그리고 도시와 왕국과 재산에 관한 법은, 성직에 몸담고 있는 교역자들의 특권인 하느님 말씀을 지키고 해석하는 일과는 무관합니다. 이교도들에게는 하느님 말씀을 해석하는 것과 유사한 직권을 가진 이가 없으니 이 아니 딱한 일입니까? 그러나 그렇다고 해서 이교도들에게는 정부, 왕, 황제, 혹은 이교 군주나 제후를 통해 법을 제정하고 이를 집행하려는 뜻이 없다고 하면 안 됩니다. 로마의 많은 황제(가령 트라야누스 같은)들이 지혜로 속사(俗事)를 다스렸다는 사실을 부정해서도 안 됩니다. 그렇다면 이런 이교도와 무지 몽매한 불신자들에게 이러한 법을 제정하게 하고, 정치 공동체를 이루어 살게 하는 능력은 대체 누가 주었더라는 말입니까? 존재할 리 없는 거짓 신들일까요? 그렇지 않습니다. 이러한 능력은 만군의 하느님이시며 이스라엘의 하느님이시며, 우리 주 예수 그리스도의 아버지이신 하느님께서 부여하신 것입니다. 이야말로 로마 교황의 권위를 인정하지 않고, 기독교국 백성의 신성하고, 아름답고, 놀라운 신비를 용인하지 않는 자들에게까지 정치적 판단과 능력을 주신 하느님의 은혜를 밝혀 드러내는 증거가 아니겠습니까? 속된 회칙과 속사의 지배권이 교회 및 예수 그리스도의 율법과 아무 상관 없다는 사실에 관한 증거로 이보다 더 나은 증거가 있겠습니까? 이야말로 성직자들이 베푸는 모든 성사를 앞질러, 우리 기독교가 틀 잡히기 이전에 하느님께서 정하신 바가 아닐는지요?」

사부님이 마른기침을 시작했다. 마른기침을 한 사람은 사부님뿐만이 아니었다. 많은 성직자들이 몸을 비틀면서 사부님으로부터 전염이라도 된 듯이 마른기침들을 했다. 추기경은 혀끝으로 마른 입술을 적시면서 사부님에게 어서 본론을 말하라는 신호를 보냈다. 사부님은, 그의 논쟁의 여지가 없는 논리적 주장에 동의하든 동의하지 않든 간에, 그 자리에 모인 모든 사람들을 불쾌하게 만들 법한 말을 하기 위해 어렵게 입을 열었다. 「……빈도가 이렇게 추론하는 근거는, 이 세상을 지배하러 오신 것이 아니라, 카이사르의 법에 관한 한 그분께서 보신 이 땅의 정치 상황을 따르려고 오셔서 보이신 예수 그리스도의 본보기에서 찾을 수 있습니다. 그분은 사도들이 이 땅의 백성에게 명을 내리고 이 땅을 지배하는 것을 바라지 않으셨습니다. 따라서 그 사도들의 계승자들이 세속적, 혹은 강압적인 권력에 집착하지 말아야 함은 당연한 일입니다. 만일에 교황과 주교와 사제가 제왕의 세속적 혹은 강압적 권력에 따르지 않는다면 재속(在俗)의 제왕이 지닌 권위는 도전에 직면합니다. 그리고 이렇게 되면 조금 전에 말씀드린 대로 하느님의 뜻에 따라 세워진 하나의 질서가 도전을 받게됩니다. 물론, 이단의 문제 같은, 미묘하고 어려운 문제에 대해서는 따로 고려를 해야 할 것입니다. 이단을 규정하는 것은 진리의 수호자인 교회만이 할 수 있는 일이니까요. 하지만 이단의 처벌은 속권(俗權)만이 할 수 있는 것이어야 합니다. 교회는, 이단자를 색출했다고 여겨질 경우 이를 제왕에게 통고해야 합니다. 제왕에게는 제국의 신민에 관한 것이니만치 이를 통고받을 권리가 있습니다. 그러면 제왕은 이 이단자를 어떻게 처결해야 합니까? 제왕이 하느님 진리의 수호자가 아니면서도 하느님 이름으로 이를 처결해야 합니까? 당치 않습니다. 제왕은, 이단자의 행위가 공동체의 안위를 위협했을 경우에만 이단자를 처결할 수 있고 또 마땅히 그래야 합니다. 말하자면, 이단자가 이단을 선포하되, 이 이단에 따르지 않는 자를 죽이거나 해치는 등의 폭거를 일삼는 경우를 말합니다. 그러나 제왕의 권한은 이 이상은 미칠 수 없습니다. (이 땅에 사는 사람치고,) 고문을 통하여 복음서의 가르침을 따르라는 강요를 받아도 좋은 사람은 하나도 없기 때문입니다. 만일에 그런 강요를 받아도 좋다면 내세에서 심판을 받게 되어 있기 때문에 선악을 선택할 수 있는 우리의 자유의지는 무용지물이 되고 말지 않겠습니까? 교회는 이단자에게, 믿는 백성들의 공동체를 탈퇴하는 행동이라고 경고할 수 있고 또 마땅히 경고해야 합니다만 이 땅에서 이단자를 심판하거나, 그 이단자의 자유 의지에 반하는 강요는 할 수 없는 것입니다. 만일에 그리스도께서 수도사들에게 백성을 강제할 수 있는 권한을 내리고 싶어 하셨다면, 모세의 율법처럼 그리스도께서도 그러한 권한을 주는 율법을 만드셨을 것입니다. 그러나 그리스도께서는 그렇게 하시지 않았습니다. 따라서 그리스도께서는 그것을 바라시지 않았던 것입니다. 설마하니, 그리스도께서는 그것을 바라셨지만, 그럴 짬을 내고 그런 힘을 행사하기에는 3년이라는 설교 기간이 너무 짧았다고 하실 분은 없겠지요? 그러나 그리스도께서 이를 바라시지 않은 것이 지당합니다. 만일에 그리스도께서 이를 바라셨다면 교황은 제왕에게 자신의 의지를 강요할 수 있게 되었을 터이고, 그렇게 되었다면 기독교는 자유를 섬기는 종교가 아닌, 노예의 율법을 섬기는 종교가 되었을 것입니다.

빈도가 이렇게 말하는 뜻은, 다른 데 있는 것이 아닙니다. 빈도는 교황의 권능을 폄훼하고자 하는 것이 아니고 그분이 받으신 사명의 경계를 밝혀 두고자 하는 것일 뿐입니다. 빈도가 믿기로, 하느님의 종들을 섬기는 종 중의 종인 교황은 이 땅에서 남을 섬겨야 하는 것이지 남으로부터 섬김을 받아야 하는 것은 아닐 겁니다. 그리고 만일 교황이 이 땅의 왕국이되, 다른 왕국도 아니고 신성 로마 제국에 대해 사법권을 행사하면서도 다른 나라에 대해서는 행사하지 못한다면 참으로 이상한 일이 아니겠습니까? 주지하시다시피, 종교적인 문제에 관한 교황의 발언은, 영국 국왕의 신민들에게 그렇듯이 프랑스 국왕의 신민에 대해서도 가능합니다. 그렇다면, 아름다운 진리를 섬기지 않는다고 해서 우리가 불신자들이라고 부르는 칸이나 술탄의 신민에 대해서도 마땅히 그러해야 합니다. 교황이 오직 제국의 문제에 관해서 세속적인 권력을 행사한다는 사실은 한 가지 의혹, 즉 교황은 세속적 권력을 영적인 권력과 동일시하는 모양인데, 그렇다면 교황이 사라센 제국이나 타타르 제국에 대해서도 정신적인 지배권을 행사해야 하는데 그러지 못하는 것을 보면, 프랑스나 영국에 대해서도 영적인 권력을 갖지 못해야 이야기가 되지 않겠느냐고 하는 의혹을 정당화시킬 소지가 있습니다. 이거야말로 끔찍한 신성 모독이 아닙니까? 우리가 교황께 아비뇽 교회가, 신성 로마 제국의 황제로 선출된 사람을 용인하거나 부인하는 권리를 행사함으로써 모든 인류에게 상처를 주고 있다고 간언한 것은 바로 이 때문입니다. 교황은, 신성 로마 제국에 대해, 다른 왕국에 대한 정도 이상의 권리를 행사하지 못하고 프랑스 국왕이나 이교의 군주가 교황의 재가를 얻어야 하는 것이 아닌 바에는, 독일이나 이탈리아의 황제가 교황의 재가를 얻어야 할 이유는 없을 듯합니다. 성서가 이에 관한 언급을 하고 있지 않은데, 이러한 종속 관계를 종교적 권리의 문제로 파악할 수야 없지 않겠습니까? 앞에서 말씀드렸다시피 백성들 역시 저희들 권리를 앞세워 이런 것을 용인한 바도 없습니다. 청빈에 관한 논란에 대해서도, 빈도는 일찍이 파도바 사람 마르실리오, 장됭 사람 장 같은 이들과 많은 이야기를 나눈 바가 있습니다만, 이 문제에 관한 빈도의 대단치 않은 견해는 이렇습니다. 요컨대 프란체스코 수도회가 스스로 청빈하기를 바라는 바에는 교황이 이 아름다운 소망을 단죄할 수도 없고 또 단죄해서도 안 된다는 것입니다. 그리스도께서 청빈했다는 가정이 증명된다면 이는 소형제회의 믿음을 정당화시킬 수 있을 뿐만 아니라, 그리스도께서 지상의 권력을 바라시지 않았다는 이론을 강화시키는 바탕이 될 수도 있습니다. 그러나 오늘 이 만남의 자리에서 빈도는 여러 대덕들로부터 그리스도의 청빈 여부는 증명될 수 없다는 말씀을 들었습니다. 따라서 이제는 역으로 뒤집어 논증을 하는 편이 나을 듯합니다. 그리스도께서 당신을 위해서든 사도들을 위해서든 세속적 권력을 요구하셨다는 사실은 아무도 증명한 바 없고, 또 증명할 수도 없는 것이라면 세속의 만사에 대한 그리스도의 이러한 초연하심이야말로, 그리스도께서 오히려 청빈을 바라셨을 것이라는 죄 없는 믿음을 두둔하는 넉넉한 증거가 아닐는지요?」

사부님은 너무나도 우유부단해 보이도록, 그리고 온순한 말투로 자신의 소신을 밝혔기에 좌중에는 누구 하나 일어나 사부님과 맞서 보자고 하는 사람이 없었다. 그러나 그렇다고 해서 모두가 사부님의 말을 납득하고 지지했다는 뜻은 아니다. 아비뇽 교황청 쪽 성직자들은 몸을 뒤틀고 눈살을 찌푸리면서 저희들끼리 뭐라고 수군거렸고, 수도원장은 덜 좋은 낯빛을 한 채 주위의 눈치를 살폈다. 수도원장은 사부님의 발언이, 자신의 희망 사항인, 베네딕트 교단과 황실과의 관계 개선에 일조가 되지 못할 것으로 보이는 게 불만이었던 모양이었다. 이러한 반응은 소형제회 쪽도 마찬가지였다. 체세나의 미켈레는 당혹을 숨기지 않았고, 카파 주교 제롤라모는 초장부터 대경실색한 나머지 아예 말을 못 하고 있었으며 우베르티노는 깊은 생각에 잠긴 채 사부님의 말을 곱씹는 것 같았다.

침묵을 깨뜨린 사람은 베르트란도 델 포제토 추기경이었다. 추기경은 웃음 띤 얼굴로 사부님에게 말했다. 「윌리엄 형제, 형제가 몸소 아비뇽으로 가시어 교황 성하를 친견하시고, 조금 전에 하신 말씀을 좀 들려 드릴 생각인지요?」 사부님이 대답하는 대신 추기경의 의견을 되묻자 추기경은 이렇게 대답했다. 「교황께서 비록 이렇다 저렇다 하기 난감한 견해를 자주 들으실 터이고, 성도들에게 인자하신 분이시기는 하나, 윌리엄 형제의 조금 지나친 이견(異見)은 그분을 너무 상심케 하지 않을는지요?」

그때까지 입을 다물고 있던 베르나르 기가 입을 열었다. 「이같이 총명하시고, 자신의 견해를 현하의 달변으로 펼칠 수 있는 윌리엄 형제 같은 분이, 교황 성하 앞에 이러한 의견을 내세우는 것도 좋을 듯합니다만…….」

「베르나르 어르신의 말씀을 들으니 결정이 서는군요. 빈도는 가지 않겠습니다.」 사부님은 이렇게 응수하고는 천천히 추기경 쪽으로 고개를 돌리고는 말을 이었다. 「……이 가슴 앓이 때문에, 이런 계절에 그 먼 길 여행을 감당할 수 있을 것 같지가 않아서요.」

「그렇다면 말씀도 길게 하실 일이 아니었군요?」 추기경이 물었다.

「진리를 알리기 위해서입니다. 그 진리가 우리를 자유롭게 할 터이지요.」 사부님이 겸손하게 대답했다.

이때 장 드 본이 벌떡 일어나면서 소리쳤다. 「무슨 말씀이시오? 우리가 지금 여기에서 의논하고 있는 것은 우리를 자유롭게 할 진리가 아니라 오히려 진리로 행사하고자 하는 지나친 자유에 대한 것이 아니던가요?」

「그럴 수도 있겠군요.」사부님은 부드럽게 말했다.

나는 직감적으로 또 한 번, 그 직전에 있었던 것과는 비교도 되지 않을 만큼 격렬한 논쟁이 오고 갈 것이라고 생각했다. 그러나 아무 일도 일어나지 않았다. 장 드 본의 발언 도중에 경호대장이 들어와 베르나르 기와 귓속말을 나누었다. 베르나르 기가 일어나 손을 들고 발언권을 청했다.

「형제 여러분, 이같이 유익한 토론은 계속되어야 마땅할 터이나, 원장께서 허락하신다면, 이는 뒤로 미루고 지극히 중요한 불의의 사건부터 수습해야 할 듯합니다. 방금 나는 이 집회소 밖에서 심상치 않은 일이 벌어졌다는 보고를 받은 참입니다.」베르나르 기는 손가락으로 집회소 밖을 가리키면서 이렇게 말하고는 수도원장의 허락이 떨어지기도 전에 문 쪽으로 걸어 나갔다. 사부님과 나도 그 뒤를 따랐다. 그 자리에 있던 사절들도 우리 뒤를 따라 나왔다.

「세베리노에게는 아무 일도 없었으면 좋으련만…….」사부님이 나를 보며 말했다.

6시과

세베리노는 시체로 발견된다.
그가 찾아냈던 서책은 종적을 감추고 만다.

사부님과 나는 괴로운 마음으로 베르나르 기와 수도원장
을 따라 잰걸음으로 집회소를 나왔다. 경호대장은 베르나르
기를 필두로 한 우리 일행을 시약소 쪽으로 안내했다. 시약
소에 이르고 보니, 짙은 안개에 싸인 시약소 앞에 수많은 그
림자가 술렁거리고 있었다. 수도사들과 불목하니들이 우왕
좌왕하고 있었고, 경호원들이 그들의 접근을 막으려고 문 앞
에 서 있었다.

「경호병을 제가 보냈습니다. 수도원의 의혹에 빛을 던져
줄 사람을 찾으라고 제가 보낸 것입니다.」 베르나르 기가 설
명했다.

「아니, 그게 본초학자인 세베리노 수도사였다는 것입니
까?」 수도원장이 화들짝 놀라면서 물었다.

「아닙니다, 곧 아시게 될 것입니다.」 베르나르 기가 경호병
들을 헤치고 시약소 안으로 들어가면서 대답했다.

우리는 시약소 안에 있는 세베리노의 실험실로 들어갔다.
실로 마음 아픈 장면이 우리를 기다리고 있었다. 가엾은 본
초학자 세베리노는, 머리를 얻어맞고 시체가 되어, 흥건한 피
위에 쓰러져 있었다. 선반이라는 선반은 모두, 폭풍우라도

쓸고 지나간 것처럼 엉망으로 어질러져 있었다. 항아리, 병, 서책 그리고 문서는 깨어지고 부서지고 찢긴 채 사방에 널려 있었다. 세베리노의 시체 곁으로는, 사람 머리통의 갑절은 실히 될 만한 크기의 천구의가 보였다. 정교하게 만들어진 이 천구의의 위쪽으로는 금십자가가 달려 있었고 아래로는 짧지만 장식이 돼 있는 삼각대가 받치고 있었다. 출입문 책상 위에서 본 적이 있는 것이었다.

방 한구석에는 두 경호병이 식료계 수도사 레미지오의 멱살을 틀어잡고 있었다. 레미지오는 경호병들에게 몸부림치며 자기 결백을 주장했다. 수도원장이 들어서자 그의 목청이 높아졌다. 「원장님, 맹세코 범인은 제가 아닙니다. 제가 들어왔을 때 세베리노 형제는 이미 죽어 있었습니다. 이자들은, 현장에 있었다고 저를 이렇게 체포하려는 것입니다.」

궁병대 경호대장이 베르나르 기에게 다가가 허락을 받고는, 여러 사람이 보는 가운데서 사건 전후의 사정을 보고했다. 그의 보고에 따르면, 경호병들은 식료계 수도사 레미지오를 찾아 구금하라는 명을 받고 두 시간 이상 수도원을 샅샅이 뒤지고 다닌다(베르나르 기는 집회소에 들어가기 전에 이미 경호대장에게 그 명령을 내린 것에 틀림없다). 수도원 경내의 지리에 익숙하지 못한 경호병들은, 레미지오가 집회소 배랑에 있는 것도 모르고 엉뚱한 곳을 한동안 찾아다닌다. 게다가 안개까지 짙게 끼어 경호병들은 수도원 경내 수색도 제대로 할 수 없는 입장이었다. 어쨌든, 레미지오는 내가 그를 미행하던 직후에 주방으로 향했던 모양이다. 주방에서 그를 본 누군가가 경호병들에게 이 사실을 알렸고, 경호병들은 본관으로 찾아갔으나 이미 레미지오는 본관을 나온 뒤였다. 주방으로 간 경호병들은 여기에서 호르헤 노인을 만나게 된다. 호르헤 노인은, 경호병들에게, 조금 전까지 바로 그곳에서 레미지오와 이야기를 나누었다고 말한다. 경호병들은 뜰 안으로 샅샅이 뒤지다가, 안개 속에서 유령처럼 나타난 알리나르도 노수도사를 만난다. 노인은 노망기가 지나쳐 본 정신이 아니었으나, 경호병들에게는, 레미지오가 그 직전에 시약소로 들어가는 걸 보았다고 말한다. 경호병들은 곧 시약소로 달려간다. 그런데 경호병들이 갔을 때 시약소 문은 열려 있었다. 사태를 심상치 않게 여기고 시약소 안으로 들어간 경호병들은, 이미 피투성이가 되어 바닥에 쓰러져 있는 세베리노와, 중요한 물건이라도 찾는 듯이 선반을 뒤지면서 손에 잡히는 대로 바닥에다 내팽개치는 레미지오를 발견한다. 경호대장은 베르나르 기에게, 사건의 정황을 짐작하기는 어렵지 않다고 말했다. 즉, 레미지오가 시약소로 들어서자마자 세베리노를 죽이고, 자기가 노리고 있던 물건을 찾느라고 선반을 뒤지다가 경호병들 손에 붙잡힌 것이라는 설명이었다.

한 경호병이, 바닥에 나뒹굴고 있던 천구의를 집어 베르나르 기에게 건네주었다. 천구의는 하나의 굵고 튼튼한 청동 고리에다 여러 개의 청동 및 은테를 둘러 만든 것으로, 범인은 천구의의 삼각대 부분을 손으로 잡아 세베리노의 머리를 갈겼던 모양이었다. 몇 개의 둥근 테가 가격의 충격으로 찌그러진 채 안으로 휘어 있었다. 찌그러진 테에는 세베리노의 피와 머리카락과 살점이 군데군데 묻어 있었다.

윌리엄 사부님은 세베리노의 시신 곁에 쪼그리고 앉아 시신을 꼼꼼하게 조사했다. 머리에서 흘러내린 피는 안와(眼窩)에 흥건히 고여 있었다. 눈동자는 이미 한 방향에 고정된 채 굳어져 있었다. 희생자의 굳어진 동공을 자세히 관찰하면, 그 희생자가 마지막으로 보았던 가해자의 형상을 읽을 수 있다는 속신(俗信)이 있다. 나는 그 속신대로 될 수 있다면 얼마나 좋을까…… 이런 생각을 하면서 시선은 사부님을 쫓았다. 사부님은 세베리노의 손을 조사하고 있었다. 사인(死因)이 명백한데도 불구하고, 혹 세베리노의 손가락에도 예의 그검은 얼룩이 없을까 하는 생각에서 조사해 보는 모양이었다. 그러나 세베리노의 손가락에는 얼룩이 있을 리 없었다. 위험한 약초나 파충류나 벌레를 만질 때나 쓰는 가죽 장갑을 끼고 있었기 때문이었다.

베르나르 기가 으스스한 분위기를 자아내면서 식료계 레미지오에게 물었다. 「바라지네 사람 레미지오…… 그게 자네의 이름이렷다? 내가 자네를 붙잡으라고 사람을 보낸 것은, 자네가 다른 일에서 의혹을 사고 있어서 그 혐의를 확인코자 함이었다. 만시지탄이기는 하나 역시 우리의 판단은 빗나가지 않았던 것이다. 원장……」 베르나르 기는 원장 쪽으로 돌아서면서 말을 이었다. 「……어젯밤에 체포된 그 부랑자의 자백을 받고 나는 이자의 신병을 확보해 두어야겠다고 생각했어요. 따라서, 오늘 아침부터 나는 이자를 붙잡아 두기로 생각하고 있었으니, 조금 전에 있었던 살인 사건에 관한 한 나에게도 책임이 없지 않습니다. 그러나 익히 보셔서 아시다시피, 오늘 아침부터 우리는 다른 일에 쫓기느라고 다른 정신이 없었습니다. 게다가 안개가 짙어, 경호병들은 이자를 붙잡으라는 내 명령을 받고도 그 명령을 제대로 수행할 수가 없었습니다.」

베르나르 기는 분명히, 실험실에 와 있는 수도사 무리를 의식하고 일부러 목청을 돋우어 말하고 있었다(그 시점에 이미 실험실에는 수많은 수도사들이 몰려와 있었다. 수도사들은, 난장판이 된 바닥과, 그 바닥에 쓰러져 있는 세베리노의 시신을 손가락질하며 저희들끼리 수군거리고 있었다). 나는 베르나르 기의 말을 들으며 말라키아를 유심히 관찰했다. 말라키아 역시 조용히 바닥을 내려다보고 있었다. 그때였다. 돌연 레미지오가 경호병들의 손길을 뿌리치고 말라키아에게 다가가서는, 그의 법의 자락을 잡고 말라키아에게 얼굴을 가까이 대고는 무슨 말인가를 속삭였다. 경호병들이 레미지오를 다시 붙잡아 그를 끌고 갔다. 시약소 밖으로 끌려 나가면서 레미지오가 말라키아에게 소리쳤다. 「맹세해! 나는 맹세한다!」

말라키아는, 적당한 말이 생각나지 않아서 애를 태우는 사람처럼 멀거니 레미지오를 바라보기만 할 뿐 아무 대꾸도 하지 않았다. 그러다 레미지오가 문밖으로 끌려 나갈 때 입을 열었다. 「자네에게 해로운 짓은 하지 않을 것이야!」

사부님과 내 눈이 마주쳤다. 저게 대체 무슨 말일까 우리 두 사람 다 궁금했던 것이다. 베르나르 기는 이 말을 들었을 터인데도 무슨 까닭에선지 사부님이 보인 것 같은 호기심은 드러내지 않았다. 도리어 그는 말라키아를 향해 미소를 지었다. 마치 두 사람 사이에는 이미 어떤 밀약이 이루어져 있는 것 같았다. 베르나르 기가 그 실험실에 있던 수도사들 및 경호대장을 상대로 말했다. 「점심 식사 직후에 집회소에서 피의자를 공개적으로 심문합니다. 경호대장은 그자를 끌고 가 감금하되, 살바토레와는 대면시키지 않도록 하라.」

그때 베노가 뒤에서 사부님을 불렀다. 사부님이 돌아보자 베노가 속삭였다. 「저는 윌리엄 수도사 어른의 뒤를 따라 들어왔습니다. 그때 방은 반밖에 안 차 있었고 말라키아도 여기에 없었습니다.」

「그럼 그 뒤에 들어온 것이겠지.」 사부님이 말했다.

「아닙니다, 저는 문 옆에 서서 들어오는 수도사의 면면을 자세히 보았습니다. 그러나 말라키아는 들어오지 않았습니다. 따라서 말라키아는 그 전부터 이 방 어딘가에 있었던 것입니다.」

「그 전부터라면?」

「식료계 레미지오 수도사가 들어오기 전부터…… 맹세코 말할 정도로 확실하지는 않지만, 저는 말라키아가 저 휘장 뒤에서 나왔다고 생각합니다. 수도사들이 몰려 들어올 때를 틈타서 말입니다……」 베노는 이러면서 턱으로 휘장을 가리켰다. 휘장 뒤에는 간이침대가 하나 있었다. 세베리노가 환자에게 약을 처방한 뒤에는 잠시 누워 있다 가게 하는 침대였다.

「하면, 말라키아가 세베리노를 죽이고 레미지오가 들어올 때도 저 뒤에 숨어 있었다, 이 말인가?」

「그런 게 아니라면 저 휘장 뒤에 숨어서 여기에서 벌어지는 일을 보았는지도 모르지요…… 그렇지 않다면 왜 식료계가, 해로운 짓을 않겠다고 약속하면서, 자기에게도 해로운 짓을 하지 말아 달라고 호소했겠습니까?」

「터무니없는 말은 아닌 것 같군……」 사부님은 고개를 끄덕이고 나서 화제를 바꾸었다. 「……하여튼 여기에는 대단히 중요한 서책이 한 권 있다. 레미지오가 끌려 나갈 때는 빈손이었고, 말라키아 역시 빈손이었으니까 그 서책은 아직 여기에 있을 게다.」 사부님은 나의 보고를 통해, 우리가 서책 이야기를 나눌 때 베노가 엿들었다는 사실을 알고 있었다. 따라서 새삼스럽게 베노에게 숨길 것은 없었다. 게다가 사부님은 다른 수도사로부터 협조를 받을 필요가 있는 상황이었다. 사부님은 세베리노의 시체를 슬픈 얼굴로 바라보고 있는 원장에게 다가가서는, 현장을 정밀하게 조사할 필요가 있으니까 수도사들을 모두 내보내 달라고 부탁했다. 원장은 그러라고 하고서는 시약소를 떠났지만, 원망스러운 눈으로 사부님을 쳐다보는 것은 잊지 않았다. 왜 늘 뒷북만 치고 다니느냐고 나무라는 태도가 역력했다. 다른 수도사들은 모두 그 방을 나갔다. 그러나 말라키아는 구차한 이유를 둘러대면서까지 현장에 남아 있고 싶어 했다. 그러나 사부님은, 시약소는 장서관이 아닌즉, 원장으로부터 사건 조사를 의뢰받은 자기 말을 따라야 할 것이라고 못 박았다. 사부님의 말투는 정중하면서도 단호했다. 그러니까 사부님은 이로써, 베난티오의 서안을 조사하려다 말라키아로부터 당했던 수모를 복수한 셈이었다.

사부님은 수도사들이 모두 나가고 나, 베노 이렇게 셋만 남게 되자 서안 위의 유리 부스러기와 종이를 말끔히 치우고 나서 세베리노의 서책을 한 권씩 넘겨 달라고 했다. 장서관 미궁의 장서에 비해 세베리노의 장서는 보잘 것이 없었다. 그러나 갖가지 모양과 부피의, 수십 권으로 족히 헤아려지는 장서는, 개인이 독파하고 소장한 서책의 양으로는 적은 것이 아니었다. 그전에는 그렇게 깔끔하게 정리되어 있던 그 서책들이, 식료계 레미지오의 미친 듯한 손길이 지나간 뒤로는 쓰레기 더미와 함께 바닥을 뒹굴고 있는 것이었다. 더러 책장이 찢긴 서책이 있는 것으로 보아 레미지오는 서책이 아닌 것, 더 좁혀서 말하면 서책의 갈피에 숨길 수도 있는 물건을 찾으려 했던 모양이었다. 표지에서 찢겨 나와 심하게 쭈그러진 서책도 있었다.

바닥을 나뒹구는 서책을 모아 내용별로 나누어 책장에 다시 정리하기란 쉬운 일이 아니었다. 그러나 우리는 서둘러야 했다. 수도원장이 우리에게 할애한 시간은 길지 않았다. 수도사들이 들어와 세베리노의 시신을 수습하여 장례를 준비해야 한다고 원장은 얘기했던 것이다.

우리는 서안 밑, 선반 뒤, 찬장 안까지 조사했다. 혹, 한 권이라도 놓치지 않을까 해서였다. 사부님은, 나를 돕겠다는 베노의 청을 거절했다. 그는 베노에게, 대신 문 앞에 서 있다가 수도사가 들어오면 돌려보내 달라고 부탁했다. 수도원장이 시약소 출입을 금지시켰는데도 불구하고 많은 수도사들이 다투어 시약소로 들어오고 싶어 했다. 문 앞에는, 소식을 듣고 겁에 질린 채 몰려와 형제의 죽음을 슬퍼하고 있는 수도사들, 수도원 불목하니들, 그리고 시신을 닦기 위해 깨끗한 수건과 물이 가득 든 대야를 들고 온 수련사들 무리가 한데 어울려 있었다.

서둘러 움직여야 했다. 나는 서책을 모아 한 권씩 사부님 손으로 넘겼고 사부님은 그 서책을 일별하고는 서안 위에다 쌓았다. 그러나 일일이 그렇게 하기에는 서책이 너무 많았다. 그래서 우리는 방법을 바꾸었다. 내가 책을 집어, 구겨진 부분을 펴고 제목을 읽는 경우, 사부님이 특별히 보자고 할 때는 보여 드리되, 아무 말 하지 않으면 그대로 서안에 쌓는 것이었다. 서책 중에는, 낱장으로 떨어져 있어서 복원에 적잖은 시간이 걸릴 만한 것도 많았다.

「『*De plantis libri tres*(식물에 관한 책 전 3권 전집)』이라…… 빌어먹을, 이건 아니야.」 사부님은 이렇게 중얼거리며 서책을 서안 위로 던졌다.

「『*Thesaurus herbarum*[약초명(藥草名) 사전]』…….」 내가 서명을 읽자 사부님이 핀잔을 주었다. 「아니야. 우리가 찾는 건 그리스어로 된 책이야.」

「이것은 어떻습니까?」 나는 표지에 이상한 문자가 쓰인 서책 한 권을 사부님 앞으로 내밀었다.

「멍청이, 그건 그리스어가 아니라 아랍어가 아니냐? 우리 베이컨 사부님의 말씀이 옳고말고……. 사부님께서는, 학인(學人)이 가장 앞서 할 일은 남의 언어를 배우는 것이라고 하셨다.」

「하지만 아랍어는 사부님께서도 모르시지 않습니까?」 나는 이렇게 대꾸했다가 또 한 번 핀잔을 들었다.

「그래도 아랍어라는 것은 알지 않느냐?」

내 뒤에서 베노가 낄낄거리는 소리가 들려왔다. 낯이 화끈거렸다.

바닥에 흩어져 있는 것은 서책뿐만이 아니었다. 간단한 기록, 천상의 궁륭이 그려진 두루마리, 그리고 세베리노 자신이 적은 듯한 이상한 약초 이름이 적힌 목록도 있었다. 우리는 오랜 시간 실험실 구석을 뒤지고 조사했다. 사부님은 바닥을 조사하느라고 냉정하게 시신을 들어 보기도 하고, 시신의 법의 자락을 들춰 보기도 했다. 역시 아무것도 없었다.

「망자(亡者)에게는 미안한 일이나 어쩔 수 없는 일……. 세베리노는 문을 잠그고 안에 있었을 것이다. 그때까지만 해도 그 서책이 이 안에 있었던 것은 분명하다. 레미지오도 들고 나간 적이 없다.」

「레미지오가 혹 법의 자락 안에 감추고 나간 것은 아닐까요?」

「아니야, 베난티오의 서안 밑에 있던 서책은 아주 크고 두꺼웠어. 레미지오가 그걸 감추고 나갔다면 우리 눈에 띄었을 것이다.」

「제본은 어떻게 되어 있었습니까?」

「모르겠다. 펼쳐져 있었으니까…… 그것도 잠깐 보았을 뿐이다. 따라서 그리스어로 쓰여 있다는 것만 확인했을 뿐, 기억에 남아 있는 것은 아무것도 없다. 계속해 보자. 내가 아는 한 레미지오나 말라키아는 그 서책을 가지고 나가지 않았다.」

사부님 말에 베노가 끼어들었다. 「그렇습니다, 가지고 나가지 않았습니다. 아까 레미지오 수도사가 말라키아 수도사의 옷자락을 붙잡는 것을 유심히 보았습니다. 품 안에 서책을 감추고 있었다면 아마 그 순간에 떨어졌을 것입니다.」

「좋아…… 아니, 좋을 것은 하나도 없다. 그 서책이 이 방 안에 없다면, 말라키아나 레미지오가 아닌, 누군가가 그 전에 들어왔던 게 분명하다.」

「그렇다면 제3의 인물이 있다는 말씀이신데요……. 그렇다면 대체 누가 세베리노 수도사를 죽였을까요?」 내가 사부님께 여쭈었다.

「그랬을 가능성이 있는 사람이 어디 한둘이겠느냐?」

「하지만 그 서책이 여기에 있다는 걸 안 사람이 있기는 할까요?」

「호르헤 노수도사라면 알 테지. 우리 말을 엿들었다면 말이다.」

「그렇습니다만 호르헤 노인 같은 분이 어떻게 세베리노 수도사같이 혈기방장한 사람을 죽일 수 있겠습니까? 그것도 이렇듯이 무참하게 말씀입니다.」

「그렇기도 하다. 더구나 너는 호르헤가 본관 쪽으로 가는 걸 보았다고 했지? 경호병들 역시 레미지오를 찾아내기 직전에 호르헤가 주방에 있더라고 했다. 여기에 왔다가 다시 주방으로 갔을 리가 있겠느냐? 그럴 시간적 여유가 있었을 것 같지 않구나.」

사부님과 겨루기라도 하는 기분으로 내가 나섰다. 「그럼 제가 한번 추리해 보겠습니다……. 알리나르도 노수도사 역시 이 근방을 배회하기는 했습니다만 그분 역시 걸음도 제대로 못 걷는 분이니만치 세베리노를 해쳤을 리는 만무합니다. 식료계 레미지오 수도사도 여기에 있기는 있었습니다만 그분이 주방을 떠난 때와, 경호원들이 실험실에 도착한 때의 시간 차는 너무 작습니다. 따라서 제가 보기에는, 레미지오 수도사가 세베리노 수도사로 하여금 문을 열게 한 연후에, 천구의로 공격, 살해하고, 방을 이 모양으로 만든 것 같지는 않습니다. 말라키아 수도사가 맨 먼저 이곳에 왔을 가능성이 있기는 있습니다. 호르헤 수도사가 집회소 배랑에서 사부님께 드리는 제 보고를 엿들은 뒤 본관 문서 사자실로 달려가 말라키아 수도사에게, 장서관에 있던 서책이 세베리노 수도사의 실험실에 있다고 말하고, 그 말을 들은 말라키아가 이곳으로 와서 세베리노 수도사로 하여금 문을 열게 하고……. 이유야 알 수 없지만 그를 죽였을 수도 있지요. 하지만 범인이 만일에 말라키아 수도사라면 이야기가 조금 이상해집니다. 말라키아 수도사라면 방을 이 꼴로 만들지 않고도 충분히 서책을 찾아낼 수 있을 것입니다. 말라키아 수도사는, 서책에 관해서라면 능하지 않을 것이 없는 장서관 사서가 아닙니까? 자, 이렇게 되면 누가 남습니까?」

「베노가 남는군.」 사부님이 웃지도 않고 중얼거렸다.

베노가 기겁을 하고는 외쳤다. 「당치 않습니다, 수도사님. 수도사님께서 아시다시피 저는 호기심이 많은 놈일 뿐입니다. 만일에 제가 이 방으로 들어와 서책을 훔쳐 갔다면 왜 지

618

금 수도사님 곁에 있겠습니까? 어디 조용한 곳으로 가서 그 서책을 정신없이 읽고 있을 것이 아닙니까?」

사부님은 그제야 웃었다. 「일리가 없는 말은 아니군. 그러나 자네 역시 그 서책이 어떻게 생겼는지는 알지 못해. 따라서 자네가 세베리노를 죽이고 지금은 그 서책을 찾아내려고 여기 남아 있는 것인지도 모르는 일…….」

「수도사님, 저는 살인자가 아닙니다.」

「살인하기 전부터 살인자인 사람은 없는 법이네……. 어쨌든 서책은 여기에 없으니, 자네가 그 서책을 여기에 두지 않았다는 것만은 분명하네…….」

사부님은 세베리노의 주검을 내려다보다가 중얼거렸다. 사부님은 그제야 세베리노의 죽음을 깨달은 것 같았다.

「……가엾은 세베리노……. 나는 못나게도 당신과 당신이 가진 독극물까지 의심했소. 그런데 당신부터가 독극물에 당할 것이 두려워 장갑까지 끼고 있었구려…… 이 땅에서 당할 일을 두려워하더니 결국 하늘에서 내려온 것에 당하고 말았군……. 그런데 왜 하필이면 이런 흉기를 썼을꼬?」

사부님이 천구의를 집어 꼼꼼하게 살폈다. 내가 무심결에 내뱉었다.

「가까이 있었기 때문일 것입니다.」

「그럴지도. 하지만 항아리, 원예 기구 등, 가까이 있는 다른 흉기는 얼마든지 있어……. 어디 보자, 이거야말로 금속의 세공 기술과 천문학이 빚어낸 걸작품인데, 그만 이렇게 망가지고 말았는데…… 옳다, 바로 그거로구나!」

「바로 그거라니요?」

「〈그러자 태양의 3분의 1과 달의 3분의 1과 별들의 3분의 1이 타격을 받아……〉.」[7]

나는 사부님이 외고 있는 「요한의 묵시록」의 그 구절을 너무나 잘 알고 있었다. 「사부님, 그렇다면 네 번째 나팔 소리입니까?」

「그래, 첫 번째는 우박, 이어서 피, 그리고 물…… 이번에는 별이다……. 이것이 사실이라면 처음부터 다시 따져 보아야 한다. 범인이, 집히는 대로 들고 친 것이 아니라 미리 세운 계획에 따라 살인을 저지른 것인데……. 그런들, 〈요한의 묵시록〉을 조목조목 외면서 거기에 따라 살인을 저지르는 인간…… 이걸 어떻게 상상할 수 있겠느냐?」

「그러면 다섯 번째 나팔이 울리면 어떻게 되는 것입니까……」 나는 다섯 번째 나팔이 울리는 대목의 구절을 기억해 내려고 애썼다.

「……〈그때 나는 하늘로부터 땅에 떨어진 별 하나를 보았습니다. 그 별은 끝없이 깊은 지옥 구덩이를 여는 열쇠를 받았습니다…….〉[8] 그렇다면, 이번에 또 누군가가 죽는다면 우물에 빠져 죽는다는 뜻입니까?」

「아니다. 다섯 번째 나팔이 울리면 여러 가지 재난이 일어나기로 되어 있다. 어디 보자……. 〈그 구덩이에서는 큰 용광로에서 내뿜는 것과 같은 연기가 올라와 공중을 뒤덮어 햇빛을 어둡게 하였습니다. 그 연기 속에서 메뚜기들이 나와 땅에 퍼졌습니다. 그 메뚜기들에게는 땅에 있는 전갈들이 가진 것과 같은 권세가 주어졌습니다. …… 그 메뚜기의 모양은 전

---

7 「요한의 묵시록」 8:12. 관련 구절은 다음과 같다. 〈넷째 천사가 나팔을 불었습니다. 그러자 태양의 3분의 1과 달의 3분의 1과 별들의 3분의 1이 타격을 받아 그것들의 3분의 1이 어두워졌으며 낮의 3분의 1이 빛을 잃고 밤의 3분의 1도 마찬가지로 빛을 잃었습니다.〉

8 「요한의 묵시록」 9:1.

투 준비가 갖추어진 말 같았으며 머리에는 금관 같은 것을 썼고…… 이빨은 사자의 이빨과 같았습니다…….)[9] 따라서 범인이 이 성서 구절에 따라 예언을 성취시킨다면 몇 가지 방법 중 하나를 골라 쓸 수 있겠구나……. 하지만 이런 환상에 매달려 있을 때가 아니다. 그보다는 세베리노가 서책을 발견했다고 할 당시, 정확하게 뭐라고 했는지, 어디 다시 한번 생각해 보자.」

「사부님께서는 가지고 오라고 하셨고, 세베리노 수도사는 그럴 수가 없다고 했습니다.」

「그래, 그러다 호르헤 영감이 다가오는 바람에 이야기가 끊기고 말았지? 왜 가져올 수 없었을까? 서책이라고 하는 것은, 원래가 들고 다니기 좋게 만들어진 물건 아니냐? 장갑은 왜 또 이렇게 끼고 있는 것일까? 서책 표지에 독물이라도, 베렝가리오, 베난티오의 죽음과 관련이 있는 독물이라도 묻어 있던 것일까? 아니면 수수께끼 같은 함정, 혹은 독침 같은…….」

「독사가 아니었을까요?」

「고래라고 하지 그러느냐? 아서라, 마라, 너는 여전히 상상의 세계를 헤매고 있구나. 앞의 두 희생자를 생각해 보아라. 독극물이라면 마땅히 입으로 들어가는 독극물이어야 한다. 게다가 세베리노는, 가져올 수 없다고 했지, 들고 올 수 없다고 한 것은 아니다. 세베리노는 바로 이 자리에서, 나에게 그 서책을 보여 주려고 했던 게다. 그런데 장갑을 끼고……. 따라서 나도 그때 이곳으로 왔다면 장갑을 끼고 서책을 다루어야 했을 게다. 여보게, 베노, 자네도 그 서책을 찾거든 장갑을 끼고 다루도록 하게. 나를 도와줘서 고맙네만, 기왕 도와준

---

9 「요한의 묵시록」 9:2~9.

거…… 조금 더 도와주게. 문서 사자실로 올라가 말라키아를 좀 감시해 주지 않겠나? 놓쳐서는 안 돼.」

「분부대로 하겠습니다.」 베노는 자기에게도 일을 맡겨 준 것이 몹시 만족스러운 듯이 어깨를 으쓱해 보이면서 세베리노의 실험실을 나섰다.

더 이상, 들어오려는 수도사들을 막고 있을 수는 없었다. 베노가 자리를 떠나자 수도사들이 우르르 몰려들었다. 점심 시간은 지난 지 오래였다. 따라서 베르나르는 집회소에서 레미지오에 대한 심문을 시작하려 하고 있을 터였다.

「여기에서 더 할 일은 없는 것 같구나.」 사부님이 중얼거렸다.

시약소 건물을 나서면서 나는 조금 전에 사부님 앞에서 의기양양하게 늘어놓았던 나 나름의 추리를 파기했다. 채마밭 한가운데에 이르렀을 즈음, 나는 사부님에게 정말 베노 수도사를 믿느냐고 물어보았다. 사부님이 대답했다.

「전적으로 믿는 것은 아니다만, 우리는 그자 앞에서, 그자가 모르는 것은 한마디도 한 것이 없지 않으냐? 게다가 문제의 서책이, 사실은 무시무시한 것이라고 겁도 좀 주었고…….나는 베노를 말라키아에게 붙여 놓은 것이다. 무슨 뜻이냐? 베노를 말라키아에게 붙임으로써 말라키아를 베노에게 붙여 놓았음이야. 말라키아는 제 손으로 그 서책을 찾으려 할 터이니, 이거야말로 일석이조 아니냐?」

「그러면 레미지오 수도사는 뭘 가지러 시약소 실험실로 들어왔던 것일까요?」

「곧 알게 되겠지. 뭔가를 가지러 왔던 것은 분명하다. 그것도 다급하게 필요한 무엇인가를……. 이게 있어야 레미지오는 무서운 일을 면하게 되는지도 모른다……. 그런데 말라키아는, 이게 무엇인지 알았을 게야. 그렇지 않고서는, 레미지

622

오가 말라키아의 옷자락을 잡고 통사정하는 까닭은 설명이 되지 않아.」

「어쨌든 서책은 사라지고 없습니다.」

「글쎄다, 그게 나를 이렇게 괴롭히는구나…….」

집회소 건물 앞에 이르렀을 때도 사부님은 여전히 그 서책 생각에 사로잡혀 있었다. 「그게 어디에 있느냐……. 세베리노는 분명히 실험실에 있다고 했다. 그런데 없었다. 누가 가져 간 것일까? 아직도 실험실 안 어딘가에 있는 것일까?」

「거기에 없는 걸 보면 누가 가져간 게 분명하지 않습니까?」

「추리라고 하는 것은 대전제(大前提)에서 해나가는 것이 보통이나 소전제에서 해 들어오는 것도 가능하다. 정황을 미루어 보아, 아무래도 그걸 가지고 나간 사람은 없는 것 같은 데 말이다…….」

「그렇다면 거기에 있어야 하는데, 없지 않았습니까?」

「잠깐…… 우리는 지금, 찾지 못했으니까 없다고 하는지도 모른다. 우리가 찾지 못했던 것은, 어디에 있는지 몰랐기 때 문이다…….」

「다 찾아보지 않았습니까?」

「다 찾아보았지만 찾아낸 것은 아니다. 어쩌면 찾아내고도 그것을 문제의 서책으로 알아보지 못했는지도 모르는 일……. 아드소, 세베리노가 그 서책 이야기를 할 때 정확하게 뭐라고 하더냐? 어떤 단어를 사용했는지 기억하겠느냐?」

「서책을 한 권 발견했는데…… 그리스어로 된 그 서책은 자기의 것이 아니라고 하더이다.」

「아니야! 이제 기억이 난다. 세베리노는 〈이상한〉 서책이 라는 말을 썼다. 세베리노는 박식한 사람이다. 박식한 세베 리노에게 그리스어로 된 서책이라고 해서 이상하게 보이지는 않았을 게다. 세베리노가 그리스어를 알지 못했다고 하더라도 〈알파베타〉는 알아보았을 것이다. 그리고…… 아랍어를 모르는 학자라도, 아랍어로 된 서책을 이상한 서책이라고는 하지 않는 법이다……. 그런데, 세베리노의 실험실에 왜 아랍어로 된 서책이 있었던 것일까?」

「그렇다면, 아랍어로 된 서책을 이상한 서책이라고 할 까닭이 있겠습니까?」

「그게 문제다. 세베리노가 어떤 서책을 이상하다고 한 것을 보면, 적어도 모양이라도 자기에게는 이상하게 보였기 때문에 그렇게 말했을 것이다. 세베리노는 본초학자이지 장서관 사서가 아니니까……. 그리고 장서관에는, 몇 가지의 고대 필사본 원고를 합본한 서책이 더러 있다. 그러니까 여러 가지 흥미 있는 원고를…… 그리스어로 된 원고는 물론이고, 아람어Aramaic로 된 원고까지…….」

소스라치게 놀란 내가 소리를 질렀다.

「그리고 아랍어로 된 것도 있겠군요!」 나는 새로이 알게 된 사실에 감탄하며 소리쳤다.

사부님은 바로 그 순간 내 손목을 낚아채고는 배랑으로 끌어내었다. 사부님은, 한시바삐 시약소 실험실로 달려가자면서 소리쳤다.

「이런 짐승 같은 게르만 놈! 이런 무 대가리 같으니라고! 이런 ignoramus(무식쟁이)! 아드소 너 이놈! 첫 장 넘길 줄만 알았지 나머지는 건성으로 넘겼구나!」

「하지만 사부님! 제가 그 서책을 넘겨 드리면서 그리스어 같다고 말씀드리자 사부님께서는 아랍어라고 하시지 않았습니까?」

「오냐, 그래. 그래, 그래. 돌대가리는 네가 아니라 바로 나

624

로구나. 서둘러라! 뛰어! 시약소 실험실로!」

우리는 전속력으로 달려 시약소에 이르렀다. 그러나 바로 안으로 들어갈 수는 없었다. 수련사들이 세베리노의 시신을 끌어내고 있었기 때문이었다. 실험실에는, 호기심 때문에 몰려든 수도사들로 발 들여놓을 데가 없었다. 사부님은 수도사들을 물리치고는 안으로 들어가 서안 위에 쌓여 있는 수많은 서책 중에서 문제의 서책을 찾기 위해 정신없이 책들을 뒤졌다. 수도사들은 모두 눈이 휘둥그렇게 되어서 사부님을 바라보았다. 두 차례에 걸쳐 책들을 확인한 사부님이 혀를 찼다. 「아뿔싸!」 아랍어 서책은 아무 데도 없었다. 나는, 별로 튼튼하지 못한 표지와, 경금속으로 된 철끈 때문에 그 서책을 희미하게나마 기억하고 있었다.

「내가 나간 뒤에 누가 들어왔더냐?」 사부님이 수도사 하나를 붙잡고 물었다. 그 수도사는 어깨를 으쓱해 보일 뿐, 대답을 하지 못했다. 표정으로 보아, 하도 많은 수도사들이 들락거리는 바람에 또라지게 어느 누구를 기억할 수 없다는 뜻인 것 같았다.

사부님과 나는 여러 가지 가능성을 검토해 보았다. 말라키아? 말라키아가 들어왔을 가능성이 있었다. 우리를 감시하고 있다가, 우리가 빈손으로 나가는 걸 보고는 다시 들어와 가져갔을 수도 있었다. 베노? 아랍어 서책 때문에 사부님이 나에게 핀잔을 주었을 당시 뒤에서 낄낄거리고 있던 베노……. 무안하던 참이어서 나는 베노가 나의 무식을 비웃는다고 여기지 않았던가? 그러나 베노는 사부님의 순진함을 비웃고 있었는지도 모르는 일이었다. 베노는 오래된 문서의 여러 형태에 익숙할 터이고, 우리의 추리가 미치지 못하는 부분, 가령 세베리노는 아랍어를 모르는데, 실험실에 아랍어로 된 서책이 있을 까닭이 없다, 따라서 그것이 바로 문제의 서책이다⋯⋯ 라는 추리도 능히 할 인물이었다. 베노가 아니라면, 제3의 인물이 또 있는 것일까⋯⋯.

사부님이 맥을 놓는 모습은 옆에서 보고 있기가 딱할 지경이었다. 나는 사부님을 위로하고 싶었다. 「사부님께서는 사흘 동안이나 그리스어로 된 서책을 찾으셨습니다. 그러므로 서책을 선별하시면서도 그리스어로 된 것이 아닌 서책에는 좀 소홀하신 것도 당연한 일이 아니겠습니까?」

「문제는 그것이 아니다. 인간이 실수를 피할 수 없는 것이야 어쩌겠느냐? 하나 실수가 유달리 많은 사람이 있다. 흔히들 그런 사람을 두고 바보라고 하는데, 여기에 있는 내가 바로 그런 위인이구나. 필사 원고 찾느라고 눈 벌겋게 뜨고도, 눈앞에 있는 것을 알아보지 못했으니, 이런 눈으로 옥스퍼드에서 공부를 했으면 무얼 하고, 파리에서 공부를 했으면 무얼 하겠느냐? 원고 여러 개를 하나의 서책으로 묶기도 한다는 건 수련사들도 다 아는 사실인데 말이야. 물론 나처럼 멍청한 수련사 하나는 빼고 말이다. 바보 같은 나와 멍청한 나, 광대 같은 두 사람이 모였으니 우리는 곡마단에나 끼는 편이 나을 듯싶다. 더군다나 우리의 적은 이토록 똑똑하니 상대가 안 될 일이지 아니겠느냐?」

한동안 이렇게 맥을 놓고 있던 사부님은 마음을 달리 먹기로 했는지 이렇게 고쳐 말했다.

「아니다. 이렇게 징징 울고 있어서 될 일이 아니다. 만일에 말라키아가 그걸 가져갔다면 벌써 장서관에 갖다 놓았을 게다. 따라서 우리가 〈아프리카의 끝〉에 해당하는 소장실에 들어갈 방도만 알아내면 그 서책을 찾는 것도 가능하다. 베노가 가져갔다면⋯⋯ 베노는 내가 뒤늦게라도 내 실수를 깨달고 이곳으로 돌아올 수도 있다는 것을 미리 간파했을 거야. 그렇지 않고서야 그 순식간 사이에 서둘러 책을 가져갔을 리가 없지. 그렇다면 지금쯤 베노는 어디엔가 숨어 있을 것이다. 우리가 지금 이놈을 찾으러 간다면 어디로 갈까? 이놈의 방이겠지. 따라서 베노는 제 방에 숨어 있지 않을 것이다. 따라서 방으로는 가봐야 헛일이다. 가자. 집회소로 가자. 가서, 레미지오가 뭐라고 하는지 들어 보기나 하자. 어쩌면 쓸 만한 말을 들을 수 있을지도 모르겠다. 게다가 나는 아직도 이 베르나르 기라는 자의 뱃속을 모르고 있다. 베르나르 기는, 세베리노가 죽기 전부터 레미지오를 붙잡으려고 경호대장을 보냈다. 레미지오에게서 무엇을 읽었던 것일까? 그 까닭이 궁금하구나.」

　우리는 집회소로 돌아갔다. 베노의 방으로 가지 않기로 한 것은 사부님의 또 한 번의 실수였다. 뒤에 안 일이지만 베노는 사부님에 대해 그리 높이 평가를 하지 않았다. 사부님이 다시 실험실로 돌아오리라고는 전혀 생각하지 못했던 것이다. 따라서 그는 제 방을 가장 안전한 곳으로 여기고, 곧장 자기 방으로 달려가 그 서책을 숨겼다.

　그러나 이 이야기는 뒤로 미루어 두자. 베노가 방에 숨어 있는 동안 수도원에는, 그런 서책이 있었다는 사실마저 잊게 할 정도로 극적인 사건들이 잇달아 일어난다. 우리까지 잊었던 것은 물론 아니지만, 우리 역시 그동안 사부님의 임무와 관련된 화급한 업무에 시달리고 있었다.

9시과

심문이 진행된다. 이 광경을 지켜본 사람들의
심정은, 나남 없이 모두 미쳐 버린 것은 아닐까,
하는 생각으로 착잡해진다.

베르나르 기는 집회소 한가운데에 놓은 커다란 호두나무 책상 앞 중앙에 자리 잡고 앉아 있었다. 그의 곁에는 공증인 역할을 수행할 도미니크회 수도사 하나가 앉아 있었고, 양 옆자리에는 교황청 사절단의 두 고위 성직자가 심문관 자격으로 배석해 있었다. 레미지오는 바로 그 책상 앞에 서 있었다. 레미지오 옆에 선 두 경호병은 정리(廷吏)인 셈이었다.

원장이 윌리엄 수도사를 향해 불만스러운 듯이 속삭였다. 「이건 법답지가 못하지 않습니까? 1215년 라테란 공의회의 율령 37조가 명기하는 바에 따르면, 어떤 심문관도 도보로 이틀 이상 떨어진 곳에 거주하는 피의자를 소환할 수도, 심문할 수도 없게 되어 있습니다. 물론 상황이 조금 다르기는 하지요. 이 경우에는 심문관이 먼 곳에서 온 셈이니까요. 하지만 그래도……」

사부님이 가만가만히 대답했다. 「이단 심문관이 갖는 특권을 생각하실 필요가 있습니다. 이단 심문관은 일반 사법권 관할 아래 있지 않는 만큼 반드시 율령에 따를 필요는 없지요. 거기에다 변호인도 필요하지 않습니다. 베르나르 기는 지금 이 특권을 즐기고 있는 것이지요.」

나는 레미지오를 보았다. 몰골이 참담하기가 말이 아니었다. 레미지오는 겁에 질린 짐승처럼 끊임없이 주위를 두리번거렸다. 그는 집회소로 끌려 나와서야 비로소 심문관들의 심상치 않은 태도에서 사태가 예사롭지 않음을 감지한 듯했다. 이제 그가 두 가지 이유에서 겁에 질려 있었다는 것을 안다. 즉 첫째는 살인 사건 현장에서 유력한 용의자로 체포되었기 때문이고, 둘째로는 베르나르 기가 조사를 시작하면서 이 사람 저 사람에게서 소문과 암시를 수집하고 다니는 것을 보고는 레미지오가 미리부터 자신의 과거가 밝혀질까 봐 겁을 먹고 있었기 때문이었다. 자기 과거가 드러날까 봐 전전긍긍해 하던 레미지오의 불길한 예감은, 살바토레가 붙잡힘으로써 구체적인 현실이 되어 가고 있는 판국이었으니 무리도 아니었다.

이 가엾은 레미지오가 저 자신의 과오를 알고 두려움에 몸 둘 바를 모르는, 뒤가 구린 위인이라면 베르나르 기는 그런 피의자의 두려움을 공포로 바꾸어 놓을 줄 아는 그 방면의 선수였다. 베르나르 기는 한동안 입을 열지 않았다. 좌중이 마른침을 삼켜 가면서 심문이 시작되기를 기다리고 있는데도 불구하고 베르나르는 앞에 놓인 서류만 뒤적거릴 뿐이었다. 그의 생각은 다른 데 가 있는 것 같았다. 사실 그의 시선은 피의자에게 고정되어 있었다. 그 시선에는 위선적인 자비와 얼음장 같은 냉소와 냉혹한 독기가 고루 무르녹아 있었다. 그의 위선적인 자비는 피의자에게, 〈두려워 마라, 너는 지금 네 선을 드러내어 악을 가리려는 형제들 앞에 있음이다〉, 얼음장 같은 냉소는, 〈네가 네 선을 모르니 내가 일러 주리라〉, 냉혹한 독기는, 〈심문하고 있는 한 너는 내 수중에 있다〉, 이렇게 말하고 있는 것 같았다. 레미지오는 사태가 어떻게 진

전될 것인가를 어렴풋이 헤아리고 있을 테지만, 베르나르 기의 침묵과 의도적인 지연작전은 레미지오를 견딜 수 없게 하는 것 같았다. 심문관의 침묵이 길어지면 길어질수록 피의자는 그만큼 기가 꺾이면서 사람값이 깎이다가 결국은 체념하고, 손에다 잔뜩 침을 칠하고 기다리는 심문관의 먹이가 되는 것이 보통이었다.

이윽고 베르나르 기가 그 길고 지루한 침묵을 깨뜨리고 공식적인 인사말을 몇 마디 건성으로 한 다음 이런 말로 심문을 시작했다. 「……그러면 이제부터, 여기에 배석한 심문관들로서는 공히 용서하기 어려운 두 가지 범죄 혐의로 기소된 자를 심문합니다. 두 가지 혐의 중 한 가지는, 피의자가 살인 사건의 현장에서 체포되었으니만치 형제들이 익히 아실 것입니다. 그러나 이자는 이미 그 전에 이단적인 범죄 혐의로 수도원 경내에서 수배되고 있었습니다.」

레미지오는 쇠사슬에 묶인 손을 거북살스럽게 올려 얼굴을 감쌌다. 베르나르 기가 질문을 시작했다.

「피의자는 누구인가?」

「바라지네 출신인 레미지오올습니다. 52년 전에 태어났고, 소년 시절에 바라지네에 있는 소형제 수도원에 입문했습니다.」

레미지오가 뜻밖에도 또박또박 대답했다.

「그런데 지금은 어떻게 해서 성 베네딕트 교단 수도원에 있는 것인가?」

「연전에 교황께서 회칙(回勅) 〈상타 로마나〉[10]를 선포하실

___

10 Sancta Romana(신성 로마 교회). 1317년 교황 요한 22세에 의해 기초된 회칙. 교황은 이 회칙을 통하여 프란체스코 수도회의 모든 분파, 즉 소형제파, 청빈파, 비조키파, 베기니 수녀회 등의 새 분파들을 이단으로 규정하고 이를 정통파로부터 배제할 것을 주장했다.

당시, 마음이 강건하지 못하던 저는 소형제파의 이단에 물들까 두려워하던 나머지, 유혹이 만연해 있는 그곳으로부터 저의 죄 많은 영혼을 거두어 이곳으로 온 것입니다. 다행히도 이 수도원에서 저를 거두어 주신 덕분에 그로부터 8년 동안 식료계로 봉직하고 있습니다.」

「이단의 유혹으로부터 피하였다고? 정확히 말하자면 이단을 발본색원하려는 이단 심문관들로부터 피하였을 테지. 그런데도 착한 베네딕트 수도회는 너 같은 자들을 받아들이면서 대단한 자비라도 베푸는 줄 알았을 것이야. 하나 법의를 바꾸어 입는다고 해서 네 영혼에 묻은 사악한 이단의 때가 씻기는 것은 아니다. 이제 우리는, 너의 참회할 줄 모르는 영혼에 어떤 악귀가 들어 있는지와, 네가 이 신성한 수도원에 오기 전까지 무슨 짓을 했는지 알아보아야겠다.」

「저는 결백합니다. 사악한 이단의 죄악이라고 하시는데, 대체 무슨 연유에서 하시는 말씀인지요?」 레미지오가 조심스럽게 물었다.

베르나르 기가 심문관들을 돌아다보면서 소리쳤다. 「들으셨지요? 이단자들은 하나같이 이렇답니다. 이단자들은 피의자의 자리에서도 이렇게 태연한 얼굴을 하고는 되레 심문관에게 따진답니다. 양심에 거리낄 것도 없고 후회할 것도 없다……. 그런데 대체 무얼 심문하고자 하느냐……. 이 아니 기가 찰 노릇입니까. 그러나 이자들은, 바로 그런 태도야말로 유죄의 뚜렷한 증거 노릇을 한다는 것을 모릅니다. 죄 없는 사람이 어떻게 피의자의 자리에 이렇듯이 태연하게 서 있을 수 있겠습니까? 자, 이자에게 지금부터, 내가 왜 저를 수배했는지 물어보겠습니다. 레미지오, 너는 최근의 살인 사건이 있기 직전에 이미 수배되어 있었다. 그 까닭을 아느냐, 모르느냐?」

「모르니, 각하로부터 직접 들었으면 좋겠습니다.」

나는 놀라고 말았다. 레미지오는 베르나르 기의 지극히 상투적인 질문에 똑같이 상투적인 대답을 하고 있는 것이었다. 그는 이단 심문의 절차나 이단 심문이 피의자를 옭아 넣기 위해 마련해 두는 논리적인 올무 같은 것을 소상하게 알고 있는 것이 분명했다. 마치 이단 심판에 회부될 경우에 대비, 오래 연습해 온 것처럼 말이다.

베르나르 기가 다시 기가 막힌다는 얼굴을 하고 심문관들을 돌아다보면서 소리쳤다. 「들으셨지요? 회개할 줄 모르는 이단자들의 전형적인 대답이 아닙니까? 이들은 여우처럼 제 발자국을 감추는 데 대단히 능합니다. 그 꼬리를 잡기가 쉬운 일이 아닌 것은, 이들이 징벌을 면하기 위해서는 거짓 증언도 죄가 되지 않는다는 믿음을 가지고 있기 때문입니다. 그뿐만 아닙니다. 이들은 지루하기 짝이 없는 대답으로 진을 빼면서 시간을 끌어, 웬만큼 이런 인간들을 겪어 온 심문관들까지도 맥이 풀리게 만들어 버리고는 합니다. 레미지오, 그렇다면 너는 소형제파라고 불리는 무리, 청빈파라고 불리는 무리, 베기니파라고 불리는 무리와 아무 상관이 없다는 것이냐?」

「청빈 논쟁이 오래 계속되고 있을 즈음 저 역시 소형제회 수도사들과 함께 그 파란을 겪었습니다만 베기니파에 가담한 일은 없습니다.」

「들으셨지요? 베기니파에는 가담한 적이 없답니다. 이유가 무엇일까요? 베기니파는 소형제파와 같은 이단이면서도, 소형제파는 프란체스코회와 더 이상 아무 관련이 없는 반면 저희들은 프란체스코회의 곁가지이기에 그들보다는 순수하고 완전하다고 생각한답니다. 그러나 이들이 한 짓이나 저들이 한 짓은 다를 바가 없습니다. 또 물어보겠습니다. 레미지오! 너는 교회에서, 다른 수도사들처럼 무릎을 꿇은 채 두 손을 모으고 기도하는 대신, 얼굴을 벽에 대거나 머리에다 두건을 쓴 채 부복(俯伏)하고 기도한 것을 부인하겠느냐?」

「베네딕트회 수도사들도 때에 따라서는 부복하는 줄 압니다.」

「나는, 때에 따라서 어떻게 하느냐고 물은 게 아니고, 평소에 어떻게 하느냐고 물었다. 그러니 네가 베기니파 이단의 전형적인 몸가짐을 보였을 것인즉 이를 부인하지 말 것이다. 네 말에 따르면 너는 베기니파에 속하지 않는데, 그러면 너는 무엇을 믿느냐? 네가 믿는 것이 무엇인지 말하여 보아라.」

「저는 선한 기독교인이 마땅히 믿어야 할 바를 믿습니다.」

「명답이로구나. 그런 선한 기독교인은 무엇을 믿느냐?」

「신성한 교회의 가르침을 믿습니다.」

「그럼 신성한 교회는 어떤 교회냐? 스스로 완전한 기독교인들임을 자처하는 가짜 사도파나 이단적인 소형제파가 신성하다고 믿는 교회냐, 아니면 그 이단자들이 바빌론의 창녀 소굴이라고 부르는, 여기 모인 우리들이 믿는 교회냐?」

「베르나르 각하, 각하께서는 어떤 교회를 참교회라고 믿으시는지 듣고 싶습니다.」

「그거야 교황 성하와 추기경들이 주도하는, 유일한 교회, 신성한 교회, 사도적인 교회인 로마 교회가 아니겠느냐?」

「저도 그런 교회를 믿습니다.」

「이 교활한 놈! 참으로 놀라운 잔꾀를 피우는구나. 자, 모두들 들으셨지요? 이자는 내가 믿는 교회를 저도 믿는다는 눙치는 수작으로 나의 질문을 교묘하게 피하고 있습니다. 하나 내가 이런 잔꾀를 모르지 않는바, 본론으로 들어가기로 하지요. 너는, 성사는 주님에게서 비롯되고, 진정한 참회는 하느님의 종에 대한 고해를 통해서만 가능하다는 걸 믿느냐? 로마 교회는 하늘에서 결지해지(結之解之)할 것을 땅에서도 그렇게 할 수 있는 권능을 지닌다고 믿느냐?」

「믿으면 안 됩니까?」

「되는지 안 되는지를 물은 게 아니고, 너의 믿음을 물은 것이다.」

「저는 각하와, 선하신 대덕(大德)들이 믿으라고 하시는 것은 모조리 믿습니다.」 레미지오가 겁에 질린 채 대답했다.

「그래? 그런데 네가 말하는 그 선한 대덕들이란, 바로 네 교파에서 지령을 내리는 자들을 지칭하는 것은 아니냐? 너는 선한 대덕들이라는 말로 그들을 지칭하고 있는 것이지? 네가 신앙의 금과옥조로 삼고 따르는 그 거짓말의 장본인들을 지칭하고 있는 것이렷다? 내가 만일 그런 자들을 믿는다면 너도 나를 따라 그들을 믿겠다, 이런 말을 한 것이지? 그리고 내가 그들을 믿지 않는다면 너는 그자들만의 말을 믿겠다고 하겠지?」

「저는 그렇게 말하지 않았습니다. 각하께서는 지금 제가 하고 싶어 하지 않는 말을 시키려고 하십니다. 저는, 각하께서 무엇이 좋은 것인지 가르쳐 주시면 그것을 믿겠다고 한 것입니다.」

베르나르 기가 주먹으로 책상을 치면서 버럭 소리를 질렀다. 「이렇게 뻔뻔한 자를 보았나! 너는 지금 네 기억력에 의지해서 네 교파에서 가르치고 있는 교리를 앵무새처럼 주워섬기고 있음이 아니냐? 너는 지금, 내가 만일에 네 교파에서 가르치는 것과 내가 가르치는 것이 같을 경우에만 나를 믿겠다고 얘기하는 것이 아니더냐? 가짜 사도파 이단자들 역시 그렇게 대답한다. 너도 모르고 있다 뿐이지 같은 대답을 한 것이다. 어째서 이런 대답이 나오고 있는 것이냐? 네 입에서, 이단 심문관들을 속이려고 오래 연습해 두었던 말이 튀어나오고 있음이야. 따라서 너는 지금 네 입으로 너를 기소하고 있는 것이다. 내 오래 심문관, 조사관, 심문관 노릇을 해오지 않았더라면 네가 놓은 말 덫에 걸리고 말았을 것이다, 교활한 자 같으니. 하지만 심문은 계속하겠다. 파르마 사람 게라르도 세가렐리라는 이름, 들어 본 적이 있으렷다?」

「……남들의 입을 통해 들은 적은 있습니다.」 레미지오의 얼굴에 색깔이라는 색깔은 하나도 남아 있지 않았다. 이런 상태를 창백하다고 해도 좋다면, 레미지오의 얼굴은 그렇게 창백할 수 없었다.

「노바라의 돌치노라는 이름은?」

「남들의 입을 통해서 들은 적이 있습니다.」

「대면하거나, 이야기를 나눈 적은 없느냐?」

레미지오는 한동안 대답하지 못했다. 어디까지 대답해야 할 것인지 나름으로 계산하고 있었던 모양이었다. 한동안 거북하게 침묵을 지키고 있던 그가 기어 들어가는 목소리로 대답했다. 「만나서 이야기를 나눈 적은 있습니다.」

「더 크게 말하여라! 네 입에서 나온 말이 남의 귀에 들려야 하지 않겠느냐? 언제, 어디에서 이야기를 나누었느냐?」

「제가 노바라 근방의 수도원에 수도사로 있을 때 돌치노 무리가 그곳에 진 치고 있었습니다. 물론 제가 몸 붙이고 있던 수도원 옆을 지나간 일도 있습니다. 처음에는 수도원에 그들의 정체를 아는 수도사가 하나도…….」

「이런 거짓말쟁이! 바라지네의 프란체스코회 수도사가 어떻게 노바라 인근 지역의 수도원에 몸 붙이고 있을 수 있더냐? 너는 수도원에 있지 않았다. 너는 그때 이미 소형제파 무리에 어울려 인근 지역을 돌아다니면서 걸승 패 노릇을 하다가 돌치노파에 가담했던 것이다!」

「어떻게 그렇게 본 듯이 말씀하실 수 있습니까?」 레미지오는, 말은 이렇게 하면서도 부들부들 떨기 시작했다.

「어떻게 그렇게 본 듯이 말할 수 있는지 가르쳐 줄까? 암, 마땅히 가르쳐 주어야 할 일일 테지.」 베르나르 기는 이 말 끝에 경호대장을 향해 살바토레를 끌고 들어오라고 명했다.

레미지오에 대한 심문보다 훨씬 가혹했을 터인 베르나르의 비공개 심문을 하룻밤 견디고 나온 살바토레의 모습은 참혹하기 이를 데 없었다. 그렇지 않아도 끔찍해 보이는 살바토레의 얼굴인데, 그날만은 차마 눈뜨고 보기 어려우리만치 흉측했다. 베르나르 기가 비공개 심문의 도사였으니 당연하겠지만 외상(外傷)은 눈에 띄지 않았다. 그러나 어디를 어떻게 손을 보았는지 살바토레는 전혀 몸을 움직이지 못했다. 경호병들에게 끌려 들어오는 그의 모습은 밧줄에 얽힌 원숭이와 하나도 다를 바가 없었다. 베르나르의 비공개 심문이 얼마나 혹독했던가를 상상하기는 어렵지 않았다.

「베르나르 심문관은 살바토레를 고문한 모양입니다.」 내가 사부님 귓가에서 속삭였다.

사부님은 고개를 가로저었다. 「모르는 소리 마라. 심문관은 고문 같은 것은 하지 않는 법이다. 피의자 육신의 관리는 속권(俗權)의 소관이야.」

「다를 것이 없지 않습니까?」

「어리석기는. 달라도 많이 다르다. 심문관의 입장에서 보아도 다르고, 피의자의 입장에서 봐도 다른 것이야. 고문은 궁병대에서 한 것이다. 심문관은 손에 피를 묻히지 않아서 좋고, 피의자는 그렇게 고문을 당할 때는 차라리 심문관이라도 만났으면 좋겠다고 생각할 여지가 있어서 좋고……. 그렇게 고문을 당하다 심문관을 만나면 피의자는 마음을 열고 싶다는 충동을 느끼는 법이다.」

「사부님께서는 저를 놀리고 계십니다.」

「지금 이 일이 사람 놀리는 일 같으냐?」 사부님이 반문했다.

베르나르가 살바토레를 상대로 질문을 시작했다. 나에게는 이 괴물 같은 사내의 말을 여기에 직접 화법으로 옮겨 적을 재간이 없다. 그의 말은 그전의 어떤 때 그가 하던 말보다 난해했다. 그는 비비의 몰골로 증인석에 나와 심문관의 질문에 대답했다. 그러나 좌중에 그의 말을 알아듣는 사람은 희소했다. 할 수 없어서 그랬던지, 달리 생각이 있어서 그랬던지 베르나르 기는 방침을 바꾸어 〈예, 아니요〉로만 대답하게 했다. 베르나르 기의, 〈예, 아니요〉를 이용한 절묘한 유도 심문에 걸려 살바토레는 거짓말을 할 수 없었다. 독자 여러분은, 살바토레가 무슨 말을 했는지 짐작할 것이다. 그는 전날 밤의 비공개 심문을 당하면서 한 말, 또는 그런 말을 했다는 것을 그 자리에서도 대충 시인했다. 그리고 그 내용은 내가 예전에 들어 짐작했던 것과 크게 다르지 않았다. 살바토레는 소형제파, 파스투로, 그리고 사도파 사이를 방황하다가 이윽고 돌치노파에 가담하게 되는데, 그는 여기에서 레미지오를 만난다. 돌치노 무리와 함께 〈반역의 산〉 전투를 경험한 이들은 이단자 무리가 괴멸하기 직전 돌치노파를 도망친 뒤 천신만고 끝에 카잘레 수도원에 몸 붙이고 살게 된다. 그런데 이단의 괴수 돌치노는, 싸움에 패배하면서 붙잡힐 때가 임박해지자, 어디의 누구 앞으로 가는 것인지는 모르나, 어쨌든 밀서(密書) 한 통을 레미지오에게 맡긴다. 레미지오는 이 밀서를 감히 수신인에게 전하지 못한 채 몸에 지니고 다니다가,

문제의 수도원에 도착하자, 다른 수도사들의 눈이 무서워 더 이상 지니고 있을 수도 없고, 그렇다고 해서 파기할 수도 없어서 장서관 사서 말라키아에게 맡긴다. 그러니까 말라키아는 그 밀서를 장서관 어딘가에 보관하고 있는 것이었다.

살바토레의 이야기가 끝날 때까지 시종 증오의 눈길로 노려보고 있던 레미지오가 더 이상 참지 못하고 고함을 질렀다. 「이 구렁이 같은 자, 음탕한 원숭이 같은 자! 나는 너의 대부(代父)이자 친구이자 방패가 아니더냐? 네가 나에게 이렇게 갚을 수가 있느냐?」

살바토레는, 자신의 방패가 되어 주었으나 이제는 그 자신이 방패를 필요로 하는 레미지오를 바라보면서 힘겹게 대꾸했다. 「레미지오 수도사님, 이 살바토레, 힘이 닿을 동안 수도사님의 사람 노릇을 했습니다. 수도사님은 곧 dilectissimo(좋은 분)였지요. 그러나 그 산의 왕초를 아는 것은 사실 아닙니까? Qui non habet caballum vadat cum pede(말이 없는 사람은 걸어서라도 가야 한다)라는 말도 있잖습니까?」

「미친놈! 걸어서는 갈 수 있을 것 같으냐? 너만 살 수 있을 것 같으냐? 너 역시 이단자를 태우는 화형주의 연기로 사라질 것을 왜 모르느냐? 고문을 못 이겨서 한 말이라고 고쳐 말해라. 모두 네가 지어낸 말이라고 해라!」

「수도사 어른, 이단자들의 이름을 내가 알 리가 있습니까? Patarini, gazzesi, leoniste, arnaldiste, speroniste, circoncisi(파타리니파, 가제시파, 리옹의 빈자파, 아르날도파, 스페론파, 할례 받은 무리들)……. 내게는 도무지 구분이 안 됩니다. 저는 homo literatus(배운 놈)가 못 되니까요. 나는 malicia(악의)가 있어서 죄를 지은 것이 아닙니다. Signor Bernardo Magnificentissimo(베르나르 각하)께서도 아십니다.

638

저는, in nomine patre et filio et spiritis sanctis(성부, 성자, 성령의 이름으로) 각하의 indulgencia(자비)를 빌 뿐입니다요.」

살바토레의 말에, 레미지오를 대신해서 베르나르 기가 대답했다. 「암, 우리의 직무가 허락하는 선에서 자비를 베풀고말고. 그뿐인가, 네 영혼의 문을 열게 한 선의는, 형제의 우애로 참작할 것이다. 이제 가거라, 가서 네 독거(獨居)에서 회개하되 우리 주님의 자비를 믿으라. 우리는 조금 다른 문제를 심의해야 한다. 자, 레미지오, 계속하자. 너는 돌치노가 준 밀서를 가져다 장서관 사서로 있는 도반 수도사에게 건네주었다.」

「사실이 아닙니다, 사실이 아니에요!」 그게 통할 줄 알았던지 레미지오가 외쳤다. 과연 주도면밀한 베르나르 기에게는 통하지 않았다. 「하나 이를 확인할 사람은 네가 아니다. 힐데스하임 사람 말라키아 수도사가 있으니까.」

그는 경호대장에게 말라키아를 부르게 했다. 말라키아는 심문 현장인 집회소에 없었다. 나는 그가 문서 사자실 아니면 시약소 근방에서 베노를, 그리고 그 문제의 서책을 찾고 있을 것이라고 생각했다. 경호병들이, 그리 오래지 않아 엉망진창으로 모습이 흐트러진 말라키아를 데리고 왔다. 말라키아는 다른 사람의 시선을 만나지 않으려는 듯이 시종 눈을 내리깔았다. 사부님이 내 귀에다 대고 속삭였다. 「이제 베노는 마음 놓고 제 하고 싶은 짓을 하게 생겼구나.」 그러나 이 역시 사부님의 오산이었다. 집회소를 기웃거리는 수많은 수도사들의 어깨 너머로 베노의 얼굴이 보였기 때문이었다. 그러니까 베노는, 제 하고 싶은 짓을 하고 있었던 것이 아니고 집회소를 기웃거리고 있었던 것이었다. 내가 사부님에게 이 사실을 알렸다. 나는, 집회소에서 벌어지고 있는 일에 대한 호기심에 견주면, 수수께끼의 서책에 대한 베노의 호기심도 별 것은 아닌 모양이구나…… 이런 생각을 했다. 그러나 뒤에 안 일이지만, 베노는 이미 제 몫의 천박한 흥정을 끝내고 느긋 하게 심문 현장 구경을 즐기고 있었던 것이었다.

증인석에 나섰지만 말라키아는 레미지오 쪽으로는 얼굴 한번 돌리지 않았다.

베르나르가 나직한 음성으로 증인 심문을 시작했다. 「말 라키아! 살바토레가 모든 것을 자백한 오늘 아침, 나는 그대 에게 여기에 있는 피의자 레미지오로부터 무슨 밀서를 받은 것이 없느냐고 물은 적이 있다. 이 자리에서 그때 나에게 한 대답을 되풀이하라.」

「말라키아! 나에게 해될 짓은 하지 않겠다고 맹세하지 않 았나?」 레미지오가 소리쳤다.

말라키아는 레미지오 쪽으로 몸을 살짝 돌렸지만 여전히 그를 등지고 선 채, 내 귀에 겨우 들릴 만한 소리로 이렇게 말 했다.

「내가 거짓 맹세를 했던 것은 아니다. 당신에게 해를 입힐 수 있는 일이란, 이미 과거의 일이다. 밀서는, 오늘 아침 당신 이 세베리노를 죽이기 직전에 이미 베르나르 각하의 손으로 넘어갔다.」

「너는 안다. 분명히 안다. 나는 세베리노를 죽이지 않았다. 너는 나보다 먼저 거기에 와 있었기 때문에 어느 누구보다 그 걸 잘 알고 있다.」

「내가 당신보다 먼저 거기에 와 있었다고? 내가 거기에 간 것은, 다른 사람들이 당신을 발견하고 난 다음의 일이다.」 말 라키아가 대답했다.

「그 정도 해두어라……」 베르나르 기가 두 사람의 대화를 중도에서 자르고는 레미지오에게 물었다. 「……레미지오, 너는 세베리노의 실험실에서 무엇을 찾고 있었느냐?」

레미지오는 얼이 빠진 듯한 눈길로 처음에는 윌리엄 사부님을, 다음에는 말라키아를 바라보다가 이윽고 다시 시선을 베르나르 기 쪽으로 돌리고는 대답했다. 「오늘 아침…… 저기에 계신 윌리엄 수도사님이, 세베리노에게 무슨 서류 같은 것을 잘 간수하라고 말하는 것을 듣고는…… 게다가 어젯밤에 살바토레가 끌려가고 나서부터는, 그 밀서 건이 마음에 걸려……」

「그것 보아라, 너는 분명히 밀서 건을 알고 있지 않으냐!」 베르나르가 의기양양하게 외쳤다. 레미지오는 드디어 베르나르의 올무에 걸린 것이었다. 이로써 그는 이단죄와 살인죄라는 두 개의 혐의에 대해 자신의 무죄를 증명해야 할 처지에 놓였다. 이제는 정해진 규칙도, 조언해 주는 이도 없었으므로 레미지오는 본능적으로 두 번째 혐의에 대처해야겠다고 생각한 것 같았다. 「밀서 건은 나중에 말씀드리고…… 먼저, 아니 나중에 그게 제 손에 들어온 경위를 말씀드리겠습니다. 그러니까 오늘 아침 일을 먼저 해명하도록 허락해 주십시오……. 살바토레가 베르나르 각하의 수중으로 떨어지는 것을 본 순간 당연히 밀서 이야기가 나올 줄 알았습니다. 이 밀서는 몇 년 동안 저를 괴롭혀 왔습니다. 그러던 차에 윌리엄 수도사님과 세베리노 수도사가 무슨 서류를 놓고 이야기하는 걸 엿듣게 되었습니다. 물론 무슨 서류 이야기를 하는지 저로서야 알 리 없지요만, 두려움에 사로잡혀 있던 저는, 혹시 말라키아가 그 밀서를 없애 버리려고 세베리노에게 건네주었을지도 모르겠다…… 이런 생각을 하고는, 그걸 찾아서 파기해 버릴 생각에서 세베리노의 시약소 실험실로 갔습니다……. 그런데 세베리노는 이미 죽어 있었습니다……. 저는, 그렇습니다, 그 밀서를 찾으려고 실험실을 뒤졌습니다. 너무 무서웠던 나머지…….」

사부님이 내 귀에 입술을 대고는 속삭였다. 「밥통 같으니…… 이리를 피해 사자 아가리로 들어가는구나.」

베르나르의 음성이 사부님의 말허리를 자르고 들려왔다. 「어지간히 진실에 가깝다고 하자……. 나는 〈어지간히〉라고 했다. 자, 너는 세베리노가 그 밀서를 가지고 있다고 생각했고, 그래서 실험실을 뒤졌던 것이다. 그렇다면, 왜 세베리노가 그것을 가지고 있을 것이라고 생각했나? 네가 다른 형제들을 죽인 까닭은, 그 밀서가 여러 손을 거치고 있을 것이라고 생각했기 때문이 아니던가? 화형당한 이단자의 유품 수집이 이 수도원 가풍(家風)이던가?」

나는 그 말이 떨어지는 순간 수도원장의 안색을 살폈다. 기겁을 하는 것으로 보아 정신이 번쩍 들었던 모양이었다. 세상에…… 화형당한 이단자의 유품을 수집하는 취미가 있는 수도원이라니…… 수도원을 이렇게까지 모욕할 수는 없었다. 베르나르 기는 교묘하게 살인죄와 이단죄를 한 줄에 꿰어 목걸이를 만들고는 이것을 절묘하게 수도원의 목에다 걸어 버린 셈이었다. 그전에 있었던 살인 사건과는 아무 관련이 없다는 레미지오의 절규에 내 생각은 허리가 잘리고 말았다. 베르나르는 조용히 레미지오를 달래기 시작했다. 이야기가 본론에서 빗나가 있음을 모를 베르나르가 아니었다. 「레미지오, 너는 지금 이단 혐의로 심문을 당하고 있다. 공연히 세베리노 이야기를 꺼내거나 말라키아를 끌어들임으로써 우리의 주의를 너의 그 이단적인 과거사에서 떼어 놓으려 해서는 안될 것이다. 따라서 문제의 밀서 건으로 되돌아가자…….」

베르나르는 말라키아 쪽으로 돌아섰다. 「힐데스하임 사람 말라키아 수도사! 그대는 피의자로 이 자리에 출두한 것이 아니다. 그대는 오늘 아침 나의 증인 심문에 응해 주었고, 아무것도 숨기지 말아 달라는 나의 요구를 받아들였다. 이제 오늘 아침에 했던 말을 여기에서 다시 할 것을 명한다. 두려워할 것은 아무것도 없다.」

말라키아의 확인 증언이 시작되었다. 「오늘 아침에 드린 말씀을 되풀이하겠습니다. 레미지오 수도사는 이 수도원으로 옮겨 온 지 얼마 되지 않아 식물(食物)과 요사(寮舍)를 담당하는 식료계가 되었습니다. 장서관과 주방이 한 건물에 있기 때문에 저희 둘은 업무상 자주 접촉했습니다. 장서관 사서로서 저는 밤마다 본관 문을 모두 걸어 잠가야 했습니다. 물론 여기에는 주방도 포함됩니다. 따라서 저희 둘이 가까이 사귀었고, 제가 레미지오 수도사를 의심하지 않았다는 것을 부정할 이유는 없습니다. 레미지오 수도사는 저에게, 고해 성사를 통해 자기에게 맡겨진 극비 서류가 있는데, 다른 손으로 넘어가도 안 되고 자기 손에 있어도 안 되는 것이라면서, 수도원에서는 유일한 금단의 구역인 장서관 사서인 저에게, 여느 수도사의 호기심이 닿지 않는 곳에다 그 서류를 보관해 달라고 부탁했습니다. 저는 그것이 이단자와 관련된 것인 줄 모르고, 또 읽어 보지도 않고 그러마고 했습니다. 서류를 받는 즉시 저는 그것을 장서관의 여러 방 중에서도 가장 일반의 접근이 어려운 밀실에다 감추었습니다만 그 뒤로는 까맣게 잊고 있다가 오늘 아침에 베르나르 각하께서 말씀하시기에 넘겨 드린 것뿐입니다.」

수도원장이 눈살을 찌푸리며 말라키아에게 물었다. 「식료계와 그런 약속을 했으면 어째서 나에게는 알리지 않았는

643

가? 장서관은 수도사의 소지품을 보관하는 곳이 아니지를 않는가?」원장은, 이로써 이 일과 수도원이 아무 관계가 없음을 못 박고 싶은 것이었다.

말라키아는 당혹을 감추지 못했다. 「원장님, 이 일을 별로 중요하게 여기지 않은 제 불찰입니다. 모르고 지은 죄입니다. 용서하여 주십시오.」

「물론, 물론 용서받아야 하고말고…….」베르나르가 다정하게 말라키아를 위로하고 나서 좌중을 돌아다보았다. 「……여기에 있는 우리는 모두 이 장서관 사서가 한 행동을 납득하고 있습니다. 이 심문장에서 보여 주는 그의 솔직한 태도는, 그의 행동이 마땅히 용서받아야 하는 것임을 증명하고 있습니다. 원컨대 원장께서는 이 사서 수도사의 지난날 허물을 너무 꾸짖지 마시기를…… 우리는 말라키아 수도사를 믿습니다. 이제 이 사람에게 신성을 앞세워 선서하게 하고 내가 보여 주는 이 서물(書物)이 바로 이 사람이 오늘 아침 내게 건네준 서물과 같은 것인지, 그리고 연전에 바라지네 사람 레미지오가 본 수도원에 도착한 직후에 맡긴 것과 같은 것인지 확인하게 하겠습니다.」그는 책상 위에 놓여 있는 서류 가운데서 두 장의 양피지를 들어 말라키아에게 보여 주었다. 말라키아는 그 양피지를 보고는 분명하게 말했다. 「전능하신 아버지 하느님, 거룩하신 성모님, 그리고 이 세상을 살다 가신 성인들의 이름으로 이게 그것임을 확인하는 바입니다.」

「됐네. 이제 힐데스하임 사람 말라키아 수도사는 가도 좋다.」베르나르가 만족스러운 듯이 고개를 끄덕였다.

말라키아가 고개를 숙인 채 문 앞까지 걸어갔을 때였다. 집회소 창가로 몰려와 있던 호기심 많은 수도사 무리에서 누군가가 소리쳤다. 「너는 저자의 밀서를 감추어 주었고, 저자는 주방에서 너에게 수련사들의 궁둥이를 구경시켜 주었지?」모두가 웃음을 터뜨렸다. 말라키아는 무리 좌우를 헤치고 황급히 문을 나섰다. 내가 듣기엔 분명 아이마로의 음성이었으나, 가성으로 외쳤기에 확신할 수는 없었다. 수도원장이 얼굴을 붉히며 일어나, 잠자코 있지 않으면 중벌을 내리겠다고 위협하고 나서, 그래도 성에 차지 않았던지 수도사들에게 집회소 주위에 몰려와 있는 잡인을 내치라고 명령했다. 새빨갛게 화를 내며 길길이 뛰는 수도원장을 바라보면서 베르나르는 심술궂게 웃었다. 베르트란도 델 포제토 추기경은 장 다노의 귀에 입술을 대고는 뭐라고 소곤거렸다. 그러자 장 다노는 손으로 입을 가리고는 고개를 숙인 채 어깨를 들썩거렸다. 윌리엄 수도사가 중얼거렸다. 「이 레미지오라는 자⋯⋯육욕의 죄만 범한 줄 알았더니 뚜쟁이 노릇까지 한 모양이로구나. 하나 베르나르에게는 관심이 없는 일이다. 황제 측의 중재자인 수도원장의 입장이 난처하게 되었다는 사실을 즐길 뿐이지⋯⋯.」

그때였다. 베르나르 기가 윌리엄 사부님께 말을 걸었다. 「윌리엄 형제. 형제로부터 직접 듣는 것이 좋겠습니다. 오늘 아침 세베리노와 무슨 서물 이야기를 하셨기에 레미지오가 엿듣고 터무니없는 오해를 한 것입니까?」

베르나르의 눈길을 맞은 사부님은 천천히 대답했다. 「아닌 게 아니라 참으로 난처한 오해를 했나 보군요. 우리는 아유브 알루하위라는 사람이 쓴, 개의 공수병에 대한 논문의 사본 이야기를 하고 있었습니다. 대단한 논문이라서 익히 아시겠지요. 아주 요긴한 책으로 사용을 자주 하셨을 테고요. 아유브는 광견병 증상을 스물다섯 가지나 소개하고 있는데⋯⋯.」

도미니크회에 소속되어 있는, 즉 Domini canes(주님의 개들)인 베르나르에게는 그 마당에 광견병 이야기로 또 한차례 싸움을 벌일 의사가 없었던 모양이었다. 「그러면 우리의 심문과는 상관없는 문제로군요……」 베르나르는 재빨리 이렇게 말머리를 틀어 버리고는 질문을 계속했다. 「……자, 광견병에 걸린 개보다 더 위험한 소형제회의 레미지오, 네 문제로 돌아가자. 만일에 윌리엄 형제가 지난 며칠 동안, 개에게 주의를 기울이는 것만큼만 3류 이단자들에게 관심을 기울였더라면 이 수도원에 독사가 똬리를 틀고 있음을 진즉에 알았을 것을…… 밀서 이야기로 되돌아가자. 이제 우리는 그 밀서가 네 수중에 있었고, 너는 그것을 숨기려고 했다는 것을 확인했다. 그리고 너는 형제를 죽였고……. 암, 아니라고 할 테지. 어쨌든 너는 그게 내 손으로 들어오지 못하게 하려고 누군가를 죽였지만, 그 이야기도 나중에 하자. 자, 이게 바로 그 밀서렸다?」

레미지오는 대답하지 않았으나 그 침묵은 웅변적이기에 충분했다. 베르나르의 심문이 계속되었다. 「이 밀서는 도대체 무엇이냐…… 두 쪽으로 이루어진 이 밀서는 이단의 괴수 돌치노가 체포되기 며칠 전에 쓴 것이다. 돌치노는 이것을 졸개 중 하나에게 주어, 이탈리아 각처에 분산되어 있던 제 교파의 잔당들에게 전하게 했다. 내용을 너에게 읽어 줄 수도 있다. 돌치노는 최후가 제 턱 끝을 조이자 악마에 대한 희망의 밀서를 잔당들에게 보낸다. 그는 잔당들을 위로하고, 교황청에 속하는 성직자들은 프리드리히 황제 손에 토파(討破)될 것이라는 자신의 예언을 전한다. 이 밀서에 쓰인 날짜는 그가 예전에 쓴 편지들에 쓴 1305년과는 일치하지 않지만, 어쨌거나 그는 다시금 파멸의 날이 오래 남지 않았음을 선언한다. 그러나 이단의 괴수는 또 한 번 거짓말을 하고 있는 것이다. 그

자가 예언한 날로부터 20년이 지났는데도 그 사악한 예언 중에는 이루어진 것이 하나도 없기 때문이다. 하나 우리가 이 자리에서 해야 하는 것은 이 예언을 비웃는 일이 아니라, 너 레미지오가 이 밀서를 품고 다녔다는 사실을 따지는 일이다. 이 회개할 줄 모르는 이단자야, 그래도 네가 가짜 사도파와 교통하고 밥술을 나누었다는 사실을 부정하겠느냐?」

레미지오도 이 대목까지 와서는 부정할 수 없었던 모양이었다. 「베르나르 각하. 저는 더할 나위 없이 비참하게 청춘을 보낸 가엾은 놈입니다. 다 말씀드리지요. 소형제파에 끌렸던 것과 마찬가지로, 설교를 듣는 순간 돌치노에게 끌려 그의 말을 믿고 그 무리에 가담했습니다. 그렇습니다, 사실입니다. 저는 그들과 함께 브레시아와 베르가모 지역에 있었습니다. 무리에 휩쓸려 코모에도 갔고, 발세시아에도 갔습니다. 네, 무리와 함께 〈대머리산〉으로, 라사 계곡으로 피신했다가 함께 〈반역의 산〉으로 갔습니다. 그러나 저는 그들이 저지르는 악행에 가담한 적은 없습니다. 그들이 살인과 노략질을 일삼을 때도 저는, 성 프란체스코를 따르는 자가 마땅히 지녀야 할 미덕, 혹은 미덕에서 멀어지지 않고자 하는 정신을 제 영혼 한구석에 간직하고 있었습니다. 〈반역의 산〉에서, 그래서 저는 돌치노에게 더 이상 싸울 수 없다고 했습니다. 돌치노는, 저 같은 겁쟁이에게는 머물러 달라고 부탁하지 않겠다면서, 하산을 허락하는 대신 볼로냐로 편지 한 통을 전해 달라고 했습니다.」

「누구에게 전하라고 했나?」 베르트란도 델 포제토 추기경이 처음으로 심문에 합세했다.

「돌치노파 사람인데, 이름은 잊었습니다. 기억나면 말씀올리겠습니다.」 레미지오는, 기억나지 않는다고 말해 놓고도 몇 사람의 이름을 입에 올렸다. 베르트란도 추기경은, 들은 적이 있는 이름인 듯이 고개를 끄덕이고는 베르나르 기와의 미심장한 눈길을 주고받았다.

베르나르 기는 이름을 기록하고 나서 레미지오에게 물었다. 「어째서 너는 옛 친구들을 우리 손으로 넘기느냐?」

「그들은 저의 옛 친구들이 아닙니다. 밀서를 전하지 않은 것만 보아도 아실 수 있지 않습니까? 그뿐이 아닙니다. 몇 년 동안 잊으려고 애쓰던 일입니다만, 지금부터는 하나도 빼지 않고 말씀드리겠습니다. 저는 〈반역의 산〉을 내려왔습니다. 그러나 산 밑의 평야 지대에는 베르첼리 주교 휘하의 군대가 진 치고 있었습니다. 저는 그 평야 지대를 안전하게 지나기 위해 베르첼리 주교 휘하의 군사 몇 명과 접촉, 돌치노의 성채를 공격하는 데 요긴한 비밀 통로를 가르쳐 주고 그 대가로 안전을 보장받았습니다. 따라서 교회 측 군사가 돌치노 무리를 토파한 데는 저의 공이 전혀 없는 것은 아닙니다.」

「점입가경이로구나. 너는 이단자일 뿐만 아니라 겁쟁이를 겸하더니 이번에는 배신까지 하는구나. 그러나, 그렇다고 해서 네 형편이 달라지는 것은 아니다. 오늘 네가 네 안전을 도모하려고 일찍이 너에게 은혜를 베푼 바 있는 말라키아를 비난했듯이, 너는 너 자신의 신명을 보전하느라고 죄 많은 동료들을 주교의 군대에다 넘긴 것이다. 너는 돌치노 무리를 배반한 것처럼 말한다만 네가 배반한 것은 그들의 육신이지 그들의 가르침은 아닌 것이다. 그래서 너는 그 돌치노파가 다시 무리를 규합할 날이 오리라 믿고 그 밀서를, 돌치노 교리에 대한 믿음의 표적으로 간수한 것이다. 어려운 시대를 넘기고, 기회가 오면 그 유품을 잔당들에게 전하고 그 가짜 사도들의 환심을 사기 위해 너는 그 밀서를 간수하고 있었던 것이다.」

「아닙니다, 아닙니다. 맹세할 수……」레미지오는 진땀을 흘리면서, 두 손을 내저었다. 그 손끝이 몹시 떨리고 있었다.

「맹세라고? 이 맹세야말로 너의 유죄를 증명하는 또 하나의 증거가 될 것이야. 발도파 이단자들이 겉 다르고 속 다른 주장을 하려 할 때마다 쓰는 상투적인 수법이 하나 있다. 그것이 무엇인고 하니, 고문을 당하다 장하(杖下)에 죽을망정 맹세는 하지 않는다는 것이다. 너는 이것을 익히 알고 있는 내 속을 들여다보고 〈맹세〉라는 말을 입에 담음으로써 이단과 인연이 없는 척하려는 것이다. 발도파 이단자들 이야기가 나온 김에 내 들려줄 말이 있으니 잘 들어 두어라. 이자들은 겁에 질리면 나지막한 소리로 가짜 맹세를 한다는 것이다. 이 교활한 여우야, 네가 리옹의 빈자파에 속하지 않는다는 것은 나도 잘 안다. 그런데도 너는 나에게, 너의 참 실재를 감추고 거짓 실재를 드러내기 위해 맹세를 한다고 했다. 맹세하려무나. 용서받고 싶거든 맹세하려무나. 그러나 이것 하나는 분명히 해두자. 단 한 번의 맹세로는 안 된다. 두 번, 세 번, 백번, 천 번…… 내가 요구하는 대로 맹세해야 한다. 나는 너희 가짜 사도파 무리가, 교파를 배반하지 않기 위해 가짜 맹세를 하는 놈은 기꺼이 사면한다는 것을 잘 안다. 따라서 너의 맹세는 너의 유죄를 증명하는 또 하나의 증거가 될 것이다.」

「그러면 어떻게 하라는 말씀이신가요?」레미지오가 무릎을 꿇으며 소리쳤다.

「베기니파의 이단자들처럼 부복하지 마라! 너는 아무것도 하지 마라. 무엇을 해야 할지는 오직 나만이 안다. 그러니 너는 이실직고하라, 오로지 이실직고하라. 이실직고해도 처벌을 면할 수는 없지만 이실직고하지 않으면 위증의 벌을 받게 된다. 그러니 우리의 양심과 너그러움과 연민의 감정을 훼손

하고 있는 이 고통스러운 대화를 한시바삐 끝내기 위해서라도 오직 이실직고하라!」

「무엇을 이실직고하라는 말씀이십니까?」

「두 등급의 죄악이다. 돌치노 무리에 가담한 죄, 이단의 교리를 나누고 주교와 지방 장관의 권위에 도전하여 십자군을 공격한 죄, 완전히 뿌리 뽑히거나 토파된 것은 아니지만, 이단의 괴수가 죽고 그 무리가 사분오열이 되었는데도 여전히 참회할 줄 모르고 환상에 사로잡혀 거짓 증거한 죄가 그것이다. 가짜 사도파에서 배운 간계에 영혼을 뿌리째 썩힌 너는 이 수도원에서 하느님과 인간에 대해 공히 대죄를 지은 죄인이다. 네가 그런 죄를 저지른 까닭을 아직 잘 모르겠으나, 그 까닭은 분명히 할 가치조차 없을 것이다. 우리는 오로지, 교황 성하의 가르치심과 그분이 내리시는 칙서에 반하여 청빈을 가르쳐 왔고 지금도 가르치고 있는 자들은 모조리 이단자들이라는 사실만을 증명하면 될 것이다. 이는 믿는 자들이 반드시 유념할 바요, 그렇게 된다면 나로서는 족한 것이다. 이제 네가 저지른 바를 실토하라.」

베르나르의 간계는 이로써 분명해졌다. 그가 노리는 것은, 누가 누구를 죽였느냐는 것이 아니라, 레미지오가 황제 측 신학자들이 주장하는 교리와 어떤 관련이 있음을 증명하는 것이었다. 두 가지로 대별되는 교리, 말하자면 페루자 총회의 중심 세력이었던 프란체스코회의 교리와, 소형제파와 돌치노파 교리의 관련성을 증명해 내고, 수도원의 특정인이 그러한 이단자 무리와 줄을 대고 있다가 연쇄 살인을 저질렀다는 것만 증명한다면 베르나르는 이로써 적대 세력인 황제 측 사절단에 치명타를 가할 수 있는 것이었다. 나는 윌리엄 사부님을 바라보았다. 그 역시 예견하고 있었던 모양이었다. 그

650

러나 손을 쓸 수는 없는 상황이었다. 나는 수도원장 쪽으로 시선을 옮겼다. 그의 표정은 굳어 있었다. 그 역시 그제야 베르나르의 올가미에 걸린 것을 깨달은 모양이었다. 그렇다면 중재자로 나선 그 자신은 교황청 사절단의 웃음거리가 되는 셈이었다. 그는 바로 그 집회소에서 베르나르에 의해, 14세기의 마귀라는 마귀는 모조리 모여 한바탕 소동을 부리는 우스꽝스러운 수도원의 원장으로 부각되고 있었다. 레미지오도, 자기가 무슨 범죄로부터 어떻게 결백하다고 주장해야 할지 모르는 것 같았다. 더 이상은 머리로 계산할 수 없게 된 것 같았다. 레미지오는 절규했다. 목구멍에서 나오는 레미지오의 절규는 영혼의 절규로 들렸다. 그는 그렇게 절규함으로써 오래 간직했던 은밀한 회한을 풀어내고 있는 것 같았다. 불확실성과 열광과 절망과 배신을 상대로 불가항력으로 맞서 온 자기의 한 많은 삶을 되돌아보되, 옳고 그른 것을 따지기에는 이미 늦었으니 차라리 죄 많은 청춘 시절의 믿음이라도 언명하고 죽기로 마음먹은 사람 같았다.

「그렇습니다. 사실입니다. 저는 돌치노와 함께 있었고, 그 일파의 범죄 행위와 음란한 행위에도 동참했습니다. 저는 미쳐 있었는지도 모르겠습니다. 아니면 우리 주 예수 그리스도의 사랑을, 자유에의 갈망과 주교에의 증오와 혼동했는지도 모르겠습니다. 저에게 죄가 많은 것은 사실입니다. 그러나 맹세컨대, 이 수도원에서 있었던 살인 사건에 관한 한 저는 결백합니다.」

베르나르 기가 만족스러운 듯이 고개를 끄덕였다. 「암, 그렇게 나와야지. 네가 이제 와서야 돌치노, 마녀 마르게리타, 그리고 돌치노를 따르던 무리와 이단을 함께했음을 시인하니 하는 말이다. 놈들은 트리베로에서 죄 없는 열 살짜리 어

651

린아이와 선한 기독교인들을 교살한 일이 있는데, 그때 그 현장에 함께 있었던 것을 인정하겠느냐? 저희를 따르지 않는다고 그 부모와 아내 앞에서 아들과 지아비를 교살할 때도 함께 있었던 것을 인정하겠느냐? 당시에는 증오에 눈이 멀고 가짜 믿음에 눈이 멀어 있었으니, 마땅히 너희를 따라야 구원을 받을 것이라고 생각했으리라. 내 말이 맞느냐?」

「맞습니다. 저는 그렇게 믿었습니다. 그래서 그런 일을 저질렀습니다.」

「그러면 놈들이 주교의 군대를 사로잡아 감옥에 넣어 굶겨 죽이고, 아기 가진 여자의 팔을 자르고, 그 고통 속에서 여자로 하여금 아기를 낳게 하고, 낳은 아기에게 세례도 베풀지 않고 죽였을 때도 너는 거기에 있었을 테지? 모소 지역, 트리베로 지역, 코실라 지역, 클레키아 지역, 크레파코리오 지역, 모르틸리아노 지역, 쿠오리노 지역의 집집에 불을 질러 잿더미로 만들고, 성상을 모독하고, 성묘의 묘석을 뜯어내고, 성모상의 팔을 부러뜨리고, 성배와 성기(聖器)와 성서를 노략하고, 첨탑을 부수고, 종을 깨뜨리고, 자선 단체의 기금과 사제의 소지품을 빼앗고, 트리베로 교회를 무너뜨릴 때도 너는 거기에 있었으렸다?」

「네, 있었습니다. 그러나 당시에는 저희가 무슨 짓을 하고 있는지 알지 못했습니다. 저희는 최후의 심판을 전하는 전령관이고자 했습니다. 저희는 하늘이 보내신 황제와 신성한 교황의 첨병이었습니다. 네, 저희는 필라델피아 천사의 강림을 앞당기고자 했습니다. 그래야 모두 성령의 은혜를 입고, 교회가 거듭난 상태에서, 오로지 교회만이 온갖 사악한 것들의 잿더미 위에서 온전히 세상을 다스리게 될 것이라고 생각했기 때문입니다.」

레미지오는 무엇에 홀린 것 같았다. 침묵과 의색(擬色)과 양광(佯狂)의 둑이 허물어지면서 그의 과거는 혹은 말로 혹은 형상으로 그의 머리에 되살아나고 있는 것 같았다. 그는 그 세월 좋던 시절의 광기를 고스란히 누리고 있는 것 같았다.

「그만하면 되었다. 이제 너는 게라르도 세가렐리를 순교자로 현양했고, 로마 교회의 권위를 부정했고, 교황은 물론 어떤 권세도 너희가 살아온 것과 다른 삶을 베풀 수는 없고, 어느 누구도 너희를 파문할 권리를 갖지 못하고, 성 실베스트로 시대 이후 교회의 모든 고위 성직자는 모두, 모로네의 피에트로만 제하고는 모조리 담 넘어가는 구렁이 아니면 여우이고, 초대 사도들처럼 절대 무류(無謬)와 청빈을 실천하지 않는 사제들에게는 십일조를 바칠 필요가 없고, 따라서 십일조는 마땅히 그리스도의 사도이며 빈자들인 너희에게만 바쳐야 하고, 하느님께 드리는 기도는 마구간에서 하건 성별된 교회에서 하건 마찬가지라고 고백했다. 그뿐만 아니라 너는 마을 마을을 다니며 Penitenziagite(회개하라)를 외쳐 사람들을 꾀었고, Salve Regina(성모를 찬미하라)라는 노래로 무리를 모았고, 세상의 눈앞에서 가장 완전한 삶을 산답시고 스스로 고해 사제를 참칭하고, 결혼을 비롯한 일체 성사를 믿지 않는 것을 기화로 온갖 음란한 난행을 일삼았고, 너희 스스로를 남보다 정결하다 하여 너희 육체와 다른 사람들의 육체에 온갖 추행을 일삼았다고 고백했다. 맞느냐?」

「맞습니다. 당시에 내 영혼을 바쳐 온전하게 믿던 참진리를 고백합니다. 일체 무소유를 보여 준답시고 옷을 벗었고, 당신네 개들의 족속이 아무것도 버리지 않는다 하여 우리가 가진 것을 모두 버렸던 것을 고백합니다. 그때부터 어떤 사람으로부터도 돈 한 닢 받은 바 없고, 아무것도 가지고 다니

지 않았으며, 오로지 보시에 힘입어 살되 내일을 위해 아무것
도 모으지 않았으며, 신도가 혹 우리를 받아들여 음식상을
내면, 먹되 떠나갈 때는 상에 남은 것을 그대로 두고 떠나갔
음을 고백합니다.」

「너는 선량한 기독교도의 재산을 탐하여 불을 지르고, 그
재산을 노략했다.」

「우리가 불 지르고 노략한 것은, 일찍이 청빈을 우주적 율
법으로 선포했기 때문입니다. 우리에게는 타인이 옳지 못한
방법으로 쌓은 부를 전유할 수 있는 권리가 있었습니다. 우
리는 이 교구에서 저 교구까지 뻗어 있는 탐욕의 거미줄 한가
운데를 걷어 버리고 싶었을 뿐이지, 얻기 위해 노략하고 노략
하기 위해 불 지른 일은 없습니다. 우리는 징벌하기 위해, 더
러운 자들을 피로 정화하기 위해 죽였습니다. 어쩌면 정의를
향한 미치광이 같은 욕망에 쫓긴 것인지도 모릅니다. 인간인
한, 하느님에 대한 넘치는 사랑이나 지나친 무류에 겨워 죄를
짓는 수가 있습니다. 우리는 주님이 보내셨고, 마지막 날 영
광의 승리자로 선택하신, 참영혼을 가진 대중이었습니다. 우
리는, 당신네들의 파멸을 앞당기고, 천국에서 그 상을 받고자
했습니다. 우리만이 그리스도의 사도였을 뿐, 다른 이는 모
두 그분을 배반한 이단자들이었습니다. 그리고 게라르도 세
가렐리는 신목(神木), planta Dei pullulans in radice fidei(믿
음의 뿌리에서 싹튼 신의 식물)였습니다. 우리 회칙은 하느
님께서 몸소 내려 주신 회칙입니다. 우리는 하루빨리 당신네
들을 몰살시키기 위해 무고한 자도 죽이기를 마다하지 않았
습니다. 우리는 평화와 행복이 모두에게 두루 미치는, 보다
나은 새 세상을 바랐습니다. 우리는 당신네들의 탐욕이 불러
일으킨 전쟁을 없애고자 했습니다. 당신네들은 우리가 정의

와 행복을 세우기 위해 피를 조금 흘려야 한다고 우리를 몰아세우지 않았습니까? 사실은…… 사실은 최후의 날을 앞당기는 데는 큰 희생이 필요하지 않았습니다. 그래서 스타벨로에서 카르나스코강 물을 핏빛으로 만들었다 해도 충분한 가치가 있다고 생각했지요. 거기에 흐른 피는 우리 피였습니다. 우리 피와 당신네들의 피…… 돌치노의 예언이 실현될 날이 가까워진 듯해서 우리로서는 그 징조가 보이는 날을 앞당겨야 했던 것이지요.」

레미지오는 부들부들 떨면서 두 손을 법의 자락에다 비볐다. 머리로 상상했던 피를 실제로 닦고 있는 것이었다. 「저 돼지가 이제 정결함을 다시 얻었다.」 사부님이 속삭였다.

「이게 정결함입니까?」 내가 두려워하며 여쭈었다.

「달리 정결함을 얻는 방도도 없지는 않을 테지. 그런데 그 방법이 어찌 됐든, 나는 정결함이란 것이 두렵다.」

「정결함의 어떤 점이 두려운 것입니까?」

「성급함이다.」 사부님이 대답했다.

베르나르가 두 손을 내저으며 소리쳤다. 「됐다, 그만하면 된 것이다. 나는 너의 고백을 듣고자 함이지 대학살의 보고를 받고자 하는 것이 아니다. 과연 너는 과거에도 이단자였고 지금도 이단자로구나. 그래서 너는 예전에 살인을 저지른 데 만족하지 않고 근자에 와서 다시 살인을 저지른 것이구나. 자, 이제 이 수도원에서는 왜, 어떻게 수도사들을 죽였는지 고백하여라.」

레미지오는 떨다 말고 퍼뜩 정신이 들었던지 주위를 둘러보고는 고개를 설레설레 흔들었다. 「천만에요. 이 수도원에서 있었던 사건은 나와 아무 관계도 없습니다. 내가 한 짓은 모두 고백했습니다. 하지 않은 짓까지 고백하게 하지는 마십시오.」

「네가 하지 못할 짓이 있을 것 같지 않다. 네가 결백하다고
할 터이냐? 오, 순한 양이여, 참으로 양순한 짐승의 본이여!
여러분, 들으셨지요? 한때는 두 손을 피로 적시고 지금은 결
백하다는군요? 어쩌면 우리가 잘못 생각하고 있는지도 모르
지요. 바라지네 사람 레미지오는 미덕의 화신, 그리스도의 원
수의 원수, 교회의 충성스러운 아들인지도 모릅니다. 그는 마
을과 도시에 질서를 부여하는 교회의 손길을 늘 존중해 왔으
며, 교역의 평화와 장인의 가게와 교회의 보물들을 존중해 온
사람인지도요. 그래요, 결백합니다. 아무 일도 저지르지 않
았습니다……. 오너라, 레미지오 형제여, 내 품 안으로 오너
라…… 사악한 자들이 너에게 씌운 누명을 벗기고 내 너를 위
로해 주리라…….」

레미지오가 이 말을, 사면의 선언으로 믿은 듯, 휘둥그레
진 눈으로 심문관석을 올려다보는 순간, 베르나르는 낯빛을
고치며 임석해 있던 경호대장에게 명령했다.

「속권이 취할 때마다 교회가 비판해 온 것과 동일한 조치
를 이제 내가 취해야 한다니 역겹기 그지없다. 그러나 나의
개인적인 감정마저도 지배하고 지시하는 법이 존재한다. 가
거라, 가서 수도원장께, 문초에 필요한, 형틀 차릴 만한 곳이
없겠느냐고 여쭈어라. 그러나 바로 문초하면 안 된다. 이자
의 손발을 결박하여 사흘간 독방에다 그대로 두어라. 연후에
고문에 필요한 형틀을 이자에게 보여 주어라. 사흘째 되는
날에는 보여 주기만 해야 한다. 그리고 나흘째 되는 날 고문
을 시작하라. 가짜 사도들이 믿듯이, 서둔다고 의(義)가 드러
나는 것이 아니다. 하느님의 의는 몇 세기고 기다릴 수도 있
느니라. 천천히 시행하되, 단계적으로 시행하는 것도 잊지 말

것이다. 무엇보다도, 늘 반복해서 얘기해 온 것을 잊지 말도록 해라. 즉 피의자의 육신 어느 한 부분이 잘려 나가게 해서도 아니 되고, 피의자를 치사케 해서도 아니 된다. 이러한 문초의 과정이 갖는 장점이 바로 그것, 즉 피의자에게 죽음을 맛보게 해주고 죽음을 기대하게끔 만든다는 것이다. 그러나 죽음은, 피의자가 마지막 한마디까지 자진해서 실토하고 이로써 저 자신을 정결케 하기 전까지는 절대로 이루어지게 해서는 안 된다.」

경호대장의 눈짓에 경호병들이 달려들어 레미지오를 일으키려 했다. 그러나 레미지오는, 할 말이 남아 있다면서 자리에서 버티었다. 베르나르가 손짓으로 경호병들을 물리자 레미지오가 목청을 가다듬고 입을 열었다. 하는 말이 취한 자의 주정같이 들리는 것으로 보아 정신을 온전히 가누고 있지 못하는 것 같았다. 얘기를 계속하면서 레미지오는 조금 전과 같은 광기에 다시 사로잡히는 것 같았다.

「안 됩니다, 안 됩니다, 베르나르 각하, 고문이라니요? 당치도 않습니다. 나는 겁이 많은 사람입니다. 나는 그들을 배신하고도 11년 동안이나 내 과거를 부정하면서 이 수도원에서 농민들로부터 십일조를 받고, 외양간을 보살피고 돼지우리를 거두어 이 수도원 곳간을 기름지게 했습니다. 요컨대 나는 가짜 그리스도의 요새인 이 수도원의 재물 관리에 몸과 마음을 다 바쳐 온 것입니다. 나는 풍족하게 살 수 있었고, 그러면서 결국 욕지기나는 과거를 잊어버리고, 나는 내 식욕은 물론, 다른 욕구까지 충족시키며 타락의 삶을 살았습니다. 나는 겁이 많은 사람입니다. 겁이 많아서 나는 오늘 볼로냐에 있는 내 형제를 팔고 돌치노를 팔았습니다. 겁쟁이면서도 나는 십자군 사이에 끼여 돌치노와 마르게리타가 붙잡히는 것을 목격했고, 성 토요일에 부겔로성으로 끌려가는 것도 보았습니다. 그렇습니다. 나는 교황 클레멘스의 실형 판결서가 오기까지 베르첼리를 배회하며 석 달을 보냈습니다. 나는 돌치노의 면전에서 마르게리타의 육신이 토막 나는 것을 보았습니다. 어느 날 밤에는 나 역시 경험한 적이 있는 가엾은 그 육신에서 내장이 뽑혀 나온 뒤에도 마르게리타는 비명을 지릅디다. 마르게리타의 육신이 재가 되자 형리들은 돌치노에게 달려들어 벌겋게 단 집게로 코와 고환을 떼어 내었습니다. 돌치노가 비명 한마디 지르지 않았다는 후문이 있으나 이는 사실이 아니올시다. 돌치노는 키가 크고 체격이 엄장한 사람입니다. 짙은 수염과 빨간 곱슬머리를 기른 돌치노는 참으로 미남인 데다 지도력이 출중한 사람으로, 나다닐 때는 늘 깃털을 꽂은 차양 넓은 모자를 쓰고, 긴 칼을 법의의 요하(腰下)에 차고 다녔습니다. 돌치노가 나타나면 남정네들은 두려움에 몸 둘 바를 몰랐고, 여자들은 좋아서 자지러지느라고 몸 둘 바를 몰랐습니다. 그러나 그러면 무엇 합니까? 돌치노는 고문을 당하자 고통을 이기지 못하고 여자처럼, 송아지처럼 비명을 질렀습니다. 형리들이 이 구석 저 구석으로 끌고 다닐 동안 돌치노는 온몸의 상처로 피를 쏟았습니다. 악마의 사자가 얼마나 오래 사는지 보자면서, 형리들이 다시 그의 몸에서 살점을 뜯어내자 돌치노는 차라리 죽여 달라고 하더이다. 그러나 돌치노의 소원은 이루어지지 못하고, 살점이 얼마 남지도 않은, 피에 젖은 육신을 끌고 화형대에 오른 다음에야 숨을 거두었습니다. 나는 가까이서 그를 보고자 화형주 앞에까지 갔습니다. 이단 심판에 걸리지 않은 내 운수가 참으로 대견스러웠지요. 아니, 나의 선견지명이 자랑스러웠지요. 저 사기꾼 살바토레도 내 옆에 있었는데, 살바토레는 내 귀에다 입술을 댈 듯이 하고는, 〈레미지오 수도사님, 우리에게 분별이 있어서 이 참담한 경우를 모면하였으니 이 아니 다행입니까, 세상에 고문보다 더 끔찍한 게 또 어디에 있겠습니까〉, 이러더군요. 그날 저는 어떤 종교라도 끝까지 부인했을 것입니다.

그로부터 오랜 세월이 흐를 동안 나는 늘 나 자신과 대화를 나눕니다. 나야말로 얼마나 천박한 인간이냐……. 그리고 그 천박함을 즐겨 왔느냐……. 그러나 내 마음 한구석에는, 내가 겁쟁이가 아니라는 걸 보여 주어야겠다는 모진 구석도 없지 않습니다. 베르나르 각하, 오늘 당신은 나에게 힘을 주었습니다. 당신은 오늘 나에게, 겁 많은 순교자들이 만난 이교도 황제와도 같은 존재가 되어 주었습니다. 당신은 나에게, 내 육체와는 별개로 내 영혼이 믿는 바를 고백할 용기를 주셨습니다. 그러나 곧 죽을, 이 하찮은 것이 감당할 수 있는 것 이상의 용기는 요구하지 마십시오. 안 됩니다, 고문은 안 됩니다. 무엇을 원하십니까? 뭐든 다 말씀드리지요. 고문을 당하느니 화형주에 그냥 달리겠습니다. 화형주에 달리면, 불에 타기도 전에 질식으로 죽게 됩니다. 그러나 돌치노가 당했던 그런 고문은 안 됩니다. 안 되고말고요. 당신은 내 시체를 바라는 것이지요? 내 시체를 당신이 갖기 위해서 내가 수도원의 다른 시체들에 대해 책임을 졌으면 좋겠고요? 곧 시체가 될 터이니 원하는 대로 말을 하지요. 네…… 나는 보시다시피 비곗살뿐인 땅딸보, 무식쟁이 늙은이입니다. 그래서, 이 괴물 같은 나를 더욱 괴물같이 보이게 만드는, 저 젊고 기지 충만한 미남자 아델모를 죽였습니다. 내가 모르는 서책까지 읽어 너무 박식한 꼴로 보기 싫어서 살베메크 사람 베난티오를 죽였습니다. 돼지 같은 사제들을 때려죽이며 신학 공부를 했던 나는, 장서관 보조 사서라는 게 싫어서 베렝가리오를 죽였습니다. 네, 장크트벤델 사람 세베리노도 죽였습니다…… 왜 죽였느냐…… 이자가 약초를 모으고 있었기 때문입니다. 〈반역의 산〉에서 초근목피 고아 먹은 게 한스러워, 사치스럽게 약초를 모으고 다니는 세베리노를 죽였습니다. 더 말씀드리지요. 다른 수도사도 더 죽이고, 수도원장도 죽일 참이었습니다. 수도원장은 내가 재물을 관리하니까 밥을 먹여 주기는 합니다만, 교황이나 황제가 그렇듯이 원장 역시 내 원수이기는 마찬가집니다. 이제 되었습니까? 아, 아니군요. 어떻게 죽였는지 알고 싶겠지요. 내가 어떻게 죽였느냐…… 어디봅시다…… 그렇지요, 지옥의 권세를 불러올렸습니다. 살바토레가 가르쳐 준 방법으로 지옥의 권세를 불러올리고 무수한 지옥의 군사를 부려서 죽인 것이지요. 사람을 죽인다고 해서 꼭 손수 쳐야 하나요? 부릴 줄만 알면 악마가 이 일을 대신해 주는 것입니다.」

그는 섬뜩한 웃음을 흘리면서 방청하는 사람들을 한차례 둘러보았다. 이미 정신이 온전한 사람의 웃음은 아니었다. 사부님이 지적했듯이, 레미지오는 살바토레를 끌어들임으로써 살바토레의 배신을 복수할 만큼 영리했는데도 그 웃음만은 영리한 사람의 웃음이 아니었다.

「그래, 지옥의 권세는 어떻게 불렀느냐?」 베르나르가 짐짓 이 헛소리를 자백으로 받아들이는 척하고 물었다.

「알면서 그러십니까? 악마의 도포를 걸치지 않고는 악마에 들린 자를 상대로 그렇게 오래 장사를 할 수 없었을 텐데 공연히 그러십니다. 사도들 백정인 당신이 모른대서야 어디 말이나 됩니까? 이렇게 되지요, 아마? 흰 터럭은 한 올도 섞이지 않은 새까만 고양이 한 마리를 붙잡아…… 이제 기억날 테지요…… 네발을 묶어, 한밤중에 네거리로 들고 나가 이렇게 외칩니다. 〈지옥의 황제이신 거룩한 루치페로여, 고양이 한 마리를 붙잡아 와 이렇게 바치고 당신을 내 원수에게 붙이고자 하오니 오시어 흠향하소서, 내 원수를 치시면 내일 밤 자정에 다시 이 자리에 와 이 고양이를 제물로 바치겠나이다……. 이제 성 키프리아누스의 비법에 따라 부린 마술의 힘으로 내가 당신을 부리니, 당신은 내 명에 따르리오. 지옥 군단의 대장들인 아드라멜크, 알라스토르, 아자젤의 안부를 여쭙고 기도하나니…….〉 레미지오의 입술이 파르르 떨렸다. 두 눈은 금방이라도 밖으로 튀어나올 것 같았다. 이어서 그는 지옥 군단의 대장들을 부르기 시작했다. 「……Abigor, pecca, pronobis, Amon, miserere nobis…… Samael, libera nos a bono…… Belial eleison…… Focalor, in corruptionem meam intende…… Haborym, damnamus dominum…… Zaebos, anum meum aperies…… Leonard, asperge me spermate tuo et inquinabor[아비고르여, 우리를 위하여 범죄하소서…… 아몬이여, 우리를 불쌍히 여기소서…… 사마엘이여, 우리를 선(善)에서 구하소서…… 벨리엘이여, 우리를 가엾게 보소서…… 포칼로르여, 우리를 부패하게 하소서…… 하보림이여, 우리 주를 저주하소서…… 자에보스여, 우리 엉덩이를 까소서…… 레오나르도여, 나에게 그대의 정액을 뿌리소서…… 그러면 나는 더러워지겠나이다]…….」

「그만, 그만! 주님이시여, 자비를 베풀어 주소서…….」 집회소 안에 있는 수도사들이 이구동성으로 외치면서 성호를 그었다.

레미지오는 어느새 잠잠해져 있었다. 기세 좋게 악마들의 이름을 부르던 그가 언제 그랬는지 고개를 꺾고 있었다. 뒤틀린 입술 안의 치열 사이로 허연 거품이 흘러내렸다. 이따금씩 사슬에 묶인 손을 발작적으로 폈다 오므렸다 하기도 했고, 발로 허공을 걷어차기도 했다. 내가 부들부들 떨고 있는 것을 보신 사부님이 내 머리에 한 손을 얹으시고는 목덜미를 움켜쥐듯 눌렀다. 그 덕에 나는 다시 진정을 되찾을 수 있었다. 「보았지? 고문을 당하거나 고문의 위협을 당하면 사람이란 제가 하지 않은 짓은 물론이고 알지 못하는 짓, 하려던 짓까지 했다고 하는 법이다. 레미지오는 지금 어떻게 하든지 죽기만을 소원한다. 고문을 당하느니 차라리 죽고 싶은 것이다.」

경호병들이, 여전히 발작 증세를 보이는 레미지오를 끌고 나갔다. 베르나르 기는 책상 위의 서류를 모아 들었다. 그는 잠자코 서 있지만 감정은 몹시 격양되어 있는 좌중을 둘러보면서 말했다.

「심문은 끝났습니다. 자백한 증거 자료와 함께 피의자는 아비뇽으로 이송될 것이고 거기에서 정의와 진실의 성실한 후견자들에 의해 마지막 심판을 받게 될 것입니다. 공식적으로 적법한 판결이 내려지면 죄인은 화형을 당하게 됩니다. 원장님, 이제 저자는 귀 문중에 속하지 않습니다. 진리를 지키는, 참으로 초라한 파수꾼인 나에게도 속하지 않습니다. 정의는 이곳이 아닌 다른 곳에서 이루어질 것입니다. 목자가 사명을 다했으니, 이제는 수양견이 더럽혀진 양을 거두어 불로써 정화시킬 것입니다. 저자의 눈앞에 나타나 그토록 끔찍한 범죄를 저지르게 했던 일장춘몽은 이로써 끝납니다. 이제 수도원은 다시 평화를 되찾을 것입니다. 그러나……」 이 대목에서 베르나르는 목청을 돋우고, 위협하듯이 사절단을 둘러보면서 말을 이었다. 「……세상은 아직 평화를 구하지 못했습니다. 세상은, 황제의 궁전을 피난처로 고르는 것도 마다

662

하지 않는 이단자들에게 쫓기고 있습니다. 형제들께서 반드시 유념해야 할 것이 있습니다. cingulum diaboli(악마의 허리띠)는 사악한 돌치노주의자까지 페루자 총회 대표단에 싸잡아 엮었습니다. 여러분이 절대로 잊지 말아야 하는 것은, 하느님 보시기에는, 조금 전에 우리가 정의의 손에 넘긴 저 사악한 자 역시, 파문당한 바이에른의 게르만인[11]과 밥상을 함께한 고위 성직자[12]와 다르지 않다는 것입니다. 사악한 이단의 온상이 되는 것은, 아직까지도 존경을 받고 있고, 따라서 아직까지는 죄인으로 일컬어지지 않는 자들의 설교라는 것도 잊지 마셔야 합니다. 어디에 똬리를 틀고 있든, 이러한 독사들을 솎아 내는 일이야말로 하느님의 부르심을 받은 우리 같은 죄인들 몫으로, 고난의 길이자 보잘것없는 시련인 것입니다. 그러나 이 신성한 사명에 종사하면서 우리가 깨달은 것은, 공개적으로 이단을 행하는 자들만이 꼭 이단자는 아니라는 것입니다. 다음의 조항을 범하는 자 역시 능히 이단의 지지자로 지목될 수 있을 것인즉, 그 다섯 조항은 이러합니다. 첫째, 수감되어 있는 이단자를 은밀하게 찾아가는 자가 있어서는 안 됩니다. 둘째, 이단자가 구금되어 있는 사실을 애통하게 여겨서도 안 되고 이단자와의 사귐을 우정으로 기억해서도 안 됩니다. 이단자의 친구로서 오랜 시간을 함께 보낸 자 중에 그 친구의 이단적인 활동에 무지한 자는 없을 테니까요. 셋째, 유죄가 증명되었는데도 불구하고 이단자가 부당한 처벌을 받는다고 공언해서는 안 됩니다. 넷째, 이단을 처단하는 심문관을 흰 눈으로 보고 이를 비방해서는 안 됩니다. 우리 심문관들은, 눈이나 코나, 애써 감추려는 표정

11 루트비히 황제.
12 우베르티노를 지칭하는 듯.

만 보고도 심문관에 대한 증오와 이단자에 대한 연민을 읽을 수 있으니, 내 말에 유념해야 합니다. 다섯째, 이단자의 뼈나 유품을 수습하여 이를 성물시(聖物視)해서는 안 됩니다…….
그러나 나는 여기에다 여섯째 조항을 덧붙입니다. 나는, 정통 신앙과 정면으로 맞서지 않는다고 하더라도, 이단자들에게 사악한 사상을 불어넣는 서물(書物)의 저자까지 이단자 무리에 포함시킬 것임을 밝혀 둡니다.」

그는 이렇게 말하면서 우베르티노를 노려보았다. 프랑스에서 온 사절단은 베르나르의 말뜻을 정확히 이해했다. 이제 회담은 완전한 실패로 돌아간 셈이었다. 그 뒤로, 그날 오전에 오고 갔던 이야기를 다시 입에 담는 사람은 없었다. 말을 해봐야 어차피 그날의 사건과 연관 지어지거나 비교될 것이 분명하기 때문이었다. 베르나르가, 양측의 화해 협상을 깨뜨리기 위해 교황이 보낸 사람이라면, 베르나르는 임무를 썩 훌륭하게 완수한 셈이었다.

만과

우베르티노가 망명도생(亡命圖生)하고, 베노는 규칙을
준수하기 시작한다. 윌리엄 수도사는 그날 마주친 탐욕의
몇 가지 유형에 대해 숙고한다.

수도사들이 집회소에서 나왔다. 체세나의 미켈레 수도사
와 윌리엄 수도사도 집회소에서 나와 우베르티노와 합류했
다. 어르신들은 안개 속을 걸어 회랑 쪽으로 갔다. 안개는 도
무지 걷힐 것 같지 않았다. 날이 어두워지며 그림자가 깊어진
탓에 안개는 오히려 더 짙어진 듯했다.

사부님이 먼저 입을 열었다. 「오늘 일에 대해서는 말을 보
탤 필요도 없겠지요? 베르나르가 우리를 이겨 먹은 겁니다.
저 변변치 못한 돌치노 잔당이 실제로 그런 범죄를 저질렀는
지 여부를 나에게 물으실 필요 역시 없을 겁니다. 내가 아는
한, 그자에게는 아무 죄도 없어요. 어쨌거나 우리는 출발점에
되돌아와 있어요. 미켈레 형제, 교황 요한은 여전히 당신 혼
자 아비뇽으로 와주었으면 하고 바라는 상태이고, 우리가 얻
으려고 그토록 애쓰던 몇 가지 보장은 오늘 모임의 파탄으로
물거품이 되고 말았어요. 당신도 이제는 알았을 테지요? 아
비뇽에 가서 무슨 말을 하건 그 말이 어느 정도로 왜곡될 수
있는지를 이제는 알았을 테지요? 이건 내 의견입니다만……
따라서 당신은 아비뇽에 가지 않아야 합니다.」

미켈레는 고개를 가로저었다. 「그러나 나는 갑니다. 나는

665

교회의 분열을 원하지 않아요. 윌리엄, 당신은 오늘 말 한번 반듯하게 잘해 주었어요. 하고 싶던 말이었을 테지요. 하나 내가 바라던 것은 그게 아니에요. 나는 오늘에 와서야, 페루자 총회의 결정이 황실의 신학자들에게는, 우리의 의도와는 달리 이용되고 있다는 사실을 알았어요. 나는 교황이, 청빈의 이상과 함께 우리 프란체스코 교단을 받아들일 수 있기를 바라는 사람입니다. 교황도, 우리 교단의 청빈 교리를 확인해 두지 않으면, 이단적인 곁가지 교리로부터 우리 교단을 올곧게 세울 수 없다는 걸 이해할 겁니다. 그래서 나는 아비뇽으로 가야 합니다. 그리고 필요하다면 교황에게 경의를 표하는 것도 마다하지는 않겠어요. 청빈의 교리만 인정받을 수 있다면 뭐든 양보할 수 있어요.」

「목숨을 거는데도 말이오?」 우베르티노가 물었다.

「걸어야 한다면 걸어야지요. 영혼을 거는 것보다야 낫지 않겠어요?」 미켈레가 반문했다.

과연 그는 아주 위험할 정도로 목숨을 걸었다. 교황 요한의 주장이 옳았다면(나는 아직도 교황 요한의 주장이 옳았다고는 믿지 않는다) 미켈레는 영혼까지 잃었는지도 모른다. 지금에 와서야 모르는 사람이 없는 바이지만, 미켈레는, 레미지오의 심문이 있고 나서 일주일 뒤에 교황을 친견하러 아비뇽으로 떠났다. 그는 넉 달 동안이나 교황에게 맞섰다. 다음 해 4월, 교황은 추기경 회의를 소집하고, 바로 그 자리에서 미켈레를, 〈미친놈, 당돌하고 완고하고 포악무도한 이단의 선동자, 교회의 벽 속에 똬리를 틀고 있는 독사〉라고 불렀다. 아비뇽에서 찬밥 신세로 겉돌면서 미켈레는 사부님의 친구인 또 한 사람의 윌리엄, 즉 오컴 사람 윌리엄을 사귀게 되는데, 이 양반이 상당한 극단론자였다는 걸 감안하면, 보는 눈에 따라 교황의 주장이 옳다는 사람도 있을 법하다. 그러나 오컴 사람 윌리엄의 견해 역시, 그날 아침에 사부님이 마르실리오와 함께한다면서 피력한 견해와 크게 다르지 않았다. 교황의 악의에 찬 비난으로, 교황과 견해가 같지 않은 사람들의 목숨은 아무도 책임질 수 없는 상황이 되자 5월 말, 미켈레, 오컴의 윌리엄, 베르가모의 보나그라치아, 아스콜리의 프란체스코, 탈렘의 앙리는 교황의 경비들에게 쫓기면서 니스로 몸을 피했다가 이어서 툴롱, 마르세유를 거쳐 에그모르트로 갔다. 이들의 뒤를 밟아 온 아라블레의 피에르 추기경이 에그모르트에서 이들을 만나 다시 아비뇽으로 돌아갈 것을 권했지만, 추기경의 설득도 이들의 반골 정신과, 교황에 대한 증오와 공포의 벽을 허물 수는 없었다. 6월에 피사에 도착한 이들은 황제 측으로부터 융숭한 대접을 받았는데, 바로 그다음 날 미켈레는 공개적으로 교황을 비난하는 성명을 냈다. 그러나 때는 좋지 않았다. 황제의 세력이 이미 사양길에 들어선 지 오래였기 때문이었다. 아비뇽에서 교황 요한이 소형제회의 총회장 자리에 앉힐 새로운 사람을 모색하기 시작한 것은 그 직후였다. 결국 교황은 미켈레를 혁파(革破)하는 데 성공을 거둔 셈이었다.

따라서 그날 수도원 교회의 회랑에서 교황을 만나러 가겠다고 결심한 것은 미켈레의 실책이었다. 그가 그런 결심을 하지 않았던들, 적지에서 몇 개월이라는 세월을 낭비할 일도 없었을뿐더러 소형제 수도회를 규합하여 공개적으로 교황과 맞설 수 있었을 뿐 아니라, 자기의 위치도 약화시키지 않았을 터였다. 하나 이 또한 하느님의 섭리인지도 모르는 일…….지금 돌이켜 보아도 나는 그들 중 누가 옳았는지 모르겠다. 얼마간의 세월이 지나면 열정의 불길도 사라지고, 그 불길과 함께 진리의 빛으로 여겨지던 것들도 사라진다. 이제는 먼지가 되고 재가 된 한 여자의 아름다움을 놓고 싸운 헥토르와 아킬레우스, 아가멤논과 프리아모스 중에서 누가 옳았는지를 지금 와서 무슨 수로 시비할 수 있으랴.[13]

이야기가 또 엇길로 들고 말았다. 윌리엄 수도사, 미켈레, 그리고 우베르티노의 슬픈 대화가 어떻게 끝을 맺었는지 마저 이야기해야겠다. 미켈레의 결심은 철석같아서 누가 말린다고 될 일이 아닌 것 같았다. 그러나 문제는 그것뿐만이 아니었다. 윌리엄 사부님이 단도직입적으로, 우베르티노의 목숨이 위태롭게 되었다고 말했다. 베르나르 기가 공석에서 공공연히 우베르티노에 대한 적의를 드러내었고, 교황의 증오가 우베르티노에게 쏠린 데다, 미켈레는 아직까지는 협상의 상대로서 어느 정도 힘을 지니고 있는 셈이지만 우베르티노는 지지해 줄 사람 없이 혼자 떨어져 나와 있으니…….

「요한은, 미켈레는 법정에, 우베르티노는 지옥에 있기를 원하는 사람이에요. 내가 베르나르 기의 속을 제대로 꿰고 보았다면 내일 해 지기 전에 우베르티노는 안개 속 어딘가에서 시체로 발견될 겁니다. 누가 한 짓이냐는 질문이 나오겠지만 이 수도원에서는 또 한 번의 살인쯤은 대수롭지 않게 넘길 분위기가 아니던가요? 베르나르 기는 레미지오와 검은 고양이 제물에 불려 나온 악마의 짓, 아니면 이 수도원에 남아 있는 돌치노 잔당의 짓이라고 할 테니까요.」

「그렇다면 어떻게 해야 한다지…….」 우베르티노가 걱정스러운 얼굴로 물었다.

13 〈재가 된 한 여자〉는 트로이아 전쟁의 불씨가 되었던 미녀 헬레네. 헥토르, 아킬레우스, 아가멤논은 당시의 장군들, 프리아모스는 트로이아의 왕이었다.

「수도원장을 만나 자초지종을 이야기하세요. 탈것과 여행 중에 드실 식량을 준비해 달라고 하세요. 되도록이면 여기에서 멀리 떨어진…… 알프스산 저쪽이 좋겠지요……. 수도원 원장 앞으로 소개장도 하나 써달라고 하고요……. 야음과 밤안개를 이용해서 바로 떠나도록 하세요.」

「하지만 경호병들이 문을 지키고 있지 않은가?」

「이 수도원에는 출입구가 몇 개 더 있고, 원장은 그걸 알아요. 이곳 머슴과 말을 저 아래에다 대기시키도록 하면 됩니다. 일단 이 수도원을 나가면 한달음에 숲을 빠져나가야 해요. 서두르세요. 베르나르가 승리의 도취감에서 깨어나기 전에 피신해야 합니다. 나에게는 아직 할 일이 있어요. 내게는 일거리가 원래 두 가지였어요. 하나는 이미 실패로 돌아갔지만 나머지 하나만은 성공을 거두고 싶군요. 나는 서책 하나와 사람 하나를 찾는 중입니다. 일이 잘되면, 내가 또 당신을 찾기 이전에 당신은 이곳에서 빠져나갔을 테지요. 자, 이쯤에서 헤어져야 합니다.」 사부님이 두 팔을 벌렸다. 우베르티노는 사부님을 껴안으며 떨리는 소리로 울먹였다. 「잘 있게, 윌리엄. 그대는 미치광이에다, 건방지기 짝이 없는 영국인이었네만, 마음은 늘 바로 쓸 줄 아는 참 좋은 사람이었네. 다시 만나게 되기는 될까?」

「다시 만나게 될 겁니다. 하느님도 그걸 바라실 테고요.」 사부님이 자신 있게 말했다.

그러나 하느님은 그걸 바라시지 않았던 모양이다. 앞에서도 썼다시피 우베르티노는 그로부터 2년 뒤에 의문의 죽음을 당했다. 성미가 불칼 같고 젊은이 뺨치게 혈기방장한 이 노인의 인생은 이렇듯이 험한 모험의 가시밭길이었다. 어쩌면 우베르티노는 성인이 아니었는지도 모른다. 그러나 하느

님께서는 그 굳센 믿음의 값을 한 자리 성위(聖位)로 갚아 주
셨을 것이라고 나는 믿는다. 내 나이 해마다 늘어 가고, 나 자
신을 하느님 뜻에다 맡기고 보니, 알고자 하던 지성, 행하고
자 하던 의지가 나날이 부질없어 보인다. 내가 알기로, 유일
한 구원의 길은 믿음이다. 끈질기게 기다리되, 너무 많은 회
의로 저 자신을 괴롭히지 않는 것이야말로 구원으로 통하는
믿음의 길이 아니겠는가. 우베르티노는 십자가에 못 박히신
우리 주님의 피와 고통을 믿은 사람이었다.

　나는, 지금은 물론이고 그때도 이런 생각을 하지 않았나
싶다. 수수께끼 같은 노인 우베르티노는 그런 내 마음을 읽
고, 언젠가는 사람들이 자기 마음을 알아줄 날이 있을 것이
라고 생각했는지도 모른다. 그는 나에게 미소를 지어 보이고
는 다정하게 껴안아 주었다. 조부가 손자를 안는 듯한 다정
한 포옹, 이전에 나를 포옹할 때 느꼈던 지나친 격렬함이 느
껴지지 않는 포옹이었다. 나 역시 편안한 마음으로 그를 포
옹했다. 포옹을 풀자 그는 미켈레와 함께 수도원장을 찾으러
나섰다.

　「이제는 뭘 하죠?」 내가 묻자 사부님이 대답했다.

　「이제는 우리가 하던 일을 해야겠지. 장서관 조사 말이다.」

　「사부님, 오늘은 정신을 못 차릴 지경입니다. 우리 기독교
가 이렇게 많은 문제를 안고 있는 줄은 몰랐습니다. 그리고
또 하나 궁금한 것은…… 사부님께서는, 두 사절단을 화해시
키는 일에는 실패했다고 하셨습니다. 그런데도 사부님께서는
교황과 황제의 갈등을 함께 괴로워하시기보다는 수도원 범
죄 사건에 더 관심하시는데 저로서는 이해할 수가 없습니다.」

　「아드소, 때로는 미친놈과 아이가 하는 말이 오히려 믿을
만한 법이다. 황실의 고문 노릇으로 말하자면 마르실리오가

나보다는 한 수 위다. 그러나 조사관 노릇으로 말한다면 내가 마르실리오보다 한 수 위니라. 베르나르 기보다도 한 수 위라고 할 수 있다. 무슨 까닭에서냐? 베르나르 기가 관심하는 바는, 범죄자를 찾아내는 것이 아니고, 피의자를 화형대로 보내는 일이다. 하나 베르나르와는 달리, 나는 꼬이고 매듭진 것을 풀어내는 일 자체를 즐기는 사람이다. 어째서 이런 일이 나에게는 이렇게 재미있는지……. 나는 이 세상이 하나의 질서에 꿰여 있다는 내 기존 생각에 대해 요즘 의혹을 품고는 있지만, 질서까지는 아니라도, 세상 한 귀퉁이에는 어느 정도의 연관성이 존재한다는 것을 발견한다면 나는 그것을 다행이자 낙으로 삼는다. 이유는 이것뿐만이 아니다. 교황 요한과 황제 루트비히의 싸움보다 어쩌면 이 일이 훨씬 중요한지도 모른다.」

「하지만 기껏해야 변변치 못한 수도사들 사이의 도둑질과 복수극밖에 더 드러나겠습니까?」

「미련한 놈이로구나, 너는. 여기에는 금단의 서책이 관련되어 있다. 금서 말이다.」 윌리엄 수도사가 천천히, 그러나 힘있게 대답했다.

수도사들이 저녁을 먹으러 식당으로 들어오고 있을 즈음이었다. 식사를 거의 끝낸 체세나 사람 미켈레가 윌리엄 수도사 옆에 앉으면서, 우베르티노가 떠났다고 속삭였다. 윌리엄 사부님은 안도의 한숨을 내쉬었다.

베르나르는 줄곧 원장과 이야기를 하고 있었다. 식사를 끝내고 베르나르를 피해 식당을 나오던 우리는 뜻밖에도 베노를 만났다. 베노는 사부님에게 인사를 건네고는 식당으로 들어가려고 했다. 그러나 사부님은 그의 법의 자락을 붙잡아 주방 한구석으로 끌고 갔다.

「베노, 서책은 어디에 있느냐?」 사부님이 물었다.

「서책이라뇨?」

「베노, 너나 나나 바보가 아니다. 오늘 세베리노의 실험실에서 우리가 찾던 서책 말이다. 나는 그 서책을 알아보지 못했지만 너는 알아보고도 가만히 있다가, 내가 나온 뒤에 다시 들어가 그 서책을 가지고 갔을 게다.」

「어째서 제가 그 서책을 가져갔을 거라고 생각하셨습니까?」

「내 생각이다. 너도 나와 같은 생각을 하고 있을 것이다. 말하라, 어디에 있느냐?」

「말씀드릴 수 없습니다.」

「그러하냐? 나에게 말하지 않으면 원장께 이를 고발할 터인데도?」

「원장님 말씀이 있으셔서 말씀드리지 못하겠다는 것인데도요……」 베노의 태도는 뜻밖에도 당당했다. 베노는 어안이 벙벙해져 있는 사부님을 바라보면서 덧붙였다. 「……아까 세베리노의 실험실에서 수도사님과 헤어진 이후에 있었던 일을 말씀드려야겠군요. 아시다시피 베렝가리오의 죽음으로 보조 사서 자리는 공석입니다. 오늘 오후 말라키아는 저에게 그 자리를 권했습니다. 그리고 반 시간 전에 원장님께서 이를 재가하셨습니다. 따라서 저는 내일 아침이면 장서관의 비밀에 접하게 됩니다. 오늘 오전에 제가 그 서책을 가져간 것은 사실입니다. 저는 그 서책을 읽어 보지도 않고 제 방 침상 밑에다 감추어 두었습니다. 말라키아가 눈치채고 저를 감시하고 있었기 때문이지요. 결국 말라키아는 저에게 보조 사서 자리를 권함으로써 그 서책 문제를 수습했다…… 이렇게만 말씀드려도 수도사님께서는 훤히 아시겠지요. 저는 물론 보조 사서가 마땅히 해야 할 바에 따라, 그 서책을 말라키아에게 넘겨주었습니다.」

듣고 있으려니 베노에게 내가 한마디 하지 않을 수 없었다.

「아니, 베노 수도사님, 어제와 그저께만 하더라도 진리에 목말라 있다면서요? 장서관은 더 이상 진리를 감추고 있어서는 안 된다고 하셨지요? 학자라면 마땅히…….」

베노는 얼굴을 붉힐 뿐 아무 대꾸도 하지 못했다. 사부님이 손짓하는 바람에 나는 말을 계속할 수 없었다. 「아드소, 베노는 몇 시간 전에 저쪽 편으로 넘어갔다. 이제 베노는 그토록 알고 싶어 하던 비밀의 수호자 동아리에 끼게 되었으니, 마음대로 배불리 그 진리와 접촉할 수 있을 게 아니겠느냐?」

「하지만 다른 사람들은요? 베노 수도사는 식자(識者)의 이름으로 진리를 말하지 않았습니까?」

「다 지나간 일…….」 사부님은 민망해하는 베노를 그 자리에 남겨 두고 내 손을 끌어 그 자리를 벗어났다. 잠깐 걷던 사부님이 한숨을 쉬면서 이런 말을 했다. 「베노는 탐욕의 희생자이다. 탐욕은 곧 번뇌이다만, 베렝가리오나 레미지오의 탐욕과는 유가 다르다. 학승(學僧)들에게 그러하듯이 베노에게도 지식에의 탐욕이 있다. 지식 자체에 대한 탐욕……. 이 지식이 울타리 저쪽에 격리되어 있을 동안 베노는 거기에 접근하려고 몸부림쳤다. 그런데 이제 그것을 붙잡았다. 말라키아는 지식에 대한 탐욕과 베노라는 인간을 잘 알았다. 말라키아는 서책을 되찾고 베노의 입을 막는, 일석이조의 묘수를 쓴 것이다. 너는, 사람들이 접할 수 없는 바에, 그런 지식의 보고를 관리하는 일에 무슨 가치가 있겠느냐고 할 것이다. 그래서 내가 너에게 탐욕 이야기를 하는 것이다. 내 사부님이신 로저 베이컨의 지식에 대한 갈망은 탐욕이 아니었다. 그분은 당신의 지식을 쓰시되, 하느님 백성의 삶을 개선시키는 데 쓰셨다. 따라서 그분은 지식 자체를 위한 지식은 구하지 않으셨다. 그러나 베노는 참을 수 없는 호기심을 채우고, 제 비천한 욕망을 충족시키는 수단으로서 지식을 갈망한다. 다른 수도사들 중에는 이 갈망 때문에 육(肉)을 탐하는 자가 있기도 하고, 기독교 신앙을 지키고자, 혹은 이단을 지키고자 하는 용사로 변하는 자들도 있다. 탐욕이라고 해서 꼭 육(肉)의 탐욕만 있는 것이 아니다. 베르나르 기는 탐욕스러운 위인이다. 베르나르는 정의에의 왜곡된 탐욕에 사로잡혀 있다. 그 탐욕은 왜곡되어 결국 권력에의 탐욕이 되어 버렸다. 우리의 신성한, 그러나 그래야 하는데도 불구하고 별로 신성하지 못한 교황은 부(富)에의 탐욕에 사로잡힌 자이다. 식료계 레미지오? 이자는 소싯적부터 제 몸으로 체험함으로써 저 자신을 변용시키고, 참회하려는 탐욕에 사로잡혀 있던 자이다. 그러나 이제는 죽음에의 탐욕에 사로잡혀 있을 게다. 베노는 서책에 대한 탐욕에 지나친 집착을 보인다. 제 씨앗을 땅에 흘린 오난의 경우가 그러하듯이, 무릇 모든 탐욕이 그러하듯이, 베노의 탐욕은 참으로 불모스러운 것, 세상과 인간에 대한 사랑과는 아무 인연도 없는 것인 법이다.」

「알고 있습니다……」 나는 나도 모르게 중얼거렸다. 사부님은 내 말은 못 들은 척하고 말을 이었다. 「사랑하는 대상에게 선이 될 만한 것을 바라는 것이 참사랑이다.」

「베노 수도사는 이제 제 손에 들어온 서책의 선을 지킨답시고 그 책을 호기심에 찬 시선으로부터 지키고자 하는 것은 아닐까요?」

「서책의 선은 읽히는 데 있다. 서책은 하나의 기호를 밝히는 또 하나의 기호로 되어 있다. 기호는 이렇게 모여서 한 사상(事象)의 모습을 증언하는 게다. 이를 읽는 눈이 없으면, 서책은 아무런 개념도 낳지 못하는 기호를 담고 있을 뿐이다. 따라서 그런 서책은 벙어리나 다를 바가 없다. 이 장서관은 원래 서책을 보관하기 위해 만들어진 모양이다만 이제는 그 서책을 묻어 버리고 있구나. 이 장서관이 부정과 죄악의 수채 구멍이 된 것도 다 그 때문이다. 레미지오는 제가 배신을 했다고 얘기했지. 베노도 그렇다. 베노도 배신을 했다. 참으로 지긋지긋한 하루였구나. 피가 튀고 이 세상 귀퉁이가 우르르 무너지는 것 같은 하루였다. 이 하루가 어찌 이리도 길었던고. 종과 성무 시간이다. 어서 들렀다가 자리에 들자.」

주방에서 나오다 우리는 아이마로를 만났다. 아이마로는, 말라키아가 베노에게 보조 사서 자리를 주었다는 소문이 나도는데, 소문이 사실이냐고 물었다. 우리는 그렇다고 대답할 수밖에 없었다. 아이마로는 예의 그 빈정거리는 말투로 중얼거렸다.

「오늘 말라키아는 꿩 먹고 알 먹었군요. 정의라는 게 있다면 바로 이 정의가 악마를 보내어 오늘 밤 말라키아를 데려가게 할 텐데요…….」

종과

노수도사 호르헤는 가짜 그리스도의 도래에 관해
열변을 토하고, 아드소는 고유 명사의 힘을 발견한다.

　만과 성무는, 레미지오에 대한 심문이 진행되는 도중에 몇
몇 수도사들에 의해 건성으로 치러진 모양이었다. 호기심 많
은 수도사와 수련사 들이 은사(恩師)의 말은 듣지 않고 집회
소 앞에서 안을 기웃거리고 있었으니 만과 성무가 제대로 되
었을 리 만무했다.
　종과 성무 시간에는 온 대중이 모두 세베리노의 영혼을 위
해 기도했다. 대중은 수도원장의 강론이 있을 것으로 알고
그가 무슨 말을 할 것인지 궁금해했다. 그레고리오 성가, 응
답 성가 및 찬미가 봉창이 끝나자 원장이 강단으로 올라갔
다. 그러나 그는, 그날 밤만이라도 침묵으로 지내고 싶노라
고 말했다. 그러니까 수도원에 갖가지 재앙이 겹치고 있는
판이어서 자기로서는 대중을 꾸짖을 수도 훈계할 수도 없는
것인즉, 한 사람도 빠지지 말고 모두가 엄숙히 각자의 양심
에 시문(試問)해 보아야 하지 않겠느냐는 것이었다. 이어서
그는, 자기는 사양할 것이나, 누군가가 한 말씀 할 시점이니,
악마의 심술이 빚어내는 세속적 유혹과 가장 거리가 먼 형제,
즉 수도사 중 죽음을 가장 가까운 앞날에 남겨 둔 최연장자
의 훈도를 받았으면 좋겠다고 제안했다. 그러자면 강단에 올

라야 할 사람은 그로타페라타 사람 알리나르도 노수도사여
야 했다. 그러나 알리나르도의 근력은 강당에 올라 형제들에
게 강론할 수 있는 정도가 못 되었다. 알리나르도 다음으로,
아무도 거역할 수 없는 세월의 풍상을 가장 오래 견딘 사람
은 호르헤 수도사였다. 원장은 호르헤를 지목했다.

　우리는 아이마로를 비롯, 주로 이탈리아인들이 몰려 앉는
좌석 주위가 잠시 술렁거리는 걸 보았다. 나는 수도원장이 알
리나르도와는 상의도 해보지 않고 호르헤에게 강론을 맡기
는 것이나 아닐까, 하고 생각했다. 사부님이 나에게 귓속말로
이렇게 속삭였다. 「원장이 강단에 서지 않겠다고 결심한 것
은 잘한 일이다. 저 양반이 강단에서 하는 말은, 베르나르를
비롯한 아비뇽 사절들에게 꼬투리 잡힐 빌미가 될 가능성이
크다. 호르헤는 분명, 신비한 예언이나 할 것이 분명하고, 아
비뇽 사절들은 그의 말이라면 별로 귓담아듣지 않을 게다. 그
러나 나 같으면 저 노인의 말을 귓담아듣겠다. 왜냐? 호르헤
가 아무 목적 없이 강단에 서지는 않을 것이기 때문이다.」

　호르헤가 젊은 수도사의 부액(扶腋)을 받으며 강단으로
올랐다. 회랑에 선 삼각대의 등잔 불빛이 그의 얼굴을 비추
었다. 불빛은, 두 개의 검은 구멍 같은, 그의 멀어 버린 두 눈
속으로 빨려 드는 것 같았다.

　호르헤가 입을 열었다. 「사랑하는 형제들, 그리고 참으로
귀하신 수도원 빈객 여러분, 이 늙은 것이 한 말씀 여쭙겠습
니다. 본 수도원을 연단(鍊鍛)한 네 주검의 죽음은, 예나 지
금이나 살아 있는 자가 저지르는 가장 비참한 죄악의 문제를
굳이 언급하지 않더라도, 요람에서 무덤까지 그 엄정한 손길
로 우리 지상의 삶을 다스리는 하늘의 섭리에 따른 죽음이
아니올시다. 여러분 모두가 슬픔에 잠겨 있을 것이나, 이 슬

픈 사건이 여러분의 영혼을 좀먹는다고는 생각하지 않을 테지요. 무슨 까닭인가요? 단 한 사람을 제외하면 여러분 모두가 결백할 것이고, 그 한 사람이 처벌을 받고 나면 여러분은 죄 없이 목숨을 잃은 이들을 위해 슬퍼할지언정, 하느님 법정 앞에서 여러분 자신이 추궁당할 이유도, 해명해야 할 의무도 없을 것이라고 생각하기 때문입니다. 그렇습니다. 여러분은 그렇게 믿고 있습니다. 여러분은 도대체 얼마나 미친 것입니까?」 이 대목에서 호르헤는 고함을 빽 지른 뒤에 말을 이었다. 「……미쳤다 뿐입니까? 참으로 어처구니없는 바보들이에요! 살인을 범한 사람은 하느님 앞에서 그 죗값을 받게 되는데, 이는 살인자가 하느님의 뜻으로 노릇 하려 했기 때문입니다. 부활의 기적이 성취되기 위해서는 누군가가 예수님을 배반할 필요가 있었습니다. 하느님께서는 이 배신자를 저주하시고 통매(痛罵)하시었지만 말입니다. 따라서 근자에 이르러 사람을 죽이고 해침으로써 죄를 저지르는 자가 있다고 하는 사실이, 곧 우리의 교만을 경계할 목적으로 하느님께서 그 손을 통하여 역사하시는 일임을 알아야 할 것입니다.」

그는 말을 중단하고 텅 빈 시선으로 좌중을 둘러보았다. 멀어 버린 눈 대신 느낌으로 좌중의 분위기를 읽고 귀로써 좌중의 침묵과 그 침묵의 무게를 감청하고 있는 것 같았다.

「……이 수도원에는 교만이라고 하는 배암이 오래전부터 똬리를 틀고 있었습니다. 무슨 교만이었던가요? 권력으로 인한 교만이었던가요? 속세를 등진 이 산문(山門)에 권력으로 인한 교만이라니요? 아니올시다, 그게 아니올시다. 하면 부(富)로 인한 교만? 형제들이여, 청빈과 소유에 대한 논쟁이 이 세상에서 꼬리에 꼬리를 물고 오가기 이전부터, 그러니까 우리 교단의 창설자께서 살아 계시던 때부터, 우리는 모든 것을 가지고 있으면서도 아무것도 소유하지 않았었다는 것을 아셔야 합니다. 우리가 가진 재산이 있다면 그것은 회칙에 따라 기도하고 근행(勤行)하는 권리와 의무뿐입니다. 하나 우리 교단의 사명이자 우리 수도원 수도사들의 의무인 이 근행 가운데에는, 공부하고 지식을 보존하는 의무가 들어 있다는 것을 잊어서는 안 됩니다. 공부하고 그 지식을 보존하는 것이야말로 우리 의무의 노른자위 같은 것이지요. 나는 〈탐구〉라고 하지 않고 분명히 〈보존〉이라고 했습니다. 무슨 까닭인가요? 하느님께 속하는, 지식이라는 재산은 완전한 것이고, 태초부터 완전한 것으로 정제된 것이고, 말씀의 완전함 안에서 스스로를 드러내는 것입니다. 나는 〈탐구〉라고 하지 않고 〈보존〉이라고 했습니다. 무슨 까닭에서일까요? 선지자들의 설교로부터 초대 교부들의 해석에 이르기까지 수 세기에 걸쳐 정제되고 완성된 이 지식이야말로 인간의 몫으로는 최상의 보고(寶庫)이기 때문입니다. 지식의 역사에는 발전이나 진보가 있을 리 없습니다. 오로지 연속적이고 더할 나위 없이 고귀한 요점 약설(約說)이 있을 뿐입니다. 인류의 역사는 창조에서 부활을 거쳐, 구름 위에 좌정하시고 산 자와 죽은 자를 심판하실 그리스도의 재림 때에 이르기까지 저지할 수 없는 움직임을 계속해 나갑니다. 그러나 인간적인 지식과 신성한 지식은 이런 길을 걷지 않습니다. 난공불락의 성채같이 단단한 이 지식은, 우리가 겸손하게 귀를 기울일 때만 우리가 걸을 길을 예언하고 우리에게 우리가 마땅히 따라야 할 길을 내어 줍니다. 그러나 이 길이 지식을 변하게 할 수는 없습니다. 유대의 하느님께서는, 〈내가 바로 그 길〉이라고 하셨고, 우리 주님께서는, 〈나는 길이요, 진리요, 생명〉이라고 하셨습니다. 이제 여러분도 알아야 합니다. 지식이라고 하는

679

것은 이 두 진리의 무서운 주석에 지나지 않는 것입니다. 그 밖의 것들은 모두 이 두 마디를 밝히기 위해 선지자들, 복음 전도자들, 교부들, 고승 대덕들이 남긴 말에 지나지 못합니다. 이교도들이 혹 반대되는 말을 한 바도 없지 않습니다. 이 무지한 이교도들의 말이 우리 기독교에 묻어 든 것도 있기는 합니다. 그러나 그 이외에는 따로 들어 둘 말이 없습니다. 우리는 오로지 명상하고 닦고 보존할 뿐입니다. 이는 비할 바 없이 찬란한 장서관을 갖추고 있는 우리 수도원이 해온 일이며, 마땅히 해야 했던 일입니다. 동방의 칼리프가 어느 날 그네들의 자랑거리인 어느 유명한 도시의 장서관에다 불을 지르라고 명하고는, 수만 서책이 불타는 걸 보고 마땅히 타야 하는 것, 탈 수도 있는 것이 탄다고 하더랍니다. 그 서책들은 『쿠란』의 내용을 반복하고 있을 뿐이라서 필요가 없는 책들이거나, 『쿠란』에 위배되는 내용을 담고 있으므로 유해한 책들이니 모두 태워 없앰이 마땅하다는 것이었습니다. 우리 교회의 신학자들이나 우리는 이렇게 생각하지 않았습니다. 성서의 주석서나 해설서는, 하느님께서 쓰게 하신 성서의 영광을 드러내는 것인 만큼 마땅히 보존되어야 합니다. 성서의 가르침에 위배되는 것 역시 파기되어서는 안 됩니다. 그러한 책들을 보존해 두어야 후에, 하느님이 정하신 때와 방법에 따라, 잘못된 내용을 바로잡고 성서의 가르침에 위배되는 책임을 밝힐 수 있기 때문입니다. 이로써 수 세기 동안 우리 교단이 져왔던 책임과 오늘날 우리 수도원이 진 짐이 무엇인가 하는 것은 분명해집니다. 진리에의 긍지를 가지고, 진리에 맞서는 것을 보존함에도 겸손하고 신중하되 우리 스스로 이로써 더럽혀지지 않아야 한다는 것입니다. 자, 형제 여러분, 학승을 유혹할 수 있는 교만의 죄가 무엇인가요? 스스로의 임무를 보존하는 데서 찾지 않고, 인간에게는 허락되지 않은 지식을 구하는 데서 찾는 허물입니다. 나는 이런 형제에게, 성서의 마지막 권에서, 마지막 천사가 한 말을 상기시키고 싶습니다……. 〈나는 이 책에 기록된 예언의 말씀을 듣는 사람들에게 분명히 말해 둡니다. 누구든지 여기에 무엇을 덧붙이면 하느님께서 그 사람을 벌하실 때에 이 책에 기록된 재난도 덧붙여서 주실 것입니다. 또 누구든지 이 책에 기록된 예언의 말씀에서 무엇을 떼어 버리면, 이 책에 기록된 생명나무와 그 거룩한 도성에 대한 그의 몫을 하느님께서 떼어 버리실 것입니다.〉[14] 불쌍한 형제들이여, 여러분 보시기에, 이 말이 이 수도원 경내에서 있었던 일을 암시하고, 이 수도원 경내에서 있었던 일이 우리가 사는 이 시대의 파란을 암시하는 것 같지 않습니까? 도시에서 성에서, 자만이 차 있는 대학과 교회에서 당당한 말과 행동으로, 주석서에 이미 풍부하게 기록되어 있는 진리의 의미를 왜곡하고, 겁 없는 도발이나 감행하고, 진리의 말씀에 대한 새 해석이나 목마르게 찾는 이 시대를 상징하는 것 같지 않습니까? 이거야말로 이 수도원에 잠복해 있었고, 지금도 잠복해 있는 교만이 아닐는지요? 나는 장서관에 숨어들어 제 몫이 아닌 서책의 봉인을 도발하려 했고 지금도 하려 하고 있는 이들에게, 이런 짓이야말로 주님께서 벌하려 하시었고 앞으로도 벌하실, 용서할 수 없는 교만이라고 해두고자 합니다. 우리가 연약한 탓에 주님께서는 어렵지 않게 복수의 길을 찾으실 것입니다…….」

사부님이 듣다 말고 내 귓전에서 속삭였다. 「들었느냐? 저 영감은 자기가 알고 있는 사실을 몇 자락 깔고 앉은 채로 말

14 「요한의 묵시록」 22:18~19.

을 하고 있다. 이 일과 관계가 있는지 없는지 모르겠지만, 노인은 호기심 많은 수도사들의 장서관 침입이 계속되는 한 수도원은 평온을 되찾지 못할 것이라고 생각하고는 경고하고 있는 것이다.」

호르헤 노인은 잠시 뜸을 들인 다음에 말을 이었다.

「……그렇다면 대체 이 교만을 상징하는 자는 누구일까요? 교만한 자들은 이자의 실례이자 사자이며, 공법자이자 기수에 불과합니다. 대체 누가 이 수도원 경내에서 이런 짓을 자행함으로써 심판의 날을 부르는 것일까요? 그리고 누가 우리에게, 심판의 날이 다가오더라도, 심판이 우주의 한 주기를 마감하는 것인 만큼, 크기는 할 것이지만 영원한 고통은 아닐 것이라고 동시에 위안하고 있는 것일까요? 여러분은 지금 내 말귀를 알아들으면서도 두려워서 이름을 입에 올리지 못하는군요. 왜 두려워하느냐? 여러분일 수도 있을 터라서 두려워하는 것입니다. 그러나, 여러분은 두려워하는지 모르지만 나는 두려워하지 않아요. 나에게는 두려움이 없어요. 나는, 여러분의 오장육부가 공포로 꼬이고, 이빨이 맞부딪쳐 혀를 자르고, 피가 얼어붙고, 눈이 스르르 내려 감기도록 큰 소리로 그 이름을 외치고자 합니다. 그게 누구냐고요? 바로 저 사악한 짐승, 가짜 그리스도!」

호르헤는 숨을 고르느라고 말을 잇지 못했다. 회중석은 쥐죽은 듯이 잠잠했다. 교회 안에서 움직이는 것이라고는 삼각대 위의 등잔불뿐이었다. 그러나 그 불빛의 그림자마저도 얼어붙은 듯했다. 들리는 소리라고는, 호르헤 노인이 이마의 땀을 닦으면서 내쉬는 희미한 숨소리뿐이었다.

「……여러분은 나에게 이러고 싶겠지요? 〈아니다, 아직 그때는 오지 않았다, 가짜 그리스도가 왔다는 표징이 대체 어디에 있느냐!〉 참으로 답답들 하십니다. 날마다 보고 있으면서도 왜 몰라요? 이 세상이라는 거대한 원형 경기장에서, 그리고 그 축소판인 수도원에서 날마다 파국의 전조가 나타나는데 어째서 아니라고 해요? 그때가 가까워지면 서쪽에서 이방의 왕이 선다고 했습니다. 계교가 무궁무진한 군주, 무신론자, 살인자, 사기꾼, 배금주의자, 엮어 들이기와 속임수의 명수, 참신도들의 원수이자 박해자인 이방의 왕이 선다고 했습니다. 이자는 재위 중 오로지 금붙이만 탐할 뿐, 은붙이는 거들떠보지도 않는다 했습니다. 내 말을 들으면서 여러분은 서둘러 계산을 꼽아 볼 테지요? 내가 말하는 이 사람이 대체 교황에 가까울까, 황제에 가까울까, 프랑스 왕에 가까울까, 아니면 다른 나라 왕에 가까울까……. 그러다 여러분은 이러겠지요. 〈그자는 나의 원수라, 따라서 나는 그자의 편이 아니다.〉 그러나 나는 그렇게 어수룩한 사람이 아니에요. 나는 여러분에게 한 사람을 지목하지는 않아요. 가짜 그리스도는 오되, 전체에게 전체로서 옵니다. 따라서 모두가 그 가짜 그리스도의 일부가 되고 말아요. 가짜 그리스도는 도성과 산촌을 노략하는 도둑 떼로 올 것이며, 하늘에 갑자기 무지개가 나타나거나, 나팔 소리가 들리거나, 불이 나거나, 애곡 소리가 나거나, 바다가 넘치거나 하는 등의 전조와 함께 올 것입니다. 가짜 그리스도가 나타날 즈음, 사람과 짐승은 괴물을 낳을 것이라고 했는데 이는 증오와 불화가 사람이 사는 마을을 지배할 것이라는 뜻입니다. 그러니까 양피지에 그려진 괴물의 그림이나 보고 있지는 마세요. 혼인한 지 얼마 안 되는 여자가 말을 다 배운 아이를 낳는데, 이 아이는 심판의 날이 임박했다는 말만 전하고는 죽어 버린다고 하지요? 그렇다고 그런 아이를 저 아랫마을에서 찾지는 마세요. 지나치게 똑똑한 아이는 바로 이 수도원 경내에서 이미 죽음을 당했어요. 이러한 선지자 아이는 노경에 가까운 어른 모습을 한다던가요? 예언에 따르면, 네발로 기는 아이, 유령, 태중(胎中)에서 주문으로 예언하는 태아로 나타나기도 한다던가요? 여러분은, 이 모든 것이 기록되어 전해진다는 것을 알고 있어요? 신분이 높은 자들 사이에서, 일반인들 사이에서도, 그리고 교회 내에서도 혼란이 일고 모두가 동요하게 될 것이라고 이미 기록되어 있습니다. 그래서 사악한 목자가 들고 일어나고, 성미가 꼬인 자들, 거만한 자들, 탐욕스러운 자들, 쾌락만을 좇는 자들, 부정 축재한 자들, 부질없는 말장난으로 세월을 보내는 자들, 허장성세를 일삼는 자들, 교만하고 거만한 자들, 음탕한 자들, 덧없는 영화를 좇는 자들, 복음의 원수가 되는 자들은 앞문을 열어 놓고 참말씀을 몰아낼 것이라고 합니다. 이들은 신앙의 길을 혐오하고 죄를 참회하지 않으며 따라서 모든 사람들에게는 불신과 형제 불화와 사악함과 고집과 질시와 무관심과 도둑질과 술주정과 무절제와 방종과 육욕과 사통(私通) 같은 악덕을 조장하고 다닐 것이라고 합니다. 고통은 사라질 것이나, 동시에 겸손도, 평화와 청빈과 연민에의 사랑은, 눈물의 미덕도 모두 사라질 것입니다. 자, 이런데도 자신의 모습을 이 예언 속에서 발견하지 못하겠나요? 이 수도원 수도사들과 먼 데서 오신 귀빈들께서는 어째서 이를 깨닫지 못하시는가요?」

호르헤의 말이 잠시 중단되는데 어디에선가 부스럭거리는 소리가 들려왔다. 베르트란도 추기경이 의자에 앉은 채 몸을 뒤트는 소리였다. 호르헤는 대단한 강사 시늉을 하고 있었다. 그는 수도원 형제들을 채찍질하되 빈객들이라고 사정을 봐주지는 않았다. 나는 베르나르 기를 비롯한 아비뇽 사절들이 무슨 생각을 하고 있는지 자못 궁금했다.

　호르헤의 호령은 계속되었다. 「……가짜 그리스도가 신성을 모독하는 허깨비로, 우리 주님을 흉내 내는 잔나비로 나타나는 것은 바로 이 시점인 것입니다. 지금이 바로 그때입니다만…… 그때가 되면 모든 왕국은 서로 반목하고, 백성 사는 곳에는 기근과 역병이 창궐하여 거두는 것이 많지 못할 것이며 겨울이면 사람들은 혹한에 시달립니다. 지금이 바로 그때입니다만…… 그때가 되면 아이들은 일용품과 먹을 것을 마련해 주는 사람이 없어 저잣거리를 헤매게 될 것입니다. 그때를 맞아 이미 세상을 떠난 사람과, 그때를 살아남을 수 있는 사람. 그때가 되면, 교만하고 뽐내기를 좋아하는, 우리의 원수 되는 지옥의 왕자가 나타나 세상을 속이고 정의를 숨기기 위해 갖가지 악덕을 선보일 것입니다. 시리아는 패망하여 제 백성의 죽음을 애통해할 것이고, 길리기아는 고개를 들다가 심판자가 부르는 소리를 들을 것입니다. 바빌론의 딸들은 화려한 옥좌에서 일어나 독배를 들어야 할 것이고 갑바도기아와 리기아와 리카오니아는 무너지거나 제 부정부패에 다리가 걸려 패망할 것입니다. 야만인의 막사와 전차가 사방에서 나타나 온 땅을 유린할 것이며, 아르메니아와 폰투스와 비티니아의 청년들은 무수히 칼날에 쓰러질 것이요, 처녀들은 볼모로 끌려가고 아들딸은 근친상간을 자행할 것입니다. 영광을 뽐내는 피시디아는 엎드려 행복할 것이며 페니키아는 칼날을 맞을 것이요, 유대 땅은 애곡하면서 부정의 값으로 파멸을 치러 받을 것입니다. 도처에서 성지 유린의 작패가 횡행하면 가짜 그리스도는 서쪽 땅을 짓밟고 무역로를 파괴할 것입니다. 가짜 그리스도는 양손에 각각 칼과 횃불을 들고, 칼로는 내리치고 횃불로는 사를 것입니다. 그의 힘은 신성을 모독하고, 그의 손은 잔혹할 것인즉, 오른손은 파멸이요, 왼손은 어둠일 것입니다. 그의 모습을 알아보는 수가 있기는 있습니다. 머리는 불꽃으로 타오르고, 오른쪽 눈에서는 피가 흐릅니다. 왼쪽 눈은 고양이 눈 같되 눈동자가 하나가 아니라 둘이랍니다. 눈썹은 희고, 아랫입술은 부풀어 있고, 발목은 약하나 발은 크고 엄지손가락은 투박하고 길답니다!」

「저 영감, 자화상을 그리고 있지를 않나?」 사부님이 웃으며 말했다. 사부님 말씀으로는 뜻밖에도 심술궂은 표현이었다. 그러나 머리끝이 쭈뻣 서던 참이라서 사부님 말씀이 오히려 반가웠다. 그러나 웃을 수는 없었다. 나는 이를 악물고 볼에다 바람을 잔뜩 넣어 웃음을 참다가 숨이 훅 나오는 바람에 소리를 내고 말았다. 노인이 침묵하고 있었기에 내가 낸 소리가 모두에게 들렸으나, 다행히도 다들 누군가가 기침을 했거나, 흐느끼고 있거나 두려움에 떨고 있는 것으로 생각한 것 같았다. 그리고 사실이 그렇기도 했다. 호르헤는 말을 이었다.

「……세상이 무법천지가 되고, 천둥벌거숭이 아들이 아비에게 맞서고, 아내가 제 서방에게 술수를 쓰고, 서방이 아내를 송사(訟事)에 얽어 들이고, 주인이 머슴을 천시하여 머슴이 주인의 말을 거역하는 때가 바로 이때입니다. 이때가 되면 노인은 대접을 받지 못하고, 젊은이는 세상을 지배하려 나설 것이며, 근행이 천시당하고 도처에서 음행과 악덕과 방종을 찬양하는 노래가 울려 퍼질 것입니다. 여기에, 강간과 간통과 위증과 자연의 이치에 반하는 죄악이 파도처럼 밀려들 것이고, 역질이 창궐하고 무술(巫術)과 주술이 난무할 것이며 하늘에는 기망한 날것들이 나타날 터입니다. 그뿐만 아닙니다. 기독교도 사이에는 가짜 선지자, 가짜 사도, 배덕자, 협잡

686

꾼, 마녀, 강간범, 선동자, 위증자, 곡학 아세배(曲學阿世輩)가 속출할 터입니다. 그러면 목자는 이리로 표변하고, 사제는 거짓 증언을 밥 먹듯이 하고, 수도사는 속세를 탐하고, 거지는 두목을 대접하지 않고, 부자는 자비를 잃고, 정의는 오로지 불의만을 편들 것입니다. 도시는 지진에 흔들릴 것이요, 만방에는 역질이 만연할 것이며, 폭풍우는 땅을 뿌리째 뒤집을 것이요, 들판은 오염될 것이요, 바다는 검은 액체를 내뿜을 것이고, 달에서는 이변이 일어날 것이며, 별은 제 길을 잃으면서 미지의 별이 나타나 하늘을 갈고 다닐 것이요, 계절이 미쳐 여름에는 눈이 오고 겨울에는 폭염이 내릴 것입니다. 이와 더불어 종말이 옵니다. 첫날 제3시에는 하늘에서 문득 큰 소리가 들리고 북쪽에서는 보랏빛 구름이 모여들고 번개, 천둥과 함께 온 땅에는 피의 비가 쏟아져 내립니다. 둘째 날에는 땅이 뿌리째 흔들리고 연기 기둥이 하늘의 문을 가립니다. 사흘째 되는 날에는 이 땅 밑의 심연이 우주의 네 모서리에서 열립니다. 창공의 탑루가 열리고 그 안에 연기가 들어차며 제10시가 될 때까지 유황 냄새가 진동할 것입니다. 나흘째 되는 날 아침 일찍이 심연이 녹아 터지니 땅의 집들은 하나 남김없이 무너져 내릴 것입니다. 닷새째 되는 날 제6시에는 빛의 권능과 해 바퀴가 터지면서 세상은 암흑천지가 되되 밤이 되어도 달과 별은 빛을 발하지 못할 것입니다. 엿새째 되는 날 제4시에는 창공이 동에서 서로 갈라지고 그 틈으로 천사들이 이 땅을 내려다볼 것입니다. 땅 위의 모든 것들은, 위에서 내려다보는 천사들을 볼 수 있을 것입니다. 천사들을 본 사람들은 그들의 시선을 피해 산속으로 망명도생할 터입니다. 이레째 되는 날 그리스도께서 아버지 하느님의 빛으로 강림하실 것입니다. 곧 의의 심판이 내려지고 승천하는 자는 육체와 영혼의 영원한 지복을 얻게 됩니다. 교만한 형제들이여, 그러나 오늘 밤 여러분이 묵상해야 하는 것은 이것이 아니올시다. 죄인은 여드레째 아침을 맞지 못합니다. 여드레째 아침이 되면 부드럽고 다정한 소리가 동쪽에서 들리고 하늘 한가운데서 한 천사가 나타나 다른 천사들에게 명을 내립니다. 천사들은 이 한 분 천사와 함께 구름 병거를 타고 날아다니면서 믿는 자들을 축복하여 해방시킵니다. 이들은 모두 한데 어울려 심판의 날이 끝난 것을 기뻐합니다. 그러나 오늘 밤의 우리에게는, 그들과 함께 기뻐하는 순간을 상상할 자격이 없습니다. 따라서 오늘 밤 우리가 묵상하여야 하는 것은 구원받지 못한 자들을 내쫓는 우리 주님의 음성입니다. 우리 주님께서는 이렇게 외치실 것입니다. 〈내게서 떠나라, 저주받은 것들아! 어서 악마와 그 사제가 너희를 위해 예비한 영원한 불길 속으로 들어가거라! 너희가 번 것이니 너희가 누려라! 내게서 떠나 영원의 어둠으로, 꺼지지 않는 불길로 들어가라! 나는 너희들을 만들었는데 너희는 다른 자를 따랐다. 너희는 다른 주인의 종이 되었으니, 가서 어둠 속에서 끊임없이 이를 가는 그 배암과 함께하라. 나는 너희들에게 복음을 알아먹는 귀를 주었는데도 너희는 이교도의 말에 그 귀를 기울였다. 나는 너희에게 하느님을 찬미할 입을 주었으나 너희는 그 입으로 거짓 시를 읊고 광대의 익살을 농했다. 나는 너희들에게 내가 보인 본을 알아보는 눈을 주었으나 너희는 그 눈으로 암흑을 엿보았다! 나는 자비로우나 공정한 판관이다. 따라서 내 너희에게, 한 짓에 값하는 심판을 내리리라. 내 너희에게 자비를 베풀고자 하나 너희 항아리에는 기름이 없고, 내 너희를 불쌍히 여기고자 하나 너희 등잔은 닦여 있지 않구나…… . 어서 내게서 떠나라…… .〉 우리 주님의 무서운 말씀이 아닙니까? 이로써 우리는 영원한 고통이 기다리는 지옥의 나락으로 떨어질 것입니다. 아, 성부와 성자와 성령의 이름으로…….」

「아멘…….」 모두가 이구동성으로 축수했다.

성무가 끝나자 수도사들은 아무 말 없이 줄을 지어 자기네들 방으로 갔다. 이야기를 나누고 싶지 않았던지 소형제 수도회 사절과 교황청 사절 들도 총총히 어둠 속으로 사라졌다. 나는 마음이 무거워 견딜 수가 없었다.

순례자 숙사 계단을 오르면서 사부님이 나에게 말했다. 「어서 자거라. 나다닐 만한 밤이 못 된다. 어쩌면 베르나르 기는 우리 시체를, 세상의 종말을 고하는 나팔 소리로 삼으려 할지 모른다. 내일 조과 성무에는 빠지지 않도록 하자. 조과 성무가 끝나면 미켈레를 비롯 소형제회 수도사들은 모두 떠날 테니…….」

「베르나르 기 수도사께서도 죄인들을 데리고 떠나십니까?」 내가 힘없이 물었다.

「암, 이제 여기에서 더 할 일은 없을 테니까……. 베르나르는 어떻게 하든 미켈레보다 먼저 아비뇽에 도착하려 할 게다. 그리고 미켈레의 아비뇽 도착 일자를, 소형제회 수도사를 지낸, 이단자이며 살인자인 레미지오의 심판 일자와 맞추어 놓겠지……. 그래야 레미지오를 태우는 화형대의 불길이 화해의 횃불이 되어 미켈레와 교황이 만나는 자리를 비출 테니…….」

「그럼 살바토레와…… 그…… 여자는 어떻게 되는지요?」

「살바토레는, 심판 현장에서 증언해야 하니까 레미지오와 함께 가게 될 게다. 베르나르는 어쩌면, 저에게 협조해 준 대가로 살바토레의 목숨은 되돌려 줄지도 모르겠구나. 놓아준 뒤에 사람을 보내어 뒤에서 치게 할지도 모르겠고⋯⋯. 아니, 아주 살려 보낼지도 모르겠다. 베르나르 같은 인간에게 살바토레 같은 인간은 아무 관심거리도 되지 못한다. 살바토레는 랑그도크 숲 같은 데서 살인강도로 한 많은 삶을 마치게 될까⋯⋯.」

「하면⋯⋯ 여자는 어떻게 되는 것입니까?」

「여자에 관한 한, 내 이미 화형대의 노린내가 난다고 하지 않더냐? 하나 여자는 아비뇽 구경도 못 하고 화형을 당할 게다. 카타리파 이단자들 마을 근처에서 맛보기 삼아 화형을 당할 테지. 나는 베르나르가 동료인 자크 푸르니에와 곧 만나기로 했다는 말을 들었다. 이 이름을 잘 기억해 둬라. 지금은 알비파 이단자들이나 화형대로 보내고 있다만 이자의 야심은 이 정도가 아닐 것이야. 이 아름다운 마녀를 그을리면 두 사람의 명성과 위용이 더욱 빛나지 않겠느냐?」

「구할 방도가 없습니까? 원장님께서 중재에 나서실 수는 없는 것입니까?」

「누구를 위해서? 범죄 사실을 자백한 레미지오를 위해서? 살바토레 같은 부랑자를 위해서? 불연이면, 그 여자를 위해서?」

「여자를 위해서 하면 안 되는 것입니까, 사부님? 셋 중에서 결백한 것은 여자뿐입니다. 여자가 마녀가 아니라는 것은 사부님께서도 아시질 않습니까?」

「사태가 이 지경이 되었는데, 수도원장이 마녀를 구하려고 독사 구멍에 손을 넣을 것 같으냐?」

「우베르티노 님을 도피시키는 일은 도와주시지 않았습니까?」

「우베르티노는 자기 수도원의 노수도사인 데다 공개적으로는 어떤 혐의도 받은 바 없다. 그러고 보니⋯⋯ 너 대체 무슨 헛소리를 하고 있는 것이냐? 우베르티노는, 이빨이 빠졌

기는 해도 아직은 사자야! 베르나르라고 하더라도 상대가 우베르티노라면 정면에서 치지는 못해.」

「역시 레미지오 수도사의 말이 옳았습니다. 언제나 약자들이 값을 치러야 하는군요. 자신들의 편에 섰던 이들을 위해서도, 우베르티노 수도사님이나 미켈레 수도사님 같은 분들을 위해서도요. 앞의 두 분은 멀쩡한 사람들을 이단자로 만들어 놓았는데도 말씀입니다.」 나는 절망에 빠져 있었던 나머지 그 여자가, 우베르티노의 신비주의적인 교리에 물든 엄격주의파 신도이기는 고사하고, 엄격주의파와는 아무 인연도 없는 농부의 딸이라는 사실을 잊고 있었다.

「네 말이 다 그르지는 않다. 네가 정의를 구하는 기특한 아이여서 하는 말이다만, 언젠가는 교황과 황제라고 하는 두 마리의 큰 개가 평화를 위하여, 서로 제 주인을 위하여 물고 뜯고 싸우던 작은 개의 시체를 주고받게 될 게다. 미켈레와 우베르티노 역시, 오늘 저 여자가 받은 것과 똑같은 대접을 받게 되겠지.」

나는 이제 와서야 자연 철학의 원리를 근거로 하는 사부님의 예언, 혹은 삼단 논법을 이해한다. 그러나 당시에는 그의 예언이나 추론이 나에게 하등의 위안거리도 되지 못했다. 한 가지 확실한 것은 여자가 화형을 당하게 된다는 것이었다. 나는 책임을 느꼈다. 여자가 화형을 당하면, 내가 지은 죄까지 사함을 받을 것 같았기 때문이었다.

나는 부끄럽게도 눈물을 떨어뜨리며 내 방으로 돌아와 밤새 울었다. 참으로 안타까운 것은, 동료들과 멜크 수도원에서 몰래 돌려 가며 읽던 기사 무훈담의 주인공처럼 사랑하는 이의 이름을 부르면서 밤새 애통해할 수도 없는 처지였다는 것이었다.

이것이 내가 경험한, 처음이자 마지막인 세속적 사랑이다. 그때도 그랬고 그 뒤로도 그랬지만 나는 사랑하는 사람의 이름을 불러 본 바가 없다.

제6일

조과

찬미가 「세데룬트」가 울려 퍼지고 있을 동안
말라키아가 바닥에 꼬꾸라진다.

우리는 조과 성무에 들어갔다. 안개 속에서 하루가 지나고
새날이 시작되었는데도 안개는 여전했다. 회랑을 지나노라
니 잠을 설쳐서 그런지 한기가 뼛속을 스며드는 것 같았고
몸이 구석구석 쑤셔 왔다. 교회 안은 몹시 추웠지만 나는 반
가운 마음으로 회중석 통로에 꿇어앉았다. 자연의 냉혹함에
서 벗어나 다른 수도사들과 나누는 온기와 기도로 위안을 얻
을 수 있었기 때문이었다.

「시편」봉독이 시작될 즈음 사부님이 우리 앞쪽의 자리를
가리켰다. 호르헤 노수도사 자리와 티볼리 사람 파치피코의
자리 사이에는 빈자리가 하나 있었다. 늘 장님 호르헤 곁에
앉는 말라키아의 자리였다. 그 자리가 비어 있는 것을 눈여
겨보는 사람은 우리뿐만이 아니었다. 나는 수도원장 쪽을 바
라보았다. 원장의 표정은 굳어 있었다. 빈자리가 무서운 사건
의 전조가 된 전례가 있음은 누구나 익히 아는 터였기 때문이
었다. 호르헤 역시 여느 때와는 달리 초조해하는 눈치를 보
였다. 여느 때 같으면 흰 창만 희번덕거리는 그 텅 빈 눈 때문
에 표정이 전혀 없어 보이는 그의 얼굴은 어두움에 거의 가려
져 있었으나, 그의 두 손은 걱정거리가 있는 듯 불안하게 움

직이고 있었다. 실제로 그는 몇 차례, 주인이 와서 앉았는지 확인하려는 듯이 그 자리를 더듬어 보기까지 했다. 그런 손짓은 일정한 간격을 두고 되풀이되고 있었다. 그는 말라키아가 나타나 그 자리에 앉아 주기를 기다리는 것 같았다.

「사부님, 장서관 사서 수도사에게 무슨 일이 일어난 것이 아닙니까?」 내가 사부님에게 가만히 여쭤 보았다.

「말라키아는 이제 문제의 서책을 손에 쥔 유일한 사람이다. 말라키아 자신이 사건의 범인이 아니라면 그 서책이라는 게 얼마나 위험한 것인지 모르고 있을 게다.」 사부님이 대답했다.

우리의 대화는 그것으로 끝났다. 기다려 보는 수밖에는 다른 수가 없었다. 사부님과 나는 좌우의 눈치를 보면서 기다렸고, 수도원장은 연신 그 빈자리 쪽으로 이따금씩 눈길을 던지면서 기다렸고, 호르헤는 손으로 더듬어 어둠에다 말라키아의 안부를 물으면서 기다리고 있었다.

조과 성무가 끝날 즈음 수도원장이 수도사들에게 성탄절 장엄 미사를 준비해야 할 것이라고 말했다. 수도원 관례에 따라 찬과 성무 시까지는 자리를 뜨지 말고 모두 한자리에 모여 성탄절에 어울리는 찬미가를 연습하자는 뜻이었다. 신심 깊은 수도사들 집단은 한 몸, 완벽한 화음을 내는 한목소리였다. 몇 년 동안이나 연습을 쌓아 온 나머지 마음만 먹으면 언제든지 노래를 통해 하나의 영혼으로 뭉쳐질 수 있는 것이었다.

원장은 「세데룬트」가 좋겠다고 말했다.

Sederunt principes et adversus me
loquebantur, iniqui persecuti sunt me.

Adiuva me, Domine Deus meus, salvum me
fac propter magnam misericordiam tuam.[1]
(수령들이 모여 앉아 나를 모함하오나
이 종은 당신의 법규를 명상합니다.
당신의 언약은 나의 기쁨이요
나의 충고자이옵니다.
내 영혼이 먼지 속에 처박혔사오니
말씀하신 대로 이 몸을 살려 주소서.)

　　나는 원장이, 박해받은 자들을 사악한 수령들로부터 지켜
달라고 호소하는 승계송(昇階頌)을 일부러 골랐을 것이라고
생각했다. 더구나 그 자리에는 황제와 교황이라는 수령들의
사절단이 동석해 있었다. 원장은 그러니까, 하느님과의 특별
한 결속 덕분에 우리 교단이 수 세기 동안 모진 열강의 박해
에 저항해 왔음을 상기시키고 있는 셈이었다. 참으로 찬미가
의 서두는 거대한 힘을 연상시키고 있었다.
　　느리고 장엄한 합창이 시작되자 하나로 어우러진 백여 개
의 목소리가 나지막하게 회중석 통로를 메우면서 우리 머리
위로 떠올랐다. 아니, 그 소리는 땅속에서 울려 나오는 것 같
았다. 소리는 잠시도 끊어지는 법이 없었다. 깊고도 그윽한
선율 위로 성부(聲部)와 다른 또 한 무리의 소리가 일련의 중
창과 장식음을 엮어 내면서 이어지다가 누군가의 「아베 마리
아」가 열두 번 되풀이된 뒤에야 끝났다. 영원으로 이어지는
듯한 긴 악절은 예배를 드리는 모든 이들의 마음속에서 두려
움을 내쫓아 주었다. 그리하여 또 다른 무리의 듬직한 저음,

1 「시편」 119:23 이하.

특히 수련사들이 내는 저음은 그 견고한 바탕을 일종의 토대로 삼아 그 위로 종탑과 기둥과 첨탑을 일으켜 세우면서 각각의 음부(音符)에 밑줄을 긋는 듯했다. 내 가슴이 각 성부(聲部)의 달콤한 울림에 젖어 들면서 이 소리는, 충만한 느낌을 수용해 내지 못하는 영혼(기도하는 영혼이자 듣고 있는 나의 영혼)을 갈가리 찢어 내어 버리고 그 아름다운 소리의 힘으로 기쁨과 찬미와 사랑을 드러내는 것 같았다. 그러나 집요한 지하 신들의 목소리 또한 쉽사리 내 귓전에서 사라지지 않았다. 그 소리는 아직 한 덩어리로 모이지 못한, 주님을 박해하던 막강한 원수의 위협으로 들려오기도 했다. 해저 신들의 단선율적 발악이 진압된 듯할 즈음, 혹은 할렐루야가 신들의 저항을 분쇄한 듯할 즈음 모든 소리는 장엄하고도 완벽한 화음으로 끝나고 있었다.

「세데룬트」 부분이 지나치게 힘차 듣기에 거북한 소리였다면 「프린키페스」는 웅장하면서도 거룩하고 평화로운 소리로 내 귀를 두드렸다. 나는 나를, 혹은 우리를 적대하는 그 세력이 무엇인지 더 이상 고민하지 않았다. 내 영혼에 도사리고 있던 어둠, 나를 위협하던 악령은 「프린키페스」와 더불어 사라진 것이었다.

그러나 악령이 거기에서만 사라진 것은 아니었다. 노래에 빠져 있다가 다시 고개를 쳐든 내 눈에, 언제 없었더냐는 듯이 다시 자리를 채우고 있는 말라키아의 모습이 보인 것이었다. 나는 사부님을 보았다. 사부님 얼굴에도 안도의 기색이 역력했다. 수도원장의 얼굴에서도 같은 표정을 읽을 수 있었다. 호르헤는 다시 손을 내밀어 의자를 더듬다가 말라키아의 몸을 감촉하고는 황급히 손을 거두었다. 그가 그때 어떤 생각을 했는지 나로서는 알 수 없다. 이로써 말라키아의 부재가 야기할 수 있는 또 하나의 사건에 대한 공포, 또 하나의 악령은 사라진 셈이었다.

찬양대의 합창은 「아디우바 메」를 지나고 있었다. 〈아디우바〉라는 문장의 양성 모음 〈아〉가 기분 좋게 교회 안에 울려 퍼졌다. 「세데룬트」의 경우와는 달리 〈우〉도 어둡게 들리기는 커녕 소리에서 신성한 힘이 넘쳐 나는 것 같았다. 베네딕트 수도회 회칙에 따라 수도사들과 수련사들은 몸을 꼿꼿이 세워 고개를 들고 악보를 어깨 높이까지 올린 채로 노래했다. 그래야 고개가 숙여지지 않고 그래야 호흡에 힘을 들이지 않고 소리를 제대로 낼 수 있기 때문이었다. 조과 성무가 끝났다고는 하나 시간적으로는 여전히 신새벽이었다. 그리스도의 탄생을 알린 나팔 소리가 모든 수도사들을 수마(睡魔)로부터 지켜 준 것은 아니었다. 몇몇 수도사들은, 장음부(長音符)에 따라 소리를 길게 뽑다가 그 소리의 흐름에 몸을 맡기고 꾸벅꾸벅 졸고는 했다. 그런 수도사들이 발견될 때마다 찰중 수도사는 등불을 들어 이를 일일이 확인하고는 졸고 있는 수도사의 육체와 정신을 흔들어 깨웠다.

말라키아가 이상한 자세로 웅크리고 있는 것을 발견한 것도 바로 그 찰중 수도사였다. 말라키아는, 그 전날 밤에 눈을 붙이지 못했던지 수마가 득실거리는 킴메리아[2]의 안개 속으로 들어가 있는 것 같았다. 찰중 수도사가 그에게 다가가 말라키아의 얼굴에다 등잔을 들이대었다. 웬만하면 그 정도만으로도 퍼뜩 정신을 차렸을 만했다. 그러나 말라키아 쪽에서는 아무 반응도 보이지 않았다. 이상하게 여긴 찰중 수도사

---

2 그리스 신화에 나오는 잠의 신 히프노스가 산다는 나라.

가 손을 대어 말라키아를 가볍게 밀었다. 말라키아는 씨보릿 자루처럼 앞으로 꼬꾸라졌다. 순식간에 일어난 일이라 찰중 수도사는 가까스로 꼬꾸라지는 말라키아의 몸을 팔로 받을 수 있었다.

합창이 느려지면서 소리가 하나씩 죽기 시작했다. 화음을 이루던 소리를 밀어내면서 가벼운 소요가 일기 시작했다. 사부님은 자리를 차고 일어나 그쪽으로 달려갔다. 티볼리 사람 파치피코와 찰중 수도사는 말라키아를 바닥에 반듯이 눕히고 있었다. 말라키아는 의식을 잃은 듯했다.

수도원장이 달려왔다. 찰중 수도사의 등잔을 빼앗아 든 사부님이 그 등잔을 말라키아의 얼굴 가까이로 가져갔다. 앞에서 말라키아의 시원찮은 용모를 대강 설명한 바 있지만, 그날 밤 희미한 등잔 불빛에 드러난 말라키아의 얼굴은 죽은 사람의 얼굴이라기보다는 죽음 그 자체라고 해도 좋을 만큼 흉측했다. 뾰족한 코, 쑥 들어간 눈, 푹 꺼진 관자놀이, 귓불이 뒤집히고 주름 잡혀 그렇게 흉해 보일 수 없는 귀……. 말라키아의 얼굴은 이미 굳어 가고 있었고 누런 뺨에는 그늘이 드리워지기 시작한 지 오래였다. 눈은 뜨고 있었으나 사물을 보고 있는 눈은 아니었다. 거친 호흡이 허옇게 마른 입술 사이로 새어나왔다. 그런 얼굴을 하고도 말라키아가 입술을 움직였다. 나는 말라키아 옆에 앉은 사부님 뒤로 다가섰다. 말라키아의 치열 안에서 검은 혀가 움직이기 시작했다. 사부님은 겨드랑에다 손을 넣어 말라키아를 일으켜 앉히고는 이마의 땀을 씻어 주었다. 말라키아는 사부님의 손길을 느낀 것 같았다. 하지만 그가 사부님을 알아보고 있는 것 같지는 않았다. 말라키아는 떨리는 손으로 사부님의 가슴을 쥐고는 사부님의 귀가 그의 입술에 닿을 정도로 끌어당기고서 힘겹게 몇 마디 더듬거렸다. 「그가 그랬어요……. 정말…… 전갈 천 마리의 힘이…….」

「누가 그러던가? 누가?」 사부님이 다그쳐 물었다.

말라키아는 말을 이으려고 애썼다. 그러나 한차례 발작적으로 몸을 떨고 말라키아는 고개를 뒤로 꺾었다. 얼굴에는 핏기가 하나도 남아 있지 않았다. 숨을 거둔 것이었다.

사부님이 벌떡 일어났다. 그는, 원장이 옆에 있다는 걸 알았을 텐데도 원장에게는 한마디도 하지 않았다. 그의 시선이 원장 뒤에 서 있는 베르나르 기의 얼굴로 날아가 꽂혔다.

「베르나르 형제여, 용케도 살인범을 잡아 가둡디다만, 자, 이 사람을 죽인 것은 누구입니까?」

베르나르가 대답했다. 「내게 묻지 마세요. 나는, 이 수도원에 있는 범죄자를 소탕했다고 말한 적은 없어요. 가능했다면 기꺼이 그랬을 테지만……. 하나 나머지는 이 수도원 원장의 혹독한 칼날…… 혹은 도에 넘치는 자비의 손길에 맡기기로 하지요.」 원장은 얼굴을 붉혔지만 항변은 하지 못했다. 베르나르는 이 말만 남기고 자리를 떴다.

누군가가 흐느끼는 소리가 들려왔다. 호르헤 노수도사였다. 그는 어느 수도사의 부액을 받으며 기도할 때 쓰이는 무릎받이에 꿇어앉아서 어깨를 들먹거리고 있었다. 그 수도사가, 말라키아가 숨을 거둔 사실을 일러 주었던 모양이었다.

「언제면 끝이 날꼬……. 오, 주님, 저희를 용서하소서…….」 호르헤의 말은 토막토막 끊어지고 있었다.

사부님은 한동안 시체를 응시했다. 그러다 시체의 손목을 끌어 등잔 가까이 가져갔다. 오른손 손가락 세 개가 까맣게 변색해 있었다.

찬과

새 식료계는 임명되나 장서관 사서 쪽으로는 소식이 없다.

찬과 성무 시간이 되었을까? 전이었을까, 후였을까? 나는 시간 헤아리는 감각을 잃고 있었다. 몇 시간이 지났는지도 모르고, 그보다 짧은 시간이 지났던 것인지도 모른다. 말라키아의 시신은 교회의 관대(棺臺)에 놓여 있었고, 수도사 몇 명이 그 관대를 반원 모양으로 둘러싸고 있었다. 원장은 신속하게 영결식을 준비하라고 수도사들을 채근하고는 베노와 모리몬도 사람 니콜라를 불렀다. 그는 하루도 채 안 되는 동안에 장서관 사서와 식료계를 한꺼번에 잃었다면서 니콜라에게 말했다. 「그대가 레미지오의 업무를 관장하라. 이 수도원의 식료 업무라면 그대도 어지간히 알고 있을 게다. 대장간 일은 그대 의중에 있는 형제에게 맡기고 당장 오늘부터 화급한 식당 및 주방 업무를 관장하여 필요를 메우는 데 소홀함이 없게 하라. 성무 참례는 면제할 것인즉 가거라……」 이어서 그는 베노에게 말했다. 「……그대가 말라키아 형제의 조수로 임명된 것은 겨우 어젯밤이다. 문서 사자실 열 준비를 서둘러라. 어떤 사람도 혼자서 장서관에 올라가게 해서는 안 된다.」 베노는 쭈뼛거리다가, 자기는 아직 장서관의 비밀에 대해 가르침을 받지 못했다고 말했다. 그러자 원장이 베노를 노려보면서 꾸짖었다. 「앞으로 허가가 날 것이라고 말한 사람도 없다. 세상을 떠난 형제들…… 아직도 떠나지 않은 형제들을 위해, 그리고 기도를 대신하여 모두가 장서관 업무를 열심히 하도록 살피도록 해라. 모든 수도사들은 오로지 자기에게 이미 맡겨진 서책에만 진력한다. 필요에 따라 장서관의 소장 목록은 볼 수 있으나 그뿐이다. 그대는 만과 성무에서 면제한다. 문단속을 해야 할 시각이니까.」

「안으로 문을 잠그면 저는 어떻게 나옵니까?」 베노가 물었다.

「좋은 질문이다. 아래 문은 저녁 식사가 끝나는 대로 내가 잠근다. 이제 가거라.」

원장은, 할 말이 있어서 기다리고 있는 사부님은 본 척도 않고 그 자리를 떠났다. 교회 안에는 몇몇 수도사들이 남아 있었다. 알리나르도 노수도사, 티볼리 사람 파치피코, 알레산드리아 사람 아이마로, 산탈바노 사람 피에트로……. 아이마로는 여전히 빈정대고 있었다.

「주님께 감사드립시다……. 저 게르만인이 세상을 뜬 지금 이제 전임자보다 더 무식한 장서관 사서를 맞게 되었으니 말입니다.」

「후임으로는 누가 들어설 것 같은가?」 사부님이 그에게 물었다.

산탈바노 사람 피에트로가 수수께끼 같은 미소를 지었다.

「요 며칠간 수도원 돌아가는 꼴로 봐서 문제는 장서관 사서 정도가 아닐 것 같습니다. 원장이 문제인 것이지요.」

「쉬잇……」 파치피코가 손가락을 입술에 갖다 대었다. 알리나르도 노수도사가 예의 그 예언자 같은 얼굴을 하고는 중얼거렸다. 「이 사람들이 또 불의를 행하겠구나……. 내 소싯적에 그러더니……. 막아야 해. 막아야 하고말고…….」

「누구를 막아야 합니까?」 사부님이 다그쳐 물었다. 파치피코가 가만히 다가와 사부님의 팔을 끌고 노인으로부터 꽤 떨어진 문 앞자리까지 가서는 속삭였다.

「아시겠지만…… 저희들은 알리나르도 노수도사 어른을 좋아합니다. 저희들이 아는 한, 저분은 수도원의 미풍양속, 그리고 세월 좋던 옛날의 유물 같으신 분입니다……. 하지만 때로는 엉뚱한 말씀도 곧잘 하시고는 하지요. 저희들은 모두 후임 장서관 사서로 누가 들어설지 걱정하던 참입니다. 후임은, 학식이 있고, 된 사람이고, 현명한 사람이어야 합니다. 당연하지 않겠습니까?」

「그리스어도 알아야 하는가?」 사부님이 물었다.

「아랍어도 알아야 합니다. 관례상 그렇고 업무상 그렇습니다. 저희들 가운데서 그 정도 재능 있는 사람은 꽤 있습니다. 저는 물론이고 피에트로와 아이마로도…….」

「베노도 그리스어는 아네.」

「너무 어렵습니다. 어제 말라키아가 어째서 그 어린 것을 보조 사서로 골랐는지 모르겠습니다만…….」

「아델모는 그리스어를 알았던가?」

「몰랐을 것입니다. 네, 몰랐습니다.」

「하나 베난티오는 알았지? 베렝가리오도 알았고……. 어쨌든 고맙네.」

우리는 식당에서 볼일이 있다면서 교회를 나왔다.

「그리스어에 관한 건 왜 물으셨는지요?」 내가 물었다.

「죽은 수도사로, 손끝에 검은 얼룩이 묻었던 수도사는 모두 그리스어를 안다. 따라서 다음에 누가 죽는다면 그리스어를 아는 수도사일 것이다. 나를 포함해서. 그러나 너는 그리스어를 모르니까 안전하다.」

「말라키아 수도사가 마지막으로 남긴 말을 어떻게 생각하시는지요?」

「너도 듣지 않았느냐? 전갈이라고 했지? 다섯 번째 나팔이 울리면…… 메뚜기 떼가 나타나는데……. 메뚜기 떼에게는 전갈이 가진 것과 같은 권세가 주어진다.[3]……말라키아는 누군가가 저에게 한 경고를 우리에게 알리는 것 같더구나.」

「여섯 번째 나팔이 울리면 사자 머리를 한 말이 나타나는데, 이 말은 연기와 불과 유황을 뿜습니다. 잔등에 탄 이는 붉은색, 보라색, 유황색 가슴받이를 붙이고 있고…….」[4]

「단서가 너무 많구나. 어쨌든 다음 사건은 외양간 근방에서 일어날지도 모르겠구나. 눈여겨보기로 해야겠다. 일곱 번째 나팔 소리에도 대비해야 한다. 그렇다면 희생자는 아직 두 사람이 더 남았다는 이야기가 되는데…… 문제는 그게 누구냐는 것이다. 문제가 되는 것이 finis Africae(아프리카의 끝)라는 방일까? 그렇다면 그 두 사람은 그 방을 아는 자가 되겠지. 그렇다면 원장밖에 더 있겠느냐? 문제가 되는 것이 다른 것이라면 또 모르지. 조금 전에 저 사람들이 하던 원장에 대한 험구를 들었지. 그런데 알리나르도는 복수(複數)로 말하더구나.」

「그럼 원장께 귀띔해 드려야 하지 않겠습니까?」

「뭘 귀띔해? 그들이 원장을 살해할 거라고? 확신이 기댈 언덕이 아직은 나에게 없다. 나는, 범인의 생각이 내 생각과 같다는 걸 전제로 밀고 나아가 보겠다. 하지만 범인이 다른 계획을 추진 중이라면? 그리고 범인이 단수가 아닌 복수라면…….」

3 「요한의 묵시록」 9:1~3.
4 「요한의 묵시록」 9:13~17.

「무슨 말씀이신지요?」

「아직은 잘 모르겠다. 하나 내 언제 너에게 이른 적도 있거니와, 우리는 가능한 모든 질서와 무질서를 상상해 보아야만 한다.」

1시과

지하 보고(寶庫)에서 니콜라는 윌리엄 수도사에게
많은 이야기를 들려준다.

식료계 직책을 맡은 모리몬도 사람 니콜라는 요리사들에
게 갖가지 업무를 지시했고 요리사들은 그에게 주방 업무의
통례를 샅샅이 보고했다. 윌리엄 수도사가 이야기 나눌 짬을
내어 보라고 하자 니콜라는, 주방에서의 일이 끝나고 지하
보고로 내려가 유리 그릇 닦는 일을 감독해야 한다면서, 그
때는 여유가 있을 테니 잠시만 기다리라고 했다.

얼마 뒤에야 니콜라는 사부님과 나에게 따라오라고 손짓
했다. 그는 앞장서서 교회로 들어가 제단 뒤로 우리를 안내
했다. 수도사들은 회중석에다 관대를 차리고, 말라키아의 시
신을 지키며 경야(經夜)할 준비를 하고 있었다. 니콜라는 우
리를 조그만 사다리 앞으로 안내했다. 사다리를 타고 내려가
보니, 돌기둥이 군데군데 궁륭 꼴 천장을 떠받치고 있는 조그
만 방이 나왔다. 그 방이 바로 수도원의 귀물이 보관되어 있
는 지하 보고였다. 수도원장은 그 지하 보고의 귀물을 끔찍
하게 여겨 특별한 경우나, 특히 귀한 손님이 왔을 때만 문을
열게 한다고 니콜라가 귀띔해 주었다.

지하 보고에는 갖가지 크기의 상자들이 벽을 지고 쌓여 있
었다. 상자 속에 든 보물은 니콜라의 직속인 두 시자가 들고

선 횃불의 불빛에 휘황찬란하게 빛났다. 황금빛 법의, 보석을 박은 금관, 겉에다 다양한 문양을 인각한 금속제 돈궤, 흑금(黑金)과 상아 세공품이 맨 먼저 눈에 들어왔다. 니콜라는 몹시 자랑스러운 듯한 얼굴을 하고 우리에게 evangeliarium (4복음서) 한 권을 보여 주었다. 거죽은, 갖가지 색깔의 법랑(琺瑯)으로 되어 있었고, 테두리에는 선조 세공(線條細工)한 금테가 감겨 있었다. 서책을 철하는 데 쓴 것도 못이나 철사가 아닌, 보석이었다. 그는 우리에게 정교하게 만들어진, 모형 제단도 보여 주었다. 이 제단에는 청금석(靑金石)과 금으로 된 기둥이 두 개 있었는데 그 기둥 사이로는 그리스도가 매장되는 장면이 양각되어 있었고 이 기둥 위로는 줄마노를 바탕으로 13개의 금강석을 박은 황금 십자가가 서 있었다. 제단 박공에는 마노와 루비가 박혀 있었다. 상아로 만든 서판(書板)도 있었다. 서판은 모두 다섯 쪽으로 되어 있었는데 각 쪽에는 그리스도의 생애가 음각되어 있었다. 서판 한가운데에는 은도금한 조개를 유리로 붙인 등잔이 있었는데, 이 등잔이 밀초로 만든 하얀 바닥에다 찬란한 무늬를 비추어 내었다.

귀물을 설명하는 니콜라의 야단스러운 표정이나 몸짓은, 그가 이 보물을 얼마나 자랑스럽게 여기는지 짐작하기에 충분했다. 사부님은 니콜라가 보여 준 수도원 보물에 정신이 아찔할 만큼 감동했다고 말하고는 슬쩍 말머리를 틀어 말라키아가 도대체 어떤 인물이었느냐고 물었다.

니콜라는 손가락에 침을 발라 수정 그릇의 얼룩을 닦아 내고는 사부님 쪽으로는 눈길도 돌리지 않은 채 대답했다. 그의 얼굴에서는 웃음기가 비쳤다. 「많이들 얘기하듯이, 말라키아는 생각이 깊어 보이기는 하지만 실제로는 단순한 사람이었지요. 알리나르도 수도사 말로는 한마디로 명청이라지만요.」

「알리나르도 노인은 옛날에 있었던 일 때문에 누구에겐가 마음의 앙금을 지니고 있는 것 같은데…… 이것이 알리나르도가 옛날에 장서관 사서 자리를 맡으려다가 거절된 사건과 관계가 있는 것일까?」

「저도 들은 적이 있습니다만, 그거야 까마득한 옛날이야기 아닙니까? 자그마치 반세기 전의 일이니까요. 제가 이 수도원으로 왔을 당시 장서관 사서는 보비오 사람 로베르토였습니다. 원로 수도사들은 알리나르도에게 불공평한 일이 있었다고 하더군요. 로베르토에게는 보조 사서가 있었는데, 이 사람이 죽자 새파란 말라키아를 그 자리에 앉혔습니다. 들리던 말에 따르면 말라키아가 제 입으로 그리스어와 아랍어를 안다고 하지만 사실이 아니라더군요. 흔히들 말라키아에게는, 쌓인 공부가 없다고들 합니다. 말하자면, 자기가 필사하는 서책이 대체 무슨 서책인지도 모르는 채 그저 글씨만 예쁘게, 원숭이 흉내 내듯이 옮겨 쓰던 필사생이었다는 것이지요. 알리나르도 수도사는 말라키아를 그 자리에 앉힌 것은 자기 원수의 흉계로 보았더랍니다. 알리나르도가 원수로 상정한 사람이 누군지는 저도 모릅니다. 이야기는 이것뿐입니다. 말라키아는 자신이 무엇을 지키고 있는지도 모르면서 도둑 지키는 개처럼 장서관을 지키고 있다는 이야기가 항상 있었어요. 그러고 보면 말라키아가 베렝가리오를 보조 사서로 지명했을 때에도 수군거림이 있었습니다. 사서나 보조 사서나 명청하기는 일반이지만 베렝가리오에게는 모사꾼 기질이 조금 있다는 말이 더러 나돌기도 했지요……. 이미 들어서 아실 터입니다만 말라키아와 베렝가리오의 사이가 아무래도 수상하다는 사람들도 있었습니다. 다 지나간 이야깁니다. 혹 아시는지요? 베렝가리오와 아델모 역시 해괴한 관계였다는 이야기 말입니다. 젊은 필사생들은 말라키아가 질투한다고들 수군거리더군요. 말라키아와 호르헤 사이를 두고도 이상한 소문이 나돌았습니다. 아, 그렇다고 달리는 생각하지 마십시오. 해온 공부로 보나, 마음을 닦은 세월로 보나 호르헤 노수도사가 그런 의혹을 받을 만한 분은 아닙니다. 장서관 사서이니만치 관례상 말라키아는 당연히 고해 사제로 수도원장을 섬겨야 합니다. 다른 수도사들은 호르헤 노인에게 고해합니다. 알리나르도 노수도사에게 하는 수도 있습니다만 이분은 지금 거의 제정신이 아니니까요. 그런데도 들리는 말에 따르면 말라키아와 호르헤가 만나는 횟수가 지나치게 많다는 것입니다. 수도원장이 말라키아의 영혼을 지배한다면 호르헤는 말라키아의 육체와 행동과 업무를 관장한다던가……. 수도사님도 들어서 아실 것입니다만 희귀본이나, 지금은 거의 잊힌 서책을 찾을 때 수도사들은 말라키아와 상의하는 게 아니라 호르헤 노인과 상의합니다. 말라키아는 목록을 갖고 있다가 서책을 찾으러 장서관으로 올라가는 게 고작이지만 호르헤는 그 서책의 내용까지 훤히 꿰고 있답니다.」

「호르헤는 어떻게 해서 장서관 일에 그렇게 정통한 것인가?」

「알리나르도 노인을 제하면, 이 수도원에서 가장 연세가 많은 분이 아닙니까? 거기에다 그분은 소싯적부터 이곳에 있었습니다. 호르헤 노인…… 연세가 대단히 많습니다. 여든이 넘었을 테지요. 그리고 장님이 된 지도 40년이 넘었다던가…….」

「그럼 눈이 멀기 전에 이미 박학을 얻었다는 이야긴데?」

「호르헤 노인에 관해서는 전설적인 이야기가 전해집니다. 어린 시절부터 벌써 굉장한 천재였더랍니다. 카스틸리아에서 소년 시절을 보낼 때 벌써 아랍어와 그리스어에 박사였다니까요. 장님이 된 다음에도…… 요새도 마찬가집니다만…… 문서 사자실에서 하루의 대부분을 보냅니다. 옆에 있는 수도사들에게 장서 목록을 읽게 하고 필요한 서책을 가져오게 해서는, 수련사들에게 소리 내어 읽으라고 한다는 것이지요.」

「말라키아와 베렝가리오가 죽은 지금, 남아 있는 사람 중에서 장서관 비밀을 알 만한 사람이 누구겠는가?」

「원장님이시겠지요. 베노를 사서 재목으로 보시는 날 베노에게 그 비밀을 일러 주시겠지요.」

「〈재목으로 보시는 날〉이라니, 그게 무슨 뜻인가?」

「베노의 연치(年齒)가 어리기에 드리는 말씀입니다. 베노는 말라키아가 죽기 전에 보조 사서가 되었습니다. 그러나 보조 사서가 되는 것과 사서가 되는 것과는 천양지찹니다. 사서는 원장직을 승계하는 것이 통례이니까요.」

「그래서 그랬구나……. 그래서 장서관 사서 자리가 그렇게 중했던 것이구나……. 그렇다면 원장도 옛날에는 장서관 사서를 거쳤는가?」

「아닙니다. 원장님은 거치지 않았습니다. 원장님이 원장직에 오르신 것은, 제가 여기에 오기 전인, 그러니까 30년도 더 된 옛날 일입니다. 그 전에는 리미니 사람 파올로가 원장이었다는데, 아주 묘한 어른이었던 모양입니다. 그 어른에 대한 이상한 이야기가 적지 않게 전해지니까요. 이분은, 대단한 독서가로, 장서관에 있는 서책이라는 서책은 모조리 암기하고 있었는데도 불구하고 쓸 줄은 몰랐다는군요. 그래서 별명이 Abbas agraphicus[실서 원장(失書院長)]였답니다. 아주 젊을 때 원장이 되었는데, 원장 되는 데는 클뤼니 사람 알지르다스라는 분의 배경 덕을 톡톡히 보았다고들 합디다. 모르

기는 하지만 한가한 산문 공론(山門空論)이었을 겁니다. 어쨌
든 파올로는 수도원장이 되었고, 보비오 사람 로베르토는 장
서관 사서 자리에 앉았는데…… 이 사서가 허구한 날 병치레
로 세월을 보내다 자리에 눕자, 사람들은 못 일어날 것이라고
들 했는데…… 그러던 중에 파올로 원장이 사라졌다고 합니
다.」

「죽었던 것인가?」

「사라졌다니까요. 어떻게, 어디로 사라졌는지는, 저도 들
은 바가 없어서 잘 모릅니다. 어느 날 여행을 떠났다가 영영
돌아오지 않았답니다. 여행하는 도중에 도둑 떼에게 걸려 죽
음을 당했는지 어쨌는지……. 파올로가 사라졌으니 장서관
사서 로베르토가 원장 후임으로 들어앉아야 마땅한데……
병 때문에 그러지 못했지요. 그러고는 한동안 원장 자리를 놓
고 여러 흑막이 있었답니다. 들리는 말로는, 지금 원장은 이
지역 영주의 서자(庶子)랍니다. 이 원장은, 자라기는 포사노
바 수도원에서 자랐습니다. 소싯적에는 성 토마스(토마스 아
퀴나스)를 시봉했는데 이분이 돌아가시자 원장은 토마스 원
장의 시신을 들쳐 메고 탑루 계단을 내려왔답니다. 이곳에서
원장을 덜 좋게 여기는 자들은, 그 순간이 원장의 기회였다고
하지요. 그 덕에 지금의 원장은 장서관 사서 자리를 거치지
않고도 원장이 되어 누군가로부터…… 로베르토로부터였을
겁니다만…… 장서관의 비밀을 전수받았답니다. 저는, 원장
이 베노를 가르쳐 사서로 만들지, 아예 가르치지도 않을지 알
지 못합니다. 이유는 아시겠지요? 장서관 사서로 지목한다는
것은 후임 원장 재목을 지목하는 것이나 다름없습니다. 극북
지방 출신의, 반쯤은 야만인이나 다름없는 이 풋내기 서생이
이 나라와 이 수도원에 대해서, 그리고 이 수도원과 이 지역

영주와의 관계에 대해서 알면 얼마나 알겠습니까?」

「하지만 말라키아나 베렝가리오는 이탈리아인이 아니면서도 각각 사서, 보조 사서 노릇을 하지 않았는가?」

「참 알 수 없는 일이지요. 수도사들 사이에서는, 지난 반세기에 걸쳐 수도원 법통이 문란해지고 있다고 불만이 자자하답니다. 반세기 전…… 어쩌면 그보다 더 오래전에 알리나르도가 장서관 사서 자리를 넘본 것도 바로 이 때문이었을 겁니다. 사서 자리는 예부터 이탈리아인들의 전유물이었더랍니다. 실제 그럴 만한 재목도 넉넉하게 있었고요. 아시겠지만……」 니콜라는 말하기가 망설여졌는지 한참 우물쭈물 망설이다가 말을 이었다. 「……말라키아와 베렝가리오는 이제 죽었으니 원장 자리에는 앉을 수 없는 것이지요……」

니콜라는 아주 불길한 생각, 아니면 망측한 생각이라도 했던지 서둘러 두 손을 허공에다 내젓고는 성호를 그었다. 「……내가 대체 무얼 안다고 이렇게 지껄이고 있을까……. 아시다시피 이 나라에서는 창피한 꼴이 꼬리를 물고 일어났습니다. 수도원, 교황청, 심지어는 교회에서도…… 권력을 장악하기 위한 암투, 고위 성직을 빼앗기 위한 무고(誣告)…… 구역질이 다 납니다. 인간이라는 이 별종에 대한 제 믿음은 나날이 엷어져 가고요, 도처에 보이는 것은 음모와 책략뿐이랍니다. 수도원 꼴이 대체 어떻게 되어 있습니까? 성자들이 거둔 승리의 표상이었던 수도원이 이제 한갓 사술(邪術)이나 부리는 자들이 난무하는 독사굴이 되어 있지 않습니까? 보십시오, 이 수도원의 빛나는 역사를……」

니콜라는, 지하 보고 가득히 쌓여 있는 귀물을 가리키고는, 그 자리를 떠나 성골함(聖骨函) 쪽으로 우리를 안내했다. 그의 말에 따르면 성골함은 지하 보고의 노른자위였다.

「보십시오, 우리 주님의 옆구리를 찔렀던 창끝을!」 그의 말에 따라 우리는, 수정으로 뚜껑을 한 황금 상자 안을 들여다보았다. 보라색 깔개 위에는 길쭉한 쇠붙이 한 조각이 놓여 있었다. 한때는 녹슬어 있었을 이 쇠붙이는 얼마나 닦이고 문질러졌는지 보기만 해도 섬뜩할 지경으로 번쩍거렸다. 그러나 그 정도는 아무것도 아니었다. 투명한 뚜껑이 달린, 자수정 박은 은제 상자에는, 주님 달리신 십자가의 한 부분이라는 나무 조각도 있었다. 니콜라는, 콘스탄티누스 황제의 어머니인 헬레나 모후(母后)가 성지를 순례하러 갔다가 가져온 것이라고 했다. 헬레나 모후는 골고다 언덕과 성묘(聖墓)를 발굴하고 거기에다 교회를 세웠다고 니콜라가 설명했다.

니콜라는 이 밖에도 많은 성보를 보여 주었다. 그러나 나는 그 보물들을 이곳에 일일이 설명할 수 없다. 숫자가 엄청나게 많은 데다, 설명이 얼마나 화려한지 듣는 것만으로도 딴 정신이 없었기 때문이었다. 남옥(藍玉) 상자에는, 십자가에 박혔던 못도 보관되어 있었다. 시든 장미꽃을 깐 유리병 바닥에는 주님이 쓰셨던 가시 면류관의 일부가 들어 있었다. 바닥에다 마른 꽃잎을 깐 다른 병에는, 최후의 만찬 때 깔았던 것이라는 식탁보 조각이 들어 있었다. 은줄이 달린 성 마태오의 전대도 있었고, 또 다른 통 속에는 풍상에 색깔이 바랠 대로 바랜 보라색 댕기에 묶인 성 안나의 유골이 들어 있었다. 유리 덮개 안, 진주가 박힌 빨간 벨벳 위에 놓인 베들레헴 마구간의 구유 조각, 한 뼘 길이의, 사도 성 요한의 보라색 옷자락, 로마에서 성 베드로의 발목을 묶었던 사슬 고리 두 개, 성 아달베르토의 두골, 성 스데파노의 칼, 성 마르게리타의 경골, 성 비탈리스의 손가락뼈, 성 소피아의 갈비뼈, 성 에오반의 턱뼈, 성 크리소스토모스의 어깨뼈, 성 요셉의 약혼반지, 세례 요한의 이빨, 모세의 지팡이, 성모의 결혼 예복의 장식술 조각…… 나는 이런 귀물 중의 귀물을 구경한 것이었다.

성보는 아니지만, 먼 나라의 진기하기 그지없는 풍물을 증언하는 귀물도 있었다. 먼 나라를 여행한 수도사들이 수도원에 기증한 기물(奇物) 혹은 귀물이라는 니콜라의 설명이었다. 박제한 바실리스크와 히드라, 일각수의 뿔, 어느 은자가 어떤 알에서 꺼내었다는 또 하나의 알, 광야에서 하느님께서 히브리인들에게 먹이셨다는 만나 한 조각, 고래 이빨, 야자, 노아의 홍수 이전에 이 땅에서 살았다는 짐승의 뼈, 상아, 돌고래의 갈비뼈…… 그리고 나로서는 정체를 알 수 없는 귀물들도 있었다. 새까맣게 녹슨 은제 상자의 세공 기술로 보아 아득한 옛날에 수도원으로 들어온 듯한 뼈, 천 조각, 나무, 쇠붙이, 유리 조각은 얼마든지 더 있었다. 까만 가루가 든 병을 보고, 무엇이냐고 묻는 나에게 니콜라는 소돔의 유적에서 발견된 목탄이라고 했고, 다른 유리 병 속의 흙은 예리고 성벽에서 떼어 낸 것이라고 했다. 아무리 하찮은 것이라도 황제가 성채 한 기(基)와 바꾸기를 마다할 이런 귀물은 그 귀물을 보존해 온 수도원의 재물이자, 그 수도원을 예사 수도원과 구분하는 상징의 덩어리였다.

나는 어안이 벙벙해진 채 계속해서 이곳저곳을 돌아다니며 구경하기에 바빴다. 니콜라는 이제 설명을 멈추었다. 각 귀물 옆에는 그 물건에 대한 설명이 적힌 두루마리가 있었으므로 니콜라의 설명은 굳이 필요가 없었다. 따라서 나는 혼자 이리저리 다니면서 그 지하 보고를 둘러볼 수 있었다. 니콜라의 시자가 가까이 있을 때엔 제대로 구경할 수 있었으나 이 시자가 등잔을 들고 다른 곳으로 가버릴 때는 어두워서 애를 먹기도 했다. 투명하면서도 신비스럽고, 신비스러우면서도 조금은 역겨워 보이는 노란 연골 조각, 오랜 세월을 견디면서 닳고 색깔이 바랜 천 조각, 한때는 동물성 (그리고 이성을 가진) 물질이었으나 첨탑이 있고 종탑이 있는 실제 교회당의 축소판 같은 수석(水石)이나 금속 그릇 안에 갇혀 이제는 그 자체도 광물로 변해 버린 듯한 뼛조각들을 나는 정신없이 들여다보았다. 그렇다면 성자들의 시신 역시 그런 형태로 육신의 부활을 기다리는 것일까? 파편이나 잔해로부터 언젠가는 저 유기체가 재구되고 신성한 섬광 안에서 자연의 감각을 되찾아, 피페리노가 썼듯이 이윽고 minimas differentias odorum(지극히 근소한 냄새의 차이)까지 지각하게 되는 것일까?

이런 생각을 하고 있다가 사부님이 어깨에 손을 얹는 바람에 나는 환상의 세계에서 현실 세계로 돌아왔다. 「아무래도 문서 사자실로 올라가 보아야겠구나. 뭔가 찾아볼 게 생겼다.」

「베노 수도사가 원장님의 명을 따른다면, 아직 서책을 입수하실 수는 없지 않습니까?」

「전날 읽던 책을 다시 보아야겠어. 아직 문서 사자실 베난티오의 서안 위에 있을 게다. 구경 더 하고 싶으면 너는 여기에 있어도 좋다. 이 지하 보고는, 너도 듣고 보았던 저 청빈 논쟁을 예쁘게 축소시켜 놓은 것 같구나. 왜 이 수도원 수도사들이 서로 원장이 되려고 상대를 폄훼하는지 이제 알 만하냐?」

「사부님께서는 니콜라 수도사의 말을 믿으시는 건가요? 이 수도원 살인 사건은 원장직 승계와 관계가 있는 것입니까?」

「내 일찍이 일렀듯이 나는 내가 세운 가정은 미리 언표하지 않는다. 니콜라는 많은 이야기를 했고 그중에는 내 흥미를 끄는 이야기도 있었다. 하나 지금부터 나는 다른 단서를 따라가 볼 생각이다. 아니 어쩌면, 방향만 다를 뿐 같은 단서인지도 모른다. 그리고 너 말인데, 상자 속에 든 걸 보고 너무 기죽지 마라. 나는 다른 교회나 수도원에서도 거룩한 십자가 조각을 많이 보았다. 모두가 진짜라면 우리 주님은 널빤지 두 개를 걸쳐 만든 십자가 위에서 돌아가신 게 아니라 아주 널찍한 숲속에서 돌아가신 모양이다.」

「아니, 사부님, 어떻게 그런 말씀을……」

「말이 그렇다는 것이야. 이곳에 있는 것보다 더 귀한 보물은 다른 데 얼마든지 있다. 내 어느 해 쾰른 성당에서 세례 요한의 두개골을 보았는데…… 기가 막혀서…… 열두어 살 먹은 아이의 두개골이더구나.」

「정말이십니까?」 나는 깜짝 놀라 소리쳤다. 그러다 의심이 들었던 탓에 금세 덧붙여 말했다. 「하지만 세례 요한께서는 연세가 훨씬 드신 다음에 처형당하지 않았습니까?」

「그 두개골은 또 다른 교회의 성보 상자에 들어 있을 테지……」

사부님은 진지한 얼굴로 대답했다. 나는 사부님이 농담을 해도 잘 알아들을 수 없었다. 내 고국에서는 농담을 말한 사람이 곧바로 웃어 버림으로써 모두가 농담을 즐기게끔 한다. 그러나 사부님은 심각한 말씀을 하실 때만 웃었고, 짐작건대 농담을 의도하실 때에는 그렇게 진지할 수가 없었다.

3시과

아드소는 찬미가 「디에스 이라이」를 들으며 꿈을 꾼다.
아니, 환상을 보았다고 해도 좋다.

월리엄 수도사는 니콜라를 뒤로하고 문서 사자실로 올라
갔다. 나 역시 보물은 충분히 본 탓에 교회로 올라가 말라키
아의 영혼을 위해 기도할 참이었다. 내가 말라키아라고 하는
사내를 좋아했던 것은 아니었다. 아니, 그는 나에게 어쩐지
스산한 존재였다. 한동안 내가 그 수도원 살인 사건의 혐의
자로 말라키아를 의중에 두었던 것도 부정하지 않겠다. 그러
나 그가 어쩐지 채울 수 없는 욕망에 쫓기던 가엾은 존재, 할
말이 하나도 없어서 그랬겠지만 늘 당혹과 침묵으로 일관한
다는 의미에서 흡사 수도사들이라는 쇠그릇 사이에 끼인 질
그릇 같은 존재였다는 것을 알고 나니 나는 약간의 양심의
가책을 느꼈다. 기도로 그 영혼을 달래 주면 내 죄의식이 조
금이나마 덜어질 것 같았다.

교회 안은 희미하게 밝혀져 있었다. 복도 한가운데 있는
망인의 시신 곁에는 몇몇 수도사들이 모여 앉아 단조로운 소
리로 망인의 넋을 위한 기도문을 외고 있었다.

나는 그 이전에 이미 멜크 수도원에서 수도사의 장례를 여
러 차례 치러 본 적이 있다. 유쾌한 경험이라고 할 수는 없으
나 장례라는 것은 늘 조용하고 소박한, 그리고 적절한 의식

으로 내 뇌리에 남아 있었다. 멜크 수도원 수도사들은 교대로, 죽어 가는 형제의 방을 찾아가 덕담으로 죽어 가는 형제를 위로하느라고, 이제 곧 이승의 선한 삶을 마감하고 곧 영원한 지복의 나라에서 천사들의 찬송가를 들을 형제야말로 얼마나 복된 사람이냐면서 진심으로 부러워하고는 했다. 경건한 선망의 향기에서 온다고 할 수 있는 이러한 평화는, 평화롭게 죽어 가는 당사자에게 그대로 전달되고는 했다. 그런데 거기에 비해 아델모를 필두로 한 네 죽음은 얼마나 비참했던가? 결국 나는 〈아프리카의 끝〉의 악마적인 전갈에 희생된 자의 죽음을 지켜보게 되었고, 그로 미루어 보건대 베난티오와 베렝가리오 역시 말라키아와 같은 몰골로, 목을 축일 물을 찾으며 죽어 갔을 것이다.

나는 교회 회중석 뒷자리에 웅크리고 앉아 한기를 달래려고 했다. 어느 정도 몸이 녹자, 형제들이 외는 기도문에 따라 내 입술도 움직이기 시작했다. 내 입은 거의 자동으로 움직였고, 나는 곧 고개를 떨어뜨리고는 감기려는 눈을 애써 다시 뜨려 하고 있었다. 꽤 오랜 시간이 흘렀다. 서너 차례 졸았던 듯하다. 수도사들은 「Dies irae(분노의 날)」[5]를 부르기 시작했다. 이 속창(續唱)이 그날따라 내 귀에는 자장가로 들렸다. 나는 그 소리를 들으며 잠이 들었다……. 아니, 선잠이 들었다고 해야 옳겠다. 어쨌든 나는 모태 속의 아기처럼 잔뜩 웅크린 채 선잠이 들었다. 내 영혼이 흡사 안개 속으로 잠겨드는 것 같았다. 이승이 아닌 다른 세계에 들어와 있다는 느낌과 함께 나는 환상을 보았다. 아니, 꿈을 꾸었다. 꿈이 되었든 환상이 되었든, 독자가 편할 대로 생각해도 좋겠다.

---

5 최후의 심판 날의 공포를 그린 것으로, 사자를 위한 미사 때 불린다.

나는, 지하 보고로 내려갈 때처럼 계단을 따라 아래로 아래로 내려갔다. 내려가 보니 지하 보고보다 넓은 지하실이 나왔다. 자세히 보니, 수도원 본관 아래층에 있는 주방이었다. 그러나 주방인데도 솥이나 냄비 같은 주방 기구만 있는 것이 아니라 망치와 모루 같은 대장간 연장도 있었다. 흡사 니콜라의 대장간을 그곳으로 옮겨 놓은 것 같았다. 큰 솥 밑 화덕의 불길로 주위가 환했다. 냄비 속에서 무엇인가가 부글부글 끓고 있었는데, 거기에서 나는 김과 거품은 공중으로 떠오르다가는 둔탁한 소리와 함께 허공에서 터지고는 했다. 요리사들은 허공에다 고기 굽는 쇠꼬챙이를 휘둘렀고, 수련사라는 수련사는 모두 주방으로 몰려들어, 이글거리는 화덕 위에서 꼬챙이에 꿰인 채 익고 있는 닭을 낚아채려고 아우성을 치고 있었다. 화덕 옆에서는 대장장이들이 모루에다 망치를 내려쳤는데 그 소리가 어찌나 컸던지 귀가 다 멍멍했고, 모루에서 튄 불꽃은 두 개의 화덕에서 오른 불길 속으로 잦아들고 있었다.

나는, 지옥에 와 있는지, 아니면 살바토레가 말하던, 과즙이 뚝뚝 듣고, 소시지가 주렁주렁 매달린 천국에 와 있는지 분간할 수 없었다. 그러나 내가 어디에 있는지 따지고 있을 시간이 없었다. 갑자기 머리가 냄비같이 생긴 난쟁이 무리가 쏟아져 들어와 식당 안으로 나를 떠밀었기 때문이었다.

식당에는 잔칫상이 차려져 있었다. 벽에는 벽걸이와 갖가지 깃발이 걸려 있었으나 거기에 그려진 형상은, 흔히 믿는 사람들을 훈도하거나 열왕(列王)의 영광을 찬양할 때 그려지는 그런 형상이 아니었다. 오히려 아델모의 난외 채식을 연상케 하는 그런 그림이었다. 그러나 아델모의 그림이 무서운 느낌을 주었는데 비해 벽걸이와 깃발에 그려진 그림은 우스꽝스러운 분위기를 자아내고 있었다. 가령 아름드리나무를 돌며 춤추는 산토끼, 요리사 차림을 한 원숭이의 냄비로 흘러 들어가는, 물 반 고기 반인 강물, 김이 뿜어져 나오는 주전자를 맴도는 장구배 도깨비 그림이 그랬다.

잔칫상 머리에는, 보라색 술 장식 도포로 성장(盛裝)한 수도원장이 삼지창을 홀장(笏杖)처럼 들고 앉아 있었다. 수도원장 곁에서 호르헤는 커다란 술통에서 술을 따라 마시고 있었고, 레미지오는 베르나르 기와 똑같은 차림으로 손에 전갈 모양의 서책을 들고 봉독하고 있었다. 그가 읽고 있는 부분은 분명히 성인전(聖人傳)이나 복음서 구절이었을 텐데도 우리 귀에 들리는 것은 한 사도를 상대로, 〈너는 반석이니, 필경은 벌판으로 무너져 내릴 그 반석 위에 내가 교회를 세우리라〉면서 농담을 건네는 예수님 이야기, 성서를 언급하면서 하느님께서 필경은 예루살렘을 발가벗길 것이라고 주장하는 성 히에로니무스 이야기였다. 그뿐만 아니었다. 레미지오가 한 구절 한 구절을 읽을 때마다 호르헤가 주먹으로 탁자를 치고 홍소를 터뜨리면서 〈하느님 배꼽에 맹세코 자네가 차기(次期) 수도원장이 될 것이네〉 하고 소리쳤다. 호르헤는 분명 그렇게 말하고 있었으니…… 주님, 저를 용서하소서.

수도원장이 경쾌하게 손뼉을 치자 처녀들 무리가 줄을 지어 들어왔다. 화사한 옷으로 단장한, 참으로 눈부신 처녀들의 행렬이었다. 그중의 한 처녀를 보고 나는 혹 내 어머니인지도 모른다는 생각을 했다. 그러나 착각이었다. 여자는 분명히, 〈엄위하기가 기치창검을 거느린 군대〉 같던 저 무서운 처녀였다. 처녀는 하얀 진주 왕관을 쓰고, 얼굴 양옆으로는 두 개의 술 장식과 진주 사슬을 늘어뜨리고 있었는데 끝에 오얏만 한 금강석이 달린 이 진주 사슬은 두 줄로 된 다른 장식과 가슴 위에서 만나고 있었다. 처녀의 양쪽 귀에서 흘러내린 파란 진주 귀고리는 레바논 탑처럼 희고 곧은 목 언저리에서 목걸이 노릇을 더불어 하고 있었다. 처녀가 입은 옷은 자주색이었고, 손에 든, 금강석이 박힌 황금 잔에는 세베리노의 시약소에서 훔친 극약이 들어 있었다. 내가 어떻게 그것이 극약인 줄 짐작했는지는 모르겠다. 갓 밝은 아침처럼 아름다운 처녀 뒤로는 다른 여자들이 줄지어 따르고 있었다. 그 가운데 한 여자는, 금사(金絲)로 만든 들꽃으로 장식된 검은 겉옷 위에, 장식 무늬를 누빈 흰 망토를 두르고 있었다. 두 번째 여자는 초록빛 나뭇잎 무늬와 어두운 미궁 무늬가 놓인 분홍빛 겉옷 위에 노란 다마스크 비단 외투를 걸치고 있었다. 세 번째 여자는, 조그맣고 새빨간 동물무늬를 짜 넣은 에메랄드 옷을 입고, 손에는 흰 망토를 들고 있었다. 엄위하기가 기치창검을 거느린 군대 같은 처녀와, 옹위하는 여자들의 정체를 알아내려고 애쓰던 참이어서 나는 다른 여자들의 옷차림을 자세히 볼 수 없었다. 문득 나는 그 처녀가 성모 마리아를 연상시키고 있음을 깨달았다. 여자들은 모두 손에 손에 두루마리를 들고 있는 것 같았다. 아니, 그들의 입에서 두루마리가 흘러나오고 있는 것 같았다. 그제야 나는 여자들이 룻, 사라, 수산나 등 성서에 나오는 여자들임을 알았다.

이 대목에서 수도원장이, 〈나오너라, 이 후레자식들아!〉 하고 외쳤다. 그러자 또 한 무리 귀인들이 소박한, 또는 화려한 차림을 하고 식당 안으로 들어섰다. 나도 알아볼 수 있는 이들이었다. 무리 한가운데의 보좌에 앉으신 분은 우리 주님이신 동시에 아담이기도 했다. 이분은 보라색 용포 위로는 망토를 두르고, 머리에는 루비와 진주가 박힌 붉고 흰 머리띠를 두르고 그 위에 처녀의 관과 비슷한 왕관을 쓰고 있었다. 이

분이 들고 있는 커다란 잔에 든 것은 돼지 피였다. 이분을 옹
위하고 있는 다른 귀인들 모습도 여기에 소개해야겠다. 나에
게는 하나같이 낯익은 이 귀인들은 프랑스 왕의 근위대와 함
께 서 있었는데, 프랑스 왕의 근위대는 초록색, 혹은 붉은색
군복을 입고 그리스도를 상징하는 문자가 새겨진 에메랄드
방패를 들고 있었다. 근위대장이 수도원장에게 술잔을 건네
면서 문안을 여쭈었다. 인사를 받은 수도원장이 Age primum
et septimum de quatuor(넷의 첫 번째와 일곱 번째를 움직여
라) 하고 외치자 모두가 In finibus Africae, amen(아프리카
의 끝에서, 아멘) 하고 화답했다. 이어 모두가 좌정했다.

　마주 보고 서 있던 근위대원들이 물러가자 솔로몬 수도원
장의 명에 따라 잔칫상이 차려졌다. 이 잔칫상으로 야고보와
안드레아는 건초 덩어리를 들고 나왔고, 아담은 잔칫상 상석
을 차지했고, 하와는 나뭇잎 위에 누웠고, 카인은 쟁기를 끌
고 들어왔고, 아벨은 브루넬로의 젖을 짜 우유를 담을 우유
통을 들고 나왔고, 노아는 방주를 저으며 의기양양하게 입장
했고, 아브라함은 나무 밑에 앉았고, 이사악은 교회의 황금
제단에 누웠고, 모세는 돌 위에 쪼그리고 앉았고, 다니엘은
말라키아에게 안긴 채 관대(棺臺) 위로 올라갔고, 토비야는
침대에 누우면서 다리를 뻗었고, 요셉은 됫박 위로 몸을 던졌
고, 베냐민은 보릿자루에 몸을 기대었다. 다른 귀인들도 얼
마든지 있었으나 내가 보는 환상은 여기에서 점점 희미해지
기 시작했다. 다윗은 둔덕 위에, 세례 요한은 바닥 위에, 파라
오는 모래 위에 서 있었다(까닭을 모르는데도 나는 당연한
자리라고 생각했다). 라자로는 탁자 위에, 예수님은 우물가
에, 자캐오는 나뭇가지 위에, 마태오는 의자 위에, 라압은 그
루터기 위에, 룻은 보릿짚 위에, 데클라는 창틀 위에(밖에서

창백한 아델모의 얼굴이 나타나면서, 조심하지 않으면 아래로, 그러니까 벼랑으로 떨어진다고 소리치고 있었다), 수산나는 뜰에, 유다는 묘지 한가운데에, 베드로는 보좌 위에, 야고보는 그물 위에, 엘리야는 말안장 위에, 라헬은 짚단 위에서 있었다. 사도 바울로는 뽑았던 칼을 내려놓고는 에사오의 불평을 듣고 있었고, 욥은 똥 무더기 위에서 울고 있었고, 욥을 도우려고 리브가는 옷을, 유딧은 담요를, 하갈은 수의(壽衣)를, 몇몇 수련사들은 김이 무럭무럭 솟는 커다란 냄비를 들고 달려갔는데, 수련사들이 들고 가는 그 냄비 안에서 온 몸에 붉은 피를 뒤집어쓴 베난티오가 나타나 모두에게 돼지피가 들어간 소시지를 나누어 주고 있었다.

이윽고 식당이 가득 차자 귀인들이 정신없이 먹기 시작했다. 먹으면서 요나는 식탁에다 아주까리를 내놓았고, 이사야는 채소를, 에제키엘은 검은 딸기를, 자캐오는 무화과꽃을, 아담은 레몬을, 다니엘은 콩을, 파라오는 고추를, 카인은 엉겅퀴를, 하와는 무화과를, 라헬은 사과를, 아나니아는 오얏만 한 금강석을, 레아는 양파를, 아론은 감람을, 요셉은 달걀을, 노아는 포도를, 시므온은 복숭아씨를 내어 놓자 예수님은 「디에스 이라이」를 노래하시면서 몹시 유쾌하신 듯이 프랑스 왕 근위병의 창끝에서 해면을 뽑아내고는 이것을 쥐어짰다. 그러자 해면에서 식초가 나와 음식 접시에 골고루 뿌려졌다.

잔치가 무르익자 호르헤가 자기의 vitra ad legendum(독서용 안경)을 벗고는 떨기나무에 불을 붙였다. 이 불타는 떨기나무는, 사라가 불씨를 준비했고, 입다가 가져왔고, 이사악이 내렸고, 요셉이 다듬은 것이었다. 야곱이 우물 뚜껑을 열고 다니엘은 호숫가에 앉자, 하인들이 물을 내어 왔고 노아는 포도주를, 하갈은 포도주 담는 부대를, 아브라함은 송아지를 내어 왔다. 라압은 그 송아지를 기둥에 묶었고, 예수님은 밧줄을 내미셨고 엘리야는 송아지 발목에다 밧줄을 감았다. 이어 압살롬이 송아지 털을 잡아당기자, 베드로가 칼을 내밀었고, 카인은 죽였고, 헤로데는 피를 뽑아내었고, 셈은 내장과 똥을 꺼내어 버렸고, 야곱은 기름을, 몰레사돈은 소금을 뿌렸다. 그러자 안티오쿠스는 송아지를 불에 올렸고, 리브가는 요리했고, 하와는 맛을 보고 몸져누웠다. 그러자 아담은 신경 쓰지 말라면서, 향초(香草)를 넣어 맛을 내자는 본초학자 세베리노의 등을 철썩 갈겼다. 이윽고 예수님께서 빵을 자르고 생선을 모두에게 나누어 주셨다. 야곱은 에사오가 불콩죽을 다 먹어 버렸다고 고래고래 소리를 질렀고, 이사악은 구운 새끼 양을 맛있게 먹었으며, 요나는 고래를 잡아 삶아 먹었다. 그러나 예수님은 40일 밤낮을 금식하셨다.

그 와중에도 사람들이 쉴 새 없이 들락거리며 온갖 색깔과 형태의 고기를 내어 왔는데, 베냐민은 큰 것만 탐했고, 마리아는 가장 맛있는 부위만 골랐으며, 마르타는 오나가나 설거지 차지만 된다고 투덜댔다. 송아지 고기가 나누어졌다. 송아지는 엄청나게 커져 있었다. 모두 송아지 고기를 나누어 받되, 요한은 머리를 받았고, 압살롬은 골을, 아론은 혀, 삼손은 턱, 베드로는 귀, 홀로페르네스는 머리, 레아는 엉덩이, 사울은 목, 요나는 배, 토비야는 쓸개, 하와는 갈비, 마리아는 가슴, 엘리사벳은 음부, 모세는 꼬리, 롯은 다리, 에제키엘은 뼈를 나누어 받았다. 그동안 예수님은 나귀를 드시었고, 성 프란체스코는 늑대, 아벨은 양, 하와는 뱀장어, 세례 요한은 메뚜기, 파라오는 문어(까닭을 모르면서도 나는 당연하다고 생각했다), 다윗은 nigra sed formosa(가뭇하나 아름다운)[6] 처녀와 같은 풍뎅이를 먹었고, 삼손은 사자의 엉덩이를 깨물었고, 데릴라는 검은 털이 무성한 거미에 쫓기며 비명을 질렀다.

모두가 취한 듯했다. 미끄러지는 사람, 술통에 처박혀 다리를 허우적거리는 사람도 있었다. 〈이것을 받아먹어라, 이것이 하느님의 아들이며 너희 구세주인 물고기 수수께끼를 비롯, 무릇 잔치라는 것의 비밀이니라〉, 이렇게 쓰인 서책을 내미는 예수님의 손가락은 하나같이 검었다.

벌렁 나가떨어진 아담이 트림을 시작하자 갈비뼈 사이에서 포도주가 쏟아져 나왔다. 노아는 잠결에 함을 저주했고, 홀로페르네스는 코를 골았고, 요나는 나 몰라라 하고 잠을 잤고, 베드로는 닭이 울 때까지 깨어 있었고, 예수님은 처녀를 화형에 처할 음모를 꾸미는 베르나르 기와 베르트란도 델 포제토의 귓속말을 듣고는 벌떡 일어나, 〈아버지여, 아버지의 뜻이라면 이 잔이 제게서 비켜 가게 하소서〉 하고 외치셨다. 술을 따르며 흘리는 사람, 끄덕도 않고 마시는 사람, 웃다가 죽어 가는 사람, 죽어 가면서 웃는 사람, 통째 마시는 사람, 남의 잔으로 마시는 사람도 있었다. 수산나는, 소의 염통 하나로는 자신의 희고 미끈한 몸을 살바토레나 레미지오에게 바칠 수는 없다고 했고, 빌라도는 길을 잃은 사람처럼 식당을 돌아다니며 손 씻을 물을 달라고 했고, 차양 넓은 모자를 쓴 돌치노는 빌라도에게 물을 내어 주고는 낄낄거리면서 옷자락을 열어 피투성이가 된 제 pudenda(성기)를 보여 주었고, 카인은 돌치노를 놀리며 아름다운 트렌토의 마르게리타를 안았다. 그러자 돌치노는 울면서 베르나르 기에게 다가가 그를 〈교황 성하〉라고 부르면서 어깨에 머리를 기댔고, 우베

6 「아가」 1:5.

르티노는 생명의 나무로, 체세나의 미켈레는 돈지갑으로 그를 위로했고, 마리아는 그에게 약을 뿌려 주었고, 아담은 사과를 한 입만 베어 먹어 보라고 권하고 있었다.

이윽고 본관 천장이 열리면서 천국에서 로저 베이컨이 unico homine regente(오직 인간의 힘에 의해서만 움직이는) 날틀을 타고 내려왔다. 다윗은 수금을 뜯었고, 살로메는 일곱 겹 너울을 쓰고 춤을 추었는데, 너울을 하나씩 내릴 때마다 각각 한 번씩 도합 일곱 번의 나팔 소리가 들렸다. 나팔 소리가 한 번씩 들릴 때마다 일곱 봉인이 하나씩 뜯겼다. 그러나 오로지 amicta sole(태양을 입은 여자)의 봉인만은 뜯기지 않았다. 모두가, 그렇게 재미있는 수도원은 처음 본다고 했고, 베렝가리오는 남녀를 불문하고 모두 옷을 벗기고는 항문에다 입을 맞추었다.

이어서 춤이 시작되었다. 예수님은 목수 차림, 요한은 파수꾼 차림, 베드로는 검투사, 님롯은 사냥꾼, 유다는 밀고자, 아담은 정원사, 하와는 직녀(織女), 카인은 도둑, 아벨은 양치기, 야곱은 전령, 즈가리야는 성직자, 다윗은 귀족, 유발은 광대, 야곱은 어부, 안티오쿠스는 요리사, 리브가는 해녀, 몰레사돈은 바보, 마르타는 하녀, 헤로데는 미친 사람, 토비야는 의사, 요셉은 대목(大木), 노아는 주정꾼, 이사악은 농부, 욥은 비극의 주인공, 다니엘은 재판관, 타마르는 매춘부 차림으로 나왔으며 마리아는 여왕 차림으로 나와 하인들에게어서 술을 들여오라고 외쳤다. 아드님이신 예수님이 춤추는데 정신이 팔려 물을 술로 바꾸어 놓지 않으셨기 때문이었다.

그때 수도원장이, 그렇게 흥겨운 잔치를 준비했는데도 선물 갖다 바치는 사람 하나 없다면서 버럭 화를 내었다. 그러자 모두가 앞을 다투어 선물을 가져왔다. 보물, 황소, 어린양,

727

사자, 낙타, 수사슴, 송아지, 암말, 태양 수레, 성 에우반의 턱, 성녀 모리몬다의 미골(尾骨), 성녀 아룬다리나의 자궁, 열두 살바기 성녀 부르고지나의 술잔처럼 장식된 목,『*Pentagonum Salomonis*(솔로몬의 오릉보)』의 사본 한 부 등 가지각색이었다. 그러나 수도원장은 하찮은 선물로 낯만 가린다면서, 전갈과 일곱 나팔 이야기가 기록된 귀한 서책이 도난당한 것으로 보아 모두가 지하 보고를 털었음에 분명한바, 프랑스 왕의 근위대를 불러 혐의자의 몸을 뒤지게 할 것이라고 말했다. 참으로 창피한 일이었다. 근위병들은 하갈의 몸에서는 색동옷, 라헬의 몸에서는 황금 인장, 데클라의 가슴에서는 은거울, 베냐민의 겨드랑에서는 병, 유딧의 몸에서는 은제 덮개, 롱기누스의 손아귀에서는 창날, 아비멜렉의 품 안에서는 이웃 사람의 계집을 뒤져내었다. 참으로 불행한 것은 〈가뭇하나 아름다워서〉 흡사 검은 고양이 같은 저 처녀의 몸에서는 검은 수탉이 나왔다는 점이었다. 모두가 처녀를 손가락질하고, 마녀, 가짜 사도라면서 죗값을 물리느라고 해코지를 하는데, 세례 요한은 처녀의 목을 베었고, 아벨은 배를 갈랐고, 아담은 추방할 걸 그랬다 했고, 느브갓네살은 날카로운 손톱으로 가슴에다 천궁도를 그렸고, 엘리야는 불 수레에 실었고, 노아는 물에다 처박았고, 롯은 처녀의 남은 육신을 소금 기둥으로 만들었고, 수산나는 처녀의 탐욕을 몹시 꾸짖었고, 요셉은 다른 여자를 탐함으로써 처녀를 배신했고, 아나니아는 불가마에다 넣자 했고, 삼손은 밧줄로 묶었고, 바울로는 채찍으로 때렸고, 베드로는 십자가에 거꾸로 매달자고 했고, 스데파노는 돌을 던졌고, 로렌초는 석쇠에 올려 태우자 했고, 바르톨로메오는 가죽을 벗겼고, 유다는 밀고했고, 레미지오는 화형에 처했고, 베드로는 이 모든 것을 싸잡아 부인했다. 이어, 모두가 처녀의 몸 위로 올라가, 배에다 대변을 보고, 얼굴에다 방귀를 뀌고, 머리에다 오줌을 누고, 가슴에다 먹은 것을 토해 내고, 머리채를 쥐어뜯고, 엉덩이를 횃불로 지졌다. 한때 아름답던 처녀의 육신은 토막 나고 찢긴 채 지하 보고의 유리 상자와 금과 수정으로 만들어진 성보 상자 사이로 뿌려졌다. 아니, 지하 보고에 뿌려진 것은 처녀의 육신이라기보다는 지하 보고의 잔해였다는 편이 옳다. 지하 보고의 잔해는 소용돌이를 일으키며, 이제는 광물질이 된 처녀의 육신 모양으로 합쳐졌다가 다시 분해가 되어 흩어졌다. 정신 잃은 자들의 신성 모독과 함께 축적된 조각들의 신성한 먼지가 되어…… 흡사 하나의 거대한 육체가 오랜 세월에 걸쳐 용해되면서 부분 부분으로 나뉘고, 이 나뉜 것이 다시 나뉘어 지하 보고를 뒤덮는 것 같았다. 지하 납골당보다 아름다웠지만 크게 다르지는 않았다. 창조주의 걸작품이라고 할 수 있는 인간 육신의 실제적인 형상이 부서지면서 인간과는 전혀 별개인 무수한 형상으로 변하는 이 현상, 인간의 정반대인, 이상적이 아니라 지상적인, 먼지와 악취가 나는 조각들로 이루어진 형상으로 변하는 이 현상은 오로지 죽음과 파멸만을 상징하는 것일 테니라……

잔치 손님도 더 이상 볼 수 없었고, 그들이 가져온 예물도 볼 수 없었다. 손님들은 모두 와해된 채 미라가 되어, 그 본질을 보여 주는 투명한 내용물 형태로 지하 보고를 채우는 것 같았다. 말하자면 라헬은 형해로, 다니엘은 이빨로, 삼손은 턱으로, 예수님은 자색 용포의 남루(襤褸)로 그 자리를 채우고 있는 것이었다. 파할 무렵에 처녀의 형장, 잔치 마당이라는 우주적인 형장으로 변한 그 현장에서 내가 본 것은 곧 파국의 현장이었다. 이 파국의 현장에서 모든 육신(탐욕스럽고, 걸신들린 듯하던 잔치 손님들의 지상적, 현세적 육신)은, 찢기고 뜯기고 고문당한 돌치노의 육신 같은 하나의 시체로 화했고, 이어 이 시체는 역겨움을 자아내리만치 현란한 보물로 화했다. 이 보물은 석화(石化)했는데도 불구하고, 나무에 매달린 채 껍질을 벗기운 짐승처럼 힘줄과 오장육부와 그 밖의 기관과, 심지어는 얼굴까지 그대로 고스란히 지니고 있었다. 주름살과 살갗 무늬와, 흉터와, 보드라운 살과, 무성한 터럭과, 진피와, 가슴과, 이제는 장밋빛으로 변한 성기와 가슴, 손톱, 발뒤축의 굳은살, 눈썹 올, 눈 속의 촉촉한 물기, 입술의 보드라운 살점, 가녀린 등뼈와, 얼개가 일그러지지 않은 뼈는 손가락만 닿아도 가루로 바스러질 것 같았다. 형태는 모두 그대로이고, 모두 있을 자리에 있으면서도 속은 비고, 거죽은 양피처럼 흐물거리는 다리, 분홍빛 혈관으로 수놓인, 상제복처럼 후줄근한 살점, 조각해 놓은 듯한 오장육부의 사리, 단단한 점액질, 홍보석 같은 심장, 목걸이처럼 가지런히 열을 짓고 있는 진주 같은 치열, 분홍빛과 파란 무늬로 짜인 장식 끈 같은 혀, 나란히 꽂힌 양초 같은 손가락, 뱃가죽에서 풀린 실로 누군가가 다시 꼬아 놓은 듯한 배꼽……. 나는 지하 보고 구석구석에서, 유리 상자와 성보 상자 사이에서, 거대한 시신이 죽음을 당하고, 불가사의하게도 하나의 전체적인 모습으로 재생되는 현장을 목격하고 그 소리를 들었다. 그 거대한 시신은 바로 그날 잔칫상에 올라 능욕을 당한 바로 그 육신이었다. 그 육신이 내 눈에는 처참하게 무너진, 불가사의한 존재로 비쳤다. 그때 우베르티노 수도사가 내 어깨를 붙잡고 내 살 속으로 손톱을 박으면서 속삭였다. 「보아라, 우거(愚擧)에서 승리를 거두고 이제 객담을 농하며 환희에 들떠 있는 것들이 여기에 있구나. 벌을 받고, 상을 받고, 정열의 유혹에서 자유로워지고, 무시무종(無始無終)을 얻고, 스스로를 보존하고, 스스로를 정화시킬 부동(不動)의 얼음에 제 몸을 맡기고, 부패가 승리함으로써 부패로부터 구원받은 존재가 여기에 있다. 무슨 까닭이냐? 이미 먼지나 광물이 되어 있는 것은 먼지로 돌아가는 데 다른 어떤 것도 필요로 하지 않는 까닭에서다. Mors est quies viatoris, finis est omnis laboris(죽음은 나그네의 휴식, 모든 수고의 끝이다)…….」

그때 살바토레가 악마처럼 새빨간 얼굴을 하고는 지하 보고로 들어와 외쳤다. 「바보들이 아닌가! 이 거대한 리오타르드가 보이지 않아? 무엇을 두려워해? 이 얼빠진 땡중들! 이게 바로 건락으로 만든 건락 떡이 아니더냐!」 그 순간 지하 보고는 섬광에 환하게 밝아지면서 다시 본관의 주방으로 변했다. 그러나 주방이라기보다는 끈적끈적한 자궁 속 같았다. 주방 한가운데에는, 검기가 까마귀 같고 온몸에서 천 개의 손이 돋아 나오는 짐승 하나가 거대한 석쇠 위에 묶여 있었다. 이 짐승은 이루 셀 수도 없이 많은 발로 주위에 있는 사람들을 낚아채, 목마른 농부가 포도를 눌러 즙을 짜내듯이 쥐어짰다. 사람들은 머리가 부서지고 다리가 부러졌다. 괴수는 유황보다 냄새가 더욱 고약한 불을 토하면서 그 즙을 마셨다. 참으로 이상한 것은, 내가 그런 광경을 보고도 조금도 무서워하지 않았다는 점이다. 놀랍게도 나는, 살바토레가 변모한 것이 분명한 그 〈선한 악마〉(나는 그렇게 생각했다)를 당당하게 직면하고 있었다. 죽을 팔자를 타고 태어난 인간의 육신과, 그 육신이 운명으로 타고난 고통과 부정을 직시할 수 있어서 그런지 하나도 두렵지 않았다. 실제로 나는 한층 부드러워진 불빛 아래서, 이상하게 다시 원상으로 되돌아간 사람들을 바라보았다. 그들은, 모든 것은 다시 시작된다는 내용의 노래를 불렀다. 그중에서도 가장 아름다운 저 처녀가 나에게 말했다. 「이제 그대도 보았지요? 아무것도 아니에요, 아무것도 아니랍니다. 나는 전보다 더 아름다워질 수 있어요. 나를 보내 주세요. 가서 화형주에서 타게 해주세요. 그래야 우리는 여기에서 다시 만날 수 있게 된답니다.」 처녀는 내 앞에서 (오, 하느님, 저를 용서하소서) 다리를 벌렸다. 나는 다리 사이로 들어갔다. 들어가고 보니 물과 과일과 건락 떡이 열리는 나무가 무수히 있는, 황금시대의 기름진 골짜기 같은 아름다운 동굴이었다. 동굴 안에 있던 사람들은 모두, 잔치를 차려주어서 고맙기 짝이 없으니 사례를 해야 하겠다면서 수도원장을 떠밀고, 걷어차고, 옷을 찢고, 바닥에 쓰러뜨리고, 일제히 남근을 꺼내어 그걸로 원장의 남근을 두들겼다. 원장은 간드러지게 웃으면서 제발 그만하라고 애원했다. 바로 그런 자리로, 콧구멍으로 유황 연기를 뿜는 말을 타고 청빈을 따르는 수도사들이 들어왔다. 그들은 허리에 찬, 금화가 가득 든 돈지갑으로 이리는 양으로, 양은 이리로 바꾸어 놓고는 사람들의 동의를 얻어 짐승들에게 황제의 대관식을 올려 주었다. 모인 사람들은 하나같이 하느님의 전능하심을 찬양했다. 예수님께서, 〈Ut cachinnis dissolvatur, torqueatur rictibus(큰 소리로 웃고, 입 크게 벌린 것을 후회하리라)!〉 이렇게 외치시면서 가시 면류관을 휘두르셨다. 교황 요한 22세가 나와 그 난장판을 내려다보며 한바탕 욕지거리를 퍼부은 다음 탄식했다. 「계속 이렇게 가다가는 끝이 없겠구나!」 모두가 그를 비웃다가 수도원장을 앞세우고는 돼지를 끌고 송로버섯을 캐러 나갔다. 나는 그들을 따라가다가 사부님을 발견했다. 사부님은 손에 자석을 든 채 미궁에서 나온 참이었는데, 자석은 자꾸만 사부님을 북쪽으로 인도하고 있었다. 내가 소리를 질렀다. 「사부님, 저를 버리지 마십시오. 저 역시 〈아프리카의 끝〉이라는 밀실에 무엇이 있는지 알고 싶나이다.」

「너는 벌써 보았느니라.」 내게서 아득히 멀어지면서 사부님이 하신 말씀이었다. 그제야 나는 정신을 차렸다. 교회 안에서는 장례 미사곡의 마지막 부분이 끝나고 있었다.

Lacrimosa dies illa
qua resurget ex favilla
iudicando homo resus:
huic ergo parce deus!
Pie Iesu domine
dona eis requiem.
(눈물이 홍수를 이루는 날
처형당할 자들이
잿더미에서 소생한다.
하느님, 저희를 용서하소서.
자비로우신 예수여
저들을 편케 하소서.)

무릇 환상 보기라고 하는 것이 다 그러하듯이 내가 환상을 본 것도 「Dies irae(분노의 날)」가 불리는 동안의, 짧은 순간의 일이었던 것이다. 하기야 〈아멘〉을 외칠 지극히 짧은 순간에도 환상 보기를 경험할 수 있다는 말도 있기는 하다.

3시과 이후

월리엄 수도사가 아드소의 꿈을 해몽해 준다.

가물가물한 정신을 가누며 나는 교회 밖으로 나왔다. 문 앞에는 사람들이 적지 않게 모여 웅성거리고 있었다. 프란체스코회 수도사들이 떠나려 하고 있었기 때문이었다. 사부님도 황실의 사절단인 그들을 배웅하러 교회 앞으로 내려와 있었다.

나는 사부님 곁으로 갔다. 형제들 간에 다정한 포옹이 오고 갔다. 나는 사부님에게, 아비뇽 교황청 쪽 사람들이 피의자들과 함께 떠나는 것은 언제냐고 물어보았다. 사부님은, 약 반 시간 전에 떠났다고 대답했다. 그렇다면 내가 꿈을 꾸고 있을 시각일 수도 있었다.

한동안 나는 망연자실, 그대로 가만히 서 있었다. 그러나 곧 정신을 차렸다. 차라리 잘된 셈이었다. 현장에 있었다고 하더라도 레미지오, 살바토레 그리고 그 여자가 멀리, 또 영원히 돌아오지 못할 길로 끌려가는 걸 보면서 견딜 수 있을 것 같지 않았기 때문이었다. 꿈이 안긴 충격과 그들이 수도원을 떠났다는 소식이 안긴 이중의 충격 때문에 나는 도무지 정신을 차릴 수 없었다. 온몸의 감각이 마비라도 되어 버린 것 같았다.

프란체스코회 소형제 수도사들은, 본관을 지나 정문을 통하여 수도원을 나갔다. 사부님과 나는 교회 앞에 남아 있었다. 이유야 달랐겠지만, 사부님도 나처럼 울적해하는 것 같았다. 나는 사부님께 꿈 이야기를 하기로 마음먹었다. 꿈속에서 보았던 환상은 지극히 잡다한 것, 지극히 비논리적인 것이었지만 나는 영상별로, 행위별로, 그리고 오고 간 말의 낱말별로 정확하게 혹은 간명하게 기억하고 있었다. 나는 하나도 빠뜨리지 않고 사부님에게 전했다. 내가 그렇게 한 것은, 꿈이라고 하는 것이 어떤 경우에는 눈 밝은 사람에게 예언적 단서를 제공할 수도 있음을 알았기 때문이었다.

사부님이 잠자코 듣고 있다가 나에게 물었다. 「그래, 너는 네가 꾼 꿈의 의미가 무엇인지 아느냐?」

「하나도 빠뜨리지 않고 여쭈었을 뿐입니다.」 어쩔 줄 몰라하며 내가 대답했다.

「오냐, 그것은 나도 알고 있다. 그러나 내가 일러 주고 싶은 것은, 네가 나에게 말한 그 꿈 이야기가 사실은 어디엔가 기록되어 있는 것인데, 그걸 아느냐는 말이다. 너는 네가 언젠가 접한 적이 있는 이야기, 또는 네 어린 시절에 학교나 수도원에서 들은 이야기에다가 어제오늘에 네가 겪은 일, 만난 사람에 대한 인상을 비벼 넣은 것이다. 그 이야기는 『*Coena Cypriani*(키프리아누스의 만찬)』[7]일 게다.」

나는 머리를 한 대 얻어맞은 것 같았다. 그제야 기억이 되

7 교황 요한 8세를 위로하기 위해 요한 디아코누스가 9세기에 쓴 이 책은, 갈릴레아 땅 가나를 다스리던 요엘왕의 결혼식에 신·구약에 등장하는 인물들이 손님으로 모인 것으로 가정하고 쓴 이야기로 엮어져 있다. 여기에 등장하는 인물들은 성서에서 자신이 맡은 역할이나 성벽을 특징적으로 보여 준다. 이 잔치는 손님들이, 각자 온 데로 떠나는 대목에서 끝난다.

살아났다. 사부님 말씀 그대로였다. 제목을 잊고 있었던 것일 뿐, 나이 든 수도사나 싱거운 수도사들이, 수도원에 산문이나 운문의 형태로 구전되고 있는 이 이야기를 두고 웃고 떠들어 대던 것까지 잊어버린 것은 아니었다. 그 책은 이른바 ioca monachorum(수도원의 농담)에 자주 오르내리던 유대교 전통에 속하는 이야깃거리에 속했다. 필사본 자체는, 까다롭고 엄격한 수도사들에 의해 분서, 혹은 파기된 지 오래였으나 싱겁고 호기심 많은 수도사들이 이를 축역본이나 개역본으로 개작, 은밀히 감추고 다니며 읽고 외고 했으니, 이 책이 귓속말로 전해지지 않은 수도원은 없을 정도였다. 우스갯소리 뒤에 도덕적 진실이 깃들어 있을 수 있다면서 정색을 하고 이를 베끼는 수도사도 있었고, 이를 통해 신성한 성서 역사를 쉬 기억하게 해준다고 주장하면서 이 이야기를 은근히 유포시키는 수도사도 있었다. 교황 요한 8세의 재임 기간에 쓰였다는 운문 서판(韻文書板)에는, 〈나는 농담을 좋아하거니와, 교황 요한이시여, 나의 농담을 들으소서, 원하신다면 웃는 것도 가(可)합니다〉라는 해제가 달려 있다고 한다. 들리는 말에 따르면 대머리 샤를마뉴 황제는, 만찬석에 모인 고승들을 즐겁게 해줄 목적으로 이 이야기를 희극적인 성극(聖劇)으로 번안하여 무대에 올린 적도 있다고 한다.

그 이야기에 나오는 한두 구절을 입에 올렸다고 도반들과 함께 노수도사들로부터 얼마나 호된 꾸중을 들었던가? 멜크의 어느 연세 드신 수도사는, 키프리아누스같이 고덕하신 양반이, 거룩한 순교자답지 않게 어떻게, 이교도나 무신론자들이나 할 짓인, 성서의 개작 시문(詩文) 만들기로 신성을 모독할 리 있겠느냐고 주장한 적도 있다. 그러나저러나 나는 몇 해 동안 그때 읽고 외고 하던 그 우스갯소리를 까맣게 잊고 있었다. 그런데 어째서 그 서책의 영상이 내 꿈속에 그토록 생생하게 나타났던 것일까? 나는, 꿈이라고 하는 것은, 하늘의 소식이거나 아니면 하루 중에 있었던 일에 대한 종작없는 기억의 불합리한 재생 현상이라고 믿고 있었다. 그러나 바로 그날부터 나는, 사람은 읽은 서책의 내용을 꿈으로 꿀 수도 있다는 것을 알았다. 즉 꿈에 대한 꿈을 꿀 수도 있는 것이었다.

사부님이 나에게 설명했다. 「꿈을 제대로 해석하자면 아르테미도로스[8]가 되어야 할 테지만, 내가 보기에 네 꿈만은 아르테미도로스가 아니라도 어떻게 해볼 수 있을 것 같구나. 가엾게도 너는 요 며칠간, 상식적으로 설명되지 않는, 말하자면 세상이 온통 뒤집혀 버렸기 때문에 생긴 듯한 일련의 사건을 경험했다. 그래서 오늘 아침의 네 꿈자리에, 그와는 다른 이유에서이지만 어쨌든 세상이 거꾸로 뒤집힌 것에 대한 우스꽝스러운 이야기의 기억이 되살아났던 것이다. 너는 『키프리아누스의 만찬』에 대한 기억에다, 최근의 기억, 최근에 네가 느낀 불안과 공포를 되는대로 버무려 넣었던 게다. 너는 아델모의 난외 채식부터 시작해 결국에는 세상의 질서가 온통 역전되어 버린 듯한 대단한 사육제까지 거슬러 올라간 것이다. 그러나 『키프리아누스의 만찬』에서도 그러하듯, 역전된 것처럼 보이는 것일 뿐, 실제로는 모두들 원래대로 자신의 일을 하는 것이다. 결국 너는 꿈속에서 너 자신에게, 어느 것이 진짜 세계이고, 어느 것이 가짜 세계이냐, 바로 선다는 것은 무엇이고 거꾸로 선다는 것은 무엇이냐, 이런 질문을 던져

8 튀르키예 태생의 그리스 해몽가. 5권으로 된, 현존하는 최고(最古)의 해몽서 『꿈 비판』을 썼다. 꿈에 대해 처음으로 합리적·실제적으로 접근한 것으로 알려져 있다.

보았을 것이야. 네 꿈은, 바로 서는 것과 거꾸로 서는 것, 삶과 죽음을 구별해 내지 않았다. 말하자면 네 꿈은, 이제껏 네가 배운 것들에 의심을 갖게 만든 것이지.」

「꿈이 그랬을 뿐이지 제가 의심을 품은 것은 아닙니다. 그렇다면 꿈은 하늘의 계시가 아니군요? 사부님께서 말씀하시는 꿈은 결국 악마의 장난 아닙니까? 악마의 장난이 진리를 드러낼 수는 없는 일이 아닙니까?」

「우리에게 펼쳐져 있는 진리가 어디 모자라더냐? 꿈이 우리에게 전하는 진리에까지 눈을 대야 한다고 주장하는 사람이 나타난다면 이거야말로 가짜 그리스도 올 날이 임박했다는 증거 아니겠느냐? 하나, 내가 보기에 네 꿈만은 대단한 진실을 암시하는 듯하다. 너에게는 그렇게 보이지 않지만 나에게는 그렇게 보인다는 말이다. 남의 꿈을 이용하는 게 해서는 안 될 천박한 짓인 것을 내 모르는 바 아니다만, 내가 네 꿈을 이용해서 내 가정을 증명해 내더라도 허물하지 마라. 아무래도 꿈을 꿀 당시의 네 영혼은, 요 엿새 동안의 어떤 순간의 내 영혼보다 진실에 접근해 있었던 것 같다.」

「진심으로 하시는 말씀이신지요.」

「진심이다. 하지만 아닐 수도 있다. 네 꿈의 어떤 부분이 내가 세운 가설 중의 하나와 일치하기 때문에 한 말이다. 어쨌든 네가 나를 크게 돕게 될 모양이구나.」

「사부님께서 관심하시는 것이 제 꿈의 어떤 부분인지요? 모든 꿈이 다 그렇듯이, 제가 보기에는 제 꿈 역시 도무지 이치에 닿지 않는 것 같습니다만…….」

「모든 꿈이 그렇고 환상이 그렇듯이, 네 꿈 역시 또 다른 이치에 가까이 닿아 있다. 꿈이라고 하는 것은 비유, 혹은 상징으로 해독되어야 하는 것이야.」

738

「성서처럼 말씀이십니까?」

「꿈은 곧 성서이다. 그리고 성서의 많은 기록이 곧 꿈 이야기지……」

6시과

윌리엄 수도사는 장서관 사서의 계보를 더듬는다.
수수께끼의 서책에 대한 새로운 사실이 이로써 드러난다.

사부님은 문서 사자실로 다시 올라가서는, 베노로부터 장서 목록을 받아 빠른 속도로 넘겼다. 「이쯤에서 나올 텐데……. 한 시간 전에 보았거든.」 그는 이렇게 중얼거리며 목록을 넘기다 문득 손길을 멈추고 나에게 보여 주면서 속삭였다. 「여기에 있다. 서명(書名)을 읽어 보아라.」

서책은 한 권인데 제목이 네 개인 것으로 보아 한 권에 네 책을 합본한 것인 모양이었다. 목록의 내용은 다음과 같았다.

I. ar. de dictis cuiusdam stulti(아랍어. 어느 바보의 어록)

II. syr. libellus alchemicus aegypt(시리아어. 연금술에 관한 이집트의 소논문)

III. Expositio Magistri Alcofribae de coena beati Cypriani Cartaginensis Episcopi(천국에 있는 카르타고 주교 키프리아누스의 만찬에 대한 알코프리바의 설명)

IV. Liber acephalus de stupris virginum et meretricum amoribus(서두가 유실된, 동정녀의 음란죄와 창부의 사랑에 관한 책)

「이게 대체 무엇입니까?」

「우리가 찾던 서책이다. 네 꿈이 나의 상상력을 촉발했기 때문에 나는 이 목록을 생각해 낼 수 있었던 게다……」 사부님은 목록의 앞뒤 쪽을 재빨리 일별하고 나서 말을 이었다. 「……실제로 말이다, 내가 지금껏 생각해 왔고 찾아 오던 서책이 바로 이 안에 있을지도 모른다. 그러나 내가 확인하고 싶은 것은 이게 아니다. 여길 보아라. 너, 서판 가지고 왔지? 좋다. 계산을 좀 뽑아 보자. 가능한 한 어제 알리나르도로부터 들은 이야기, 오늘 아침에 니콜라로부터 들은 이야기를 정확하게 기억해 낼 필요가 있다. 니콜라는, 자기가 이 수도원에 온 게 30년 전이라고 했다. 니콜라가 왔을 당시 수도원장이 바로 지금의 원장인데, 이 원장의 전임 원장은 리미니 사람 파올로였다고 했다. 맞느냐? 자, 그렇다면 수도원장 승계가 이루어진 것은 1290년 전후가 되겠구나. 그러나 이것도 별로 중요하지 않다. 니콜라는 또, 자기가 여기에 왔을 당시 보비오 사람 로베르토가 장서관 사서로 있더라고 했다. 내 말 맞느냐? 그렇다면 로베르토가 죽고 말라키아가 사서직을 승계한 것은 금세기 초의 일이 아니냐? 서판에 잘 기록하도록 하여라. 그러나 니콜라가 오기 전에는, 리미니 사람 파올로가 사서로 재직하던 시기가 있다. 파올로가 사서로 재직한 기간은 어느 정도 될 것 같으냐? 들은 바 없지? 수도원 일지를 조사해 보면 될 테지만, 이 일지는 원장 손에 있을 게다. 보여 달라고 하지 않는 편이 나을 것 같구나. 자, 그러면 파올로가 사서직을 승계한 것을 60년 전쯤으로 가정해 보자. 기록해 두도록 해! 이렇게 가정하는 데엔 까닭이 있다. 자, 생각해 보자. 알리나르도는, 자기 몫이던 사서 자리가 남에게 돌아간 50년 전의 일을 불평하고 있었다. 그렇다면 알리나르도의 원망의 대상이 된 사람은 리미니 사람 파올로였던 것일까?」

「보비오 사람 로베르토일 수도 있지 않습니까?」

「그럴 수도 있겠지. 그런데 이 목록을 자세히 보아라. 너도 알다시피 이 목록의 서명은 서책이 입수된 순서로 작성되어 있다. 이것을 작성한 사람은 그럼 누굴까? 물론 장서관 사서였을 테지. 따라서 이 목록의 필적을 조사해 보면 사서직이 승계된 순서를 알아낼 수 있다. 자, 목록을 끝에서부터 살펴보자. 보아라, 마지막 목록은 말라키아의 필적으로 되어 있지? 말라키아가 쓴 것은 몇 쪽 되지 않아. 이것은 최근 30년간, 수도원이 서책을 별로 들여오지 않았다는 증거일 게다. 목록을 이렇게 거꾸로 넘기다 보면, 떨리는 손으로 쓴 듯한 필적이 나온다. 이건 틀림없이 보비오 사람 로베르토의 필적일 것이야. 왜? 로베르토는 당시 병치레를 심하게 했다니까…… 로베르토가 사서로 오래 재임하지 못했을 것이다. 잘 보아라, 다음 목록에는 필체가 좋고 꼼꼼한 필적이 나온다. 조금 전에 내가 살펴본 서명도 바로 이 필적으로 쓰여 있다. 이 필체로 된 서명은 아주 많다. 리미니 사람 파올로는 일을 아주 열심히 했던 거지. 지나칠 정도로 말이야. 파올로가 젊은 나이에 수도원장 자리에 올랐다고 하던 니콜라의 말 기억나느냐? 어쨌든 이 공부벌레가 그 짧은 동안 엄청난 양의 서책을 이 수도원 장서관으로 들여온 거로 치자. 그런데 이 양반에게는 이상한 습벽이 있었다지? 글씨 쓸 줄을 몰라 Abbas agraphicus (글씨 못 쓰는 원장)라고 불렸다지 않더냐? 하면 이 글씨는 누가 썼을까? 파올로의 보조 사서가 썼을 테지. 그렇다면 이 보조 사서가 후일 사서가 되어 계속해서 목록을 작성하지 않았겠느냐? 같은 글씨체로 쓰인 목록이 여러 쪽 계속되는 것도 그 때문일 것이다. 그렇다면 파올로와 로베르토 사이에는,

지금으로부터 약 50년 전에 임명된 다른 사서가 한 사람 있다. 따라서 이 사서는, 나이도 적당하니 파올로의 뒤를 이어 사서가 되기로 내정되어 있던 알리나르도의 경쟁자였을 것이다. 그런데 이 수수께끼의 인물이 죽자 알리나르도의 기대, 혹은 다른 사람들의 기대와 달리 로베르토가 사서 자리를 승계한다.」

「어떻게 그렇게 자신 있게 말씀하실 수 있습니까? 여기에 있는 필적이 무명 사서의 필적이라고 하더라도, 파올로 역시 처음에는 목록을 작성할 수 있었다고 보아야 하지 않겠습니까?」

「장서관이 구입한 서책 목록에는 교황의 회칙이나 교서도 포함되어 있는데 이들 문서에는 정확한 날짜가 기재되어 있다. 보아라, 보니파키우스 7세의 회칙 Firma cautela(엄중한 경고)에는 1296년이라는 일부(日附)가 명시되어 있지 않느냐? 따라서 이 문서는 1296년 이전에 입수되었을 수는 없는 일이고, 오래 뒤에 이 수도원으로 들어왔다고 볼 수도 없는 일이다. 바로 이런 회칙이 목록의 작성 연도를 가늠하는 이정표가 될 수 있는 게다. 따라서 리미니 사람 파올로는 1265년에 사서직을 맡았다가 1275년에는 원장직을 승계했다. 목록을 잘 보아라. 보비오의 로베르토가 아닌 사람의 글씨가 1265년에서 1285년까지의 목록에 들어 있다. 너도 알겠지만, 10년이라는 세월이 아귀가 맞지 않는 것이다.」

사부님은 과연 명민한 분이셨다. 「그렇다면 사부님께서는 10년이라는 세월이 아귀가 맞지 않는다는 사실에서 어떤 결론을 내리시는지요?」

「몰라. 몇 가지 전제가 가능하다는 것일 뿐.」

사부님은 자리에서 일어나 베노에게 다가갔다. 베노는 자기 자리를 지키고 있었다. 어쩐지 불안해 보이는 것 같았다.

그는 말라키아의 자리를 차지하지 못하고 보조 사서 자리에 앉아 있었다. 베노가 전날 우리에게 했던 짓을 잊었을 리 없는 사부님이 비아냥거리는 어조로 말을 걸었다.

「사서 형제여, 막강한 자리에 앉으셔서 몹시 분망하시겠지만, 시생의 질문을 받으실 틈은 있으시겠지요…… 아델모와 다른 수도사들이 수수께끼 이야기를 했다는 날, 베렝가리오가 처음으로 finis Africae(아프리카의 끝)라는 말을 입에 올렸다지? 혹 『키프리아누스의 만찬』이라는 말을 입에 올리는 사람은 없던가?」

「있었습니다. 제가 말씀드리지 않았던가요? 좌중을 웃기는 재담 수수께끼 이야기가 나오기 전에 베난티오가 『키프리아누스의 만찬』 이야기를 꺼냈습니다. 말라키아는 버럭 화를 내고 그런 상스러운 서책 이야기는 꺼내지도 말라면서 원장께서 금서로 지정하신 서책이니까 범접할 생각도 말라고 했습니다.」

「원장께서 몸소 말인가? 재미있군……. 고맙네, 베노.」

「잠깐 수도사님, 긴히 드릴 말씀이 있습니다.」 베노는 우리에게 따라오라고 손짓하고는, 문서 사자실을 빠져나가 주방으로 통하는 계단 층까지 내려갔다. 문서 사자실의 다른 수도사들이 들으면 안 되는 이야기인 모양이었다. 베노의 입술은 떨리고 있었다.

「윌리엄 수도사님…… 무섭습니다. 그자들이 말라키아를 죽였습니다. 이제 그 서책의 비밀을 아는 사람은 저뿐입니다. 게다가 이탈리아인들 패거리가 저를 미워합니다……. 이탈리아인들은, 이번에도 역시 외국인 사서 조수가 들어앉게 되었다고 불만이 대단한 모양입니다……. 제 생각에는 다른 수도사들도 그 이유로 살해된 것 같습니다. 알리나르도 노수도사가 말라키아를 몹시 증오했다는 말씀을 아직 드리지 못했는데……」

「옛날, 알리나르도 대신에 사서직을 승계한 수도사가 누구였는지 아느냐?」

「저는 모릅니다. 알리나르도 노수도사 이야기, 언제나 구름 잡는 이야기 같아서 믿을 수가 있어야지요. 게다가 아득한 옛날이야깁니다. 누군지는 모르겠지만 아마 지금쯤은 저세상 사람이 되었을 것입니다. 하지만 수도사님, 알리나르도 노수도사의 주변에 있는 이탈리아인들은 말라키아를 허수아비라고 불렀답니다……. 누군가의 추천을 받아 수도원장을 배경으로 장서관 사서 노릇을 하는 사람이라고요……. 저는 그것도 모르고 이 반목하는 두 집단, 즉 이탈리아인과 외국인 집단의 사이에 끼게 된 것입니다……. 저는 이걸 오늘 아침에야 알았습니다. 수도사님, 이탈리아는 음모의 땅입니다……. 교황도 능히 독살할 수 있는 것이 이탈리아인들인데……. 저 같은 것의 운명을 생각해 보십시오. 어제까지만 해도 저는 아무것도 몰랐습니다. 저 문제의 서책이 유일한 원인인 줄 알았습니다. 하지만 이제는 모르겠습니다. 그 서책은 구실에 불과한 것 같아요. 아시다시피 말라키아는 서책이 발견되었는데도 죽지 않았습니까? 여기에서 도망쳐야겠습니다, 도망쳐야 합니다, 아니, 도망치겠습니다. 제발 저에게 길을 좀 일러 주십시오.」

「정신 차려, 이 친구야! 나에게 길을 일러 달라고? 어젯밤만 하더라도 이 세상이라도 얻은 것처럼 뽐내던 네가 아니냐? 이 젖비린내 나는 자야, 네가 어제 나를 도와주었더라면 말라키아는 죽지 않았을 것 아니냐? 말라키아에게 서책을 건네준 건 바로 너야. 말라키아는 따라서 네가 죽인 것이야.

지금이라도 늦지 않았으니 내 말에 바른대로 대답해! 서책을 손에 넣었을 때, 그걸 뒤적거리면서 읽었느냐? 읽었다면 너는 왜 죽지 않아?」

「모르겠습니다. 손을 대지 않았다는 건 맹세할 수 있습니다…… 아니, 세베리노의 실험실에서 가지고 나왔으니 손을 대지 않았던 것은 아닙니다. 그러나 펴보지는 않았습니다. 저는 그걸 제 법의 속에 감추고 나와 제 방 침상 밑에다 숨겼습니다. 말라키아가 저를 감시하고 있다는 것을 알았기 때문에 바로 문서 사자실로 돌아갔습니다. 말라키아가 보조 사서 자리를 준다고 꾀기에 그걸 말라키아에게 넘겨주었습니다. 바른대로 말씀드렸습니다.」

「그래도 서책을 펴보지 않았다고 우길 테냐?」

「네…… 숨기기 전에 펴보았습니다. 맞는 책인지 확인하기 위해서요. 첫 부분은 아랍어, 그다음 부분은 시리아어인 것 같았습니다. 그다음은 라틴어, 마지막 부분은 그리스어였습니다.」

나는 베노의 말을 들으면서 목록 첫머리의 약자를 떠올렸다. 목록에 실려 있는 네 책 중 첫 책은 〈ar.〉, 즉 아랍어, 두 번째 책은 〈syr.〉, 즉 시리아어…… 그렇다면 목록에서 우리가 확인한 서책과, 베노가 말하는 서책은 일치하는 것이었다. 사부님이 다그쳤다. 「너는 그 서책에 손을 대었는데도 불구하고 죽지 않고 있다. 따라서 그 서책에 손을 댄다고 해서 다 죽는 것은 아닌 모양이다. 그리스어 부분도 보았느냐? 읽어 보았느냐는 말이다.」

「대략 훑어보았습니다만 제목이 없었다는 것 정도만 기억납니다…… 앞부분 일부가 유실된 것 같았습니다만……」

「그래서 Liber acephalus(서두가 유실된 책)였던 것이야.」

「첫 쪽을 읽어 보려고 했습니다만, 저의 그리스어 밑천은 별로 든든하지 못합니다. 하지만 다른 것이 제 호기심을 자극했습니다. 그리스어로 된 부분을 보던 중에 저는 나머지 페이지를 다 볼 수가 없어서 못 보았던 것입니다. 어떻게 설명드려야 할지……. 그렇습니다, 서책의 각 쪽은 모두 붙어 있었습니다. 그래서 한 쪽 한 쪽을 떼어 볼 수 없었죠. 네, 양피지가 여느 양피지에 비해 굉장히 부드러웠습니다. 그러나 첫 장은 썩어 있어서, 거의 바스라질 것 같더군요. 이상한 책이었습니다.」

「〈이상하다〉……? 세베리노가 쓰던 것과 같은 말이군.」

「양피지가 도무지 양피지 같지 않았습니다. 양피지라기보다는 천 같았는데요…… 뭐라고 할까…… 아주 얇은 천 같았습니다.」

「〈카르타 린테아〉, 즉 아마지(亞麻紙)라는 것이야. 다른 데서는 본 적이 없나?」

「듣기는 했습니다만 본 적은 없습니다. 값이 아주 비싸고, 다루기가 몹시 까다로워서 쓰이는 일이 아주 적다고 들었습니다. 아랍인들이 만든다는 말이 맞습니까?」

「아랍인들이 처음 만들기는 했지. 하나 지금은 이탈리아의 파브리노에서도 만들어지고 있어. 그리고 또…… 알겠다! 그래서 그랬구나!」

사부님의 눈에서 섬광이 일었다.

「……그래서 그랬어. 세상에! 이제 알았어. 이봐, 베노, 고맙네. 암…… 이 장서관에 〈카르타 린테아〉가 귀할 수밖에. 최근의 원고나 서책은 거의 들어온 일이 없으니……. 사람들은 이 종이가 양피지처럼 질기지 못하니까 보관에 어려움이 있을 것이라고 기피한다. 일리가 없는 것은 아니지. 어디 생각해 보자…… 보존 기간이 청동 수준밖에 안 되는 것을 원했다면…… 그래서 〈카르타 린테아〉인 것인가? 좋아, 베노, 잘 있게. 걱정하지 않아도 되겠네. 적어도 네가 죽을 위험은 없는 것 같으니까.」

우리는 베노를 남겨 두고 문서 사자실을 나왔다. 베노는 어느 정도 안심하는 것 같았다.

수도원장은 식당에 있었다. 사부님이 그에게 다가가, 긴히 나누고 싶은 이야기가 있다고 말했다. 달리 빠져나갈 만한 구멍을 찾지 못한 원장은, 잠시 후 자기 공관에서 만나겠다고 말했다.

9시과

수도원장은 윌리엄 수도사의 따가운 질문을 받지 않으려고
공연히 보석 이야기로 너스레를 떨다가, 윌리엄이 몰아치자
살인 사건 조사를 더 이상 진행시키지 말 것을 요구한다.

원장의 공관은 집회소 위층에 있었다. 맑고 싸늘한 날씨
덕에 사부님과 원장이 만난 접객실 창 너머로는 교회와 거대
한 본관 건물이 선명하게 보였다.

창가에서 바깥 풍경을 바라보고 한동안 서 있던 원장이 엄
숙한 얼굴로 본관을 가리키며 입을 열었다.

「방주를 만들던 그 황금률에 따라 지어진 참으로 놀라운
성채가 아닌가요? 본관을 보세요. 3층으로 되어 있습니다.
〈3〉은 삼위일체, 아브라함을 찾아갔던 천사들의 숫자, 요나
가 큰 물고기 배 속에서 보냈던 날 수, 예수님과 라자로가 무
덤에서 함께 보낸 날 수가 아닙니까? 그뿐인가요? 예수님께
서는 하느님 아버지께 세 번, 쓴 잔을 거두어 주실 것을 기도
하셨고, 세 번이나 사도들을 피하여 홀로 기도하셨습니다. 세
번이나 베드로는 예수님을 부인했고, 부활하신 뒤에는 세 번
제자들에게 나타나시었습니다. 신학의 덕목도 역시 셋이니
…… 〈3〉은 참으로 신성한 숫자올습니다. 영혼도 세 부분으
로 이루어져 있고, 천사와 인간과 악마라고 하는, 지적인 존
재의 등급 또한 셋입니다. 소리에도 vox(모음을 중심으로 하
는 소리), flatus(숨결 소리), pulsus(그 밖의 소리), 이렇게 세

가지가 있는가 하면 인류의 역사도 전율법 시대, 율법 시대, 후율법 시대, 이렇게 세 시대로 나뉩니다.」

「신성한 것과의 관계는 가히 놀라울 만합니다.」

「사각형의 〈4〉라는 수 또한 정신적인 것에 상관하는 데 모자람이 없으니 기본 방위가 동, 서, 남, 북, 이렇게 넷이요, 계절이 넷이요, 사대(四大) 또한 지(地), 수(水), 화(火), 풍(風) 이렇게 넷이요, 날씨를 나타내는 온냉습건(溫冷濕乾)이 넷이요, 사람의 한살이를 나타내는 생장성노(生長成老)가 넷이요, 천상, 지상, 공중, 수생, 이렇게 해서 동물의 가짓수 또한 넷이요, 무지개를 이루는 색깔이 넷이요, 윤년(閏年) 오기를 기다리는 햇수 또한 넷이니, 이 아니 오묘한 일입니까?」

사부님이 가만히 듣고 있다가 한술 더 떠서 응수했다. 「과연 그렇습니다. 〈3〉에다 〈4〉를 더하면 〈7〉이 되니, 이는 천상적인 신비의 수가 되고, 〈3〉에다 〈4〉를 곱하면 〈12〉가 되니, 이는 지상적인 사도의 숫자가 됩니다. 그리고 〈12〉에다 〈12〉를 곱하면 〈144〉가 되니 이는 하느님께서 구원하실 선민의 수가 되지 않습니까…….」 이상적인 숫자의 세계에 대한 사부님의 이 해박한 지식에 원장은 감히 말을 보태지 못했다. 덕분에 사부님은 원장의 너스레를 말끔히 걷고 본론으로 쳐들어갈 수 있었다.

「……그것은 그렇고, 최근 귀 수도원의 불행한 사태에 대한 이야기가 없을 수 없겠습니다. 이 사건에 대해 나름으로 생각한 바도 있고요.」

사부님의 이 말에, 창밖으로 눈길을 주고 있던 원장이 등을 돌렸다. 그는 험악한 얼굴로 사부님을 노려보면서 말했다. 「암요, 너무 오래, 너무 많이 생각했으니 생각한 바가 없지는 않겠지요. 하지만 윌리엄 형제, 나는 고백건대 형제에게 훨씬 많은 것, 큰 것을 기대해 왔어요. 수도사께서 여기에 오신 지 벌써 엿새나 되었습니다. 그동안 어떤 일이 일어났던가요? 아델모를 제하고도 수도사 형제가 넷이나 죽었고 둘이 이단 피의자로 심문관들 손에 끌려갔습니다. 사필귀정이겠으나, 심문관들이 기왕에 있었던 수도원 사건에 눈을 대지 않았던들 우리는 이런 치욕은 면할 수 있었을 겝니다. 결국 나는 모임을 주선하고도 바로 그 모임에서 낯을 잃어버리지 않았습니까? 이 모든 일이 수도원 내부의 사건 때문입니다.」

사부님은 아무 말도 하지 않았다. 이로써 사부님은 원장의 말에 일리가 없지 않음을 인정한 셈이었다.

한동안 가만히 있던 사부님이 대꾸했다. 「원장의 기대에 내가 미치지 못했다는 것은 사실입니다. 이제 그 이유를 설명하지요. 이 일련의 사건이 수도사들 간의 감정적 앙금이나 은원 관계 때문에 일어난 것이 아니라 그보다 훨씬 더 깊은 곳, 말하자면 이 수도원의 역사에다 뿌리를 대고 있는 것이었기 때문입니다.」

원장이 거북살스러운 듯한 얼굴을 하고 사부님을 바라보면서 물었다. 「무슨 뜻이지요? 사건의 열쇠를 저 식료계 레미지오 혼자 가지고 있지 않다는 것은 나도 압니다. 이 일이 다른 일과 뒤엉켜 있다는 것은 나도 압니다. 하나 그 다른 일이 바로 문젭니다. 나 역시 알고 있으나 드러내어 놓고는 말할 수 없는 일입니다. 나는 처음부터 이걸 분명하게 밝혔으니, 이제 수도사께서 나에게 말씀해 주셔야 합니다.」

「원장께서는, 고해 성사 이야기를 하시는데요……」 사부님의 이 말에 원장은 고개를 돌렸다. 사부님은 이야기를 계속했다. 「……원장께서는 제게 그 이야기를 하신 적이 없지만 그래도 제가 그 일에 대해 알고 있는지 궁금하시겠지요. 그렇다면 말씀드리지요. 베렝가리오와 아델모, 그리고 베렝가리오와 말라키아의 관계가 마뜩지 못합니다. 이건 수도원 전체가 다 아는 것이라서 새삼스럽게 쉬쉬할 것도 못 되는 일이지요.」

원장이 얼굴을 붉히면서 사부님의 말을 막았다. 「그런 이야기를 꼭 이 어린 시자(侍者) 앞에서 해야 할까요? 그리고 사절 회의가 끝났으니, 이제 이 시자는 더 이상 필사 서기로 대동하실 필요는 없을 테지요. 애야, 너는 나가 있어라.」 원장이 나에게 명했다. 나는 몹시 무참해진 채 자리를 떴다. 그러나 호기심 때문에 그냥 물러날 수 없었다. 나는 반쯤 열린 현관문 뒤에 쪼그리고 앉았다. 두 분의 말소리가 충분히 들릴 만한 거리였다.

먼저 사부님의 말소리가 들려왔다. 「그렇다면 이러한 부끄러운 관계들이 일어났다 하더라도, 그것들은 고통스러운 사건과 거의 무관할 것입니다. 그 열쇠는 원장도 짐작하듯이 다른 곳에 있습니다. 단도직입적으로 말씀드리자면 이 일련의 사건은 finis Africae(아프리카의 끝)라는 밀실에 있던 한 권의 서책과 관계가 있습니다. 원장께서도 아시겠지만, 문제의 서책은 말라키아가 애쓴 덕분에 지금 그 밀실에 돌아가 있습니다. 하지만 불미스러운 사건이 그로써 중단되지는 않았지요.」

긴 침묵이 뒤따랐다. 그런 다음 원장이 다시 말을 이었다. 불의의 공격을 당한 사람에게 어울리는, 갈라지고 머뭇거리는 목소리였다. 「세상에, 이럴 수가…… 대체…… finis Africae(아프리카의 끝)는 어떻게 아셨습니까? 그렇게 일렀는데도 기어이 장서관에 들어가셨다는 말입니까?」

사부님은 사실대로 대답해야 했다. 그러나 사실대로 대답할 경우 가만히 있을 수도원장도 아니었다. 사부님은 거짓말을 좋아하지 않았다. 그는 역시 그답게 교묘한 말놀이로 원장의 예봉을 피했다. 「원장께서는, 내가 여기에 오던 날 그러지 않았습니까? 보지 않고도 〈브루넬로〉를 그처럼 소상하게 알 수 있는 사람이라면, 들어가 보지 않고도 장서관을 훤히 꿰뚫어 낼 것이라고요.」

「그렇다고 칩시다. 그런데 왜 그렇게 생각하십니까?」

「이야기를 다 하자면 깁니다. 하나 이 일련의 사건이, 공개가 바람직하지 못한 어떤 물건을 두고 생긴 것임은 분명합니다. 말하자면 이것을 손에 넣으려는 사람과, 그것을 막으려는 사람 사이에서 생긴 갈등의 산물이라는 것입니다. 이제, 정당한 방법으로든 부당한 방법으로든 장서관의 비밀을 알게 된 사람들은 모두 죽었습니다. 그런데 딱 한 사람이 남아 있습니다. 원장이 바로 그 한 사람입니다.」

「나를 이 사건에다 엮어 넣는 겁니까? 나를, 이 나를 말입니까?」

「오해하지 마세요. 여기에는, 모든 것을 알고 있고 그것을 아무에게도 알리려 하지 않는 사람이 있습니다. 문제의 서책에 대해 아는 유일한 사람으로서 원장께서도 희생자가 될 수 있다는 것입니다. 자, 이제, 문제의 그 장서관 외 반출이 금지된 서책 이야기, 특히 장서관에 대해 원장만큼 혹은 그 이상으로 알고 있는 사람이 누구인지, 그리고 장서관에 대한 자세한 이야기를 나에게 해주셔야 합니다.」

「여기엔 한기가 도는군요. 밖으로 나가시지요.」 원장의 말이었다.

나는 재빨리 문 앞에서 자리를 옮겨 계단 입구에서 기다렸다. 원장이 나를 보고는 웃었다. 「요 며칠 동안에 듣고 본 일로 이 풋내기 수도사가 얼마나 상심했을꼬. 이리 오너라, 너무 그렇게 기가 죽어 있을 것은 없다. 네 사부께서 이 사건을 실제 이상으로 크게 보신 것 같구나.」

이러면서 그가 한 손을 쳐들었다. 수도원장의 권위를 상징하는 반지가 영롱하게 빛났다. 반지에 박힌 갖가지 보석은 각기 다른 빛깔로 햇빛을 반사했다. 원장의 말은 계속되었다. 「너 이게 무엇인지 모르지 않을 테지? 내 권위의 상징이자 내가 진 짐의 표상이다. 이것은 그냥 장식이 아니라 내가 지키는 하느님 말씀의 빛나는 정수인 것이야……」 그는 왼손으로, 반지 위의 갖가지 보석을, 자연과 인간의 기술이 빚어낸 다채로운 보물의 표본 상자를 방불케 하는 보석을 쓰다듬으면서 말을 이었다. 「……이것은 겸양의 거울인 자석영이다. 이 자석영은 성 마태오의 고귀한 품성과 그 온유함을 나타내는 보석이기도 하다. 그리고 이 옥수는 자비를 나타내는 보석으로 성 요셉과 성 야고보의 상징이고, 또 이것은 신앙을 약속하는 성 베드로의 보석인 벽옥, 이것은 성 바르톨로메오를 나타내는 순교의 상징 마노, 이것은 성 안드레아와 성 바울로의 보석인 희망과 명상의 상징 사파이어, 이것은 성 토마를 나타내는 건전한 교리와 배움과 인내의 상징인 홍주석이다……. 보석 세공의 장인들이 아론의 가슴받이와 사도들의 복음서에 나오는 천상적 예루살렘에 대한 기록에서 고증해 낸 보석사(寶石詞)가 얼마나 아름다운지 너는 모를 것이다. 시온의 벽은, 모세의 형 아론의 가슴받이에 붙어 있던 벽옥으로 치장되어 있다고 한다. 〈출애굽기〉에 기록되어 있는 석류석, 마노, 줄마노가 〈요한의 묵시록〉에서는 옥수, 줄마노, 홍옥수, 그리고 풍신자석으로 바뀐다…….」

그는 빛으로 나를 현혹시키려는 듯이 반지를 움직여 그 영롱한 반사광을 내 눈으로 쏘았다. 「……들어 보아라, 아름답기 그지없는 보석사를……. 보석은 사도들에 따라 다른 의미를 지니기도 한다. 교황 인노켄티우스 3세에게 루비는 침착함과 인내를 나타내는 보석이다. 그리고 석류석은 자비를 상징한다. 성 브루노에게 남옥의 순수한 광채는 바로 그분의 신학적인 깊이를 상징하는 것이기도 하다. 터키옥은 환희, 줄마노는 치품천사(熾品天使), 자수정은 지천사(智天使), 벽옥은 옥좌, 귀감람석은 지배, 사파이어는 덕목, 마노는 권능, 녹조석은 권천사(權天使), 루비는 대천사, 에메랄드는 여느 천사들을 상징한다. 보석사는 참으로 다양하니, 각 보석은 그 해석의 방법에 따라, 보석이 등장하는 문맥에 따라 몇 가지 진리를 동시에 나타내기도 한다. 하나 그 해석의 방법이나 문맥 중 어느 것이 옳다고 정하는 자는 누구겠느냐? 너도 배워서 답을 알고 있을 것이다. 바로 권위이다. 보석이 우리에게 가르치는 바는, 만물 가운데서도 가장 믿을 만한 해석의 주체이며 특권의 은혜를 한 몸에 받은, 따라서 오로지 거룩함으로만 빛나는 권능일 것이다. 달리 어떻게 세상이 우리 죄인들의 눈앞으로 펼쳐 내는 수많은 기호를 해석할 수 있을 것이며, 악마가 던지는 유혹을 피할 수 있을까 보냐. 유념해 두어라. 성 힐데가르트가 일찍이 일렀듯이, 악마는 그래서 보석사를 싫어하는 게다. 사악한 자는 보석에, 다양한 의미 또는 지식이 담겨 있는 것을 본다. 사악한 자, 곧 우리의 원수 되는 자들은, 보석의 그 영롱한 빛에서, 파멸하기 전에 저 자신이 지녔던 소유물을 떠올리기 때문에, 그 빛이 저에게는 참을 수 없는 고통의 불길에서 나온 것으로 이해하기 때문에 한사코 보석을 파기하고 싶어 한다…….」 그는 나에게 접구(接口)를 허락하는 뜻으로 그 보석 반지를 낀 손을 내밀었다.

내가 무릎을 꿇자 그는 나의 머리를 쓰다듬으면서 말을 이었다. 「……이제 네가 여기에서 듣고 본 것은 모두 잊어라. 그것이 참된 것이 아님은 의심할 나위도 없는 일이다. 너는 참으로 운이 좋아 많은 교단 가운데서도 가장 고귀하고 위대한 교단에 들어온 수련사이고, 나는 네가 속한 것과 같은 교단에 속하는 이 수도원의 원장이다. 따라서 너는 내 손안에 있다. 그러니 내 명에 따라야 한다. 자, 영원히 네 입을 다물겠다고 서원하거라…….」

사부님이 나서지 않았더라면 나는 원장 앞에서, 영원히 입을 봉하겠다고 서원을 세웠을 터이고, 그랬더라면 독자 여러분은 나의 이 충실한 연대기를 읽을 수 없었을 것이다. 그러나 다행히도 사부님은 이 대목에서 본능적인 거부 반응을 보여 주었다. 물론 나의 서원을 저지하기 위해 나선 것은 아닌지도 모른다. 어쩌면 사부님은, 나에게 암시를 걸고 있는 원장의 행위를 역겹게 여긴 나머지 불쑥 그의 말을 가로막고 나섰던 것 같다.

「원장, 이 일과 그 아이와는 아무 상관도 없어요. 나는 원장께 질문을 던졌고, 위험을 경고했고, 장서관의 비밀과 관련된 수도사의 이름을 가르쳐 줄 것을 요청했어요……. 자, 어떻습니까? 나도 그 반지에 입을 맞추고, 내가 알아낸 것, 내가 의혹을 품어 온 것을 발설하지 않겠다고 맹세해야 할까요?」

원장이, 참으로 딱하다는 듯한 얼굴을 하고 비아냥거렸다. 「아, 드디어 그렇게 나오시는군. 하기야 나도, 운수 행각승(雲水行脚僧)에 불과한 그대가 우리 교단의 아름다운 문화를 이해할 것으로는 처음부터 기대하지 않았어요. 아울러, 묵언과 비밀과 자애의 신비…… 그렇습니다, 자애와 명예와 우리 교단의 자랑인 묵언계(默言戒)에 대하여 삼가는 마음을 가져 줄 것을 요구하지도 않습니다. 그런데, 그대는 이제 참으로 이상한 이야기, 도저히 믿어지지 않는 말을 이 교단의 수도원장인 내 앞에서 하고 있군요. 연쇄 살인의 동기가 되었다는 금서는 무엇이고, 원장으로서 나만이 알아야 할 사실을 다른 사람이 알고 있다고 하는데 그건 누구를 가리켜 하는 말이지요? 참으로 터무니없는 무고(誣告)가 아니고 무엇인가요? 하고 싶으면 그대 입으로 말하세요만, 믿는 사람은 하나도 없을 겝니다. 혹 그대의 그 뜬구름 잡는 것 같은 추리가 옳다고 하더라도 모든 것은 내 손바닥, 나의 사법권 안에 있다는 것을 잊지 마세요. 따라서 앞으로는 내가 조사합니다. 나에게는 조사할 방법이 있고, 권위가 있어요. 똑똑한 사람, 믿을 만한 형제라고 해서, 문외인(門外人)인 그대에게 조사를 맡긴 것이 나의 불찰입니다. 오직 나만이 책임질 수 있고 나만이 책임져야 하는 사건인데, 내가 무엇을 잘못 알았던 모양입니다. 그러나 그대는 내게 말했듯이 내 뜻을 이해했습니다. 나는 처음부터, 내 입으로 말하면 고해 성사와 관련된 엄숙한 서원을 어기게 되는 것을 염려하여, 누군가가, 내가 고해 성사를 통해서 들은 바를 대신 알아내기를 바랐습니다. 아, 얼마나 터무니없는 소망이었던가요? 그런데 그대는 이제 나에게 이런 말을 하고 있군요? 그대가 해온 일, 혹은 하려던 일에 대해 사의를 표합니다. 교황청과 황실 사절단의 만남이 끝났으니 이제 그대가 이곳에서 수행해야 할 임무는 끝났습니다. 황제의 궁정에서도 그대를 몹시 기다리고 있겠지요. 누가 감히 그대 같은 거물을 주저앉힐 수 있으리까. 따라서 이제 이 수도원을 떠나도 좋습니다. 하나 오늘은 이미 늦었군요. 갈 길이 적지 않게 험할 터인데 그대를 야밤에 떠나게 하고 싶지는 않군요. 내일 아침 일찍 떠나도록 하세요. 고마워하실 것은 없어요. 그대 같은 분을 모셔 형제로 환대할 수 있었으니 나에게야 이 아니 광영이겠습니까? 지금 물러가셔서 이 수련사와 행장을 꾸리셔도 좋습니다. 내일 새벽에 다시 작별 인사를 드리기로 하지요. 진심으로 감사드립니다. 당연한 일이지만, 조사는 이쯤에서 그만두셔도 좋습니다. 바라건대 우리 수도사들을 더 이상 괴롭히지 마세요. 이제 물러가도 좋습니다.」

그것은 협조 관계의 해제라기보다는 숫제 추방이었다. 사부님은 순순히 원장의 말대로 물러섰다. 우리는 무거운 마음으로 계단을 내려왔다.

「대체 이게 무슨 경우입니까, 사부님!」

「글쎄 말이다……. 알고 싶다면 네 스스로 가설을 세워 보아라. 방법은 이제 알 터이니…….」

나는 침을 삼켰다. 가정을 체계적으로 공식화시킨다는 것은 상당한 긴장을 요하는 일이었다. 「이렇게 두 가지로 설명해 보겠습니다. 이 두 가지 가정은 서로 상반됩니다. 그럼 제가 한번 설명해 보겠습니다. 첫 번째 가정…… 원장께서는 처음부터 모든 것을 알고 있었고, 사부님께 의뢰해 봐야 아무것도 알아내지 못하실 거라고 생각했습니다. 두 번째 가정…… 원장님은 처음부터 아무것도 의심하지 않았습니다. 무엇에 대한 의심인지는 저도 아직은, 사부님 말씀을 듣지 않아서 잘 모르기는 합니다만…… 원장님은, 이 모든 갈등이 오로지 남색하는 수도사들 사이에서 비롯된 것이라고만 생각했습니다. 그런데 사부님께서는 그의 눈을 열어 주셨고, 따라서 원장님은 일이 심상치 않게 번진다는 것을 아셨습니다. 물론 원장님은, 이 일의 주모자 되는 수도사의 이름, 연쇄 살인 사건의 책임을 져야 할 수도사의 이름을 정확하게 알고 있습니다. 그런데 이 대목에서 원장은 자기 손으로 이 사건을 수습하고자 합니다. 말하자면 이 수도원의 명예를 지키기 위해서 사부님을 이 사건의 조사에서 손을 떼게 하려는 것입니다.」

「오냐, 네 머리도 이제 돌아가기 시작한 것 같다. 그러나 간과하지 말아야 할 것은, 사건의 안팎이 이 지경이 되었는데도 원장이라는 자는 오로지 수도원의 명예에만 관심을 기울이고 있다는 점이다. 그 자신이 범인인지도 모르고, 그 자신이 다음 희생자가 될지도 모르는 판국인데도 불구하고, 원장은 오로지 이 수도원의 추문이 산을 넘지 못하게 하려고만 전전긍긍하고 있다는 것이다. 제 수하의 형제는 죽어도 좋으니 수도원 명예만은 지켜야겠다는 발상이 어디 가당키나 한 노릇이냐? 봉건 영주의 후레자식! 토마스 아퀴나스의 무덤을 파서 제 명예의 속살을 찌우는 저 공작새 같은 허장성세! 술잔만 한 반지를 끼어야 살맛이 나는 저 술부대 같은 자! 오냐, 잘났구나, 너희 베네딕트회 땡중들! 왕족보다 사악하고, 귀족보다 더 귀족적인 것들이로다!」

「사부님…… 저도 베네딕트회…….」 나는 듣기가 민망하여 감히 힐난하는 말투로 사부님에게 대들었다.

「닥쳐라, 이놈, 네놈도 한통속이 아니더냐? 너희 무리는 범부도, 범부의 자식들도 아니다. 농부가 몸을 의탁하는데 너희라고 거절하기야 하겠느냐만, 너는 어제 너희 무리가 바로 그런 범용한 농부의 자식을 속권에 넘겨주는 걸 보았다. 하지만 범부의 자식이 아닌 자는 어떻게든 지키려 들 테지. 원장은 능히 그런 사람을 골라내어 지하 보고에서 쳐죽이고, 수도원 명예를 높인답시고 그 콩팥을 꺼내어 성보 상자에다 넣을 수 있는 위인이다. 그러니 프란체스코회 수도사들, 비천한 소형제회 수도사들이야 이 거룩한 집에서 쥐구멍밖에

찾을 것이 있겠느냐? 하나, 저 원장이라는 자를 보면 쥐구멍도 찾게 해줄 성싶지도 않다……. 〈고맙소, 윌리엄 형제, 황제 폐하께서 기다리실 것이오, 이 아름다운 반지가 보이지요? 그럼 안녕히 가시오?〉 그렇게는 안 될걸. 이건 나와 원장 사이의 문제가 아니다. 나와 내 직무 사이의 문제다. 나는, 내 직무가 끝나기 전에는 이곳을 떠나지 않는다! 내일 아침에 떠났으면 했지? 그래. 이게 제집이니까, 오라 가라 할 수 있을 테지……. 오냐, 그렇다면 내일 아침까지는 내 일을 끝내는 수밖에……. 그래, 기필코 끝내고 말겠다.」

「끝내어야 합니까? 이제 이 사건의 조사는 사부님 의무에서 떠나지 않았습니까?」

「아드소, 우리에게 그런 의무를 지운 사람은 없다. 죽이 되든 밥이 되든…… 나는 알 것은 알아야 하는 사람이다.」

내가 속한 수도회와, 그 수도회에 속하는 수도원 원장에 대한 사부님의 험구는 참으로 듣기에 민망했다. 나는 다소나마 원장의 입장을 변호할 요량으로 세 번째 가정을 설명했다. 가설을 세우는 데 나도 이제 익숙해지고 있었나 보다. 「사부님, 아직 세 번째 가정은 검토하시지 않았습니다. 지난 며칠간 그런 낌새가 보였고, 오늘 아침 니콜라 수도사의 설명으로 확인된 바도 있는 데다가 교회에서도 그런 냄새가 풍기는 걸 제가 확인했습니다. 즉, 이탈리아 출신 수도사들이 외국인에 의한 사서 자리 승계를 달갑지 않게 여긴다는 소문입니다. 그뿐만 아닙니다. 이탈리아 출신 수도사들은, 수도원의 전통을 존중하지 않는다고 원장님을 비난하고 있고, 알리나르도 노수도사를 앞세워 수도원 행정 체계의 개혁을 요구하고들 있다고 합니다. 그렇다면 원장님은, 사부님의 진상 조사 및 진상의 공개가 자기 반대파의 무기가 될 것을 염려

한 나머지 이 문제를 좀 더 신중하게, 그리고 은밀하게 처리하고 싶어 하는 것이 아닐는지요?」

「그럴 가능성도 없지는 않다만, 그래도 원장이 빵빵하게 부푼 술부대라는 사실에는 변함이 없다. 언젠가는 제풀에 빵, 하고 터질 것이야!」

우리는 교회 회랑에 이르렀다. 바람이 꽤 사나워져 있었다. 9시과가 지난 지 얼마 되지 않은 것 같은데도 주위는 어둑어둑했다. 시간이 흐를수록 사부님에게는, 남은 시간이 그만큼 사라져 가는 셈이었다.

사부님이 무겁게 말문을 열었다. 「늦었어. 하지만 시간이 없을 때일수록 냉정을 잃지 말아야 한다. 따라서 우리 앞에 남아 있는 시간을 영원으로 보고 느긋하게 움직여야 한다. 내게는 풀어야 할 숙제가 있다. 어떻게 하면 이 finis Africae (아프리카의 끝)라는 밀실로 들어갈 수 있느냐…… 해답은 여기에 있다. 그런 다음에 우리는 누군가를 구해야 한다. 그게 누구냐? 그것은 나도 아직은 모르겠다. 이 일련의 사건이 묵시록 예언의 본을 따른다면 외양간 쪽에서 무슨 소동이 있을 것인즉, 너는 거기에 눈을 대어 보도록 하여라……. 오가는 사람들을 빠짐없이 관찰해야 한다.」

아닌 게 아니라 본관과 회랑 사잇길은 여느 때보다 왕래가 잦았다. 원장 공관에서 나온 수련사 하나가 잰걸음으로 본관 쪽으로 달려가는 것도 그전에는 보기 어렵던 일이었다. 니콜라 수도사도 본관에서 나와 숙사 쪽으로 가는데 걸음걸이가 역시 여느 때보다 빨랐다. 회랑 구석에서는 이탈리아 출신 수도사들인 파치피코, 아이마로, 피에트로가 알리나르도 노수도사와 쑥덕공론을 벌이고 있었다. 파치피코와 아이마로와 피에트로는 알리나르도 노수도사를 설득하는 것 같았다.

가만히 보고 있으려니 네 사람에게서 무슨 결론이 난 듯했다. 아이마로는, 여전히 마음이 내키지 않는 듯이 머뭇거리는 알리나르도를 부축, 원장 공관 쪽으로 갔다. 그들이 공관으로 막 들어서는데, 숙사 쪽에서 니콜라가 호르헤 노인과 나와 역시 공관으로 향하기 시작했다. 두 이탈리아인 수도사가 공관으로 들어가는 것을 본 니콜라가 호르헤의 귀에다 대고 무슨 말인가를 속삭이자 호르헤 수도사는 고개를 저었다. 두 사람은 계속해서 집회소 쪽으로 발을 옮겼다.

「원장이 마무리 작업에 손을 대었구나……」 사부님이 중얼거렸다. 본관에서는 문서 사자실 필사사들이 몰려나오고 있었다. 그들을 따라 나온 베노가 걱정스러운 얼굴로 우리에게 다가와 사부님에게 말했다.

「문서 사자실이 술렁거립니다. 일은 않고 저희들끼리 몰려다니면서 수군거리는데 영문을 모르겠습니다.」

「오늘 아침까지만 해도 유력하던 살인 용의자들이 모두 죽었으니 당연한 노릇…… 어제 아침까지만 해도, 멍청하면서도 잔인하고 잔인하면서도 음탕한 베렝가리오, 이단 혐의자 레미지오, 거기에다 눈총 받던 말라키아까지도 용의자로 지목되고 있었다. 그런데 이제 누구를 의심하랴! 따라서 다른 용의자, 또 하나의 속죄양이 필요해서 이러는 것이야. 모두가 모두를 의심하면 분위기가 이렇게 되는 게야. 가만히 보니, 너처럼 겁을 먹은 녀석도 있고, 남에게 겁을 주려는 녀석도 있군그래. 모두 들떠 있어……」 사부님은 베노를 보내고는 나에게 말했다. 「아드소, 너는 외양간을 좀 눈여겨보아라. 나는 가서 좀 쉬어야겠다.」

예전이라면 나는 기가 찼을 것이다. 떠날 시간이 얼마 남지 않았는데, 가서 좀 쉬어야겠다니……. 그러나 이미 나는 사부님에 대해 잘 알고 있었다. 사부님은, 쉬면 쉴수록 몸과 마음이 더불어 명민해지는 그런 분이었다.

만과와 종과 사이

쉽사리 끝날 것 같지 않은 혼돈 상태가 간략하게
설명될 뿐이다.

그 뒤, 그러니까 만과와 종과 성무 사이에 있었던 일을 소
상하게 쓰기는 쉽지 않다.

사부님은 나와 함께 있지 않았다. 나는 외양간 주변을 예
의 주시했으나 달리 이상한 것은 눈에 띄지 않았다. 마부들
이, 갑자기 세어진 바람 때문에 짜증을 부리는 말들을 외양
간으로 몰아넣느라고 애를 쓰고 있었을 뿐, 모든 것은 여느
때처럼 평온했다.

나는 교회로 들어갔다. 모두가 자리에 앉아 있었다. 나는
원장의 시선을 유심히 좇았다. 원장의 시선은 유달리 자주 호
르헤 노수도사의 자리로 가고는 했다. 호르헤 노수도사의 자
리는 비어 있었다. 원장도 그걸 확인했는지, 성무의 시작을 늦
추었다. 그는, 호르헤를 찾으러 보내고 싶었는지 베노를 찾았
다. 그러나 베노 역시 그 자리에 없었다. 누군가가, 베노는 문
서 사자실 문을 잠그고 있을 것이라고 했다. 원장은 짜증을
부리며, 본관 규칙도 모르는 자가 어떻게 문은 잠그느냐고
했다. 알레산드리아 사람 아이마로가 일어서면서 원장에게
말했다. 「허락하신다면 가서 베노 형제를 불러오겠습니다.」

「내 너에게 그런 말 한 적 없다.」 원장이 퉁명스럽게 대답했

다. 아이마로는 자리에 앉으며 티볼리 사람 파치피코에게 묘한 시선을 던졌다. 원장은, 이번에는 니콜라를 찾았다. 그러나 니콜라 역시 자리에 없었다. 누군가가, 니콜라는 저녁 식사를 준비하고 있을 것이라고 말했다. 원장은 이 대답에도 싫은 얼굴을 했다. 그는 그런 낯빛을 보여야 하는 자신의 상태 자체에 매우 화가 나 있는 것 같았다.

「호르헤 수도사가 임석(臨席)하셔야 한다. 그분을 모시고 오너라. 네가 가거라.」 원장이 수석 수련사에게 명했다.

또 누군가가 이번에는, 알리나르도 노수도사도 성무에 나오지 않았다고 말했다. 「나도 안다. 노인은 건강 때문에 기동이 불편하실 게다.」 원장이 대답했다. 나는 마침 산탈바노 사람 피에트로 옆에 있었기 때문에 그가 바로 옆에 있던 놀라 사람 군초에게 중부 이탈리아 사투리로 하는 말을 들었다. 나는 그 사투리를 대강 알아들을 수 있었다. 대략 이런 내용이었다. 「내 이럴 줄 알았어. 영감님은, 교리 강론 끝날 즈음에 보니까 아주 녹초가 되셨더라고. 그나저나 원장이 왜 오늘 따라 아비뇽 교황청의 갈보처럼 군다지?」

수련사들이 특히 당황해하고 있었다. 나이가 어린 수련사들은, 나처럼 교회 안에서 고조되는 이상한 긴장에 민감했다. 침묵과 당혹의 순간순간이 계속되었다. 원장은 찬미가를 부르자면서 임의로 세 곡을 골라 선창했다. 하나같이 회칙이 만과 성무의 찬미가로 지정한 적이 없는 곡들이었다. 수도사들은 서로 눈치를 살피다 낮은 목소리로 따라 부르기 시작했다. 수석 수련사를 앞세우고 베노가 들어와 자리에 앉고는 고개를 숙였다. 호르헤는 문서 사자실에도, 독거(獨居)에도 없더라고 했다. 원장은 성무의 시작을 명했다.

성무가 끝나고 저녁 식사가 시작되기 직전에 나는 사부님을 모시러 갔다. 사부님은 옷을 입은 채, 침상에 누워 꼼짝도 하지 않았다. 그는, 시간이 그렇게 되었는지 몰랐다고 했다. 내가 간단하게 교회에서 보고 들은 것을 보고하자 가만히 고개만 저었다.

식당 문 앞에서 사부님과 나는, 몇 시간 전까지만 해도 호르헤와 함께 있던 니콜라를 만났다. 사부님이 호르헤가 원장을 만났느냐고 묻자, 니콜라는 알리나르도와 아이마로가 공관에서 원장을 면담했기 때문에 호르헤는 오랜 시간 공관 밖에서 기다려야 했다고 대답했다. 니콜라의 말에 따르면, 알리나르도 일행이 나오자 호르헤는 원장 공관으로 들어갔다가 한참 뒤에야 나왔다. 원장 공관에서 나온 호르헤는 니콜라에게, 자기를 교회로 데려가 달라고 말했다. 그때가 만과 성무 한 시간 전이었다. 그러니까 교회에는 아무도 없을 시각이었다.

사부님과 니콜라가 식당 앞에서 이야기를 나누고 있는데 원장이 다가와 비아냥거렸다. 「윌리엄 수도사, 아직도 조사하고 있는 중인가요?」 그러나 막상 식당에서는 원장도 사부님을 자기 옆자리에 앉게 하는 것을 잊지 않았다. 사사로운 감정이야 있겠지만, 그래도 베네딕트회에서는 손님 접대를 제일의 미덕으로 치기 때문이었다.

식사는 어느 때보다 조용하게 진행되었다. 원장은 자기 생각의 무게에 시달리고 있었기 때문인지 건성으로 손을 놀렸다. 식사가 끝나자 그는 수도사들에게 종과 성무를 서두르라고 말했다.

알리나르도와 호르헤는 여전히 나타나지 않았다. 수도사들은 장님 노인 호르헤의 빈자리를 가리키며 수군거렸다. 성무가 끝나자 원장은, 부르고스 사람 호르헤 노수도사의 건강을 위해 특별히 기도하자고 말했다. 호르헤의 육체적 건강이었을까, 영원의 안식을 위한 영혼의 건강이었을까……. 회중은 수도원으로 불어닥칠 또 한차례의 회오리바람을 예감하는 듯했다. 불쑥 원장은 모든 수도자는 모두 자기 방으로 돌아가되, 한 사람이라도 숙사 밖에서 얼쩡거리면 중벌을 내릴 것이라고 했다. 그는 〈한 사람이라도〉를 특히 강조하는 것 같았다. 겁에 질린 수련사들이 맨 먼저 일어나 두건을 내려 쓰고 고개를 숙인 채 교회를 떠났다. 입을 여는 수련사도 없었고 동료를 집적거리는 수련사도 없었다. 수련사들은 대개가 어리다. 그래서 꽤 엄한 수도사가 눈을 부라려도 이들의 짓궂은 장난을 완벽하게 막아 내는 것은 불가능하다. 그러나 이날만은 예외였다.

이윽고 수도사들이 교회를 나섰다. 나는 내가 〈이탈리아인들〉로 부르고 있는 수도사들 뒤를 따랐다. 파치피코가 아이마로에게 속삭이는 소리가 내 귀에도 들렸다. 「자네, 정말 수도원장이 호르헤의 행방을 모를 거라고 믿나?」

아이마로가 대꾸했다. 「알 테지. 호르헤가 거기에서 나오지 않을 거라는 것도 알 거라. 노인은 원한 게 너무 많아. 그러니 원장이 더 이상 노인을 그냥 두고 보지 않으려 하는 것은 당연지사…….」

사부님과 나는 순례자 숙사로 들어가는 척하면서 어슬렁거리다가, 원장이 그때까지도 열려 있던 식당 문을 통해 본관으로 들어가는 걸 보았다. 사부님이 속삭였다. 「조금 더 기다리자. 인적이 끊기거든 내 뒤만 따라오너라.」 우리는 잰걸음으로, 인적이 거의 끊긴 길을 따라가다가 길에서 몸을 뽑아 교회로 숨어들었다.

종과 이후

거의 우연히 윌리엄 수도사는 〈아프리카의 끝〉으로
들어가는 비밀을 알아낸다.

우리는 회교도 자객들처럼 교회 입구의 기둥 뒤로 몸을 숨
기고, 유골로 짜인 제단을 응시했다.

「원장은 본관 문을 잠그러 간 모양이다. 문을 안으로 잠그
면 납골당을 통해 나올 수밖에 없을 게다.」

「나오면요?」

「뭘 하는지 지켜봐야지.」

우리는 원장이 뭘 하는지 지켜볼 수 없었다. 한 시간이 넘
었는데도 원장은 나타나지 않았다.

「finis Africae(아프리카의 끝)로 들어간 모양입니다.」

「그럴지도 모르겠구나.」

「식당을 통해 밖으로 나와, 호르헤 노수도사를 찾으러 다
니는지도 모르지 않습니까?」 가설을 세우는 데 재미가 든 내
가 물었다.

「그럴 가능성도 없지 않다.」

그러나 나는 그 이상의 경우도 상상해 보았다. 호르헤가
죽었을 가능성…… 호르헤가 본관에서 원장을 죽이고 있을
가능성…… 제3자가 잠입하여 두 사람을 기다리고 있을 가능
성……. 〈이탈리아인들〉이 바라는 바는 무엇일까? 베노는 왜

겁을 먹고 있었던 것일까? 베노는, 사부님의 주의를 흩트려 놓을 목적으로 짐짓 하소연하는 척한 것은 아닐까? 베노는, 문서 사자실 문을 어떻게 잠그는지도 모르고, 안에서 문을 잠근 뒤 어떻게 빠져나오는지도 모르는데 왜 만과 성무 시간 에는 문서 사자실에 있었던 것일까? 미궁의 통로를 혼자 힘 으로 정복하려고 했던 것일까?

「모두 그럴싸한 추리다. 그러나 한 가지 일만은 지금 일어 나고 있거나, 일어났거나, 일어나려 하고 있다. 마침내 하느 님 은덕으로 우리는 한 가지 확실한 사실 앞까지 다가왔다.」

「그것이 무엇입니까?」

「세상만사를 다 꿰뚫어 본다고 믿는 이 배스커빌의 윌리엄 이 딱 한 가지, 〈아프리카의 끝〉이라는 밀실로 들어가는 방법 만은 아직도 알아내지 못하고 있다는 것이지. 아드소, 외양 간으로 가보자, 외양간으로……」

「원장님 눈에 띄면 어쩝니까?」

「한 쌍의 유령 행세를 해야지 별수 있겠느냐?」

적당한 방법이 못 될 것이라고 생각했지만 나는 아무 말 없이 사부님 뒤로 따라붙었다. 사부님은 초조해하고 있었다. 우리는 뒷문을 빠져나와 묘지를 지났다. 바람이 세찼다. 나 는, 제발 한 쌍의 유령이나 만나는 일이 없게 해달라고 기도 했다. 그날 밤의 수도원에 제정신을 지닌 수도사는 하나도 없을 것 같았기 때문이었다.

이윽고 외양간에 이르고 보니 말 울음소리가 들렸다. 말들 은 찬바람에 신경질적인 반응을 보이고 있었다. 외양간 문에 는 가슴 높이로 빗장이 걸려 있었다. 우리는 빗장 너머로 외 양간 안을 들여다볼 수 있었다. 어둠 속이지만 말과 소를 구 별 못 할 정도는 아니었다. 왼쪽 첫 번째 말이 브루넬로라는 것도 알아볼 수 있었다. 브루넬로의 오른쪽, 그러니까 우리 쪽에서 보아서 세 번째 말이 우리가 다가간 것을 알고는 고개를 들고 울었다. 「tertius equi(말의 세 번째)……」 나는 피식 웃으면서 중얼거렸다.

「뭐라고 했느냐?」 사부님이 물었다.

「아무것도 아닙니다. 잠깐 살바토레 수도사가 한 말이 생각나서 웃었습니다. 살바토레 수도사는, 저기 있는 세 번째 말에다 자기만 아는 마법을 걸 수 있다고 하더군요. 그런데 살바토레 수도사가 저 말을 가리키면서 tertius equi라는 겁니다. 이렇게 말하면, U가 되고 말지 않겠습니까?」

「U라니?」 별생각 없이 내 말을 듣고 있던 윌리엄 수도사가 반문했다.

「그렇지 않습니까? tertius equi 라고 해버리면 〈세 번째 말〉이라는 뜻이 아니고, equus(말)라는 단어의 세 번째 글자라는 뜻이 되어 버리지 않습니까? 〈세 번째 말〉이 아니라 U가 되고 만 셈이니 이런 엉터리 라틴어가 또 어디에 있겠습니까?」

「!」

사부님의 얼굴이 내 쪽을 향했다. 어둠 속인데도 나는 그의 얼굴이 활짝 펴지는 것을 볼 수 있었다. 그가 소리쳤다. 「네 이놈! 복 받거라! 오냐, 오냐, suppositio materialis[소재(素材)의 오해]와 관련된 문제였구나! 아, de re(사물에 대한 것)가 아니라 de dicto(말에 대한 것)였구나! 아이고 이런 돌대가리!」 사부님은 이렇게 외치며 주먹으로 당신의 이마를 퍽 소리가 나게 갈겼다. 적잖게 아플 것 같았다. 「아드소, 오늘 네 입을 통하여 진실이 두 번이나 드러났다. 처음에는 네 꿈 이야기를 통해서, 이번에는 이 엉터리 라틴어를 통해서…… 뛰자, 어서 뛰자. 네 방으로 달려가서 등잔을 하나 가져와라. 아니, 둘 다 가져와라. 다른 사람 눈에 띄지 않도록 조심하고 …… 교회에서 만나자. 이유는 묻지 말고 어서 달려가거라!」

나는 아무것도 묻지 않고 내 방으로 달려갔다. 등잔 두 개는 내 침상 밑에 있었다. 기름은 충분했고 심지도 내가 다듬어 놓은 것이라서 말짱했다. 나는 부싯돌도 찾아 법의 주머니에 넣고는 교회로 뛰었다.

사부님은 삼각대 아래에 앉아 베난티오의 양피지 쪽지를 다시 읽고 있었다. 「보아라. Primum et septimum de quatuor를 우리는 〈넷의 첫 번째와 일곱 번째〉라고 해석했다. 그런데 그게 아니었어. 〈넷〉이 아니라 〈넷〉이라는 의미를 지닌 단어, 즉 quatuor에 대한 것이다.」

나는 잠시 이해를 못 하다가 무슨 말인지를 깨달았다. 「Super thronos viginti quatuor(높은 좌석 스물네 개)! 그 글씨! 그 글귀요! 그게 거울에 새겨져 있지 않았습니까!」

「서두르자. 잘하면 한 사람의 목숨은 구할 수 있을지도 모른다.」

「누구 말씀이신지요?」 내가 물었다. 그는 이미 제단의 두 골을 움직여 납골당으로 통하는 문을 열고 있었다.

「그럴 가치가 없는 인간이기가 쉽지.」

우리는 지하 통로에 이르러 등잔에 불을 켜 들고 주방으로 통하는 문 쪽으로 갔다.

앞에서 나는, 이 나무문을 밀고 들어가면 주방의 화덕 뒤, 그러니까 문서 사자실로 통하는 원형 계단실 아래에 이른다고 쓴 바 있다. 우리가 그 문을 밀었을 때 벽 안에서 무슨 소린가가 들려왔다. 소리 나는 곳은 문 옆의 벽, 그러니까 유골이 얹힌 한 줄의 벽감이 끝나는 곳이었다. 마지막 벽감 옆은

네모난 석판벽(石板壁)이었고, 석판벽 한가운데엔 고색창연한 합일문자(合一文字)가 새겨진 낡은 현판이 붙어 있었다. 소리는 현판 뒤, 혹은 현판 위에서 들려오는 것 같았다. 아니, 반은 벽 뒤쪽에서, 반은 우리 머리 위에서 들려오는 것 같았다.

장서관에 처음 잠입한 날 밤에 이런 일이 있었더라면 나는 죽은 수도사들의 유령을 생각했을 터였다. 그러나 엿새가 지나면서 나는 살아 있는 수도사들이 더 유령 같을 수도 있다는 것을 깨달은 후였다. 「누구일까요?」

사부님은 문을 열고 화덕 뒤로 들어갔다. 계단실 옆벽을 따라서도 두드리는 소리가 들려왔다. 누군가가 벽 속, 아니면 주방 벽과 남쪽 탑루의 외벽 사이에 갇혀 있는 것 같았다. 주방 벽과 남쪽 탑루의 외벽 사이의 공간은 상당히 넓었다.

「저기에 누군가가 갇혀 있다. 나는 지금까지 finis Africae (아프리카의 끝)로 들어가는 다른 길이 없을까 하고 여러 차례 궁금해했었다. 이 본관 안에는 통로가 거미줄처럼 얽혀 있으니까 분명히 있을 것이라고 믿었다. 과연 납골당에서, 주방 위로 올라오기 직전에 나타나는 납골당의 한쪽 벽면이 열리게 되어 있더구나. 그곳에서 이 계단실과 평행하는 벽 속의 계단을 오르면 바로 창이 없는 방으로 들어가게 되어 있다.」

「하지만 누굴까요?」

「제2의 인물이다. 제1의 인물은 지금 finis Africae (아프리카의 끝)라는 밀실에 있다. 제2의 인물은 밀실에 있는 제1의 인물을 찾아가려 했을 것이다. 그런데 제1의 인물은 무슨 기계 장치 같은 것을 움직여 제2의 인물이 지나는 통로를 막아 버린 게 분명하다. 따라서 불청객인 제2의 인물은 벽 속에 갇힌 것이지. 갇힌 사람은, 비좁은 벽 속에 공기가 얼마 없을 테니까 지금쯤 혼구멍이 나고 있을 게다.」

「누굴까요? 구해 주어야 하지 않겠습니까?」

「누군지 곧 알게 될 게다. 그러나 구해 주고 싶어도 지금은 그럴 수가 없다. 기계 장치를 작동시키는 시설은 위에 있을 테니까. 게다가 지금으로서는 나도 그게 무엇인지 모른다. 일단 올라가고 보자.」

우리는 문서 사자실로 올라가, 장서관의 미궁을 지나 남쪽 탑루에 이르렀다. 나는 두 번이나, 등잔불을 꺼뜨리지 않으려고 돌아서야 했다. 전날 밤에 이상한 소리를 내면서 틈새로 불어 들어오던 바람이 이날따라 그렇게 거셀 수가 없었다. 바람은 통로를 지나면서 각 방의 서안에 놓인 서책 장(張)을 날릴 정도로 거셌다. 그래서 나는 두 손으로 등잔을 껴안듯이 하고 걸었다.

이윽고 우리는 거울이 있는 방에 이르렀다. 거울에 비치는 우리의 형상은 무시무시하게 일그러져 보였으니 그런 것은 아무것도 아니었다. 우리는 등잔을 들어 거울의 틀에 새겨진 글귀를 비추었다. Super thronos viginti quatuor(높은 좌석 스물네 개)…… 수수께끼는 명확했다. quatuor(넷)라는 단어는 모두 일곱 개의 철자로 이루어져 있었다. 따라서 이 단어의 첫 번째 글자와 일곱 번째 글자, 즉 Q와 R를 누르면 되는 것이었다. 몹시 흥분했던 나는 내 손으로 눌러 보려고 방 한가운데에 있는 서안에다 등잔을 놓았다. 그러나 너무 서둔 것이 탈이었다. 등잔 불꽃이 순식간에 서안 위에 놓여 있던 서책의 표지를 할퀴기 시작했다.

「정신 차려, 이런 멍청이 같으니! 장서관에 불이라도 지르고 싶어?」 사부님이 등잔불을 불어 끄면서 나를 나무랐다.

나는 기가 잔뜩 죽은 채, 등잔에 다시 불을 붙이려 했다. 「놔둬라. 내 등잔 하나면 충분하겠다. 등잔을 들어서 불이나 잘 비춰라. 높아서 네 손은 닿지 않을 것 같으니. 서두르자, 서둘러야 한다.」

「안에 있는 사람이 흉기라도 가지고 있으면 어쩌지요, 사부님?」 사부님은 발끝으로 서서 「요한의 묵시록」의 한 구절인, 문제의 인각된 글자를 더듬었다.

「겁내지 말고 불이나 똑바로 비추어라. 하느님께서 우리와 함께하신다.」 사부님은 손가락으로 quatuor (넷)의 Q 자를 더듬었다. 한 발짝 물러서 있는 내 눈에는, 거울 앞에 바싹 붙어선 사부님에 비해 그 글귀가 더 똑똑히 보였다. 나는 앞에서 이 글귀가 벽면에 인각된 것 같다고 쓴 바 있다. 그러나 quatuor라는 단어만은 쇠붙이로 되어 있었다. 그렇다면 이 쇠붙이는 벽 속에 내장된 기계와 연결되어 있을 가능성이 컸다. 사부님이 Q와 R를 누르자 뒤에서 귀에 거슬리는 소리가 들려왔다. 거울 전체가 움직인다고 생각한 순간, 유리면이 뒤로 물러났다. 자세히 보니 거울 자체가, 왼쪽에 돌쩌귀가 달린 문이었다. 사부님은 거울의 오른쪽 가장자리와 벽 사이의 틈새에다 손을 넣고 거울을 당겼다. 거울 문은 소리를 내며 우리 쪽으로 열렸다. 사부님이 열린 문 안으로 한 발을 들여놓는 것을 보고 나도 등잔을 머리 위로 추켜올린 채 뒤를 따라 들어갔다.

종과 성무 두 시간 뒤, 이레째가 마악 시작되려는 엿새째 한밤중에 우리는 마침내 〈아프리카의 끝〉에 해당하는 밀실로 들어선 것이었다.

제7일

한밤중

내용 소개만 간략하게 한다고 하더라도
이 장(章)의 부제는 엄청나게 길어질 터이다.
그만큼 이 장에서는 많은 것이 드러난다.

우리가 들어선 밀실 〈아프리카의 끝〉의 모양은 창이 없는
다른 세 개의 7면 벽실과 비슷했다. 곰팡이가 낀 서책에서 나
는 듯한, 쾨쾨한 냄새가 코를 찔렀다. 내가 머리 위로 추켜든
등잔이 먼저 천장을 비추었다. 등잔을 내려 천천히 좌우를
비추자 이번에는 벽을 등지고 선 서가들이 희미하게 보이기
시작했다. 바로 그때였다. 희미한 등잔 불빛에 서책이 잔뜩
쌓인 서안과, 그 서안 뒤에 앉아 있는 사람의 그림자가 보였
다. 산 사람이라면 그는 그 어둠 속에서 부동의 자세를 하고
우리를 기다리고 있었음에 분명했다. 등잔 불빛이 그 그림자
의 얼굴에 채 닿기도 전에 사부님이 소리쳤다.

「안녕하시었소, 호르헤 어른, 나를 기다리고 있었소이까?」

우리가 한 발 다가서자 그제야 불빛이 노인의 얼굴에 가
닿았다. 그는 눈이 멀쩡한 사람처럼 우리 쪽으로 얼굴을 돌
렸다.

「배스커빌 사람 윌리엄이시오? 만과 성무가 시작되기 전
부터 이곳에 와서 그대를 기다리고 있었소. 내 그대가 올 줄
알았지.」 호르헤 노수도사가 대답했다.

「원장은 어찌 되셨소? 비밀 계단실에서 무슨 소리가 나던

777

데 그게 바로 원장이 내던 소리였던가요?」

호르혜 노수도사는 잠시 망설이다가 반문했다. 「아직도 살아 있던가요? 숨이 막혀 죽은 줄 알았는데…….」

「당신과 얘기를 하기 전에 먼저 원장을 구해야겠소. 여기서 저 계단을 열 수 있을 테지요?」

「안 됩니다. 늦었어요. 기계 장치는 아래쪽에서 현판을 눌러야 움직입니다. 현판을 누르면 여기 있는 지렛대가 작동해서 저 서가 뒤쪽에 있는 문이 열리는 것이오.」 그는 턱으로 어깨 뒤를 가리키면서 말을 이었다. 「……서가 옆에 평형추 달린 바퀴가 있을 것이오. 평형추는, 여기에서 기계를 움직이는 장치라오. 나는 바퀴 움직이는 소리를 듣고 원장이 올라오는 걸 알았지요. 그래서 무게를 지탱하는 밧줄을 홱 잡아 뺐더니 밧줄이 끊어졌소. 이제 비밀 계단실 통로는 양쪽에서 막히고 말았어요. 이 장치는 이제 못 고쳐요. 원장은 벌써 죽었소이다.」

「왜 원장을 죽였소?」

「오늘 이 양반이 날 불러 하는 말이, 윌리엄 그대 때문에 진상을 소상하게 알게 되었다고 합디다. 그런데도 이 맹추 같은 양반, 내가 그렇게 지키려고 했던 것이 무엇인지를 몰라. 그는 장서관의 보물이 무엇이고, 목적이 무엇인지 정확히 몰랐거든. 그러곤 나에게, 자기가 모르는 것에 대한 설명을 요구합디다. 그뿐인가? 나에게 이 〈아프리카의 끝〉을 열라는 거야. 이탈리아인들이 원장에게 몰려가, 나와 내 선임자들이 싸고도는 이른바 수수께끼를 해명하라고 요구했던 모양이오. 이 한심한 자들, 새로운 것에 대한 갈증에 쫓기고 있어요.」

「그래서 당신은 이곳으로 올라와, 다른 사람들의 목숨을 그렇게 했듯이, 당신 자신의 목숨도 끊어 놓겠다고 했겠군요. 그래야 수도사들 눈에는 아무것도 띄지 않을 것이고, 그래야 수도원 명예가 살게 될 테니까. 당신은 원장에게, 잠시 후에 이곳으로 올라와 당신의 죽음을 확인하라고 했을 테지요? 그런 덫을 놓고 기다리다가 원장을 죽였을 테고요? 당신은, 원장이 저 거울 문을 통해 들어올 거라고는 생각하지 않았나요?」

「천만에…… 원장은 키가 작아요. 따라서 혼자서는 거울 위의 글자에 손을 댈 수 없어요. 그래서 나만 아는, 다른 길을 가르쳐 주었지. 그것은 내가 오랫동안 이용한 것인데, 어둠 속에서는 더 간단해서 교회로 간 다음, 유골을 따라가기만 하면 통로 끝에 이를 수 있어.」

「그러니까 미리 죽일 생각을 하고는 올라오게 한 게 틀림없군요?」

「이제 믿을 수가 없어졌거든……. 그자는 겁을 먹고 있어. 원장은 포사노바에서, 제 사부의 시신을 메고 나선형 계단을 내려온 것으로 유명해진 건데 그게 분에 넘치는 영광이었어. 이제 그는 자기 자신의 계단도 오르지 못하게 되었으니 죽어 마땅하지.」

「당신은 40년 동안이나 그 계단을 이용했군요. 시력이 떨어지고 눈이 멀어 가자 당신은 더 이상 장서관을 다스릴 수 없다는 걸 알고 술수를 쓰기 시작했어요. 말하자면 믿을 만한 사람, 온당한 사람을 원장 자리에 앉히고, 마음대로 부릴 수 있는 보비오 사람 로베르토를 장서관 사서로 만들었어요. 그다음에는 당신의 도움 없이는 아무 일도 못하는 말라키아로 하여금 로베르토의 뒤를 잇게 했을 테지요. 말하자면 당신은 지난 40년 동안이나 이 수도원의 주인 노릇을 했어요. 그런데 이탈리아인들도 수도원의 주인이 당신이란 걸 깨달게 된 거지요. 알리나르도 노인이 틈만 나면 뇌까리던 말인데…… 아무도 귀담아 듣지 않았었지. 노망난 노인이라고 무시하고 있었으니까…… 내 말이 맞나요? 당신은 나를 기다리고 있었다고 했는데, 사실은 기다린 게 아니라 기계 장치가 벽에 내장되어 있어서 거울 문을 잠글 수가 없었기 때문이겠지요? 그래요, 나를 기다렸다는 말이 사실이라고 칩시다. 왜 기다렸지요? 어째서 내가 올 거라고 생각했던 거지요?」 사부님은, 호르헤의 대답을 뻔히 알면서도, 자신의 추리력에 대한 보상으로 답을 듣고 싶어 하는 것 같았다.

「처음부터 나는 그대가 다 알아낼 것으로 짐작했어요. 그대의 목소리를 듣고 알았지요. 지금 다시 언급하고 싶지 않지만, 문서 사자실에서 점잖지 못한 주제를 놓고 토론할 때 나를 몰아치는 재주를 보고 진작부터 알았지요. 그대는 역시 다른 이들보다는 한 수 위더군요. 나는 그대가 어떻게 하든 이 사건을 풀어낼 줄 알았어요. 그대에게는 남의 생각을 엿보고, 그 생각을 자기 것으로 재구성하는 재주가 있더군요. 그대가 다른 수도사들에게 던지는 질문을 엿들었더니 말마다 정곡을 찔러 나갑니다. 그런데 그대는, 장서관 비밀을 훤히 아는 사람처럼, 장서관에 대해서는 한마디도 질문을 하지 않아……. 그래서 며칠 전날 밤에 살며시 그대 방을 찾아가 문을 두드려 보았어요. 대답이 없더군. 그대는 여기 있었던 거요. 주방 일꾼들에게 물었더니 등잔 두 개가 없어졌다고 합디다. 집회소에서 사절단 회의가 있던 날 세베리노는 그대를 배랑으로 불러 서책 이야기를 하더군. 그래서 나는 그대가 내 꼬리를 잡고 있다는 걸 알았지.」

「그러나 당신은 어떻게든 그 서책이 내 손에 들어오지 못하게 하려고 했겠지요? 그래서 아무것도 모르는 말라키아를 찾아갔어요. 이 얼간이는, 아델모가, 육욕으로 달아오를 대로 달아오른 제 남색패 베렝가리오를 가로챈 일 때문에 정신이 온전하지 못했어요. 말라키아는 이 일과 베난티오 사이에 어떤 관계가 있는지 모르고 있었는데도 당신은 말라키아를 잔뜩 부채질해서 꼭지를 돌려 놓았을 겁니다. 모르기는 하나 당신은 말라키아에게 베렝가리오와 세베리노가 붙어 지냈다······ 세베리노는 그래서 베렝가리오에게 밀실 〈아프리카의 끝〉에 소장되어 있던 서책을 갖다 주었다······ 이런 말을 했을 테지요. 글쎄, 당신이 한 말이 정확하게 어떤 것이었는지는 나도 모릅니다. 그러나 질투에 꼭지가 돈 말라키아는 세베리노를 때려죽였겠지요. 하지만 레미지오가 들어오는 바람에 말라키아는 당신이 말한 그 서책을 회수하지 못했어요, 어때요?」

「잘 나가고 있어요.」

「하나 당신은 말라키아가 죽는 것은 바라지 않았어요. 모르기는 하나 당신을 믿고 당신의 말을 존중한 나머지 말라키아는 〈아프리카의 끝〉의 서책은 읽어 보지도 못하고 허구한 날 만일의 경우에 있을지도 모르는 침입자를 위협하려고 약초로 불이나 지폈을 테지요. 이 약초는 세베리노가 대주었을 것이고요. 그러니까 말라키아와 세베리노가 더러 시약소에서 만나는 것은 바로 이 약초 때문이었을 겁니다. 말라키아는 원장의 밀명을 받고 매일 약초를 얻으러 시약소에 갔을 테니까요. 어떻습니까, 이 부분까지의 내 추리는?」

「잘 가고 있어요. 그래요, 나는 말라키아의 죽음을 바라지 않았어요. 나는 어떤 수단을 쓰든지 그 서책을 찾아다 이곳에 갖다 놓되 절대로 펴보지 말라고만 했소이다. 말라키아에게, 그래서 천 마리 전갈의 독이 서책에 묻어 있다고 했던 것이오. 그런데 이 멍청이는 처음으로 내 말을 어기고 제 생각

대로 했던 것이오. 그래요, 나는 말라키아를 잃고 싶지 않았
소. 말라키아는 더할 나위 없이 충직한 내 종이었으니까…….
하나 그대가 알아낸 것을 내게 다 설명할 것은 없어요. 그대
가 알게 되었다는 사실, 나 또한 모르는 바 아니니까. 나는 그
대의 자존심을 키워 주고 싶지 않소. 그건 혼자서도 잘 알아
서 하겠지. 나는 오늘 아침 그대가 문서 사자실에서 베노에게
『키프리아누스의 만찬』에 대해 묻는 걸 엿들었소. 그대는 상
당한 거리에까지 접근해 있었던 것이오. 그대가 어떻게 해서
거울 문의 명문(銘文)을 해독했는지는 나는 모르오. 그러나
원장으로부터 그대가, 이 〈아프리카의 끝〉 이야기를 하더라
는 말을 듣고는 그대가 곧 이렇게 찾아올 줄 알았어요. 내가
그대를 기다렸다는 것은 빈말이 아니오. 자, 이제 무엇을 더
바라시오?」
　「아랍어, 시리아어, 그리고 『키프리아누스의 만찬』 번역본,
혹은 사본이 합본된 문제의 서책을 보아야겠습니다. 그리스
어 판본을 보아야겠습니다. 아랍 아니면 스페인에서 만든 것
이겠지요. 당신은 리미니 사람 파올로의 보조 사서 자격으로
〈요한의 묵시록〉의 귀한 사본들을 구하러 당신의 모국에 갔
다가 우연히 레온이나 카스틸리아에서 그 서책을 입수했을
겁니다. 당신은 그 덕분에 이 수도원에서 부동의 자리를 확
보하고, 당신보다 10년은 좋이 연장자인 알리나르도를 밀어
내고 사서직에 오릅니다. 내가 보고 싶어 하는 그리스어 판
본은 아마지(亞麻紙)에 사자(寫字)되어 있을 겁니다. 아마지
가, 당신의 고향 부르고스와는 지척인 실로스에서만 만들어
지는 희귀한 물건이라는 것도 나는 알지요. 자, 내가 보고 싶
은 서책은, 당신이 거기에서 읽어 보고는 훔쳐서 이곳으로 가
져왔고, 당신은 읽었으면서도 다른 수도사에게는 읽지 못하

게 했고, 여기에다 감추어 두었고, 남들에게 죽어라고 읽히지 않으면서도 죽어도 파기는 못하겠다고 버티어 온 그 서책입니다. 암, 파기하지 못하고말고요. 당신은 서책을 파기할 위인이 못 되니까요. 더 정확하게 말하면 내가 보고 싶은 책은 아리스토텔레스의 『시학』 제2권…… 세상이 소실되었다고 믿거나 아예 쓰이지도 않았다고 믿는 책…… 어쩌면 이 세상에서 한 권밖에 남지 않았을지도 모르는 당신의 소장품, 바로 그겁니다.」

호르헤는 경탄하면서도 유감스러운 어조로 말했다. 「윌리엄 형제, 그대는 사서로는 천부적인 재질이 있는 사람이군요. 그래, 다 알고 있었군요. 자…… 그대 옆에는 의자가 있을 것이오. 앉아요. 여기 그대에게 주는 상이 있어요.」

사부님은 내가 건네주었던 등잔을 놓고 의자에 앉았다. 등잔불은 아래에서 호르헤의 얼굴을 비추었다. 호르헤 노인은 자기 앞에 놓인 서책을 집어 사부님에게 건네주었다. 낯익은 표지였다. 내가 시약소에서 펼쳐 보고는 아랍어로 쓰인 것이라고 생각했던 바로 그 서책이었다.

「윌리엄 형제, 천천히 책장을 넘기면서 읽도록 하세요. 그대가 이겼어요. 그대에게는 상을 받을 자격이 있어요.」

사부님은, 덥석 서책을 잡는 대신 가만히 내려다보고 있다가 법의 자락에 손을 넣어 장갑 한 켤레를 꺼냈다. 필사사들이 쓰는, 손가락 부분이 없는 장갑이 아니라, 죽은 세베리노의 손에 끼여 있던 것과 같은, 손가락이 온전한 장갑이었다. 사부님은 조심스럽게 낡고 상하기 쉬운 서책의 표지를 열었다. 나도 가까이 다가가 그 서책을 내려다보았다. 호르헤 노인은 예의 그 예사롭지 않은 청력으로 내가 움직이는 소리를 감청하고 소리쳤다. 「오, 너도 와 있었구나! 너에게도 그것을 보여 주마…… 잠시 후에…….」

사부님은 첫 쪽을 읽다가 호르헤에게 물었다. 「목록에 따르면 이건 바보가 한 이야기를 내용으로 하는 아랍어 원고인데, 이게 대체 무엇인가요?」

「이교도들의 터무니없는 전설이랍니다. 뭐, 바보가 재담으로 이교 사제나 군주를 놀라게 한다던가…….」

「두 번째는 시리아어 원고로군요. 목록에 따르면 연금술에 대한 이집트의 소논문을 번역한 거라는데, 이런 게 어떻게 여기에 들어 있습니까?」

「그건 3세기 즈음 이집트에서 쓰인 원고랍니다. 그 내용상 다음 원고와 관련이 있어서 합본되어 있을 뿐, 별로 불온한 내용은 아니지요. 아프리카 연금술사들의 헛소리에 귀를 기울일 사람은 없을 터인즉…… 이자는 세상의 창조를 하느님의 웃음에다 관련시키고 있어요…….」 호르헤 노인은 고개를 들고 그 구절을 외기 시작했다. 40년 동안 시력 대신 기억력에 의존해 책을 되새겨 온 사람다운 놀라운 기억력이었다. 「……〈하느님께서 웃으시매 일곱 신이 나타나 세상을 다스렸고, 홍소를 터뜨리시매 빛이 생겨났으며, 두 번째 홍소를 터뜨리시매 물이 생겨났고, 그분이 웃기 시작한 지 이레째 되는 날 영혼이 생겨났느니〉…… 이게 망발 아니면 무엇이오? 다음 책은 『키프리아누스의 만찬』의 주석을 놓은 수많은 바보 중 하나가 썼다는 것인데…… 그대가 관심하는 것은 이게 아닐 것이오.」

사부님은 재빨리 책장을 넘겼다. 곧 그리스어 부분이 나타났다. 책장의 재질이 앞부분보다 훨씬 부드러웠다. 첫 쪽은 군데군데 부서져 나간 데다 가장자리는 완전히 닳아 있었다. 세월과 습기에 찌들대로 찌든 아마지에는 군데군데 흰 얼룩이 묻어 있었다. 사부님은 도입부를 그리스어로 읽다 말고 곧 라틴어로 번역하면서 읽었다. 그래서 나도 그 치명적인 책이 어떻게 시작되는지 알 수 있었다.

……제1부에서 우리는 비극을 다루면서 이 비극이 연민과 공포를 야기함으로써 카타르시스의 창출을 통해 이러한 감정을 씻어 내는 과정을 검토해 보았다. 이제 약속대로 희극을 풍자극, 광대극과 더불어 다루면서 이 희극이 어리석은 자들을 즐겁게 함으로써 비극과 같은 작용을 하는 과정을 검토해 보기로 하자. 우리가 영혼에 관한 책에서 이미 말했듯이 인간은 하고많은 동물 가운데서도 웃을 줄 아는 유일한 동물이다. 따라서 이 웃음이라는 현상을 충분히 검토해 볼 필요가 있다. 연후에 희극의 연기가 곧 모방이라는 관점에서 연기의 양식을 정의하고, 희극에서 웃음을 유발하는 수단인 연기와 대사를 검토해 보기로 하자. 그런 다음에 현자에서 우자에 이르기까지, 우자에서 현자에 이르기까지 갖가지 인간을 모방하고, 속임수로 관중을 놀라게 하고, 불가능한 것을 왜곡시키고, 자연의 법칙을 깨뜨리고, 엉뚱한 것, 모순된 것을 대비시키고, 등장인물의 품격을 떨어뜨리고, 희극적이고 천박한 몸짓을 의도적으로 사용하고, 부조화를 야기하고, 무가치한 것을 의도적으로 부각시키는 행위가 어떻게 우스꽝스러운 연기를 창출하고, 동명 이물(同名異物)과 이명 동물(異名同物)을 짐짓 곡해함으로써, 수다와 반복과 말장난과 엉터리 발음과 사투리를 통하여 어떻게 우스꽝스러운 대사가 가능해지는지 검토해 보기로 하자…….

사부님은, 적당한 낱말을 찾느라고 이따금씩 떠듬거리기도
하면서 그 글을 번역해서 읽었다. 기대했던 서책을 제대로 만
난 듯, 그는 읽으면서 몇 차례 미소를 짓기도 했다. 첫 쪽을 읽
은 그는 더 읽고 싶지 않은 듯이 빠른 속도로 책장을 넘겼다.
그러다 문득 손길을 딱 멈추었다. 몇 쪽에 걸쳐 책장의 옆 부
분과 윗부분이 붙어 있었기 때문이었다. 습기로 인해 아마포
가 녹으면서 풀을 바른 것처럼 달라붙어 버린 것 같았다. 호
르헤 노인은 책장 넘기는 소리가 그치자 사부님을 재촉했다.

　「계속해서 읽어 보아요. 이제 그 서책은 그대의 것이니까.
그대가 번 것이지요.」

　그러자 사부님은 태평스럽게 웃으면서 노인을 놀려 주었
다. 「호르헤 수도사, 아까 날 보고 똑똑한 사람이라고 하더
니, 당신, 당신 거짓말을 한 모양이구려. 당신에게는 보이지
않겠지만 나는 시방 장갑을 끼고 있소이다. 장갑 때문에 손가
락이 어둔해서 당신 주문대로 책장을 빨리 넘길 수가 없는 것
이지요. 마땅히 맨손으로, 그것도 이따금씩 마른 손가락을
혀끝에 대어 가면서 읽어야 하는 것인데 말이오. 오늘 아침
우연히 문서 사자실에서 손가락에다 침을 칠해 가면서 책을
읽다가 당신의 수법을 알아낸 겁니다. 손에다 침을 묻히면서,
독이 혀끝을 통해 입 안으로 충분하게 좀 들어가게 읽어야 하
는데 이거 미안하게 되었소이다. 독은 무슨 독이냐고 시치밀
한번 떼어 보시지 그러시오? 나는 지금 당신이 옛날에 세베리
노의 실험실에서 훔쳐 낸 독을 말하고 있는 것이오. 문서 사
자실에서 〈아프리카의 끝〉이나, 아리스토텔레스의 희서(稀
書)를 놓고 수군거리는 수도사들의 소리, 당신 귀에도 들렸
을 터인데 얼마나 불안했소이까? 내 보기에, 당신은 결정적
인 순간에 쓰려고 그 독약만은 깊이 간직하고 있었던 모양이

오. 그러다 며칠 전 베난티오가 이 책의 주제에 접근했고, 경
조부박하고 철딱서니 없는 베렝가리오가 아델모의 환심을
사려고 그만 당신이 그토록 심혈을 기울여 지켜 오던 비밀의
일부를 누설했어요. 그래서 당신은 이곳으로 올라와 덫을 놓
았어요. 과연 그로부터 며칠 지나지 않아 베난티오가 이곳으
로 숨어들어 서책을 훔쳐 가지고는 미친 듯이 책장을 넘기며
읽다가, 당신이 발라 놓은 독약에 중독되자 사람들의 도움을
구하고자 주방으로 내려갔어요. 베난티오는 물론 주방에서
죽었지요. 내 말이 틀렸소?」

「아니, 계속하시오.」

「나머지는 간단하지요. 베렝가리오는 주방에서 베난티오
의 시체를 발견하고는 기겁을 합니다. 베난티오가 본관으로
숨어든 것은, 베렝가리오가 아델모에게 하는 말을 엿들었기
때문이지요. 그러니 줄거리를 타고 들어가면 베렝가리오 역
시 나중에는 심문을 당할 것이 아닙니까? 베렝가리오는 망설
이다가 시신을 둘러메고 돼지 피 항아리에다 처넣게 됩니다.
사람들에게 베난티오가 돼지 피 항아리에 처박혀 익사한 것
으로 보이게 하려고 말이지요.」

「어떻게 아셨소?」

「당신 역시 알고 있었을 텐데 뭘 그러십니까? 베렝가리오
의 방에서 피 묻은 천이 발견되었을 때 당신이 보이던 반응을
유심히 보아 두었지요. 베렝가리오, 이 덜떨어진 자는 베난티
오를 피 항아리에다 처넣고는 그 천으로 제 손에 묻었던 피
를 닦았던 겁니다. 어쨌든 베난티오의 시체가 발견된 직후 베
렝가리오는 서책과 함께 사라지지요. 이자는 이미 그 서책에
눈독을 들인 지 오래였어요. 당신은 베렝가리오가, 당신이
묻혀 놓은 독약에 중독되어 어디에선가 죽었을 거라고 생각

했습니다. 과연 그랬지요. 그런데 세베리노가 그 서책을 찾
아냅니다. 어떻게? 서책을 손에 넣은 베렝가리오는, 사람들
의 눈을 피해 세베리노의 시약소에서 서책을 읽었던 거지요.
그래서 서책은 세베리노의 손으로 넘어갑니다. 이어서 당신
의 사주를 받은 말라키아가 세베리노를 죽이고 이곳으로 올
라와 베노로부터 서책을 빼앗아 가지고는, 대체 무슨 서책인
데 당신이 신경을 그렇게 곤두세울까 하면서 펼쳐 읽다가 역
시 중독사하고 맙니다. 자, 희생자들의 사인은 모두 설명된
것이지요? 이런 돌대가리……」

「누가 돌대가리라는 것이오?」

「내가 돌대가리라는 거외다. 알리나르도의 푸념을 듣고
나는 일련의 범죄 사건이 〈요한의 묵시록〉에 나오는 일곱 나
팔 소리와 일치한다고 생각했던 거예요. 아델모의 죽음과 우
박……. 하지만 아델모의 죽음은 자살이었어요. 베난티오의
죽음과 피, 하지만 원인은 베렝가리오에게 있었죠. 베렝가리
오의 죽음과 물……. 이것 역시 우연의 일치에 지나지 않았어
요. 세베리노의 죽음과 하늘……. 말라키아가 천구의로 세베
리노를 타살한 것은, 마침 그게 제일 먼저 눈에 띄었기 때문
이었을 겁니다. 그런데 말라키아와 전갈…… 왜 말라키아에
게는 그 서책이 천 마리 전갈과 같다고 했지요?」

「그대 들으라고 그랬지요. 이건 알리나르도의 머리에서 나
온 거랍니다. 누군가가 나에게 그러더군요. 그대 역시 피해
자들의 사인을 〈요한의 묵시록〉과 관련시켜 가면서 생각한
다고…… 그거 괜찮겠다 싶어서 한번 맞추어 보았지요. 그렇
게 맞추어 가면서 보니 이들에게는 아닌 게 아니라 천벌이 내
리고 있는 것 같았어요. 따라서 나는 책임을 덜 느껴서 좋았
지요. 그래서 말라키아에게도, 호기심을 다스리지 못하면 똑

같은 신의 계획에 따라 죽게 될 거라고 경고했는데, 녀석도 과연 그렇게 죽었어요.」

「그랬었군요. 나는 범인의 움직임을 하나의 가상적인 본으로 설정해 놓고 있었는데 과연 나의 이런 가정이 헛되지 않았군요. 내가 당신을 추적하게 된 것도 따지고 보면 이 가상적인 본 덕분이었어요. 당신도 아시다시피 요즈음의 모든 수도사들은 성 요한의 〈묵시록〉에 발목 잡혀 있어요. 그런데 말이지요, 당신이 그중에서도 가장 심하게 빠져 있는 사람 같아 보입니다. 그게, 가짜 그리스도에 대한 생각에 골몰하시기 때문인 것 같지는 않았어요. 당신의 나라가 으뜸으로 현란한 〈묵시록〉 사본을 만들어 낸 것이 오히려 이유가 되겠지. 언젠가 나는 이판(異版) 묵시록 사본을 이 장서관으로 들여온 사람이 당신이라는 이야기를 들었어요. 또 언젠가는 알리나르도의 푸념을 들었는데, 그 노인은 실로스로 서책을 구하러 떠났다는 정체불명의 경쟁자 이야기를 하더군요. 알리나르도는, 그 경쟁자라는 사람이, 돌아온 지 얼마 안 되어 그럴 나이도 아닌데 암흑의 나라에 들었다고 합디다. 그 말을 들었을 당시 내 호기심은 절정에 이르렀지요. 나는 처음에는 그 사람이 죽었다는 줄 알았어요. 나중에 알고 보니 장님이 되었다는 뜻이더군요. 즉 알리나르도는 당신을 가리키고 있었던 겁니다. 그리고 실로스는 당신의 고향 부르고스에서 가까운 곳입니다. 오늘 아침에 나는 목록에서, 당신이 리미니 사람 파올로의 사서 자리를 승계한 뒤, 혹은 승계하기 직전에 구입한 일련의 도서가 모두 스페인판 묵시록인 걸 알았어요. 그때의 구입 서책에는 물론 이 서책도 들어 있었고요. 그러나 사라진 책이 아마지로 되어 있다는 걸 확인하기까지 나는 내 가정을 확신할 수 없었어요. 당신이 실로스로 갔다는 걸 알

앉을 때 비로소 자신을 가졌던 겁니다. 그랬더니 이 서책과 책장에 발라 놓은 독물의 정체가 분명해지면서 비로소 사건이 묵시록의 예언을 따른다는 가정은 무너집디다. 하나 이 서책과 일곱 나팔 소리를 어떻게 엮어 내어야 할지 그게 막연하더군요. 그러나 살인이 묵시록의 예언을 따른다는 생각에 매달린 덕분에 나는 바로 이 서책의 내용에까지 접근할 수 있었고, 여러모로 당신이라는 사람을 생각해 보게 됩니다. 특히 웃음에 대해 당신과 벌였던 토론은 좋은 약이 되었지요. 오늘 밤에 나는, 사건이 묵시록적 예언과 일치한다는 가정을 버렸음에도 불구하고 내 시자에게는 계속해서 외양간을 잘 지켜보라고 했어요. 〈묵시록〉에 따르면, 여섯 번째의 나팔 소리가 울리면 기마병이 나타난다고 예언하고 있으니까요. 그런데 바로 그 외양간에서 내 시자가 문득 이 〈아프리카의 끝〉으로 들어오는 열쇠를 주었던 것입니다.」

「그대의 말은 도무지 알아들을 수가 없소. 그대는, 가상적인 논리를 실마리 삼아 이곳에 이르렀다고 하는데, 내가 보기에는 실수를 연달아 한 탓에 여기까지 온 것 같소. 대체 그대가 나에게 하려는 말이 무엇이오?」

「단지 내 당혹감을 되씹어 보고 있을 뿐, 당신에게 하고 싶은 말 같은 건 없어요.」

「주님께서는 일곱 번째 나팔을 불고 있소. 그대 귀에도 그 소리의 희미한 울림이나마 들렸을 것이오.」

「어젯밤의 강론에서 바로 당신이 한 소리가 아니던가요? 당신은, 스스로가 살인자라는 것을 숨기고 이 모든 일이 하늘의 섭리로 이루어진다는 암시를 남에게, 당신 자신에게 주고 싶었겠지요? 그래서 그런 억지를 부리고 있었던 게요.」

「나는 누구를 죽인 적이 없어. 모두 제가 지은 죗값…… 제

운명에 따라 죽었을 뿐…… 나는 도구에 지나지 않았소.」

「어젯밤에 당신은 유다 역시 도구에 지나지 않았다고 하더군. 하나 도구였던 유다 역시 저주를 받았다는 건 왜 모르시지?」

「나는 저주를 두려워하지 않아. 그분의 영광을 위해 한 짓임을 모르지 않을진대 어찌 주님께서 나를 사면하시지 않으리? 장서관을 지키는 것, 그것은 나의 의무였어.」

「조금 전까지만 해도 당신은 나를 죽이려 했소. 그리고 여기에 있는 내 시자까지…….」

「그대는 영리한 사람이오만, 남들을 앞질러 크게 영리한 것은 아니오.」

「내가 당신의 덫에 걸려들지 않았으니…… 이다음에는 어떻게 되는 것이오?」

「흠, 걸렸더라면 좋았을 것을……. 하지만 내게는 그대를 죽일 필요가 없어. 그대를 설득하면 되는 일이니까. 하나 먼저 궁금한 게 있군. 문제의 서책이 아리스토텔레스의『시학』제2권이라는 건 어떻게 아셨지?」

「웃음에 대한 당신의 과민한 반응만으로야 어디 어림인들 있었겠소? 당신이 다른 수도사들과 벌였다는 그 토론에 대해서도 내게는 아는 바가 많지 못했고…… 처음에는 나도 이런 토론이 무엇을 뜻하는지 몰랐어요. 그러나 서책의 내용에 대한 비망록을 보았더니, 〈부끄러움을 모르는 돌이 광야를 구른다〉……, 〈땅에 묻힌 매미들이 노래해 줄 것이다……〉, 〈귀한 무화과〉…… 이런 글귀가 보입디다. 이런 거라면 나도 읽은 적이 있지요. 실제로 나는 요 며칠 동안 이것을 확인했어요. 이것은 아리스토텔레스의『시학』제1권과『수사학』에도 나오는 표현이지요. 여기에서 나는 희극에 대한 세비야 사람이시도루스의 정의를 생각해 보았소. 희극이란…… stupra virginum et amores meretricium(동정녀의 음란죄와 창부의 사랑)이라던가…… 어쨌든 미덕과는 거리가 먼 종류의 사랑이라고 했지요. 그랬더니 『시학』 제2권의 윤곽이 잡혀 옵디다. 굳이 읽었다면 나 역시 당신의 의도대로 죽었겠지만 나는 읽지 않고도 내용을 말할 수 있는 사람이지요. 〈코미디〉, 즉 〈희극〉이라는 말은 komai(시골 마을)라는 말에서 비롯됩니다. 말하자면 희극이라는 것은 시골 마을에서 식사나 잔치 뒤에 벌어지는 흥겨운 여흥극인 것이지요. 희극이란 유명한 사람, 권력을 가진 사람의 이야기가 아니라 비천하고 어리석으나 사악하지 않은 사람들의 이야기라는 겁니다. 희극의 주인공은 죽는 일이 없지요. 희극은 보통 사람의 모자라는 면이나 악덕을 왜곡시켜 보여 줌으로써 우스꽝스러운 효과를 연출하지요. 여기에서 아리스토텔레스는 웃음을, 교육적 가치가 있는, 선을 지향하는 힘으로 봅니다. 거짓이 아닌 것은 분명하나 실상이 아닌 것 또한 분명합니다. 그런데 희극이라고 하는 것은 실상이 아닌 것을 보여 주는데도 불구하고 기지 넘치는 수수께끼와 예기치 못하던 비유를 통해 실상이라는 것을 다시 한번 검증하게 하고, 〈아하, 실상은 이러한 것인데 나는 모르고 있었구나〉 하고 감탄하게 만든다는 것이지요. 말하자면 실재보다 못한, 우리가 실재라고 믿던 것보다 열등한 인간과 세계를 그림으로써, 성인의 삶이 우리에게 보여 주는 것보다, 서사시보다, 비극보다 더 열등한 것을 그림으로써 진리에 도달하는 하나의 방법을 제시한다는 것입니다.」

「어지간히 접근했소이다만, 그러니까 그대는, 다른 서책을 통해서 거기까지 접근했다는 것이오?」

「베난티오가 작업하고 있던 서책들이 대부분이었죠. 베난티오는 상당 기간 이 서책을 찾으려 했던 모양입니다. 베난티오는, 내가 그랬듯이, 목록에서 내용만 일별하고도, 그게 자기가 찾고 있던 서책이라는 걸 알아보았을 테지요. 하나 그는 〈아프리카의 끝〉으로 들어오는 방법을 찾지 못했어요. 그러던 차에 베렝가리오가 아델모를 상대로 이런 얘기하는 걸 엿듣자 산토끼 냄새를 맡은 사냥개처럼 펄쩍 뛰었을 테지요.」

「사실 그대롭니다. 그러나 나도 눈치는 채고 있었어요. 그래서 장서관을 지킬 때가 왔구나…… 이빨에는 이빨로, 못에는 못으로 장서관을 지킬 때가 왔구나, 하고 생각했던 것이오.」

「그래서 책장에다 독을 발랐군요. 어둠 속에서 그런 일을 하자니 얼마나 어려웠겠소?」

「내 손은 그대의 눈보다 낫소이다. 세베리노에게 솔 같은 걸 가져오게 했지요. 물론 장갑도 끼었고…… 그대는 오랜 좌절과 고구 끝에야 장갑을 낄 수 있었겠지만.」

「그래요, 나는 이보다 훨씬 복잡한 걸 상상했지요. 가령 독을 칠한 바늘 같은 것을…… 당신이 쓴 방법이 대단히 영리했다는 것은 나도 인정하고. 침입자는 십중팔구 혼자 있을 때, 혼자서 도둑질이라도 하는 듯이 서책을 읽다가 중독되었을 테니까…….」

나는 전율을 금할 수 없었다. 생사가 걸린 문제인데도 불구하고 두 분이 오로지 상대의 갈채를 받기 위해서 싸워 온 것인 양 서로 상대에게 감탄하고 있었기 때문이었다. 베렝가리오가 아델모를 유혹하는 데 쓴 수법, 나의 감정과 욕망을 유발시키기 위해 여자가 보인 단순하고 자연스러운 행동은, 사부님과 호르헤 노인이 겨루어 온 두뇌와 재주, 내 눈앞에서 펼쳐지고 있는 교묘한 언변과는 비교도 되지 않으리만치 순진하다는 생각이 들었다. 그러니까 이레 동안 두 사람은 교묘한 약속 아래, 서로 두려워하고 서로 증오하면서 은밀히 서로를 찬양할 준비를 하고 있었던 것 같았다.

사부님이 다시 화제를 열었다. 「알다가도 모를 일이 하나 있소. 그 연유나 좀 들어 봅시다. 하고많은 서책 중에서 어째서 이 서책만 그렇게 싸고돌았는지…… 무엇 때문에 당신은 요술에 대한 서책과 심지어는 신성 모독의 내용이 담긴 서책까지는 단순히 사람들 눈에서 가릴 생각만 했으면서 이 서책을 위해서는 수도사들의 목숨을 앗아 버리고 당신 자신까지 저주를 받게끔 만든 건가요? 희극을 논하고 웃음을 찬양한 서책은 얼마든지 있소. 왜 하필이면 이 서책이 유포되는 것을 그렇게 두려워하게 되었던가요?」

「그것은 아리스토텔레스에 의한 것이었기 때문이오. 아리스토텔레스의 서책은 하나같이 기독교가 수 세기에 걸쳐 축적했던 지식의 일부를 먹어 들어갔소. 우리의 초대 교부들은 일찍이, 말씀의 권능을 깨치는 데 필요한 가르침을 모자람 없이 베푸셨소. 한데 보에티우스라는 자가 이 철학자의 서책을 극찬함으로써 하느님 말씀의 신성은 인간의 희문(戲文)으로 변질되면서 삼단 논법의 희롱을 받아 왔소. 〈창세기〉가 우주 창조의 역사를 모자람 없이 설명하고 있는데도 불구하고 아리스토텔레스는 『자연학』에서 이 우주를 무디고 끈적끈적한 질료로 재구(再構)하였고 아랍인 아베로에스는 세계는 절대로 멸망하지 않는다고 망발했소. 그 말에 거의 다 넘어간 형편이오. 우리는 하느님의 은혜로 익히 알고 있는데도 불구하고 우리 수도원 원장이 장사까지 지내 준 한 도미니크회 수도사[1]는 아리스토텔레스의 꾐에 빠져 하느님을 자연의 이치라는 허울 좋은 이름으로 불렀소. 아레오파기타[2]가 은혜로운 섭리의 아름다운 폭포로 그려 내었던 우주가 이때부터는 추상적 기능을 대변하는 지상적인 것의 소굴로 화했어요. 예전 같으면 하늘을 올려다보면서 이 땅의 변질을 내려다보면서 눈살을 찌푸렸을 터인데 오늘날에는 땅이 있음으로 해서 하늘을 믿으려 하오. 오늘날에 와서는 성자와 선지자 들까지도 신봉하기를 마다하지 않는 아리스토텔레스의 일자일언(一字一言)이 바야흐로 세상의 형상을 바꾸어 놓기에 이르렀어요. 하나 아리스토텔레스는 하느님의 형상은 바꾸지 못했다오. 아직은. 하나 이 서책이 공공연한 해석의 대상이 되는 날 우리는 하느님께서 그어 놓으신 마지막 경계를 기어이 넘게 되고 말 것이오.」

「웃음을 왈가왈부하는 데 당신이 왜 겁을 먹는 것이지요? 이 서책을 없앤다고 해서 웃음이 없어지겠소?」

「아니오, 결단코 아니오. 하지만 웃음이라고 하는 것은 허약함, 부패, 우리 육신의 어리석음을 드러내는 것에 지나지 않아요. 웃음이란 농부의 여흥, 주정뱅이에게나 가당한 것이오. 지혜롭고 신성한 교회도 잔치나 축제 때는 이 일상의 부정을 용납하여 기분을 풀게 하고 다른 야망과 욕망을 환기시키는 것을 용납하고 있기는 하오. 하나 웃음이 원래 천박한

---

1 토마스 아퀴나스를 말함.
2 「사도행전」 17:34에는 〈아레오파고 법정의 판사 디오니시오〉라는 이름으로 언급되어 있다. 그러나 여기에서 말하는 디오니시오스와 「사도행전」의 〈아레오파고 법정의 판사 디오니시오〉는 동일인이 아니다. 이 책에 언급된, 〈가짜 디오니시오스〉라고도 불리는 디오니시오스 아레오파기타는 6세기경 전례 신학과 신비주의 신학에 관한 그리스어 저작물의 저자가 사용한 필명이다. 저자는, 아테네에서 바울로의 설교를 듣고 기독교로 개종한 〈아레오파고 법정의 판사 디오니시오〉라는 필명으로 이것을 발행함으로써 그 명성과 권위를 돋보이게 하고자 했던 듯하다.

것, 범용한 자들의, 제 진심을 얼버무리는 수단, 평민을 비천하게 만드는 것임에는 변함이 없어요. 사도들도 일찍이, 욕정에 불타 죽는 것보다는 결혼하는 편이 낫다고 한 적이 있소이다만, 하느님이 세우신 천상의 이치를 어기는 것보다야 밥상을 물린 다음, 술동이와 술잔을 비운 다음 사악한 희문을 농하며 웃는 편이 나을 것이기는 하오. 바보로 왕을 세우고, 나귀와 돼지의 향연에서 제정신을 잃고 히히거리고, 경건을 떨며 농신(農神)의 제사를 올리는 편이 좋겠지요. 하나, 여기, 여기에는……」 호르헤는, 사부님이 펼쳐 들고 있는 서책 바로 옆의 서안을 치면서 말을 이었다. 「……여기에는 웃음이 맡는 몫이 왜곡되어 있어요. 이 서책에, 웃음은 예술로 과대평가되어 있고, 식자들의 마음이 열리는 세상의 문으로 과장되어 있어요. 이것이 철학이나 부정한 신학의 대상이 된대서야 어디 말이나 되는 노릇입니까? 그대는 어제, 범부가 어떻게 하면 감히 머리에 무서운 이단의 생각을 담고, 이를 실행하고, 이로써 하느님의 율법과 자연의 이치를 부인하게 되는지 잘 보았겠지요? 교회는 범부의 이단쯤은 충분히 다스릴 수 있어요. 그들은 제 죄로 저 자신을 심판하거나 무지로 자멸하게 되는 법이랍니다. 따라서 돌치노와 그 추종하는 무리의 무지한 광기는 하느님께서 세우신 질서를 위태롭게 하지는 못하는 것입니다. 이런 자들은 폭력을 가르칠 것이로되 곧 폭력으로 자멸하고, 때가 되면 잔치가 끝나듯이 세월이 지나면 자취도 없이 소멸하고 마는 법이랍니다. 한때 거꾸로 된 세계의 모습을 만들어 놓고 법열을 경험한들 무슨 의미가 있답니까? 이런 행위는 거대한 집단의 움직임으로 발전하지 못합니다. 그런 천박한 언어를 옮겨 적을 라틴어가 이러한 문화에는 없는 까닭입니다. 내가 알기로 웃음은 범부를 악마의 두려움에서 해방시킵니다. 왜? 바보의 잔치에서는 악마 또한 하찮은 바보로 나타날 것이기 때문입니다. 그러나 이 서책에 이르면 문제는 달라져요. 이 서책은 악마에 대한 두려움으로부터 스스로를 해방시키는 것을 〈지혜〉라고 부르고 있어요. 술로 목젖을 가르랑거리듯이 웃으면서 범부는 제가 주인이라도 된 듯이 뽐내는 법이오. 왜? 취하면 스스로를 주인으로 여김으로써 그 주종 관계를 역전시킬 수도 있는 것이니까. 한데 이 서책은 바로 그 순간부터, 머리 좋은 식자들에게 이 역전을 합리화할 책략을 가르치고 있어요. 그로써 범부가 다행히도 몸에 한정되어 있던 그러한 역전을, 머리로도 하게 될 테지요. 웃음이 인간 고유의 특성이라는 사실 자체가 죄인인 우리의 한계를 보여 주는 것이 아니고 무엇이겠습니까? 그런데 이 서책을 읽다 보면, 그대같이 타락한 인간들로 하여금 극단적인 삼단 논법으로 비약시키게 함으로써 웃음을 인간의 목적인 양 오인하게 합니다. 웃음은 잠시 동안 범부를 두려움에서 벗어나게 합니다. 그러나 두려움, 정확히 말하자면 하느님을 두렵게 여기는 마음은 곧 법을 가능케 하는 것입니다. 한데 이 서책은 악마를 두들겨 불똥이 튀게 하고, 이 불똥으로 온 세상을 태우려 하는가 하면, 프로메테우스도 알지 못하던 이 웃음을, 두려움을 물리치게 하는 데 대단히 요긴한 희한한 예술로 정의하고 있어요. 웃는 순간, 범부에게는 죽음 같은 것은 문제가 되지 않습니다. 그러나 그때가 지나고 하느님의 뜻에 맞는 일상으로 되돌아오면 죽음의 두려움이 잊힌 계절처럼 되돌아옵니다. 하지만 이 서책에 따르면, 두려움으로부터의 해방을 통해, 죽음을 쳐부술 수 있는 새로운 파괴적 겨냥이 가능해지게 됩니다. 우리 죄 많은 인생이 두려움에서, 일종의 선견지명이자 천상적 은혜 중에서도 가장 은혜로운 그 두려움이라는 것에서 해방되면, 그럼 우리는 뭐가 되겠습니까? 과거 수 세기 동안 우리 신학의 박학들과 교부들은 신성한 가르침의 향기로운 요체를 은밀히 간직한 채로, 고결한 사상을 통하여 인간을 타락한 쾌락과 천박한 유혹으로부터 구제하려 했어요. 그런데, 풍자극이나 광대극과 싸잡아 희극을 평가하되, 불완전하고 허약한 인간의 연기를 통하여 감정의 순화를 낳는 양 평가하는 이 서책은 오히려 천박한 것을 받아들임으로써 사악한 식자로 하여금 악마적으로 뒤틀린 거만한 자들을 구하게끔 하고 있어요. 이것을 그대로 두면 이 서책이, 인간이 이 땅의 환락경만으로도 천국을 누릴 수 있다는 해괴한 사상을 고취시킬 우려가 있어요. 그대의 스승이라는 로저 베이컨이 자연의 경이가 곧 천국이라는 망발을 서슴지 않았듯이 말이오. 이것은 우리가 받아들일 수도 없고 받아들여서도 아니 되는 사상이오. 『키프리아누스의 만찬』이라는 희문의 잡서를 읽으면서도 창피해할 줄 모르는 저 젊은 수도사들을 좀 생각해 보시오. 대체 성서를 그렇게 왜곡시킬 수도 있는 것이랍디까? 수도사라는 것들은 그래도 읽으면 그게 악마의 놀음인 줄을 압니다. 한데 저 철학자의 말이, 타락한 상상력이 빚어낸 아슬아슬한 농담을 합리화시키는 날, 그 아슬아슬한 농담이 진실로 믿어지는 날에는 어떻게 되겠어요? 중심의 개념이 무너지고 말아요. 그때가 되면 하느님 백성은 terra incognita(미지의 세계)의 심연에서 기어오른 무수한 괴물의 무리가 될 터이고, 그 미지의 세계가 기독교 제국의 심장부가 될 것이며 외눈박이 괴물 아리마스피가 베드로의 자리에 앉고, 이집트의 블렘미 족속이 수도원으로 들어오고, 장구머리 장구통 배의 난쟁이가 사서 노릇을 하게 될 것이외다! 불목하니가 율법을 휘두르면 우리는(그때는 당신도 포함되리다) 이 무법천지에서 그저 거기에 복종만 하고 있어야 되는 일이오? 그대가 섬기는 아리스토텔레스도 이 서책에서 인용하고 있는, 엉터리 권위자인 그리스의 어느 철학자는, 까다로운 적도 웃음으로 조복(調伏)시킬 수 있으니, 웃음은 능히 까다로움을 조복시킬 수 있기 때문이라고 했소. 이게 어디 말이나 되는 소리던가요? 그러나 우리의 진중하신 교부들은 달리 생각하셨으니, 웃음이 범부의 낙이라면, 이 범부의 낙은 마땅히 엄격한 규율 아래서 질책과 조정을 받아야 한다고들 하시었소. 범부들에게는 웃음을 제어할 무기가 없기 때문에, 이들을 영생으로 이끌고 배와 엉덩이와 먹을 것과 더러운 욕망으로부터 이들을 구하자면 마땅히 목자들은 이를 엄격한 규율 아래에다 두어야 하는 것이오. 한데 미래에 누군가가 저 철학자의 말을 휘두름으로써 철학자인 양 뽐내며 웃음이라는 무기를 진짜 무기인 양 쳐드는 날, 설득의 수사학이 야유의 수사학이 되고, 구원의 상징에 대한 끈질긴 언어의 구조물이 성스럽고 거룩한 상징을 와해시키고 전복시키는 짜증스러운 언어의 구조물이 되는 날…… 이것 보아요, 윌리엄 형제, 그대와 그대의 지식마저도 도매금으로 쓸려 나가고 마는 것이오.」

「왜? 내 기지(機知)가 남의 기지만 같지 못해서요? 베르나르 기 같은 인간의 불이 돌치노의 불을 능멸하는 세상보다는 그 세상이 훨씬 낫겠소이다.」

「하면 그대 역시 그때가 되면 악마의 음모에 가담하게 되겠군. 그러면, 최후의 결전이 벌어지는 하르마게돈에서 그대는 저쪽 편에서 싸우겠구려! 하나 그날이 오기까지 교회는 다시 한번 그런 싸움을 주관할 수 있어야 하오. 우리는 독신(瀆神)을 무서워하지 않소. 하느님에 대한 저주에서도 우리는, 모습만 다를 뿐, 반역하는 천사들을 저주하신 야훼의 분노를 읽을 수 있기 때문이오. 우리는, 혁명이라는 환상의 이름으로 목자를 죽이는 자들의 폭력을 두려워하지 않소. 이 폭력은, 이스라엘 백성을 쳐부수려던 사악한 무리의 폭력과 같기 때문이오. 우리는 도나투스파의 엄격함, 할례자들의 집단 자살, 보고밀파의 음란함, 알비파의 지나친 결벽, 편타 고행자(鞭打苦行者)들의 피, 자유의 정신을 좇는 무리의 광기도 두려워하지 않소. 우리가 그들을 알고, 그들 죄업의 뿌리가 우리 성성(聖性)의 뿌리와 같음을 알기 때문이오. 그렇소. 우리는 그들을 파멸시킬 방법을 알기 때문에 아무것도 두려워하지 않는 것이오. 그대로 두면 그네들의 구렁텅이에서 생겨난 뜻은 제풀에 그 절정에서 무너지게 되어 있으니 그들을 자멸케 하는 방법도 우리는 알고 있어요. 아니, 하느님 섭리에 기록되어 있으니 그들의 존재는 우리에게 소중하오. 그들의 죄악이 우리의 미덕을 장려하고, 그들의 저주가 우리의 찬미를 자극하고, 그들의 불경이 우리의 신심을 빛나게 하고, 그들의 미숙한 참회가 우리 제물의 맛을 돋우기 때문이오. 이는 마치 모든 희망의 시작이자 종말인 하느님의 영광이 드러나려면 악마와 악마의 간계와 악마의 절망이 필요한 것과 마찬가지 이치랍니다. 하나 때가 되어 희롱하는 재간이 범부는 물론 학자들에게까지 유포되고, 그것이 받아들여지고, 심지어 고귀하고 자유로운 것으로 보이기 시작할 때, 〈나는 그리스도가 이 땅에 현현한 것을 비웃었다〉는 소리가 들려오게 될 때, 우리의 손은 독신과 싸울 무기를 잃게 됩니다. 이때가 되면 독신은 트림과 방귀뿐인 육신의 사악한 권능을 부르고, 이 트림과 방귀는 정신의 권리를 제 권리로 요구하게 될 것입니다.」

800

「리쿠르고스는, 웃음의 미덕을 기려 기념비를 세웠다는데
요?」

「불경스러운 자들의 죄악인 광대극을 용인하고, 웃기지 못
하는 의원보다는 웃기는 의원이 환자에게 더욱 이롭다고 주
장하는 클로리티아누스의 책을 읽은 게로군. 하느님께서 그
병자의 명을 주관하실 터인데 웃기지 못하는 의원은 무엇이
고 웃기는 의원은 또 무엇이야?」

「나는 의원이 환자의 병을 고친다고 믿지 않습니다. 의원
은 환자에게 병을 비웃는 법을 가르친답니다.」

「병이라는 것은 쫓아내어야 하는 것이 아니라 박멸해야 하
는 것이오.」

「병자와 함께?」

「필요하다면!」

「이 영감아, 악마는 바로 당신이야!」 사부님이 말했다.

호르헤는 무슨 말인지 알아듣지 못한 것 같았다. 그가 남들
처럼 볼 수 있다면, 이 대목에서는 화등잔만 한 눈으로 사부
님을 바라보았을 것이다. 「내가…… 말인가?」 노인이 물었다.

「그래! 잘 들어 둬. 당신은 속았어. 악마라고 하는 것은 물
질로 되어 있는 권능이 아니야. 악마라고 하는 것은 영혼의 교
만, 미소를 모르는 신앙, 의혹의 여지가 없다고 믿는 진리……
이런 게 바로 악마야! 악마는 그가 가고 있는 곳을 알고 있
고, 움직이면서 언젠가 그가 온 곳으로 되돌아가기 때문에 음
험하지. 따라서 영감이 바로 악마야! 봐라, 영감은 악마답게
이렇게 어둠 속에서 살고 있지 않아! 영감이 나를 설득하려
했다면 그건 실패로 끝났어. 영감, 나는 당신이 싫어. 당신 같
은 인간이 싫어. 가능하다면 영감을 아래층으로 굴렸다가 마
당으로 끌고 나가 옷을 홀랑 벗기고, 똥구멍에는 깃털을 꽂

801

고 면상에는 물감을 칠하여 요술쟁이나 어릿광대로 만들어
놓고 싶어! 그러면 수도원 전체가 영감을 보고 깔깔거릴 테
지. 그러면 이 어린것들이 더 이상 영감을 겁내지 않을 테지.
그래, 영감의 몸에다 꿀을 잔뜩 바르고, 깃털 위로 굴린 다음
가죽 끈을 목에다 감아 끌고 저잣거리로 나가 이렇게 외치고
싶군. 〈이 영감이 여러분에게 진리를 말한다. 진리라는 것이
죽을 맛이라고 하고 있으니 여러분은 영감의 말을 믿은 것이
아니라 엄격함을 믿은 것이다!〉

　영감, 내가 당신에게 분명히 말하거니와, 하느님께서는 무
한한 은혜의 폭포를 영감에게 허락하시고도 한 가지를 더 허
락하셨어. 그게 뭔고 하니, 세상에 대한 영감의 그 거지 같은
상상력이야. 이 세상의 그 잘난 체하는 진리의 해석자란, 오래
전에 배운 말이나 깍깍거리는 얼빠진 까마귀와 다를 바 없어!」

　「소형제 수도사여, 너는 악마보다 질이 더 떨어지는구나!
너희들이 만들어 낸 저 프란체스코라는 자가 그렇듯이 너 또
한 광대로구나. 오, De toto corpore fecerat linguam(온몸으
로 하나의 혀를 만들어 내니), 그러니 어찌 그렇지 않겠는가.
약장수처럼 마술을 부리며 설교하고, 손에다 금돈을 쥐어 주
어 배랑뱅이의 혼을 빼놓고, 강론 대신 〈미제레레〉[3]나 읊어
수녀들의 근행을 모독하고, 프랑스어로 탁발하고, 나무토막
으로 깡깡이 흉내나 내고, 못 얻어먹게 생기면 비렁뱅이 흉내
나 내고, 발가벗고 눈 위에 눕고, 금수에게 말을 걸고, 그리스
도 강탄의 신비를 동네 굿으로 만들고, 염소 소리로 베들레
헴의 양 떼를 부른 네놈들의 그 프란체스코와 어쩌면 이리도
똑같으냐? 오냐, 잘 배웠다. 피렌체의 행각승 디오티살비도

　3 다윗왕이 바쎄바와 통정한 뒤에 지은 「시편」의 서장(序章).

네놈들 소형제 수도사렸다?」

사부님은 웃으면서 응수했다. 「암, 그렇고말고…… 디오티살비 수도사가 어떤 분이시더냐? 목자들의 수도원으로 가시어, 유품으로 간직할 조반니 수도사의 법의 조각을 주지 않으면 음식을 드실 수 없다고 배짱을 부린 수도사이시다. 수도사들이 법의 조각을 내어 놓자 이걸로 뒤를 닦고는 똥덩이에다 팽개치고 작대기로 휘휘 저으면서, 〈형제들이여, 나를 도와주시오, 내 성자의 유품을 똥뒷간에다 빠뜨렸소〉, 하고 외치신 분이시다. 당신이 이런 경계를 어찌 알겠느냐?」

「그게 그리도 재미있더냐? 암, 재미있을 테지. 하면 소형제 행각승 파올로 밀레모스케도 알겠구나. 눈 위에 네 활개를 뻗고 누웠다가 지나가는 사람들이, 누울 곳이 그리도 없느냐고 놀리면, 〈오냐, 네 마누라 배 위라면 가서 눕지〉, 했다더냐? 너와 너희 무리의 배랑뱅이 중들은 그런 식으로 진리를 구하더구나.」

「프란체스코 성인께서는 만물을 다른 각도에서 바라보라고 대중에게 가르치셨으나, 영감은 이 경계를 몰라.」

「그러나 대중에게 규율을 준 건 우리야! 어제 네 형제들, 네 떨거지들도 못 보았느냐? 우리와 합석했답시고 또 범부처럼 말하지는 않더구나. 범부란 말을 할 수 없는 것이다. 이 서책은, 범부의 혀를 지혜를 나르는 수레라고 가르치는데 내가 어찌 이를 그냥 둘 수 있으리. 나는 이제 뜻을 다 이루었다. 너는 나를 악마라고 한다만, 그것은 사실과 다르니라. 나는 하느님의 손이었느니라.」

「하느님의 손은 창조하지, 감추지는 않는다.」

「넘어서 좋은 경계가 있고 넘어서 아니 될 경계도 있는 법이다. Hic sunt leones(여기에 사자가 있다)라는 말이 안 들어가 있어도 좋은 서책, 안 들어가서는 아니 되는 서책……
이것도 하느님께서 정하신다.」

「하느님께서는 괴물도 지어내시는 걸 왜 모르느냐? 그래
서 영감 같은 괴물도 지어내신 것이다. 하느님께서는 모든 것
이 드러나기를 바라신다.」

호르헤가 떨리는 손으로 문제의 서책을 집어 들고는, 사부
님 앞에다 펼쳐 보이면서 소리쳤다. 「하면, 어째서 하느님께
서는 이 서책이 여러 세기 동안 드러나지 못하게 하시다가,
나머지는 하느님만 아시는 곳에서 멸하시고 필사본 한 책만
남기셨겠느냐? 어째서 하느님께서는 이 한 책마저 오랜 세월
그리스 말을 모르는 이교도들 손에 맡겨 두셨다가 이 장서관
으로 흘러 들어오게 하셨겠느냐? 하느님께서는 어째서 네 손
이 아닌 내 손으로 하여금 이 서책을 오랜 세월 여기에 숨겨
놓게 하셨겠느냐? 나는 이 서책을 아느니…… 네가 못 보는
것도 능히 볼 수 있는 눈으로 이 견고 무비하게 쓰인 서책을
본 듯이 아느니라. 나는 이것이 주님의 뜻이라는 것도 아느니
라. 그래서 주님 뜻대로 하였느니라. 성부와 성자와 성령의
이름으로 하였느니라……」

한밤중

<세계를 태울 만큼 큰불>이 터지고 지나친 믿음이
지옥을 불러들인다.

노인은 잠잠했다. 구겨진 책장을, 읽기 편하게 펴려는 듯
이, 아니면 맹금의 발톱으로부터 서책을 지키려는 듯이 그는
두 손으로 정성스럽게 서책을 감싸 들고 책장을 쓰다듬었다.

사부님이 노인을 윽박질렀다. 「그래 봐야 다 부질없어. 이
제 끝났어. 나는 영감을 찾아내었고, 서책을 찾아내었어. 다
른 형제들은 개죽음을 당했고…….」

「개죽음이라니 당치 않아. 수가 좀 많기는 했지만 그래도
개죽음이 아니었어. 이것이 저주받은 서책이라는 증거가 필
요하다면 너는 벌써 그 증거를 확보하고 있는 셈이다. 그리
고, 그들의 죽음이 개죽음이 아니라는 걸 증명하기 위해서라
면 하나 더 죽어서 안 될 것도 없지.」

노인은 이렇게 말하면서 살점 하나 붙어 있지 않은, 그래
서 투명해 보이는 손으로 그 서책의 책장을 가늘게 찢어 입
안에 넣고는, 그 책장이 성체라도 되어서 그 몸을 자신의 몸
으로 만들려는 듯 천천히 씹어 삼키기 시작했다.

사부님은 여상스러운 얼굴로 호르헤 노인을 바라보고 있
다가 잠시 뒤에야 노인이 무슨 짓을 하고 있는지를 알았는지
고함을 질렀다. 「대체 무슨 짓을 하고 있는 것인가?」 호르헤

노인이 핏기 없는 잇몸을 드러내고 웃었다. 턱 위로 돋은 듬성듬성한 흰 수염 사이로, 파리한 입술에서 흐른 침이 스며들고 있었다.

「그대는 지금 일곱 번째 나팔 소리를 기다리고 있을 테지? 저 소리가 들리지 않느냐? 〈그 일곱 천둥이 말한 것을 비밀에 부쳐 두고 기록하지 마라. 그것을 받아 삼켜 버려라……. 이것이 네 입에는 꿀같이 달 것이나 배에 들어가면 배를 아프게 할 것이다!〉[4] 들었느냐? 내가 곧 무덤이 될 터이다. 그 비밀을 나는 나의 무덤에다 봉인하리라!」

그는 웃었다. 그가, 호르헤가. 그가 웃는 것을 본 것은 그때가 처음이었다. 그는 목구멍으로 웃었다. 입술은 웃는 꼴을 하지 못했다. 아니, 웃는 것이 아니라 우는 것 같았다. 「윌리엄, 그대는 몰랐지? 이렇게 되리라고는……. 보라, 하느님 은혜로 이 영감은 또 한 차례의 승리를 거두고 있지 않은가!」 사부님이 그 서책을 빼앗으려고 손을 내밀었다. 그러나 노인은 공기의 떨림으로 사부님의 손놀림을 알아차리고 왼손으로는 서책을 가슴에 안고 오른손으로는 계속해서 책장을 가늘게 찢어 입 안에 쑤셔 넣었다.

노인과 사부님 사이에는 서안이 있었다. 사부님은 노인을 붙잡으려고 그 서안을 한 바퀴 돌았으나 의자가 쓰러지고 법의 자락이 서안 모서리에 걸리는 바람에 호르헤 노인은 사부님의 그런 움직임을 눈치채어 버렸다. 사부님이 멈칫하는 순간, 열기로 등잔불의 위치를 파악한 호르헤는 다시 소리 내어 웃으면서 오른손을 내밀고는 엄청나게 빠른 손놀림으로 등잔을 더듬더니, 뜨거운 건 아무렇지도 않은지 손바닥으로 등

4 「요한의 묵시록」 10:4, 9.

잔을 덮쳐 불을 꺼버렸다. 눈 깜짝할 사이의 일이었다. 〈아프리카의 끝〉은 칠흑 어둠으로 변했다. 어둠 속에서 호르헤의 웃음소리가 들려왔다. 「어디 할 수 있겠거든 나를 찾아보아라! 이제 이 안에서, 볼 수 있는 사람은 나뿐이다.」 그러고는 입을 다물어 버렸다. 바스락 소리도 내지 않았다. 분명히 밀실 안을 움직이고 있을 텐데도 소리는 들리지 않았다. 이따금씩 엉뚱한 방향에서 종이 찢는 소리가 들려왔을 뿐이었다.

「아드소! 문 옆에 붙어 서라! 빠져나가지 못하게 해야 한다!」 사부님이 고함을 질렀다.

그러나 그게 뜻대로 되지 않았다. 나는 노인을 덮치려고 기회를 노리고 있다가 등잔불이 꺼지는 순간에 서안을 돌아 노인 있는 쪽으로 더듬어 가던 참이었다. 그런데 고함 소리를 듣는 순간에야 나는 사부님을 덮치기 직전이라는 것을 알았다. 나는 사부님에게 부딪침으로써, 노인을 문 쪽으로 몰아 준 셈이 되고 말았다. 노인은 등잔과 상관없이 정확하게 움직일 수 있었다. 어둠 속을 더듬고 있는데 우리 뒤에서 종이 찢는 소리가 들려왔다. 노인은 이미 문을 나서고 있었던 모양이었다. 종이 찢는 소리에 이어 삐걱거리는 소리가 들려왔다.

「거울이다! 영감이 우리를 안에다 두고 거울 문을 닫고 있다!」 사부님이 외쳤다. 우리는 돌쩌귀가 내는 소리로 방향을 가늠해서 입구 쪽으로 돌진했다. 무엇인가가 내 발에 걸렸다. 나는 돌진하다가 의자에 걸려 바닥에 나동그라지고 말았다. 그러나 다리를 문지르고 있을 시간이 없었다. 호르헤 노인이 문을 닫아 버리면 밀실에 갇히게 된다는 데 생각이 미쳤기 때문이었다. 안에서 무엇을 어떻게 작동시켜야 문이 열리는지 모르는 우리들로서는 일단 갇히면 끝장이 나는 것이었다.

사부님도 나처럼 돌진했던 것 같다. 우리는 거의 동시에 달려가, 밖에서 안으로 닫히는 문을 등으로 밀었다. 우리의 계산이 적중한 것 같았다. 밖에서 안으로 닫히던 문은 우리의 힘에 밀려 다시 열렸다. 호르헤는 힘으로는 상대가 되지 않는다는 것을 알아서인지 이미 자취를 감춘 후였다. 우리는 서둘러 그 밀실에서 나왔다. 호르헤가 어디에 있는지는 알 길이 없었다. 주위는 코앞이 보이지 않을 정도로 어두웠다.

그제야 법의 주머니에 부싯돌을 넣은 기억이 났다. 「사부님, 저에게 부싯돌이 있습니다.」

「그럼 왜 그러고 있느냐? 어서 등잔을 찾아 불을 켜지 않고?」 나는 다시 밀실 〈아프리카의 끝〉으로 들어가 바닥을 더듬어 등잔을 찾아내었다. 부싯돌을 꺼내었으나, 손이 떨려 두어 번 헛손질을 하고 있는데 사부님이 문 앞에서 나를 채근했다. 「서둘러라, 뭘 하고 있느냐?」 그 소리에 쫓기면서 나는 불을 켰다.

「서둘러라! 서둘지 않으면 저 영감이 아리스토텔레스를 다 먹어 치우겠다!」 사부님의 불호령이 떨어졌다.

「그러고는 죽을 거예요!」 나는 겁에 질려 대답하고는 사부님을 앞질러 갔다.

「저 영감탱이를 걱정하는 게 아니다. 거기에 붙어 있는 독약을 먹고 있으니 지금 먹은 양으로도 영감은 명재경각(命在傾刻)이다. 문제는 서책이야. 서책을 찾아야 해!」

사부님은 길길이 뛰면서 소리를 지르다 말고 걸음을 멈추고는 가만히 내 귀에 입술을 대고 속삭였다. 「……잠깐…… 이런 식으로는 백날 해도 안 되겠다. 쉬…… 어디 숨을 죽이고 기다려 보자.」 우리는 숨을 죽였다. 사부님의 계산이 적중했다. 적막 속에서 소리가 들려오기 시작했다. 별로 먼 거리가 아니었다. 노인의 몸이 궤짝에 부딪치는 소리, 서책이 우르르 떨어져 내리는 소리. 「저쪽!」 사부님과 내가 거의 동시에 지른 소리였다.

우리는 소리 나는 쪽으로 달려갔다. 그러나 걸음을 늦추지 않을 수가 없었다. 밀실 〈아프리카의 끝〉의 밖은 바람이 거칠었다. 장서관 안으로 들어온 바깥바람이 벽과 벽 사이를 지나면서 작은 돌개바람이 되어 있었기 때문이었다. 마음먹고 달리다가는 천신만고 끝에 켠 등잔불을 다시 꺼뜨리기 십상이었다. 우리가 빠른 속도로 움직이지 못할 바에는, 호르헤로 하여금 역시 빠른 속도로 움직이지 못하게 해야 할 터였다. 그러나 사부님은 나와는 정반대되는 생각을 했던 모양이었다. 사부님은 어둠 속에다 대고 또 한 차례 고함을 질렀다. 「영감아! 당신은 이제 붙잡힌 거나 다름없어! 우리는 등잔불을 다시 켰어. 그러니까 발악해야 소용없어!」 사부님의 계산이 호르헤의 의표를 찌른 모양이었다. 조금 전까지와는 달리 빠른 속도로 움직이는 소리가 들리는 것으로 보아 노인은 불안을 느끼기 시작한 것 같았다. 그렇다면 불안에 쫓기면서 그의 초자연적인 감각과 어둠을 뚫어 보는 장님 특유의 초감각 능력이 무색해진 셈이었다. 우리는 빠른 속도로 움직이는 그의 소리를 쫓아 YSPANIA의 Y 방으로 들어갔다. 노인은 두 손으로 서책을 가슴에 댄 채로 바닥에 나동그라져 있었다. 서책 더미에 걸려 쓰러졌던 모양이었다. 그는 일어나려고 안간힘을 쓰면서도 책장을 찢어 입 안에 넣는 동작은 멈추지 않았다.

우리가 앞까지 다가갔을 때는 그 역시 일어서 있었다. 우리의 접근을 감지한 그는 우리를 마주 본 채 두어 걸음 뒤로 물러섰다. 등잔 불빛에 드러난 그의 얼굴은 참으로 흉측했다. 얼굴은 일그러져 있었고, 미간과 뺨은 땀으로 얼룩져 있었다. 평소에는 하얗게 보이던, 흰자위뿐인 그의 눈도 이상하게 빨갛게 충혈되어 있었다. 가늘게 찢긴 아마지가 그의 입술 사이로 비죽이 나와 있어서, 흡사 목이 막혀 먹이를 삼키지 못해 괴로워하는 괴물 같아 보였다. 불안과 초조에 몰린데다, 혈관으로는 맹독이 퍼지고 악에 치받쳐 있는 탓에 그점잖던 고승대의 풍모는 어디론가 사라져 버리고 몰골이 흉측한 노인 하나만 우리 앞에 서 있었다. 여느 때 같으면 그런 몰골을 비웃었을 터이나 우리 역시 사냥감을 물어뜯기 직전의 사냥개와 비슷한 심정이었다.

조용히 붙잡을 수도 있는 것을, 힘으로 덮친 게 잘못이었다. 노인은 서책을 가슴에 안은 채로 필사적으로 몸을 뒤틀었다. 나는 왼손으로 그를 붙잡은 채 오른손으로는 등잔을 추켜올리려고 천려일실(千慮一失), 등잔을 그의 얼굴 앞으로 가져가고 말았다. 그는 등잔불의 열기를 감지하고 울부짖었다. 입에서 아마지가 잔뜩 쏟아져 나왔다. 그는 서책을 던져버리고는 등잔을 내게서 빼앗아 공중으로 던졌다.

바닥에 떨어져 있던 책 더미 위로 등잔이 떨어졌다. 기름이 엎질러지면서 불길은 곧 양피지 위로 번졌다. 양피지는 흡사 잘 마른 낙엽 같았다. 이 모든 일은 순식간에 일어났다. 장서관의 고서는 수 세기 동안 불길을 기다리고 있다가 일단 불길을 만나게 되자 함성이라도 지르는 것 같았다. 그제야 눈앞에서 벌어진 일을 현실로 깨달은 사부님은, 나를 대신해서 잡고 있던 노인의 멱살을 놓았고, 사부님의 손에서 풀려난 것을 안 노인은 재빨리 몇 걸음 뒤로 물러섰다. 사부님은 잠시, 노인의 멱살을 다시 잡아야 할 것인지, 불길을 잡을 것인지 망설이는 것 같았다. 특히 오래된 고서 하나는 곧바로 불이 붙더니 순식간에 불길을 뿜으면서 혀를 날름거렸다.

밀폐된 공간에서였다면 쉽게 잡혔을 불길이, 밖에서 불어들어오는 바람을 받자 기세를 높이며 맹렬하게 타오르기 시작했다. 곧 불똥이 사방으로 튀기 시작했다.

「빨리 불길을 잡아! 이러다가 다 태우겠다!」 사부님이 외쳤다.

나는 불길로 다가갔을 뿐, 어떻게 손을 써야 좋을지 몰라 그 자리에 우뚝 서고 말았다. 사부님이 나를 도우러 왔다. 우리는 불길 잡을 만한 연장을 찾느라고 사방을 두리번거리면서 손으로는 가까운 곳을 더듬었다. 문득 내 머리에 묘안이 떠올랐다. 나는 법의를 벗어 불길 한가운데로 던져 불길을 덮었다. 그러나 덮어 버리기에 불길은 너무 세져 있었다. 불은 순식간에 내 법의를 삼키고 그 기세로 더욱 맹렬하게 타올랐다. 손등으로 타는 듯한 통증이 왔다. 어느새 손등을 그을렸던 모양이었다. 나는 쓰라린 손을 가슴에다 대고 뒤를 돌아다보았다. 내 뒤에는 사부님과, 호르헤 노인이 서 있었다. 열기가 얼굴 가득 느껴지는데 노인이 거기에 불길 있는 것을 모를 리 없었다. 과연 노인에게는 불길 가까이 다가온 이유가 있었다. 호르헤 노인은 방향을 가늠하면서 아리스토텔레스를 불길 속으로 던져 넣었다.

순간 사부님이 난폭하게 노인을 떠밀었다. 노인의 가냘픈 몸은 가랑잎처럼 밀려가 궤짝에 부딪쳤다. 궤짝 모서리에 머리를 찧었던지 노인은 바닥에 널브러져 일어나지 못했다. 사부님은 상스러운 욕지거리를 내뱉었을 뿐, 노인 쪽으로는 고개를 돌리지 않았다. 사부님은 서책에만 주의를 쏟은 채, 그 서책을 꺼내려고 불길에다 손을 집어넣으려 했다. 아뿔싸! 그러나 아리스토텔레스, 아리스토텔레스의 『시학』 제2권 혹은 노인이 먹다 남은 고서는 이미 불덩어리가 되어 있었다.

그동안 불똥이 그쪽 궤짝 위의 서책으로 튀었던 모양이었다. 벽 앞의 궤짝 위에서도 불길이 일고 있었다. 이제 방 안 두 군데에서 불이 난 셈이었다.

사부님은, 이미 손으로 불길을 잡을 때는 지났다는 것을 알고, 서책으로 서책을 구해 보고자 했다. 그는 많은 서책 가운데서도 가장 두껍고 장정이 실한 서책을 골라 들고, 불타는 서책을 두드리기 시작했다. 그러나 소용없었다. 불타는 서책은, 후려칠 때마다 불똥만 날리고는 했다. 사부님은, 불타는 서책을 흩트려 놓으려고 발로 불길을 헤집었다. 역시 역효과가 났을 뿐이었다. 불이 붙은 양피지 조각이 박쥐처럼 날아올랐다. 밖에서 불어 들어온 바람에 날려 이 박쥐는 다른 서책 무더기 위로 내려앉아 거기에서 다시 불씨를 퍼뜨렸다.

일이 그렇게 되려니까 그랬겠지만 그 방은 장서관의 미궁 안에서도 가장 정리가 안 된 방이었다. 서가와 궤짝에서는 두루마리가 군데군데 비죽이 나와 있기도 했다. 책장을 혀처럼 비죽이 내밀고 있는 서책도 적지 않았다. 오랜 세월을 견디면서 마를 대로 마른 송아지 피지(皮紙)는 불길에 닿자마자 가랑잎처럼 타기 시작했다. 서안 위에도, 말라키아가 제자리에다 꽂지 못한 서책이 수북하게 쌓여 있었다. 말라키아는 보조 사서 없이 며칠간 장서관을 돌보느라고 미처 서책을 정리하지 못했던 터였다. 그 방은 호르헤 노인이 등잔을 엎는 것을 신호로, 오랜 세월 오로지 그 군호(軍號)만을 기다리던, 불길이라는 대군의 침입을 받은 것 같았다.

오래지 않아 방은 한 덩어리의 불길, 한 그루의 불타는 떨기나무로 화했다. 서가와 궤짝 역시 제물의 일부가 되어 소리를 내면서 타 들어가기 시작했다. 나는 그제야 장서관 전체

812

가, 오직 불똥이 튀기만을 기다려 온 거대한 번제단(燔祭壇)이었음을 깨달았다.

「물, 물이 있어야 해……. 하지만 젠장, 이 화염지옥에 물이 어디 있담!」 사부님이 고함을 지르려다가 고개를 꺾었다.

「주방에는 있습니다. 아래층 주방에는 있습니다.」 내가 고함을 질렀다.

사부님은, 한심하다는 듯이 나를 바라보았다. 불길에 비친 그의 얼굴로 노기가 어리고 있었다. 「오냐, 그래, 주방에는 물이 있겠지. 하나 내려갔다가 언제 올라오려느냐? 이 방이 악마의 밥이 된 연후에 올라오겠느냐? 이 방은 끝난 것이다. 어쩌면 다른 방의 운명 역시 마찬가지인지도 모른다. 어서 내려가자. 나는 물을 찾아볼 터이니, 너는 경내의 사람들을 깨워라. 손이 필요하다!」

우리는 계단실로 통하는 길을 찾았다. 불길은 옆방까지 훤하게 비추었지만 불길에서 먼 곳은 여전히 칠흑 어둠이었다. 우리는 방향을 어림잡아 계단을 달려 내려왔다. 문서 사자실에는 창으로 달빛이 들고 있었다. 우리는 서둘러 1층 식당으로 내려갔다. 사부님은 그 길로 주방 문을 열었고 나는 밖으로 통하는 식당 문을 밀었다. 긴장과 흥분 때문에 손이 말을 듣지 않아 나는 여러 번 시도한 끝에야 식당 문을 열 수 있었다. 나는 풀밭을 가로질러 숙사 쪽으로 달려가다가, 그때야 비로소 수도사들을 한 사람씩 한 사람씩 찾아다니면서 깨울 수는 없다는 것을 알았다. 방법은 한 가지뿐이었다. 나는 교회 쪽으로 내달아 종탑의 입구를 찾았다. 나는 종 줄 여러 개를 한꺼번에 잡고 거기에 매달렸다. 맨 가운데의 종 줄이 내 몸무게에 끌렸다가 다시 종 쪽으로 쏠렸다. 그 바람에 내 몸이 발판에서 공중으로 떠올랐다. 손등은 화상을 입었지만 손바닥은 온전했다. 그러나 종 줄을 몇 차례 당기다 보니 손바닥 역시 화상을 입은 것만큼이나 아리고 쓰라렸고, 곧 피가 나기 시작해 난 손을 놓아야 했다.

하지만 그 정도면 충분히 수도사들을 깨우고 남았을 것이다. 교회에서 밖으로 나오면서, 종소리를 듣고 숙사에서 뛰어나오는 수도사를 보았을 때야 나는 내 할 일을 너끈하게 해내었다는 걸 알았다. 멀리서, 오두막에서 나온 불목하니들의 목소리도 들려왔다. 나는 그들에게 사태를 소상하게 설명할 수 없었다. 다급했기 때문인지, 이탈리아 말을 하려는데도 나도 모르게 자꾸만 내 모국어가 튀어나왔기 때문이었다. 나는, 화상으로 부풀어 오르는 손으로 본관 남쪽 창을 가리켰다. 설화 석고 창에 이미 불길이 훤하게 비치고 있었다. 나는 그제야, 내가 아래로 내려오고 다시 종탑으로 올라가 종을 울릴 동안 불길이 다른 창으로 번진 것을 알았다. 〈아프리카의 끝〉과 동쪽 탑루 사이의 창문이라는 창문에는 모두 너울거리는 불길이 비치고 있었다.

「물, 물을 날라 오세요!」 내가 고함을 질렀다.

처음에는 아무도 내 말을 이해하지 못했다. 수도사들은 장서관을, 접근할 수 없는 신성한 곳으로 여기는 데 버릇 들어 있었다. 따라서 기껏해야 농촌의 오막살이나 덮치는 불길 따위의 위협을 받으리라고는 생각지 않았던 것이었다. 맨 먼저 나와 본관 창을 올려다본 수도사는 뭐라고 중얼거리면서 성호를 그었다. 장서관에서 나온다는 허깨비를 보았다고 생각한 것임에 분명했다. 나는 그 수도사의 멱살을 잡고 내 뜻을 전하려고 했다. 그러나 말이 되지 않았다. 그런데 누군가가 나타나, 잠꼬대 같은 나의 말을 인간의 언어로 통역했다.

모리몬도 사람 니콜라였다. 니콜라가 나를 대신해서 소리쳤다.「불이야! 장서관에 불이 났다!」

「그래요, 그렇습니다!」기력을 다 잃은 나는 이렇게 중얼거리고는 땅바닥에 꼬꾸라졌다.

니콜라의 활약이 시작되었다. 그는 불목하니들을 지휘하는 한편 주위에 모인 수도사들에게도 일을 할당했다. 그는 수도사 몇몇에게 본관 문을 모조리 열게 하고, 나머지에게는, 그릇이라는 그릇은 모조리 찾아내어 물을 퍼오라고 소리쳤다. 그는 또 불목하니들을 모아, 우물과 수도원 저수관의 물을 퍼오게 했다. 목동들에게는 나귀를 끌어내어 물 항아리를 운반하게 하라고 명한 것도 니콜라였다.

사람이란, 직분에 맞는 차림을 하고 있어야 아랫사람을 조복시킬 수 있는 법이다. 그러나 불목하니들은 전임 식료계 레미지오의 명령에만 움직이는 데 버릇 들어 있었다. 문서 사자실 필사사와 채식사들은 말라키아의 지시, 나머지 수도사들은 원장의 명령에 움직이는 버릇이 몸에 붙어 있었다. 아……그러나 그들 셋은 모두 그 자리에 없었다. 수도사들은 명령과 지시를 받으려고 그러는지 두리번두리번 원장을 찾고는 했다. 그러나 원장이 거기에 있을 리 만무했다. 원장이, 그때쯤은 화덕이 되어 있을 그 비밀 통로에 갇힌 채 죽었거나 죽어 가고 있을 것임을 그들이 알 리 없었다.

니콜라가 목동들을 이쪽으로 모는가 하면, 니콜라를 도우려고 달려온 어떤 수도사는 목동들을 저쪽으로 몰았다. 그러니 목동들이 우왕좌왕하는 것은 당연했다. 수도사들 가운데엔 정신이 반쯤 나가 버린 사람도 있었고, 잠에 취해 정신을 반밖에 차리지 못하는 사람도 있었다. 그때야 말할 힘을 차린 나는 수도사들에게 정황을 설명하려고 했다. 그러나, 법의를 벗어 불길 속으로 던진 다음이라 나는 알몸이나 다름없었다. 양손으로는 피를 철철 흘리고, 얼굴은 불길에 시커멓게 그을린 데다가 아직 털도 나지 않은 알몸. 그나마 추위에 바들바들 떨고 있는 아이(당시의 내 나이가 그랬다)가 뭐라고 떠들어 봐야 누가 귀를 기울일 리도 없을 터였다.

이윽고 니콜라가 수도사 몇 명을 이끌고 그동안 누군가가 열어 놓은 문을 통해 주방으로 들어갔다. 어떤 수도사는 용케 횃불을 찾아 들고 나오기도 했다. 주방 안은 엉망진창이었다. 사부님이 물을 퍼 나를 만한 그릇을 찾느라고 주방을 발칵 뒤집어 놓았던 것이었다.

이때 나는 식당 문을 나서는 사부님을 보았다. 얼굴은 시커멓게 그을려 있었고 법의 자락에서는 연기가 나고 있었다. 그는 커다란 냄비를 들고 있었다. 무기력의 상징이 될 만한 그 참담한 모습을 바라보고 있으려니 가슴이 아팠다. 나는 알았다. 사부님이 냄비의 물을 한 방울도 엎지르지 않고 장서관으로 올라가 끼얹었다고 하더라도, 아니 몇 차례 그렇게 물을 끼얹었다고 하더라도 홍로점설(紅爐點雪)에 다를 바 없었을 것임을……. 문득 아우구스티누스 이야기가 생각났다. 어느 날 길을 가던 이 성인은, 숟가락으로 바닷물을 퍼내고 있는 한 소년을 만난다. 소년은 천사였다. 소년으로 변장한 천사는, 하느님의 신비를 알아내려는 성인을 골려 주느라고 숟가락으로 바닷물을 퍼내고 있었던 것이었다. 사부님이 지친 듯이 문설주에 기대면서 바로 그 천사처럼 뇌까렸다. 「틀렸어. 이젠 안 돼. 이 수도원 수도사들이 한꺼번에 달려든다고 해도 이젠 안 돼. 장서관은 끝났어.」 그러나 그 천사와는 달리, 우리 사부님은 울고 있었다.

나는, 식탁보를 벗겨 내 몸을 감싸려고 다가온 사부님을 껴안았다. 우리는 불길에서 물러서서 주위를 둘러보았다.

빈손으로 나선형 계단을 오르는 사람, 호기심이 동했던지 요량 없이 장서관으로 올라갔다가는 뒤늦게 물그릇을 찾으려고 길길이 뛰는 사람…… 이런 사람들로 본관 앞은 뒤죽박죽이었다. 몇몇 침착한 수도사들은 냄비나 세숫대야를 하나씩 차지하고 물을 뜨러 주방으로 들어갔다가 그냥 나오고는 했다. 주방의 물이 동나 버렸던 모양이었다. 그때 주방으로 물 항아리를 실은 나귀 떼가 들이닥쳤다. 목동들은 주방에서 나귀 등의 물동이를 내려 들고 계단을 오르기 시작했다. 그러나 그들은 문서 사자실로 오르는 길을 알지 못했다. 필사사들 도움으로 계단을 오르던 그들 중 몇몇은, 겁에 질려 구르는 듯이 계단을 내려오던 수도사들과 부딪쳐 계단에서 한 덩어리로 굴러 떨어지기도 했다. 그 바람에 물동이가 깨어지고 물이 바닥으로 쏟아졌다. 목동 중 몇몇은 내려오는 사람들에게 물동이를 건네주었다. 나는 그들을 따라 다시 계단을 올라갔다. 장서관 입구에서 짙은 연기가 무럭무럭 쏟아져 나왔다. 동쪽 탑루로 올라가려던 수도사 하나가 빨갛게 충혈된 눈을 하고는 연방 기침을 해대면서, 지옥 같아서 도저히 뚫고 동쪽 탑루로 갈 수는 없더라고 말했다.

그때 나는 베노를 보았다. 그는 얼굴을 일그러뜨린 채 엄청나게 큰 물동이를 안고 계단으로 올랐다. 계단을 내려오던 수도사가 한 이야기를 듣고 베노는 버럭 화를 내며 소리쳤다. 「이 겁쟁이들아, 지옥의 밥이나 되어라!」 그러나 마음을 바꾸어 구원이라도 청하듯이 뒤를 돌아다보던 그의 눈이 내 눈과 만났다. 「아드소…… 장서관…… 아, 장서관!」 베노는 이렇게 뇌까리고는 내가 대꾸도 하기 전에 계단으로 올라가 연기 속으로 몸을 던졌다. 내가 그의 모습을 본 것은 그때가 마지막이었다.

위에서 벼락 치는 듯한 폭음이 들려왔다. 흙과 돌이 문서 사자실 천장에서 바닥으로 떨어지는 소리였다. 꽃 모양의 천장이 내 머리를 비켜 내려앉았다. 무너져 내린 것은 미궁의 바닥이었다.

나는 서둘러 계단을 뛰어 내려가 밖으로 나갔다. 몇몇 사람이 사다리를 운반해 왔다. 본관 바깥 창가에 사다리를 놓고, 창문을 통해 물을 쏟아부으려는 것이었다. 그러나 사다리는 문서 사자실 창에도 미치지 못했고, 그나마 애써 올라간 사람이 힘을 다하는데도 창은 열리지 않았다. 그는 아래쪽을 향해, 누구든 안으로 들어가 창을 열어 달라고 소리쳤다. 그러나 누가 화덕이 다 되어 있는 문서 사자실로 들어가 창을 연단 말인가?

나는 맨 위층의 장서관 창을 올려다보았다. 마른 책과 마른 책 사이로 번진 불길이 다른 방으로 옮겨붙어 장서관의 미궁이 하나의 거대한 용광로가 되어 버렸다는 것은 이제 따로 의심할 필요도 없었다. 창이라는 창은 모조리 불길을 내뿜고 있었고, 지붕 위로는 검은 연기가 치솟고 있었다. 불길이 이미 대들보에 옮겨붙었다는 증거였다. 그렇게 철옹성 같고 그렇게 안정감이 있어 보이던 본관 건물도 그 지경이 되자 약점을 보이기 시작했다. 불길이 안에서 벽을 달구자 이 벽이 갈라지면서 빨갛게 달아오른 돌의 파편을 사방으로 퉁기기 시작한 것이었다. 달아오른 돌은 나무를 만날 때마다 주위를 삽시간에 불바다로 만들었다.

내부의 압력을 받았던 듯, 갑자기 창이 차례로 폭발하면서 파편이 어두운 밤하늘을 불꽃으로 갈랐다. 거세던 바람은 언제 그랬냐는 듯 잠잠해져 있었다. 그러나 이 역시 불길을 잡는 데 도움을 주기는커녕 오히려 확산시키는 데 한몫을 했다. 거센 바람이었으면 불똥을 날려 버렸을 테지만, 산들바람은 그 불똥을 부추겨 다른 곳으로 옮겨 놓고 있었다. 산들바람에 불붙은 양피지가 사방으로 날렸다. 또 한 차례 폭음이 들렸다. 장서관 바닥이 내려앉은 데 이어 불붙은 대들보가 내려앉는 소리였다. 나는 문서 사자실 창밖으로 혀를 날름거리는 화염을 보았다. 문서 사자실의 서책과 상자, 종이, 서안 등에 불이 옮겨붙으면서 시간이 흐를수록 불길은 점점 맹렬하게 타올랐다. 나는, 머리카락을 쥐어뜯으며 울부짖는 필사사들의 절규를 들었다. 그들은, 자기네들이 필사하던 땀과 눈물이 밴 양피지를 구하려고 불길 속으로 뛰어들려고 했다. 헛일이었다. 주방과 식당은, 우왕좌왕하다 서로 부딪치고 밀치고 쓰러지는, 정신이 반쯤 나간 사람들로 아비규환을 이루고 있었다. 쓰러진 사람 위로 다른 사람이 쓰러져 켜를 이루었고, 물 항아리를 들고 가던 사람은 거기에 걸려 쓰러지면서 귀한 물을 그 위에다 쏟았다. 나귀 떼는 주방으로 들어가다가 불길에 놀라 한차례 공중으로 앞발을 들어 올렸다가는 출구 쪽으로 내달며 쓰러져 있는 사람들을 짓밟았다. 제 주인이라고 하더라도 그 판국에 나귀 눈에 보였을 리 만무했다. 불을 끄려는 사람이 있다 해도, 이 한 무리의 범부들과, 신앙심 있고 현명하지만 기술은 없는 사람들의 무리는 지시를 내려 주는 사람이 없어 우왕좌왕하는 탓에, 그 벽을 뚫고 불길에 다가갈 수 없었으리라.

수도원은 나락의 혼돈을 방불케 했으나 이는 비극의 서막에 지나지 않았다. 창과 지붕에서 튀어나온 불똥은 바람에 사방으로 날리다가 이윽고 교회 지붕 위로 우박처럼 내려앉았다. 훌륭한 교회들이 화마에 얼마나 약한 법인지, 알 사람

은 다 알리라. 하느님 처소인 교회는 아름다울뿐더러 거기에
사용한 석재에 힘입어 천상의 예루살렘처럼 견고해 보이는
법이다. 그러나 외벽이 그렇다 뿐이지 내벽과 천장에는 모양
은 좋으나 화마에는 약한 목재가 쓰이지 않을 수 없다. 석재
로 지은 교회 하면, 우선 천장을 떠받치며 참나무처럼 돌올
하게 선 열주(列柱)를 떠올리게 된다. 그러나 이 열주는 참나
무 수수(樹髓)로 되어 있다. 그뿐인가. 제단, 성가대석, 색칠
한 칸막이, 회중석 의자, 사제용 의자, 촛대…… 이게 모두 나
무로 되어 있다. 수도원에 도착하던 날 문이 그렇게 아름다
울 수 없던 경내 교회 역시 마찬가지이다. 교회에 불이 붙기
는 시간문제였다. 수도사들과 불목하니들은 그제야 수도원
의 운명이 화형주에 걸리고 있음을 눈치채는 듯했다. 이렇게
되자 모두 이 새로운 위험에 맞설 준비를 하는 통에 경내에는
또 한 차례 소동이 일었다.

　교회가 장서관에 견주어 접근이 용이하고 따라서 불길을
잡기가 유리한 것은 사실이었다. 장서관이 화마의 제물이 된
것은 장서관이 지켜 온 신비 때문에 그 구조가 밝혀지지 않
은 데다 출입구가 극히 적었기 때문이었다. 거기에 비하면 성
무 시간에는 누구에게나 개방되어 있는 교회는 따라서 불을
끄려는 사람들에게도 개방되어 있는 셈이었다. 그러나 물이
거의 없거나 전혀 없었다. 근처에 우물이 있기는 했으나 괴는
데 시간이 걸려, 쉴 새 없이 퍼내어야 하는 긴급한 필요량을
감당할 수 없었다. 교회의 불을 끄는 일이면 수도사 모두가
달라붙을 수 있었을 테지만 뾰족한 방법을 아는 사람이 없는
데다가 지휘하는 사람도 마땅치 않았다. 사람이 지붕으로 올
라가 커다란 걸레 같은 것으로 두들긴다고 잡힐 만한 불길도
아니었다. 지붕의 불길이 아래로 내려오기 시작하고부터는

모래나 흙을 끼얹는 것도 도움이 되지 않았다. 교회는 천장을 내려앉히면서, 아래에서 불길을 잡던 수도사 몇을 순식간에 깔아 버렸다.

그 아름답던 교회가 잿더미로 변해 가는 것을 바라보는 수도사들 입에서 회한과 신음과 비명이 터져 나왔다. 그러나 그 소리는 천장이 무너지는 바람에 얼굴을 그을리거나, 팔다리를 부러뜨리거나, 그 밑에 깔린 사람들의 비명과 절규에 비하면 아무것도 아니었다.

바람이 다시 거세어지자, 타오르던 불길은 맹렬한 기세로 번져 갔다. 교회 다음으로 마구간과 외양간까지 불이 붙었다. 기겁을 한 가축들이 빗장을 부수고는 문을 박차고 쏟아져 나왔다. 울부짖으며 지축을 울리는 소리가 수도원 경내에 낭자했다. 갈기에 불이 붙은 말도 있었다. 지옥에서 뛰쳐나온 듯한 이런 말은 마당을 가로질러 질풍같이 내달으며 사람이 앞에 걸리는 족족 짓밟았다. 나는 알리나르도가, 아무것도 모르는 채 나다니다가 불길을 후광처럼 등진 저 브루넬로에게 짓밟히는 걸 보았다. 노인은, 고깃덩어리처럼 땅바닥 위를 굴렀다. 그러나 나에게는 그를 구할 시간도, 그의 최후를 슬퍼할 여유도 없었다. 도처에서 그런 일이 일어나고 있었기 때문이었다.

갈기에 불이 붙은 말들은 바람이 하지 못하던 짓을 했다. 즉 불똥이 날지 않은 곳에다 골고루 불씨를 퍼뜨린 것이었다. 교회에서 그리 가깝지 않은 대장간과 수련사 숙사에서도 불길이 올랐다. 사람들은 목적도 없이, 목적이 있어도 대책이 없이 경내를 바람처럼 오고 갔다. 나는 니콜라를 보았다. 누더기가 다 된 법의 차림인 그는 기력이 다했는지 상처 입은 머리를 싸쥐고 교회 문 앞에 무릎을 꿇고 앉아 욕지거리를 했다. 나는 티볼리 사람 파치피코도 보았다. 가망이 없다는 걸 알고 진작

포기했는지, 그는 지나가는 나귀를 붙잡으려 했다. 가로로 뛰고 세로로 뛰어 나귀 한 마리를 붙잡은 그가 나에게 소리쳤다.

「나처럼 도망가! 하르마게돈의 끔찍한 복사판으로부터!」

나는 사부님을 찾으러 다녔다. 천장이 무수히 내려앉는 와중이라 사부님이 걱정스러웠다. 한참 찾아다닌 끝에 그를 만난 곳은 회랑이었다. 사부님은 어느새 행장을 꾸렸던지 바랑을 들고 서 있었다. 불길이 순례자 숙사로 번지자 부리나케 들어가 챙겨 가지고 나온 모양이었다. 고맙게도 내 바랑도 있었다. 나는 바랑을 뒤져 법의 한 벌을 꺼내 입었다. 그러고는 숨을 죽이고 불타는 교회를 내려다보았다.

수도원은 불바다였다. 크고 작은 건물에 차례로 불이 붙으면서 수도원 전체가 불바다로 변한 것이었다. 온전한 건물이 없는 것은 아니었다. 그러나 그런 건물에도 불이 옮겨붙기는 시간문제였다. 자연과 자연이 빚은 가연성 물질로부터 그 불길을 잡으려는 인간의 노력 자체가, 그 불길을 퍼뜨리는 구실을 하고 있었기 때문이었다. 채마밭, 회랑 밖의 뜰…… 불길이 닿지 않은 안전지대는, 건물이 없는 이런 곳뿐이었다. 이제 건물을 구할 방법은 없어진 셈이었다. 우리가 할 수 있었던 일은 건물을 포기하고 멀찌감치 떨어져 불길을 구경하는 것뿐이었다.

우리는 교회를 보았다. 큰 건물 화재의 경우, 처음에 목재에 불이 붙을 때는 무서운 기세로 번지고 무서운 기세로 타오르지만 이 목재가 어느 정도 타고 나면 불길은 그다지 세지 않다. 그러나 이런 건물은 몇 시간이고, 며칠이고 계속해서 탄다. 교회도 예외가 아니었다. 그러나 본관의 불길은 달랐다. 건축 자재의 대부분이 가연성 물질이었기 때문에 문서 사자실로 옮겨붙은 지 얼마 되지 않았는데도 불길은 벌써 주방에까지 내려와 있었다. 수백 년간 장서관 미궁이던 위층은

형체도 알아보기 어려웠다.

「기독교 세계에서 가장 훌륭한 장서관이었다. 아, 그런데
이게 무엇이냐. 가짜 그리스도 올 날이 임박했다. 이제는 학
문이 가짜 그리스도를 저지할 수 없게 되었으니……. 오늘 우
리는 가짜 그리스도의 얼굴을 보았다.」

「가짜 그리스도라고 하시면…….」

「호르헤 영감의 얼굴 말이다. 철학에 대한 증오로 일그러진
그의 얼굴에서 나는 처음으로 가짜 그리스도의 얼굴을 보았
다. 가짜 그리스도는, 그 사자(使者)가 그랬듯이 유대 족속에
서 나오는 것도 아니고 먼 이방 족속에서 나오는 것도 아니
다. 잘 들어 두어라. 가짜 그리스도는 지나친 믿음에서 나올
수도 있고, 하느님이나 진리에 대한 지나친 사랑에서 나올 수
도 있는 것이다. 성자 중에서 이단자가 나오고 선견자 중에서
신들린 무당이 나오듯이……. 아드소, 선지자를 두렵게 여겨
라. 그리고 진리를 위해서 죽을 수 있는 자를 경계하여라. 진
리를 위해 죽을 수 있는 자는 대체로 많은 사람을 저와 함께
죽게 하거나, 때로는 저보다 먼저, 때로는 저 대신 죽게 하는
법이다. 호르헤가, 능히 악마의 대리자 노릇을 할 수 있었던
것은, 저 나름의 진리를 지나치게 사랑한 나머지 허위로 여겨
지는 것과 몸 바쳐 싸울 각오가 되어 있었기 때문이다. 호르
헤가 아리스토텔레스의 서책을 두려워한 것은, 이 책이 능히
모든 진리의 얼굴을 일그러뜨리는 방법을 가르침으로써 우리
를 망령의 노예가 되지 않게 해줄 수 있어 보였기 때문이다.
인류를 사랑하는 사람의 할 일은, 사람들로 하여금 진리를 비
웃게 하고, 진리로 하여금 웃게 하는 것일 듯하구나. 진리에
대한 지나친 집착에서 우리 자신을 해방시키는 일…… 이것이
야말로 우리가 좇아야 할 궁극적인 진리가 아니겠느냐?」

「하지만 사부님······ 사부님께서는 마음의 상처가 생기셨기 때문에 그렇게 말씀하시는 것이 아닌지요? 사부님께서 오늘 밤에 찾아내신 진리도 있습니다. 사부님께서는 며칠을 고구하시어 실마리를 푸시고 오늘 그 진실에 이르셨습니다. 호르헤 노인이 이긴 것인지 모르나 결국 사부님께서 그의 음모를 백일하에 드러내셨으니 결국은 호르헤를 이기신 것이 아닙니까?」

「음모 같은 건 없었다. 더군다나 나는 내 실수를 통해 거기에 이른 것에 지나지 않는다.」

그 단언은 자기 모순적이었고, 나는 사부님이 참으로 그러길 원했는지 결정할 수 없었다. 「발자국으로 브루넬로를 알아보신 것은 사실입니다. 아델모 수도사가 자살한 것도 사실이었고, 베난티오 수도사가 항아리에 빠져 죽지 않은 것도 사실이었습니다. 미궁이 사부님 상상하신 대로 얽혀 있었던 것도 사실이었고, quatuor(넷)란 단어의 글자를 눌러 〈아프리카의 끝〉으로 들어가신 것도 사실이었으며, 그 수수께끼의 서책이 아리스토텔레스의 서책이었던 것도 사실이었습니다. 사부님께서 혜안으로 읽어 내신 것이 이렇듯 많은데 어째서 실수를 통하여 접근하셨다는 말씀을 하시는지요?」

「나는 기호의 진실을 의심한 적 없다. 이 세상에서 인간이 나아갈 길을 일러 주는 것은 기호밖에 없다. 내가 이해하지 못한 것은 기호와 기호와의 관계다. 나는 일련의 사건을 두루 꿰고 있다고 믿었고, 〈묵시록〉을 본으로 삼아 호르헤에게 도달했다. 그러나 그것은 우연의 일치였다. 나는 일련의 사건을 일으킨 단일한 범인을 추적하다가 호르헤에게 이른 것뿐이다. 그 과정에서 각각의 사건은 한 범인의 소행이 아니라 각각 다른 사람의 소행이거나 아무 사람의 소행도 아니라는 걸 알았다. 나는 이성적이면서 뒤틀린 누군가의 계획을 내 생각으로 삼아 추적한 끝에 호르헤에게 이르렀다. 그러나 계획은 처음부터 없었다. 아니, 호르헤에게는 처음부터 구상이 있었다. 그러나 이 구상이 그에게 과분했기에 결국에는 일련의 인과 관계와 상호 작용하는 복합적 인과 관계, 다시 서로 모순되는 인과 관계, 계획과는 전혀 무관한 관계가 창출됐다. 내 지혜라는 것은 어디로 갔느냐? 나는 가상의 질서만 좇으며 죽자고 그것만 고집했다. 우주에 질서가 없다는 것을 깨닫지 못한 나…… 이것이 어리석은 것이다.」

「가상의 질서로도 사부님께서는 결국 찾아낼 것을 찾아내셨습니다.」

「고맙구나. 우리가 상상하는 질서란 그물, 아니면 사다리와 같은 것이다. 목적을 지닌 질서이지. 그러나 고기를 잡으면 그물을 버리고, 높은 데 이르면 사다리를 버려야 한다. 쓸모 있기는 했지만 그 자체에는 의미가 없음을 깨닫게 되니깐 말이다. Er muoz gelîchesame die leiter abwerfen, sô er an ir ufgestigen(지붕에 올라가면 사다리는 치우는 법). …… 내가 제대로 했느냐?」

「네, 저희 모국어로는 그렇습니다. 어떤 분에게서 들으셨습니까?」

「네 나라 출신 신비주의자의 글에서 읽었는데…… 어느 글인가는 잊었구나. 내가 이렇게 알고 있으니 이제 그 원고를 누가 찾아낸대도 내게는 소용이 없겠구나. 그래, 유용한 진리라고 하는 것은 언젠가는 버려야 할 연장과 같은 것이다.」

「그러실 일은 아닌 줄 압니다. 사부님께서는 최선을 다하셨습니다.」

「인간의 최선이라는 게 참 보잘것없어. 나는 아까 우주에 질서가 없다고 했는데 이래서는 안 되지……. 하느님의 자유 의지와 그 전능하신 섭리를 거스르는 일이니까……. 그렇다면 하느님의 자유 의지는 우리를 단죄하시는 자유, 우리의 오만한 마음을 단죄하시는 자유이겠구나.」 나는 평생 처음이자 마지막으로 사부님 앞에서 감히 신학적인 추론을 시도했다. 「그렇다면 사부님, 가능성에만 매달려서야 필연적인 것이 어떻게 존재할 수 있겠습니까? 그렇다면 하느님과, 태초의 혼돈 사이에 무엇이 다릅니까? 하느님의 절대적 전능성과 그 선택의 절대적 자유를 긍정하는 것은 곧 하느님이 존재하지 않는다는 것을 증명하는 것과 같지 않을는지요?」

사부님은 무표정한 얼굴로 나를 바라보면서 대답했다. 「네 질문에 그렇다고 해버린다면, 식자들이 어떻게 배운 것을 풀어먹겠느냐?」 나는 그의 말뜻을 알아들을 수 없어서 반문했다. 「진리의 기준이 없으면 전달 가능한 학문도 있을 수 없다는 말씀이신지요? 아니면 상대가 그 의견을 승인하지 않아서 지식을 전달할 수 없다는 뜻인지요?」

그 순간 숙사의 지붕 일부가 내려앉으면서 엄청난 양의 불꽃을 하늘로 쏘아 올렸다. 경내를 떠돌아다니던 양과 염소 무리가 애처롭게 울며 우리 옆을 지나갔다. 불목하니 떼거리가 부딪쳐 쓰러뜨릴 듯이 우리를 지나치면서 뭐라고 고함을 질렀다.

사부님이 탄식했다. 「이곳은 너무 시끄럽구나. Non in commo-tione, non in commotione Dominus(이런 난장판에는, 이런 난장판에는, 주님이 계시지 않아)…….」[5]

---

5 『구약 성서』「열왕기상」의 다음 대목을 참고할 것. 〈그러나 야훼께서는 지진 한가운데도 계시지 않았다……. 불길 한가운데도 계시지 않았다…….〉 (19:11~12)

뒷말

뒷이야기이지만 수도원은 그 후로도 사흘 밤낮을 탔다. 불길을 잡아 보려던 마지막 노력도 모두 수포로 돌아갔다. 생존자들은, 수도원 건물 중에 지켜 낼 수 있는 건물이 없다는 것을 깨닫고는 하느님의 응징에 맞서 보려고 쳐들고 있던 손을 내렸다. 이때는 그 엄장하던 건물이 모두 외벽뿐인 폐허로 남고, 교회가 빨아들이듯이 종탑을 삼켜 버린 다음이었다. 우리가 그 수도원에 머문 지 이레째 되던 날의 일이었다. 몇 동이의 물은 아무 의미가 없었다. 집회소와 수도원장 공관은 그날 아침까지도 타고 있었다. 불길이 발화 지점인 장서관에서 멀리 떨어진 갖가지 작업장으로 옮겨붙은 것은, 이미 물건을 되는대로 챙겨 가지고 산을 내려간 불목하니들이 인근 사하촌(寺下村)을 누비는 가축을 붙잡으려고 가로로 뛰고 세로로 뛰고 있을 즈음이었다. 수도원 가축은 수도원이 불길에 휩싸이자 밤을 도와 경내를 빠져 산을 내려갔던 것이었다.

나는 몇몇 불목하니들이 용감하게, 타다 남은 교회로 들어가는 걸 보았다. 도망치기 전에 지하 보고에 있는 보물을 한 점이라도 더 손에 넣으려는 모양이었다. 그들이 귀물을 손에 넣는 데 성공했는지, 그때까지도 지하 보고의 천장은 내려앉지 않고 가만히 있었는지, 아니면 그 촌뜨기들이 귀물에 욕심을 내다가 내려앉는 천장에 깔려 죽었는지, 그것은 나도 모르겠다.

사하촌 사람들도 적지 않게 올라와 있었다. 진화를 도우려고 온 사람들도 있었고, 짊어지고 내려갈 것이 없을까 하고 올라온 사람들도 있었다. 시체는 그때까지도, 시뻘겋게 달아오른 폐허와 함께 방치되어 있었다. 불이 난 지 사흘째 되는 날에야 남은 사람들은 부상자를 치료하고, 시신을 감장(勘葬)했다는 후문이다. 수도사들과 불목하니들이 짐을 꾸리고, 여전히 연기를 내뿜는 수도원을 저주받은 땅으로 남겨 두고 제 갈 길로 갔다. 어디로 갔는지는 나도 모르겠다.

사부님과 나도 숲속에서 방황하는 말 두 필을 붙잡아 타고 그곳을 떠났다. 우리는 그것을 res nullius[무연고재산(無緣故財産)]라고 생각했다. 우리는 동쪽으로 향했다. 보비오에 이르렀을 때 황제에 관한 좋지 못한 소식이 우리를 기다리고 있었다. 그 소식은 이러하다. 교황 요한 22세와의 화해가 불가능하다고 여긴 황제는 로마로 내려와 니콜라우스 5세를 대립 교황(對立敎皇)으로 옹립한다. 마르실리오는 로마의 정신적 교황 대리로 지명되는데, 그의 실수 탓인지 약점 탓인지, 그 도시에서는 참으로 해괴한 일들이 계속해서 벌어진다. 교황 요한 22세의 살붙이들, 미사를 제대로 집전하지 못하는 사제들은 고문을 당하며, 아우구스티누스 수도원의 원장은 카피톨리아 언덕 위의 원형 경기장에서 사자의 밥이 된다. 결국 마르실리오와 장뎅 사람 장은 교황 요한을 이단으로 규정하고, 황제 루트비히는 그에게 사형 판결을 내린다. 그러나 황제의 실정은 당시 지방 영주들을 괴롭히고 지방의 재정을 말리고 있었다. 우리는 이 소식을 듣고는 로마 방문을 뒤로 미루었다. 사부님도 자신의 희망을 물거품으로 만든 소문의 현장을 눈으로 확인하고 싶어 하지 않았다.

폼포사에 이르렀을 때야 우리는 로마가 루트비히 황제에게 반기를 들었다는 소식을 접했다. 그 소식에 따르면 황제는 다시 피사로 돌아가고, 교황 요한의 사절단은 로마에 개선한다.

체세나 사람 미켈레는 그즈음 아비뇽에 있어 보았자 생명의 위협만 느꼈지 별 뾰족한 수가 없다는 걸 알고는 피사로 피신, 황제의 휘하로 들어갔다는 소식도 있었다.

황제가 뮌헨으로 갈 것이라는 소문이 돌자 우리는 발길을 돌려 그곳으로 가기로 했다. 사부님은 이탈리아에서는 늘 신변의 위협을 느끼고 있었기 때문이었다. 그러나 사부님의 형편은 나아지지 않았다. 얼마 뒤 황제의 지지 세력이었던 기벨리니[1]가 무너지자 대립 교황 니콜라우스는 제 목에다 밧줄을 걸어 교황 요한에게 항복해 버린 것이었다.

뮌헨에 이르러 나는 사부님과 눈물로 이별하지 않으면 안되었다. 사부님의 미래는 불투명했다. 내 속가(俗家)에서는 내가 멜크로 돌아오기를 바라고 있었다. 저 비극의 날, 사부님이 수도원의 폐허 앞에서 삶과 진리에 대한 그분 자신의 생각을 비치신 이래 우리는 약속이라도 한 듯이 그 수도원 일은 입에 올리지 않았다. 눈물로 이별하면서도 끝내 그 이야기는 하지 않았다.

사부님은, 내가 할 공부에 관하여 여러 가지 좋은 말씀을 들려주신 뒤, 니콜라가 만들었던, 예의 그 테 속에 박은 유리

1 교황을 지지하던 〈궬피〉에 맞서 게르만인 황제를 지원하던 세력. 궬피 Guelphi는 교황파 당원.

를 내게 주시었다. 당신에게는 당신의 것이 따로 있었다. 「네 나이 지금은 어리나 장차 요긴할 게다.」 사부님께서 이러셨는데, 나는 지금 그 유리를 콧등에 올린 채 이 글을 쓰고 있으니 과연 요긴하기는 요긴하다. 사부님께서는, 아버지처럼 다정하게 나를 안아 보시고는 나를 떠나보내셨다.

그 뒤로는 그분을 다시 뵙지 못했다. 금세기 중엽 역병이 유럽을 휩쓸 당시 돌아가셨다는 소문을 들었을 뿐이다. 아, 바라건대 하느님께서 그분의 영혼을 수습하시되, 지적인 허영에 못 이겨 그분이 지으신 허물을 용서하시기를…….

오랜 세월이 지난 뒤 나는 멜크 수도원장의 심부름으로 우연히 이탈리아에 가게 되었다. 유혹을 누를 길 없어, 나는 귀로를 훨씬 벗어나 그 수도원 폐허를 다시 찾았다.

산 사면의 두 사하촌은 황폐해져 있었고, 사하촌 주위의 경작지는 황무지로 변해 있었다. 정상에 올랐을 때 내 앞에 펼쳐진 황량한 적막과 죽음의 그림자는 내 눈을 눈물로 적셨다.

한때 엄장한 건축물로 장관을 이루던 그곳에, 남아 있는 것이라고는 고대 로마의 이교도들이 남긴 기념비와 흡사한, 그나마 띄엄띄엄 눈에 띄는 폐허뿐이었다. 아슬아슬하게 서 있는 벽과, 기둥과, 문틀의 잔해 위로는 인동덩굴이 기고 있었고, 바닥에는 잡초가 우거져 있었다. 예전의 채마밭과 뜰은 어디에 있었는지 분간도 할 수 없었다. 묘지의 위치는, 군데군데 솟아 있는 무덤으로나마 가려낼 수 있었다. 돌 틈과 벽 사이를 비집고 다니는 뱀이나 도마뱀, 이들을 잡아먹는 몇 마리 육식조가 그나마 생명을 느낄 수 있게 해주었다. 교회 문 앞에도 잔해가 더러 남아 있었다. 박공도 반쯤은 남아 있어서, 나는 거기에서 풍상에 찌들고 이끼에 덮인, 왕좌에 앉은 그리스도의 왼쪽 눈과 사자의 얼굴을 볼 수 있었다.

본관은, 허물어져 버린 남쪽 벽을 제하고는 여전히 선 채로 풍상과 맞서고 있었다. 벼랑에 면한 두 탑은 거의 완벽한 형태로 남아 있었다. 그러나 창이 없어 동공이 빈 눈 같은 창틀에서는 썩은 덩굴이 눈물처럼 흘러내렸다. 인공의 구조물이란 구조물은 자취도 없이 부서져 버린 본관 내부는 자연의 손톱에 할퀴어 옛 모습을 알아보기 어려웠다. 그 넓던 주방 너머, 타락한 천사처럼 무너져 앉은 천장과 지붕 사이로는 하늘이 보였다. 이끼가 없는 부분에는 수십 년 전의 연기에 그을린 시커먼 자국이 남아 있었다.

자갈을 헤집자, 수십 년 전 문서 사자실이나 장서관에서 떨어져 보물처럼 흙 속에 묻힌 채 견뎌 온 양피지 조각이 더러 눈에 띄었다. 나는 그 양피지 조각을 모았다. 찢긴 책장 쪽을 붙이려는 듯이 모았다.

나는, 일그러지기는 했으나 그래도 뼈대는 살아남은 탑과, 그 탑 속의, 문서 사자실로 오르는 계단을 보았다. 폐허 속의 계단을 따라 오르자 이윽고 장서관이었다. 하나 옛날의 장서관이 아니라 외벽에 의지해서 서 있는 베란다에 지나지 못했다. 사방이 훤히 내려다보였다.

벽 앞에 궤짝 하나가 있었다. 어떻게 그 불길 속에서 살아남았는지 모르겠다. 습기에 썩고, 흰개미에 쏠려 군데군데 구멍이 뚫린 궤짝이었지만, 안에는 그래도 양피지 몇 쪽이 남아 있었다. 다시 아래로 내려간 나는 흙을 뒤적여 몇 점의 유물을 더 찾아내었다. 수확은 참으로 초라했으나 그래도 나는 하루 종일 거두어 들였다. 장서관의 disiecta membra(유물의 파편)가 능히 한 소식을 전해 주기라도 하는 듯이 나는 열심히 뒤지고 열심히 모아들였다. 하얗게 바랜 양피지도 있었고,

그림의 흔적이 남은 양피지, 한두 단어 글씨가 남은 양피지도 있었다. 문장 하나가 고스란히 남은 양피지 한 쪽과 철사에 묶여 있었던 듯한 표지 한 장도 고스란히 내 손안으로 들어왔다. 밖은 온전하되 속이 썩어 버린 서책의 유령도 있었고, 제목을 읽을 수 있는 반쪽짜리 속표지도 있었다.

나는 유물을 되는 대로 모아 바랑 두 개를 가득 채웠다. 그러자니 내게 요긴했던 사물(私物)은 버려야 했다.

이탈리아에서 돌아오면서, 그리고 멜크로 돌아온 뒤에도 나는 이 유물의 문자를 해독하는 데 많은 시간을 썼다. 더러는 한 단어, 더러는 남아 있는 그림으로 그것이 무슨 서책이었는지 알아내기도 했다. 혹 이런 서책의 온전한 사본이 내게 들어오는 날이면, 운명이 나를 그 서책으로 이끈 듯이, 그 유물의 파편이 나에게 tolle et lege(가져가서 읽어라)[2]라고 한 듯이 나는 정성 들여 읽고 고구했다. 끈기 있게 복원한 끝에, 이윽고 내 손안에는, 이제는 사라진 저 위대한 장서관의 상징인 작은 장서관이 모습을 드러내었다. 양피지 조각과 인용문과 자투리 문장과 서책이 파편으로 된 장서관이…….

읽으면 읽을수록, 그런 것이 내 손에 들어온 것은 우연이라는 생각이 든다. 거기에 의미가 있을 수 없다고 나는 확신한다. 그런데도 그 시절 이후로 그 작은 장서관은 나를 떠나지 않고 있다. 이따금씩 나는, 하늘이 맡긴 뜻이라도 읽는 듯이, 거기에다 짜 맞추어 놓은 글월을 읽고는 한다. 미지의 독

---

2 성 아우구스티누스의 『고백』에 나오는 구절. 자신의 가치 없는 삶이 한스러워 눈물을 흘리고 있다가 아우구스티누스는 한 소년의 노래를 듣는데, 이 구절은 이 노래 가사의 일부이다. 아우구스티누스는 이로써 회심(悔心), 개종하게 되었다.

자들이여, 나는 내가 여기에다 쓴 글, 그래서 독자들이 읽고 있는 글도 이러한 유물의 파편이 나에게 읊어 주는 발췌시(拔萃詩)나 유희시(遊戱詩), 많은 단상(斷想) 들에 속할 것이라고 믿는다. 아니다, 내가 이 유물의 파편을 노래하는지, 이 유물의 파편이 내 입을 빌려 노래하는지 나는 모르겠다. 둘 중 어느 쪽이 되었건, 내가 그 유물의 파편에서 얻어 낸 이야기를 스스로 반복하면 할수록, 그 안에 실제 사건과 시간의 자연적인 흐름을 뛰어넘는 어떤 의도나 무늬가 있는지 점점 가늠하기가 어려워진다. 죽음의 문턱에 이른 늙은 수도사에게, 제가 쓴 글에 어떤 의미가 있는지, 많은지, 적은지, 있는지, 없는지 그것도 모른다는 것은 참으로 고통스러운 일이다.

하나 이 늙은 것의 미망은, 이 닳고 닳은 세상으로 다가와 이윽고 세상을 뒤덮을 암흑의 그림자 탓인지도 모르겠다.

Est ubi gloria nunc Babyloniae(바빌론의 영화는 어디로 갔는가)?[3] 지난해 내린 눈은 어디에 있는가? 이 땅은 죽음의 무도에 취해 있다. 때로 내 눈에는 다뉴브강을 오르내리는 선박이, 지옥으로 가는 바보들을 잔뜩 처실은 선단으로 보이고는 한다.

이제 내가 할 수 있는 일은 침묵을 지키는 것뿐……. O quam salubre, quam iucundum et suave est sedere in solitudine et tacere et loqui cum Deo(홀로 적막 안에서 침묵하고 하느님과 독대함이여, 참으로 실답고 즐겁고 감미로워라)! 나는 이제 곧 나의 원점으로 되돌아간다. 우리 교단의

---

3 베르나르의 『속세의 능멸에 대하여』에 나오는 구절. 이 구절은 또 「요한의 묵시록」 14:8의 다음 구절을 상기시킨다. 〈무너졌다! 큰 바빌론 도성이 무너졌다! 자기 음행 때문에 분노의 포도주를 모든 민족에게 마시게 한 바빌론이 무너졌다!〉

수도원장들이, 그분이야말로 영광의 하느님이라고 하나 나는 이제 그분을 그분으로 믿지 아니하고, 소형제회에서는 그이가 바로 환희의 하느님이라고 하나 나는 그이를 그이로 믿지 않으며, 경건함의 하느님으로도 믿지 못할 것 같다. Gott ist ein lauter Nichts, ihn rührt kein Nun noch Hier [하느님은 순수한 무(無)의 존재라서 때와 곳에 구애되지 않는다] ……. 나는 얼마 안 있으면, 참으로 신심 있는 자들이 지복을 누리는 광막한 사막으로 들어간다. 오래지 않아 동등(同等)과 부동(不同)이 존재하지 않는, 적막과 화합과 적멸의 나라인 하늘의 어둠에 든다. 이 심연에서는 나의 영혼 역시 무화(無化)하여 동등함과 부동함을 알지 못할 것이다. 이 심연에서는 모든 불화가 사함을 얻는다. 나는 곧 모든 차이가 잊히고 같음과 다름에 대한 분별이 없는 깊고 깊은 바닥으로 내려앉는다. 수고도 없고 형상도 없는 무인지경의 적막한 신성(神性)에 든다.

문서 사자실이 추워 손이 곱다. 나는 이제 이 원고를 남기지만, 누구를 위해서 남기는지는 나도 모르겠다. 무엇을 쓰고자 했는지도 모르겠다. Stat rosa pristina nomine, nomina nuda tenemus (지난날의 장미는 이제 그 이름뿐, 우리에게 남은 것은 그 덧없는 이름뿐).[4]

4 베르나르의 『속세의 능멸에 대하여』에 나오는 일절.

『장미의 이름』을 여는 열쇠[*]

아델 J. 하프트 외/강유원 옮김

『장미의 이름』은 〈아드소의 묵시록〉이라 불러도 될 것이다. 알리나르도가 윌리엄에게 했던 헛소리처럼(본문 515~516면), 1327년 11월 수도원에서 일어난 범죄 뒤에는 그 해결의 열쇠를 담고 있다고 여겨지는 묵시록의 세계가 있기 때문이다. 「요한의 묵시록」으로 알려진 이 책은 신이 죄로 가득 찬 세계를 파괴하고, 신심이 깊은 자들을 구원하며, 새로운 하늘과 땅이 열리는 우주적, 역사적 비전을 서술하고 있는데, 바로 이것이 『장미의 이름』을 관통하고 있는 기본적인 비전이다.

이 소설이 시작된 시기는 1327년 11월 말의 어느 일요일이다(본문 45면). 이날은 아마 강림절(크리스마스 전 네 일요일을 포함하는 기간)의 첫날이었을 것이요, 새로운 천년이 시작되는 날이었을지도 모른다. 왜 1327년에 새로운 천년이 시작된다고 생각하는가? 알리나르도와 윌리엄의 대화에서

[*] 이 글은 『〈장미의 이름〉의 열쇠 The Key to The Name of the Rose』에 실려 있는 「후기: 『장미의 이름』을 다 읽은 사람들을 위하여 Postscript: For Those Who Have Finished The Name of the Rose」를 번역한 것이다.

알리나르도가 가짜 그리스도의 출현이 임박했다고 말하자, 윌리엄은 천 년은 이미 지나갔다고 말한다. 그러자 알리나르도는 천 년은 그리스도의 죽음으로부터 계산하는 것이 아니라 콘스탄티누스 황제의 지배, 즉 예수의 죽음 후 300년부터 계산해야 한다고 말하고 있다(본문 274면). 그러니 1327년이라 해도 알리나르도의 계산법에 따르면 천 년의 시작이 될 수 있는 것이다. 이렇게 되면 수도원에서 일어나는 묵시록적 사건의 시간은 기본적으로 설정되는 셈이다.

시간은 이렇게 설정되었고, 공간은 어떠한가? 과연 이 수도원은 묵시록적 사건이 일어날 만한 공간인가? 수도원 교회 입구 둘레의 돌에는 종말의 날에 일어난다고 하는 사건들이 새겨져 있다(본문 78~87면). 묵시록의 구절들은 두루마리에 쓰여 장서관 각 방 입구에 걸려 있다. 장서관 안에서 아드소는 묵시록의 구절에 나오는 환상들을 목격하기도 한다. 윌리엄과 아드소는 장서관이 그리스도 제국에서 가장 풍요로운 묵시록 보관소임을 발견한다(본문 535면). 이만하면 공간도 갖춰진 셈이다. 그러면 등장하는 인물은 어떠한지 보자.

아드소 자신은 묵시록적 인물인데, 그는 묵시록의 역사에서 중요한 두 인물, 성서의 묵시록을 쓴 요한과, 호르헤가 그를 처음 만났을 때 지적한 몽티에르 앙데르 사람 아드소(본문 151면)의 표상이다. 몽티에르 앙데르 사람 아드소는 『가짜 그리스도에 대하여』라는, 중세 묵시록에 관한 가장 영향력 있는 주석서를 쓴 사람이다. 아드소는 성서의 묵시록의 저자인 요한의 화신과도 같다. 그는 교회 입구를 응시하면서 자신이 묵시록의 사건 속으로 빨려 들어가는 것을 체험한다. 그는 이렇게 말하기도 한다.

이때에 이르러서야 나는 비로소, 내가 본 환상은 바로 수도원에서 있었던 일, 그리고 수도원장의 과묵한 입을 통해 들었던 일을 그대로 말해 주고 있다는 사실을 깨달았다. 돌이켜 보건대, 그날부터 내 이 교회 문간으로 달려와 내 체험이 이 문간의 예언과 그대로 일치한다고 무릎을 친 것이 무릇 몇 번이던가! 그때마다 나는 우리가 저 측량할 길 없는 천상적 학살을 목격하기 위해 그 수도원으로 올라왔음을 재삼 확인할 수 있었다.(본문 86~87면)

아드소는 장서관에서도 환상 체험을 하고(본문 301~304면), 「Dies irae(분노의 날)」를 들으며 꿈을 꾸기도 한다(본문 719~733면). 묵시록의 필자인 요한과 이 소설의 화자인 아드소는 신으로부터 직접 계시를 받는 것이 아니라 간접적으로 받는 수동적인 관찰자이다. 〈인자 같은 분〉(「요한의 묵시록」 1:13)에 해당하는 이가 『장미의 이름』에서는 배스커빌 사람 윌리엄이다. 그는 아드소가 정신적·육체적 미로를 헤쳐 나가게 하는 안내자이다.

이렇게 보면 우리는 『장미의 이름』의 시간, 공간, 인물이 묵시록적으로 설정되었음을 확인할 수 있을 것이다. 이제 우리가 살펴볼 것은 이 소설의 구조 또는 소설의 전개 또한 그러한가이다. 소설 전체를 통하여 에코가 『장미의 이름』을 묵시록의 패턴에 따라 구축하고 있음은 틀림없는데, 이는 우선 그가 7이라는 숫자를 사용하는 데서 나타난다. 묵시록에서 요한은 그가 〈주님의 날〉(「요한의 묵시록」 1:10)에 본 것을 7이라는 숫자의 연쇄를 통해 설명한다. 일곱 봉인, 일곱 나팔, 일곱 상징, 일곱 분노 등이 그것이다. 이와 마찬가지로 아드소는 주님의 날인 일요일에 첫 번째 환상을 보며, 7일간에 걸친 사건을 서술한다. 묵시록적 저자에게 일곱 날은 물질적 우주의 해소, 즉 역사의 종말을 의미한다. 우베르티노는 이렇게 말한다. 〈요아킴의 말이 옳았다. 인류의 역사가 제6기에 접어들었으니 바야흐로 두 가짜 그리스도가 나타날 때이다.〉(본문 117면)『장미의 이름』에서 장서관의 화재는 7일째 일어나고 그 화재로 인해 수도원은 불타 없어지는데 이는 바로 우주론적 종말을 상징하는 것이다. 에코는 또한 정확한 해결책이 없는 텍스트인 묵시록에 등장하는, 그가 〈공허한 대립의 유희〉라 부르는 것에 매료되어 있다. 그런 까닭에『장미의 이름』에는, 묵시록에서와 마찬가지로 명백한 대립항들(이단과 정통, 매춘부와 처녀, 악마와 신 등)이 등장하는데, 상세히 들여다보면 그것들은 서로가 서로를 비추는 영상들이다.

묵시록 못지않게『장미의 이름』에 영향을 끼친 문헌은 호르헤 루이스 보르헤스의 소설들이다. 부에노스아이레스의 국립 도서관장을 지냈던 보르헤스의 모습은 부르고스 사람 호르헤의 모습으로 소설에서 등장하며, 보르헤스가 그의 소설에서 사용했던 이미지들도 등장한다. 예를 들면 에코나 보르헤스나 거울을 현실의 두 세계 또는 두 이미지 사이의 문, 혹은 통로로 본다. 이는 묵시록에서 요한이 옥좌에 앉은 이를 볼 수 있었던 천국의 문과 마찬가지의 의미를 가진다.『장미의 이름』에서 거울 달린 문은 사람들을 secretum(비밀의 방)으로 이끄는데, 이것은 secret(비밀)과 〈성서를 읽기 위한 한적한 방〉이라는 두 가지 의미를 가지고 있다. 그런데 이 방에 있는 책들은 finis Africae(아프리카의 끝)에서 확인할 수 있듯이, 성서가 아니라 이단자들의 금서이다. 그래서 거울 달린 방은 기독교 세계와 이단 세계, 과거와 미래, 어둠과 밝음, 삶과 죽음 사이의 통로를 표상하는 것이다.『장미의 이름』에서는 세 명만이 이 통로를 지날 수 있었다 — 아드소, 호르헤, 윌리엄.

거울 뒤에서 사람들은 어쩔 수 없이 자신의 이중적, 또 다른 자아를 보게 된다. 아드소가 처음 장서관에서 거울에 마주쳤을 때(본문 296~298면) 그는 확대되고 축소된 자신의 이미지를 보고 몹시 놀란다. 나중에 그와 윌리엄이 거울 달린 문을 지나 〈비밀의 방〉인 *finis Africae*(아프리카의 끝)로 들어갈 때 윌리엄은 거기서 자신의 반영인 호르헤를 만난다. 아드소는 그 둘을 이렇게 묘사한다.

> 나는 전율을 금할 수 없었다. 생사가 걸린 문제인데도 불구하고 두 분이 오로지 상대의 갈채를 받기 위해서 싸워 온 것인 양 서로 상대에게 감탄하고 있었기 때문이었다. ……그러니까 이레 동안 두 사람은 교묘한 약속 아래, 서로 두려워하고 서로 증오하면서 은밀히 서로를 찬양할 준비를 하고 있었던 것 같았다.(본문 793~794면)

그 두 사람은 마지막 대결에서 대면하고 거기서 자신의 영리함을 겨룬다. 호르헤는 거울, 약초, 독약으로 윌리엄을 속이려 하고, 윌리엄은 호르헤에게 그 방에 이른 과정을 자랑한다. 그러나 윌리엄이 따르던 패턴은 그릇된 것이었고, finis Africae(아프리카의 끝)로 들어가는 열쇠는 아드소가 무심코 지껄인 말에서 우연히 얻은 것이었다. 그러니 호르헤나 윌리엄이나 자신들의 재주를 자랑하기에 넉넉한 것은 아니었다. 아드소가 윌리엄을 위로해도 윌리엄은 자신이 뛰어나지 못했음을 탄식하는 것이다(본문 824~825면).

지금까지 우리는 『장미의 이름』이 가진 묵시록적 특징들을 살펴보았다. 그러면 이것을 알고 나면 사건을 해결할 수 있는가. 아니다. 에코는 이 책을 그렇게 만들어 놓지 않았다. 범죄를 해결하는 데 굉장히 중요해 보였던 묵시록의 단서들은 결국 사건의 해결과 아무런 관계가 없음이 판명되었다. 윌리엄의 말을 한번 들어보자. 〈나는 일련의 사건을 두루 꿰고 있다고 믿었고, 「묵시록」을 본으로 삼아 호르헤에게 도달했다.〉(본문 824면) 묵시록과 이 사건의 해결은 아무런 필연적 관계가 없는 것이다. 지루하게 계속되었던 프란체스코파의 영성spirituality과 청빈에 관한 논쟁도 이 사건과 무관하기는 마찬가지다. 우리가 마지막에 발견한 것은 고작 아리스토텔레스의 희극론 마지막 복사본을 숨기고 있는 정신 착란의 늙은이일 뿐이다. 묵시록적 열정에 사로잡히고 웃음을 사악한 것이라고 확신하는 예언자인 호르헤는 모든 걸 희생해서라도 그 책을 감추려 한다. 그 책이 세상을 파괴하고 신의 진리의 위대함을 무너뜨릴 것이라고 믿기 때문이다. 그리고 그가 더 이상 그것을 감출 수 없다는 걸 깨달았을 때 그는 「요한의 묵시록」 10장에서처럼 그것을 삼키기로 작정한다. 그는 죽기 직전에야 웃는다. 그리고 그는 독이 묻은 서책을 뜯어 삼키면서 〈그가 온 곳으로 되돌아간다〉(본문 805~806면). 그곳은 바로 그가 아리스토텔레스의 서책과 묵시록에 관한 주석서를 잔뜩 가지고 돌아왔던 YSPANIA(본문 809면)이다. 그렇다면 그는 도대체 무엇을 의미하는가? 어쩌면 새로운 천 년을 앞둔 인류가 발견하게 될 것도 이런 게 아닐까. 묵시록적인 암시에 휩싸여 〈밀레니엄〉이 무슨 기적의 날이라도 되는 양 광분하고 있는 와중에 웅크리고 있는 악마는 없는지를 윌리엄처럼 이성을 가지고 찾아내야 하는 건 아닐까. 그렇지 않으면 우리는 불타 버린 장서관처럼 그런 광기에 휩쓸려 모든

것을 태워 버린 뒤 〈학문이 가짜 그리스도를 저지할 수 없게
되었으니……〉(본문 823면)라는 윌리엄의 탄식을 되풀이하
게 되지 않을까. 어쩌면 이것이 우리가 『장미의 이름』을 읽어
야 하는 이유는 아닐까.

　묵시록적 실마리들이 사건 해결과 무관함을 보여 주고, 대
부분의 살인자가 살인자가 아니었음을 보여 주고, 그리고 악
마적 호르헤가 윌리엄의 어두운 자아임을 보여 준 후, 에코는
그의 독자들에게 마지막 속임수를 쓴다. 숨겨진 통로를 가진
정교한 미로를 만들어 냈던 이 기호학적 마법사는 최후의 소
멸의 단계를 밟아 가는 것이다. 수도원은 장서관과 거대한 장
서와 함께 화염에 휩싸이고 〈하르마게돈의 끔찍한 복사판〉
(본문 822면)이 된다. 이제 우리에게는 아무것도 남아 있지
않게 된 것이다. 그러면 우리가 에코의 조롱 섞인 묵시록에서
이끌어 내야 할 메시지는 무엇인가? 우리는 에코가 말한 대
로 『장미의 이름』이 〈우리 시대와 너무나 동떨어져 있고, 우
리 시대와 아무 관련이 없으며, 우리의 희망과 우리의 확신과
는 시간적으로 너무나 멀리 떨어져〉 있는 〈누항의 일상잡사
가 아닌, 책에 얽힌 이야기〉일 뿐이라고 판단해야 하는가? 우
리는 장서관의 화재를, 슬프지만 어쩔 수 없는 일 — 하나의
세계가 등장하기 전에 한 세계가 지나가 버리는 일 — 로 받
아들여야 하는가? 우리는 호르헤의 마지막 웃음의 메아리를
에코 자신의 목소리로 해석해야 하는가? 아드소의 장미는 에
코 자신의 향수nostalgia로 해석해야 하는가? 에코는 이 모
든 질문에 아무런 대답도 하지 않았다. 대신 그는 〈닳고 닳은
세상〉(본문 835면)에 대한 암시를 준다. 어떤 시대의 특수자
에 대한 세밀한 관찰은, 우연적이긴 해도, 보편적 진리에 이
르는 단서가 될 수도 있다는 것(본문 834면)이 그것이다.

개역판『장미의 이름』에 부치는 말

꿈의 내용을 더러 메모해 보신 분은 잘 아실 것입니다만, 이 메모를 나중에 읽어 보면 아무 재미가 없습니다. 꿈의 이미지가 증발해 버리고 거기에 사실적인 언어만 남아 있기 때문일 것입니다.

실험이다, 참여다 하느라고, 소설도 자꾸만 무미건조해지는 요즈음입니다. 이러한 경향은, 소설의 꿈이라고 할 수 있는, 재미있는 이야깃거리가 자꾸만 증발하고 있기 때문에 생기는 현상이 아닐까 싶습니다.

그런데 이『장미의 이름』을 쓴 움베르토 에코란 분은 재미있는 소설을 써보겠다고 마음을 옹골지게 먹었던 모양입니다. 이 소설을 우리말로 옮기면서 역자가 누릴 수 있었던 재미는 참 여러 가집니다만 굳이 여기에서 들추어내고 싶은 재미라면 다음과 같습니다.

첫째는, 미스터리 소설로서의 재미입니다.

아델모, 베난티오, 베렝가리오, 세베리노 등이 죽어 가는 상황은,「요한의 묵시록」에 예언되어 있습니다. 즉 천사들의 나팔 소리가 고지하는 천재(天災)의 상황과 거의 맞물려 있는 것입니다. 이러한 기법은 일찍이 애거사 크리스티가『그리고 아무도 없었다』라는 소설에서 쓴 바 있습니다. 크리스티의 소설에 나오는 섬의 손님들은 〈열 꼬마 인디언〉이라는 동요의 내용에 따라 차례로 죽어 갑니다. 말하자면 죽어 가는 상황과 죽어 갈 사람의 숫자가 미리 정해져 있는 것입니다. 소설 자체의 긴장 속으로 독자들을 끌어들이는 이러한 기법은, 뛰어난 미스터리의 거장이 아니고는 허투루 쓰지 못할 절묘한 트릭입니다.

이 소설의 작가 움베르토 에코가 언젠가 이언 플레밍의 소설 〈007〉 시리즈를 분석한 적이 있는 모양입니다만 그는 이 소설의 주인공인 윌리엄 수도사 역시 제임스 본드 못지않게 쇼맨십과 슈퍼스타 기질이 대단한 사람으로 그리고 있습니다. 윌리엄 수도사는 암흑시대인 중세 사람인데도 비행기 이야기를 태연하게 하는가 하면 안경을 쓰고 암호를 해독하며 마법의 돌인 자석으로 나침반 제작을 시도하는 첨단 과학자이기도 합니다. 그는 또 수도사란 직분에 어울리지 않게 기도보다는 자연 과학을 믿고, 겸손보다는 투사 기질에 더 기대는, 참으로 아슬아슬하면서도 통쾌한 인물이기도 합니다.

둘째, 이 작품은 중세의 종교 소설로도 재미있습니다.

흔히 암흑시대라고도 불리는 중세는, 최후의 심판 날로 예언된 주후 10세기를 훨씬 넘겨, 신심 있는 많은 사람들을 당혹케 했던 시대입니다. 이 시대의, 믿음이 있는 사람들은 끊임없이 세계 종말과 최후 심판에의 예감에 시달리면서도 한편으로는 암흑 속에서 태동하던 계몽주의와 인간성에 눈을 뜨는 인문주의적 신학으로부터 근엄한 기독교를 지키지 않으면 안 되었습니다.

이 책은 각 교단 간의 이단 논쟁과 종교 재판의 와중에서, 흑백 논리의 칼질이 난무하던 중세 기독교사를 정확하게 그려 내고 있을 뿐만 아니라 당시의 생활상, 종교관, 세계관을 엿볼 수 있게 해주는데 지금 이 시대에 그 시대의 경직된 교조주의와 병적인 흑백 논리를 되돌아보며 쓴웃음을 지을 수 있다는 것도 이 책만이 줄 수 있는 재미일 것입니다. 악마, 거짓 선지자, 가짜 그리스도에 대한 중세적 정의를 지금도 그대로 받아들이는 사람들이 있을지 모르지만 이 책은 지나친 교조주의자와 광적인 호교주의자(護敎主義者)를 바로 그런 부정적인 개념으로 정의하고 있습니다. 지나친 교조주의는, 그 교조주의가 섬기는 도그마를 악마화시킬 수 있는 모양입니다. 니코스 카잔차키스는 이렇게 쓴 적이 있습니다.

〈3백 명의 수도자가 구도하던 어느 수도원에서, 수도사들은 악마의 틈입을 막아 보려고 아침에는 흰 말, 낮에는 붉은 말, 저녁에는 검은 말을 타고 번을 돌았더니, 그 악마는 그리스도의 모습으로 들어오더라.〉

셋째, 움베르토 에코는 작가로서보다는 기호학자로 더 유명한 사람입니다.

이 소설은, 그가 자신의 학문적, 비평적 태도를 문학 작품에 응용하는 본보기로 삼은 것으로 알려져 있습니다. 그러나 그의 기호학 이론을 여기에 자세히 소개하기에는 역자의 힘이 부칩니다. 그는 문학의 의미 요소, 즉 기호가 어떻게 전달, 소통되느냐는 문제를 추적해 온 학자지만, 다른 학자들이 언어를 의미 요소의 핵심 도구로 파악하고 있는 데 비해 그는 비언어적 기호에 크게 관심해 온 분이라고 합니다. 그렇다면, 그는 비언어적 기호를 이 소설에다 응용한 셈인데, 아닌 게 아니라 이 소설은 비언어적 기호의 시운전장 같기도 합니다.

윌리엄 수도사는 한 번도 보지 않고 수도원에서 달아난 말의 키, 색깔, 모양, 심지어는 이름까지도 알아내어 수도사들을 놀라게 하는가 하면, 시자(侍者) 아드소에게는 입버릇처럼 〈자연은 위대한 양피지, 거기에 다 기록되어 있다〉고 말합니다. 비언어적 기호로 사물의 요체에 접근하는 윌리엄 수도사는, 그래서 어떻게 보면 고대 인도에서는 〈구루[導士]〉라고 불리던 구도자와 흡사합니다. 실제로 이 소설에서는 고대 인도의 『리그베다』나 『우파니샤드』에 실려 있는 구도자적 통찰이 다소 변형된 형태로 발견됩니다만 〈진리는 하나되 현자가 이를 여러 이름으로 언표한다〉니 그럴 수도 있긴 하겠습니다.

우리말 『장미의 이름』이 처음 독자들 손으로 들어간 것은 1986년의 일입니다. 역자인 나는 이 소설의 번역 작업과 관련, 숱한 찬사와 질정을 받게 됩니다. 따라서 이 『장미의 이름』은 내가 낸 1백여 권의 역서 중에서 나를 가장 행복하게 만들어 준 책이기도 하고 나를 가장 비참하게 만들어 준 책이기도 합니다. 나를 행복하게 한 것은 물론 남들의 찬사입니다. 그러나 나를 비참하게 만들 것 또한 그 찬사입니다. 내가 여기에서 비참함이라고 하는 것은 속사정 모르는 무책임한 찬사에 은밀하게 행복해한 데서 오는 비참하다는 느낌, 뻔뻔스럽게 그런 찬사를 받고 있으면서도 그 찬사에 걸맞은 어떤 내재율에는 도달하지 못하고 있다는 데서 오는 비참한 느낌을 말합니다.

그런데 오역과 가공할 만한 넘겨짚기 해석과 졸속과 졸문이 나를 몹시 괴롭히던 즈음인 1990년 나는 〈열린책들〉로부터 한 권의 책을 넘겨받게 됩니다. 『장미의 이름』에 등장하는 수많은 고유 명사, 수많은 중세 개념, 수많은 인용구들의 출전을 일일이 밝히고 이를 사전식으로 편집한, 아델 J. 하프트, 제인 G. 화이트, 로버트 J. 화이트 공저인, 『〈장미의 이름〉의 열쇠*The Key to The Name of the Rose*』(1987)의 일역판이 그것입니다. 그런데 바로 이 책이 나를 더욱 비참하게 만들고 맙니다. 이 책으로 인하여 나의 오역과 넘겨짚기 해석이 백일하에 드러나고 말았기 때문입니다. 나는 나의 오류를 솔직하게 인정하고 이것을 합리적으로 수습하기로 마음을 먹는 중에, 〈열린책들〉로부터 처음부터 다시 시작하자는 용감한 제안을 받고 여기에 동의하게 됩니다. 〈열린책들〉의 제안은, 원고료에서부터 조판비에 이르기까지 막대한 자금이 다시 투입되어야 하는 일이기 때문에 아무나 허투루 할 수 있는 그런 제안이 아닙니다.

1992년 1월 나는 미국에 있는 미시간 주립대학교 도서관에서 저자 움베르토 에코와 관련된 영어판 자료와 『〈장미의 이름〉의 열쇠』의 영어 원서를 찾아내어 『장미의 이름』의 개역작업에 착수하고는, 오역이 바로잡히고, 졸문이 칼질을 당하고, 방대한 각주가 붙여진 원고를 탈고하여, 올해 5월에 새로운 원고를 송고하게 됩니다. 이로써 나는 앞에서 말한 〈비참한 느낌〉에서 얼마간 놓여나는 듯합니다만 이런 느낌이 또 언제 새로운 비참함으로 나를 몰아갈지 그것은 나도 모릅니다.

우리말 『장미의 이름』이 나돌 동안 나는 수많은 독자들로부터 제목이 지니는 의미에 대한 질문을 받았습니다. 참으로 부끄럽게도 나는 때로는 얼버무리고, 경우에 따라서는 터무니없는 해석을 덧붙이고는 했는데, 마침 움베르토 에코가 『〈장미의 이름〉 작가 노트*Postscript to The Name of the Rose*』라는 소책자에서 이 책의 제목에서 〈장미〉가 지니는 의미를 설명하고 있습니다. 이 대목을 인용하는 것으로 수많은 독자들의 질문에 대하여 내가 할 수 없었던 답변을 대신합니다.

이 책이 출판된 뒤로 나는 수많은 독자들로부터 이 책의 말미에 실린 6보격(步格) 시구의 의미는 무엇이고, 이것이 어째서 책의 제목이 되었느냐는 질문을 받았다. …… 그래서 비로소 대답하거니와, 우리에게서 사라지는 것들은 그 이름을 뒤로 남긴다. 이름은, 언어가, 이 세상에 존재하지 않는 것은 물론이고 존재하다가 그 존재하기를 그만둔 것까지도 드러낼 수 있음을 보여 준다. 나는 이 대답과 더불어, 이 이름이 지니는 상징적 의미 해석에 대한 결론을 독자의 숙제로 남기고자 한다……. 화자(話者)는 자기 작품을 해석해서는 안 된다. 화자가 해석하고 들어가는 글은 소설이 아니다. 소설이라는 것은 수많은 해석을 창조해야 하는 글이기 때문이다.(움베르토 에코, 『〈장미의 이름〉 작가 노트』, 열린책들, 1992)

이 개역판 작업은, 기왕에 저지른 잘못을 솔직하게 인정하고, 그것을 수습하는 데 성의를 보이고자 한 우리 노력의 작은 열매입니다. 열린 마음의 소유자인 〈열린책들〉의 홍지웅 사장에게 우정을 전합니다.

번역 대본으로는 *The Name of the Rose* (San Diego: Harcourt Brace Jovanovich Publishers, 1983)를 사용하였습니다.

1992년 6월 일시 귀국해서,
여장을 푼 방배동 〈하인음방(何人吟房)〉에서
이윤기

『장미의 이름』에다 세 번째로 손을 대면서

1984년에 『장미의 이름』을 번역했다. 하지만 출판하겠다는 회사가 없어서 원고가 2년을 겉돌았다. 편집 디자이너 정병규 형의 도움으로 출판사 〈열린책들〉에서 펴낼 수 있었다. 1986년에 펴냈는데 반응이 매우 좋았다.

반응이 너무 좋아서 오금이 저렸다. 실수했으면 어쩌나 싶었다. 그래서, 1992년 미국에서 원고를 다시 손보았다. 미국과 일본에서 나온 『장미의 이름』 관련 서적을 구입, 약 5백 개에 이르는 각주도 달아, 같은 해 개역판을 냈다. 오금 저린 구석이 없지 않았지만, 잡초 없는 뜰이 어디 있으랴, 하면서 스스로 위로하면서 8년을 보냈다.

2000년 3월, 무려 60쪽에 달하는 원고를 받았다. 철학을 전공한 강유원 박사의, 〈『장미의 이름』 고쳐 읽기〉라는 제목이 달린 원고였다. 강유원 박사는 동국대학교에서 철학 강의 시간에 학생들에게 『장미의 이름』을 바르게 읽어 주면서 이 소설이 지니고 있는 철학적 의미를 가르쳤던 모양인데, 바로 그때의 메모를 내게 보내 준 것이다.

매우 부끄러웠다. 이 원고는 무려 3백여 군데의 부적절한 번역, 빠져 있는 부분 및 삭제해야 할 부분을 지적하고 있었다. 강 박사의 지적은 정확하고도 친절했다. 나는 철학 전공자가 아니어서 움베르토 에코의 해박한 중세학(中世學)과 철학을 다 이해할 수 없었다. 어렴풋이 이해했다고 하더라도 움베르토 에코가 옮겨 주는 무수한 개념을 철학사에서 찾아내는 일이 나에게는 불가능에 가까웠다. 그래서 독자들의 이해를 돕기 위해 원서에 없는 말을 덧붙인 일도 없지 않다.

2000년 6월 말부터 7월 초까지 강유원 박사의 지적을 검토하고, 3백 가지 지적 중 260군데를 바르게 손을 보았다. 그러고는 강유원 박사에게 전화를 걸어, 부끄러웠다고 고백하고, 그의 지적을 새 책에 반영해도 좋다는 양해를 얻었다. 이것이 바로 『장미의 이름』에 내가 세 번째로 손을 댄 내력이다. 강 박사께 한없이 고맙다는 말씀을 전하고 싶다. 그분이아니었더라면 나는 또 오금 저리는 세월을 오래 보내지 않으면 안 되었을 것이다. 강 박사같이 정확한 지식과 예리한 눈을 겸비한 분이 감시해 주고 있는 것은 우리 번역계에 얼마나다행한 일인가. 나는 다시 한번 이렇게 쓰지 않을 수 없다.

「강유원 박사, 고맙습니다.」

2000년 7월 3일 과천에서
이윤기

『장미의 이름』 고쳐 읽기

예전에 PC통신 나우누리에는 〈문화 공장〉이라는 이름의 작은 모임이 있었다. 〈문화〉라는 말이 사방에서 굴러다니고 있기는 하지만 자기가 하는 말이 무슨 말인지도 모르고 떠들어 대는 〈문화 이론가〉들이 가득 찬 세상에서 어설프더라도 스스로에게 납득이 가는 생각을 하고 글을 써보려는 사람들이 모여서 만든 모임이었다. 3년 가까이 계속되다가 문화 공장은 문을 닫았고, 지금은 몇몇 회원 ── 우리는 회원을 〈공장 인부〉라 불렀다 ── 들이 사적으로 만나 책을 읽고 토론하는 모임으로 남아 있다.

문화 공장에서 『장미의 이름』을 강독한 적이 있었다. 널리 알려져 있듯이 『장미의 이름』은 흔한 추리 소설로 읽기에는 참으로 아까운 텍스트이다. 따라서 우리는 이 소설을 읽음으로써 풍부한 교양을 가질 수 있으리라 생각하고 기왕이면 제대로 읽어 보자고 합의했다. 그리하여 『장미의 이름』의 영어판과 작품 해설서인 『〈장미의 이름〉의 열쇠*The Key to The Name of the Rose*』를 구하고, 국어 번역본과 대조해서 보고, 잘 모르는 것이 있으면 사전이나 참고 문헌을 찾아보면서 책을 읽어 나갔다. 그런 과정을 거쳐 A4 용지 60매 정도의 자료가 만들어졌고, 우리는 이것을 출판사 열린책들에 가져다 주었다.

이번에 이윤기 님과 열린책들은 책을 새로이 펴내면서 우리의 작은 노력을 흔쾌히 받아 주었다. 무책임한 번역과 어지러운 출간이 횡행하는 세상에서 조금은 뜻깊은 일이 아닐 수 없으며, 이것이 우리 모두에게는 은밀한 기쁨으로 간직될 것이다. 감사드린다.

2000년 8월 7일
공장 인부들을 대신해서 공장장 강유원* 적음

* 강유원은 동국대학교 철학과를 졸업하였으며, 동대학원에서 철학 박사 학위를 받았다. 지은 책으로는 『주제』, 『책과 세계』, 『몸으로 하는 공부』, 『서양 문명의 기반』 등이 있으며 옮긴 책으로는 『로크』, 『헤겔 근대 철학사 강의』(공역), 『낭만주의의 뿌리』(공역) 등이 있다.

움베르토 에코 연보

1932년 출생 1월 5일 이탈리아 피에몬테주의 소도시 알레산드리아에서 태어남. 할아버지는 고아였음. 에코라는 성은 시청 직원이 ex caelis oblatus(천국으로부터의 선물)의 머리글자를 따서 만들어 주었다고 함. 아버지 줄리오 에코Giulio Eco는 세 차례의 전쟁에 징집당하기 전 회계사로 일했음. 어린 에코와 그의 어머니 조반나Giovanna는 제2차 세계대전 동안 피에몬테에 있는 작은 마을로 피신함. 거기에서 움베르토 에코는 파시스트와 빨치산 간의 총격전을 목격했는데, 그 사건은 후에 두 번째 소설 『푸코의 진자』를 쓰는 데 많은 영향을 미침. 에코는 살레지오 수도회의 교육을 받았는데, 이후 저서와 인터뷰에서 그 수도회의 질서와 창립자를 언급하곤 함.

1954년 22세 아버지는 에코가 법학을 공부하길 원했지만 에코는 중세 철학과 문학을 공부하기 위해 토리노 대학교에 입학함. 토리노 대학교에서 루이지 파레이손 교수의 지도하에 1954년 철학 학위를 취득함. 졸업 논문은 「토마스 아퀴나스의 미학 문제Il problema estetico in San Tommaso」. 이 시기에 에코는 신앙의 위기를 겪은 후 로마 가톨릭 교회를 포기함. 이탈리아 방송 협회RAI의 공개 채용 시험에 응시하여 합격함.

1955년 23세 1959년까지 RAI의 문화 프로그램 편집위원으로 일함. 그와 입사 동기들의 임무는 프로그램들을 〈젊어지게〉 하는 것이었음. 이들의 기발한 아이디어들은 텔레비전 관련 문화를 혁신했을 뿐 아니라 RAI가 이탈리아 문화의 중심이 되게 하는 데 진정한 공헌을 했다는 후세의 평가를 받음. RAI에서의 경험은 미디어의 눈을 통해 근대 문화를 검토해 보는 기회가 되었음. RAI에서 친해진 아방가르드 화가와 음악가, 작가(63 그룹)가 에코의 이후 집필에 중요한 기반이 됨.

1956년 24세 『토마스 아퀴나스의 미학 문제』 출간. 1964년까지 토리노 대학교에서 강사를 맡음.

1959년 27세 『중세 미학의 발전*Sviluppo dell'estetica medievale*』 출간 (후에 『중세의 미학*Arte e bellezza nell'estetica medievale*』으로 개정판 출간). 이를 계기로 영향력 있는 중세 연구가로 인정받음. 밀라노의 봄피아니 출판사에서 1975년까지 논픽션 부분 수석 편집위원으로 일하면서 철학, 사회학, 기호학 총서들을 맡음. 아방가르드의 이념과 언어학적 실험에 전념하는 『일 베리*Il Verri*』지에 〈작은 일기Diario minimo〉라는 제목으로 칼럼 연재. 이 기간에 〈열린〉 텍스트와 기호학에 대한 생각을 진지하게 전개해 나가기 시작하여 나중에 이 주제에 관한 많은 에세이들을 집필함.

1961년 29세 이탈리아 토리노 대학교 문학 및 철학 학부에서 강의하고, 밀라노의 폴리테크니코 대학교 건축학부에서 미학 강사직을 맡음. 잡지 『마르카트레』 공동 창간.

1962년 30세 토리노 대학교와 밀라노 대학교에서 미학 강의를 시작함. 최초의 주저 『열린 작품*Opera aperta*』을 출간함. 저자가 어리둥절해할 정도로 국제적인 성공을 거둠. 이 책은 아방가르드 문학 운동인 〈63 그룹〉의 이론적 기반이 됨. 9월 봄피아니 출판사에서 만난 독일인 그래픽 아티스트이자 미술 교사인 레나테 람게Renate Ramge와 결혼. 1남 1녀를 둠. 레나테는 그의 농담이 마음에 들었다고 회고. 밀라노의 아파트와 리미니 근처에 있는 별장을 오가며 생활함. 밀라노의 아파트에는 3만 권의 장서가, 별장에는 2만 권의 장서가 있었다고 함. 『일 조르노*Il Giorno*』, 『라 스탐파*La Stampa*』, 『코리에레 델라 세라*Corriere della Sera*』, 『라 레푸블리카*La Repubblica*』 등의 신문과 잡지 『레스프레소*L'Espresso*』 등에 다양한 형태의 글을 발표함.

1963년 31세 『애석하지만 출판할 수 없습니다*Diario minimo*』 출간함.

주간 서평지 『타임스 리터러리 서플러먼트*Times Literary Supplement*』
에 기고를 시작함.

1964년 32세 『매스컴과 미학*Apocalittici e integrati*』 출간함.

1965년 33세 『열린 작품』의 논문 한 편을 떼어서 『조이스의 시학*Le poetiche di Joyce*』으로 출간함. 제임스 조이스 학회의 명예 이사가 됨. 아메리카 대륙을 여행함.

1966년 34세 브라질 상파울루 대학교에서 강의함. 1969년까지 피렌체 대학교 건축학과에서 시각 커뮤니케이션 부교수로 일함. 어린이를 위한 책 『폭탄과 장군*La bomba e il generale*』과 『세 우주 비행사*I tre cosmonauti*』를 출간함.

1967년 35세 『시각 커뮤니케이션 기호학을 위한 노트*Appunti per una semiologia delle comunicazioni visive*』를 출간함. 잡지 『퀸디치*Quindici*』를 공동 창간함.

1968년 36세 『시각 커뮤니케이션 기호학을 위한 노트』를 개정하여 『구조의 부재*La struttura assente*』를 출간함. 이 책을 계기로 중세 미학에 대한 관심이 문화적 가치와 문학에 대한 보다 일반적인 관심으로 변화된 후에 자신의 연구 방향을 위한 기조를 설정함. 『예술의 정의*La definizione dell'arte*』를 출간함.

1969년 37세 뉴욕 대학교에서 초빙 교수 자격으로 강의함. 밀라노 폴리테크니코 대학교 건축학부의 기호학 부교수로 취임함.

1970년 38세 아르헨티나의 여러 대학에서 강의 시작함.

1971년 39세 철도 노동자 주세페 피넬리가 밀라노 경찰서에서 조사받던 중 〈투신자살〉한 사건을 둘러싸고 경찰 책임자인 루이지 칼라브레시에게 무혐의 판결이 내려짐. 이에 항의하는 757명의 지식인들의 공개 서한에 에코도 참여함. 『내용의 형식들*Le forme del contenuto*』과 『기호: 개념과 역사*Il segno*』를 출간함. 이탈리아 공산당 내 좌파가 창간한 잡지(나중에 일간지로 전환) 『일 마니페스토*Il Manifesto*』에 데달루스(디

덜러스)Dedalus라는 필명으로 기고함. 최초의 국제 기호학 학회지 『베르수스*VS*』의 편집자가 됨. 볼로냐 대학교 문학 및 철학 학부 기호학 부교수로 임명됨.

1972년 40세　미국 시카고 노스웨스턴 대학교에서 방문 교수로 강의함. 파리에서 창설된 국제기호학회 IASS/AIS 사무총장을 맡아 1979년까지 일함.

1973년 41세　『집안의 풍습*Il costume di casa*』(1977년에 출간한 『제국의 변방에서*Dalla periferia dell'impero*』의 일부로 수록됨) 출간함. 후에 『욕망의 7년*Sette anni di desiderio*』과 묶어 『가짜 전쟁*Semiologia quotidiana*』으로 재출간함. 『리에바나의 베아토*Beato di Liebana*』 한정판을 출간하여 250달러에 판매함.

1974년 42세　밀라노에서 제1회 국제기호학회를 조직함.

1975년 43세　볼로냐 대학교 기호학 정교수로 승진함(2007년까지 재직함). 미국 UC 샌디에이고 방문 교수를 지냄. 『일반 기호학 이론*Trattato di semiotica generale*』을 출간함. 『애석하지만 출판할 수 없습니다』 개정판 출간함.

1976년 44세　『대중문화의 이데올로기*Il superuomo di massa*』 출간함. 『일반 기호학 이론*A Theory of Semiotics*』을 미국 인디애나 대학교 출판부와 영국 맥밀란 출판사에서 동시 출간함. 미국 뉴욕 대학교 방문 교수를 지냄. 이탈리아 볼로냐 대학교 커뮤니케이션학 및 공연 연구소 소장으로 임명되어 1977년까지 역임함(1980~1983년 다시 소장직 역임). 63 그룹과 신아방가르드에 관한 연구 결과로 루티G. Luti, 로시P. Rossi 등과 함께 『아이디어와 편지*Le idee e le lettere*』를 출간함.

1977년 45세　『논문 잘 쓰는 방법*Come si fa una tesi di laurea*』과 『제국의 변방에서』 출간함. 미국 예일 대학교 방문 교수를 지냄. 『매스컴과 미학』 개정판 출간함.

1978년 46세　3월 16일 로마에서 전 총리이자 기독교 민주당 대표인 알도 모로가 극좌 게릴라인 붉은 여단에 납치되고 다섯 명의 경호원과 경찰이 그 자리에서 사살되는 사건이 발생하여 이탈리아 전체가 충격에 빠짐. 모로는 55일 뒤 시체로 발견됨. 에코는『레스프레소』칼럼(『가짜전쟁』에 수록)을 통해 극좌 테러리즘을 신랄하게 비판함. 처음으로 추리 소설을 구상하기 시작함. 미국 컬럼비아 대학교 방문 교수를 지냄.

1979년 47세 『이야기 속의 독자*Lector in fabula*』출간함.『독자의 역할*The Role of the Reader*』을 미국 인디애나 대학교 출판부와 영국 맥밀란 출판사에서 동시 출간함. 문학 월간지『알파베타』를 공동 창간함. 국제기호학회 부회장을 역임함.

1980년 48세 소설『장미의 이름*Il nome della rosa*』을 출간함. 〈나는 1978년 3월 독창성이 풍부한 아이디어에 자극받아 글쓰기를 시작했다. 나는 한 수도사를 망치고 싶었다〉는 말로 창작 배경을 설명함. 이 소설의 첫 번째 제목안은 〈수도원 살인 사건〉이었으나 소설의 미스터리 측면에 과도하게 초점이 맞춰졌다고 판단, 데이비드 코퍼필드의 제목에서 영감을 받아 〈멜크의 아드소〉를 두 번째 제목안으로 잡았다가 결국 좀 더 시적인 〈장미의 이름〉이라는 제목을 선택함. 에코는 이 책이 열린 ― 수수께끼 같고, 복잡하며 많은 해석의 층으로 열려 있는 ― 텍스트로 읽히기를 원함. 이탈리아에서만 1년 동안 50만 부가 판매됨. 독일어판과 영어판은 각각 1백만 부, 2백만 부 이상이 판매되었으며, 세계 40개 언어로 번역되어 2천만 부 이상이 판매됨. 에코의 이름이 전 세계에 알려지는 결정적 계기가 됨. 미국 예일 대학교 방문 교수를 지냄.

1981년 49세 『장미의 이름』으로 스트레가상Premio Strega, 앙기아리상Premio Anghiari, 올해의 책상Premio Il Libro dell'anno 수상. 밀라노 공공 도서관의 요청으로 행한 강연『도서관에 대해*De Bibliotheca*』를 출간함. 몬테체리뇨네Monte Cerignone(이탈리아 중동부 해안에 가까운 작은 소읍으로, 에코의 별장이 있는 곳)의 명예시민이 됨.

1982년 50세 『장미의 이름』으로 프랑스 메디치상(외국 작품 부문) 수상.

1983년 51세 『알파베타』에 발표했던「장미의 이름 작가 노트Postille al nome della rosa」를『장미의 이름』이탈리아어 포켓판에 첨부함.『욕망의 7년: 1977~1983년의 연대기』를 포켓판으로 출간함. 볼로냐 대학교 커뮤니케이션학 연구소 소장 역임. 피렌체 로터리 클럽에서 주는 콜럼버스상Columbus Award을 수상함. 『장미의 이름』 영어판이 윌리엄 위버의 번역으로 출간되어 베스트셀러가 됨.

1984년 52세 『장미의 이름』이 미국 추리 작가 협회가 수여하는 에드거상 최종 후보에 오름. 『기호학과 언어 철학Semiotica e filosofia del linguaggio』 출간함. 상파울루에서 『텍스트의 개념Conceito de texto』 출간함. 미국 컬럼비아 대학교 방문 교수를 지냄.

1985년 53세 『예술과 광고Sugli specchi e altri saggi』를 출간함. 유네스코 캐나다 앤드 텔레클로브로부터 마셜 매클루언상Marshall McLuhan Award을 수상함. 벨기에 루뱅 가톨릭 대학교에서 명예박사 학위를 받음. 프랑스 정부로부터 예술 및 문학 훈장을 받음.

1986년 54세 볼로냐 대학교 기호학 박사 과정 주임 교수가 됨. 덴마크 오덴세 대학교에서 명예박사 학위를 받음.

1987년 55세 『장미의 이름』이 장자크 아노 감독, 숀 코너리 주연으로 영화화됨. 독일 콘스탄츠 대학교 출판부에서 『해석 논쟁Streit der Interpretationen』을 출간함. 『수용 기호학에 관한 노트Notes sur la sémiotique de la réception』를 출간함. 그동안 영어와 프랑스어로 썼던 다양한 글을 모아 중국에서 『구조주의와 기호학(結構主義和符號學)』 출간함. 미국 시카고 로욜라 대학교와 뉴욕 시립 대학교, 영국 런던 왕립 미술 학교에서 명예박사 학위를 받음.

1988년 56세 두 번째 소설 『푸코의 진자Il pendolo di Foucault』를 출간함. 즉각적인 성공을 거두어 세계에서 가장 중요한 소설가의 반열에 올라섬. 미국 브라운 대학교에서 명예박사 학위를 받음.

1989년 57세 그동안 썼던 에세이를 모아 독일 라이프치히에서 『이성의 미로에서: 예술과 기호에 관한 텍스트Im Labyrinth der Vernunft: Texte über Kunst und Zeichen』를 출간함. 『1609년 하나우 거리의 이상한 사건Lo strano caso della Hanau 1609』 출간함. 산마리노 대학교의 국제 기호학 및 인지학 연구 센터 소장을 맡음. 1995년까지 같은 대학교의 학술 집행 위원회도 맡음. 파리 3대학교(소르본 누벨)와 리에주 대학교에서 명예박사 학위를 받음. 방카렐라상Premio Bancarella을 수상함.

1990년 58세 『해석의 한계*I limiti dell'interpretazione*』출간함. 그동안 쓴 글을 모아 독일에서 『새로운 중세를 향해 가는 길*Auf dem Wege zu einem Neuen Mittelalter*』을 출간함. 영국 캠브리지 대학교에서 열리는 태너 강연회Tanner Lectures on Human Values를 함. 불가리아 소피아 대학교, 영국 글래스고 대학교, 스페인 마드리드 콤플루텐스 대학교에서 명예박사 학위를 받음. 코스탄티노 마르모Costantino Marmo가 『장미의 이름』에 주석을 달아 책을 냄.

1991년 59세 벨기에 천문학자 에리크 발테르 엘스트가 새로 발견한 소행성에 에코의 이름을 붙임. 에코 13069호. 『별들과 작은 별들*Stelle e stellette*』과 『목소리: 행복한 해결*Vocali: Soluzioni felici*』 출간함. 옥스퍼드 률리 하우스 1(지금의 켈로그 대학교)의 명예 회원이 됨. 「전쟁에 대한 한 생각Pensare la guerra」을 『도서 리뷰*La Rivista dei Libri*』에 발표함.

1992년 60세 『세상의 바보들에게 웃으면서 화내는 방법*Il secondo diario minimo*』, 『작가와 텍스트 사이*Interpretation and Overinterpretation*』, 『메모리는 공장이다*La memoria vegetale*』를 출간함. 파리의 프랑스 칼리지 방문 교수, 미국 하버드 대학교 노튼 강사. 유네스코 국제 포럼과 파리 문화 학술 대학교의 회원이 됨. 미국 캔터베리의 켄트 대학교에서 명예박사 학위를 받음. 어린이를 위한 책 『뉴 행성의 난쟁이들*Gli gnomi di Gnu*』을 집필함.

1993년 61세 『유럽 문화에서 완벽한 언어의 탐색*La ricerca della lingua perfetta nella cultura europea*』을 출간함. 1998년까지 볼로냐 대학교 커뮤니케이션학 학과의 주임 교수를 지냄. 인디애나 대학교에서 명예박사 학위를 받음. 프랑스의 레지옹 도뇌르Légion d'Honneur 훈장(5등) 수훈함.

1994년 62세 『하버드에서 한 문학 강의*Six Walks in the Fictional Woods*』와 세 번째 소설 『전날의 섬*L'isola del giorno prima*』 출간함. 룸리R. Lumley가 『매스컴과 미학』의 일부 내용을 엮어 인디애나 대학교 출판

부에서 영어판 『연기된 묵시파*Apocalypse Postponed*』출간함. 국제기호학회의 명예 회장이 됨. 볼로냐 학술 아카데미 회원이 됨. 이스라엘의 텔아비브 대학교, 아르헨티나의 부에노스아이레스 대학교에서 명예박사 학위를 받음.

1995년 63세   그리스의 아테네 대학교, 캐나다 온타리오 지방 서드베리에 있는 로렌시안 대학교에서 명예박사 학위를 받음. 「영원한 파시즘 Il fascimo eterno」을 컬럼비아 대학교의 한 심포지엄에서 발표함.

1996년 64세   추기경 카를로 마리아 마르티니 Carlo Maria Martini와 함께 『세상 사람들에게 보내는 편지 *In cosa crede chi non crede?*』출간함. 파리 고등사범학교 외래 교수를 역임함. 뉴욕 컬럼비아 대학교 이탈리아 아카데미 고급 과정 특별 회원을 지내고, 폴란드의 바르샤바 미술 아카데미, 루마니아 콘스탄차의 오비두스 대학교, 미국 캘리포니아 산타클라라 대학교, 에스토니아의 타르투 대학교에서 명예박사 학위를 받음. 이탈리아에서 수여하는 〈명예를 드높인 대십자가 기사 *Cavaliere di Gran Croce al Merito della Repubblica Italiana*〉를 받음.

1997년 65세   『신문이 살아남는 방법 *Cinque scritti morali*』, 『칸트와 오리너구리 *Kant e l'ornitorinco*』를 출간함. 4월 예루살렘에서 개최된 〈세 개의 일신교에서의 천국 개념〉세미나에 참석함. 프랑스 그르노블 대학교와 스페인의 카스티야라만차 대학교에서 명예박사 학위를 받음.

1998년 66세   리베라토 산토로 Liberato Santoro와 함께 『조이스에 대하여 *Talking of Joyce*』출간함. 뉴욕 컬럼비아 대학교 출판부와 런던에서 『언어와 광기 *Serendipities: Language and Lunacy*』출간함. 『거짓말의 전략 *Tra menzogna e ironia*』출간함. 캐나다 토론토 대학교에서 〈고조 *Goggio* 강연〉을 함. 모스크바의 로모노소프 대학교와 베를린 자유 대학교에서 명예박사 학위를 받음. 미국 예술 문예 아카데미 명예회원이 됨.

1999년 67세   볼로냐 대학교 인문학 고등 종합 학교의 학장으로 취임해 지금까지 맡고 있음. 독일 정부로부터 〈학문 및 예술에 대한 공적을 기리는 훈장〉을 수훈함. 다보스 세계 경제 포럼에서 크리스털상을 받음.

2000년 68세 에코는 평소에 미네르바라는 브랜드의 성냥갑에 해둔 메모를 정리해서 잡지 칼럼에 연재하곤 했는데, 이 칼럼을 모아 〈미네르바의 성냥갑*La Bustina di Minerva*〉이라는 제목으로 출간함(한국어판은 『책으로 천년을 사는 방법』과 『민주주의가 어떻게 민주주의를 해치는가』로 분권). 실제 에코는 하루에 여러 갑의 담배를 피우고 밤늦게까지 일하며 손님들을 재미있게 해주고 무엇이든지 탐구하며 녹음기 틀기를 즐겨 하는 성격의 소유자. 네 번째 소설 『바우돌리노*Baudolino*』 출간함. 토론토 대학교 출판부에서 『번역의 경험*Experiences in Translation*』을 출간함. 몬트리올의 퀘벡 대학교에서 명예박사 학위를 받음. 스페인의 아스투리아스 왕자상Premio Principe de Asturias 수상함. 다그마르와 바츨라프 하벨 비전 97 재단상Dagmar and Vaclav Havel Vision 97 Foundation Award 수상함.

2001년 69세 『서적 수집에 대한 회상*Riflessioni sulla bibliofilia*』 출간함. 개방 대학교에서 명예박사 학위 받음.

2002년 70세 『나는 독자를 위해 글을 쓴다*Sulla letteratura*』 출간함. 옥스퍼드 대학교 와이든펠드 강의 교수직과 이탈리아 인문학 연구소 학술 자문위원장을 맡음. 옥스퍼드의 세인트 앤 칼리지 명예회원이 됨. 미국 뉴저지의 럿거스 대학교, 이스라엘의 예루살렘 대학교, 시에나 대학교에서 명예박사 학위를 받음. 유럽 문학을 대상으로 하는 오스트리아상 수상. 프랑스의 지중해상 외국인 부문 수상.

2003년 71세 『번역한다는 것*Dire quasi la stessa cosa*』과 『마우스 혹은 쥐? 협상으로서의 번역*Mouse or Rat? Translation as Negotiation*』을 출간함. 알렉산드리아 도서관 자문위원회 위원을 맡음. 프랑스 레지옹 도뇌르 훈장(4등) 수훈함.

2004년 72세 비매품 『남반구 땅의 언어*Il linguaggio della terra australe*』 출간함. 다섯 번째 소설 『로아나 여왕의 신비한 불꽃*La misteriosa fiamma della regina Loana*』, 『미의 역사*Storia della bellezza*』 출간함. 프랑스 브장송의 프랑셰 콩테 대학교에서 명예박사 학위를 받음.

2005년 73세 이탈리아 남부 레조 칼라브라아의 메디테라네아 대학교에서 명예박사 학위를 받음. UCLA 메달을 받음. 미국『포린 폴리시』, 영국『프로스펙트』의 공동 조사에서 〈세계에서 가장 영향력 있는 지식인〉 2위로 선정됨. 1위는 놈 촘스키, 3위는 리처드 도킨스.

2006년 74세 『가재걸음*A passo di gambero*』을 출간함. 조지 W. 부시와 실비오 베를루스코니를 비판. 이탈리아 인문학 연구소의 소장직을 맡음.

2007년 75세 『추의 역사*Storia della bruttezza*』 출간함. 슬로베니아 류블랴나 대학교에서 명예박사 학위를 받음.

2008년 76세 스웨덴의 웁살라 대학교에서 명예박사 학위를 받음. 소국 레돈다의 하비에르 국왕에 의해 〈전날의 섬〉 공작으로 봉해짐.

2009년 77세 프랑스 문학 비평가 장클로드 카리에르와 책의 미래에 관해서 나눈 대화를 엮은 책, 『책의 우주*Non sperate di liberarvi dei libri*』를 출간함. 세르비아의 베오그라드 대학교에서 명예박사 학위를 받음.

2010년 78세 『프라하의 묘지*Il cimitero di Praga*』 출간함. 스페인의 세비야 대학교, 프랑스의 파리 2대학교에서 명예박사 학위를 받음.

2011년 79세 『적을 만들다*Costruire il nemico e altri scritti occasionali*』 출간함. 체사레 파베세상Cesare Pavese Award 수상.

2012년 80세 네이메헌 조약 메달Treaties of Nijmegen Medal 수상. 이스라엘의 텔아비브 미술관으로부터 올해의 인물로 선정됨.

2013년 81세 『전설의 땅 이야기*Storia delle terre e dei luoghi leggendari*』 출간함. 스페인의 부르고스 대학교에서 명예박사 학위를 받음.

2014년 82세 브라질 남부의 히우그란지두술 대학교에서 명예박사 학위를 받음. 구텐베르크상Gutenberg Preis 수상.

2015년 83세 여섯 번째이자 마지막 소설 『제0호*Numero zero*』 출간. 토리노 대학교에서 행한 연설에서, 인터넷상에 갈수록 증가하는 거짓과 음모 이론을 비판하며 웹은 바보와 노벨상 수상자의 구분이 없는 곳이라고 함. 11월 21일 마지막 트윗을 남김. 〈멀티미디어 도구들은 역사적인 기억을 보존하는 것을 넘어서서 우리의 기억 능력 자체를 강화시키는 도구가 될 수 있을 것이다.〉〈신문은 적어도 내게 허락된 수명이 다하는 날까지는 사라지지 않을 것이다.〉

2016년 84세 2월 19일 2년간의 투병 끝에 췌장암으로 밀라노 자택에서 별세. 유언으로, 향후 10년 동안 그를 주제로 한 어떤 학술 대회나 세미나도 추진하거나 허락하지 말 것을 당부. 대통령, 총리, 문화부 장관이 애도 성명 발표. 〈이탈리아 문화를 세계에 퍼트린 거인이 떠났다.〉 2월 23일 밀라노 스포르체스코성(현재는 박물관)에서 마랭 마레와 코렐리의 곡이 연주되는 가운데 장례식 거행. 수천 명의 군중이 모여 그의 죽음을 애도함. 2월 27일 에세이집 『파페 사탄 알레페*Pape Satàn Aleppe*』 출간됨.

열린책들 세계문학 081 **장미의 이름** 하

옮긴이 이윤기(1947~2010) 경북 군위에서 태어나 성결교신학대 기독교학과를 수료했다. 1977년 단편소설 「하얀 헬리콥터」가 중앙일보 신춘문예에 당선되었으며, 1991년부터 1996년까지 미국 미시간 주립대학교 종교학 초빙 연구원으로 재직했다. 1998년 중편소설 「숨은 그림 찾기」로 동인 문학상을, 2000년 소설집 『두물머리』로 대산 문학상을 수상했다. 소설집으로 『하얀 헬리콥터』, 『외길보기 두길보기』, 『나비 넥타이』가 있으며 장편소설로 『하늘의 문』, 『사랑의 종자』, 『나무가 기도하는 집』이 있다. 그 밖에 『어른의 학교』, 『무지개와 프리즘』, 『이윤기의 그리스 로마 신화』, 『꽃 아 꽃아 문 열어라』 등의 저서가 있으며, 보리슬라프 페키치의 『기적의 시대』, 움베르토 에코의 『장미의 이름 작가 노트』, 『푸코의 진자』, 『전날의 섬』을 비롯해 칼 구스타프 융의 『인간과 상징』, 니코스 카잔차키스의 『그리스인 조르바』, 『미할리스 대장』 등 다수의 책을 번역했다.

지은이 움베르토 에코 **옮긴이** 이윤기 **발행인** 홍예빈·홍유진
발행처 주식회사 열린책들 **주소** 경기도 파주시 문발로 253 파주출판도시
전화 031-955-4000 **팩스** 031-955-4004 **홈페이지** www.openbooks.co.kr
Copyright (C) 주식회사 열린책들, 1986, 2009, *Printed in Korea.*
ISBN 978-89-329-0998-1 04880 **ISBN** 978-89-329-1499-2 (세트)
발행일 1986년 5월 15일 초판 1쇄 1992년 5월 25일 초판 12쇄 1992년 6월 25일 개역판 1쇄 2000년 3월 15일 개역판 42쇄 2000년 7월 10일 3판 1쇄 2006년 2월 25일 3판 33쇄 2006년 2월 25일 보급판 1쇄 2009년 3월 20일 보급판 9쇄 2006년 4월 15일 4판 1쇄 2009년 11월 25일 4판 13쇄 2009년 11월 30일 세계문학판 1쇄 2024년 5월 30일 세계문학판 22쇄

이 도서의 국립중앙도서관 출판예정도서목록(CIP)은 서지정보유통지원시스템 홈페이지(http://seoji.nl.go.kr)와 국가자료공동목록시스템(http://www.nl.go.kr/kolisnet)에서 이용하실 수 있습니다.(CIP제어번호 : CIP2009003393)

열린책들 세계문학
Open Books World Literature